IL N'Y A
QU'UN AMOUR

DU MÊME AUTEUR

LES HEURES VOLÉES, *roman*. Mercure de France, 1981.

ARGENTINA, *roman*. Mercure de France, 1984.

ROMAIN GARY, *biographie*. Mercure de France, 1987. (Grand Prix de la biographie de l'Académie française.)

LES YEUX NOIRS OU LES VIES EXTRAORDINAIRES DES SŒURS HEREDIA, *biographie*. J.-Cl. Lattès, 1990.

MALIKA, *roman*. Mercure de France, 1992. (Prix Interallié.)

GALA, *biographie*. Flammarion, 1995.

STEFAN ZWEIG, L'AMI BLESSÉ, *biographie*. Plon, 1996.

LE MANUSCRIT DE PORT-ÉBÈNE, *roman*, Grasset, 1998. (Prix Renaudot.)

BERTHE MORISOT. LE SECRET DE LA FEMME EN NOIR, *biographie*. Grasset, 2000.

DOMINIQUE BONA

IL N'Y A QU'UN AMOUR

BERNARD GRASSET
PARIS

Il n'y a pas deux amours dans la vie de l'homme ; il n'y en a qu'un seul, profond comme la mer, mais sans rivage.

BALZAC.

LA POLONAISE

LES AILES BLANCHES DE LA FOLIE

Genève, été 1909

C'est un dimanche après-midi, au théâtre du parc des Eaux-Vives. L'entracte vient de sonner. Un jeune homme, plutôt petit et assez mince, que rien ne distingue au premier coup d'œil, sinon un air rêveur, distrait, et l'impeccable coupe de son costume, monte les marches qui conduisent dans les coulisses à la loge de sa maîtresse, une certaine Maggy B... Il lui rend visite quand il vient ici, moins souvent en vacances que pour travailler – il est marchand de drap. A vingt-quatre ans, cet héritier, fils d'une famille d'industriels français, établie à Elbeuf, sait agréablement mêler le devoir et le plaisir. Il a renoncé à de brillantes études de lettres, à l'Ecole normale supérieure et à un destin d'écrivain ou de journaliste pour se consacrer à l'Usine – un mot que dans sa famille on écrit et on prononce avec une majuscule. Mais s'il a le respect des traditions et jusqu'à un certain point l'esprit de sacrifice, il n'a pas pour autant abandonné ce qui est pour lui le sel, tout le bonheur de la vie, les livres et les femmes. Lire et faire l'amour sont ses occupations préférées. Il lui arrive souvent, plus souvent qu'il ne devrait, en vendant ses pièces de tissu, de penser à des romans qu'il a lus ou à des corps qu'il a étreints. La belle Maggy B... n'est pas sa seule maîtresse. D'autres femmes l'attendent, à Paris où il loue un petit pied-à-terre, et même à Elbeuf où il habite encore l'immeuble de ses parents. Mais cette liaison en Suisse, c'est son exotisme – un des rares voyages que lui permettent son père et ses oncles, sévères employeurs. Alors, il la savoure, il vient toujours avec des fleurs.

Ce jour-là, le jeune homme français, de bonne souche et de bonne éducation, qui apporte avec lui un gros bouquet de roses, va voir changer le cours de son existence, si tranquille et balisée. Sur le chemin de la loge, il croise une très jeune fille. Une inconnue. Elle s'apprête à descendre l'escalier qu'il est en train de monter, avec son bouquet. Il est fasciné.

Elle porte un chapeau de paille, un petit col marin, une ceinture à pois. Ce qui le frappe, c'est son visage : d'un ovale parfait, frais et ingénu, il est celui de toutes les héroïnes de romans qu'il a aimées, celui de la jeune fille qu'il a toujours rêvé de rencontrer. La Natacha de *Guerre et Paix* ou l'Irène de *Fumée* ne peuvent pas être plus jolies. Avec ses yeux bleu pâle, presque transparents, son teint clair et ses cheveux blonds, elle lui apparaît, comme elle lui apparaîtra toujours, extraordinairement lumineuse, dans une lumière blanche. « Un diamant », pense-t-il aussitôt. Elle en a l'éclat, la pureté. Elle en aura un jour le prix. Elle sourit à peine. Elle le regarde de haut – du haut de ces marches d'escalier où ils se croisent. En montant vers elle, il s'aperçoit qu'elle est grande, plus grande que lui – 1 m 74, il le saura plus tard. Que fait-elle dans ce théâtre ? A l'âge d'être encore en pension ou accompagnée d'un chaperon, elle se promène toute seule et sa robe de tussor – rien n'échappe à ce spécialiste – la rend ici parfaitement incongrue et délicieuse. Il en oublierait Maggy, si la porte de la loge n'était encore ouverte et la comédienne forcée de les présenter l'un à l'autre.

L'inconnue s'appelle Jane-Wanda de Szymkiewicz. « Appelez-moi Janine... »

Maggy protège cette jeune amie. Sa mère est française, son père un comte polonais. Elle est née à Genève, et habite Carouge, une banlieue plutôt populaire. Sans hésiter, le jeune Français propose une promenade au parc des Eaux-Vives. D'un commun accord, ils n'assisteront pas à la fin de la pièce. Ils marchent dans les allées ombragées, parmi les arbres séculaires du Parc, puis s'attardent sur un banc. Les heures passent, quand la jeune fille dit soudain :

« Mes deux lions vont s'inquiéter... »

Ce sont sa mère et sa grand-mère. Janine, à seize ans [1], vit sous leur autorité. La première seule est à redouter. La seconde est une bonne-maman indulgente, mais Mme de Szymkiewicz l'associe toujours à ses sermons ou à ses commandements. En ce début de XXe siècle, une jeune fille ne jouit en principe d'aucune liberté, d'aucune autonomie. Le jeune homme a lui-même deux sœurs, Marguerite et Germaine : elles ne sortent jamais sans leur mère ou leur tante, sans leur nurse ou une gouvernante. Leur mère trie leurs lectures, surveille leurs conversations et ne leur a encore jamais permis de se rendre au théâtre, qui est à ses yeux un lieu de perdition. Il les imagine mal fréquenter des actrices. Lui-même, avec Maggy, goûte non sans délices au fruit défendu. Un péché de chair, au théâtre, est d'autant plus pervers. Pourtant, la jeune fille sans chaperon ne fait preuve d'aucune vulgarité, d'aucune familiarité. Avec sa haute silhouette, son col de cygne, sa démarche légère et ses longues et blanches mains, elle ressemble à une princesse ; par sa blondeur, par ce passé russo-polonais qui est écrit dans son nom, à une princesse des neiges. Le jeune homme est sous le charme. Il n'a encore jamais rencontré de créature

1. Elle est née le 29 septembre 1892.

aussi romanesque. La belle bourgeoise d'Elbeuf, l'étudiante en médecine qu'il fréquente à Paris, et les semi-professionnelles – parmi lesquelles il n'est pas peu fier de compter une danseuse des Folies-Bergère de Rouen –, toutes ces femmes qui sont ou ont été ses maîtresses, ne lui ont jamais donné ce vertige. Janine lui paraît nimbée de mystère – mystère qu'elle entretient en ne répondant qu'à demi-mot aux questions du jeune homme. De sa bouche en cœur, capable de moues délicieuses, tombe un envoûtant babil. Il lui trouve une voix voilée et un accent russe, qui n'est peut-être que suisse. Il songe à ce livre qu'il a lu enfant, cadeau de son professeur de sixième au Petit Lycée d'Elbeuf – *L'Ame russe*, avec des récits de Gogol, de Pouchkine, de Tolstoï. Le livre est toujours dans sa bibliothèque. Jane-Wanda de Szymkiewicz ne lui rappelle pas « l'âme russe » ; elle est cette âme même, associée malgré lui, dès leur première rencontre, à des impressions ou à des émotions de grand dévoreur de romans, à des brumes et à des sortilèges. Il y a en elle la douceur et l'étrangeté, la pureté et l'inquiétant secret des vierges des icônes. Mais c'est sa troublante parenté avec les mondes imaginaires, qui bouleverse le jeune Français : il a l'impression de vivre un rêve, la rencontre avec un personnage si étranger, si exotique, qu'on le croirait irréel.

Emile est subjugué.

Près de Jane-Wanda, la province d'où il vient, et dont il ne fait aucun mystère, lui paraît soudain étriquée, et peser d'un poids trop réel. Elbeuf, voilà son royaume : un chef-lieu de canton, une ville besogneuse, industrielle, aussi grise que la fumée de ses manufactures, aussi sévère que les façades de ses plus belles demeures. Le parc des Eaux-Vives lui fait injustement oublier les beautés de la campagne normande. C'est à

Elbeuf qu'il est né et c'est là qu'il travaille, c'est là que sa famille a pris racine. Il lui semble qu'il devra vivre jusqu'à la fin de ses jours dans ce décor, le moins riant et le moins fantaisiste, que ses ancêtres ont choisi pour s'établir, en 1871. En fait, leurs origines sont alsaciennes. Et l'Alsace tient une grande place dans leurs traditions. Les murs de leurs maisons sont couverts de gravures qui représentent la cathédrale de Strasbourg, les cigognes sur les toits pointus ou des filles aux cheveux de paille noués par un immense ruban noir. Emile aurait pu naître à Ringendorf comme son père, ou à Bischwiller, où ses oncles possédaient leurs fabriques de drap. Mais, au moment de la défaite, l'Alsace annexée par l'Allemagne, tous les siens ont décidé de « rester français ». Renonçant à une prospérité et à un renom solidement acquis, ils n'ont pas hésité à déménager leurs foyers et leurs usines pour les replanter à quelques kilomètres à l'ouest, dans cette cité normande, réputée depuis des siècles, comme Bischwiller, pour son textile. Quatre cents ouvriers ont suivi leurs patrons, les Fraenckel et les Blin, dans cet exode. Le père d'Emile, Ernest Herzog, n'avait que seize ans à l'époque, mais l'épisode s'est gravé dans sa mémoire. C'est lui qui, malgré son jeune âge, a organisé le transport des ouvriers, de leurs femmes, de leurs enfants, de leurs vieux parents, vers Elbeuf. Fraenckel par sa grand-mère, cousin des Blin, il a pu récemment obtenir, en reconnaissance de son mérite, que son nom – et celui de ses frères Edmond et Henry – figure enfin dans la raison sociale. Bien que Herzog ne soit pas encore aussi prestigieux que Fraenckel, Emile est fier de travailler dans sa propre maison. « Maison » est d'ailleurs le mot qu'on emploie pour désigner, dans sa famille, l'usine ou le bureau.

Usine, Famille, Patrie : la morale qu'on lui a inculquée ne laisse que peu de place à la rêverie et aux écarts de conduite. A Elbeuf, les Fraenckel-Herzog forment un clan uni et tout-puissant. Ils règnent sur le textile, où ils ne se connaissent qu'un seul rival, capable de concurrencer leur production : les Blin & Blin. Les premiers, anciennement Fraenckel-Blin, et les seconds, leurs cousins, leurs frères ennemis, entretiennent des relations dignes des Montaigus et des Capulets : ces notables, chefs respectés et craints, se livrent des batailles de coûts et de prix de revient, avec une incroyable férocité. Quand l'un augmente le nombre de ses machines, l'autre invente une pièce pour améliorer le rendement ; quand l'un baisse ses prix, l'autre suit ou renchérit à la baisse. C'est à qui l'emportera dans cette guerre de clans, où Emile se trouve lui-même engagé. Engagé à fond, mais mentalement distant. Il lui arrive, un peu trop souvent au goût de son père, de prendre du recul et d'ironiser sur la situation. Des « F.-H. » et des « B.-B. », ainsi qu'on les appelle chez lui, il aimerait, un jour, écrire le roman [1]. Il ne l'a bien sûr avoué à personne. Mais là, dans ce parc au-dessus du lac, si proche de la jeune fille qu'il peut sentir son parfum, la saga et les vertus familiales lui semblent soudain à des années-lumière. La jeune fille est ravissante. Elle n'est pas seulement « diamant », pense-t-il, mais « cristal » et « clair de lune ».

Sa douceur l'enivre. Il n'a jusqu'alors connu qu'un univers austère, non dénué de tendresse, mais régi par une morale puritaine, très peu propice à la galanterie et au romanesque. A Elbeuf, le monde est balisé, ordonné, rigide. Repas à heures fixes, travail à heures fixes, même les distractions doivent trouver leur place dans le carcan des jours. L'heure du thé, l'heure de la musique, l'heure de la lecture... Pour Emile, les femmes sont toutes des instants volés. Volés et soigneusement cachés. A Genève, Maggy ; à Paris, Suzanne ; à Elbeuf, une inavouable liaison avec une cousine mariée (la femme d'un de ses cousins) lui offrent des récréations ; et puis, la danseuse des Folies-Bergère. Il aime leurs

1. Ce sera *Bernard Quesnay*, Gallimard, 1926.

corps mûrs, experts, le plaisir qu'il trouve entre leurs bras. Les jeux de la chair l'attirent. Il montre pour le sexe un goût instinctif, violent. Il lui arrive, dans le train ou au bureau, pendant ses réunions avec les oncles, de penser soudain à leur peau douce, à leurs seins, et d'éprouver un brusque désir. Les rendez-vous d'amour, à Paris, à Genève, éclairent sa vie d'une lumière sensuelle. Les « missions » commerciales que ses oncles lui confient ici ou ailleurs sont pour lui l'occasion de rencontres fortuites, qu'il organise ensuite avec beaucoup de précision. C'est pour aimer Suzanne qu'il loue à Paris une garçonnière, rue de Madrid, à deux pas de la gare Saint-Lazare où s'arrêtent les trains en provenance d'Elbeuf.

Un Herzog ne doit pas perdre de temps... Ce temps si précieux qu'il consacre à l'Usine, Emile ne l'a jamais entamé. Il respecte, il s'efforce même d'aimer un travail qu'il a choisi par fidélité et dévouement aux siens. Pourtant, de loin en loin, il cherche à s'évader. Dans un univers contraignant, réglé comme une horloge, les femmes lui apportent quelques rares plages de détente et de volupté. Elles lui sont nécessaires. Quoiqu'il les cache habilement, elles font partie de son organisation. Les jeunes filles, elles, sont par trop inaccessibles. Elles vivent dans un monde hors d'atteinte. Et puis leur timidité, leur maladresse, s'accordent trop bien à ses yeux avec l'atmosphère compassée, empesée, d'Elbeuf, si résolument hostile au flirt et à la romance. Elles ne l'ont jamais fait rêver que dans les romans et il préfère à leur compagnie des présences plus charnelles. La femme, c'est pour lui Maggy, la belle comédienne, c'est Suzanne qui l'attend à Paris, ce sont des corps épanouis, offerts sans résistance, et qui lui procurent le plus sûr oubli du monde.

Lors de vacances en Angleterre, à Richmond-on-Tames l'été 1906, il est vaguement tombé amoureux de trois sœurs – les filles de sa logeuse, une veuve de professeur. Florence, Mary et Daphné étaient intrépides, beaucoup moins farouches que ses cousines d'Elbeuf. Il les emmenait promener en barque, sur la Tamise. Florence lui a appris « le baiser de papillon » et lui, l'art beaucoup moins subtil du « baiser français ». A l'époque fiancée à un banquier, elle s'est probablement mariée depuis. Le flirt anglais n'a pas eu de suite, mais il lui a laissé le goût des vacances, au fil de l'eau.

Le parfum de Jane-Wanda est à la fois celui d'une femme et celui d'une enfant. Il lui apporte des sensations inconnues, diffuse de l'innocence et de la sensualité. A la fois vert et fleuri, il le trouble parce qu'il s'y perd. Emile ne parvient pas à définir la personnalité de cette très jeune fille, en laquelle il retrouve étrangement un peu de Florence, et un peu de Suzanne, de Mary, de Daphné, de Maggy. Elle est très gaie, mais il y a en elle de la mélancolie. Si ses sourires font à ses joues d'irrésistibles fossettes, ses yeux bleu clair cachent un fond de tristesse. Il voudrait la prendre dans ses bras, la protéger, la consoler. Sa qualité dominante, celle qui s'impose au jeune homme dès la première rencontre, c'est la fragilité. Jane-Wanda éveille en Emile un idéal, que les récits entendus lorsqu'il était enfant ont fait naître et que ses lectures n'ont pu que confirmer par la suite : l'homme est Chevalier et l'amour un service qu'il doit rendre à la Dame, princesse lointaine et cruelle. Il a beau s'en défendre et, avec cynisme, répondre à la Dame par de solides corps à corps, il est un incurable romantique. Pour preuve, son émerveillement, ce jour-là, devant une princesse des neiges de seize ans, dont déjà, sans même en avoir conscience, il invente la légende. Elle est peut-être plus simple qu'il ne croit, mais les jeux sont faits : Emile est amoureux.

Il aurait voulu prolonger indéfiniment les heures, au parc des Eaux-Vives, pourtant Janine doit partir – « On ne m'a jamais appelée Jane ni Wanda... » Il voudrait l'escorter jusque chez elle. Elle ne préfère pas.

Au dernier moment, il lui arrache une promesse. Elle lui confie son adresse, il lui écrira... Le cœur serré – une impression qu'elle lui laissera toujours –, il la voit s'éloigner, abandonnée aux regards appuyés et caressants des hommes, et à ceux, désapprobateurs, des femmes qui voient d'un mauvais œil cette jeune fille se promener seule.

Janine l'a trouvé « gentil ». Et puis, « galant ». Bien élevé en somme. Ses manières, douces et prévenantes, lui ont plu. Sa voix aussi : elle est calme et posée, avec des sensations de velours. Il parle en faisant de jolies phrases. Il lui a cité des poètes, qu'elle ne connaissait pas, et puis *Roméo et Juliette* – une chance : elle a lu la pièce, l'an dernier, au pensionnat. Elle a pu lui répondre par un vers de Juliette, qui l'a visiblement ému. Elle a bien vu alors qu'elle le troublait. Et la joie qu'elle en a n'est plus vraiment enfantine. Janine sait qu'elle plaît et elle sait qu'elle est belle : elle joue de son charme avec un instinct très sûr, et un savant dosage d'audace et de soumission. Son style, c'est une naïveté perverse. Femme-enfant, avec une apparence de froideur, parce qu'elle est blonde, lointaine et hautaine, elle laisse deviner des bouillonnements, des fièvres intérieures. Sa bouche ronde et charnue, ses grands yeux étonnés, ses mines de chatte gourmande qui succèdent tout à coup à des regards dans la lune, la rendent captivante. Jane-Wanda est une séductrice née.

Emile n'est pas beau, mais il a de l'allure. Il lui a paru très élégant. Il est vrai qu'il choisit ses costumes dans la qualité supérieure des tissus qu'il vend, et qu'il porte très bien le feutre. Pour Janine, il est clair qu'il est un bourgeois aisé. Sa bonne éducation crève les yeux. Elle se sent flattée en sa compagnie. Les hommes qu'elle connaît ne lui ressemblent guère. Elle n'a pas connu son père, qui est mort à Saint-Pétersbourg avant sa naissance. Son oncle, Jean de Szymkiewicz, se rend quelquefois à Genève. Il habite Varsovie : avec ses grandes moustaches et ses airs conquérants, il lui fait un peu peur. Les amis de sa mère, qui viennent la chercher le soir dans leur villa, ne lui adressent pas la parole; quelques-uns, dans le dos de Mme de Szymkiewicz, lui lancent des clins d'œil furtifs. Son frère aîné, Alex [1], a été jusqu'alors son modèle et son dieu. Il est fin et svelte comme elle, plus grand encore, aussi blond, d'une élégance appuyée. Mais il ne cite jamais les poètes, ni Shakespeare, et bien qu'il adore sa sœur, il ne l'a jamais traitée en princesse. Elle serait plutôt son esclave préférée. Emile lui parle au contraire avec une douceur qu'elle n'a jamais éprouvée, et il la regarde comme Roméo a dû regarder Juliette. Janine est toute fière de sa conquête. Seule ombre au tableau : Carouge... Comment présenter sa famille à un jeune homme aussi bien élevé ?

De retour à Elbeuf, Emile n'a, bien sûr, qu'une idée en tête : revoir celle qu'il appelle déjà, dans le secret de son cœur, « la Sylphide ». Son père et ses oncles s'étonnent de son retard – il a manqué le train qu'il prend habituellement – et ils lui en font la sévère remarque : aucun Fraenckel ni aucun Herzog n'ont jamais bouleversé l'emploi du temps familial. Pour retourner en Suisse, Emile doit donc justifier de futures absences, qu'il entend répéter. Il explique que le service de la clientèle, devenue plus nombreuse et plus difficile, exige de sa part une présence accrue à Paris. Il pourra ainsi travailler au Bon Marché ou à La Samaritaine le vendredi, puis, sans que personne en sache rien, voyager de nuit le samedi suivant, voir Janine, et

1. Il est né le 26 février 1891.

rentrer de Genève le dimanche soir pour être à pied d'œuvre le lundi, dès l'aube. Il rencontrera à Paris les Dormeuil, les Pezé, les Chéret, qui sont ses clients les plus importants, avant de rentrer à Elbeuf... Enfin, il donne rendez-vous à Janine. Il la retrouvera au parc des Eaux-Vives, sur le même banc où ils se sont parlé la première fois. Il pourra alors lui prendre la main, écouter son babil, respirer son parfum, effleurer sa taille ou ses épaules et, en partant, lui laisser un tendre baiser sur la joue. Il rentrera encore plus séduit, s'il est possible, avec cette toute neuve sensation qu'elle lui laisse, de ne plus s'appartenir tout à fait.

Dès lors, Emile ne pense qu'à renouveler les escapades. Ses fins de semaine en Suisse, dérobées à un agenda surchargé, perturbent sa vie ordinaire. A l'Usine, on le trouve nerveux, distrait. A Paris, où il ne voit plus Suzanne aussi souvent, sa maîtresse lui reproche de faire l'amour sans passion et d'avoir, près de son corps nu, « un air d'être ailleurs ». Les grasses matinées du dimanche dans le lit de la rue de Madrid se font de plus en plus rares. A Genève, Emile est devenu l'otage d'une jeune fille aux yeux clairs. Le dimanche, presque tous les dimanches, ils se promènent au hasard dans les rues de la vieille ville, s'attardent devant ses monuments, ses statues de Calvin, puis redescendent vers le lac, admirent le célèbre jet d'eau et passent en revue les vitrines des bijoutiers. Emile a vite compris que Janine préfère les boutiques aux musées et les salons de thé aux librairies. En bateau, un jour, ils vont jusqu'à Lausanne. Un autre jour, ils visitent Coppet, où vécut Mme de Staël. Janine paraît heureuse à ses côtés. Emile ne se lasse pas de sa présence; il ne s'en lassera jamais. Parfois, pourtant, d'inquiétantes lueurs passent dans ses yeux, et troublent cette pureté qui l'apparente aux anges.

La réalité offre à Emile sa première épreuve : il est enfin prié de venir prendre le thé « en famille », au 605, chemin des Moraines, à Carouge... Banlieue sans âme, villa modeste. Janine est si merveilleuse qu'elle a l'air de s'être trompée d'adresse. Il n'habite pas lui-même un palais, et la maison de ses parents, à Elbeuf, ne se distingue pas de celles des autres notables : sa façade en pierres de taille, sans être un chef-d'œuvre d'architecture, lui renvoie le symbole de sa propre famille, solidement implantée dans sa région et dans son industrie. Cet endroit où Janine habite n'est ni pauvre ni misérable, mais anonyme et dépourvu de caractère. Il évoque un lieu de passage, comme un de ces paysages ternes, qui s'intercale soudain entre de très belles vues d'un voyage en train.

Dans le salon où elle le fait entrer, un samovar trône sur un guéridon couvert d'un tapis de velours à franges; une bougie brûle devant une icône, comme dans une pièce de Tchekhov. Mais c'est d'un splendide accent français, et même bourguignon, qu'on l'accueille... Les deux femmes qui ont élevé Janine, sa mère et sa grand-mère, donnent aussitôt à Emile l'impression qu'elles sont là sans y être, déplacées, déclassées, inclassables. Ni suisses, ni russes, elles ont perdu toute trace de leur famille en France; mais elles ont décidé – cela du moins est clair – de jouer à fond la carte Szymkiewicz. Elles sont fières de ce nom, de ce titre.

Baptisée Reine, Mme de Szymkiewicz se tient dans son salon comme une souveraine en exil : elle a naturellement de la majesté. A quarante ans passés, sa beauté est encore éclatante. Plantureuse, dotée d'une poitrine qui déborde d'un décolleté plutôt arrogant pour un dimanche après-midi, et d'une croupe tout aussi généreuse, elle n'a ni la finesse ni l'élégance de Janine, qui ne lui ressemble en rien. Sa voix haut perchée, criarde, déplaît autant à Emile que la robe dont elle est affublée. Sa personne manque, de retenue – une qualité qu'Emile a appris à aimer. La grand-mère, un bonnet orné de fleurs, noué sous le menton, opine de la tête à ce que dit sa fille. Née Madeleine Fontaine, elle vient de Saône-et-Loire et habite Genève depuis la naissance de Janine.

Les deux femmes, veuves l'une et l'autre, ne portent pas le deuil. Tandis que la jeune fille, sagement assise entre ses deux « Lions », esquisse de loin en loin un de ses ravissants sourires, Reine de Szymkiewicz joue les mères offensées. Par crainte sans doute que ce jeune homme n'abuse – ou qu'il n'ait abusé – de sa fille, et que cette aventure ne compromette sa réputation, elle lui réserve un accueil glacial. Elle voudrait, dit-elle, connaître ses intentions. Emile, qui fréquente Janine depuis plusieurs semaines, ne peut s'empêcher de penser que sa vigilance a été longue à s'éveiller... Elle lui évoque malgré lui une de ces comédiennes, qui en font trop pour convaincre et dont le talent, au théâtre comme dans la vie, consiste à souligner, par une panoplie de gestes et de mimiques, un rôle de composition. A côté d'elle, l'adorable simplicité de Janine émerveille.

Soumis à un véritable interrogatoire, il répond avec déférence aux questions qu'on lui pose sur sa famille bien sûr, sur son métier et ses voyages. Il essaie de rester discret. D'abord soupçonneuse, Mme de Szymkiewicz se montre de moins en moins hostile. Il aimerait qu'elle se taise et pouvoir emmener Janine au parc des Eaux-Vives : il n'a jamais eu autant besoin de se retrouver seul à seule... Devant le samovar, accessoire inévitable de toutes les *Mouette*, de toutes les *Cerisaie*, il songe aux Fraenckel-Herzog, à leurs principes et à leurs traditions, à la continuité de leur monde, que cerne la fumée des cheminées d'usines. En ce moment, sa propre mère doit elle aussi servir le thé à ses sœurs et à ses tantes, dans le salon gris tourterelle de la rue Magenta, décoré de gravures alsaciennes. Il peut la voir passer telle une ombre, au milieu des cabriolets Empire, vêtue d'une de ses austères robes aux couleurs du soir, dont le corsage ferme hermétiquement jusqu'au col. Et songer avec amusement que la flamboyante Mme de Szymkiewicz secouerait sans nul doute la petite société compassée d'Elbeuf.

Il y a dans ce salon un parfum de femmes, persistant, entêtant. Alors qu'Ernest Herzog est le centre de gravité de sa famille, et que leur vie à tous, femmes et enfants compris, suit le rythme du travail à l'Usine, c'est la mère qui ici domine, avec séduction et caractère, imposant à la plus jeune comme à la plus vieille sa volonté ou ses caprices. Chemin des Moraines, aucune présence ni aucune influence masculines ne se font sentir. On parle beaucoup d'Alexandre Constantinovitch – Alex –, le frère aîné de Janine, mais, en pension à Neuchâtel, il ne vient qu'aux vacances. Les trois femmes vivent entre elles en vase clos, comme des fleurs coupées. Il est probable qu'on se lève tard, que les repas se prennent à toute heure, que la toilette dure plus longtemps que la lecture sous la lampe, et que les affaires de chiffons comptent pour beaucoup dans la conversation. Pas de bibliothèque, pas de bureau, pas de journaux ni d'odeur de tabac. Des coussins, des bibelots, des bouquets les remplacent : Emile n'en a jamais vu autant dans un salon. Il l'apprendra bientôt, les fleurs, c'est la seule passion que la mère et la fille partagent.

Dans cette maison féminine, où il se plaît à imaginer la vie de Janine, le samovar est l'unique objet de valeur. Pas de meubles cossus, pas de vaisselier où les familles bourgeoises exposent, derrière des vitrines fermées à clef, leurs pièces d'argenterie ou leurs vases de Sèvres. Emile avait déjà remarqué que les robes de Janine étaient faites dans des étoffes ordinaires ; mais elle a l'art de les transformer, d'une ceinture, d'un ruban, et surtout l'art de les porter – la robe la plus quelconque devient sur elle une gravure de mode. La toilette de Mme de Szymkiewicz en revanche ne résiste pas à un coup d'œil professionnel. Emile devine un train de maison difficile et sans doute des soucis d'argent. Janine ne lui a-t-elle pas dit que sa mère avait ouvert depuis peu un commerce de lingerie ? Il n'ose pas encore poser de questions.

Il est déjà trop amoureux pour tenir compte du décor. Janine l'a littéralement envoûté et, bien qu'il ne se soit pas senti à l'aise chez les Szymkiewicz, il est prêt, pour la revoir, à venir prendre le thé à Carouge, tous les dimanches. Elle lui a paru, ce jour-là, d'autant plus fragile que la mère est redoutable, d'autant plus délicate que la mère l'est peu : comme si ce contraste était une preuve de sa nature exceptionnelle, il n'en admire que davantage sa grâce. En la découvrant vulnérable et si mal protégée, il conçoit le désir de l'arracher aux siens.

Retour sur la Russie

Née à Genève, Janine de Szymkiewicz ne connaît pas, et ne connaîtra jamais, le pays où elle a été conçue, et où est enterré son père. Mais ses yeux clairs portent l'empreinte, sans doute aussi la nostalgie, des brumes russes et polonaises. Quoique les traces de son passé s'y perdent, elle a la certitude d'être une Szymkiewicz – elle ressemble étonnamment au comte. Elle garde dans sa chambre, pour s'y contempler comme dans un miroir, des photographies prises à Saint-Pétersbourg. De son père, Janine tient non seulement les yeux bleus, la blondeur et la sveltesse, les longues mains, mais l'allure aristocratique et la moue dédaigneuse, et surtout ce comportement plein de réserve, qui a tellement séduit Emile, cette manière incomparable de toiser la vie, les gens, du haut d'un lointain nuage. Elle aime parler de ce père fantôme et jouer de cette ressemblance, qui est pour elle garante d'une continuité. Son monde quotidien lui paraît fragile, aussi s'accroche-t-elle à ce sang bleu qui coule dans ses veines, et qui est peut-être son unique héritage. Française par sa mère, Mlle de Szymkiewicz a le charme et le tempérament slaves – elle possède à la fois le mystère et le don de plaire, et transporte comme un atavisme une aura dangereuse.

Par Janine, Emile découvre un monde nonchalant, aux frontières floues, aux perspectives incertaines. Les Fraenckel-Herzog ont eu beau émigrer d'Alsace en Normandie, leur arrachement du pays natal, si douloureux fût-il, s'inscrit dans une histoire française, où les fils ont des repères solides et précis, de génération en génération. Mme de Szymkiewicz, en s'alliant à une famille polonaise, n'a pas réussi à se fondre dans leur identité, et les pistes de la famille, Emile va vite le comprendre, sont terriblement brouillées. Il lui faudra confronter les confidences de Janine, murmurées contre son épaule, avec celles de sa mère, plus sonores mais tout aussi incomplètes, pour tenter d'y voir clair dans le labyrinthe. Isolées en Suisse, en marge de la société genevoise qui compte pourtant beaucoup d'étrangers, de réfugiés de tous bords, en marge des communautés où se retrouvent les ressortissants des pays les plus divers, les trois femmes et Alexandre Constantinovitch, leur enfant chéri, vivent un exil radical. Chacune interprète d'ailleurs à sa manière la légende qui les unit.

Mme de Szymkiewicz ne cultive pas la nostalgie de ses origines françaises. Malgré la présence de la grand-mère, plus sentimentale, qui reste le seul lien tangible avec sa Bourgogne natale, elle ne s'attarde guère dans ses conversations sur un passé qu'elle a évidemment renié et auquel elle tourne délibérément le dos. C'est à peine si Emile apprendra, de sa bouche, qu'elle est née à Saint-Gengoux-le-Royal – un village, au sud du Creusot, sur la route qui mène de Beaune à Cormatin. Le nom de son père était Jaillet. Toute son adolescence s'est déroulée à Lyon... Elle résume de la manière la plus expéditive ses jeunes années. Elle raconte en revanche à Emile, en détail et en y prenant plaisir, son départ pour la Russie puis l'aventure qui suivit. Sa version du voyage, partielle ou fragmentée, constitue le vrai décor de la famille, la toile de fond sur laquelle Janine a grandi.

Jeune fille, Reine Jaillet a voulu fuir sa province. Par une petite annonce, parue dans un journal lyonnais, elle a appris qu'une famille d'aristocrates polonais, résidant à la campagne, dans les environs de Saint-Pétersbourg, réclamait une gouvernante. Comme elle n'avait pas de dot et devait gagner sa vie, elle décida d'y répondre et, bien que ne parlant pas un mot de russe ni de polonais, elle fut agréée. Elle devait enseigner le français à des enfants, qui n'acceptaient aucune discipline. Et subir de dures conditions d'existence, la gouvernante étant logée dans une petite chambre sans cheminée, où l'eau gelait l'hiver dans le broc qu'elle montait elle-même pour sa toilette. Il y avait beaucoup de Polonais, qui fréquentaient la maisonnée. Et parmi eux, un ingénieur des chemins de fer russes, le comte Constantin de Szymkiewicz. Fils du général de Szymkiewicz et de la comtesse, née princesse Piacesky, il était très beau – blond, avec des yeux bleu clair et l'allure d'un officier de l'Armée blanche. Il est tombé amoureux de la belle gouvernante française et l'a aussitôt demandée en mariage. La cérémonie a été célébrée en l'église Sainte-Catherine, le 23 mars 1890, à minuit...

Ce fut un vrai mariage d'amour, car les Szymkiewicz ne possédaient que peu de biens, poursuit Reine. Le général était mort et la comtesse mère vivait à Varsovie ; elle n'a pas assisté à la cérémonie et, par la suite, n'a jamais cherché à faire la connaissance de sa belle-fille. Le jeune couple était heureux, les premiers temps. Puis, Reine a dû accompagner son mari en Estonie, où ils ont vécu quelques mois, à Dorpat. Elle ne s'est pas plu dans cette petite cité, qui lui rappelait par trop la province. Constantin se montrait souvent irritable, violent. La beauté de sa femme, ses succès auprès des hommes le rendaient fou de jalousie. C'est à Dorpat qu'est né leur premier enfant – Alex. Quand Constantin a été rappelé de sa mission en pays baltes, les Szymkiewicz sont revenus à Saint-Pétersbourg, au grand soulagement de Reine. Mais Constantin était gravement malade. Le diagnostic des médecins – phtisie pulmonaire – ne lui laissait que peu d'espoir. Il a fallu le transférer dans un sanatorium.

Privée du soutien de son mari, enceinte de surcroît, Mme de Szymkiewicz s'est trouvée abandonnée. Un diplomate suisse, qu'elle a connu à Dorpat et auquel elle est restée liée, lui a proposé de l'emmener à Genève, où son gouvernement le rappelait, et lui a conseillé de s'y installer. Elle n'avait pas d'autre choix que de quitter la Russie, où elle n'avait plus ni attaches ni fortune. Le diplomate lui a trouvé cette maison, à Carouge. A la naissance de Janine, elle a fait venir ses parents près d'elle. Son père est mort très vite et elle a pris sa mère sous son toit. Quant au comte de Szymkiewicz, le père des enfants, il est mort là-bas, loin d'eux, sans les avoir jamais revus, il y a neuf ans presque jour pour jour.

La vie n'est pas toujours facile à Genève, explique Mme de Szymkiewicz. Deux femmes seules, sans ressources, avec de jeunes enfants à élever... Sans les mandats que Jean de Szymkiewicz, le frère de son mari, lui envoie de Varsovie, elles seraient dans la misère. Elles doivent donc se contenter de cette villa modeste, mais elles tiennent à ce qu'on sache que les deux enfants ont reçu une excellente éducation. Si Janine est sortie du pensionnat avant la fin réglementaire des études, elle sait admirablement lire, écrire, danser et jouer du piano ; quant à son frère, il étudie à Neuchâtel, dans un internat réputé. On essaie de tenir son rang, malgré les difficultés.

Dans la saga des Szymkiewicz, Emile entrevoit des zones d'ombre, difficiles à cerner. Dans le train qui l'amène à Genève ou qui l'en ramène, il songe souvent à cette vie qui a précédé celle de la jeune fille qu'il aime, à cette mère qui a par deux fois au moins rompu les amarres et qui mêle de manière éclatante le courage et le goût des départs. Il peine pourtant à imaginer que la comtesse de Szymkiewicz ait pu abandonner un mari malade, déclaré incurable, pour suivre un ami – et n'importe qu'il soit diplomate –, dans un pays étranger, où elle ne connaît a priori personne, avec un enfant dans le ventre et un autre âgé de deux ans à peine... L'exemple maternel qu'il a eu sous les yeux lui parle de fidélité jusqu'au dévouement suprême. Aucune femme, chez les Fraenckel-Herzog, n'a jamais déserté son foyer. Plus encore, l'étonne, le choque, l'absence si flagrante du deuil dans une maison qui a perdu ses hommes – le père et le mari ne semblent guère pleurés. Il y a de l'arrogance dans les décolletés profonds qu'arbore Mme de Szymkiewicz, et dans les fleurs, si peu en accord avec son âge, dont la vieille Madeleine Jaillet décore son bonnet. Sans doute le monde d'Emile Herzog est-il trop stable encore, ancré sur des repères immuables, pour qu'il puisse se sentir aussitôt à l'aise dans cet univers d'émigrants. Si le foyer d'Elbeuf menace souvent de l'étouffer, il lui apparaît aujourd'hui d'une rassurante structure. Alors que chez lui, on pousse jusqu'au fétichisme le culte des traditions et des racines, le passé des Szymkiewicz s'apparente à un puzzle auquel il manquerait des morceaux. Emile découvre pourtant, grâce à eux, que la vie peut cesser d'être monotone, routinière, ennuyeuse, comme celle des bourgeois d'Elbeuf, et ressembler à un roman d'aventure. Avec ses fugues et ses énigmes, avec ses paysages de neige et ses cathédrales à dôme d'or, elle lui apporte par vagues des sensations inédites, elle l'inspire. Janine serait-elle l'héroïne d'un roman qui reste à écrire ?

Depuis qu'il la fréquente et qu'il peut aborder avec elle le sujet mystérieux de son enfance et de son passé, depuis qu'il n'est plus entre elle et lui de secrets qu'à demi, il se trouve confronté à une autre morale, une autre philosophie que celles qui ont jusqu'à ce jour éclairé sa route. Dans son milieu, on croit depuis la nuit des temps en des valeurs humaines indiscutables, au travail et à la volonté, au sacrifice, à la pérennité. Son père lui a enseigné à tout considérer à l'aune du mérite. Chez les Szymkiewicz, on a foi en des vertus qui font peu de place à la notion d'effort ; on croit en la chance, ou en la malchance, au destin, à la fatalité, mots par lesquels on définit un Dieu tyrannique et impétueux. Même si Reine de Szymkiewicz a l'habitude de se battre, si le courage et l'audace ne lui ont jamais fait défaut, elle a dû et elle doit encore, pour arriver à ses fins, déjouer les complots du destin, ruser avec la vie, surtout avec les hommes, et elle considère la beauté, la séduction comme des armes. Elle en a non seulement l'évidente maîtrise, mais elle en a inculqué le maniement à Janine, avec le plus brillant résultat.

Totalement inconnues à Mme Herzog, qui verrait dans celles-ci des faiblesses ou des artifices, sinon déjà la main du diable et la tentation du péché, la beauté et la séduction seraient plutôt dans l'austère famille d'où il vient, l'objet des critiques et des médisances : les femmes honnêtes n'ont pas besoin d'être belles, lui a-t-on mille fois répété. Cette mise en garde n'agit sur le jugement d'Emile que pour lui donner un piment supplémentaire : depuis qu'il est enfant, il adore la beauté. Et les jeunes filles blondes ont sur lui un irrésistible ascendant.

Des conversations en tête à tête avec Janine, Emile finit par entendre la suite du roman familial, ou plutôt la partie cachée de ce qui n'est après tout qu'un malheureux destin de femme. Elle s'épanche auprès de lui et il prend goût à ses confidences quand elle laisse parler son cœur. Sa grand-mère lui a raconté certaines choses sur sa petite enfance et sur la jeunesse de Reine; sa mère lui a parfois ouvert des fenêtres sur l'horizon russe, qui se précise et se complète à pans coupés; enfin, ses propres déboires, jusqu'à son renvoi du pensionnat, lui ont permis de déduire ce que les deux femmes se gardent bien de lui révéler, et dont elle est pourtant le premier témoin, peut-être aussi la première victime.

D'abord Saint-Gengoux : mensonge bénin, détail insignifiant, il n'est plus le-Royal que pour les Szymkiewicz. La Révolution l'a depuis longtemps débaptisé puis rebaptisé. Reine est née à Saint-Gengoux-le-National. Emile va vite devoir s'adapter à l'art que possèdent les Szymkiewicz – mère et fille – de transformer à leur gré les données d'un problème ou d'habiller de la plus exquise manière les réalités. L'exactitude n'est pas leur fort.

Le grand-père, Laurent Jaillet, était « piqueur de grès » à Saint-Gengoux; il a ensuite trouvé un travail à la mairie, puis un poste à Lyon, dans l'administration. Emile n'en saura pas davantage. Alors que lui-même peut décliner le nom de tous ses oncles, tantes et cousins, cousines à la mode de Bretagne ou issus de germains, il y a chez les Szymkiewicz des trous dans l'arbre généalogique, que personne ne peut combler. Emile soupçonne des vérités inavouables et qu'on lui dissimule, mais, jusqu'à sa mort, des années et des années plus tard, il continuera d'en ignorer les plus troubles éléments. Sa propre fille, un jour, tombera des nues lorsque l'« Oncle Alex », devenu à son tour un vieillard, lui révélera ce que Mme de Szymkiewicz devait lui confier, bien après la mort de Janine : Reine fut mariée, toute jeune et contre son gré, à un fonctionnaire de Clermont-Ferrand. Du viol de la nuit de noces, elle eut un premier enfant... Sa fuite en Russie s'explique par ce mariage malheureux, et se fonde sur le drame de cet abandon – Reine ne devait jamais revoir ce fils, né à Clermont-Ferrand, sous le probable patronyme de Moulin, et perdu pour la famille. Elle fut donc bigame ou divorcée, avant de se retrouver veuve ; et, avant d'épouser un aristocrate polonais et d'avoir avec lui deux enfants qu'elle adore (surtout son fils), une mère dénaturée.

Lorsque Emile se présente à Carouge à l'heure du thé, ce tragique épisode est un secret jalousement gardé.

Le voyage en Russie est cependant exact, le mariage avec le fils du général de Szymkiewicz et de la comtesse, née princesse Piacesky aussi. Constantin est bien mort à Saint-Pétersbourg, le 6 août 1900. Mais le comte de Szymkiewicz n'était pas seulement pulmonaire. Il souffrait d'un complexe de la persécution et de troubles du comportement qu'en Russie, et même en Suisse et en France, à cette époque, on habillait pudiquement du terme de phtisie cérébrale, mais dont les symptômes ne laissent aucun doute. Dans les sanatoriums de Saint-Pétersbourg, on soignait les poumons mais aussi la tête. Les sanas servaient d'asiles. Szymkiewicz est mort fou, après plus de dix ans d'enfermement – on imagine dans quelles conditions.

Mme de Szymkiewicz a elle-même confié à ses deux enfants que son mari la maltraitait. Ce n'est pas tant la Russie qu'elle a fuie, que le cauchemar de violences auxquelles succédaient des périodes d'une terrifiante atonie. Janine, persuadée qu'elle ressemble à son père, vit dans l'angoisse de tomber malade. Elle se plaint de fièvres mystérieuses, récurrentes. Un jour, elle avoue à Emile l'inquiétude qui la ronge et lui demande : est-ce qu'on hérite de la phtisie ? Est-ce-que la folie se lègue ? Est-on vulnérable par la fatalité d'une naissance ? Avec sa mère, elle n'a jamais osé aborder le sujet. Depuis que Mme de Szymkiewicz lui a raconté le drame de Constantin, Janine a peur de devenir folle. Le calme, la rigueur d'Emile, s'ils sont à l'opposé de son tempérament et de l'ambiance générale de sa famille, sont des qualités qui la rassurent. Elle en appellera toujours à son bon sens, à son esprit logique, qui manquent si évidemment aux siens.

Emile va rapidement prendre conscience que Mme de Szymkiewicz ne vit pas seulement des mandats qui arrivent de Varsovie. Quand elle s'est établie dans la banlieue de Genève, elle suivait un amant – le diplomate suisse. La liaison a duré au-delà de la naissance de Janine, et elle est aujourd'hui terminée. Mais un observateur extérieur, tel Emile, pourrait concevoir quelques doutes, faciles à justifier, sur la véritable hérédité de Janine, et se demander si Mme de Szymkiewicz qui a rencontré son amant à Dorpat, alors que son mari était déjà malade, et qui arrive enceinte, à Genève, dans le sillage de ce diplomate, n'aurait pas plutôt conçu Janine avec lui. Or, la jeune fille en est persuadée : elle est absolument Szymkiewicz. Elle lui montre des photographies pour prouver sa ressemblance. Autre argument, qu'elle n'est pas peu fière de brandir : sa mère n'a jamais cherché à jouer de sa naissance pour s'imposer dans la vie de ce diplomate, dont elle sait qu'il était déjà marié et père de famille... Emile ne demande qu'à la croire. Pour Janine, aucun doute ne plane. Sa mère aimait Constantin, elle l'a quitté parce que la vie devenait par trop insupportable, et pour épargner à ses enfants l'affreux spectacle de la folie. Le diplomate a consolé Reine, l'a conseillée et protégée, mais Janine ne lui doit rien. Elle est une Szymkiewicz, répète-t-elle, avec orgueil.

Reine a maintenant des « amis », qui fréquentent la villa de Carouge et montent la chercher dans sa chambre – c'est sa propre fille qui l'affirme. Sa dernière liaison a fait scandale. Un notable genevois, banquier de son état, s'est suicidé pour elle. Reine s'en est défendue mais ne peut rien contre la rumeur publique, d'autant qu'elle avait rompu avec cet homme, la veille même du drame. Les religieuses ont renvoyé Janine du couvent, sur le motif que plusieurs mères de famille voyaient en elle une « mauvaise fréquentation » pour leurs filles. La bonne société s'est en somme vengée ; et Janine a perdu toutes ses amies. Elle aimait beaucoup le couvent, dit-elle à Emile ; seule maintenant entre ses deux Lions, elle s'ennuie ferme au bord du lac. Elle sent qu'on va lui trouver un mari ; elle a peur de l'avenir.

Or, l'avenir de Janine représente toute la richesse des Szymkiewicz. Madame Reine – c'est ainsi qu'Emile appellera désormais la comtesse de Szymkiewicz – commence à vieillir ; la grand-mère n'a plus d'âge ; et les trois femmes reconnaissent à Alexandre Constantinovitch, leur « chéri », le droit de ne rien faire... Seul un brillant parti sauverait la famille d'un déclin inévitable. La jeunesse et la beauté de Janine doivent remplacer la dot qu'elle n'a pas et redorer un blason qui a perdu, dans l'exil, beaucoup de son éclat. Reine de Szymkiewicz n'a nullement l'intention de brader sa fille au premier venu. Lorsque Emile entre en scène, elle a déjà deux prétendants en vue. L'un est photographe – Maggy B..., la comédienne grâce à laquelle (ou malgré laquelle) Emile et Janine se sont connus, est une de ses amies. L'autre tient un commerce. Mais depuis qu'elle connaît le jeune Français, Janine se montre rebelle. Selon Mme de Szymkiewicz, agacée, sa fille n'en fait plus qu'à sa tête.

Une femme-enfant

Janine n'est pas bavarde. Écrire lui pèse, les mots lui coûtent, elle préfère la vie dans l'instant.

Les messages qu'elle envoie sont brefs, destinés surtout à préciser un rendez-vous, ou à mettre Emile en garde contre la vigilance des Lions. « Si vous avez des huissiers qui vous empêchent d'écrire, moi j'ai des fauves, ce qui est bien plus dangereux. »

Son papier à lettres porte, à la place d'une adresse ou d'initiales, un curieux en-tête : « Et puis après ? » La formule lui va bien. On ne sait pas quand elle l'a fait imprimer.

Elle préfère le format des cartes postales. Il correspond mieux à son goût de la brièveté. Elle envoie parfois des photos, qu'elle dédicace d'une main légère. Des photos d'elle bien sûr : enfant ou très jeune fille. Ou de plus récentes : sont-elles prises par le photographe genevois qu'on espère lui faire épouser ? Sans doute juge-t-elle que son image en dit plus long que son style, qu'elle est plus apte à charmer, à convaincre.

« Tout ce que je pourrais vous dire, vous le savez déjà, et ce que vous ne savez pas, vous le devinez. »

Elle est à la fois pudique et franche. Mais franche à sa manière, c'est-à-dire qu'on ne sait pas au fond ce qu'elle pense.

Elle n'a aucune mièvrerie. Rarement tendre, encore moins câline, elle semble avoir la même horreur des effusions et du sentimentalisme. Malgré son jeune âge, elle n'est pas du tout romantique.

Aime-t-elle Emile Herzog ? C'est à peine si elle le laisse entendre. Elle se montre surtout désolée de le voir aussi peu, elle compte les jours qui les éloignent l'un de l'autre et se plaint de leur séparation. Elle lui demande d'envoyer des photos de lui, à tous les âges. Mais elle n'a pas le ton d'une amoureuse : est-ce réserve ou manque de sentiment ?

On peut trouver à ses lettres une relative froideur. Les premières, et bientôt les suivantes, expriment surtout l'attente, et l'insatisfaction.

« Ne pourriez-vous pas avoir deux jours au lieu d'un ? »

Ce que Janine réclame, c'est une présence. Pressée qu'Emile vienne la rejoindre, qu'ils aillent se promener ensemble, qu'il l'invite dans une auberge, elle voudrait qu'il soit là : c'est tout ce qu'elle lui dit.

Il lui arrive de broder un peu. Juste pour faire plaisir à Emile, car elle sait qu'il aime recevoir ses lettres, et qu'il sera déçu si elles sont trop courtes ou trop évidemment bâclées. Alors, elle se force, elle fait un peu de littérature, pas trop ; ce n'est dans sa nature ni de faire de la littérature, ni de se forcer trop.

« Aujourd'hui le lac ressemble à la mer. Il est vert foncé et de loin en loin on voit la mousse blanche des vagues. Je suis sûre que vous aimeriez cela. Ce matin j'ai traversé le jardin et je l'ai longuement regardé en pensant à vous. » Cette poésie, sous sa plume, est exceptionnelle.

Son écriture change avec les jours ou selon son humeur. Longue et pointue, elle peut rétrécir ou s'arrondir, mais elle reste, quant au fond, rapide et primesautière. Ce que Janine exprime, ce sont des désirs plus que des sentiments.

Dans ses lettres, la jeune fille se révèle spontanée et concrète. Alors que ses regards dans le vague et ses allures de sylphide pouvaient laisser croire à un tempérament éthéré, elle a des souhaits, des préoccupations, d'ordre pratique, sinon très réaliste.

Un jour, dans un an à peine, elle écrira : « Ne pouvez-vous pas avoir deux jours ? Si c'est oui, nous pourrions aller dans un hôtel qui serait plus confortable que des champs, et des champs mouillés, car s'il pleut comme aujourd'hui !... Mais si vous ne restez qu'un jour, c'est bien difficile. »

Janine s'en tient aux faits et à leurs conséquences. Elle rêve peu. Ou, du moins, ses rêves se confondent-ils avec ses désirs les plus immédiats. « J'aimerais beaucoup que vous veniez... » « Venez vite... »

Elle a l'exigence d'être aimée – aimée pour de vrai et non pas seulement dans des déclarations enflammées, dans des lettres, plus tard dans des romans. Cette exigence est son plus sûr trait de caractère.

Il y a en elle de l'impatience, comme si on la faisait trop attendre. Deux mots reviennent souvent : l'*ennui* d'abord, l'ennui quotidien de sa vie de jeune fille, encadrée, monotone, et puis l'*autorité*, l'incontournable, pour elle odieuse, autorité des Lions, cette mère et cette grand-mère qui prétendent la diriger, la contraindre. Elle espère qu'Emile la délivrera de cet ennui, de ces contraintes. Elle trouve qu'il tarde, et que les jours passent, sans rien apporter de neuf. Écrire – alors qu'Emile en éprouve un plaisir aussi vif que de la voir – n'est qu'un devoir qu'elle s'impose. En attendant mieux.

Pour Janine, la vie est brève. Elle entend en profiter pleinement.

« Et puis après ? » L'en-tête de son papier à lettres pourrait être à la fois sa devise et toute sa morale.

L'amour à distance

Il est beaucoup plus amoureux et bien plus littéraire. Sa tête est pleine de comparaisons, d'images, de métaphores, qu'il tire des innombrables romans qu'il a lus et d'un esprit naturellement porté au romanesque. Il aime la voir, mais il aime lui écrire, parce qu'il aime rêver et que les situations lui plaisent s'il peut en nourrir ses songes, le jour, la nuit. Sentimental, à la différence d'elle, il est violemment épris. Il sera toute sa vie sous l'effet de leur première rencontre : un coup de foudre fatal. Mais il a, depuis, idéalisé son amour. Alors qu'elle demeure pragmatique, il s'emballe. Janine a toutes les qualités qu'il pouvait désirer, elle n'aura jamais à ses yeux aucun défaut. Il la porte sincèrement aux nues.

Elle s'en rend compte d'ailleurs et se moque de lui : « si la princesse est gosse, le prince l'est encore davantage [1] ». Il a le cœur naïf. Sous la culture littéraire, vaste et profonde, qui envahit ses lettres, sous les citations de poèmes, de phrases immortelles, on devine sans peine un être sensible et sans arrière-pensées. Mais – c'est encore entre eux une différence –, lui a

1. Il a écrit pour elle un conte, dont on n'a pas gardé trace : un prince, amoureux d'une très jeune princesse, lui sacrifie sa vie.

tout son temps et il sait attendre. Il donne l'impression de vouloir déguster son amour pour Janine. Et de monter lui-même le coup de foudre en crème fouettée. Les poèmes, les romans, l'aident à enrichir et à embellir une histoire.

Car lui aussi s'ennuie. Il parle de la monotonie de son travail, du cadre rigide et strict de l'Usine, de la Maison Fraenckel-Herzog, des longues heures harassantes, passées au bureau, à étudier des livres de comptes ou à calculer des taxes, des salaires, des coûts et des profits – il n'y a pas encore de pertes. Appliqué, consciencieux, il n'en confie pas moins à Janine ce qu'il n'a encore jamais avoué à personne : que son travail lui pèse et que, s'il n'était aussi consciencieux, il s'occuperait de bien d'autres choses. Il écrirait des livres – une vocation qu'il a dû refouler, mais qui le tenaille et à laquelle, malgré tout, il n'a pas encore renoncé.

Et puis, s'il en avait le temps, il s'occuperait de Janine... Mais le temps lui est compté, il n'a que peu de liberté à lui offrir. Il lui donne en fait tout ce qu'il a : quelques heures – de plus en plus – volées à l'Usine, qui échappent à la sévère surveillance de son père et de ses oncles, et puis ses rêves. Ils sont tout à elle.

« Vous n'imaginez pas la quantité de petites choses qui brusquement vous rappellent à moi... A la campagne, on sert du lait : je pense que vous le buviez “ d'une façon passionnée ”. Un Monsieur très sérieux me raconte qu'une ménagerie a brûlé à l'Exposition de Bruxelles : je lui réponds – “ Et les lions ?... ” »

Il l'appelle « Mon petit », pas encore « ma chérie ». Et il s'adresse à elle comme à une petite fille ignorante, qui ne peut pas tout comprendre. Il ajuste ses mots, ses phrases, on sent bien qu'il simplifie pour elle son langage et qu'il se garde de l'assommer avec trop de citations ou de références. Mais il tient à lui faire partager l'univers qu'il préfère : celui de ses lectures. Il n'hésite pas, pour distraire et amuser l'enfant inculte qu'elle demeure, à illustrer ses lettres d'exemples qu'il puise dans Pouchkine ou l'abbé Prévost. Il trouve maintenant qu'elle ressemble à Manon Lescaut – il ne sait pas qu'elle le rendra un jour aussi malheureux que Manon son chevalier des Grieux.

« Savez-vous ce que j'ai lu hier soir ? La touchante histoire de Manon Lescaut et du chevalier des Grieux. (...) C'est un bel exemple de ces amours-catastrophes qui ne sont satisfaits qu'avec des drames, des meurtres, de la prison, des familles éplorées, la police sur pied et la fin lamentable. Ce n'est pas notre genre, n'est-ce pas mon petit ? Pour nous l'amour c'est une sensualité fine et jolie, jamais brutale; c'est une belle amitié confiante, le souci commun de ne pas troubler la vie de l'autre. L'amour, c'est de la joie sans rien de triste qui le gâte, de belles heures qui passent sans qu'on les sente passer; tous les lieux où l'on se trouve qui deviennent beaux; tous les hommes que l'on voit qui deviennent souriants; toutes les musiques qui deviennent pleines de sens cachés et profonds. »

Sa première lettre est datée du 17 août 1909, 11 heures.

Il est au bureau, enfermé pour lui écrire ou, comme il le lui dit, « se reposer près d'elle ». Il n'a pas la tête à son travail : « Voici cinq ou six fois qu'on vient frapper à la porte et que je dis " attendez : je suis occupé... " » La pensée de Janine perturbe ce grand travailleur, qui a toujours jusqu'alors accordé la première place aux tâches sérieuses.

Le voilà complètement déconcentré. « Je suis trop content. Je ne fais plus rien depuis hier. Je prends un travail et j'y renonce. J'ouvre un livre et je le referme. Je commence une lettre et je la déchire. J'essaie de penser à des choses sérieuses et après je ne sais plus à quoi je pense. Je suis content, voilà tout : et cela suffit à m'occuper. » Alors que Janine reste réservée, très en deçà de ce qu'il éprouve, et ne se livre jamais à de telles expansions de joie, alors qu'elle exprime surtout l'ennui de l'attendre, il est enthousiaste, excité, volubile, comme là. Et il est sûr qu'elle partage ce sentiment qu'il éprouve de voir désormais la vie avec optimisme, aux couleurs de son cœur. « Il peut pleuvoir, venter, neiger ; il peut arriver n'importe quoi ; je suis content, je serai content, nous serons contents. »

De son écriture régulière mais si resserrée, si concentrée qu'elle en devient souvent indéchiffrable, il lui adresse de longues lettres amoureuses. Aucun travail, si important soit-il, ne l'empêchera jamais d'écrire à Janine et il fallait vraiment une grève des chemins de fer – donc de la poste – pour qu'il renonce à « parler avec elle », à lui « faire de graves visites », à l'imaginer assise près de lui et lui donnant la main.

« Asseyez-vous à côté de moi ; donnez-moi la main ; vous n'avez pas de fièvre aujourd'hui ; regardez-moi sans me regarder, de cette manière qui est votre secret et que vous enseigna sans doute la fée votre marraine. Pourquoi riez-vous ? Et pourquoi est-ce que je ris moi-même ? »

Il l'associe en pensée à tous les instants de sa vie.

Mais il exprime aussi des inquiétudes, des doutes. Ce sont des rumeurs de province, des menaces de voir se troubler un équilibre familial, qui se fonde depuis des siècles sur des alliances arrangées, agréées ou consenties par un tout petit cercle – ses parents, ses oncles et ses tantes. Il sent bien que le milieu d'où vient sa princesse va étonner, sinon choquer les siens. Il a déjà abordé le sujet avec elle car, dès cette lettre du 17 août, il lui affirme son attachement envers et contre tous. Serait-il moins conventionnel qu'il en a l'air ?

« Je ne suis pas de ces bons jeunes gens qui cultivent de belles relations, qui font honneur à leur famille et qui épousent leur riche cousine pour le plus grand plaisir d'un cercle ému de vieilles dames. »

Pour justifier son peu d'empressement à demander Janine de Szymkiewicz en mariage et le fait qu'il diffère sans cesse le moment de l'inviter à Elbeuf pour la présenter aux siens, il trouve d'abord prétexte de son travail, qui lui impose de voyager, puis finit par lui avouer que sa famille songe depuis quelque temps à le marier ! L'une de ses cousines serait la fiancée idéale. Leurs mères ont arrangé une rencontre, qu'il a lui-même bien gâchée : « L'autre jour, on m'a emmené en auto, avec la cousine en question. J'ai été cruel : j'ai parlé de vous tout le temps. Elle a rougi, pâli ; mais je la crois bien décidée maintenant à chercher un époux moins volage. A part cela, la promenade était belle. (...) Si vous aviez été là, c'était un beau souvenir de plus. »

Il n'a vraiment qu'un désir : « voir vos yeux rire »... Mais il peine à y réussir et Janine attend avec impatience et une certaine inquiétude qu'il se déclare officiellement. Elle le voit hésiter, remettre à des dates ultérieures leur projet d'aller ensemble à Elbeuf, comme celui de demander sa main. Il préfère à l'évidence tenir son amour secret.

Dans ses premières lettres, on découvre un des traits du caractère d'Emile Herzog. Une douceur enveloppe les phrases, qu'elle assimile à des caresses. Emile a – déjà – un style limpide, qu'il affinera par la suite, mais qui gardera ce premier timbre – cet effet de velours à l'oreille. Il écrira toujours sur le ton du murmure, ou de la confidence, des histoires qu'on ne peut raconter qu'à voix basse.

Pas de falbalas, très peu d'effets littéraires. Il manie une prose simple, qui prend exemple sur celle des auteurs qu'il admire – tous les grands classiques, et les poètes anglais. Il aime la précision, la concision, et par-dessus tout la clarté.

Cela n'empêche pas le mystère. Dans cette prose limpide, Emile Herzog donne l'impression de n'être pas là tout à fait.

Autre trait sensible de cet homme amoureux : la prudence. Emile n'avance jamais un mot au hasard. Tout ce qu'il écrit a un sens, intelligible et sûr. Il se garde des ragots, des médisances, qui ont cours à Elbeuf comme à Genève, mais, plus que tout, il tient à son libre arbitre, à son indépendance. Et s'il a sacrifié à l'Usine sa carrière professionnelle, il n'est pas prêt à sacrifier à sa famille sa vie sentimentale.

Est-ce cette prudence, ou sa manière très littéraire d'être à soi-même en permanence un sujet d'étude, jusque dans la passion amoureuse ? Il évite les déclarations trop évidentes. Et ne s'épanche que dans une certaine mesure. Il répugne à dire « je t'aime », ou « je vous aime », bien qu'il le laisse entendre, comme dans les derniers vers de ce long poème écrit exprès pour elle :

Je t'ai... Non, tu souris : je ne dirai plus rien.
Mais la rime le dit quand même.

Il lui faudra des années pour écrire « Je t'aime » au bas de ses lettres, qui ne parlent pourtant que d'amour. Peut-être est-ce cette phrase, si dérisoire et si belle, que Janine attend, quand il préfère lui dire : « Au revoir, mon petit » ou « Au revoir, ma chérie », ou bien « A samedi sûrement », « Je voudrais que vous soyez là », ou même, « Au revoir. Allons : vous pouvez bien me tendre votre bouche... J'ai besoin d'être consolé. »

Paris, Brighton, Oxford

Chacun de son côté rencontre des difficultés. Pour Emile, c'est comme s'il entendait déjà les trois questions que lui posera d'autorité Ernest Herzog, lorsqu'il lui aura annoncé qu'il fréquente une jeune fille inconnue à Elbeuf.

Première question : que fait son père ?

Deuxième question : quelle est sa famille ?

Troisième question : quelle sera sa dot ?

A la première, Emile répondra : il est mort ; mais il devra sans doute préciser dans quelles circonstances et, à moins de mentir par omission, évoquer le sana, les années de malheur et la naissance de Janine, loin de ce père qu'elle n'aura pas connu. Il y a peu de chances qu'Ernest Herzog s'apitoie. Et beaucoup de raisons que son regard s'assombrisse. Les origines étrangères de Janine, le contexte russo-polonais, qui font rêver le fils, ne sont pas pour plaire à un homme qui ne jure que par la patrie, et par la province.

A la deuxième question, Emile devra apporter quelques précisions d'état civil, retracer la saga des Szymkiewicz, peindre la mère et la grand-mère, la villa de Carouge... Inutile d'embellir la situation, quand une présentation officielle, inévitable, amènera les uns en face des autres. Comme un de ses oncles (à la mode de

Bretagne) habite Genève avec sa femme, il est plus que probable que les parents Herzog leur demanderont de mener une enquête sur place. Et qu'ils ne manqueront pas d'apporter des informations sur le style de vie des dames Szymkiewicz, peut-être sur leur vertu. Le titre de noblesse ne pèsera pas lourd aux yeux d'un bourgeois puritain, inquiet de voir son fils s'égarer en terre inconnue, près d'une famille éclatée, et risquer de se perdre pour l'amour d'une étrangère.

Quant à la dernière question, la réponse sera la plus simple. Car Janine a fini par le faire comprendre à Emile : pour toute fortune, les Szymkiewicz n'ont que des dettes.

Dernier obstacle enfin, non des moindres : la jeune fille vient contrarier le projet d'union que les Herzog ont bâti autour de leur fils unique. Tout Elbeuf voit déjà Emile marié à sa cousine Hélène Fraenckel – l'une des trois filles de son grand-oncle Henri Fraenckel. Par un décalage de générations (Henri Fraenckel a épousé une très jeune femme), elle se trouve être la cousine germaine de sa propre mère. Brune et d'allure sportive, ni jolie ni laide, élevée dans le sérail... Ses qualités lui ont déjà été de multiples fois énumérées. Le mariage aurait pour mérite de rapprocher les deux branches de la Famille et de les souder encore, s'il en était besoin, autour des usines. Les parents d'Emile, qui adorent Hélène, et peut-être plus encore le rêve d'union qu'elle représente, ne peuvent que se désoler de voir leur fils renoncer à cette jeune fille idéale, en tous points irréprochable, pour une créature indéfinissable, trop belle, trop blonde, venue de nulle part.

Pourtant, c'est Mme de Szymkiewicz qui boude Emile, et non le contraire. Lui n'a encore rien dit aux siens. Il tarde. Tandis que Janine voit se dresser devant elle un Lion furieux d'une possible « mésalliance »...

Fils de famille, promis à un avenir des plus sûrs, ce prétendant qui ne s'est pas encore déclaré possède en effet, aux yeux de Mme de Szymkiewicz, un grave défaut : il n'est pas catholique. Or, le sacrement du baptême est la condition indispensable au mariage d'un ou d'une Szymkiewicz, comme au choix des gens qu'on fréquente.

La religion des Szymkiewicz est indissolublement liée à leur nom, à leur histoire; comme tous les nobles polonais, catholiques depuis la nuit des temps, ils lui sont aussi attachés qu'à leur titre. Et ils ne peuvent sans se renier eux-mêmes s'allier à des familles qui pratiqueraient d'autres cultes. Mme de Szymkiewicz, issue de la petite-bourgeoisie provinciale française, a cru devoir adopter cette ferveur à la fois religieuse et nationale de l'aristocratie polonaise. Elle porte à tout ce qui n'est pas catholique un mépris de grande-duchesse, qui craint de souiller son sang. Forte de la tradition, elle a développé un esprit de caste, véhément et revanchard, qui ne tient aucun compte de la charité ni de l'amour chrétiens, mais convient à sa personnalité sans nuances et compense son complexe d'exilée. Elle a trouvé là, dans la terre meuble de son exil, un solide mât de cocagne.

Loin de posséder l'arrogance de Mme de Szymkiewicz, Janine est cependant très pieuse. Elle tient à ses icônes et elle prie beaucoup. Elle a expliqué à Emile, de la voix acidulée qu'elle prend parfois pour convaincre, qu'elle ne renoncerait jamais à son Eglise et qu'il était important pour elle d'aller tous les dimanches à la messe. A sa demande, le rendez-vous hebdomadaire matinal au parc des Eaux-Vives s'est déplacé sur le quai de la gare pour que Janine puisse assister au culte à l'église voisine, avant d'en repartir au bras d'Emile, balançant des hanches et se laissant caresser. Emile entend célébrer ses premières messes aux côtés de la jeune fille. Il ne connaît aucune prière chrétienne, mais il adresse à un Dieu inconnu de lui des vœux qui ne parlent que d'amour. Il a dû promettre à Janine, sans doute chapitrée par sa mère, mais elle-même convaincue de flirter avec un hérétique, de ne jamais l'empêcher de pratiquer sa religion et de ne jamais chercher à l'éloigner de Dieu – ce qu'il a fait de bon cœur. Il respecte toutes les religions, tous les dieux. Et n'éprouve aucune répulsion à se trouver assis près de Janine, dans les odeurs de cierges et d'encens. S'il n'a pas la foi, s'il ne pratique aucun culte, il accepte qu'on puisse être différent. La tolérance religieuse est même une de ses convictions profondes.

Né Emile Salomon Wilhem Herzog, dans une famille juive, il a reçu une éducation laïque et, à l'exemple de ses parents, n'a jamais fréquenté la synagogue, étudié l'hébreu ni respecté le sabbat. Son père a tenu à lui enseigner le libre détachement vis-à-vis de toutes les religions, y compris la leur. Il l'a même un jour envoyé au temple, écouter le sermon d'un pasteur, en souvenir d'une de ses grands-mères : une protestante [1]. Malgré tout, à douze ans, il a fait sa bar-mitsva : manière de lui enseigner aussi le respect et la fidélité. Aucun Herzog ne s'est jamais renié. A l'exception de cette grand-mère paternelle, tous ses ancêtres sont juifs, et ses parents ne manqueront pas de souligner que sa cousine Hélène a grandi dans le même milieu, sous le même ciel. Lui-même est agnostique. Il se dira plus tard athée. Mais il reste juif par son histoire. Il ne souhaite pas se convertir. Et il n'a jamais eu honte de son nom, même s'il en changera un jour, suscitant l'ironie de ses détracteurs... Dans le nom d'Herzog, explique-t-il à Janine, il y a le mot allemand *Herz – das Herz*, le cœur. Il charge la jeune

1. Rosine Blin (1803-1875).

fille d'éclairer Mme de Szymkiewicz, si absurdement snob, sur le sens de son nom. Il contient en effet sa propre noblesse : *der Herzog*, c'est le duc, en allemand. *Die Herzögin*, la duchesse...

Madame Reine manque, hélas, d'humour. Vrillée au corps, sa superbe fait d'elle la plus intolérante des femmes. Elle a de la morgue à en revendre. Or, chez les Szymkiewicz, l'antisémitisme paraît aussi séculaire, aussi enraciné que les préceptes de l'Eglise. C'est même, comme chez la plupart des aristocrates polonais ou russes, une espèce d'atavisme. Une attitude dont on hérite avec le nom, avec le titre. L'exil genevois n'y a rien changé. Mme de Szymkiewicz trouve une étrange consolation à perpétuer la tradition sur cette terre d'accueil, propice pourtant à tant de persécutés. A Carouge, au milieu des icônes et des bougies qui brûlent devant la Vierge, elle entretient le feu d'une haine profonde, irraisonnée. Tout juif représente pour elle un ennemi en puissance. Et concentre sur sa figure, sur sa légende, l'amertume de sa propre existence, déracinée, ballottée, incertaine. Elle veut interdire à Janine de fréquenter Emile. Mais Janine lui tient tête : car elle commence d'être sincèrement éprise d'Emile. Au fil des semaines, elle s'est attachée à lui. La religion elle-même, le pire des obstacles, vient de tomber devant une évidence : c'est qu'elle ne peut plus se passer de la compagnie d'Emile. Elle aime sa douceur, son intelligence, et les yeux pleins d'amour avec lesquels il la regarde. Elle a besoin de lui.

« Quelquefois, je sens plus profondément notre séparation, lui écrit-elle à quelques jours de son anniversaire. C'est souvent une réelle douleur physique. Je vois de belles choses que j'appréciais davantage près de toi. J'ai de longues soirées solitaires où je te disais tant de choses, et tant de jours que j'aimerais passer près de toi. Et puis, j'ai dix-sept ans, et je saurais si bien t'aimer. »

Elle le tutoie maintenant. Il a fait sa conquête. Et il pourrait peut-être changer sa vie.

« Je t'aime et tout le reste est vain », lui écrit-il.
« Je t'aime envers et contre tous », lui répète-t-il.
« Tout réussira, parce qu'on s'aime », lui promet-il.
« Ma chérie, je t'aime tout le temps, tout entière, tout à fait. »

Lasse de combattre sa mère et son frère, ligués contre elle, lasse d'attendre qu'Emile se décide à l'enlever aux siens, Janine, impétueuse, envoie un télégramme à Emile, prend un petit bagage, saute dans le train et débarque un samedi matin à Paris. La voici qui sonne à la porte de la rue de Madrid. Emile lui ouvre, stupéfait. Elle le met devant le fait accompli : sa fugue est définitive. Pas question pour elle de retourner à Genève, elle veut vivre avec lui. Elle jouera au théâtre, elle sera comédienne, comme Maggy, ou bien tout autre chose. Elle fera ce qu'il voudra... sauf reprendre le train en sens inverse. Elle a décidé pour lui.

Sa garçonnière ressemble plus à une cellule de moine qu'à un nid d'amour. Des livres entassés du sol au plafond, une table, quelques chaises, et au mur deux masques mortuaires, dont elle apprendra que l'un est celui de Descartes, l'autre celui de Pascal, composent un univers austère, plus propice aux études ou à la méditation qu'aux caresses. Pourtant un feu brûle dans la cheminée et elle s'en approche, elle tend vers lui ses petites mains. Elle a enlevé ses gants mais grelotte dans son manteau de laine, le début de l'automne est froid et le ciel de Paris aussi gris que celui de Genève. Du lit défait, sans doute encore chaud, elle se détourne, mais son regard croise alors celui d'Emile, et il la prend dans ses bras.

« La première fois où je t'ai vue nue, éclairée par le feu de la rue de Madrid... »

La jeune fille se laisse déshabiller. Nue, elle est plus belle encore. Emile découvre son corps de blonde, ses longues jambes, ses seins menus et pleins. Elle se laisse embrasser, caresser. Elle n'est pas seulement docile, abandonnée, mais sensible. Elle a le plaisir à fleur de peau, une peau souple et laiteuse, une peau gourmande dont il ne se lassera jamais.

« Nos corps faisaient connaissance. J'étais très ému et te désirais terriblement. »

Ce matin-là signe leurs fiançailles secrètes. Pourtant, Emile ne veut pas que Janine s'installe chez lui. Il tient à respecter les convenances, craint le qu'en-dira-t-on. De surcroît, Janine étant mineure, il pourrait se voir accuser de détournement, et d'avoir enlevé Janine au mépris de la loi. Il imagine la police débarquant à l'improviste, et le scandale qui s'ensuivrait. Il préfère la conduire chez une amie, à laquelle il raconte une histoire : elle serait la sœur d'une de ses relations d'affaires, venue à Paris pour suivre des cours au Conservatoire. Mais très vite, il change ses plans.

Mme de Szymkiewicz, après une nuit de panique, s'est changée en furie. Un télégramme de Janine, envoyé sur le conseil d'Emile, lui ayant appris que sa fille était à Paris, qu'elle ne reviendrait pas à Genève et refusait de lui obéir, elle a fait savoir qu'elle voulait à tout prix récupérer Janine. Elle a menacé d'envoyer la police à ses trousses... et d'alerter les parents d'Emile.

On ne connaît cette correspondance maternelle que par les échos qu'elle trouve dans les lettres des deux jeunes gens. Emile Herzog ne veut ni perdre Janine, ni s'engager au-delà des risques raisonnables. Il doit trouver une parade pour régler la situation au mieux de ses intérêts et garder sa Janine, sans encore l'épouser.

Le scénario, où le courroux de la mère a toutes les apparences d'une sincérité outragée de grande aristocrate face à un séducteur patenté, est peut-être trop beau pour être vrai. On peut imaginer une Mme de Szymkiewicz secrètement ravie de la décision de sa fille, qui va pousser le jeune bourgeois riche dans ses retranchements, lui arracher un mariage profitable, par amour ou par crainte du scandale. On peut même imaginer pire : une entente entre la mère et la fille pour plumer le dindon – l'homme riche, puissant, qui a toujours acheté leur beauté et dont elles ont appris l'égoïsme, la bestialité, l'inconstance.

Quoi qu'il en soit, Emile tombe dans le piège. Il se rend seul à Genève pour une entrevue en tête à tête avec le Lion soi-disant courroucé. Il vient plaider sa cause – leur cause, à Janine et à lui – et puis négocier. Devant le samovar et les icônes, il explique qu'il prendra à sa charge l'éducation de Janine, son entretien, sa pension. Pour consoler sa famille de son absence et du manque à gagner que représente son refus d'épouser l'un des bons bourgeois qu'on lui destinait, il versera à Mme de Szymkiewicz une somme destinée à la dédommager. Janine est ainsi l'objet d'un marché. Emile la rachète à sa mère qui, pour quelques francs lourds de l'époque, lui laisse – provisoirement – toute liberté de la guider, de l'accompagner, de l'habiller, de la nourrir et, pourquoi pas ?, de l'éduquer. Janine devient une jeune fille entretenue.

Emile décide de la mettre en pension. Puisqu'elle est mineure et qu'elle n'a pas achevé ses études, il veut compléter sa formation, et tout en se laissant le temps de s'habituer à l'idée qu'il pourrait peut-être l'épouser..., se faire son Pygmalion. Pour plus de discrétion, il choisit une pension en Angleterre. Il explique à Janine, effrayée, qu'elle y recevra une éducation parfaite, que les collèges anglais sont parmi les plus réputés du monde. Aucun amant ne saurait être plus raisonnable. Non seulement il se sépare, physiquement, de Janine, mais il place la Manche entre elle et lui : il lui faudra une nuit de bateau pour la rejoindre, sans compter les trajets en train ou en voiture de part et d'autre. Il lui a promis d'aller la voir souvent. Il compte là-bas quelques clients qui serviront de prétexte à ses voyages, s'il sait en convaincre le Grand Bureau d'Elbeuf. Janine pleure, supplie, mais Emile ne cède pas. Ce sera l'Angleterre, pour lui le meilleur des choix.

Emile Herzog est un anglophile convaincu. C'est même drôle, comme ce Normand, issu d'Alsaciens, ressemble à un Anglais. Il en a adopté le style. Son flegme, son élégance, sa retenue, son sens de l'humour très pince-sans-rire sont anglais. De l'Angleterre il aime tout – le porridge et le thé, le tweed, la campagne, les poètes et les hommes politiques, même la pluie. S'il garde de ses séjours un souvenir de vacances exquises, il en apprécie par-dessus tout la langue. Il parsème volontiers ses phrases d'expressions familières, *nice weather isn't it ?* On ne saurait être à ses yeux parfaitement éduqué sans parler anglais. Lui-même est très à l'aise dans la langue de Shakespeare et de Rudyard Kipling – ses écrivains préférés. Alors, comme il veut offrir à Janine ce qu'il y a de mieux et partager avec elle ses passions, ses marottes, il n'hésite pas. Tant pis si elle ne parle pas un mot d'anglais. Elle apprendra... Aux vacances de Noël, il l'emmène à Brighton. Il l'a inscrite dans un collège, Dyke Road, à quelques miles du centre-ville.

Du moment qu'Emile s'occupe d'elle, Janine tristement se soumet. Docile, elle renonce au théâtre, à la vie parisienne, et aux nuits rue de Madrid, le samedi et le dimanche, dans l'odeur des livres et du feu de bois. En Angleterre, elle sera seule, il fera froid, mais c'est le début de l'aventure, et l'aventure Janine adore ça. L'inconnu ne lui fait pas peur, l'attire au contraire. D'autant qu'elle se sent prise en charge, guidée et protégée. Elle adore cela aussi, cette sensation de dépendre si étroitement d'un homme, de s'abandonner à ses décisions, à sa force. Elle a confiance en lui.

Quatre cents francs par mois, tel est le coût de la pension. A cela s'ajoutent l'argent de poche (cinq francs) et le trousseau anglais – Emile sera pour Janine un père et une mère, avant d'être son mari. En attendant, il se fait passer pour son frère. Il signe Emile de

Szymkiewicz les lettres qu'il lui adresse, pour que les religieuses et les professeurs ne se doutent pas que Janine, à dix-sept ans, a un amant. Le samedi, fraîchement débarqué, il emmène Janine à l'hôtel : « Nos corps en travers du lit... »

Tandis que, de retour à Paris, il regrette déjà ses caresses et rêve de la retrouver, Janine apprend l'anglais, elle étudie et, souvent, elle s'ennuie. Elle n'a pas encore d'amies. « Je dessine et je dessine, je fuis l'ennui par tous les moyens, j'essaie d'endormir mon chagrin d'être loin de toi. »

Elle envoie rue de Madrid des cartes postales et des lettres nostalgiques qui parlent tantôt de la campagne anglaise sous la pluie et tantôt des nuages et du vent. « Maintenant je veux t'écrire tout ce que je pense pour continuer notre douce intimité. » Elle n'est pas tout à fait heureuse, elle trouve le temps long, mais elle évite de se plaindre. « J'ai une assez grande dose de philosophie pour me faire une raison. Puisque c'est comme cela : je ne voudrais pas que quelque chose soit changé, parce que je ne veux rien gâter. » La patience est une de ses qualités. Elle peut rester des heures à regarder passer les nuages dans le ciel. Ou à contempler les champs mouillés qui entourent son pensionnat. Elle est lente et passive. Elle accepte avec résignation le sacrifice qu'Emile lui impose, et la discipline de son collège. Mais comme elle s'ennuie ! Pendant les classes, elle pense au bonheur des instants volés, aux nuits qu'elle passera avec Emile, dans une des petites villes balnéaires proches de Brighton, où il loue une chambre à l'hôtel, les fins de semaine. Lui, en exil à Elbeuf, revoit inlassablement le décor de leurs amours, « Southampton, où nous occupions en si grande hâte le lit en travers », et « Ventnor où l'on se réveillait au bruit de la mer... ».

Pour Emile, « chaque rencontre est plus parfaite que les précédentes, chacune donnant l'impression qu'elle est le bonheur parfait, et chacune surpassée par la suivante ».

Ce à quoi Janine lui dit : « J'aime ta lettre, mon chéri, parce qu'elle est ma pensée même : nos pensées sont en harmonie, comme nos corps le sont. »

Emile veut que Janine ait vingt ans. Il ne l'épousera pas avant. Il la change d'abord de pension, la transfère dans un collège plus international, à Clacton-on-Sea. Elle s'y noue d'amitié avec celle qui restera sa meilleure amie, une Alsacienne, qu'elle surnomme Loulou – Louise Baumeister. Une jolie brunette. Avec Loulou, elle retrouve son entrain, sa joie de vivre, et se lance dans des confidences éperdues. Elle n'est plus seule désormais. Elle le crie sur tous les tons : elle a une amie. Et, bien sûr, elle ignore que cette amie, à laquelle elle sera toute sa vie fidèle et à laquelle elle viendra en aide plus d'une fois, pourtant la trahira [1].

Deux ans passent. Bientôt trois. Janine parle couramment anglais mais Emile ne cède pas. Il ne veut pas la ramener à Paris, avant la date anniversaire de ses vingt ans. Pour lui rendre l'existence plus agréable, il l'inscrit à l'université d'Oxford. Janine suivra les cours mais pourra loger en ville. Il lui loue une chambre chez l'habitant. Il lui écrit *care of* M. et Mme Berthon – lui est professeur de français à l'Université ; elle est anglaise, une excellente maîtresse de maison. Janine assiste à des conférences sur la littérature anglaise et, le soir, compose des bouquets de fleurs, cuisine des *cookies* ou prépare le *pudding* de Noël avec Mme Berthon. Emile continue à se présenter comme le frère de cette jeune fille modèle, et elle-même d'expédier toutes ses lettres à Paris pour que sa correspondance ne donne pas l'alerte à Elbeuf. La clandestinité préside aux fiançailles anglaises. Lorsque Emile lui rend visite, ils vont se promener sous les saules, le long de la rivière. Janine a pris beaucoup d'assurance. Très à l'aise dans le dédale des collèges oxoniens, elle guide son compagnon à travers Magdalen, Christchurch ou All Souls. A

1. Elle sera Misa dans *Climats* (1928) et Sabine dans *Bonsoir, chérie* (1936), futurs romans de l'auteur.

University College, c'est elle qui lui fait découvrir le cénotaphe de Shelley. Ils se recueillent ensemble devant ce monument érigé à la mémoire d'un des grands poètes nationaux, mort noyé au large de Viareggio. Emile ne sait pas qu'il écrira un jour un livre sur Shelley [1]...

Enfin, Emile se décide. Il a parlé à l'un de ses cousins. Paul Fraenckel a applaudi à l'idée d'une union audacieuse et lui a fait compliment de son choix – Janine est si belle sur les photographies qu'il lui a montrées. Il a également confié son secret à l'une de ses sœurs, Germaine, qui est elle-même sur le point de se marier [2] ; elle lui a promis de plaider sa cause auprès de leur mère. Toute la famille s'inquiète de le savoir encore célibataire, lui a-t-elle dit. Or, Emile est enfin prêt à épouser Janine. Il le lui écrit, quand elle en est convaincue depuis si longtemps. La patience et l'amour ont été ses plus sûres armes. « Ma très chérie... » Les lettres d'Emile sont de plus en plus brûlantes. « Il y a mille moments dans la journée, où j'ai envie de tout envoyer promener ; de te prendre sur mes genoux, de mettre ma bouche sur la tienne, longuement, sans penser à autre chose. » Ou encore, sans plus d'ambiguïté : « Ma chérie, de corps, de cœur, d'esprit, tu me plais : nous avons tout pour faire le ménage idéal d'amants. Quand nous aurons vécu tout seuls pendant six mois, nous ne ferons plus qu'un. Confondus l'un dans l'autre, nous n'aurons de confiance et d'amour que l'un pour l'autre. Ma jolie chérie, ma femme, je t'aime. »

---

1. Ce sera *Ariel ou la Vie de Shelley*, Grasset, 1923.
2. Marguerite Herzog a épousé, en 1907, Jean-Richard Bloch. Germaine épousera, cette même année 1912, un polytechnicien, ami de Jean-Richard Bloch, David Wolkowitch.

Les fiançailles ont été charnelles, les lettres en témoignent. « Ma chérie, ma petite, noue tes jambes autour des miennes et donne-moi ta bouche humide et savoureuse. »

Janine est une ensorceleuse. Emile : « Je voulais que tu saches en te réveillant que je t'aime comme tu veux que je t'aime. » On peut supposer, à la teneur de ses lettres, que Janine est un être exigeant et voluptueux.

Elle a eu raison de sa prudence et de sa réserve, raison aussi de ses préjugés, de sa peur de déplaire. Il ne peut plus se passer d'elle. Séparé d'elle, il ne vit plus : « ce matin j'ai attendu en vain que ma petite fille vienne chercher mon épaule : j'ai eu froid dans mon lit tout seul et je n'ai pu dormir. » Les questions d'intérêts, de vanité, ou d'ambition qui ont eu pour lui tant d'importance, tout cela est balayé. « Je me sens tout plein d'amour, rien que d'amour. Je suis purifié. »

Aussi veut-il lui donner son nom. L'affaire va demander beaucoup de diplomatie mais il semble prêt désormais à affronter les difficultés. « Tout s'arrangera, plus ou moins facilement, plus ou moins vite, mais tout s'arrangera parce que je t'aime et que je n'abandonnerai pas la partie, si dure qu'elle soit. » Première étape : annoncer ses intentions à Elbeuf. Germaine ayant parlé à leur mère, Emile a pu avoir un long entretien avec Mme Herzog. A sa grande surprise, elle lui a avoué qu'elle le croyait marié depuis un an – depuis que ses voyages en Angleterre se répétaient plusieurs fois par mois. Comme il lui avait dit qu'on se mariait « facilement » à Londres, elle avait pensé, sans oser le lui reprocher, qu'il avait là-bas une épouse, peut-être un foyer. Des cousins d'Elbeuf ayant il y a quelque temps surpris Emile en compagnie d'une jeune fille, à la porte d'un hôtel de Brighton, ils l'en avaient aussitôt informée, nourrissant ainsi son inquiétude. D'apprendre qu'il souhaite obtenir le consentement paternel la rassure. Rien ne lui a paru plus terrifiant que cette double vie dont elle le soupçonnait. Puisqu'il souhaite leur présenter Janine, c'est que la jeune fille est en tous points respectable, se dit-elle. Mme Herzog exprime son désir de la connaître, elle voudrait la recevoir rue Magenta. En somme, Emile imaginait des obstacles, quand il n'y en avait pas.

La famille Herzog souffre d'un handicap : elle a du mal à communiquer. On s'explique rarement chez eux en face à face, on a recours à des intermédiaires. Et souvent le silence s'installe, créant de lourds malentendus. En respectant la voie compliquée par laquelle la famille dialogue, Mme Herzog va donc parler à son mari. Elle veut le préparer au choc, avant qu'Emile ne s'adresse ouvertement à son père. Des journées entières passent dans ce genre de concertations, murmurées en aparté. Enfin, Emile officiellement se déclare, et tout Elbeuf se met à attendre la visite de Janine en Normandie... C'est ce qu'Emile cherche à tout prix à éviter. Il ne veut pas risquer de dévoiler aux Herzog et aux Fraenckel réunis les terribles secrets des Szymkiewicz. En proie à la panique, à l'idée d'une confrontation des Lions de Genève avec les Lions d'Elbeuf, il ne sait comment se sortir de ce piège : épouser Janine, sans s'encombrer de sa hautaine et pseudo-aristocratique tribu.

C'est Loulou – Loulou Baumeister, l'amie de pension – qui va trouver la solution à ce casse-tête. Elle a l'idée d'inviter Janine à Haguenau, chez ses parents. On y conviera Emile, quelques jours plus tard, avec les siens. On expliquera aux Herzog, tout à l'émotion de leurs retrouvailles avec leur pays natal (Bischwiller se trouve à quelques kilomètres seulement de Haguenau) que Mme de Szymkiewicz est retenue en Russie, pour des affaires de famille, et que Janine, sortie de son pensionnat anglais, passe des vacances chez Loulou.

Dans le cadre alsacien, le charme de Janine, sa finesse, son élégant mystère trouveront en M. Herzog un admirateur inattendu. « Je ne sais pas si tu as raison, mais je te comprends », dira-t-il à son fils. Mme Herzog, plus réticente et plus méfiante, regrettera longtemps Hélène Fraenckel; lors des dîners somptueux qu'offre la famille Baumeister, dans le parfum des vendanges tardives, celui des oies rôties et des tartes aux quetsches, elle songera aussi au beau mariage qu'aurait été celui de son Emile avec « la petite Loulou ». Elle aurait préféré qu'il épouse cette jeune Alsacienne, qui lui rappelle sa propre enfance, possède des racines solides et de bons ancêtres dont l'accent fraternel lui fait monter les larmes aux yeux. Elle aura toujours de l'affection pour la petite Loulou, qui aura dès le premier jour rivalisé dans son cœur avec sa future belle-fille... Mais il est trop tard pour qu'Emile change d'avis. Elle le constate avec amertume : son fils n'a d'yeux que pour cette étrangère.

L'accord des Szymkiewicz, deuxième étape de ce marathon du mariage, n'est pas plus facile à obtenir. Quelques lettres de Janine à sa mère n'ayant servi qu'à attiser une colère qui sonne faux, Emile lui conseille de s'adresser directement à son oncle. Le frère de Constantin, Jean de Szymkiewicz, est le tuteur légal de la jeune fille depuis la mort de son père. Janine plaide sa cause, avec l'aide d'Emile. Un voyage de ce dernier à Genève et la promesse d'une nouvelle somme d'argent dénoueront la situation. D'un côté, Emile s'engage à verser une rente à Mme de Szymkiewicz, de l'autre il promet de faire baptiser les enfants qui naîtront de son union avec Janine [1]. Laquelle se mariera sans dot ni

1. Voici la lettre officielle par laquelle Jean de Szymkiewicz stipulait son consentement au mariage de sa nièce : « Je certifie que ma pupille Ivana Constantinovna, fille de feu mon frère Constantin, est habile à contracter mariage, avec le consentement de sa mère et le mien, devant les autorités civiles de la République française. A cet effet, qu'elle se fasse délivrer un certificat de coutume par le Consul de Russie à Paris. Quant à la cérémonie religieuse, il nous faut, pour la rendre possible, un engagement écrit, signé du sieur Herzog, et promettant que les enfants à naître de cette union seront baptisés et élevés dans la religion catholique romaine. »

même aucun trousseau. Mme Herzog, que son fils a fini par mettre au courant de la situation financière de sa bien-aimée (mais seulement sous cet angle de la dot ; il ne lui avouera jamais tout l'argent qu'il envoie à Genève), fera broder en secret un trousseau pour la jeune fille. Elle recevra des draps, des nappes et des serviettes, à son chiffre : J. de S.

Sans dot et avec un trousseau qui lui vient de la famille de son futur mari, Janine n'en est pas moins royale. Fiancée, elle offrait à Emile des cravates dont elle passait des heures à choisir le modèle et la couleur. Elle lui apporte, en cadeau de noces, son plus cher trésor : un petit éléphant d'ébène, à la trompe cassée.

Le 30 octobre 1912, à Paris, Emile Herzog épouse Janine de Szymkiewicz à la mairie du IXe arrondissement. Avant l'été, il a quitté l'appartement de la rue de Madrid pour installer plus confortablement son futur ménage au 6 de la rue Blanche (IXe). Janine y vit depuis plusieurs mois et c'est l'adresse qu'elle donne au maire puis au vicaire. Emile est officiellement domicilié à Elbeuf. Une cérémonie religieuse – cérémonie qu'a rendue possible la lecture d'une « dispense de disparité du culte », accordée la veille – est ensuite célébrée, dans la sacristie de l'église de la Trinité. A cause de la disparité du culte, il n'y a pas de bénédiction nuptiale mais, en présence du prêtre, un échange de consentement mutuel. A l'église, les témoins sont le frère de Janine, Alexandre de Szymkiewicz, et l'un de ses amis, un certain Alexandre de Pétroff.

A la stupéfaction générale, la mariée, ravissante, sublime, est apparue en noir. Dans sa longue robe de velours à traîne, couleur de deuil ou de tragédie, elle n'en est que plus blanche, et plus lumineuse, aux yeux d'Emile, plus inquiétante à ceux des parents Herzog, qui ont préféré n'assister qu'à la cérémonie laïque. Ils ont regardé de loin leur fils unique partir au bras de ce long fantôme, drapé dans son mystère.

« For better, for worse », lui a-t-elle dit en souriant, sur les derniers accords de la Marche nuptiale.

Les illusions du bonheur

Janine devient Ginou, ou Ginette ; Emile devient Minou... A Paris, le jeune couple file le parfait amour dans un nouvel appartement – encore un rez-de-chaussée sur cour –, au 16 de la rue Ampère (XVIIe), que Janine a transformé en un ravissant écrin. On n'entre plus chez un étudiant, aux goûts austères, mais dans une bonbonnière. Tentures bleues, canapé jaune, poufs et coussins : Janine a décoré la chambre et le salon à ses couleurs fétiches et apporté avec elle son style de vie et son esthétique. Dans des vases de cristal, des bouquets qu'elle compose elle-même, avec un talent d'artiste, semblent copier sa grâce, légère et embaumante. Tandis qu'Emile prospecte sa clientèle parisienne, elle rêve, étendue sur une chaise longue, un livre à la main. Les heures passent, à la lueur dorée d'une lampe, sans qu'elle songe seulement à bouger. Une rose unique, toujours immaculée, qu'un lis parfois remplace, veille à son chevet. Lorsque le soir ramène Emile chez lui, il trouve à Janine une ressemblance étonnante avec ses fleurs blanches et apprend à vivre dans leur persistant parfum.

Ginou est une adepte des siestes qui n'en finissent pas. Sa langueur crée un style. Seuls les repas – car elle est gourmande – et l'approche de la nuit peuvent l'extraire de cette léthargie familière où elle entretient son teint de lait, ses regards vagues, son charme de long et paresseux serpent. Elle passe ainsi des journées entières en déshabillé, ses pieds nus dans des mules. La promesse d'un concert ou d'une soirée au théâtre suffit cependant à lui rendre la santé dont elle se plaignait de manquer. Dès la fin de l'après-midi, elle puise alors, dans des ressources insoupçonnées, une énergie qui la rend à la vie. On la voit s'agiter, courir du placard à la table de toilette, peindre ses ongles et se poudrer le nez – le roman qu'elle lisait tout à l'heure gît sur le tapis, abandonné. Dolente le jour, sujette à de fréquentes migraines, elle ne refuse cependant jamais une sortie qui l'amuse. Sa haute taille, son port de tête, son allure la font remarquer partout où elle se montre. Elle aime le regard des hommes qui se pose sur elle, tandis que le bras glissé sous celui d'Emile, elle franchit le seuil d'une salle de spectacle ou d'un grand restaurant. Ainsi svelte et gracieuse, elle n'a pas sa pareille pour concentrer sur elle l'intérêt de tous. De ce jeune couple anonyme, elle est l'incontestable vedette et s'apprête à donner la mesure de son immense talent.

La nuit est son élément, l'heure où son corps langoureux s'éveille, demande des soins et de l'amour. La jeune femme ne semble pas se dérober souvent aux caresses. Il lui arrive de les réclamer. Ses migraines ne concernent que le jour ou, du moins, dans le jour, ce qui l'ennuie mortellement (une de ses phrases préférées : « je m'ennuie mortellement ») : les thés chez les grands-tantes d'Emile dans un appartement sinistre de la rue de Tocqueville, où les conversations ont aussi peu de goût que les petits fours secs, les repas de famille avec leur lot de chamailleries et leurs plats sans surprise, enfin les visites « pour être poli » comme elle dit, toutes les obligations sociales. Janine fuit les corvées. Elle voudrait ne vivre que les choses agréables, elle rêve de bannir l'ennui.

Souvent, après le déjeuner, elle sonne la femme de chambre. Elle demande son manteau, ses gants, attache son chapeau, puis quitte l'appartement. Elle va courir les magasins. Le « chopping [1] » lui donne des ailes. Si mélancolique tout à l'heure, elle s'extrait de sa sieste, alléchée par les vitrines des couturiers. Elle entre parfois dans un salon d'essayage. En tailleur, en robe du soir, sous une capeline ou une toque, le plaisir qu'elle éprouve à se voir si belle dans les miroirs est un jeu qu'elle aime répéter. Son image attire irrésistiblement les regards des autres clientes et provoque leur jalousie, dit-elle. Elle rentre ravie de chaque expédition, comme une enfant qui s'est bien amusée. Elle n'achète encore rien sans demander l'autorisation de son mari mais, depuis son mariage, sa garde-robe a déjà doublé de volume, sans pour autant rassasier ses besoins. Elle a pour les vêtements et les chaussures, et pour tout ce qui les accompagne, manchons, étoles ou sacs à main, un goût qu'à Elbeuf on juge immodéré. Emile, d'abord surpris, car il a hérité de sa famille des vertus de prudence et le sens de l'économie, essaie de tempérer les désirs de Janine, de freiner ses achats. Mais il a du mal à résister à ses câlins, quand elle lui murmure : « c'est si joli, tu sais »... Il a eu beau lui expliquer les règles de l'industrie : n'est-il pas, après tout, lui dont plusieurs générations d'ancêtres ont manié la laine et le drap, un spécialiste des tissus ? Il connaît les secrets de leur fabrication, leur coût à la production et leur résistance au temps. Il a échoué à la persuader. L'exemple édifiant des Fraenckel, des Herzog, qui ont toujours misé sur des tissus solides, capables de bien vieillir, et dont le prix a été minutieusement étudié en fonction de la qualité, n'a pas convaincu Janine. Insensible à ses arguments, elle aime d'instinct les tissus chers et fragiles et les vêtements à la mode, dont le goût passe avec les saisons. Son tempérament la porte aux « fantaisies ». A Elbeuf, Mme Herzog mère n'achète des fleurs que pour des occasions;

1. Sic.

Janine aime ouvrir les yeux tous les matins sur des bouquets fraîchement cueillis, et ne jure que par les accessoires – éléments indispensables selon elle à sa beauté, mais aussi à sa survie. La laideur, dit-elle, la fait mourir d'ennui. « Tes sœurs et ta mère ne s'habillent pas, elles se couvrent », déclare-t-elle à Emile, un jour où il essayait de lui prouver qu'on peut être élégant sans dépenser des fortunes. Elle prend, quand il la gronde, un air contrit et ravissant. Elle est désolée de dépenser autant, ou d'en avoir autant envie. Le lendemain et le surlendemain de ses courses dans les magasins, elle reste sur sa chaise longue, elle se punit, elle s'interdit de sortir. Et puis, la tentation la reprend. Cette fois, ce sont des brassées de fleurs qu'elle rapporte à la maison. Elle sait qu'Emile ne lui reprochera jamais cette passion-là. Il aime, le soir, la retrouver dans la pénombre, au milieu des plus délicates roses et des lis à l'arôme sucré.

La jeune femme, jusqu'alors modestement entretenue dans une famille surendettée, compense-t-elle tout ce dont elle a manqué – le luxe et la vie facile – ou bien révèle-t-elle sa vraie nature, sensuelle et gourmande, mais également prodigue et dépensière ? Si Emile parvient encore à la modérer, s'il ne cède pas à tous ses caprices, il peine à lui résister. Bien sûr, il trouve extravagant, voire choquant, ce besoin qu'elle a de toujours vouloir plus et plus, cette manie des belles choses, mais en même temps il les associe à sa féminité. Or, pour Emile, bercé de romans et de mythologie, la coquetterie est l'essence même de la féminité. Janine, cette grande coquette, est bien digne d'entrer dans le cortège des tentatrices célèbres. D'Eve à Marie-Antoinette, en passant par Marie-Madeleine, par Rachel ou par Ruth, la femme n'est-elle pas par nature faible devant le Démon ? Elle succombe la première, avant d'entraîner l'homme dans sa chute. Emile ne peut considérer l'autre sexe qu'à la lumière de son éducation ; sa propre culpabilité devant l'amour lui fait rendre les armes. S'il aime tant Ginou, n'est-ce pas justement parce qu'elle est belle, et sait le rendre fou ? Au fond de lui, tout en essayant de la ramener à la mesure, il sait que le combat est inégal et qu'il l'a perdu d'avance. Il aura beau jouer les mentors, les professeurs de morale, c'est elle qui lui enseigne son art du rêve et de la déraison.

Elle a des soucis, qui lui viennent de sa propre famille et qui ont failli la fâcher avec Emile. « Ma chère maman, écrit-elle en 1913. A la suite de ta dernière lettre j'ai été obligée de tout raconter à mon mari, parce que je me faisais terriblement de soucis : je m'endettais, car pour t'envoyer de l'argent, je prenais l'argent du ménage et faisais des dettes chez les fournisseurs. Tu avais dit devant mon mari que tu ne nous demanderais rien avant cinq ans, il a donc été extrêmement surpris (...) » Emile l'a forcée à considérer la situation de près, il lui a fait étudier le budget du ménage et fait comprendre qu'il n'était pas un millionnaire. Pourtant, « comme il me voyait trop malade de cette histoire, il a fini par m'accorder ceci. Il essaiera de me donner 1 200 francs par an pour toi. Mais il m'a fait jurer de ne jamais plus prendre un sou sur l'argent qu'il me donnera pour le ménage ».

Elle aura, sa vie durant, à supporter financièrement sa mère et son frère. Tous ses serments n'y changeront rien : elle aura toujours du mal à leur refuser les sommes qu'ils lui demanderont, avec une inlassable persistance. Quant à Emile, appelé souvent à l'aide, il continuera à soutenir le couple de la mère et du fils, jusqu'au-delà de la mort de Janine. Au point que sa seconde épouse dira crûment d'Alex de Szymkiewicz qu'il fut « le maquereau de sa sœur ».

A Elbeuf, les parents d'Emile sont déçus que le jeune ménage ne vienne pas habiter chez eux, rue Magenta. Mais Emile n'a pas voulu imposer à Janine l'univers étouffant des siens. Il a trouvé une jolie maison à louer dans les faubourgs de la ville, presque à la campagne. C'est à Caudebec-lès-Elbeuf, où les Herzog possèdent leur usine la plus importante, une villa récente au 85, rue Félix-Faure. On y entre par un petit jardin – un jardin de curé, dira Janine, qui va s'y adonner à son amour des fleurs. Emile lui laisse décorer la maison à son goût. Comme elle ne veut pas vivre dans les meubles que Mme Herzog mère propose de lui donner, elle achète à peu près tout. Elle choisit de l'acajou, des bois exotiques, et recrée à Elbeuf ce style des maisons anglaises, *cosy*, moderne, dont elle est sûre qu'il séduira son mari. En lui accordant un budget que ses parents ne manquent pas de lui reprocher, il espère lui adoucir l'exil en province. Janine a eu tant de regrets à quitter Paris ! Or, Paris ne saurait être pour un Herzog qu'un pied-à-terre. La base même de la fortune familiale et le cœur de l'activité professionnelle demeurant Elbeuf, il n'est pas question pour eux, ni même pour l'un d'entre eux, de changer d'horizons. A moins de changer de profession. Or, la profession d'Emile est cependant lucrative – une qualité que Janine apprécie.

Unie à lui pour partager sa vie, il faudra bien qu'elle s'habitue à la Normandie et aux rites d'un clan où les gens qu'on fréquente s'appellent tous Fraenckel, Herzog ou Blin. Il ne lui est pas facile de s'y retrouver parmi les oncles et les tantes, les cousins et les cousines qu'on lui présente, et dont les patronymes se répètent à l'infini. Comment trouver sa place dans la tribu ? Comment ne plus être l'Etrangère, et faire oublier à la fois la Russie, la Pologne et Paris ? En ville, Mme Herzog mère – tante Alice pour ses neveux et nièces – est connue comme

« Madame Ernest ». Aux dames de la famille, pour les différencier entre elles, on donne traditionnellement le nom de leurs maris; les ouvriers, les artisans, les commerçants d'Elbeuf suivent l'usage. Voici Madame Edmond, Madame Henry, Madame Achille... Ginou a la surprise de s'entendre appeler partout « Madame Emile ».

C'est d'un pas craintif qu'elle franchit le seuil des maisons alliées, où l'attendent des gens sévères, des mines compassées. Toutes ces dames sont en noir. Elles n'en finissent pas de porter le deuil d'un parent, du plus proche au plus lointain : le code des convenances en établit la durée selon la place du défunt dans la hiérarchie familiale. Comme les deuils se succèdent et qu'il en vient de tous les degrés de la parentèle, on dirait que les lois et la fatalité se sont liguées pour leur dénier le droit à la couleur. En gris tourterelle, la mère d'Emile se croirait des audaces de fille. Les murs des maisons ont seuls le privilège de ce ton pastel, choisi pour sa discrétion et son absence de caractère. Janine déteste aussitôt les regards qui convergent sur elle, non pour l'admirer comme elle y est habituée, mais pour la critiquer. Il lui semble qu'elle passe un examen à chaque visite et qu'elle est chaque fois mal notée. Elle ne savait pas qu'elle pouvait déplaire. A Elbeuf, pour la première fois de sa vie, sa séduction innée la trahit. Tout ce qui plaît ailleurs, sa beauté, son élégance, ici dérange. On désapprouve son maintien trop fier, ses belles toilettes et jusqu'à son parfum. Janine vient d'adopter l'*Heure bleue* de Guerlain [1]. Ce parfum, qui sera le sien toute sa vie, lui semble avoir été créé pour elle. Sait-elle qu'avec la vanille, la bergamote et les racines d'iris, le néroli – qu'on obtient par distillation de fleurs blanches – entre lui aussi dans sa composition ? Il évoque le raffinement suprême. Aussi s'étonne-t-elle que son délicieux et subtil sillage puisse

1. Créé en 1911, après *Jicky* (1889) et l'*Eau impériale* (1853).

choquer. On lui en a fait la remarque : à Elbeuf, on préfère des eaux plus rustiques ou plus naturelles, la violette ou la fleur d'oranger.

Devant les critiques, aux gens qui la jugent, Janine oppose un dédaigneux silence, mais là encore sa feinte indifférence agace, on lui reproche de ne pas vouloir se conformer aux mœurs modestes de la province. Les Elbeuviens, bourgeois susceptibles, lui trouvent de la morgue et croient qu'elle les méprise. Sa morgue n'est pourtant qu'un des masques de sa timidité; sa fierté cache sa fragilité. Nul ne semble vouloir la comprendre. A l'exception d'Emile. Le cœur serré, il voit Janine s'enfermer rue Félix-Faure, dans la solitude de la villa et du jardin de curé. Elle décline la plupart des invitations, ne les accepte que s'il insiste. Ginou est seule, livrée à elle-même dans la villa triste. Ni Maguitte (ainsi surnomme-t-on Marguerite Herzog), ni Germaine (« Guiguitte »), les sœurs d'Emile, ni ses cousines qui lui gardent rancune de leur avoir volé leur séduisant cousin, ni aucune femme d'aucun de ses cousins, ne deviendront ses amies. Elle se console avec ses romans d'aventures, avec ses fleurs blanches, et avec ses siestes sur la chaise longue, réplique exacte de celle qu'elle a installée rue Ampère, près d'un vase à col de cygne. Emile croit la distraire en lui lisant à haute voix, le soir, Montaigne ou Racine. Elle écoute avec docilité mais, tandis qu'il joue les professeurs et croit lui apporter la culture qui lui manque, tandis qu'il pense la distraire, elle s'endort. Elle ressemble alors plus que jamais à un ange, les plumes de son déshabillé mêlées à ses cheveux d'or. En littérature, elle préférera toujours les romans russes ou anglais et, parmi les auteurs français, les conteurs modernes qui mettent en scène des gens et des histoires d'aujourd'hui. Plutôt que Montaigne ou Racine, Marcel Prévost, Gyp ou Marguerite Audoux [1].

---

1. Marcel Prévost est l'auteur des *Demi-Vierges* (1894), Gyp de *Friquet* (1901) et Marguerite Audoux de *Marie-Claire* (prix Femina 1910).

A Paris, Loulou lui tient compagnie. La jeune femme poursuit nonchalamment des études, qui lui servent de prétexte pour ne pas rentrer à Haguenau. Janine y a aussi son frère et sa mère, car les Szymkiewicz ont quitté Genève et se cherchent une adresse à Paris. Alexandre Constantinovitch voudrait se lancer dans une carrière de dessinateur de mode : il partage avec sa sœur le goût de la beauté et celui des chiffons. Quand il vient la voir, car il n'a pas encore trouvé où employer son talent, il étudie ses robes ou lui en dessine de nouvelles, lui coud un ruban ou un bout de fourrure sur un chapeau. Elle joue pour lui les mannequins, tandis qu'il crée sur elle un style à leur image – le style sophistiqué, charmeur, des Szymkiewicz. Ensemble, ils feuillettent *L'Art et la Mode* ou *Femina*, et peuvent demeurer des heures à contempler dans ces magazines de luxe, un modèle des sœurs Callot ou de Paul Poiret. Janine évite cependant que son frère, qu'elle adore, ne rencontre trop souvent Emile, dont il reste le débiteur. Un débiteur qui a de la constance. Les Szymkiewicz, mère et fils, continuent de toucher leur rente, mais demandent parfois des extras qu'Emile accepte de payer, pour avoir la paix. Janine, tout indulgence envers Alex, ne rend que de rares visites à sa mère et ne la reçoit jamais. Si elle la tient à distance, c'est qu'elle se méfie de ses intrigues et redoute ses manières autant que ses chantages.

Ce que Janine préfère, ce sont les soirées qu'elle passe avec son « petit mari ». Près du feu de bois, quand la nuit tombe sur Paris ou sur Caudebec et qu'ils se retrouvent tous les deux, épaule contre épaule, dans l'atmosphère douce et parfumée, ils peuvent croire qu'ils sont pleinement heureux.

Au lycée, Emile a eu pour professeur de philosophie Emile Chartier, dont il a par la suite découpé les « Propos », publiés sous la signature d'Alain dans *La Dépêche de Rouen* [1]. Il lui arrive d'en soumettre un à

1. A partir de 1906.

Janine et de méditer avec elle l'un ou l'autre de ces préceptes qui seront un jour fameux – « Il faut aller à la vérité de toute son âme » est un de ceux qui éclaireront la vie d'Emile Herzog. Pour Janine, elle trouve des échos étranges dans deux d'entre eux. D'abord dans « La frivolité est un état violent », sur lequel Emile lui a demandé, non sans sourire, de réfléchir un peu. Elle éprouve de la crainte à se l'entendre dire, et un certain vertige à se le répéter. La phrase a-t-elle été écrite exprès pour elle ? Mais Alain est aussi celui qui dit : « À chaque instant une vie neuve nous est offerte. Aujourd'hui, maintenant, tout de suite, c'est notre seule prise [1]. »

Du philosophe de la liberté, Janine retient le message de la plus brève échéance : il faut jouir de la vie, entend-elle, avant qu'elle ne vous soit enlevée. Or, elle a la certitude qu'elle mourra jeune. Elle l'a confié à son mari un soir : elle est persuadée que sa vie sera courte, qu'elle ne vieillira pas. Emile essaie d'en rire, il la console, et change bientôt de sujet, mais il garde de cet aveu de Janine murmuré avec l'aplomb d'une voyante, un éclair d'acier passant dans ses yeux bleus, un sentiment d'inquiétude : quel instinct lui a dicté ces mots ? Quelle angoisse fuit-elle ? Quel impossible repos ? Janine, à force de vivre sous la menace de sa mort prochaine, n'en développe que plus sûrement le goût des amusements et des petits plaisirs.

Pourtant lorsqu'elle interprète au piano des airs à la mode, *Les Cloches de Corneville* ou *Le Petit Duc*, et s'essaie maladroitement à de vrais morceaux, à un peu de Chopin, à un peu de Mozart, Emile savoure l'harmonie de son foyer. Dans le charme de Janine, il goûte l'illusion du bonheur parfait.

---

1. Ce sera l'exergue de *Climats*, Grasset, 1928.

Bientôt elle est enceinte. Sa grossesse accentue sa langueur naturelle ; elle peut s'abandonner sans complexes au bonheur de paresser. On lui passe ses caprices, elle se nourrit de chocolats fourrés. Ni nausée ni fatigue ne viennent la troubler. C'est à peine si elle doit élargir ses robes à la taille : jusqu'au huitième mois, elle garde sa ligne de sylphide, ses airs de nymphe évadée de l'Olympe. Comme elle sait que personne, surtout pas Emile, n'osera la contrarier dans son état, elle en profite pour exiger de vivre les derniers mois à Paris. Ne se sentant plus la force nécessaire pour voyager en train, elle laisse Emile faire seul désormais le fatigant trajet qui le mène à Elbeuf et l'en ramène chaque semaine. Habile à manœuvrer son mari, elle lui a servi un argument imparable, auquel il a cédé avec la plus touchante faiblesse : la médecine est plus réputée à Paris qu'en province. Elle a besoin, car elle est fragile, des meilleurs médecins.

Le 27 mai 1914 vient au monde, rue Ampère, une enfant aux yeux verts, Michelle. Son prénom est celui d'une héroïne d'Henri Ardel. Quand Emile croyait sa jeune épouse occupée à méditer *Les Essais* de Montaigne ou les *Propos* d'Alain, elle lisait et relisait *Tout arrive* [1] – un roman léger, très léger. La Michelle de *Tout arrive* est russe, blonde, irrésistible : Janine s'est identifiée à elle. Pour sa fille, elle ne rêve pas d'autre destin que celui de subjuguer les hommes et de trouver l'amour. Ce qu'elle souhaite avant tout lui transmettre, par la magie d'un nom, c'est ce qui la distingue elle-même, et constitue sa propre marque : le pouvoir de séduire, un charme ensorceleur. Emile aurait-il préféré d'autres références à d'autres héroïnes, d'auteurs plus illustres et plus talentueux, il accepte avec bonté le choix de Janine. Les arguments littéraires, et qu'importe si le génie n'est pas au rendez-vous, trouvent en lui un auditeur indulgent. Pour second prénom, est-ce lui qui trouve Anne, et est-ce à cause

1. Plon et Nourritt, 1906. L'éditeur précisait que ce volume, « écrit pour les jeunes filles », pouvait être mis entre toutes les mains.

d'Anna Karénine – une autre héroïne russe, après tout ? Michelle Herzog elle-même n'en recevra jamais l'explication.

Baptisée à Saint-François-de-Sales, le 25 juin, la petite fille sera de religion catholique, comme Emile l'avait promis. Sa marraine, Loulou, la porte sur les fonts baptismaux, mais comme elle est protestante, on demande à la sage-femme de signer le registre à sa place. De sorte que Michelle-Anne, au confluent de trois cultes, apparaît comme l'enfant d'un rêve œcuménique.

L'accouchement a épuisé Janine. Emile a même failli la perdre. Victime d'une grave hémorragie, elle a dû rester alitée jusqu'au baptême et elle a du mal à reprendre des forces. Plus pâle que jamais, elle ne quitte plus sa chaise longue. Michelle est aussitôt confiée à une nurse anglaise, miss Betts, qui doit décharger la jeune maman des fatigues qu'implique la vie d'un nourrisson. Elle est priée de ne s'adresser au bébé que dans sa propre langue et de se faire appeler *Nanny*, comme il se doit.

Pour Ginou, l'enfant est aussitôt « Poucette ». Elle impose ce petit nom à son mari et à la nurse, aux Herzog comme aux Szymkiewicz. Au point que Michelle-Anne ne répondra que tard à son prénom officiel, passé ses quinze ans, et après l'avoir elle-même exigé... Telle est la volonté de Janine : à peine exprimée, accompagnée d'un sourire exquis, d'un geste paresseux du bras, d'un regard angélique, elle subjugue l'entourage, qui n'a plus un mot à dire, qu'elle ne l'ait déjà rendu caduc, inefficace, pour n'en faire qu'à sa tête, suivre son propre goût, ses impulsions et ses désirs.

Ginou, Minou, Poucette... « Notre Poucette, dira son père, grandira entre nous, gaie et heureuse... »

Dans le couple, la petite fille ne rivalisera jamais avec la mère. Emile Herzog est l'homme d'une seule femme : la maternité de Janine la lui rend plus femme encore, et plus désirable. Une rondeur, une douceur supplémentaires enveloppent sa personne, qui n'a jamais eu plus de grâce ni d'éclat. Craint-il de ne pas savoir aimer, ou retenir près de lui, une femme aussi belle, il se prend à rêver d'une éternité impossible, éternité où la petite fille prend sa place, tout naturellement : « Nous deux... et Michelle, parce qu'elle est si petite qu'elle ne compte presque pas... et on ne se quittera plus jamais. On regardera la petite fille grandir, faire ses petites moues et changer... »

Poucette adaptera un jour à son doigt, comme une relique, la pierre enchâssée dans de l'ébène, qui était la bague préférée de sa mère et qu'elle portait à sa naissance – une pierre aux couleurs de la plus sombre nuit.

Le bel été 1914

La naissance de l'enfant fait entrer en scène un nouveau personnage, qui exercera ses fonctions pendant de longues années au foyer du jeune ménage, celui de la nurse anglaise. *Nanny* – ou *Nurse*, pour tous ceux qui ne sont ni l'enfant ni ses parents – y jouera son rôle, à l'arrière-plan. Elle ne se contentera pas d'élever Michelle ; elle apportera avec elle son respect fanatique des traditions, sa peur des microbes et son sens des interdits ; Janine comme Emile apprendront à vivre sous son regard, d'une implacable exigence. Nurse aura successivement plusieurs visages, un caractère plus ou moins revêche, mais invariablement des talons plats, un snobisme à toute épreuve et les mêmes méthodes de dressage – des méthodes immuables depuis des siècles. Après miss Betts, il y aura miss Jackson, puis miss Crocker [1] – la seule dont le prénom restera dans la mémoire familiale, bien que Michelle ne l'ait jamais utilisé : Jessie. Un jour, Nanny entrera dans l'Œuvre... Mais nul ne sait alors qu'Emile écrira une œuvre ni que la gouvernante anglaise en sera un personnage familier. Gardienne de la vertu et de la bonne tenue du Cercle de Famille, on l'y verra, véritable

1. Miss Varley, la dernière en date, lui succédera, au remariage d'Emile.

incarnation d'un mythe, se dresser de toute sa raideur contre les délices de l'enfance et de l'amour. Elle peut, au quotidien, se rendre insupportable à force de tyrannie et de refus du moindre compromis. « Pauvre Ginette », dira souvent Janine, qui se trouve bien à plaindre du régime de terreur qu'Emile lui a installé à domicile.

Nanny offre le parangon de l'éducation. Les meilleures gouvernantes françaises peuvent transiger avec les principes. Une nurse anglaise, jamais. L'odeur fade du savon *Pears* – l'inimitable savon brun foncé des familles d'outre-Manche – et celle, écœurante, du *Pond's Extract* – leur médicament à tout soigner – parfument la nursery, domaine exclusif de la nurse, d'où sont bannis le lilas et les roses. Michelle reçoit son premier *Teddy Bear* et entend désigner ses parents sous les noms de *Daddy* et *Mummy*. Ils ne seront jamais Papa et Maman. Jusqu'à la mort de Janine, Emile sera *Daddy* ou parfois *Papy* – un mélange franco-anglais qui lui va bien ; mais Janine restera *Mummy*, jusque dans l'au-delà.

Repas réglés comme une horloge, promenades par tous les temps et à heures fixes, chambre aérée pendant la nuit, même en hiver, et le cérémonial du *five o'clock tea* : Nanny apporte de son île, avec quelque nostalgie, un rythme maniaque et des principes de fer. Emile veut-il offrir à son enfant une éducation idéale ? Ou a-t-il, avec la nurse, cherché à mettre un peu de discipline dans l'univers souple et lascif de Janine, dans son mode de vie nonchalant ? Ce qui est sûr, c'est qu'il se redonne à lui-même ce cadre rigide qu'il a connu enfant et qui lui manque peut-être, fût-ce inconsciemment. Un cadre pour tenir droit et pour travailler dur, ainsi qu'on le lui a appris dans une société qui a toujours détesté, comme les pires vices, la paresse et le désordre – deux des plus grands charmes de la personnalité de Janine. « Pauvre Ginette »...

Elle laisse Nanny commander, avancer l'heure des repas ou sortir bravement le landau sous la pluie, sans chercher à la contrarier. Ces après-midi-là, elle en profite pour rester au lit. Une des premières phrases de Michelle sera : « Mummy's still asleep [1] ! » Elle ne change rien à ses habitudes d'indolente rêveuse. Hormis le thé de cinq heures, qu'elle prenait déjà avant l'arrivée de Nurse, elle n'adopte pas son programme. Frileuse, elle se tient dans sa chambre, dont les fenêtres ne laissent pas filtrer le moindre filet d'air ; au grand dam de Nurse qui prétend qu'on s'asphyxie dans l'atmosphère surchargée d'*Heure bleue*, elle y garde l'enfant pendant des heures pour jouer à la poupée. Tout enveloppée de châles, dans le désordre d'un lit encombré de revues, au milieu desquelles elle installe Michelle, elle a des regards, des gestes, de dormeuse à peine éveillée. Nanny, cette matinale, en est affreusement gênée. Parfois, Ginou tend le bras vers une boîte aux somptueux rubans, qui porte la marque de chez Pihan, faubourg Saint-Honoré, ou de la Marquise de Sévigné, boulevard de la Madeleine. Elle y prend un chocolat et, au mépris des règles d'hygiène, elle le donne à lécher au bébé. Ces chocolats, elle en picore elle-même toute la journée, elle se nourrit comme un oiseau. Mais ce que Nurse lui reproche par-dessus tout, ce qu'elle ne peut tolérer, c'est que cette jeune maman refuse d'entendre pleurer Poucette.

Emile, qui n'entre pas dans ces considérations et se montre un père distant, est pour sa part émerveillé. Sous ses yeux Janine s'est transformée. Il a épousé une jeune fille ravissante mais timide et, d'une certaine façon, inachevée. Il a vu se former, avec la naissance de Michelle, une autre Janine qui lui semble encore plus belle et, peut-être, un peu plus heureuse. La maternité l'a épanouie.

Il faut cependant rentrer à Elbeuf. Janine ne proteste pas. Une jolie maison l'attend là-bas et, maintenant qu'elle est mère, elle n'y sera plus livrée à elle-même.

---

1. « Maman dort encore ! »

« Nous deux et Michelle... », lui a promis Emile. Elle rêve d'un huis clos, où le temps enfin suspendu se laisserait goûter et déguster sans efforts. Dans le train qui roule vers la Normandie, elle écoute d'une oreille distraite Emile lui lire les dernières nouvelles dans le journal qu'il a acheté le matin même à la gare. C'est le 29 juin 1914.

« — Le grand-duc François-Ferdinand et son épouse l'archiduchesse Sophie ont été assassinés hier à Sarajevo.

« — Qui cela ?, murmure-t-elle.

« — L'héritier des Habsbourg, le neveu de l'empereur François-Joseph, le futur prétendant au trône [1].

Janine fait sa petite moue, celle qu'elle prend quand un sujet l'ennuie trop. Emile est plongé dans le journal. Elle prend Poucette dans ses bras. Pourquoi s'intéresser à la politique, quand seul compte l'espoir d'un légitime bonheur familial ?

A Elbeuf, Janine consacre ses journées à Poucette. Les courbes de poids, l'espacement des heures des tétées, les langes et les bavoirs sont au cœur de toutes ses conversations. Emile entendra, le soir, le compte-rendu des menus faits et gestes, hoquets ou soupirs de son enfant. Il l'embrassera distraitement, pour revenir très vite à son épouse. Rien n'a pour lui plus de force et d'attirance que cette image de Janine, en déshabillé rose, qui l'attend nonchalamment sur sa méridienne ou assise à son piano, au milieu des bouquets de fleurs. Il a chaque fois la même hâte à rentrer chez lui, dans cet univers féminin qui ne cesse pas de le séduire, et dont il se demande comment il a pu si longtemps se passer.

1. *Mémoires*, Flammarion, 1970, p. 108.

Il a repris son travail avec d'autant plus d'énergie qu'il a désormais la charge d'une famille, deux nouvelles bouches à nourrir (trois avec la nurse, cinq avec la cuisinière et le chauffeur – il ne conduit pas sa voiture –, sans compter les deux bouches avides des Szymkiewicz). Il ne peut plus se permettre de songer à écrire ; il n'en a plus le temps. Il doit non seulement gagner sa vie mais assurer la continuité des affaires. Son père et ses oncles ont pris leur retraite et passé le flambeau. Une grande fête a réuni les employés de tous les ateliers, avec les neveux, cousins, parents et alliés, quand Ernest Herzog a reçu la Légion d'honneur des mains mêmes du préfet, pour avoir « en 1871, par son dévouement et ses efforts, conservé à la France quatre cents Français » et aussi pour « quarante ans de pratique industrielle ». Quatre cents à l'origine, puis mille à la fin du siècle, deux mille ouvriers travaillent maintenant dans les ateliers de tissage, de filature et de teinture. En 1914, trois usines tournent à plein rendement. Emile, qui est le plus ancien parmi la nouvelle génération, a pris la tête de la Maison Fraenckel-Herzog. Il y collabore avec l'aîné de ses cousins, Robert Fraenckel, et, depuis 1912, avec deux jeunes recrues : ses cousins germains, Pierre Herzog et André Fraenckel. L'un et l'autre, titulaires du baccalauréat, frais émoulus du service militaire, sont de brillants sujets, qu'il se réjouit d'avoir à ses côtés. L'avenir de l'entreprise familiale paraît garanti. « Je n'écrivais plus, j'étais trop occupé », dira Emile[1]. C'est à peine s'il éprouve quelques regrets d'avoir renoncé à devenir un jour écrivain. Travail et famille ont eu raison de sa vocation secrète ; il croit même en avoir fait le plus complet sacrifice. Tous les présages indiquent pour lui « une vie de chef d'industrie, souverain de son petit royaume, et peut-être heureux[2]. »

---

1. *Mémoires*, p. 108.
2. Idem.

Janine lui paraît si bien s'adapter à leur nouvelle existence, qu'il y voit une autre raison de croire en un avenir solide. Ses parents, ses oncles mêmes, si sévères, lui ont fait compliment du changement survenu dans l'attitude de la jeune épousée. La créature exotique a conquis tout le monde en se révélant mère, et en abandonnant son penchant à la frivolité. Elle est si bien avec Poucette qu'elle en oublie de commander de nouvelles robes à Paris et s'habille en effet, depuis peu, de vêtements plus sobres – sauf à la maison, où elle n'a renoncé ni à ses plumes de cygne ni à ses châles russes, aux riches et lourdes franges de soie. La petite société d'Elbeuf, de l'aveu d'Oncle Edmond, l'a « adoptée ». Et, qui sait ? elle s'y serait peut-être intégrée, fondue, avec l'aide de Nurse, s'il n'y avait eu tous ces nuages, à l'horizon.

Vers le 20 juillet, l'annonce dans *La Dépêche de Rouen* d'un ultimatum à la Serbie inquiète à ce point Emile qu'il va chercher dans un tiroir où il croyait l'avoir oublié son fascicule de mobilisation. Les tensions avec l'Allemagne semblent indiquer un conflit inévitable. A Janine, il dit regretter de n'avoir pas postulé à un poste d'officier, quand il en était encore temps. Il se reproche sa négligence. S'il y avait la guerre, il la ferait comme sous-officier ; il serait sergent.

« — Mais tu ne crois pas que nous allons avoir la guerre ?, lui demande-t-elle, incrédule.

« — Je n'en sais rien... Cela en prend le chemin [1]. »

Elle a alors cette réplique étonnante, qui montre combien elle se sent perdue sans un homme près d'elle, sans un homme pour la guider, la protéger à la fois d'elle-même et du monde :

« Mais alors qu'est-ce que je vais devenir ? »

« Pauvre Ginette... » Cette plainte, d'abord accompagnée d'un sourire qui montre qu'elle se moque d'elle, va

1. *Mémoires*, p. 109.

devenir une vraie litanie. Etrangère en Normandie, Janine ne peut pas concevoir d'y vivre sans l'homme qui l'y a conduite et qui, soudain, pour un cas de force majeure, peut l'y abandonner. Elle n'imagine rien de pire qu'une vie sans Emile, à Elbeuf.

Alors, le tocsin se met à sonner. Toutes les cloches des églises d'Elbeuf, de Caudebec, de Saint-Pierre battent le lugubre appel. Emile, mobilisé, doit rejoindre à Rouen le 74e régiment d'infanterie, que les militaires appellent le Sept-Quatre. Bientôt la guerre sera déclarée. En tunique bleue, képi rouge et pantalon garance, avec des chaussures de marche neuves qu'il a achetées le 30 juillet chez le cordonnier de la famille, un certain Bonvoisin, il se tient sur le pas de la porte, devant Janine, au milieu des fleurs de l'été. La veille, il s'est fait photographier. Comme ses cousins Pierre et André (Robert a été réformé pour myopie), qui partent rejoindre leurs régiments, l'un de fantassins l'autre de chasseurs à pied, il tient à laisser de lui un portrait – sa mère a beaucoup insisté. Janine préfère ne pas penser qu'il peut être tué. La guerre est pour elle un mot vague et tout juste effrayant, qui suscite surtout en elle la peur d'être laissée seule, avec des beaux-parents pour gardiens. Au moment des adieux, dans le jardin, elle se tient immobile, silencieuse, elle ne pleure pas. D'ailleurs elle pleure rarement. Soudain, elle court dans la maison, en revient avec Poucette, qu'elle tend à son père pour un dernier baiser. Emile a refusé qu'elle l'accompagne à la gare, où des scènes déchirantes l'attendent, des familles éplorées se mêleront à la fanfare et aux fleurs qu'on jette aux soldats. La guerre, il le croit comme tout le monde, sera courte et facile. Les politiciens et les généraux, unanimes, le leur ont promis. Un des ouvriers de chez Fraenckel-Herzog l'a dit au père d'Emile :

« Nous vous reprendrons Bischwiller, monsieur Ernest. Et vous ouvrirez une usine là-bas... »

Janine a vu partir un chef d'entreprise et un futur héros. Elle l'imagine déjà couvert de médailles, de retour à Elbeuf, parmi les plus grands notables de la région, auréolé d'une légende glorieuse. Fière d'avoir épousé un homme, dont elle peut partager le prestige autant que la fortune, elle ne pense décidément ni à la mort ni au danger. A vingt-deux ans, elle ne peut envisager les récents événements que sous l'angle optimiste que lui dictent sa jeunesse et son égoïsme : ils ne sont pour elle qu'ennui passager et disparaîtront comme le brouillard normand, au terme de quelques journées sombres.

A peine arrivé à la caserne Pélissier, centre de tri des hommes mobilisés, Emile a pu lui téléphoner. Comment ? Il n'est pas encore sur un champ de bataille ? Non, il a eu la surprise d'être mis à l'écart de son régiment, qui vient de partir sans lui pour la frontière de l'est. Un officier recruteur lui ayant signifié un ordre de mission spéciale, baptisée Mission H, du nom du général qui la commande, le général Huguet, il a eu beau s'indigner et protester, il lui a fallu obéir et rester à l'arrière quand tous ses camarades sont montés au feu, sous les hourras ! La raison de cette mise au ban n'est autre que la langue anglaise, qu'il parle couramment, ce dont son dossier faisait état. Au bout de quelques jours, il apprend qu'on l'a en fait désigné pour servir d'agent de liaison avec la British Army, quand celle-ci sera entrée dans le conflit. Par une curieuse ironie du sort, le voilà promu interprète, ce qui, loin de le réjouir, l'humilie plutôt. La gloire appartient à ceux qui se battent : Emile veut offrir à Janine et à ses parents, à la France entière, la preuve de son courage et de son esprit de sacrifice. Son idée de la grandeur militaire doit beaucoup à ses lectures – de Corneille à Barrès et à Anatole France, il est nourri des plus illustres modèles de héros sacrifiés. Elle doit aussi beaucoup à son éducation : son père l'emmenait, enfant, assister aux défilés du 14 Juillet et ne perdait pas une occasion de lui rappeler ses devoirs envers la Mère Patrie, lui-même ayant donné l'exemple, en 1870, de la résistance à l'ennemi, en gardant à la France quatre cents patriotes alsaciens. L'espoir de rendre à sa famille l'Alsace et la Lorraine compte au moins autant dans sa volonté d'aller en découdre avec les Allemands. Il ne sait pas que, grâce à cette affectation inattendue, à cette mission dans l'ombre, il échappe à un des premiers massacres de la Grande Guerre – le Sept-Quatre perdra à Charleroi la moitié de ses hommes.

Le chef de la future mission H, le capitaine Ridel, est un artilleur de réserve. Emile sympathise tout de suite avec ce Parisien à l'esprit vif et léger, industriel dans le civil, qui lui parle de théâtre, de musique et de cabarets. Il retrouve à Rouen deux anciens camarades de régiment, auxquels il est resté lié depuis le service militaire – Jean Legrix et Jean Boulé –, ainsi que l'un de ses cousins – André Blin –, qui ont été affectés comme lui à la mission H. Ils seront ainsi quatre Elbeuviens à servir l'Angleterre, et, s'ils obéissent pour lors aux ordres peu contraignants du capitaine Ridel, ils ont surtout le souci d'occuper leurs nombreux moments de liberté. Les derniers qui leur restent.

Suzanne Ridel a rejoint son mari. A Rouen, sa beauté rousse et sa personnalité joyeuse font sensation. Germaine Legrix doit bientôt rejoindre Jean. Pourquoi Janine ne viendrait-elle pas aussi ? Emile a pris une chambre à l'hôtel, il est impatient de la voir. Il lui semble qu'il faut profiter de la vie et s'aimer quand il en est encore temps :

« Je t'attends demain ; tu me manques terriblement. »

La guerre, cette aventure virile, que Janine imaginait de la manière la plus romanesque, à la façon des livres, vient interrompre la routine conjugale et le petit confort auxquels elle prenait goût. Soudain la voici sur les routes, quand un ami ou un parent d'Emile peuvent la conduire, ou dans les gares, dans l'attente des trains, toujours trop lents, qui s'arrêtent dans les moindres villages et parfois en rase campagne pour laisser passer d'autres trains, chargés de soldats, de matériels, vers des destinations dangereuses et inconnues. Elle piétine sur des quais bondés de passagers, où son élégance, ses airs évaporés trouvent des spectateurs narquois ou trop empressés. Elle doit porter ses bagages, les installer au-dessus de sa tête dans les filets, et se passer de déjeuner – elle n'ose pas aller seule au wagon-restaurant : elle n'a surtout aucun sens de l'Histoire. Tout ce qui se déroule autour d'elle ne dérange que son très petit monde, et ne l'inquiète que dans la mesure où l'on menace son insistant désir de bonheur. Elle ne sait pas ce que risquer sa vie veut dire ; ni ce que défendre sa patrie peut signifier pour un Français, tel Emile, et tels des milliers d'autres. La guerre, cette affaire d'hommes, n'implique encore pour elle que des inconvénients mineurs : une existence de nomade, d'un train à l'autre, où elle croyait trouver un peu de distraction, lui pèse dès les premiers voyages et finit, à cause d'incessants et inconfortables allers et retours, par épuiser ses forces. Pauvre Ginette... C'est tout ce qu'elle trouve à dire à un Emile, très amoureux, qui l'accueille à Rouen après plusieurs semaines de séparation.

Elle a failli ne pas le reconnaître. Tête nue, dans son uniforme de sergent, il est si différent de l'homme qu'elle a épousé ! Il lit dans ses yeux la surprise et puis la déception. C'est qu'il n'est pas ici le chef ; il ne commande à personne et ne fait qu'obéir. Alors qu'il exerçait à Elbeuf une autorité sur des centaines d'hommes, alors qu'il gouvernait des usines, elle le trouve tel un de ses employés de naguère, obligé de suivre la loi d'un autre et de demander à un supérieur des permissions aussi absurdes que celle d'aller chercher sa femme à la gare de Rouen. Un capitaine gouverne désormais sa vie – leur vie. Janine se voit devenue, à son profond étonnement, à sa déconvenue, l'épouse d'un sous-officier. Elle découvre les limites de leur nouvelle existence, bien plus pauvre et austère qu'auparavant. Emile l'emmène dans un hôtel modeste, et lui fait valoir qu'ils ont de la chance : le capitaine Ridel, lui dit-il, est un homme si compréhensif !

Elle passe ainsi plusieurs jours à l'attendre sans rien faire, dans une chambre minuscule dont le papier se décolle des murs, tandis qu'il vaque à ses travaux militaires. Le soir, elle retrouve un mari épuisé par l'Administration, qui lui parle d'approvisionnement de troupes, de location de magasins, de négociations avec la municipalité, et s'endort sur son épaule, tout heureux de l'avoir près de lui. Car il sait que la parenthèse sera brève, qu'il lui faudra à son tour rejoindre la ligne de front, où se joue le sort de la France. Il a conscience de l'enjeu dont il est un des modestes pions. Mais de cela, qui est son principal souci, il ne dit rien à Janine. Il veut lui garder intacts les fragiles moments d'un bonheur en péril.

Si elle aime venir le retrouver, dans le petit hôtel de Rouen, elle trouve éprouvants les retours sur Elbeuf. Ses beaux-parents, inquiets de la savoir livrée à elle-même, exercent un droit de tutelle qui, sous les marques de l'affection, l'exaspère au plus haut point. Elle se plaint à son mari que sa belle-mère lui rende visite sans s'annoncer et lui dicte avec sévérité « ce qu'il faut faire » ou « ce qu'il ne faut pas faire », depuis que la France est en guerre. Tricoter des chaussettes, des gilets de flanelle, et expédier aux soldats des paquets de provisions ou de vêtements... Janine voudrait qu'on la laisse tranquille.

Emile assiste à l'arrivée des troupes anglaises, qui défilent, fin août, de la gare de Rouen jusqu'à la place du Vieux-Marché, où leurs ancêtres brûlèrent Jeanne d'Arc, sous les vivats d'une foule sans rancune, qui applaudit les uniformes rutilants, les tambours aux blanches oriflammes et les manœuvres des soldats réglés comme des personnages de boîtes à musique. Il fait la connaissance du responsable de la mission H : le colonel Moore – un Irlandais qui, ne sachant pas un mot de français, ne peut plus se passer des services de son interprète. A Charleroi, le Sept-Quatre a été décimé. Les Allemands avancent, menacent Rouen et Le Havre. Un matin, le colonel annonce qu'ils doivent se replier sur Nantes, où ils auront pour tâche d'organiser une nouvelle base militaire, au cas où Rouen serait pris. Emile appelle aussitôt Janine au téléphone et lui fait promettre de venir le rejoindre. Elle voyagera deux jours et deux nuits, dans un wagon où s'entassent des réfugiés. Il n'est plus question de répit ni de bon temps. Le danger s'aggrave au fil des jours. Lorsqu'elle arrive à Nantes, épuisée au point d'en tomber malade, la ville est en pleine effervescence mais Emile doit repartir. Moore a donné l'ordre de rentrer à Rouen ! Elle passera une semaine seule à l'hôtel, avant de pouvoir retourner à Elbeuf. Pendant ce temps, Emile, fixé à Rouen avec Ridel, doit mettre sur pied un système d'approvisionnement des troupes en charbon de bois. Les forêts normandes voient arriver des régiments de bûcherons. Fort de son expérience, Emile crée une véritable industrie de combustible : les braseros des soldats vont pouvoir fonctionner pendant de longs mois. En effet, après la bataille de la Marne et les premiers combats de la Somme, les armées se préparent à affronter l'hiver. La guerre, écrit Emile, ne sera peut-être pas aussi brève qu'on le leur avait promis.

Les jours passent, d'une implacable monotonie. A Rouen, Emile est un soldat exemplaire. Il court de bureau en bureau résoudre des problèmes fastidieux d'intendance, tandis que ses deux cousins, Pierre et André, déjà cités l'un et l'autre à l'ordre de l'Armée, lui envoient des lettres où se mêlent des rêves de gloire et la tristesse du sacrifice. Emile, tenu malgré lui loin des combats, éprouve une grande frustration à ne pouvoir prouver son courage sur les champs de bataille. Le regrette-t-il pour lui-même ou pour éblouir Janine, dont il sent jour après jour grandir la lassitude et le désabusement. Il s'inquiète pour elle ; il craint son penchant à la mélancolie, sa fragilité nerveuse, et plus encore sans doute la solitude où il la laisse. Une femme si belle, abandonnée en province, n'est-ce pas là sa première défaite d'homme ? Et le plus grand danger dont la guerre, lointaine et présente à la fois, le menace ?

Les lettres manquent, de cet été 1914 jusqu'au printemps 1915. Alors qu'elles seront si nombreuses par la suite, pour défier le temps et pallier les trop longues absences, elles ne portent presque aucun témoignage sur cette époque troublée et inquiétante des premiers mois de la guerre. A Rouen, un téléphone installé à la base permet à Emile d'appeler régulièrement Janine, chez eux. Il lui suffit de demander le 3-65 à Caudebec-lès-Elbeuf, et la voix de Janine, cette voix voilée de brume, résonne délicieusement à ses oreilles. Il en connaît les pièges, mais éprouve sa rapidité, sa souplesse. Elle ne reçoit jamais un coup de téléphone sans lui demander quand il va venir. C'est qu'elle s'ennuie, dit-elle, elle s'ennuie selon son expression favorite « à en mourir... », et puis elle croit qu'il ne l'aime plus : il ne s'occupe plus d'elle, pauvre Ginette ! La guerre lui a volé son « petit mari ». Le sergent Herzog lui écrit alors quelques lignes pour tenter de la consoler : « Je ne sais pas si tu as entendu les nombreuses corrections que je t'ai administrées sur la plaque vibrante du téléphone. Elles devaient t'apprendre à ne pas dire que tu ne sais pas si je t'aime...

« Je vais te dire ce qui te fait une mauvaise impression, c'est cette trop grande abondance de coups de téléphone. Le téléphone est très bien pour une chose urgente, mais c'est un instrument hostile à toute conversation intime. Je t'y dis d'avance ce que tu trouves dans ma lettre du lendemain et je te fais l'effet d'un vieux rabâcheur.

« Tout cela sera fini, Ginette, quand tu vivras avec moi... Comme je t'adore, tu t'en apercevras bien un peu et tu reprendras l'habitude de ton vilain mari.

Il pleut : tu m'aimes tout de même ? »

Sur la ligne du 3-65 à Caudebec-lès-Elbeuf, se prononcent de premiers malentendus, de premiers reproches.

Du côté du front

Au printemps 1915, Emile reçoit l'ordre de rejoindre à Béthune le Q.G. de la 9e division écossaise. Il quitte Rouen à la fin de l'été pour le Pas-de-Calais, où Ridel, nommé officier de liaison, l'a précédé. Son cousin germain, André Fraenckel, est mort sous les balles ennemies, au début de l'année, ce qui renforce sa volonté d'entrer à son tour dans la bataille. Frustré d'héroïsme, il a beaucoup insisté auprès de ses supérieurs pour qu'on l'envoie dans une zone où l'on se bat. Depuis la victoire française de la Marne, qui a permis de stopper net l'avance allemande, les deux armées s'enlisent dans une guerre d'usure. Les troupes se font face sur une ligne de plus de sept cent cinquante kilomètres qui s'étend de l'Yser à la frontière suisse. Les hommes ont creusé des tranchées, où s'organise une vie souterraine, et d'où partent chaque jour de fréquents et meurtriers assauts. Par son rôle d'agent de liaison, Emile demeurera à l'arrière des lignes. Dévolu aux ordres de l'état-major écossais, il habitera le campement mobile qui évolue selon les circonstances, à quelques kilomètres seulement du front. Mais il aura bientôt à accomplir des missions dangereuses, comme de porter des messages dans la zone des combats, ou de ravitailler en médicaments et en vivres le médecin qui procure aux nombreux blessés les soins d'urgence, en rase campagne.

De Béthune, où le beffroi du XIVe siècle tient encore, mais dont des quartiers entiers ont été détruits, il envoie à Janine des lettres légères, destinées à la distraire et à la rassurer. Ils vont être séparés pendant de très longs mois. Comme les journaux rapportent la cruauté des batailles et l'ampleur croissante des pertes en hommes, il tâche de garder un ton optimiste. Il minimise le danger, estompe les risques, sous-estime son propre engagement et n'hésite pas à plaisanter, pour convaincre sa jeune épouse qu'il ne risque rien ou si peu de chose. Il use et abuse d'humour – un humour à l'anglaise, qui le fait paraître désinvolte et narquois, mais qui est sa meilleure arme, face à la peur et à l'horreur. Il décrit en fait la guerre comme un spectacle et lui-même comme un spectateur privilégié, aux premières loges.

Les lettres sont datées mais ne portent aucune mention de lieu, sinon parfois, en anglais, cette inscription, « Somewhere in France » – Quelque part en France. Les autorités veulent garder les cantonnements secrets. Il est également interdit aux soldats de livrer des renseignements sur le déroulement des batailles, de décrire des manœuvres tactiques et bien sûr de parler de défaites. A Janine, Emile ne donne donc que des récits assez vagues : descriptions de paysages ou anecdotes sur la vie au camp. Craint-il de l'ennuyer avec la guerre ? De lui gâcher ses rêves roses et le bonheur auquel elle croit ? Il s'excuserait presque d'avoir à lui infliger pareille correspondance. Obéissant aux consignes de la plus stricte discrétion militaire, il reste pour elle très en deçà des dures réalités de la vie de soldat. Il écrit à une petite fille qui ne peut pas tout comprendre et qu'il doit absolument protéger.

Le 21 septembre : « J'ai eu pour mon arrivée un spectacle merveilleux. Une escadrille de bombardement d'avions a passé au-dessus de nos têtes, bien en ordre, avec un avion de direction en tête, comme un vol de canards sauvages. Nous les avons vus arriver au-dessus des lignes allemandes et là on a commencé à tirer dessus. On voit dans l'air près de l'aéroplane un petit point brillant, comme un grain de poussière très lumineux, puis une fumée blanchâtre. (...). C'était beau comme tout. »

Le 22 : « Je viens d'aller faire un tour dans le pays. D'énormes trous de marmites en cratères sont utilisés comme salles de bains et les enfants y jouent sans aucune crainte. (...). Le pays n'est pas laid du tout, le temps merveilleux, un coucher de soleil orange et or, dans le ciel quelques avions et de place en place les grandes saucisses jaunes, des ballons captifs qui surveillent l'ennemi. »

Le 23 : « Je m'accoutume au bruit du canon qui est une compagnie agréable comme celui de la mer. Quand il se tait par hasard, une heure, il manque à tout le monde. »

Il écrit chaque jour, sur ce même ton badin qu'il gardera pendant les périodes les plus rudes de la guerre, pour convaincre Janine que tout va bien, que tout va s'arranger et qu'ils retrouveront bientôt le confortable bonheur du printemps 1914. Le péril est bien là toutefois et la mort proche. La bataille de Loos vient de commencer. Mis à la disposition du commandant de la division, le général Thesiger, Emile a assisté au départ des troupes pour leurs postes de combat et à la mise en place de la stratégie alliée. Loos se veut une réponse à Ypres où, à la fin de l'année précédente, les Allemands ont utilisé les gaz pour décimer l'ennemi. Le jour J, il salue pour la dernière fois son général, sanglé dans un magnifique uniforme, brodé de rouge et d'or. Il verra, le soir, rentrer du front son cadavre, maculé de sang et de boue.

Lui-même est chargé d'assurer la liaison avec les batteries françaises qui soutiennent la division. Il traverse des bois humides, sous les bombardements. C'est son baptême du feu. Il se comporte avec courage. Les Britanniques le décoreront dès l'issue des combats ; il recevra à Loos une première médaille militaire pour sa « conduite distinguée sur le champ de bataille » : le D.C.M.

Le 24 septembre 1915, il écrit à Janine : « Ce matin j'ai eu le baptême du feu (à une certaine distance rassure-toi) mais enfin ces espèces de boches tiraient sur une batterie qui était à environ 500 mètres de moi, de sorte qu'on voyait admirablement la flamme rouge de l'obus éclatant. Le vacarme était très joli. Je constate avec un réel plaisir que cela ne me fait aucun effet jusqu'à présent. On me dit que quand j'aurai vu les effets à dix mètres de moi, je serai moins fier. On verra. »

Le 25 : « Ma jolie chérie, je ne dois pas te parler de la guerre mais j'en ai aujourd'hui la tête tellement pleine que je suis incapable de parler d'autre chose. Je veux simplement te dire que je vais bien : j'ai vu des choses admirables et des choses horribles ; tu t'en seras déjà doutée à la lecture des journaux. Mais pour un début au front, c'est un début mouvementé. »

Le 26 : « Je sais maintenant ce que c'est qu'un obus qui vous passe au-dessus de la tête, pour aller éclater à 50 mètres, tandis que les hommes se courbent vers la terre d'un même geste comme dans les églises au moment de l'office. »

Il voit les blessés dans les champs, « et ça c'est une chose inoubliable et qui vous colle dans l'esprit la sottise de la guerre ». Il voit les « masses de prisonniers boches », au moment où ils se rendent, couverts de la boue jaune des tranchées, « hébétés, bandes de bêtes sauvages affolées », et puis leurs officiers, « certains pleurant à chaudes larmes ». La guerre, ce beau discours, est devenue réalité.

A Janine, ce même jour : « Surtout ne sois pas inquiète sur mon sort, toi-même ne veillerais pas mieux sur moi que ne fait le lieutenant. » Dans une précédente lettre, il lui disait que le lieutenant était pour lui « à la fois un chef, un père et un frère » et lui permettait « de voir tout avec le minimum de danger possible ». La vérité, c'est qu'il tient avec le brandy que le colonel distribue – « Le brandy est la substance dont sont faits les héros », dit le colonel anglais. La vérité, c'est qu'il a découvert l'enfer.

Les lettres qu'il reçoit de Janine l'aident à garder le moral : pleines de tendresse et de naïveté, elles lui parlent d'un univers féminin dont la nostalgie l'étreint. Il rêve, dans le bruit incessant, assourdissant des canons, de son parfum, de sa peau satinée. Un poème improvisé naît parfois, dans les nuits de répit, et sert de lettre au prochain envoi, tel ce « A la manière de Verlaine » :

Temps gris, Ginette
Il pleut, Ginon.
La bise aigrette
Rôde et furette :
Pas de charbon.
Mon corps regrette
(soupir profond)
La peau douillette
De mon Ginon.

Ou cet autre, plus grave, « A la manière du père Hugo » :

Le Kaiser peut jeter ses bataillons barbares
Sur le mur de héros qui pour toujours lui barre
Le chemin de Paris,
Il peut bombarder Reims, il peut brûler Malines
Détruire les clochers, loger Dieu dans les ruines
Et souiller les parvis

Mais dès que l'on échappe à la ligne effrayante
Où flotte sur l'Europe immobile et sanglante

Son drapeau triomphant
Il ne peut altérer la grâce d'un feuillage
Le calme des forêts, la beauté d'un visage
Le rire d'un enfant.

L'offensive de Loos est un terrible échec pour les Alliés : le vent a retourné sur eux les gaz destinés à l'ennemi. La 9e division écossaise, épuisée et meurtrie, aurait mérité du repos mais la guerre a besoin d'hommes. Le commandement suprême décide de l'envoyer renforcer la défense de la région d'Ypres, où de durs combats se livrent sans relâche depuis octobre 1914. Il n'y aura pas de permissions. Du Pas-de-Calais, Emile rallie les Flandres.

Creusé de bosses et de cratères, tout le pays ressemble à un immense champ dévasté par un séisme. Le temps, humide et froid, est une épreuve aussi redoutable que les bombardements : des tonnes de bombes s'abattent sur les hommes, transis, sous le ciel d'acier du Nord. Les villes ont été détruites, les villages rasés : « Vlamertinghe, Dischebusch, Reninghels où cantonnait notre division, comptaient encore quelques fantômes de maisons où nous abritions nos sacs de couchage [1]. » Avec son capitaine, le fidèle et jovial Ridel, Emile s'installe, si l'on peut dire, dans le couvent de Hoogegraef, où les vieilles nonnes qui sont restées leur cèdent deux lits de fer au bout d'un dortoir désaffecté. Les deux hommes accrochent la photo de leur femme à côté du crucifix, sur le portrait de la Madone. « Nous dormons comme des dieux », écrit Emile, « on est tellement mieux que sous la tente ! ».

Les obus de 305 « secouent les nerfs » selon son expression. Il lui faudra du temps pour s'habituer au pilonnement, qui provoque chaque fois une « véritable

1. *Mémoires*, *op. cit.*, p. 120.

commotion physique ». Quand il ne les tue pas, l'obus de 305 paralyse les hommes et les rend sourds, pendant de longues et éprouvantes secondes. Quoique hors de portée, le couvent enregistre les secousses, qui rythment la vie du Q.G. de jour comme de nuit. Le général Furse a remplacé le général Thesiger. Or, Furse est ce que les Anglais appellent un *strafer* – un spécialiste du mitraillage en rase-mottes. Il mène la vie rude à ses hommes en lançant inlassablement des coups de main, qui provoquent de meurtrières ripostes, bombardements massifs ou contre-attaques surprises au milieu de la nuit.

Le 4 octobre : « Le pays n'est qu'un marécage. Il pleut par rafales et comme le sol est argileux, toute l'eau reste stagnante. " Quel pays ! " s'écrie toutes les cinq minutes de la Boissière, qui ne peut arriver à se faire comprendre car la moitié des gens ici ne parlent pas français. »

Comme l'armée ne les a pas équipés de bottes, les hommes pataugent dans la boue, qui pénètre dans leurs godillots et leur monte jusqu'à mi-mollets lorsqu'ils traversent les champs. Il arrive qu'en butant sur des racines de betteraves, ils chutent de tout leur long et passent ainsi la journée, le corps trempé, les pieds gelés. Emile, qui doit parcourir des kilomètres pour assurer les liaisons entre les Alliés, souffre déjà d'engelures. Les chaussures n'ont pas le temps de sécher pendant la nuit, elles sont encore imprégnées d'eau à l'aube. Les bottes deviennent son idée fixe et le principal refrain de ses lettres : il en a commandé une paire chez un bottier de Rouen, qui, pour une obscure raison de fabrication ou d'expédition, tarde à les lui faire parvenir. Elles sont en cuir, très hautes, avec une bande de caoutchouc qui les resserre sous les genoux. Il se plaint de ce retard à Janine et la supplie d'intervenir. C'est un des rares aveux de sa vraie misère.

Il n'habite plus le couvent. L'état-major s'est installé en plein champ – c'est-à-dire en plein marécage – pour se rapprocher du front. Emile partage une tente avec un officier écossais. D'autres tentes abritent le mess, l'infirmerie, la cuisine et les autres chambrées. Les tentes ne sont pas chauffées, sinon par de minuscules braseros – il gèle la nuit. Emile, qui a toujours été frileux, peste de trouver tous les matins l'eau transformée en glace dans la cuvette. Les Écossais – « Race solide », selon lui – donnent l'exemple : « bains froids, tout nus dans la prairie; jamais de pardessus; sommeil de plomb; gens heureux. » Ils n'ont qu'une couverture sur leur paillasse quand il empile sur lui tout ce qu'il compte de chandails et de vêtements de laine. Janine lui envoie des chaussettes, des gilets, des couvertures et même une bâche imperméable, qu'il lui a demandés en exprès. Il arrive que, pendant la nuit, des rafales rabattent la tente sur les hommes et les obligent à s'en extirper, en rampant dans la boue. Pourtant Emile s'aguerrit; il résiste à la fois au froid, à la pluie, et au harcèlement des bombes. « Il faudra après la guerre que tous les civils viennent faire huit jours d'hiver ici pour se rendre compte », écrit-il à Janine, le 2 novembre.

Les Flamands entretiennent de bonnes relations avec les soldats alliés. Emile trouve que leur bière est un excellent cordial, et que les filles sont belles. Il parle souvent à Janine d'Hélène et de Berthe, les jeunes servantes de l'estaminet, où il vient tenter de se réchauffer, les jours sans mission. Il fait travailler des dentellières : Janine pourra garnir un col et des poignets de robe, avec des dentelles des Flandres. Tandis que la situation s'aggrave, que les blessés s'en reviennent chaque jour par dizaines, par centaines, tandis que la guerre dure et que l'hiver approche, tandis qu'il souffre du froid et des privations, il n'a qu'une pensée en tête : rassurer sa femme, adoucir leur séparation en lui prodiguant à distance des caresses et des mots doux.

« Je suis heureux que vous soyez tranquilles toutes les deux dans votre petit coin. Faites-vous une jolie vie calme en attendant que je vienne m'y joindre. »

Il lui invente de nouveaux noms : elle est maintenant Jogine, Zozon, Jozon, « Heureusement que je t'ai, ma Jozon. » Les « je t'aime » et les « je t'adore », les « je n'aime que toi », « je t'adore et toi seule », se bousculent à la fin des lettres et par contraste avec le récit (très édulcoré) des batailles ou le résumé (très pudique) de la galère, à laquelle ressemble la vie d'un soldat, toutes ces formules font l'effet de ravissants bouquets de fleurs, qu'Emile adresse à sa bien-aimée.

« Fais-toi une jolie petite vie, ma chérie », lui écrit-il le 4 octobre, au retour d'une expédition jusqu'à la ligne des combats.

Il trouve du réconfort à penser à elle, et rien ne lui procure plus de joie que de recevoir ses lettres, insouciantes et parfumées.

Il signe les siennes d'une initiale – M. –, qui sera celle de son futur nom d'écrivain. Mais il ne sait pas qu'il signera M..., les livres qu'il écrira. M., en 1915 et jusqu'en 1919, est l'abréviation de Minou !

« Oh ! que je t'adore.

M. »

Vers la mi-octobre, pour lui permettre de se déplacer plus vite, les Anglais lui donnent un cheval : Lassie. Ses chevauchées dans la campagne le ravissent, grâce à Lassie il a l'impression de renouer avec la liberté. Il ne monte pas mal, s'étant exercé à l'équitation pendant son adolescence, et il goûte comme un privilège ce transport imprévu, qui se double d'une amitié nouvelle. Le cheval lui apporte une réconfortante compagnie, d'autant qu'Emile Ridel est parti pour un autre poste dans l'artillerie, et que les Britanniques de la base ne sont pas tous aussi aimables que le colonel – lequel aime venir bavarder sous la tente : « Je crois bien que c'est surtout pour voir ta photo, qui en est le seul ornement. »

Un jour, Lassie glisse en sautant un fossé, et le déséquilibre. Il chute, tandis que Lassie lui retombe dessus de tout son poids. Par miracle, il n'est que commotionné. Un paysan belge le ramasse et le raccompagne, endolori et claudicant, jusqu'à la base. Il passera quelques jours à l'infirmerie. Il s'y liera d'amitié avec le docteur James, un psychiatre anglais, qui deviendra le célèbre docteur O'Grady des *Silences du colonel Bramble* – son premier livre [1] –, et dont les savoureux récits, pendant ce repos imprévu, lui inspireront le premier chapitre d'une œuvre encore dans les limbes : *Le Cheval et le Faune*.

Au mess, les officiers passent les mêmes disques usés : *Destiny Waltz*, *We've come up from Somerset* et des morceaux choisis de Caruso. Au petit déjeuner, on sert du porridge, du bacon et de la marmelade. Il a le sentiment d'une fraternité, qui se noue entre les hommes. Et puis, il a les livres – ceux qu'il commence à écrire, et ceux qu'il dévore : Machiavel et H.G. Wells, Shakespeare ou Montaigne. La guerre a aussi ses bons moments.

Le 4 novembre 1915 : « Je suis très suffisamment nourri, très peu bombardé aujourd'hui, pas du tout malade, et traité en vieil ami par mes officiers... What more can I want ? Of course I want Zozon. Mais je l'aurai après la guerre, si bien et je l'entourerai de tant de tendresse ! Cheer up, my darling : you are a husky devil.

« Je t'adore.

M. »

Avec ce post-scriptum, tandis que le *strafing* reprend :

« Il love you, you and you. »

1. Grasset, 1918.

Du côté des mondanités

Janine n'est pas restée à Elbeuf, où le temps lui pesait. Dès le mois d'octobre, avec l'accord d'Émile, elle s'est installée à Paris, emmenant avec elle Poucette, miss Betts, et Églantine – la femme de chambre normande. A peine arrivée, elle décore l'appartement, souhaite acheter des lampes, des guéridons et une commode en bois de rose « ravissante, et qui irait délicieusement avec nos lits, mais elle est un peu cher [1], 950 frs ». Pour s'occuper – son principal souci – , elle s'inscrit à la Sorbonne, en auditeur libre. Elle a l'intention d'y suivre les cours du professeur Durkheim sur la philosophie sociale de Saint-Simon. Y goûtera-t-elle un véritable intérêt ainsi qu'elle le prétend ? Ou bien veut-elle plaire à Emile, le persuader qu'elle partage sa passion pour la culture et l'éblouir en faisant preuve d'application ? Au lendemain du premier cours, qu'elle a trouvé « un peu ennuyeux », elle raconte avec délectation qu'elle a empêché un jeune étudiant, assis près d'elle, de se concentrer sur les propos de Durkheim. Elle sait écouter, et rester silencieuse, mais son esprit folâtre volontiers.

1. L'orthographe de Janine est souvent fantaisiste.

Elle cherche aussi à améliorer sa connaissance des langues, elle veut prendre des leçons d'anglais et d'italien. Il lui faut à tout prix « faire des choses intelligentes ». Pour l'italien, elle a trouvé un professeur particulier, mais c'est un homme, « Est-ce-que cela t'ennuie, Minou ? » (La réponse ne tardera pas : « Prends plutôt une femme », lui écrit Emile, par retour du courrier).

A Paris, Janine déborde d'activité. Si l'on retranche de ses journées les grasses matinées, les heures qu'elle passe à la toilette ou à l'arrangement des fleurs, les lettres qu'elle écrit puis s'en va poster rue Grétry, où se trouve le bureau de la poste anglaise, elle dispose de beaucoup de loisirs. Or, la ville qu'elle habite lui offre une grande palette de distractions, des théâtres et des restaurants, des salles de concert, des boutiques de luxe, une atmosphère tourbillonnante et séduisante. Janine adore Paris parce que tout y est possible et que tout y fait rêver. Elle s'y sent libre, à portée d'un bonheur qui se dérobe ailleurs. Vue de la capitale, la guerre, cette ennuyeuse, paraît si loin qu'on la croit irréelle. Il n'y a que les uniformes des permissionnaires et les lettres d'Emile pour la lui rappeler.

« Ah ! Minou, quand cette guerre sera-t-elle donc finie ? »

Pendant que Nurse emmène Poucette au parc Monceau, et qu'Églantine lave, repasse ou prépare le repas du soir, Janine joue les Parisiennes à plein temps. Pour activité principale, elle a le lèche-vitrines. Elle court les magasins. Sa préférence va aux meilleures adresses, elle fréquente beaucoup la rue de la Paix et le faubourg Saint-Honoré. « C'est étonnant la quantité de femmes élégantes qui sont chez les couturiers... A six heures, en traversant la place Vendôme remplie de limousines, j'avais peine à croire qu'on se battait quelque part... » A force de regarder les étalages, elle finit par céder aux tentations. Elle s'offre ce qu'elle appelle « des petites folies » : pour affronter l'hiver, un tailleur de chez Premiet, une étole de renard et un manchon de chinchilla. Elle annonce ces achats à Emile avec un tel enthousiasme qu'il est difficile de lui en vouloir.

7 octobre : « J'ai fait des petites folies, mais toutes petites. Avec ton cadeau de fête et celui de tes parents, je me suis acheté un beau renard gris très doux, qui me rend très mignonne. Oncle Achille m'avait conduite chez des petits fourreurs mais j'ai fini par l'acheter rue de la Paix, où je l'ai payé 50 fois plus cher, mais tellement plus beau et plus chic, que je suis convaincue plus que jamais qu'il n'y a que les bonnes maisons. Il sera prêt samedi, je me réjouis que tu me voies avec. »

Emile, indulgent parce qu'il est amoureux, ne reproche jamais à Janine de se montrer peu économe. Il aime la savoir merveilleusement parée. Il ne regrette qu'une chose : ne pas la voir essayer devant lui ces robes ou ces atours, dont plus tard, dit-il, il la déshabillerait. Elle joue les mannequins pour lui, mais hélas à distance. C'est lui qui, depuis le front des Flandres, lui demande de se faire photographier dans son tailleur haute couture, en velours de laine prune. Il veut absolument lui faire plaisir. « Surtout ne te prive de rien, lui écrit-il, le 2 novembre. Je ne puis te gâter : ma prairie ne peut avoir que de l'herbe et de la boue. Gâte-toi en mon nom. »

Il approuve toutes ses initiatives, la félicite d'assister à des concerts et l'encourage à accepter les invitations de l'Oncle Achille, le seul vieil oncle célibataire à oser déserter l'Usine et la Normandie. Il emmène Janine dans les bons restaurants, l'accompagne chez les fourreurs et les antiquaires, ou bien lui prête sa voiture et son chauffeur pour se promener au Bois. Lorsque le capitaine Ridel, en permission, vient retrouver sa femme, ils l'invitent au théâtre, pour sa plus grande joie. Un autre jour, elle prend le thé avec eux, chez Rumpelmayer. Elle raconte à Emile ce qu'elle fait, ce qu'elle vit.

Ses lettres fourmillent d'anecdotes, destinées autant à le distraire qu'à le rassurer. Elle ne veut pas qu'il puisse penser qu'elle perd son temps dans des broutilles. Qu'est-ce que la vie de Janine, dit-elle en parlant d'elle à la troisième personne, sinon « s'occuper avant tout de sa Poucette et de son petit mari » ? Quand elle ne court pas les boutiques, à la recherche de la fourrure idéale à un bon prix (car elle réfléchit beaucoup sur le montant qu'indiquent les étiquettes et tente de raisonner ses coups de cœur), elle fait des courses pour Emile. Elle lui achète des vêtements chauds, des souliers et des guêtres (ne parlons pas des bottes, qui ont pris un temps fou pour lui parvenir), du papier à écrire, de l'encre pour son stylo (une innovation), un baromètre, bien utile pour qui se morfond sous le ciel gris des Flandres, et de la toile cirée, pour protéger son matelas et ses couvertures de la pluie qui transperce la tente sous laquelle il habite. Elle achète surtout des livres, chez son libraire attitré, Galignani, rue de Rivoli. Et toutes sortes de denrées alimentaires, destinées à améliorer l'ordinaire de l'armée anglaise : du beurre ou de la moutarde, des salaisons, des petits pois en boîte de la marque Rödel dont il dira qu'« ils sont meilleurs que les frais », du chocolat, des confitures, des fruits confits, et même des truffes et des foies gras. Elle mêle avec amour le superflu à l'indispensable, allant jusqu'à envoyer des raisins ou des figues, fraîchement cueillis, qui, malgré ses précautions, arriveront sur le front en piteux état. Elle confectionne elle-même les paquets, avec du papier de soie et des rubans de toutes les couleurs, où Emile reconnaît aussitôt sa main.

Ces paquets sont sa manière de lui dire qu'elle pense à lui, qu'elle se préoccupe de sa santé, qu'elle prend part à sa dure vie de soldat. Elle y joint des messages de tendresse, des baisers, des caresses. Et des photographies d'elle, seule ou avec leur fille.

Elle lui parle beaucoup de « Tapetipata » – le nouveau nom qu'elle donne à Poucette. La petite fille grandit, marche et court, adore sa mère et conquiert peu à peu sa personnalité. Dynamique, drôle, appliquée, avec un regard qui comprend tout, ne laisse rien passer, elle amuse prodigieusement Janine, qui la gâte avec excès. Tapetipata ne s'endort plus qu'avec son « Dood » (pour « good ») : un morceau de chocolat que sa *Mummy* lui donne dans son lit, en cachette de Nurse. De même que Minou ne résiste jamais longtemps à un caprice de Ginou, Ginou ne contrarie jamais sa Poucette. Elle se délecte de contempler dans la fillette ses propres marques – celles d'une féminité grand style : gourmandise, paresse, volupté, élégance et caprices. Elle laisse Nurse ordonner, régler, régir et pense quant à elle que la vie ne devrait être que plaisir.

C'est pourquoi elle refuse de rentrer à Elbeuf. Ses beaux-parents sont devenus sa bête noire. Elle se plaint de leurs visites trop fréquentes à Paris, des mines sévères de sa belle-mère qui se permet de venir chez elle sans s'annoncer, ou des sermons de son beau-père qui juge qu'on ne doit pas aller au théâtre ou au concert, quand des jeunes gens se font tuer à la guerre – « Comme c'est bête ! » dira Janine (lettre du 21 novembre). Elle se moque d'eux, de leurs manières provinciales et de leur puritanisme. « Maintenant que je ne vis plus avec eux, confie-t-elle à Emile le 30 novembre, je m'aperçois encore davantage de l'abîme qu'il y a entre nous. Si j'étais restée là-bas je serais vite devenue semblable. Thanks God, I didn't do it. » L'irritation tourne à l'allergie sinon à la détestation : « Tes parents sont partis ce soir, ton père emportant ses illusions et ta mère mon linge sale. Ils m'ont demandé de venir bientôt à Elbeuf, j'en avais bien l'intention mais après les avoir revus, je sens mon courage faiblir. » Elle ne passera à Elbeuf qu'un court séjour, début décembre, brève concession à ses devoirs d'épouse – « J'ai pris mon courage à deux mains, mais ça me coûte beaucoup ». Elle trouvera la maison glacée, le jardin à l'abandon et la famille Herzog si lugubre et exaspérante qu'elle n'aura de cesse de retrouver aussitôt la grande vie de Paris.

Emile s'inquiète de la savoir livrée à elle-même, loin de toute protection. Il s'inquiète d'autant plus qu'il lui semble discerner autour d'elle quelques inquiétants fantômes : la famille Szymkiewicz s'est resserrée depuis son départ, et remplace malheureusement près de Janine ses propres parents, que l'on tient à distance. Janine n'évoque que de loin en loin son frère et sa mère, mais il devine leur présence. Ne les verrait-elle pas trop souvent, désormais ? Insensiblement, la légèreté Szymkiewicz – leur goût du luxe et d'un certain tape-à-l'œil – lui paraît gagner du terrain. Mais il ne veut rien lui reprocher, rien lui ordonner. C'est à peine si l'on perçoit une pointe d'amertume dans ce qu'il lui écrit le 12 octobre 1915 : « Tu m'as l'air de très bien passer ton temps et d'être aussi cheerful que possible. J'en suis très content : c'est comme cela que j'aime te savoir et cela me donne du courage à moi-même. » Loin de lui l'idée de la gronder, ou de lui faire la leçon, de la morigéner. Il sait qu'elle est fragile et qu'clle aurait grand besoin de lui. Il se sent coupable, malgré les circonstances, de ne pas pouvoir la protéger comme il le lui a promis. Et il tente, par une démonstration excessive de gentillesse, de compenser son absence par des trésors d'indulgence. « Gâte-toi en mon nom ! »

Elle applique à la lettre ce précieux conseil. Aussi a-t-elle quelques soucis d'argent. « Ce soir, j'ai fait mes comptes. Hum ! Pas très brillant, Minou ! » Elle ne tient pas ses fins de mois. Elle invoque le prix du charbon, celui du gaz et de l'électricité (encore à ses débuts mais qui éclaire déjà la rue Ampère), les tarifs de la nurse, mais surtout les prix des livres de Galignani ou ceux de la nourriture, en telle hausse qu'ils rendent insignifiant le coût d'un renard gris... Elle cherche à s'occuper, à se distraire et, crescendo, à s'amuser. Souvent irritée de ne pas y parvenir, elle reproche à Emile, quoique très gentiment, de ne pas être à ses côtés. Elle lui en veut d'être à la guerre, et elle se venge à sa manière, pour lors en achetant des fourrures ou des chapeaux. Plus tard, elle raffinera dans l'art de la compensation.

Elle reste convaincue qu'il pourrait se dispenser de cette corvée de patriote, et l'en dispenser aussi. Elle ne manque jamais une occasion de lui citer tel ou tel qui, sous des prétextes divers, se sont fait rappeler à l'arrière et dont l'exemple lui paraît mille fois plus intéressant que le sort des pauvres héros morts pour leur patrie. Elle trouve qu'Emile est très courageux mais qu'il s'entête dans l'esprit de sacrifice, et qu'il en a bien assez fait. Elle lui demande de se faire porter malade, ou muter, ou accorder des permissions supplémentaires. La guerre l'exaspère. « Moi, j'aime beaucoup être aimée et par toi. Est-ce qu'il n'y aurait pas moyen de venir voir ta Ginette ? »

Il résiste comme il peut. Déchiré entre l'amour et le sens du devoir, il lui répond qu'il se doit à la France, et qu'il refuse d'être un lâche. Il ne sera jamais un planqué. Il lui promet un bonheur, qui lui paraît à elle à des années-lumière. « Je ne veux à aucun prix retourner à l'arrière. J'adorerais vivre avec toi, Zozon, mais quand la guerre sera finie et que nous pourrons nous promener fièrement et librement à travers le monde. Et alors, Ginette, nous aurons des jours délicieux, tu verras. »

Elle n'a pas sa patience. La fidélité d'Emile à la France lui paraît être une désertion à son égard. Elle n'est pas loin de confondre la guerre avec une rivale, et souvent, dans ses lettres, ses reproches sont ceux d'une épouse trompée.

Dès l'automne 1915, elle se plaint d'être abandonnée. 25 octobre : « J'ai terriblement envie de vivre de nouveau avec toi, de n'avoir aucune décision à prendre, de me laisser guider comme une petite fille. Minou, je ne suis pas une femme indépendante. »

Elle demeure scandalisée que le centre du monde se soit déplacé loin de sa jolie personne. « Mon petit Minou », « Mon aimé Minou », « Mon amour chéri »,

« Minou très chéri » : commencées de la manière la plus tendre, ses lettres de 1915 réclament inlassablement, déjà, une présence. « Je voudrais bien être sur ton épaule, tu me manques tant, mon cher amour, tant. » Comment Emile ne serait-il pas ému de lire sous sa plume les marques de la plus évidente tendresse, de la plus évidente nostalgie ?

« A quoi je pense ? Mais à toi seulement, mon amour, et je pense à tout ce temps qui passe et me rapproche de toi. Je pense à ton amour, qui m'est une telle force et qui m'enveloppe tout doucement, et je t'aime. »

A la fois douces et ardentes, les lettres de Janine avouent parfois, assez crûment, un désir insatiable – « Temps lugubre aujourd'hui, chéri, pluie, vent, rien à faire, tristesse, coucher avec Minou just the thing, mais pas de Minou. Hou ! hou ! » Chaque jour de pluie éveille en elle le même regret – « Coucher avec Minou mais il n'y a pas de Minou, Hou ! hou ! »...

On la sent sincère et désolée, trahie dans son jeune bonheur :

« Ma main tout endormie va rejoindre la tienne et je me sens toute pleine de confiance et d'amour. »

« Je t'aime, je ne sens que toi de vrai et tu es tout mon espoir et ma vie. »

« Je t'aime beaucoup, beaucoup, et j'aimerais que tu le sentes là-bas et que ça te donne beaucoup de courage. »

« Je t'aime, je t'adore toujours plus. »

Tout en reconnaissant qu'il est irremplaçable – « Quand tu es là, je me sens tellement en harmonie avec toi, tout ce que tu me dis est tellement " the thing " qu'après, la société des autres gens m'est odieuse et presque insupportable. C'est pourquoi, mon aimé, il faut te garder précieusement pour moi, je veux être toute ma vie près de toi... » (lettre du 17 octobre) –, elle se montre sensible aux marques d'attention des uns ou des autres. Elle refuse rarement « une occasion de s'amuser » – « Oh ! Comme je vais m'amuser ! », dit-elle avec franchise, à propos d'un concert, d'un thé, ou d'une simple promenade. La visite de Ridel, venu la photographier à domicile, sans sa femme, ne paraît pas la gêner. « Je trouve que c'est plus amusant que d'aller chez le photographe »... Il n'y a que les parents Herzog ou sa propre mère pour l'« embêter » – encore un de ses mots familiers.

Elle prie la Vierge, en brûlant des cierges devant son icône, de lui rendre Emile et la belle vie d'avant la guerre. Mais la Vierge n'entend pas et la guerre se prolonge, plus personne n'ose croire en une fin proche. 1916, lui a dit Emile, le dernier jour d'une courte permission de Noël, sera une année bissextile.

« *1er janvier 1916*

Minou chéri, c'est un triste jour de l'an que je passe : je n'ai pas encore reçu de lettre, mais je sais bien que ce n'est pas de ta faute, mon amour.

Il fait un temps triste et gris, j'ai passé mon temps à lire et à penser à toi. C'est si bête que tu ne sois pas là.

Que je t'aime.

Janine »

Journaux intimes

Ce sont des agendas de tout petit format, en maroquin vert ou noir, trouvés dans les tiroirs de Janine après sa mort. Il y en a une collection, mais les plus intéressants, parce qu'ils lui ont servi de journal, sont ceux des années 16 et 17. D'une écriture serrée, intense, ils sont remplis de confidences. Celui de 1916 (année bissextile) a été acheté chez Kirby, Beard & Co, 5 rue Auber; celui de 1917 vient de chez Smith, Charterhouse Square, à Londres. Ce dernier est un véritable « diary » : il offre une page blanche par journée.

Dans ses carnets, Janine a noté des adresses, des numéros de téléphone, la liste de ses dépenses – tant à la blanchisseuse, au fourreur, à la femme de ménage, au taxi, au livreur, etc. –, enfin ses rendez-vous chez le coiffeur, la manucure (elle s'appelle Rose) ou le dentiste. On peut la suivre à la trace, revivre avec elle chacune de ses journées. Mais on peut aussi, à certaines dates, partager ses humeurs et ses états d'âme : elle s'est beaucoup confiée. Le diary est un écho aux lettres qu'elle envoie à Emile. On y retrouve ses plaintes et ses déclarations d'amour, son style enfantin et ses promesses d'être sage, sans y parvenir toujours. Elle s'y laisse davantage aller à sa vraie nature – à la fois vulnérable et jouisseuse. Plus franche dans le diary que dans sa correspondance, parce qu'elle n'écrit que pour elle, que personne ne lira ce qu'elle y exprime, elle n'a pas besoin de jouer son rôle de « bonne petite personne », moralement parfaite.

Ce qui frappe d'abord, c'est qu'elle est constamment « moody » – à elle aussi les mots viennent en anglais. Traduction : souffreteuse, d'humeur variable et plutôt déprimée. Elle trouve toutes sortes d'adjectifs pour se décrire : « ahurie », « épuisée », « éreintée », « bonne à rien ». Son corps lui donne du tracas. Elle a mal à la tête, aux dents, au ventre, à l'estomac, à l'intestin, au dos, aux jambes, au cœur. Elle se plaint de son « petit inside ». Mais l'extérieur la mécontente souvent : elle a le teint jaune, des boutons, des cernes, des enflures, ou le cheveu terne. Rien ne va... Elle se sent mal, « endolorie », « barbouillée », « patraque », « courbaturée », carrément « sick » ou « awfully bad ». Elle a des migraines, des rhumes, des coliques, des angines, des crampes, des élancements, et chaque mois, des règles douloureuses, qu'elle attend avec impatience – elle panique à l'idée d'être enceinte. Elle appelle souvent son médecin, le docteur Wallich, Passy 64-67, dont le cabinet se trouve avenue Kléber.

La nuit, elle dort mal, souffre de cauchemars, d'insomnies. Elle s'agite dans son lit, puis se lève pour manger du chocolat ou faire les cent pas dans sa chambre. Elle a rarement le sommeil heureux. Lorsqu'elle passe une bonne nuit, elle la signale au diary, en lettres capitales.

Le matin, évidemment, elle se trouve « une tête à faire peur ». Elle reste couchée jusqu'au déjeuner, ce qui ne l'empêche pas de faire la sieste jusqu'à six heures du soir. Elle en ressort « ahurie », mais contente : dormir lui donne « un joli teint ».

Cette paresseuse s'impose de l'exercice. Quand la nuit n'a pas été trop rude, elle s'en va marcher de bonne heure ou monter à cheval au Bois, sur Jennie ou

Jerry – l'écriture est parfois incertaine –, en compagnie d'un maître d'équitation du manège de la rue Chalgrin. Elle aime avoir chaud, rentrer « vannée » et affamée », s'offrir alors un long bain parfumé.

Elle déjeune souvent dehors. Au moins deux à trois fois par semaine. Oncle Achille (Gutenberg 11-62) est son principal « cavalier ». Il vient la chercher en auto pour la conduire au restaurant : chez Larue ou aux Ambassadeurs. « Il est vraiment très gentil avec moi, je m'amuse beaucoup. » Parfois, plus rarement, Oncle Henri prend le relais. Mais elle déjeune aussi chez des amies : Suzanne Ridel, 6 avenue Marceau, Germaine Legrix, 57 avenue de Breteuil, ou d'autres, Berthe, Hélène, Olga ou Gladys [1] – celle-ci, 10 avenue Mac-Mahon, est de toutes la plus fréquemment citée et celle qui semble avoir eu la plus grande influence.

Après le déjeuner, Janine fait des courses, seule ou, plus souvent, accompagnée d'Oncle Achille qui adore la regarder essayer robes, manteaux, bijoux, manchons, et lui offre des cadeaux qu'elle n'avoue pas tous à Emile. Achille et Janine, quand Emile n'est pas là, sont devenus inséparables. Gladys est une bonne compagne de chopping [2], presque aussi dépensière que Janine. Elles vont ensemble chez Lanvin, chez Chanel, chez la modiste Lucie Hamar, ou chez Mappin & Webb – un des agendas de Janine, à la ravissante reliure d'écaille, provient d'ailleurs de ce dernier fournisseur, orfèvre anglais.

Est-il utile de préciser que Janine « dépense énormément » ? Les chiffres s'additionnent de page en page. Voit-elle, par exemple, un manteau de loutre, elle en a aussitôt envie et passe la commande mais, le soir, écrit dans son diary : « Avec quoi vais-je le payer maintenant ? » Le même scénario se répète avec de la taupe, avec du chinchilla, ou « un mignon petit chapeau très cher ». Elle ne peut pas résister à la tentation.

1. Berthe Schwob d'Héricourt, Hélène Kiefe, Olga Fraenckel, Gladys Yates.
2. Sic, again.

Vers quatre ou cinq heures, parfois plus tard, elle va goûter chez Rumpelmayer ou au Petit Ritz. Elle y retrouve des amies, mais parfois des « inconnus », dont elle n'indique alors qu'une initiale, nom ou prénom ? Gladys aime bien un dénommé Boyer, qui fait à Janine « une cour assommante ». Elle a aussi son Anglais – « elle est venue avec son anglais ». On n'en saura pas davantage.

Janine est souvent « assommée ». D'une page à l'autre, ce ne sont que : « Je me suis ennuyée terriblement », « Comme les gens sont ennuyeux ! », « Je m'ennuie chaque jour davantage » ou « Ouf, j'ai évité l'ennui ». Elle n'aspire qu'à s'amuser.

Elle a aussi « la flemme » – la flemme de sortir ou d'aller au théâtre, la flemme de se coucher et la flemme de se lever, sans compter la flemme « d'écrire tous les jours à Minou ». Cela ne l'empêche ni de sortir ni d'aller au théâtre, ni de courir d'une boutique à l'autre, ni de s'épuiser en vaines occupations qui lui laissent « la tête vide » et « le regret de n'avoir rien fait d'intéressant ».

Elle s'astreint à ses leçons d'anglais ou d'italien, et aussi à des exercices de chant, auxquels Emile assiste lorsqu'il est en permission, afin de constater ses progrès ! Elle est alors « terriblement intimidée ».

Le soir, son programme : théâtre, concert, ou dîner chez des amies, elles aussi en manque de maris. Quand elle reste à la maison, elle lit jusque tard dans la nuit.

A plusieurs reprises, elle note qu'elle reçoit des roses blanches. De beaux bouquets. Elle ne dit pas qui les lui envoie. « Que ces roses sont jolies ! » Et « le petit Minou ? »

Minou est présent à une page sur trois environ. Janine écrit dans le diary ce qu'elle dit dans ses lettres : il lui manque, elle voudrait qu'il soit là, elle l'aime, son « cher petit mari ». Elle espère qu'elle ne lui fera jamais de la peine. Qu'entend-elle par là ?

Elle aimerait bien « coucher » avec lui. « O rendez-moi mon petit mari quotidien. »

Quand il la rejoint pour une permission, elle sort moins et reste déjeuner à la maison. Mais alors, elle « tourne en rond » et ne sait pas « quoi faire », elle n'ose pas le laisser seul, trouve qu'« il n'a pas l'air câlin »... Elle s'avoue même « déçue ». « C'est trop court ! » Et puis, « Emile fait la tête, je ne sais pas pourquoi ». Il est de mauvaise humeur, elle craint de le déranger. Quand elle propose d'aller au théâtre ou au cinéma, il n'en a pas envie. Il déteste Le Petit Ritz et Rumpelmayer. Alors, elle va chez le coiffeur « se faire onduler », et s'achète un chapeau neuf. Mais après le dîner, quand elle va se coucher de bonne heure – « Enfin dans mon petit lit ! » –, il préfère s'attarder au salon. Il lit ou écrit. Il travaille.

Janine : « Emile veille. »

La phrase se répète de soir en soir, jusqu'au départ du mari-soldat. Les « bonnes nuits d'amour », également consignées, se font rares. Emile est « fatigué » ; au lit « il s'endort aussitôt contre mon épaule ». Quand, par hasard, elle est « indisposée », il se dit seulement « vexé ».

Plus le temps passe, plus la guerre lasse, plus les permissions sont amères et souvent gâchées. Des désaccords, comme sur une partition de musique, mettent de la gêne dans ce couple pourtant très amoureux. Janine trouve que ses soirées sont « dull » – mornes – quand Emile vient. « I have nothing to say » : le ton est désolé.

« Something is broken » : quelque chose s'est-il vraiment cassé ?

Et les roses blanches n'auraient-elles pas quelque rapport avec ce malaise ?

Emile doit penser que Janine s'occupe un peu trop bien, lorsqu'il est au front. Elle ne sait plus disposer de son temps pour lui comme autrefois. Sa frénésie à vivre doit d'autant plus le choquer qu'il revient du pays des morts. Il apporte avec lui trop d'images cruelles. Le poids de la guerre l'a vieilli de dix ans. Tandis qu'elle reste jeune, insouciante, si belle, son cœur se serre à la pensée que des hommes lui téléphonent et lui font la cour, la conduisent en voiture, l'invitent au théâtre, lui ôtent son manteau des épaules. Si fort au diapason les premiers temps de leur mariage, Emile et Janine s'éloignent malgré eux l'un de l'autre.

Elle a découvert Deauville.

Elle y a aussitôt été dans son élément. Pendant la guerre, la ville, créée par le duc de Morny sous le Second Empire puis relancée par son maire, Eugène Cornuché, en 1912, a fermé son casino et son hippodrome, ainsi que ses adresses les plus prestigieuses, Les Ambassadeurs ou le Ciro's. Il n'y a ni jeux ni courses. Le Royal – achevé de construire en 1913 – sert d'hôpital et son bar de pharmacie. Beaucoup de maisons accueillent bénévolement des blessés en convalescence. Selon un témoin qui connaît bien la ville [1], des prisonniers allemands balaient la rue Gontaut-Biron à l'aube... Mais Deauville reste Deauville. Le Normandy est ouvert, avec sa belle façade à colombages verts. La plage grouille de sportifs, de baigneurs et d'élégantes. On continue de jouer au tennis, au polo et au golf. D'innombrables cabriolets de luxe, des Hispano, déposent des vacanciers venus prendre l'air de la mer, devant les célèbres planches. Chanel fait défiler de ravissants modèles dans le salon du Normandy et, par les fenêtres ouvertes, des musiques s'échappent des gramophones, égrenant dans les rues, en douce, un air de fête. Janine est enfin « contente ». A Deauville, elle se sent « en pleine forme ». Elle n'a plus ni mal à la tête ni mal aux jambes. Tout juste un peu au cœur : elle boit trop de champagne.

---

1. Pierre de Régnier, *Deauville*, Editions Emile-Paul, 1927.

Ce qu'elle aime à Deauville, c'est le concours d'élégances. Elle passe son temps à se changer, du matin au soir, et se désole parce qu'elle n'a pas « apporté assez de robes pour un endroit aussi chic ». Elle est descendue au Normandy, bien sûr, laissant Nurse et Poucette dans la petite pension de famille de Trouville, qu'elle avait choisie par mégarde depuis Paris, ne sachant pas encore la différence entre ces deux villes rivales que sépare, telle une frontière, une simple rivière, la Touques. Elle paie sa chambre cent dix francs par jour – au lieu des trente-cinq que coûte la pension de Trouville. Il est vrai que la Saison bat son plein : même pendant la guerre, Deauville attire le Tout-Paris et le Monde, entre le 15 juillet et le 15 août – traditionnellement, la date de son Grand Prix.

Mais ce que Janine aime plus encore, c'est qu'elle s'amuse. A Deauville, elle se baigne, joue au tennis, déambule sur les planches, déjeune, prend le thé et dîne dehors. Comme l'écrit Pierre de Régnier, « Dans une saison aussi courte et où l'on abrège ses nuits d'une façon aussi régulière, où l'on a des journées si remplies, le moindre instant de solitude est fait pour dormir [1]. » C'est tout juste si Janine a le temps de faire avec Poucette quelques pâtés de sable, qu'elle note consciencieusement dans l'agenda. Elle court d'un rendez-vous à l'autre. Oncle Achille et Gladys l'ont rejointe. Gladys a amené le dénommé Boyer. Toujours aussi « assommant ». Mais les fréquentations du petit groupe s'élargissent. Pendant la Saison, Deauville, très cosmopolite, accueille des gens du monde et du demi-monde, beaucoup de noceurs, des aventuriers, des femmes divorcées et des amateurs de fortunes diverses, gens plus ou moins recommandables selon les points de vue et qu'on appelle en vrac, qu'ils soient Argen-

1. *Deauville*, p. 76.

tins, Uruguayens ou Russes, des « Américains [1] ». Janine a enfin trouvé sa vraie famille. Dans les « Américains », elle a reconnu ses marques : non seulement l'errance et l'esprit d'aventure, mais la légèreté, le goût des plaisirs et de la vie facile – tout ce qu'Emile a tenté de lui désapprendre.

Quand Emile la rejoint, pour une courte permission, il est furieux de la trouver dans cet univers délétère, où elle dépense sans compter tout l'argent du ménage. Il déteste ces gens, aux origines disparates, aux intentions oiseuses, qui ne pensent qu'aux plaisirs quand des hommes se font tuer à la guerre. Il a honte de les voir jouer au tennis, au golf et boire du champagne à gogo. Il voudrait arracher Janine à sa fascination, mais il comprend vite que c'est peine perdue. Elle vibre d'excitation.

« Oh ! j'aime Deauville, j'aime Deauville... »

Son écriture est alors claire et joyeuse. A Paris, elle se ratatine, elle grisaille.

En 1916, du 21 février au 7 mars, quatorze mille soldats français seront acheminés chaque jour sur Verdun par la Voie sacrée. La grande bataille commence, elle va concentrer l'essentiel de l'effort de guerre et se solder par des pertes humaines considérables – 362 000 soldats français seront tués ou blessés en une seule année, 336 000 allemands.

Les Britanniques, parmi lesquels Emile sert toujours d'interprète au sein de la 9e division, poursuivent leurs efforts dans la zone située entre Abbeville, Arras et Amiens, jusqu'à Montdidier au sud. Ils s'apprêtent à livrer, à partir de juillet, une offensive sur la Somme qui durera jusqu'en octobre et verra l'utilisation des premiers chars de combat. Là encore, les morts seront

1. *Deauville*, p. 76.

légion, les blessés innombrables. Emile, qui ne sait plus vivre sans le bruit des canons et que le silence inhabituel d'une nuit de répit empêche de dormir, échappera au massacre. Tombé gravement malade, transféré dès la fin février dans la zone d'Armentières, puis conduit par train sanitaire à l'hôpital militaire français du Havre, pour un « anévrisme de l'aorte » qui a paru aux Anglais d'une extrême gravité – un major lui a déclaré qu'il avait peu de chances de s'en tirer –, il se rétablit en fait en quelques semaines. Janine a eu « très peur ». Elle a été « affolée ». Mais il lui a impérativement ordonné d'« attendre ».

« Attendre, attendre, je n'en peux plus », écrit-elle dans le carnet.

Mis au repos, affecté au service du général Asser, un ancien du Soudan, qui commande la base anglaise du Havre, il l'appelle enfin près de lui. De mars à octobre 1916, une enclave de relatif bonheur marque la vie du couple. Janine ne vient d'abord que pour de brefs séjours, sans Poucette, et loge à l'Hôtel du Bras d'Or ou au Continental. Elle trouve les voyages « harassants ». Emile loue alors une petite maison, au pied de la colline Sainte-Adresse, où ils peuvent s'installer avec la fillette et avec Nurse. Janine ne se déplaît pas au Havre où une petite société s'est reconstituée autour de quelques officiers. Elle apprécie la compagnie du lieutenant Raymond Woog, peintre de talent, qui fera un jour son portrait ainsi que celui de Poucette [1], et du sergent de Chabaud-Latour, aux manières vieille France, sorte de chef du protocole du général Asser, qui orchestrent l'un et l'autre le service de liaison. Le soir, on se réunit, on bavarde, comme si la guerre n'existait pas. Le dimanche, le couple promène Poucette à l'ombre des bois de Sainte-Adresse.

Mais Janine préfère visiblement Paris, où elle a l'intention de louer un appartement plus spacieux que

1. Collections privées.

celui de la rue Ampère, avenue Victor-Hugo ; elle en confie la décoration à André Groult. Elle préfère encore plus Deauville, bien qu'Emile se soit mis à lui vanter les charmes de Bagnoles, une station balnéaire plus calme et plus familiale, proche du Havre et d'Elbeuf... Lorsque Emile doit retourner au front – d'ailleurs à sa demande –, Janine a de nouveaux soucis : l'appartement qu'elle désirait louer a été retenu par un autre locataire et elle doit renoncer à la décoration de Groult, qui se contentera de recouvrir en bleu pervenche son canapé marron. Elle en est navrée et consulte souvent Emile, à ce propos.

Lui vit à nouveau sous le feu. Affecté à l'état-major du général Asser, il l'a suivi à Abbeville, où sir John a la charge de défendre un immense territoire, qu'administrent cependant les autorités françaises. Jamais agent de liaison n'aura à se montrer plus utile. Dans cette zone de combats, les discussions entre Alliés sont souvent plus périlleuses que les charges de l'ennemi. Il pleut chaque nuit sur Abbeville des trombes de bombes, selon un scénario si répétitif que les hommes s'en font une habitude. « Jamais attaques ne furent moins variées, se souviendra-t-il dans sa vieillesse. Vers 10 heures du soir, le canon donnait l'alerte. Vingt minutes plus tard, on entendait le halètement poussif des bombardiers allemands. Des fusées éclairantes illuminaient la ville et les dépôts de munitions voisins. Un quart d'heure de pyrotechnie suivait. Puis c'était fini pour cette nuit-là. On allait voir les entonnoirs, parfois géants ; on comptait les morts, et l'on se couchait [1]. »

A l'arrière, les journaux se font l'écho de l'héroïsme de tous ces hommes. Ils rapportent leurs actes de courage et peignent leurs existences dans un esprit patriotique. Mais comment les civils pourraient-ils concevoir l'inimaginable enfer quotidien ? La censure militaire veille ; les lettres qui parviennent à Janine commencent,

1. *Mémoires*, p. 129.

dès 1916, d'être pour la plupart ouvertes ou retardées par les contrôles. Les soldats sont tenus à la réserve vis-à-vis de leurs familles. Mais Emile se censure de lui-même lorsqu'il écrit à sa femme car il ne veut surtout pas l'inquiéter. Toutes ses lettres ont pour but de la rassurer et de la distraire tant qu'il peut. La région d'Abbeville, littéralement criblée d'obus, où les hommes tombent chaque jour par centaines sur les champs de bataille, ressemble sous sa plume à la scène d'un théâtre de boulevard. C'est à peine si les couleurs y sont assombries.

Comment en effet décrirait-il à sa jeune femme, craintive et légère, le poids du danger et celui de la mort, le sang et la peur, les blessures qu'il voit infliger, les hurlements de souffrance ? Rien de tout cela ne transparaît dans ses lettres d'amour, où il n'est question de son côté, hors les sentiments profonds, que de menus détails quotidiens sur la toilette (rudimentaire) ou le vêtement (toujours en deçà des besoins), sur la nourriture (insuffisante, sauf lorsqu'il reçoit des colis de Paris ou d'Elbeuf), le climat (à nouveau détestable avec l'automne), et enfin l'amitié – car des liens fraternels se sont tissés entre Emile et ses camarades du front, parmi lesquels de rares Français tels Woog ou Ridel, et pour la plupart des Britanniques, le général Welch, le colonel Warre, le major Wake ou le colonel Jenner. Lorsque Ridel, Woog, Welch ou Wake viennent en permission à Paris, ils rendent visite à Janine, lui apportent les hommages de toute la compagnie. Elle adore ce genre de visites.

Quand des zeppelins allemands bombardent Paris, Janine, obligée de descendre précipitamment à la cave, plusieurs nuits d'affilée, montre un étonnant sang-froid : « Les Boches m'embêtent, je trouve qu'ils abusent ! » écrit-elle, ulcérée, le 31 janvier 1916. Poucette, quant à elle, compte les explosions en pointant sa petite main vers le ciel. De loin, Emile a dû se demander laquelle des deux était la plus enfantine.

Le diary continue d'enregistrer des petites choses futiles – les augmentations des tarifs de Nurse ou de Lanvin, d'Eglantine ou de Coco Chanel. Emile essaie en vain de contrôler ce dérapage financier, dont les signes sont de plus en plus flagrants. Janine : « je dépense énormément mais je ne vois pas comment je pourrais m'arranger autrement. » Elle s'occupe d'être heureuse : n'est-ce pas ce qu'Emile souhaite ? Elle ne recherche pas les plaisirs, mais s'ils se présentent, elle les accepte volontiers.

« Tous mes plaisirs sont coupés d'eau amère : mon Minou n'est pas là. »

Les distractions auxquelles elle s'oblige, dit-elle, les sorties auxquelles on la soumet, les invitations qui lui tombent à l'improviste et semblent toujours la contrarier un peu, lui pèsent moins qu'autrefois et envahissent ses agendas. On remarque qu'elle est de moins en moins seule et qu'elle a chaque jour non plus un, mais trois, quatre, cinq ou six rendez-vous. Le diary apporte la preuve que Janine, loin d'Emile, reprend goût à la vie.

Aux petits soins pour son mari, veillant à lui envoyer tout ce qu'il lui demande et à lui écrire (presque) chaque jour, à lui promettre un amour éternel, un dévouement sans limites, elle lui demande moins souvent son avis ; elle prend des initiatives ; tout doucement, elle s'émancipe. Elle décide désormais le montant des gages qu'elle donne à Nurse et à Églantine, et paie le loyer sans attendre le feu vert d'Emile. L'oncle Achille l'accompagne à la banque, où elle n'avait encore jamais mis les pieds. Elle veut apprendre à conduire, prend des leçons au Bois (payées par Achille) et rêve maintenant d'acheter « une petite voiture », pourquoi pas « une bébé Peugeot » ?

Elle a définitivement fermé la maison d'Elbeuf, dont elle aimerait bien « se débarrasser ». Elle a pris ses distances avec ses beaux-parents. Elle n'a « plus rien à leur dire » et leur trouve « des têtes de censeur ». « Vraiment, tes parents sont trop bêtes ! » Ils veulent l'empêcher de s'amuser ! L'été, Elbeuf n'est pas loin de Deauville mais ce sont les Herzog qui font le voyage pour voir leur belle-fille. Elle compte les jours avec impatience jusqu'à leur départ, signalé d'un « Ouf ! ils sont partis » dans l'agenda. Diary 1916 : « mon beau-père a l'air furieux d'être là ». Comment ce bourgeois puritain, qui a enseigné à son fils son propre sens du devoir, aimerait-il l'atmosphère « frelatée » de Deauville – le mot est de Pierre de Régnier. Tandis qu'elle s'en va d'un pas léger exhiber sur les planches ses jolies robes, ses manchons, ses ombrelles, Monsieur Ernest, comme on dit à Elbeuf, reste enfermé à l'hôtel ; Janine trouve qu'Emile lui ressemble et note ce trait pour le déplorer. Sur la plage, ses maillots de bain choquent Nurse mais lui valent des regards d'admirateurs éblouis. Elle s'en vante auprès d'Emile : sa « petite femme », loin de lui, n'a rien perdu de sa beauté. Il peut être fier de son succès !

« Ah ! Ginette, Ginette, quelle drôle de petite fille tu fais ! » lui écrit-il le 4 août. Et d'ajouter : « Quelle drôle d'idée d'aller passer huit jours dans un caravansérail ! » Il commence à s'inquiéter de ses fréquentations. Il la met en garde contre « les rastaquouères de tous poils » : « Ne te laisse pas présenter des rastas, pour l'amour de moi. Te savoir si loin et de si sales gens de par le monde, c'est plus que je n'en peux supporter. Je vais " worry " terriblement. » Avant d'avouer : « Chérie, je t'aime et je souffre affreusement d'être séparé de toi. »

Pour Janine, les êtres se divisent en deux catégories : « les ennuyeux » et « les amusants ». Les Elbeuviens, quels que soient leurs mérites, sont « ennuyeux » ; et les gens qu'elle fréquente à Deauville, quels que soient leur superficialité et leur lucre, « amusants ». Elle a horreur des premiers – les « raseurs ». Quant aux rastas, ils sont tellement moins rasants que les raseurs...

24 août 1917 : « Ce soir je fais la connaissance de Gugie. »

Le « jeune homme » est descendu au Normandy avec sa mère, une dénommée Mme Kuhn. *Mrs.* Kuhn. Ils sont « Américains ».

De son véritable nom Walter H. Kuhn, Gugie est une sorte de dandy, long et mince, avec un visage imberbe et nostalgique, des cheveux ondulés, des airs à la Scott Fitzgerald. Il est plus jeune que Janine, il doit avoir dans les vingt ans. On a sa photo, et même plusieurs photos de lui, dans des costumes blancs. On l'imagine dans *Mort à Venise* ou dans *Le Jardin des Fizzi-Contini* : par son physique, par son allure, il évoque irrésistiblement des décadences, des flirts pervers. Gugie possède un charme auquel Janine ne va pas résister.

Sa spécialité, c'est le sport. Il joue au tennis, au polo, au golf. Souple et musclé, selon Janine, il nage comme un dieu. Il joue aussi aux échecs, le soir, avec elle.

25 août : « Nous rions comme des fous. »

Sa mère ne quitte pas Gugie d'un pouce. On ne sait pas s'il y eut jamais un M. Kuhn père, ni ce qu'il faisait dans la vie. Ce qui est sûr, c'est que Gugie ne travaille pas. Il n'étudie pas non plus. Mrs. Kuhn doit être assez fortunée puisqu'elle passe sa vie en vacances avec son fils... Cette dame est d'un type qu'on pourrait appeler « collant ». A Janine, qui la rencontre partout sur son chemin, elle propose « de bons plans ». Il semble qu'elle lui ait vite mis Gugie dans les bras. Quand son fils est occupé ailleurs, Mrs. Kuhn emmène la jeune femme esseulée au cinéma ou l'accompagne sur les planches. Elle se rend « indispensable ».

Janine redouble de coquetterie : le diary enregistre ses changements de tenue, selon les distractions que les Kuhn lui proposent. Elle ne s'ennuie plus. Un être gai, léger, jeune, est entré dans sa vie.

30 août : les Kuhn quittent Deauville.
« I feel quite miserable », écrit Janine.
Le lendemain : « I feel quite sick to be left alone. »

3 septembre : « Je reçois une lettre de Gugie. Je suis contente. »

4 septembre : « J'écris à Gugie. »

6 septembre : Emile, en permission, arrive à Deauville.
« Il est d'une humeur assommante. »

7 septembre : « mes beaux-parents arrivent, ça va être gai ! »
Ils sont venus passer le week-end et voir Emile.
Le lendemain : « Je n'arrive pas à me mettre à l'unisson. »
Et aussi : « dull, dull... » (morne, morne...)

Le 9, un dimanche, tout le monde repart – Emile à sa guerre, les Herzog à leur province et Janine à sa vie parisienne.
« Achille m'attend à la gare, il a l'air très content de me voir, demain nous irons faire la tournée des bijoutiers. »
« Je suis si contente d'être home again. »
Le soir : « Gugie me téléphone. »
Il connaissait donc la date exacte de son retour.

Le 10 septembre : elle renonce, à regret, à se laisser offrir une montre de chez Van Cleef. Dès qu'Achille l'a raccompagnée, elle se rend « au cinéma », avec les Kuhn.

Il n'y aura plus un jour sans la mention « Cinéma avec Gugie et Mme Kuhn », « thé avec Gugie et Mme Kuhn », « déjeuner avec Gugie et Mme Kuhn »,

« dîner avec Gugie et Mme Kuhn »... Elle se rend avec eux à Versailles, au Petit Ritz, à La Cascade et chez l'incontournable Rumpelmayer. Elle les reçoit aussi chez elle. Elle rit toujours beaucoup avec Gugie. Mrs. Kuhn l'ennuie un peu. Mais dans l'ensemble, elle passe « de très bonnes journées ». L'automne est un délice.

Il lui arrive de retrouver plusieurs fois par jour la mère et son jeune fils. Ainsi, le 21 octobre : ils viennent déjeuner chez elle. « Ils repartent à trois heures, je me repose un peu. » Elle les retrouve pour goûter au Ritz, puis ils se rendent ensemble au Théâtre Michel, où se donne « une revue ». « En rentrant il y a un tel brouillard que nous pouvons à peine avancer. »

Dans le carnet d'adresses, Mrs. Kuhn ne figure pas. Walter H. est enregistré à celle de l'« Hôtel Plaza Athénée, 25 avenue Montaigne. » Un palace, qui a dû faire rêver Janine. On ne sait pas si elle y est allée. Elle ne l'a pas noté.

Le 22 octobre : « Quand serais-je sage ? »
On ne sait pas à quoi elle fait allusion.

Le 23, elle reçoit son médecin : elle ne l'a plus vu depuis qu'elle connaît les Kuhn, preuve que sa santé s'améliore, quand elle s'amuse.

Puis, le temps s'accélère.
Le 24, elle monte à cheval.

Le 25, elle achète un fume-cigarette avec Oncle Achille, qui continue à la couvrir de cadeaux.

Le 26, elle déjeune avec lui au Café de Paris – « je m'assomme ferme » – et s'en va, seule, chez son fourreur s'offrir un manteau dont elle ne précise pas la peau, et dont elle sait pertinemment qu'elle ne pourra pas le payer !

Les Kuhn seraient-ils repartis ? Elle recommence à s'ennuyer.

Le 27, la page est blanche, comme tous les autres jours jusqu'au 31 décembre. Et les journaux de 1918 et de 1919 ont disparu.

Le désenchantement d'un soldat

Emile se rend compte du danger. Le 30 juin 1917, avant même que Gugie ne fasse son apparition, il s'inquiète déjà. Janine est à Paris : « Est-ce là toute votre sagesse, ô petite fille ? Vous vous couchez à minuit deux soirs de suite ? *Et qui vous a ramenée ?* (La phrase est soulignée.) Ah ! qu'il serait doux en temps de guerre d'être célibataire. Mais qu'il est dur de tenir à une enfant blonde et de la sentir, ignorante du monde, au milieu de gens de troisième classe qui se soucient fort peu de sa réputation et des soucis de son mari. » Il essaie de ne pas se montrer trop jaloux ni trop sévère, il ne veut pas l'effaroucher. « Je déteste faire le rabat-joie mais il faut bien que quelqu'un te dise de faire attention et qui sera-ce sinon moi ? »

Il se plaint de souffrir à cause d'elle. « Je t'aime, hélas. Je serais si tranquille ici si je n'aimais personne. »

Il peine d'imaginer à distance ce à quoi sa femme occupe son temps : « Mais non, chérie, je n'ai jamais douté de tes sentiments : seulement de ta prudence alors que tu évolues dans un milieu que je ne connais guère et que je n'aime pas du tout et qui n'a aucune raison de vieille amitié de ménager ta jeunesse et mon anxiété. C'est tout. Je sais bien que tu es une mignonne ; mais une mignonne si elle n'a pas de volonté, peut rendre un homme aussi malheureux qu'une pas mignonne. » (1er juillet 1917.)

Lorsqu'elle lui annonce qu'elle part pour Deauville, l'été 1917, il panique. « Ginette, deux recommandations pour Deauville :

« 1. Je vois par les listes du *Daily Mail* que c'est plein de rastas (dont les Vagliano) ; fuis-les d'une façon absolue.

« 2. Si le casino est ouvert, n'y mets pas les pieds, ni seule, ni accompagnée, ni pour jouer ni au théâtre.

« S'il vous plaît, Ginette, c'est promis ? »

Il lui reproche de ne pas écrire assez. Les lettres de Janine sont, il est vrai, de plus en plus courtes. Des cartes postales, griffonnées à la hâte, les remplacent quelquefois. « Ce n'est qu'un petit mot, Minou, parce qu'il est tard et qu'il faut que je sorte. A ce soir. Mais je t'adore. Janine. » Elle incrimine la poste anglaise, ou explique que Poucette la dérange : elle ne peut pas écrire, la petite fille sur les genoux. Il est trop fin et trop sensible, pour ne pas voir que sa femme apprend peu à peu à se passer de lui. Il sait qu'elle continue de l'aimer – il ne doute pas de ses sentiments –, mais il lui semble qu'il la trahit en lui refusant une vie normale, celle qu'après tout il lui avait promise. Il se sent à la fois responsable d'elle et coupable à son égard.

En permission, enfin près d'elle, Emile essaie d'oublier sa rude condition de soldat et tâche de se réadapter au plus vite à la vie des civils. Il n'a chaque fois que peu de temps : deux semaines au plus. Il se donne du mal pour ne pas apparaître trop éreinté, ou triste, et il évite de tenir des sermons. Il sait que Janine l'attend pour faire la fête, même s'il ne rêve que de silence et de repos. A Paris, il peine à suivre son rythme, dans les restaurants, dans les théâtres où elle l'entraîne et qu'elle choisit pour eux – il n'a plus aucune idée des adresses à la mode ni des spectacles en vogue en 1917. Quand il veut à tout prix passer une soirée à la maison, elle n'en est plus du tout enchantée comme autrefois, elle regrette ce qu'elle appelle « le temps perdu » (pour s'amuser). Marqué par la vie au front, plus ou moins malade, très assombri, Emile ne peut pas lui faire partager sa détresse : elle lui interdit de parler de la guerre. Elle veut, pour ces quelques jours, se donner l'illusion de la paix. Aimer et badiner, comme avant.

Il comprend qu'il la déçoit. Non seulement il n'a pas tenu sa promesse de la rendre heureuse, mais quand il vient, il ne sait plus la distraire. Comment être amusant, quand ses camarades meurent au combat ? Il s'efforce de ne pas lui paraître « mortellement ennuyeux », comme elle le dit de certaines personnes, notamment de ses parents.

Pour Emile, ces séjours, loin d'être heureux, sont autant d'occasions de remarquer des changements dans la vie de son épouse. Elle l'emmène dans des restaurants qu'elle a découverts sans lui, où des gens qu'il ne connaît pas la saluent discrètement. Elle peut conduire la voiture, seule, et téléphoner elle-même pour réserver leur table – gestes impensables il y a trois ans. Le téléphone sonne d'ailleurs plus souvent qu'il n'aurait cru. Janine répond avec nonchalance mais raccroche sans lui dire qui était au bout du fil. Il lui arrive d'employer des expressions qu'Emile ne lui avait jamais entendu prononcer, ou de faire référence à des livres qu'il pensait qu'elle n'avait pas lus. Elle a évolué, sinon vraiment changé loin de lui, presque autant que Poucette, dont la personnalité s'affirme et l'étonne à chacun de ses séjours. La mère et l'enfant seraient-elles aussi mouvantes et instables l'une que l'autre ? Janine est de plus en plus belle, mais il lui semble qu'il la possède moins. Le cœur serré, Emile reconnaît qu'elle lui échappe.

Il n'a cependant que peu de choses à lui reprocher – ses dépenses exagérées, ses lettres trop courtes et, ce qui le préoccupe davantage, son penchant aux sorties inconsidéré. Epouse très tendre, elle ne se refuse jamais à lui et semble passer « de bonnes nuits d'amour » dans ses bras. Il ne lit pas son diary. Il ne sait pas qu'elle note comme trop rares ces bonnes nuits-là... Quand il repart, il emporte d'elle un souvenir radieux : « Mon grand lys blanc, que j'aime ton joli corps fleuri qui se mêle si bien au mien. (...). Je reste tout ébloui avec une sorte de sensation que je viens de revivre pour la première fois depuis des mois. Mes jours qui se traînent si lamentablement loin de toi, sont quand tu es là, si pleins et beaux. Je t'adore, Ginette, et j'ai besoin de toi... »

Il réclame sa « peau de satin », son « ventre souple » et ses « petits seins très doux ».

Il rêve : « Je t'aime comme tu veux que je t'aime, nue, dans ta grande chemise rose, devant un grand feu de bois, et j'embrasse tes bras potelés et lumineux que tu noues autour de mon cou. Ginette... »(13 août 1917.)

Au front, sous les bombardements que rien ne décourage, il écrit pour elle un poème, pendant la nuit. Il exprime son propre malaise, à son égard :

Ton cœur est transparent pour moi comme un ruisseau.
Comme des poissons d'or, j'y vois fuir tes pensées
Et j'y sais deviner, aux frissons d'un roseau,
L'invisible réseau d'actions effacées.

Si quelque jour venant s'y refléter, une ombre
Met notre bonheur en danger,
Je verrai le premier, penché sur le flot sombre,
Le visage de l'étranger.

S'il aime sa femme « à la folie », si elle possède « une grâce que je n'ai jamais vue à aucune autre femme » – 15 octobre 1917 : « Je t'admire de plus en plus, ma chérie. Tu es devenue pour moi une image parfaite » –, l'image se nimbe d'un halo d'ombres de plus en plus sensible. Lorsqu'il se souviendra, plus tard, de cette époque, il écrira : « Sans aucune raison précise d'être inquiet, je l'étais jusqu'à la souffrance [1]. »

A elle, plus simplement : « Tu m'as l'air de faire la noce, cela me rend triste et rêveur... »

1. *Mémoires*, p. 122.

Naissance d'un écrivain

Pour soulager sa peine, Emile songe à publier les poèmes qu'il a écrits pour Janine. Mais il a d'autres projets. Dès 1916, avec l'un de ses camarades [1], il s'est attelé à la rude tâche de traduire un livre de stratégie militaire, *The First Hundred Thousand* de Ian Hay. Cela l'empêchait de ressasser des angoisses trop personnelles. De son vrai nom le major Beith, Ian Hay est un des officiers mitrailleurs de la division. C'est Janine qui a fait taper le manuscrit à la machine, au fur et à mesure qu'Emile lui en envoyait les feuillets, par une « dactylographe », engagée pour l'occasion et à laquelle elle lisait à haute voix le texte, d'une écriture indéchiffrable, à elle seule familière. A quatre pages de la fin, elle a failli déclarer forfait – « Je n'en peux plus, je n'en peux plus... » (le diary). Cet exercice l'a « vannée ».

Emile croyait-il meubler ses loisirs ou lui a-t-il demandé de dactylographier le manuscrit de Hay pour l'inciter à rester le plus possible à la maison ? C'est à sa demande qu'elle s'est rendue ensuite chez divers éditeurs qu'il lui a indiqués et a accompli les démarches utiles pour que le livre soit publié. Il le fut, en partie

1. Georges Richet.

grâce à son intermédiaire, par Nelson – et non par Conard, qu'elle préférait –, en 1917.

Pour Emile, la traduction a été à la fois un excellent divertissement à ses soucis amoureux et un apprentissage de l'écriture. Ému par la beauté d'un poème de Kipling qu'il a découvert en 1916, dont la sagesse correspond à son idéal de vie – morale du courage, du dépassement et de la maîtrise de soi –, il l'a envoyé à Janine, traduit exprès pour elle, joint à une lettre. « J'ai traduit pour toi, ma Zette, ce poème de Kipling que je t'ai dit que j'aime [1]. » Il est probable qu'il a voulu lui adresser, en vers, une leçon de vie. Il cherche à l'influencer, à la guider, par tous les moyens et la poésie, il en est persuadé, vaut tous les sermons.

C'est ainsi que Janine aura été la première à lire la traduction française du poème *If – Si...* Il deviendra célèbre, grâce à Emile [2]... « Tu seras un homme mon fils... » « Aimes-tu, Ginette ? Peut-être ma traduction ne rend-elle pas, mais l'original est très beau. J'ai envie de faire le pendant pour ma fille. Et pour Ginou. »

Janine, qui n'a pas paru convaincue par tout cet esprit d'application et de sacrifice ni par ces préceptes virils, lui a répondu que le poème de Kipling était admirable mais qu'elle préférait lire sous la plume d'Emile « des choses personnelles ». Quand donc écrirait-il pour lui-même ?

Il commence alors, dès la fin de l'année 1917, à rédiger le récit que lui inspire sa vie militaire. Il invente un colonel, Bramble, « fait de dix colonels et généraux comprimés, malaxés [3] » ; un major Parker, un docteur O'Grady, un padre écossais, qui ressemblent aux

---

1. 19 janvier 1916.

2. *If* paraîtra, pour la première fois en français, dans le premier livre de l'auteur, *Les Silences du colonel Bramble*, Grasset, 1918.

3. *Mémoires*, p. 131.

hommes qui l'entourent et dont il connaît maintenant les immenses qualités, les travers, les manies, et l'inimitable *sense of humour*. Il se met lui-même en scène sous les traits de l'interprète Aurelle, Français égaré dans le club. Il trace avec humour et non sans grandeur le caractère des Britanniques, pris dans le carcan de leurs traditions, mais capables de la plus aimable fantaisie, raidis dans leur courage, dans leur whisky, dans leurs tartans aux couleurs séculaires, mais versant soudain des larmes de crocodile en écoutant *Destiny Waltz* ou la voix de Caruso.

Tout en polissant et repolissant son ouvrage, Emile se rend compte que la fiction est un merveilleux refuge. Alors que rien jusqu'ici ne pouvait le consoler de l'absence de Janine et tandis que la guerre lui semble devoir se poursuivre à jamais, l'écriture l'arrache à ses tourments, le délivre de sa prison terrestre. Il échappe un temps, grâce à Bramble, aux tortures de la jalousie, aux affres de l'attente. Un sentiment de complicité, et même de reconnaissance, l'attache désormais à ces pages qu'il noircit de sa plume – celle d'un stylo à pompe, tout neuf, invention géniale, que Janine lui a envoyé dans un de ses paquets empanachés de rubans. Il vient de découvrir un monde où il sera enfin à l'aise, et pour toute la vie ; un monde conforme à ses goûts, ajusté à ses rêves ; un monde où l'on peut être libre « sans mentir soi-même d'un mot » et rêver « sans laisser son rêve être son maître », ou penser « sans n'être qu'un penseur... » *Hay* lui a montré la voie, *If* l'a mis sur la piste, *Bramble* le révèle à lui-même.

Cette fois, c'est lui qui aura tapé avec deux doigts le manuscrit sur la machine à écrire de l'état-major.

Raymond Woog, venu à Abbeville peindre le portrait du général Asser, est son premier lecteur. Il encourage Emile à faire publier son texte et, de fil en aiguille, *Bramble* parvient sur la table d'un jeune éditeur parisien, Bernard Grasset. Il a créé sa maison en

1907, publié Jean Giraudoux (*Provinciales*, 1909) et Alphonse de Châteaubriant (*Monsieur de Lourdines* a obtenu le prix Goncourt avant la guerre). Il a même édité le premier volume de l'œuvre de Marcel Proust, *Du côté de chez Swan*, mais a depuis perdu cet auteur, dans la rivalité qui l'oppose déjà à Gaston Gallimard. Bernard Grasset accepte de publier à compte d'auteur, en échange d'un règlement de 1 500 F, le récit de celui qui est encore un parfait inconnu. Puisque Bramble n'est pas bavard, le livre s'intitulera *Les Silences du colonel Bramble*. Il pourra paraître, malgré la pénurie de papier, au printemps 1918.

Sous-officier en service actif, Emile doit demander l'autorisation à ses supérieurs hiérarchiques. Le commandant de Castéja, chef du personnel de la mission, lui impose le choix d'un pseudonyme. Pour ne pas risquer de froisser les officiers britanniques sous les ordres desquels il sert, Emile Herzog signera d'un autre nom... Quoiqu'il tienne à son état civil et n'ait jamais songé à en changer, il doit obéir. Il s'appellera Maurois... André Maurois.

Maurois, c'est le nom d'un village des Flandres, où il est souvent passé. Il en aime la sonorité triste. Elle correspond à l'état de ses pensées d'alors. « Dans Maurois, il y a mort... dira-t-il un jour. Quant à André, c'est, ou plutôt c'était, le prénom de son cousin germain, André Fraenckel, tué devant l'ennemi en 1915.

Le nouveau nom d'Emile sera doublement funèbre.

Janine, de son côté, a soudain envie de chaleur. Elle dit qu'elle aime le soleil, le parfum du jasmin et des roses. « Si je le pouvais je passerais l'été dans le Midi et l'hiver en Egypte », écrit-elle à Emile. Elle décide de louer une maison dans le Sud. Il proteste mais ne peut pas la retenir. La voilà bientôt à Nice, à Cannes, à Beaulieu, au Cap-d'Ail, au Cap-Ferrat : nomade sur la

Riviera. Dans ses lettres, elle s'extasie : que la sieste est douce, à l'ombre des palmiers ! Elle lit sous une ombrelle, les mains protégées par de très fins gants de daim blanc. Tandis que Poucette se met à ressembler à une pêche et arbore de jolies joues brunes, elle conserve pour sa part un teint diaphane. Qu'Emile se rassure : elle ne se change pas en gitane.

« Je ne sais vraiment pas où cette Janine du nord a pris cet amour du midi ! » lui écrit-elle. Elle n'a pas beaucoup d'explications à donner. Sans doute est-elle lasse de Paris, sur lequel les zeppelins bombardent et où commence de sévir une grave épidémie de grippe. Comme elle déteste Elbeuf et qu'Emile n'aime pas qu'elle aille à Deauville, il lui fallait trouver une solution... Elle loue la villa Calm Abri au Cap-d'Ail, puis Les Coccinelles au Cap-Ferrat. Elle séjournera toute l'année 1918 sur la Côte. Ses amis parisiens lui rendront visite ou loueront eux-mêmes des maisons près de la sienne. Dans ses lettres, elle évoque la compagnie de Gladys, de Berthe, de Suzanne ; elle dit qu'elle a vu Boyer – évidemment « assommant », elle n'a pas d'autre adjectif pour lui – et même le couple Woog (le peintre et sa femme). Elle ne parle plus d'Oncle Achille – elle n'a jamais parlé beaucoup de lui dans ses lettres, c'est au diary qu'elle confiait son intimité avec ce vieil oncle, sans doute un peu malicieux. En revanche, elle avoue, en passant, avoir aperçu les Kuhn mère et fils...

Les Kuhn ne seraient-ils pas les premiers responsables de l'exil de Janine au soleil ?

Emile aussitôt la met en garde. Il lui demande à plusieurs reprises de les éviter « absolument ». Il flaire le danger.

Comme on ne possède pas le journal de 1918 et que les lettres de Janine à son mari ne sont pas écrites pour l'alarmer, on en est réduit aux points d'interrogation. Une photographie de Gugie, qui fait de la gymnastique sur le portail en bois de la villa Calm Abri (la photo est légendée de la main de celle qui sera la deuxième épouse d'Emile !) est le seul témoignage d'une histoire, à demi connue ou à demi secrète.

Gugie a photographié Janine, ce même jour, près du même portail. Elle a un sourire béat aux lèvres et porte un corsage très échancré. Au dos de la photo, la deuxième épouse a écrit : « Janine photographiée par Gugie, été 1918. » On ne sait pas d'où elle tient ces informations. D'Emile, sans doute ?

Ce qui est sûr, c'est que Janine, qui sourit rarement, a l'air d'être vraiment heureuse. Et qu'entre Bramble et Gugie, elle sait maintenant le type d'homme qui l'attire.

Lui : « Mon lit est glacial, Ginette. I want you so very much, my darling. Kisses all over the place. »

Elle : « Minou, le soleil m'a réconciliée avec la vie : il fait un temps splendide (...). Je ne veux pas perdre la bonne mine que tu aimes. »

Il attend avec impatience la sortie de son livre en librairie et se plaint déjà que son éditeur le néglige : « Aucune nouvelle de mon bouquin ; ce Grasset m'agace. » (20 janvier.)

Elle hésite entre plusieurs maisons, passe tout le début de l'année à l'hôtel et balance entre les jolies petites villes fleuries qui jalonnent la Côte. Errance exquise.

La guerre, plus que jamais ancrée dans la durée, semble figée pour une éternité. Les lettres d'Emile sont volées à un emploi du temps militaire surchargé de corvées, de missions dangereuses, d'expéditions secrètes. Autour de lui, dans cet est de la France dévasté par les obus, la folie meurtrière des hommes trouve chaque jour de nouveaux records à battre.

Elle est « le seul amour qu'il ait au monde ».

Le premier janvier 1918, tel un mauvais augure, il n'a pas pu fêter la Nouvelle Année avec sa famille. Son moral est au plus bas. En anglais, il se dit « fed up » – il n'en peut plus. Ras-le-bol. « Here it's always the same life, écrit-il à Janine, le 3 janvier. Semaine, dimanche, jours de fête, c'est le même breakfast, le même bureau, les mêmes journaux, les mêmes nouvelles de Russie, d'Amérique, de Chine. It's rotten, rotten, rotten. I am fed up, fed up, fed up. I want to go home. »

C'est l'hiver sur la Riviera. Janine se promène du côté de Cannes, où son ennemi mortel – l'ennui – la tarabuste. Pour le tenir en respect, elle s'est mise au dessin et à l'aquarelle. Emile l'en félicite, soulagé qu'elle ait enfin trouvé un « hobby » – les mots lui viennent de plus en plus souvent dans la langue de Kipling, de Bramble.

Il n'en peut plus de nostalgie. Sous la discrétion dont il ne se départit jamais, ses lettres vont exprimer des mois durant à mots couverts, avec humour, le désespoir du soldat coupé de ses attaches. « Je veux des Ginette et des Poucette. Ah ! te voir, chérie, seul plaisir au monde qui me plaise vraiment. »

« Je voudrais tant te voir, chérie, je ne sais plus le goût d'un baiser. »

Il a beau ne plus jouir d'un seul moment de liberté, il trouve le moyen de régler les problèmes financiers de Janine, en croissance exponentielle, et lui fait adresser plusieurs mandats d'Elbeuf. Il se contente de l'inciter à « la prudence ». C'est un mot qu'il emploie fréquemment à son intention, et qui ne peut qu'agacer Janine. Comment changer cette femme éblouissante, née cigale et destinée à le rester ? Les conseils qu'il donne n'ont pas de prise sur elle. « Sois prudente, ma chérie... »

Il lui demande, plus souvent qu'autrefois, des nouvelles de la petite fille qui grandit loin de lui et le connaît à peine. En grandissant, elle l'intéresse davantage. Est-ce parce qu'elle lui renvoie comme un miroir la féminité de Janine, enfant, ou parce qu'elle ressemble de plus en plus à son père, par la franchise, par la rigueur, et la couleur des yeux ? « J'espère, Seigneur, que cette guerre ne durera pas assez pour que je reçoive des lettres de Poucette ! »

En février, à Abbeville d'où il n'a pas pu s'éloigner à cause des missions qu'on lui confie sans relâche, il reçoit les épreuves de son livre à corriger. Du coup, les lettres qu'il écrit à Janine se font plus courtes et s'espacent de plusieurs jours. On le devine pris par la relecture et la correction fiévreuse du manuscrit. Lorsqu'il lève enfin le nez de sa copie, c'est pour avouer à Janine : « J'ai pu travailler et cela seul compte. »

« J'ai totalement perdu l'habitude de vivre avec une femme ; je suis grincheux, maniaque, taciturne. Mais je pense à toi avec un plaisir infini. I love you. » Mi-février, quand il ne l'a pas vue depuis des mois, il lui envoie « des baisers novices de débutant ». Mais pour la première fois, c'est Janine qui s'inquiète et croit se découvrir une rivale.

La littérature, plus redoutable encore que la guerre, menace de lui enlever Emile. Serait-elle capable de l'occuper mieux qu'elle ne sait le faire ? Janine, curieusement jalouse, comprend qu'il va lui falloir lutter contre plus fort qu'elle – une passion naissante et qui semble devoir durer. A cette idée, le courage lui manque. Comment vivre sans l'attention constante et amoureuse d'un homme, sans se sentir au cœur de ses pensées ? Emile la néglige. Non content de se dévouer à sa patrie, au-delà du raisonnable (c'est du moins le raisonnement de Janine), il vient de faire allégeance à une autre cause, et ce n'est pas la sienne... Pour la première fois, elle exprime sa rancœur. « J'ai perdu les plus belles années de ma jeunesse », écrit-elle à son amie Loulou, disparue du circuit depuis des lustres et qui vient de lui annoncer qu'elle allait se marier. Absorbé ailleurs, possédé par le sens du Devoir (Devoir de la Patrie, Devoir de l'Honneur, Devoir de Probité, Devoir du Sacrifice, Devoir de la Rigueur, Devoir de la Littérature, Devoir... Devoir...), Janine juge que son mari oublie le premier d'entre eux : le devoir conjugal.

Pendant des mois, elle n'a rien à lui raconter. Hormis le temps qu'il fait, les bêtises de Poucette et ses ennuis d'argent, ses lettres ne livrent que peu de détails sur sa vie. Qui fréquente-t-elle ? A quoi s'occupe-t-elle ? Parfois un nom surgit. Voici le couple Schwob, qui vient la chercher en voiture pour l'emmener jusqu'au Cap-Ferrat. Emile les aime bien – lui, André Schwob d'Héricourt, est un de ses (riches) cousins ; il a fait fortune dans le coton ; blessé au début de la guerre, il est déjà démobilisé. Janine apprécie ses belles autos et vante la vitesse à laquelle il conduit. Quant à Berthe, c'est une jeune femme « charmante », plutôt effacée.

Voici Olga, la femme de Robert Fraenckel. D'un genre opposé. Née Allatini, d'origine italienne, chaleureuse, extravertie, Emile trouve qu'elle a sur Janine trop d'influence. Elle sort beaucoup, elle fréquente « n'importe qui » et Robert, mari trop faible, ne sait pas la calmer.

Emile, le 6 février 1918 : « Défends ta vie, Ginette, contre les invasions. Ne va pas plus dans les endroits chics que tu ne le faisais avant (...) et fais que, lorsque je viendrai à Cannes, je n'aie pas à regretter de t'y avoir envoyée, comme l'an dernier à Deauville. » Car elle a voulu s'installer à Cannes, malgré les conseils d'Emile, qui aurait préféré qu'elle passe l'hiver à Marseille, plus accessible depuis Abbeville ou Paris. Jusqu'à Cannes, le voyage n'en finit pas et lui rend son épouse plus inatteignable qu'elle ne l'est déjà. Beaulieu, le Cap-d'Ail ou le Cap-Ferrat ne seront par la suite pas plus faciles d'accès.

Janine ose avouer à Emile que son frère, Alex, est descendu la voir et qu'il est resté quelques jours. Emile n'interdit pas les visites des Szymkiewicz – interdire n'est pas son genre ! –, mais il les désapprouve. Il craint la superficialité, le goût effréné des plaisirs qu'exprime sans aucune pudeur, ni aucun frein moral, le sympathique, néanmoins « dangereux », Alexandre Constantinovitch. Inévitablement, quand il passe chez sa sœur, Janine a besoin d'argent.

Emile voudrait la garder pour lui seul, et trouver en sa femme une Pénélope patiemment dévouée à l'attendre... Elle n'est qu'impatience. Il s'offusque de la voir se lier, par légèreté, à des gens dont il condamne en son for intérieur les mœurs, l'allure ou la morale. « Tu es mon et ma seule amie, lui écrit-il avec tendresse. Je n'ai que toi avec qui je puisse parler " heart to heart " et je n'ai que ta jolie petite tête que je puisse serrer contre la mienne. Ici il y a des moments où je me sens intolérablement malheureux de perdre tant de douces heures de toi. »

« Je t'adore, petite déesse. »

Il traque ses mystères et tente en vain, dans ses lettres, de lire entre les lignes tout ce qu'elle lui cache ou oublie de lui dire – qui elle voit, à quelle heure elle sort, à quelle heure elle se couche. Pour ne pas risquer de le fâcher, elle sort avec qui lui plaît, et évite de lui en parler. Il a, par exemple, la surprise d'apprendre qu'elle a pris le thé, sur la Croisette, avec un inconnu rencontré par hasard. Elle a eu la faiblesse ou la naïveté (à moins que ce ne soit de la perversité...) de s'en vanter à lui : elle entend lui prouver que son charme est intact et qu'il peut se mordre les doigts de la laisser toute seule, proie facile et désirable ! L'inconnu est moitié espagnol, moitié grec – « cet hispano-mauresque, dira Emile, est un danger pour toi ». Elle ne lui en parlera plus. Mais le verra-t-elle moins pour autant ?

A Abbeville, dès qu'il pense à Janine, Emile souffre. Sa confiance est maintenant largement entamée. La jalousie ne lui laisse plus de répit. Que fait-elle, là-bas, de ses journées, de ses soirées ? Il n'ose pas penser : de ses nuits ? Une permission de trois jours, obtenue début mars, ne va pas le réconforter. Il trouve Janine très belle, mais nerveuse et lointaine. Et peut-être un peu moins amoureuse puisque, dans la lettre qui suit ce bref séjour, elle se justifie de l'être : « Minou, je n'aime vraiment que toi. » Et encore : « Minou, je t'aime plus que tu ne penses. »

Tandis que la situation militaire s'aggrave et qu'il peut croire la guerre perdue, il vit comme un supplice l'interminable torture de leur séparation. En avril, il lui écrit un poème parce qu'il est « sans nouvelles » ; « je suis triste et dégoûté des hommes et je rêve d'une belle solitude à deux. »

Au pays du silence
Et des jardins fleuris
Nos cœurs endoloris
Goûteront l'indolence
Les terres du silence
et les jardins fleuris...

Il lui envoie aussi des bons du Trésor – à épargner absolument, pour le cas où il serait tué. Il a « un spleen noir » (14 avril).

De son côté, elle achète, à Nice, des perles roses à Poucette.

Il devine qu'elle doit s'occuper librement. Et fréquenter, sans le lui dire, de ces gens infréquentables qu'elle a le don d'attirer. Le 24 avril : « Je t'en prie, Ginette, méfie-toi des étrangers, c'est-à-dire de tous les hommes entre douze et soixante-dix-huit ans, et de toutes les femmes dont tu ne connais pas au moins la grand-mère, l'arrière-grand-mère et la situation de leurs ancêtres sous Louis XV. » Sous l'humour se cache une peur mortelle : il n'est pas sûr que Ginou pense à lui, rien qu'à lui. Il la soupçonne d'être phagocytée par « les Américains ».

Il lui propose qu'elle vienne le rejoindre en Normandie, où il a reçu un ordre de mission, mais elle trouve des prétextes pour refuser de quitter son cher Midi. Elle lui concède quelques jours à Dieppe, puis à Pourville, mais s'empresse de redescendre sur Nice. Est-ce le soleil qui l'attire, la perspective d'un ciel bleu et l'odeur du jasmin et des roses ? Ou la petite société de la Riviera, avec ses jeunes et beaux oisifs, joueurs de golf ?

« Ah ! Que je voudrais t'avoir, souple, dans mes bras », lui écrit-il, le jour même où lui parvient, à Abbeville, le premier exemplaire des *Silences du colonel Bramble*.

Le petit volume gris, imprimé sur du papier à chandelle et dont la couverture porte le visage d'un colonel écossais, dessiné exprès pour lui par Raymond Woog, restera toujours associé aux angoisses de 1918, au temps que Ludendorff attaquait en Champagne, aux dangers imminents d'une percée allemande qui menaçait de se transformer en invasion finale. Il est, pour une part aussi grande, lié à l'histoire personnelle d'un homme, à ses tourments conjugaux. « L'heure était si sombre, écrira-t-il un jour, que je n'eus à voir mon premier livre, aucun plaisir[1]. » Ses lettres, pathétiques malgré leur retenue, laissent clairement paraître son désarroi.

14 juin : « No, I have no objection to the visit of your brother ; but mind you do not get influenced by him as you once did, much to my despair. »

29 juin. Il est plus brutal, en français : « Evite le voisinage de tous les K. de la terre. » Il ne veut plus écrire le nom honni !

Il aurait pourtant des motifs de se réjouir. D'excellents articles paraissent dans la presse à la louange

1. *Mémoires*, p. 133.

d'André Maurois. Emile reçoit les éloges d'Abel Hermant, de Pierre Mille, de Daniel Halévy – critiques réputés. Il reçoit aussi, à son nom tout neuf, des lettres flatteuses d'écrivains qu'il admire, de Rudyard Kipling, d'Anatole France [1], ou de Georges Duhamel, jeune auteur de ce livre qu'il a beaucoup aimé, *La Vie des martyrs*. Le public suit. Malgré la prudence de son éditeur qui n'a d'abord tiré l'ouvrage qu'à 2 000 exemplaires, les lecteurs s'emballent et Grasset finit par vendre *Bramble*, selon sa propre expression, « comme des petits pains ». 5 000, 10 000, 20 000, 50 000 exemplaires en cette seule année 1918, bientôt 100 000. L'auteur a gagné la partie.

Depuis son exil au soleil, Janine le félicite. Elle a reçu le livre le 14 juin et a aussitôt écrit :

« 10 heures du soir, dans mon lit.

« Mon chéri aimé,

« J'ai reçu le livre d'André Maurois ! ! ! »

Elle trouve « la couverture très bien, très distinguée ». Elle est fière que Bramble lui soit dédié.

« Quant à ce qu'il y a dedans, je ne dis rien parce que tu sais ce que je pense. » Ils en ont déjà parlé. Elle embraie sur des histoires de Poucette et avoue que « sans les romans d'Henri Ardel » elle trouverait le temps « horriblement long » ! Quelques semaines plus tard, lors d'une promenade (avec qui ? elle ne le dit pas) à Nice, elle constate qu'« à toutes les devantures des librairies, au premier rang flamboie *Bramble*. Je lui ai fait un petit signe amical ».

Littérairement, elle ne s'exprime pas. Sur le succès même du livre, elle se dit contente. Voilà tout. Elle n'a pas l'air de remarquer ou bien elle feint de ne pas remarquer que, pour Emile, un événement capital a eu lieu, ni que cet événement va changer sa vie, leur vie. Elle ne veut accorder qu'une relative importance à son

1. Emile ne sait pas qu'il entrera un jour dans l'intimité familiale de France, en épousant en secondes noces la petite-fille de la maîtresse de l'écrivain – l'inspiratrice du *Lys rouge*, l'un de ses romans célèbres (1894).

entrée en littérature et n'est pas loin de ressentir pour cette activité, où elle verra toujours un « hobby » semblable à ses propres travaux d'aquarelliste amateur, un début de franche allergie. Il lui a dit, très fier, en croyant lui faire plaisir, qu'il y aurait d'autres livres après *Bramble*. Il s'est déjà remis au travail... Il a des idées, des personnages en tête et, dès l'été 1918, il lui cite des noms qui seront des piliers de son œuvre future : Shelley, le poète romantique, et puis Bernard et Isabelle [1].

Elle lui fait remarquer qu'elle ne sait plus à qui elle adresse ses lettres. Est-ce à Emile ou à André ? A l'homme dont elle porte le nom ou à cet inconnu qui vient d'inventer le sien ? Elle va jusqu'à lui poser, ironiquement, la question : se pourrait-il qu'il lui advienne de porter un jour ce nom, si peu familier encore, d'André Maurois, de le voir inscrit sur leur papier à lettres ?

Ce qui est sûr en revanche, c'est que le succès littéraire ne ramène pas Emile près d'elle et que le monde littéraire se montre possessif et envahissant. Otage de la guerre, son mari l'est maintenant de sa plume. Pour la première fois de sa vie, sous le prétexte qu'il a dû répondre à un abondant courrier de lecteurs, il a remis à plus tard la correspondance qu'il poursuit, depuis des années, avec la plus amoureuse constance. Elle a l'impression que l'écrivain s'allie au soldat contre elle, et qu'Emile, doublé d'un André qu'elle ne connaît pas, la néglige.

Fin juillet : « Je voudrais revivre avec toi, mon Minou, je ne pense à rien d'autre. »

15 août : « Ce petit minou a maintenant tant d'occupations intéressantes, tant de louanges, qu'il va oublier sa petite Ginette perdue dans son red little home in the south ! » (elle a enfin retrouvé Calm Abri, que le propriétaire avait loué à une autre famille).

---

1. Bernard Quesnay, Isabelle Marcenat sont, en effet, des personnages du cycle romanesque d'André Maurois.

« Je voudrais que tu viennes ici le plus tôt possible. J'ai besoin de toi, chéri. »

Il n'entend pas ses appels. Il invoque ses « devoirs » militaires – le 10 juillet, il a été promu au grade de sous-lieutenant [1]. Mais il plaide aussi en faveur de son nouveau travail : il s'est remis à écrire. Il croit l'éblouir en devenant un écrivain : « C'est surtout pour toi que je me donne le mal d'écrire. »(23 août.)

Ils sont en complet « misunderstanding ».

De septembre 1918 jusqu'à l'armistice, Janine aura encore de belles journées au soleil, des bains de mer « délicieux », de longues siestes à lire Ardel ou Dekobra sous le palmier du jardin, et des nuits embaumées, peuplées d'inavouables et élégants fantômes, une rose à la boutonnière et un verre de champagne à la main. Bramble lui paraît habiter une autre planète. Elle semble assez joyeuse sans lui. Mais soudain, vers le mois d'octobre, le ton des lettres change. Janine se plaint de se sentir « perdue ». On l'abandonne, dit-elle. On ne s'occupe pas d'elle. Qui désigne-t-elle ainsi ? Son mari ? Quelqu'un d'autre ? « Perdue » : le mot lui vient à plusieurs reprises. « Une femme à la mer », dit-elle : c'est un appel au secours. Que s'est-il donc passé ? Quelque chose a eu lieu, c'est certain. Un de ses compagnons lui aura-t-il fait défaut ? Une trahison l'aura-t-elle meurtrie, défaite ? Elle ne donne pas d'explication. Mais on la sent profondément atteinte.

Elle s'est fait dérober les bons du Trésor. Elle les avait cachés dans ses vêtements, elle n'en avait parlé à personne, sauf peut-être à... Le jeune homme a disparu avec sa mère. La rumeur lui a rapporté qu'on les a vus arpenter la Croisette, lui était au bras d'une jolie jeune fille, sa « fiancée ». Ginette en tombe

1. « Je finis la guerre comme j'aurais dû la commencer. »

malade. D'autant qu'elle ne peut pas confier son chagrin à Emile. Il croit qu'elle pleure sur une épargne, quand elle souffre d'un mal inavouable.

Il pardonne, pour les bons du Trésor. Car il pardonne tout. Il pardonnera beaucoup plus grave.

Janine, bouleversée, sombre dans la neurasthénie. Elle reste au lit. « J'ai la flemme, j'ai la flemme », avoue-t-elle en se lamentant. Elle n'a plus envie de dessiner ni de jouer avec Poucette, elle n'a plus envie de rien. « La solitude à certains moments est salutaire mais je crois qu'une trop grande dose est nuisible », dit-elle. (8 octobre.)

« Alors, mon Minou chéri, j'attends et comme la cigale je ne fais pas de provisions pour l'hiver. »

Preuve de son désarroi, elle écrit tous les jours, en ce mois d'octobre 1918. « I feel sad et une grosse boule dans la gorge. » (9 octobre.)

Elle essaie même de le tenter en flattant ses goûts : « Quand ferons-nous du chopping [1] à Londres ? Mais au fond, la seule chose que je désire vraiment, c'est mon Minou chéri que j'aime. »

Il y a longtemps qu'elle ne lui a pas écrit sur ce ton misérable, pour l'apitoyer sur son sort et l'inviter à mieux s'occuper d'elle.

Il est absolument sourd. Trop pris par ses « devoirs », ou par son brutal succès littéraire, il sous-estime la détresse de Janine, il ne mesure pas le gouffre dans lequel elle est en train de glisser, tout doucement. Quand le ciel de la Riviera se met à refléter les couleurs de son cœur, s'alourdit des miasmes de la Toussaint qui approche, elle n'a plus la force de rien. Lui ne mesure pas la gravité de la situation. Il paraît surtout affecté par la nouvelle de la mort de son cousin Pierre Herzog : après avoir survécu aux assauts les plus violents de l'ennemi, il vient de décéder de l'épidémie de grippe espagnole, à quelques jours de l'armistice. Des

1. Sic, again.

jeunes chefs de l'usine d'Elbeuf, il reste seul avec son cousin Robert.

Il supplie Janine de prendre patience : sa démobilisation ne devrait plus tarder. Ils retrouveront sous peu leur « vie d'avant » comme il dit, malgré les deuils et les blessures. Et il reviendra près d'elle, heureux, fidèle, avec dans ses bagages plein de cadeaux pour lui plaire – les projets de livres qu'il écrira et qu'il lui dédiera.

Mais Janine n'a pas la même foi dans les livres et, ce qu'Emile se refuse à comprendre, elle ne croit plus aux promesses.

La Riviera, avec ses charmes, avec ses mirages, n'est même plus capable de la consoler. « Entre la blonde Menton et ses guirlandes de citronniers, Nice-la-voluptueuse qui versait à pleine coupe l'ivresse capiteuse du plaisir, Monaco qui possédait son palais d'Armide où, le pied sur la bille d'ivoire, la fortune se jouait de qui voulait l'atteindre, et Cannes..., reine des rives d'or » ainsi que la décrira, dans *Cinquante ans de panache*, l'un de ses chroniqueurs éblouis [1], elle ne lui offre plus qu'un décor vide. C'est un trop somptueux écrin pour sa misère morale.

1. André Becq de Fouquières, *Cinquante ans de panache*, p. 441, Pierre Horay-Flore, 1951.

La Malmaison

Emile n'a pas vu venir le vrai danger.

Il est trop tard, lorsque deux lettres de Janine, griffonnées à la hâte, presque sans ponctuation, d'une écriture désordonnée, lui parviennent coup sur coup. Les voici (il faut les imaginer rédigées de travers, instables sur la page, d'une main tremblée).

Minou chéri
je ne suis pas bien
j'ai envie de te voir
Pardonne-moi si je t'ai fait quelquefois de la peine
je t'aime
Prends soin de Poucette
Janine

Et puis, le lendemain :

Mon Minou aimé
je suis toute seule loin de toi et j'ai si peur
personne ne sait m'aimer comme toi
je suis si horriblement triste de me sentir loin de toi
Demande tous les détails à Nurse

je ne veux pas être enterrée au cap d'Ail, j'ai peur toute seule
Ginette

Qu'est-il arrivé ? Comment Janine en est-elle venue à ces idées funestes ? Ces deux misérables petites lettres ressemblent à un testament.

Alarmé, Emile n'a pas le temps de réagir qu'il reçoit un télégramme, signé d'un médecin qu'il ne connaît pas, l'appelant d'urgence au Cap-d'Ail. Sa femme est « dans un état grave ». Pour la rejoindre, il doit arracher non sans mal une permission spéciale à son général, qui lui fait remarquer que le temps est mal choisi pour les affaires de famille. Dans la jolie villa, sens dessus dessous, Nurse est affolée et Janine n'a plus sa tête. Abrutie de médicaments, livide, plongée dans un sommeil qui ressemble à un coma profond, elle n'en émerge que pour délirer. En proie à des hallucinations, elle parle à des ombres, elle crie, sans qu'Emile y comprenne rien. C'est pour lui un spectacle horrible, pire que tout ce qu'il a pu voir pendant cette maudite guerre.

Emile décrira la scène dans *Le Cercle de famille* [1], où Janine, après avoir inspiré en partie [2] le personnage de Mme Herpain – une épouse séduisante et volage –, prête à Denise Holmann, née Herpain, l'héroïne du roman, sa « fièvre cérébrale » et son « accès de folie ».

Il décide de remonter avec Janine à Paris et d'aller consulter un spécialiste. Ce sera le docteur Bour, médecin réputé à l'époque pour le traitement des maladies mentales. Associé au docteur Antheaume, il a ouvert en 1911 un établissement à Rueil-Malmaison, trompeusement baptisé « sanatorium », où au lieu des tuberculeux, il soigne « les surmenés, les neurasthéniques, les intoxiqués de tout ordre par la morphine, la cocaïne et l'alcool » : les cas les plus divers de mala-

1. Grasset, 1932.
2. Personnage également inspiré par la mère d'une amie de l'auteur, Alice Turpin.

dies neurologiques. Dans un parc de six hectares, aux arbres centenaires, où court une rivière, cadre charmant et bucolique, un château et cinq pavillons accueillent les pires détresses. 4, place Bergère (aujourd'hui Bir-Hakeim), à l'angle d'une rue tranquille, une grille d'entrée ferme le domaine que borde un mur interminable, presque aussi haut que les marronniers. Conçu pour offrir aux malades le plus grand confort, dans un décor propice au calme, la Malmaison – quel nom sinistre ! – est une prison de luxe. Elle a pris le relais de la clinique parisienne du docteur Blanche et accueille, ou accueillera, des patients célèbres – Georges Feydeau y entrera quelques mois après Janine, en octobre 1919, pour une « méningo-encéphalite syphilitique » et y mourra deux ans plus tard, ayant perdu tout contrôle de sa raison. Maurice Ravel, Léon Bakst – le décorateur des Ballets russes – qui y mourra aussi, ou Paul Deschanel, futur président de la République, comptent au nombre de ses patients illustres.

Pour Janine, le diagnostic est sévère et la prescription sans appel. Elle doit être internée. Gardée dans un isolement complet, coupée même de sa famille, elle va passer six mois, recluse à la Malmaison. Comme Zelda Fitzgerald, dans un autre « sanatorium », elle va connaître le monde de la tristesse et de la peur.

Au désespoir d'Emile, la crise de Janine n'était donc pas bénigne, mais le symptôme alarmant d'une maladie neuropsychiatrique grave. Son propre fils, Olivier, lui aussi sera maniacodépressif et devra comme sa mère être suivi par des psychiatres. On ne sait pas quel genre de soins elle reçut dans cette clinique, ni si on lui imposa des bains froids, ni quels calmants on lui fit absorber. Mais la réclusion fut radicale et Emile lui-même devait scrupuleusement la respecter. Il ne la retrouvera qu'au mois de mai, à quelques jours du cinquième anniversaire de Poucette.

Pendant ces longues semaines, le silence est total. Emile prend des nouvelles de sa femme auprès des médecins mais la correspondance des époux semble interrompue. Pourtant quelques billets de Janine ont été retrouvés, classés dans une enveloppe et enfermés avec d'autres papiers [1], dans une valise noire. Libellés au crayon, d'une main qui ne sait presque plus écrire, ils traduisent sa détresse et son sentiment d'abandon.

Minou, viens me chercher.
Je ne peux plus rester ici.
Minou, mon bien-aimé, viens.

Elle l'appelle au secours. Certains billets sont commencés, « Minou je ne suis pas bien... », parfois à plusieurs reprises, comme sous l'effet d'une obsession. Janine répète inlassablement la même idée et ne lui donne pas de suite. Presque tous les billets restent en suspens. Elle a renoncé à les finir.

Les réponses d'Emile manquent pour dire ce qu'il a pu ressentir à la lecture de ces déchirants messages. Ni si elle a pu les lui envoyer, ou s'ils sont restés ainsi inachevés, dans un tiroir, dans un sous-main.

Il a installé Poucette à Elbeuf chez sa propre mère. Démobilisé en mars, il a repris aussitôt son travail à l'Usine. Une plaque de marbre noir indique désormais, à l'entrée des établissements Fraenckel-Herzog, gravée en lettres d'or, la liste des jeunes disparus, ouvriers, contremaîtres ou dirigeants, « Morts pour la Patrie ». Elle débute par les deux noms de Pierre Herzog et d'André Fraenckel, tués respectivement sous les grades de capitaine et de lieutenant. Emile a l'habitude de se recueillir tous les matins devant cette plaque, avant de

1. Notamment les « diaries ».

prendre sa place à son bureau. Son destin sera-t-il de succéder à son père et à ses oncles, comme ceux-ci le souhaitent ? En 1919, avec la maladie de Janine et la reprise du travail à l'usine, il traîne sur un manuscrit [1] qui lui donne beaucoup de peine et ne sera en librairie qu'un four. Son père lui conseille de ne pas lâcher la proie pour l'ombre et de ne pas renoncer, pour un succès improbable, un avenir des plus incertains, à une position aussi lucrative et aussi honorable, qui fait honneur à leur famille depuis plusieurs générations. Famille s'entend bien sûr avec la majuscule habituelle.

A Elbeuf, la maladie de Janine plonge les parents d'Emile dans le désarroi. C'est la première fois de leur vie que ces gens solides, rationnels, qui ont le culte de la rigueur morale, ont à affronter un cas de déséquilibre mental. On murmure doucement, quand Emile tourne le dos, le mot qui fait peur, le mot dont on a honte : folie... Janine serait-elle folle ? Folle incurable ? Son comportement, qui déjà paraissait étrange, parce qu'il choquait des habitudes, des principes, tout un style de vie, prend, sous la soudaine lumière d'un diagnostic médical, un relief effrayant. On cherche des antécédents, qui sont faciles à trouver, du côté de Saint-Pétersbourg. On plaint Emile, dont la femme est devenue un fardeau. Tombé malade, quand on l'a internée, il a attrapé la grippe qui a tué son cousin et a failli mourir. Mais le vrai microbe dont il souffre, la véritable maladie dont il est atteint, personne ne doute chez les Herzog, Fraenckel & Co, qu'elle ait pour nom Ginette – la belle Etrangère continue de faire peur et attire sur elle, jusque dans ce tragique exil de la Malmaison, les foudres de la famille. On n'est pas loin de la rendre responsable de ses propres malheurs.

On plaint aussi Poucette d'avoir une pareille mère. On craint qu'elle n'ait à supporter un trop lourd héritage et que sa futile maman, jusque-là très attentive,

1. *Ni ange, ni bête*, Grasset, 1919.

trop peut-être, ne lui ait légué les gènes de la fragilité mentale – une affection inconnue à Elbeuf. L'hostilité se débride en trouvant des explications à un premier élan instinctif de méfiance. La famille cherche à soutenir son malheureux fils dans l'épreuve et à protéger Poucette. Elle n'exprime encore aucune condamnation à l'égard de Ginette. Mais la condamnation viendra... Pour lors, Mme Herzog se dévoue à la petite fille, qui adore sa mère et souffre beaucoup de la séparation. Elle lui envoie des dessins, de minuscules messages, qui ont le don d'émouvoir Ginette aux larmes.

On sait, à Elbeuf, qu'il ne faut pas critiquer Ginette devant Emile, ni même devant ses beaux-parents : le cercle, soudé dans l'épreuve, tient bon. Mais on murmure, on chuchote, on n'en pense pas moins et, le soir, à l'heure propice au développement de toutes les idées noires, on pense à l'avenir d'Emile, au retour de Ginette, à de nécessaires retrouvailles que chacun redoute, unanime.

Quand le printemps arrive, Janine est rétablie, les médecins autorisent Emile à lui rendre visite. Il arrive, « à tombeau ouvert » dira-t-il, conduit par son chauffeur depuis Rouen. Il reste avec elle jusqu'à une heure tardive, repart dès le lendemain et lui écrit en arrivant – car ils ont maintenant l'autorisation de s'écrire – qu'il ne l'a pas trouvée « du tout changée » : « Tu as toujours cette mignonne petite tête que j'aime tant, les mêmes gestes et les mêmes intonations de voix. »

C'est, bien sûr, un mensonge. Arrivé à la fin de sa vie, il confiera à ses *Mémoires* qu'il fut au contraire frappé de son changement : « son regard n'était plus le même ». Il devait rester lui-même meurtri de cette épreuve et n'oublierait jamais l'altération pathétique de la femme qu'il a aimée « plus que tout au monde ».

Le docteur Bour a promis à Emile que Janine reprendrait bientôt « une vie normale ». Il va d'abord lui permettre de faire quelques pas dans le jardin, au bras d'une infirmière, ou au bras de son mari quand celui-ci lui rend visite, car, depuis son internement, elle n'a pas quitté sa chambre, sinon pour se rendre dans les cellules de soins. Elle est restée jusque-là sans rien faire, dans une totale vacuité. Mais Bour, satisfait de ses progrès, veut lui autoriser quelques distractions – sans trop d'efforts, des travaux d'aiguille, de tricot ou de crochet... Les médecins sont parfois surprenants : Bour propose à Janine des amusements qui l'ennuient – des passe-temps qui n'amusent que les bourgeoises d'Elbeuf ! Dès que Janine revoit Emile, elle lui demande « de la pâte pour la peau et quelques magazines », qu'il va s'empresser de lui faire parvenir. La beauté, la mode la réconcilient avec la vie.

Mais elle n'est pas encore complètement guérie. Elle reste faible et ses nerfs la font souffrir : facilement agitée, elle risque à tout moment de redevenir incohérente. Le principal souci d'Emile, en ce printemps 1919, sera de la rassurer et de reprendre près d'elle son rôle protecteur. Si elle se méfie des médecins, elle a confiance en lui : elle attend maintenant qu'il la délivre. « Toi et Poucette sont les seuls en qui j'ai foi et de penser à vous cela m'aide à vivre. »

Il doit une nouvelle fois l'exhorter à la patience. Alors qu'elle a déjà tant patienté, elle n'est pas encore délivrée du temps. On la contraint à se morfondre dans une solitude, dont tout le monde dit qu'elle lui est nécessaire et salutaire, mais qu'elle déteste. Dès qu'elle le pourra, elle s'en débarrassera à sa manière – elle ne voudra plus jamais être seule. « Surtout ma chérie, écrit Emile, ne te fais aucun souci : on te soigne bien puisqu'on t'a guérie. Moi je ne pense qu'à toi et m'occupe d'organiser notre vie pour ton retour. Ta Poucette va bien, on la gâte consciencieusement. Et tant à Paris qu'à Elbeuf, mes parents, mes amis demandent de tes nouvelles et sont heureux de savoir que tu vas bientôt revenir. Tu n'as qu'à te laisser vivre, à avoir confiance dans les médecins qui t'ont bien soignée et dès qu'ils me diront que ta convalescence est finie, nous commencerons tous les deux une lune de miel nouvelle. »

Des promesses, encore et toujours des promesses. On le voit bien : Emile s'oblige à être à la fois ferme et tendre, rassurant et strict, mais il reprend le dialogue là où il l'avait laissé. Pour lui, Janine est toujours son enfant-femme, à ses yeux elle n'a pas mûri. Il lui parle comme à une enfant, non comme à une adulte responsable de sa vie. « With more love than ever, my pretty little wife » : ils vont adopter l'un et l'autre le même code qui a autrefois soudé, puis dessoudé, leur couple. Lui se devra d'être le fidèle, le bon petit mari, et elle, on va le constater très vite, redeviendra – plus que jamais, *more than ever* – la fragile, jolie, petite femme, dont les désirs sont tantôt frivoles et tantôt insensés, les pulsions enfantines ou délétères.

Lui, dans une deuxième lettre datée de ce même 18 mai – il est fou de bonheur de l'avoir revue et de pouvoir lui parler –, lui écrit « comme avant » en voulant la flatter : « Sais-tu ce qui m'a le plus frappé en te revoyant, chérie ? C'est ton air gosse : tu as l'air d'avoir dix-huit ans. »

Sans doute une explication a-t-elle eu lieu entre eux. Ce même jour des retrouvailles, Janine écrit à son « cher mari chéri ». Sa visite l'a bouleversée. La lettre, quoique sans ponctuation ou presque, et écrite de guingois, est merveilleusement claire.

« Mon cher mari chéri

j'étais si heureuse de te voir hier soir je ne pouvais même pas te le dire assez j'étais tellement émue tu es si bon de m'avoir pardonné ma légèreté passée qui ne reviendra pas je te le jure

cette malheureuse guerre est la cause de tout. »

Elle a retrouvé ses esprits. Tout ce qu'elle voudrait maintenant, c'est quitter cet endroit maudit et « rentrer à la maison ». « Je n'en peux plus de rester ici, j'ai besoin d'air pur, de toi, de Poucette. Je ne peux plus supporter cet exil, je souffre trop loin de toi, cela me mine. J'ai besoin de ta tendresse, de ton amour, de ma Poucette. Depuis si longtemps je n'ai eu aucune affection – qu'un oreiller que j'embrassais en pleurant – je t'aime tant Minou, j'ai tellement absolument besoin de t'aimer. Je serai tellement mieux près de toi, mon bien-aimé, mon chéri ; il faut que je sorte de là et tu verras comme je serai tout de suite bien. »

Elle le supplie pendant toute une page et termine, en anglais, sur cet argument par lequel elle espère le convaincre : « it will be much more easy to nurse myself in Elbeuf than here because here there is too much noise for me and I don't like it [1]. » Tout, y compris un retour à Elbeuf, lui paraît préférable à la Malmaison. Comme il a dû être difficile à Emile de tenir bon devant de telles lettres et de laisser Janine encore quelques semaines dans sa prison, peuplée de névrosés, de dépressifs, de schizophrènes, et gardée jour et nuit par des cerbères en blouses blanches.

La province, que Janine détestait avant de tomber malade, lui paraît belle en comparaison, « cosy » comme elle dit. Elle la conçoit comme un refuge et comme un paradis. Elle en vient même à se montrer affectueuse envers ses beaux-parents ! Eux aussi lui manquent, dans cette tension de tout son être vers un bonheur perdu et qu'elle croit pouvoir retrouver. Le 18 mai, encore bouleversée par la visite d'Emile, elle écrit quelques mots à ses « chers parents » : sa tendresse contraste avec les anciennes déclarations, irritées ou furieuses, qu'elle notait dans son diary et en dit long sur son état de dépendance. Ses rancunes auraient-elles disparu ? Si elle a besoin d'amour et de

1. « Ce sera beaucoup plus facile de s'occuper de moi à Elbeuf ; ici il y a beaucoup trop de bruit et je n'aime pas ça. »

sollicitude, elle se préoccupe surtout de Poucette et c'est pour protéger sa fille qu'elle écrit aux Herzog. Ce qui frappe, chez Janine, jusque dans le puits sans lumière où elle est tombée, c'est son amour pour son enfant. La maladie n'a pas affaibli son instinct maternel. Jamais, à la Malmaison, Janine n'a cessé de penser à Poucette et c'est pour elle, parce qu'elle s'inquiète « affreusement » de son sort, qu'elle plaide auprès d'eux sa cause, « au nom de l'amour ».

« Mes chers parents, dit-elle. Poucette me manque affreusement. (...). Je vous demanderais de la gâter un peu pour moi, du reste je sais que vous le faites tous les deux. » Elle signe « Très affectueusement Janine. » Elle n'a pas la force d'en dire plus.

Le 27 mai, c'est l'anniversaire de Michelle : Janine adresse à sa fille, dans la langue que celle-ci connaît depuis le berceau, une lettre merveilleuse. La main tremble encore un peu.

My darling little Poucette
Il should like so much to be with you for your birthday.
When I shall go home, I will buy you a nice present.
Be very nice with your papy.
Kiss him every morning for me.
Your mummy[1].

La fin du cauchemar approche.

Janine, en retrouvant ses esprits, redevient coquette – c'est, pour elle, le meilleur des signes d'une santé qui s'épanouit enfin. Elle réclame non seulement de la pâte à peau – c'est-à-dire de la crème de beauté –, mais du parfum, des savonnettes, de la poudre de riz, des

1. « Ma petite Poucette chérie, j'aimerais tant être avec toi pour ton anniversaire. Quand je rentrerai à la maison, je t'achèterai un joli cadeau. Sois gentille avec ton Papa. Embrasse-le tous les matins pour moi. Ta Maman. »

peignes, ou une robe qu'elle aime, « en serge bleue ». Elle demande aussi « des chocolats » et une lampe électrique (elle veut lire dans son lit le soir). Emile répond à tous ses désirs. Il lui conseille cependant de ne pas abuser des chocolats : il a peur qu'elle ne se rende malade en vidant la boîte en un seul après-midi. Au fond, il continue de redouter ses excès et il ne peut pas s'empêcher de la contrôler, comme une gamine.

Il passe désormais deux à trois jours par semaine à Paris, afin d'être le plus possible près d'elle, et dès qu'il est à Elbeuf, il lui écrit.

Le 20 mai : « Depuis que je t'ai revue, tu me manques plus que jamais, tu me plais tant. »

Il lui annonce que *Bramble* va paraître en anglais, « mais tout cela, je m'en soucie fort peu. Que ma Ginette soit tout à fait solide et je me moque de la littérature ».

Le 21 : « Chérie, sois calme et heureuse. »

Il vient lui faire faire ses premiers pas sous les arbres du parc.

Le 23 : « Tout le monde autour de toi ne désire que ta guérison. Moi, mon petit bout, je ne travaille, tu le sais, que pour te faire dans l'avenir une existence agréable et douce. »

Dans le jardin de la Malmaison, elle était fière de se montrer dans sa robe de serge bleue.

Le 26 : « Je t'ai trouvée aujourd'hui tout à fait la Ginette d'autrefois. Pense au long et calme bonheur qui nous attend. »

Elle va quitter la Malmaison, aux premiers jours de juin.

On peine à imaginer ce que furent les premiers pas de Ginou au-dehors. Elle a dû passer au bras d'Emile la porte de la clinique, puis la barrière qui ferme le parc. Portait-elle sa robe en serge bleue ? Si elle a retrouvé sa figure d'ange, elle reste fragile. A vingt-six ans, elle a failli sombrer. Emile l'écrira pudiquement dans ses *Mémoires* : « Elle était revenue de cette autre guerre, la maladie, avec une âme et un corps meurtris [1]. »

A la Malmaison, elle a eu peur surtout qu'on l'abandonne. Elle porte, plus lourd que jamais, le fardeau de l'obscur héritage d'un Szymkiewicz mort fou, dans un asile. Emile lui offre protection, tendresse, sécurité, tout ce dont elle a besoin et qui peut la sauver. Mais il a beau se montrer optimiste, il sait qu'on ne revient pas indemne de la descente aux enfers.

1. P. 140.

Ivresses mortelles

Emile a voulu accueillir Janine dans un nouveau décor, qui s'ouvre sur un jardin de roses. C'est, à La Saussaye, un village normand, sur le plateau du Neubourg, un joli domaine de quatre hectares : le manoir Saint-Nicolas. Il n'a de pompeux que le nom. Des allées bordées de fleurs, un verger, un potager et un tennis caché derrière une futaie de tilleuls entourent une maison de brique et de pierre, au toit d'ardoise. Au manoir Saint-Nicolas, dans la symétrie des arbres et des parterres, autour des proportions classiques du logis, règne une atmosphère sereine, celle d'un monde paisible et harmonieux. Tout autour s'étendent à perte de vue des champs de blé, où poussent, comme si on les y avait semés pour le plaisir des yeux, des coquelicots et des bleuets. L'église du hameau, dont les habitations ressemblent à des maisons de poupée, sonne les heures et rythme la vie. Dans ce décor bucolique, on peut oublier les usines d'Elbeuf, qui pourtant ne sont pas très loin, mais dont les fumées noires restent invisibles. On peut y oublier aussi qu'il existe des grandes villes, avec des théâtres et des restaurants, de grandes avenues bordées de boutiques de luxe et parcourues en tous sens par de rutilantes automobiles.

Janine installe aussitôt chez elle ses meubles préférés, sa garde-robe et ses couleurs. Son parfum *Heure bleue* se répand dans la maison et, dans le jardin, toutes les roses sont blanches. Elle passe d'abord de longues heures à se reposer sur la méridienne et ne se lasse pas de contempler Poucette, qui est devenue une fillette très drôle et très intelligente, et dont chaque mot, chaque mimique sont pour elle une source d'amusement. Emile a engagé une nouvelle nurse qu'on appelle Nanny Crocker (Jessie), avec la consigne de ménager Janine. Elle « nurse » la maman presque autant que l'enfant. Tous les matins, un chauffeur conduit Emile à son travail. Janine se lève vers midi, prend son bain – une salle de bains a été installée exprès pour elle, avec tout le confort moderne –, déjeune comme un oiseau, puis s'allonge pour la sieste à l'ombre des arbres, s'il fait beau. Elle lit, elle rêve, elle regarde ses roses. On ne lui demande plus d'aller à Elbeuf. Les beaux-parents viennent la voir mais évitent de rester longtemps. Chacun craint de « fatiguer » Janine. Ou de la « contrarier ». Tout l'été en convalescence, elle se fait gâter tant qu'elle peut.

Lorsque Emile rentre, il la trouve encore étendue, dans son déshabillé rose bordé de plumes assorties. Ils bavardent – ils ont « des petits chatts » comme elle dit –, Poucette vient leur dire bonsoir, puis ils dînent et passent dans la bibliothèque : Emile lit *La Dépêche de Rouen* pendant que Janine feuillette *La Vie heureuse*. Ils vont se coucher tôt, tandis que la nuit normande enveloppe le domaine dans le silence.

Janine reprend des forces. Sur son initiative, Emile a engagé deux jardiniers, Georges et Roland, qui s'occupent maintenant du domaine à plein temps. Janine donne les ordres qui feront de son jardin un « petit bijou ». Elle leur fait planter des pommiers, des cerisiers, des amandiers. Toutes les fleurs rouges ou orange sont remplacées par des blanches, bien sûr, ou par quelques bleues. Elle laisse vivre les jaunes. Les parterres sont d'une irréelle beauté qui étonne les paysans. Le potager, s'il fournit la maisonnée en légumes, est devenu presque aussi beau que la roseraie. On se croirait à Bagatelle. Janine voudrait que la beauté règne. Et donner du luxe à son coin de campagne.

Elle ne se contente plus de rêver sur ses magazines de mode. Elle passe maintenant des commandes : robes, chapeaux, manteaux. Son frère dessine des modèles pour la maison Dœuillet. Fondée en 1919, installée au 24 place Vendôme, cette maison de couture s'est fait une spécialité du travail de la fourrure en ornement de somptueux manteaux du soir. Mais on y trouve toutes sortes de toilettes pour s'habiller dès le matin, comme une reine. Les dessins d'Alex qui ont convaincu Georges Dœuillet, sont dédiés à sa sœur, sa véritable inspiratrice, sa muse. C'est en pensant à elle, à sa longiligne et élégante silhouette, qu'il met au point ses créations. Il envoie très souvent à Janine des robes cousues à ses mesures et signées de ce grand couturier qui s'associera un jour à Doucet [1].

Pendant ce temps, Emile, comme toujours, travaille. L'Usine, redevenue prospère après la guerre et qui connaît sous sa direction une remarquable croissance, l'accapare. Il s'applique, on le sait, à tout ce qu'il fait. Du matin au soir, sauf le dimanche, il est dans son bureau, à Elbeuf. Il fera dire à un personnage d'un roman futur, directeur d'usine et comme lui astreint à une tâche qui lui est échue par héritage, que « le travail lui pèse ». « Le courrier, les tournées dans les ateliers, les achats de laine devenaient un exercice obligatoire, fastidieux et vains, comme l'escrime à la baïonnette [2]. » L'usine lui est un fardeau, dont il ne sait comment se défaire. « La vie véritable, dira son double, était tout entière dans les quelques heures

1. En 1927.
2. *Bernard Quesnay*, *op. cit.*, p. 212.

précieuses où il retrouvait Françoise » – Françoise Quesnay (née Pascal-Bouchet) est, dans le roman, la réplique exacte de Janine. Elle se plaint sans cesse qu'elle ne voit jamais son mari, qu'il travaille trop, qu'il ne s'occupe pas d'elle.

Mais « la vie véritable », pour Emile, n'est pas tout entière contenue dans les heures certes précieuses qu'il passe avec Janine. Antoine Quesnay n'est qu'un industriel. Lui-même a une vocation tout autre et qu'il n'entend plus contrarier ou étouffer. « La vie véritable » est pour lui, en secret, celle qu'il consacre à écrire. Ecrire est devenu sa raison majeure. Après dîner, quand Janine monte se coucher, il s'attarde dans la bibliothèque. Le dimanche, il a de moins en moins envie d'aller se promener dans la campagne, d'accompagner Janine sur les allées du parc ou jusqu'au potager. Il lui concède une partie de tennis, s'amuse de la voir courir et renvoyer les balles, ses longues jambes gainées dans des bas blancs. Mais la plupart du temps, il s'enferme. Il travaille et délaisse sa femme pour les vies imaginaires.

Il prépare une biographie de Shelley. Le soir, il croit la distraire en évoquant la vie du poète anglais, personnage inspiré et romantique, qui lui renvoie un reflet de son propre idéalisme, de son esprit littéraire et de ses tourments amoureux. Il lui récite des poèmes, lui raconte les souffrances du génie créateur. Elle écoute avec application, mais elle se lasse vite, bâille et soupire, puis s'esquive.

A peine rétablie, sa santé recouvrée, elle recommence à s'ennuyer.

Elle veut retrouver Paris.

Pour le bonheur de « faire naître un sourire sur son beau visage », il lui offre un appartement. Au moins pourra-t-elle se distraire à le décorer. C'est un rez-de-chaussée d'un bel immeuble en pierres de taille, au 2 rue Borghése, à Neuilly. Il ouvre sur un petit jardin. Elle y transporte son salon bleu pervenche et jaune citron, sa commode en bois de rose et sa méridienne. Rue Borghése, les époux font chambre à part. Celle d'Emile, de style Empire, est d'un dénuement austère : il lui préfère son bureau-bibliothèque. Celle de Janine, couverte de boiseries vert sombre, ferme avec une porte capitonnée qui l'isole des bruits de la maisonnée. Le couple trouve très vite ses repères : Emile, occupé à Elbeuf toute la semaine, rejoint Janine à Neuilly pour le week-end. Elle, par un curieux phénomène inverse, considère Paris comme sa résidence principale, tandis qu'elle regarde désormais La Saussaye comme une villégiature d'occasion – moins joyeuse que Deauville, moins ensoleillée que Cannes, mais pratique pour passer quelques jours de vacances, « façon campagne », monter à cheval, cueillir des pommes ou des fleurs. Il leur arrivera de se croiser, d'une résidence à l'autre.

Janine, à Paris, se donne un nouveau style, dans l'air du temps. Elle a coupé ses cheveux et les coiffe maintenant en boucles serrées qui lui amincissent le visage. Elle les a aussi éclaircis. Sa blondeur, bien avant les stars d'Hollywood, vire au platine. Elle peint ses yeux au khôl, alourdit ses cils de mascara noir et se farde à la poudre nacrée de Caron. Sa beauté de Blanche-Neige y gagne en mystère : la femme-enfant joue à la femme fatale et est en passe de le devenir vraiment. Sophistiquée, parisienne, elle ne freine plus sa coquetterie. Elle se pare comme une actrice de cinéma. Les plus belles robes, les plus belles fourrures l'ont toujours attirée, elle va donner libre cours à ses goûts de luxe. Emile, par faiblesse, cédant à ses exigences, lui offre un long manteau de vison blanc – ou ne serait-ce pas plutôt de l'hermine – qui fera dire à sa belle-mère, scandalisée, que « c'est la première fois qu'un vison blanc entre dans la famille ! ».

Ses chapeaux portent l'étiquette de la grande modiste, Lucie Hamar, 10 rue Richepance. Elle est si belle et si spectaculaire que les photographes de mode la prennent pour modèle. *Vogue*, *L'Art et la Mode*, ou *La Vie heureuse* présentent souvent sa silhouette « divine » (*L'Art et la Mode*) ou « délicieuse » (*Vogue*), dans leurs pages de papier glacé, à la rubrique mondaine. Elle pose parfois à seule fin de servir de publicité à l'un ou l'autre de ses fournisseurs, Lucie Hamar ou Dœuillet, qui peut-être lui consentent des prix ou, pour la remercier, lui offrent une de leurs créations. Les magazines présentent Janine, dès 1921, comme « Mme André Maurois » – elle est l'épouse d'un écrivain qui compte – et *Vogue* rend même hommage à « la merveilleuse beauté de Mme André Maurois ». On commence à parler d'elle dans le monde.

Avec d'aussi jolies robes, il lui faut évidemment des admirateurs. Son mari continue d'être le premier d'entre eux. Il n'est jamais avare de compliments, mais son regard amoureux est rendu distrait par ses travaux de plume. Or, Janine a besoin qu'on lui dise qu'elle est belle, plusieurs fois par jour. Elle trouve vite ce qu'on appelle des « chevaliers servants », des hommes qui l'escortent à chacune de ses sorties en ville, l'accompagnent au Bois, dans les magasins, au théâtre ou dans les restaurants. Elle ne va quand même pas rester toute la semaine enfermée rue Borghèse, pendant qu'Emile fait tourner l'Usine ou écrit le énième chapitre d'un long, d'un interminable ouvrage. Le virus de l'agitation l'a reprise.

Son frère, dit-elle, lui sert de chaperon. Elle sort avec Alex, mais aussi avec les gens qu'il lui présente, dont la plupart sont comme lui célibataires, noctambules et buveurs de champagne, des Russes, des Américains, croit-on [1]. Est-ce Alex qui lui présente cet Anglais,

1. « On » : Simone André-Maurois, seconde épouse d'Emile Herzog.

concessionnaire de voitures d'occasion, avec lequel on la voit souvent, dès la fin de l'année 1919 ? Il s'appelle Gérald Wallis.

Elle ne dit évidemment rien de ses sorties à Emile et attend, le soir, qu'il lui ait téléphoné au retour de l'Usine (c'est un homme d'habitudes dont l'emploi du temps est strictement régulier), pour prendre son manteau et courir vers la nuit. Elle va danser au Claridge ou dans les boîtes de la rue Caumartin. Le week-end, elle se repose près d'Emile et attend que la semaine lui ramène un semblant de fête et de liberté.

Lui a l'air de lui préférer la compagnie de Shelley – il a baptisé le poète « Ariel ». Si ce génie de l'air, héros de *La Tempête* de Shakespeare, avait un équivalent féminin, son prénom irait comme un gant à Janine. Elle est aussi aérienne, insaisissable, inconstante et passionnée, qu'Ariel. Elle a la folie d'Ariel.

En janvier 1920, elle est à nouveau enceinte. Elle ne change rien pour autant à ses habitudes. Elle continue de courir les lieux de plaisir, de monter à cheval ou d'aller se promener dans des voitures rapides. Aussi intrépide qu'insatiable, elle se met à aimer la vitesse, le danger, et à vivre à quatre-vingts à l'heure. On a l'impression qu'elle recherche les excès. Elle ne conduit plus un bébé Peugeot, mais une 20 HP Panhard.

Le couple ne vit plus dans les mêmes sphères. Janine se plaît dans un monde interlope, où passent des dandies, des figures de mode, des fumeurs de havanes, au volant de rutilantes autos aux phares chromé. Elle aime la nuit, dans les cabarets et les casinos, et se lever au milieu du jour, l'esprit encore embrumé de champagne. Lui demeure un provincial, épris de silence et de campagne. Il s'est fait un nouveau cercle d'amis. L'été 1920, tandis qu'elle passe la saison à Deauville et se rengorge que personne ne remarque sa grossesse avancée (elle aura toujours, à chacune de ses grossesses, cet étonnant avantage de garder la ligne...), il s'offre pour la première fois des vacances en Bourgogne, à l'abbaye de Pontigny. Dans un décor cistercien, près d'Auxerre, non loin de Beaune, il assiste à des entretiens d'écrivains. « En ce monde nouveau, j'étais heureux, dira-t-il, je retrouvais mon climat véritable [1]. »

Sous la houlette de Paul Desjardins – ancien professeur de littérature au collège Stanislas, professeur à l'Ecole normale de Sèvres, fondateur de l'*Union pour la vérité* et des entretiens de Pontigny –, des intellectuels viennent en ce lieu de retraite débattre de sujets graves. Au programme, cette année-là, « Le Sentiment de l'honneur ». Les rites de Pontigny sont rodés, depuis 1910. Si la guerre les a interrompus, ils viennent de reprendre leur cadence et sont en passe de devenir, dans le milieu universitaire et littéraire, une institution [2]. Emile s'avance, timide, parmi les sommités. Il y a là André Gide et Roger Martin du Gard, Edmond Jaloux et Robert de Traz, Jean Schlumberger, Charles Du Bos et les deux plus grands critiques anglais de l'époque, Roger Fry et Lytton Strachey.

Les repas pris en commun au réfectoire, les conversations sous la charmille, les promenades jusqu'à Vézelay et les soirées passées à des jeux de devinettes (littéraires, bien sûr) le réjouissent au-delà de ses espérances. Tandis que Janine se prélasse à Deauville – il a obtenu qu'elle s'installe à Pornichet mais ne doute pas un instant qu'elle trouvera le moyen d'aller « s'aérer » comme elle dit, à Deauville –, il se lie avec les écrivains de sa génération, ou avec quelques aînés prestigieux.

Les plus proches seront Paul Desjardins et Charles Du Bos, auxquels va le lier une longue amitié. Le premier, grand érudit, parle couramment le grec et le latin. Du Bos, dit Charlie, est un éminent spécialiste de

1. *Mémoires*, p. 149.
2. Les décades de Pontigny se poursuivront de 1922 à 1939.

littérature anglo-saxonne. Pour Emile, qui trouve d'immenses satisfactions dans leur complicité intellectuelle, ces deux amis ont la chance de pouvoir partager leur passion des livres en famille. Dans la vénérable abbaye que Paul Desjardins a acquise en 1906 et aménagée pour ces colloques, leur hôte reçoit avec son épouse et leur fille, Anne – une jolie brune, étudiante en lettres. Elle a des yeux « ardents ». Zézette Du Bos est, quant à elle, la principale admiratrice de son mari. Emile lui trouve des airs de Janine, « fraîche, blonde, avec une grâce enfantine » – Pontigny ne possède pas que les attraits de l'intellect.

Venu pour « une décade » (tel est le vocabulaire), il rentrera de son séjour en Bourgogne aussi enthousiaste que Janine de son « joli Deauville ». Il tentera d'inviter chez lui, à Neuilly, et de présenter à sa femme quelques membres du cercle. Ainsi Charles Du Bos tiendra-t-il un cycle de conférences sur la littérature anglaise, dans le salon bleu pervenche et jaune citron. Il y lira des passages de Keats ou de Katherine Mansfield, d'une voix intense, mais c'est Janine qui fera sensation lorsqu'elle apparaîtra, royale, dans un déshabillé en lamé argent, bordé de plumes de marabout – celui-là même dans lequel elle sera enterrée.

Lorsque les invités seront partis, que Gide, Schlumberger, Martin du Gard et les autres auront quitté son *home*, elle dira seulement à son mari :

« Ah ! Que tu deviens difficile à vivre [1] ! »

Elle s'est « horriblement embêtée ». Elle a trouvé les nouveaux amis d'Emile trop sérieux, trop graves. Au fond, le monde d'André Maurois l'ennuie.

Elle préférait Emile Herzog. Il en a parfaitement conscience : « Elle avait épousé en moi un industriel ;

1. *Mémoires*, p. 157.

elle aimait le luxe et les plaisirs que donne la richesse (...). Elle n'avait nul désir de me voir abandonner une usine prospère pour des travaux au succès douteux [1]. » Ce qui est assez drôle, c'est d'entendre la nurse, comme par un subtil écho, reprocher à Emile, à haute voix, sans doute un jour de grogne, ce qu'elle n'ose pas lui avouer elle-même : « Au lieu de griffonner le soir, dira Nanny Crocker, Monsieur ferait mieux de sortir avec Madame ! »

A nouveau déstabilisée quand elle en avait le moins besoin, perturbée par la double carrière d'Emile et trop encline à se laisser dériver, Janine va continuer de plus belle à chercher ailleurs ce qu'elle a perdu : une attention de tous les instants et, dans la musique de jazz, dans les bulles du champagne, l'ivresse de la vie.

Le 8 septembre 1920, elle met au monde un fils, rue Borghèse, et insiste beaucoup auprès d'Emile pour qu'il soit baptisé Gérald. Sa belle-mère fait remarquer, avec étonnement, que la famille n'a jamais compté aucun Gérald, mais Janine, selon son habitude, impose sa volonté sans aucun commentaire. Emile aurait souhaité appeler son fils Fabrice, comme le héros de *La Chartreuse de Parme*, mais il n'insiste pas.

Un an plus tard, le 10 octobre 1921, un second garçon vient assurer la descendance : il sera baptisé Olivier. Et là encore Mme Herzog aînée se montrera surprise.

La réputation de cette belle-fille trop peu conforme aux goûts austères de la Famille se teinte d'une odeur de soufre et l'on commence à murmurer dans son dos, dans celui de son mari, en prenant des airs faussement navrés. Les mauvaises langues se déchaînent contre cette femme légère, à laquelle son mari autorise une vie

1. *Mémoires*, p. 156.

de demi-mondaine. Pensez donc ! Elle conduit sa voiture, elle porte des fourrures et sort, dit-on, le soir avec d'autres hommes que son mari. Les domestiques colportent des rumeurs. De la cuisine de Neuilly à celle d'Elbeuf, les ragots circulent vite, et l'on raconte, dans le dos d'Emile, que Janine a des amants.

Lorsqu'elle habitait rue Ampère, elle croisait un peu trop souvent, au dire du service, un voisin de palier, bel homme, d'une quarantaine d'années [1], qui s'est marié depuis, mais qu'on a vu ressurgir, à quelques mois de la naissance d'Olivier, rue Borghèse, au volant d'une Bugatti bleue. D'origine espagnole, quoique né à Paris, Alfonso Enrique Luis Maria Sanz – Alfonso, pour les intimes – prétend être, par la main gauche, le fils de feu le roi d'Espagne et donc le frère adultérin d'Alphonse XIII. Rien de moins... Autrefois représentant chez Peugeot, aujourd'hui concessionnaire à Levallois – Janine, décidément, aime bien les marchands d'autos –, il mène une vie fastueuse. Janine sait-elle que le bel hidalgo est couvert de dettes ? Le récent mariage d'Alfonso – il vient d'épouser une Mexicaine, Maria Guadalupe Lemantour [2] – n'a pas l'air de trop gêner ce coureur de femmes, et il semble qu'il ait pris Janine dans ses filets. Depuis qu'il a pu ajouter à son nom celui de sa femme, il se présente partout comme « Alfonso Enrique Luis Maria Sanz y Lemantour ».

Est-il comme tout Paris le prétend, comme tout Elbeuf s'en indigne, le père d'Olivier, tandis que Gérald serait le fils du dénommé Wallis ?

Alfonso n'est pas le seul amoureux de Janine. Le cousin d'Emile, André Schwob d'Héricourt, lui fait aussi la cour. Depuis quand ? On ne sait pas trop. Leur

1. Sanz est né le 28 février 1880.
2. En 1921.

liaison aurait duré deux ans, de 1922 à 1924. André Schwob d'Héricourt aurait même voulu divorcer pour Janine qui est désormais fâchée avec Berthe, l'une de ses proches amies.

Ce cousin est « beaucoup plus riche qu'Emile », et aussi « beaucoup plus beau ». Il règne sur le coton, plus souverainement que les Herzog sur la laine et possède une fortune qui s'élèverait « à près d'un milliard ». Propriétaire de nombreuses usines dans le Nord et dans les Vosges, il sait cependant disposer de son temps pour mener une vie mondaine. Il collectionne les œuvres d'art et les chevaux de course. Il conduit de belles voitures. Il aime le sport et la musique, le jeu et les voyages. En somme, c'est un homme complet. Selon un témoin, il aurait pu avoir toutes les femmes à ses pieds mais c'est Janine qu'il voulait. « Il la suivait partout. » Emile devait s'en étonner à Venise : y ayant emmené Janine, au printemps 1922, il vit débarquer son cousin au même hôtel qu'eux (on ne sait pas lequel) ! Comme il avait déjà trouvé celui-ci, sans sa femme, en compagnie de Janine à plusieurs reprises, il exigea une explication. Selon, toujours, le même témoin (la seconde épouse), il aurait sommé Janine de lui dire la vérité. Elle aurait eu alors « une crise » – cris, hurlements, hallucinations. Emile, affolé à l'idée que cette crise soit l'augure d'une seconde chute dans la folie, l'aurait veillée toute la nuit et ramenée dès le lendemain à Paris. La « crise » ne devait être qu'un épisode sans suite grave. Janine en resta quelques jours hébétée puis reprit sa vie normale. Mais Emile en garda une inquiétude qui l'empêchait de parler trop sévèrement à sa femme. Il avait toujours peur de réveiller ses fantômes. Plutôt que la voir sombrer à nouveau, il préférait tolérer ses « écarts de conduite ».

Il mettra en scène plus tard, dans des romans successifs, des femmes légères et des maris trompés. Il trouvera dans la description de la jalousie ses accents les plus déchirants. Que ce soit dans *Le Cercle de famille* ou dans *Climats*, dans *L'Instinct du bonheur*, ou dans *Terre promise*, sa plume le ramènera toujours aux souffrances consenties au temps de son premier amour. Aucun de ses personnages masculins, si malheureux soit-il, n'en viendra jamais, dans ses romans comme lui-même dans sa vie, à reprocher à la femme infidèle d'être ce qu'elle est. Peut-être l'en aiment-ils plus encore, le cœur brisé. Il y a en eux tous, les Quesnay, les Romilly, les Herpain, les Marcenat, une étrange douceur ou une inavouable jouissance à souffrir. Leur patience, leur goût de comprendre, leur noblesse d'âme : tout cela concourt à leur faire endurer le pire, sans plainte, sans colère. Il y a en eux autant de tolérance que de résignation, de bonté que de masochisme, et beaucoup de fierté à savoir accepter l'humiliation. L'auteur le dira un jour : « Tout comprendre, c'est tout pardonner. »

Il dira aussi : « A l'orgueil et aux certitudes de l'adolescence succédait en moi un besoin vif de pitié, d'humilité [1]. » La vie de Shelley lui renvoie des correspondances avec la sienne; en étudiant les amours compliquées et douloureuses du poète et d'Harriet Westbrook ou de Mary Godwin, il comprend mieux Janine. Il s'élèvera comme lui au-dessus des passions vulgaires. Comme Shelley, il croit au dépassement, à la grandeur, aux épures d'une vie spirituelle. Les fureurs, les foudres des maris trompés ne sont pas pour eux. « La pesante réalité brisait mes armes légères », écrira-t-il du poète. Lui-même rêve de s'immoler à l'amour. En attendant, il s'enferme dans sa bibliothèque avec ses pensées et ses livres. Son travail d'écrivain n'est pas seulement un dérivatif, un baume sur des blessures mortelles; c'est sa délivrance. S'il écrit, c'est qu'il croit en d'autres vies possibles, dans la consolation des mondes imaginaires.

1. *Mémoires*, p. 142.

Chérie, tout est ici dans l'ordre accoutumé;
Elbeuf est embêtant et je suis enrhumé.
Le temps est mou, le ciel tout noir; et la fabrique
Sent des larmes couler sur son visage de brique.
Je pense avec bonheur que tu rentres dimanche
(...)
Et je préférerais m'asseoir au coin de l'âtre
à tes côtés; tu lirais L'Age d'Innocence
Ou quelque magazine où la mode se lance;
On entendrait Topi gémir, le bois fumer
Et le soir, vers minuit, nous pourrions nous aimer.

Cette lettre à Janine, en forme de poème, est datée du 20 décembre 1922. « Topi », c'est Gérald – Janine continue de distribuer les surnoms. Elle appelle Olivier « Little Man » et Poucette toujours « Tapetipata », parce qu'elle ne cesse pas de bavarder. Les enfants restent la plupart du temps avec elle à Neuilly, mais il lui arrive de les laisser à Elbeuf avec Nanny Crocker, au mois d'août, quand Emile part pour Pontigny et qu'elle préfère aller « se changer les idées » dans le Midi. Une amie anglaise, Winifred Mac Kenzie, l'invite en 1922 et en 1923 à La Napoule, dans sa villa Les Embruns. Il semble qu'elle y retrouve une petite société « amusante » – elle n'est plus guère loquace, dans ses lettres.

20 août 1923 : Emile passe quelques jours à Paris avant de partir pour Pontigny. Il adresse sa lettre « chez Mrs. Mac Kenzie » : « Je te regrette, je ne te laisserai plus partir. »

22 août, rue Borghèse : « Ici je travaille. Je suis tout seul. Le concierge, revenu, me fait mon lit et me donne à déjeuner. (...) Articles délicieux sur *Ariel* [1]. Tâche de trouver le journal du 20 août où Descaves est charmant pour moi. Je vais tout à l'heure télé-

1. Sa biographie de Shelley vient de paraître sous ce titre, *op. cit.*

phoner aux enfants, mais ils sont sûrement bien, car Nurse m'aurait téléphoné s'il en était autrement.

« Be good and wise and love me.

M. »

M., on le sait, est l'abréviation de Minou. Pourtant, dès 1922, il signe plus souvent E. – ou même E.H. – que M.

C'est que M. est devenu l'initiale de son nom d'écrivain. Alors, quand il signe M., on peut maintenant croire que c'est de Maurois qu'il s'agit.

Janine n'appellera jamais son mari autrement que Emile et elle continue de signer pour elle-même « Janine Herzog ». Sur son linge, ses initiales n'ont pas changé et elle sera enterrée dans un drap brodé *JSH* – Janine de Szymkiewicz Herzog.

Pourtant dès 1921, une facture lui est adressée au nom de Mme André Maurois. Pour ses fournisseurs, cette excellente cliente porte le nom d'un écrivain, dont on espère sans doute qu'il vend beaucoup de livres... Mais la plupart des factures (tout un dossier leur est consacré dans les archives familiales : « Factures de Janine ») sont encore au nom d'un industriel normand, en passe de disparaître.

Ariel est un éclatant succès. L'été précédent, à Pontigny, Emile en a lu des extraits à voix haute, à André Gide. Lorsqu'il se rend, cet été-là, à la décade de l'abbaye, il n'est plus un débutant timide. Il reste discret, modeste, mais son statut a changé. Avec *Ariel*, André Maurois s'avance sur le devant de la scène de la République des Lettres. Il occupera longtemps cette place sous les projecteurs, à dire vrai jusqu'à sa mort, en 1967. En ne cessant plus de publier des romans, des biographies, des nouvelles, des essais, des livres d'histoire et même des livres pour les enfants, qui feront de lui l'un des écrivains aux plus gros tirages de sa génération, il deviendra illustre. Sa renommée s'étendra au-delà des frontières, avec d'innombrables traductions en langues étrangères.

Mais Janine ne verra pas cette expansion. Elle ne connaîtra pas la gloire d'André Maurois. Témoin de ses débuts, témoin peu enthousiaste, elle aura toujours gardé sa préférence au jeune homme inconnu qui lui avait promis de s'occuper d'elle à plein temps. Elle a aimé *Ariel*. Le livre l'a même étonnée, car elle n'a pas reconnu Emile dans les pages qu'il consacre à l'amour. Elle le lui dira : elle ne savait pas qu'il pouvait parler aussi finement des femmes, comme s'il les comprenait, comme s'il était capable de se mettre dans leur peau. Mais puisqu'il les comprend si bien, quand il écrit à leur propos, pourquoi ne s'applique-t-il pas à lui-même les critiques qu'il adresse à Shelley ? Et pourquoi reproche-t-il au poète son sérieux, son égoïsme d'artiste, son irrépressible besoin de s'entourer de gens ennuyeux au lieu de passer de bons moments avec sa femme ou sa fiancée, si c'est pour se comporter lui-même à l'identique et cultiver les mêmes défauts ? Elle perçoit là non seulement un manque de logique mais une incapacité à s'adapter aux réalités de l'existence, aux choses les plus simples, les plus concrètes – au nombre desquelles l'amour. Elle découvre que son mari est peut-être fait de deux hommes à la fois : l'un qui comprendrait tout, dans les livres, et l'autre qui serait incapable d'appliquer à sa vie son intelligence d'artiste. Sur le fond, Ariel – ou plutôt Emile à travers Ariel – la déçoit. Ses belles envolées sur l'amour lui semblent théoriques.

Le livre n'est pas dédié à Janine. Il n'est dédié à personne. Mais il porte inscrit en exergue, sur la page de garde, trois vers de William Blake :

So I turn'd to the Garden of Love
That so many flowers bore
And I saw it was filled with graves.

(Littéralement : « Je me suis tourné vers le Jardin de l'Amour, qui portait autrefois tant de fleurs et j'ai vu qu'il était rempli de tombes. »)

L'adieu à Janine

Le succès attire les femmes, le phénomène est bien connu. A peine la bombe d'*Ariel* a-t-elle explosé qu'André – nous ne l'appellerons plus autrement – devient un homme à succès. Négligé par une épouse qui lui préfère des compagnons plus joyeux, il commence, de son propre aveu, à avoir « quelques amies [1] ». Le couple fait bande à part et chacun flirte de son côté.

A Pontigny, Anne Desjardins s'applique à lui plaire. Il est probable qu'il n'est pas indifférent à son charme piquant ni à ses vingt-deux ans [2]. L'été 1923, c'est elle qui vient le chercher, seule, à la gare, « toute de blanc vêtue ». Est-ce aux conférences de Charles Du Bos à Neuilly qu'elle a appris l'élégance et, au contact de Janine, un certain art de paraître ? La jeune intellectuelle semble faire des efforts pour ne pas ressembler à un bas-bleu. Anne est tombée à sa naissance dans le chaudron de la Littérature. Sa culture et sa passion des livres vont lui permettre de tisser des liens avec l'écrivain solitaire, venu soigner son spleen à l'abbaye. Il n'a pas encore l'habitude de dialoguer d'égal à égale avec

---

1. *Mémoires*, p. 158 : « J'avais maintenant, à Paris, quelques amies chez lesquelles il m'arrivait de passer la soirée sans elle. »
2. Anne Desjardins est née en 1899.

une jeune fille, mais il va vite prendre goût à sa présence, d'un genre nouveau pour lui : une femme s'intéresse enfin à ce qu'il écrit. Seuls les hommes jusqu'alors étaient ses interlocuteurs. Avec Anne Desjardins, il noue, pour la première fois d'homme à femme, une complicité littéraire. Il est étonné, flatté mais en même temps conquis par cet échange. La jeune fille va se révéler un interlocuteur intelligent. Avec elle, la littérature se pare d'un charme, qu'il ne lui avait pas soupçonné, elle devient un instrument de conquête et, pour quelques heures, volées à un été trop sage, le prétexte à un flirt – il dirait plutôt à une romance.

A Pontigny, la communauté est étroite et l'on se fréquente chaque jour, du matin au soir. On se lève et on se couche aux mêmes heures, on prend ses repas ensemble, on reste de longs moments sous la charmille à évoquer des poètes qui, pour la plupart, ne parlent que d'amour. Comment des tendresses, même légères, ne s'ébaucheraient-elles pas ? Lorsque l'enclave de l'été s'achève et que l'automne tombe sur Vézelay, Anne écrit à André des lettres de plusieurs pages, où il est surtout question de littérature. Mais on peut y lire entre les lignes un attachement véritable, et surtout le besoin de maintenir un lien que le silence pourrait briser. Anne Desjardins écrira sa vie durant les mêmes lettres passionnées et tendres, où pas un mot d'amour ne passe, mais où l'amour est clair, entre les analyses et les citations. Sa personnalité hésite entre le lyrisme – celui d'un amateur de romanesque, assez fleur bleue – et l'intelligence froide – Anne, ancienne khâgneuse, décortique volontiers les sentiments. A André Maurois la lie une admiration sans bornes pour l'homme de lettres et une attirance sensible pour l'être esseulé, semble-t-il disponible, qui traîne à Pontigny, l'été, une tristesse élégante.

Lui a des yeux pour toutes les femmes. La moindre silhouette avenante l'émeut. « Il y a peu de femmes... » écrit-il à Janine, l'été 1923 (il vient de lui dire qu'Anne Desjardins était venue l'accueillir à la gare). « Seule jolie : Mme de Lanux. » Il le regrette bien sûr. Car il aime la présence des femmes. Il se plaît dans leur atmosphère, qui est selon lui incomparable, bien supérieure à la plus éblouissante réunion d'intellectuels. Leur parfum, l'éclat de leur peau ou de leurs yeux, leurs décolletés, le bruit soyeux de leurs jupes lui sont indispensables : il ne peut pas vivre sans ces excitants qui, mieux que le café, que le tabac, lui procurent une formidable énergie. Il goûte le plaisir d'être au milieu d'elles, quand elles sont jeunes, jolies et « très féminines », c'est-à-dire gracieuses, délicates, avec des formes et des rondeurs, et qu'elles ressemblent à Janine. « Tout à fait ton genre », écrit-il à sa propre femme, de Mme de Lanux : « jolie, très bien habillée, mais je la crois superficielle (elle aime la peinture cubiste !) ».

Il observe leurs corps, remarque leurs toilettes. Il découvre qu'il aime parler devant elles, pour elles, éveiller leur intérêt, voir rosir leurs joues ou leurs yeux s'enfiévrer. Mais il garde comme une blessure au fer rouge l'empreinte de Janine – il la cherche dans toutes les femmes qu'il croise, dans toutes celles qu'il entreprend de courtiser. Il la cherche dans ses amies, dans ses plus proches relations. Il ébauche une amourette avec son professeur de piano, Marie-Caroline Lasson. Il a une brève et violente aventure avec Loulou...

Passif dans la conquête, André Maurois se « laisse aimer » ainsi qu'il le dit à l'une d'elles, mais il se protège : le flirt ne passe pas certaines limites. S'il met un charme à l'existence, s'il le distrait des infidélités de Janine, si en somme il rétablit l'équilibre de la balance conjugale, il n'entre pas en concurrence avec la seule femme qu'il aime au monde et qui, malgré les orages et les nuages, est encore la sienne. Anne Desjardins l'appelle « mon André chéri » ou « mon grand ami chéri » mais il a tôt fait de la « calmer » – c'est son expression. En marge d'une lettre d'Anne du 9 mars 1925 (un an après la mort de Janine), il a écrit lui-même ces quelques mots : « Toutes les fois que j'ai indiqué à

Anne, discrètement, ce que je savais (à savoir que *je ne l'aime pas*) elle m'a trouvé comique. Et peut-être l'étais-je faute de dire expressément mon indifférence. Mais pouvais-je la blesser ainsi ? » Il n'aime ni n'aimera jamais blesser les amoureuses. Il plaît, et trouve un plaisir très doux dans le fait de se sentir l'objet d'attentions, d'admirations, le cœur de tant de rêves. Mais il garde sa distance. Sans doute aime-t-il encore trop Janine, pour se laisser prendre tout à fait. Épris de sa première épouse, il reste l'homme d'une seule femme.

Parvenue à la dernière extrémité, Marie-Caroline Lasson lui avouera qu'elle l'a aimé d'un amour platonique et qu'elle meurt parce qu'elle n'a plus « la force de vivre loin de celui qui est la vie même ». Dans une lettre du 6 juillet 1931 (sept ans après la mort de Janine), qu'elle dictera à sa mère, Renée Lasson, en charge de lui décrire par le menu ses souffrances physiques – « trois personnes retournent dans mon lit mon pauvre corps qui n'est qu'une blessure » –, elle ne pense qu'à lui : « mon cœur dans cette course éperdue cherchait peut-être à vous joindre comme il n'a jamais cessé de le faire. » Elle va mourir, dans le culte de sa passion non partagée.

On n'a pas la réponse d'André Maurois à Marie-Caroline et il n'a rien écrit en marge de ces lettres, encadrées de noir et d'ailleurs incomplètes (il manque certaines pages), qu'il a pourtant gardées. On ne sait donc pas ce que le jeune professeur de piano, qui devait mourir prématurément, représentait pour lui : probablement une de ces amours éphémères, qui n'ont guère bouleversé sa vie privée, ni dérangé son emploi du temps, mais qu'il a su faire évoluer en amitié amoureuse – le comble du commode pour lui. Ces amitiés amoureuses lui permettaient de garder la douceur de l'affection et de la compagnie, mais devaient être bien douloureuses pour celles qu'on retenait de se donner, et dont on trouvait finalement encombrant l'excès de sentiments.

Avec elles toutes, André Maurois devait se montrer fidèle à sa manière, répondant à leurs lettres et continuant à les voir, s'intéressant à leurs vies, et même à leurs ménages quand elles se marieraient, avec la plus vigilante amitié. Il serait le témoin de leurs noces (ainsi pour Anne Desjardins [1]), le parrain de leurs enfants, quand elles en auraient, et resterait le conseiller, l'ami, le « bon », le « cher », le « très cher » ami, le « très très cher » André, jusqu'à leurs morts et jusqu'à la sienne.

Louise Baumeister, qui fut longtemps la meilleure amie de Janine mais que d'autres personnalités, plus affriolantes (comme Olga Fraenckel ou Winifred Mac Kenzie), ont remplacée près d'elle dans ce rôle, s'est mariée. Elle a épousé en 1921 un chimiste, natif de Lugano, un certain Conzetti. A la demande de Janine, pleine d'égards touchants pour ses amies, André a trouvé un travail à Conzetti, dans la branche « Teinturerie » des Etablissements Fraenckel-Herzog. Louise habite maintenant Elbeuf. Un soir, désœuvré, seul à La Saussaye, sans doute torturé de jalousie à la pensée que Janine passe du bon temps sans lui à Paris, il a invité Loulou à dîner. Elle a accepté sans hésiter, comme si elle attendait au contraire cette opportunité de se trouver en tête à tête avec lui. En fait, depuis qu'elle le connaît, depuis que Janine le lui a présenté, depuis leurs fiançailles anglaises, elle est secrètement éprise du mari de sa meilleure amie. André Maurois transposera dans *Climats* [2] la scène, où Loulou – alias Misa (Mme Julien Godet) – se jette ce soir-là dans ses bras.

Elle sera sa maîtresse, au dire de Simone Maurois (la deuxième épouse de l'auteur), « pendant quelques mois, en 1923 [3] ». Jusqu'à ce qu'un jour, risquant le tout pour le tout, elle en vienne à lui faire des confi-

1. Elle épousera un professeur, Jacques Heurgon, en 1926. Les deux témoins de son mariage seront Charles Du Bos et André Maurois. Simone Maurois sera la marraine du petit Marc-Olivier Heurgon, en juillet 1927.
2. *Op. cit.*
3. Lettre de Simone Maurois à Emile Deléage, 18 mars 1935.

dences sur Janine, sur laquelle elle connaît beaucoup de choses qu'il ignore, beaucoup de choses qu'il aurait dû, sans elle, continuer d'ignorer. Car Loulou a toujours été la confidente de Janine. Elle a même été sa complice, d'abord dans la réussite de son plan de mariage – c'est elle qui a eu l'idée d'inviter les parents Herzog dans sa famille et d'organiser en Alsace la présentation officielle de Janine. Mais aussi, par la suite, dans ses intrigues extra-conjugales, car intrigues il y a eu et intrigues il demeure, explique-t-elle. Janine a fait passer par elle des lettres interdites, dont la fréquence aurait pu choquer à sa propre adresse ou qui auraient pu s'égarer, être ouvertes par erreur, lors des déplacements du couple entre Paris, Deauville, Cannes ou Elbeuf. Elle va jusqu'à expliquer à un homme trahi, éperdu de souffrance, que ses propres fils ne seraient pas de lui mais des amants successifs de Janine. C'est Loulou qui aurait été chargée d'annoncer, au téléphone, la naissance des enfants aux pères supposés de Gérald puis d'Olivier.

« Elle apporta sur tout ce qu'elle savait des précisions indiscutables. Mais avant d'en arriver aux faits graves (tels que la bâtardise des fils adultérins), elle avait procédé par allusions hypocrites, insinué sans affirmer. » Les révélations de Loulou, des plus cruelles et des plus perfides, n'obtiennent pas l'effet escompté. Elles bouleversent, bien sûr, André Maurois. Elles le blessent en plein cœur. Mais lui ouvrent-elles pour autant les yeux sur l'infidélité de sa femme, sur l'ampleur de ses mensonges ? Rien n'est moins sûr. Pour récompense de sa perfidie, Loulou obtient d'être mise à la porte. Quand elle espérait détourner en sa faveur un mari trompé de son épouse trop aimée, c'est elle qui perd au jeu. La trahison lui vaut d'être détestée. Au moment même où elle ose porter atteinte à la personne sacrée de Janine, elle se voit méprisée et haïe. André Maurois lui gardera rancune jusque dans ses romans, où Loulou continuera de jouer les traîtresses, envieuses et méchantes. A chacune de ses apparitions, le lecteur est content que le héros la quitte : elle ne méritait pas son amour. Dans *Climats* où elle est Misa, dans *Bonsoir, chérie* où elle est Sabine, on est vraiment soulagé quand elle est déboutée.

De cette aventure sordide et sans lendemain, Janine sort encore grandie, s'il en était besoin, victime ingénue d'une amitié perverse ! Elle s'arrange toujours – quelle est donc sa recette ? – pour garder la vedette, et quoi qu'elle fasse, même le pire, elle reste irrésistible aux yeux de son époux. La pauvre petite fille, radieuse et adorable, irresponsable jusque dans le crime, n'aura jamais de rivale.

Les plus redoutables ensorceleuses échoueront à la faire tomber de son piédestal. En 1923, année de toutes les rencontres, André fait la connaissance de Marthe de Fels. C'est une très jolie femme blonde aux yeux noisette, qui évolue dans un monde brillant, où les noms, les fortunes, les talents rivalisent d'éclat. Née Marthe de Cumont, en 1898, mariée au comte André de Fels, héritier des sucres Lebaudy et directeur de la *Revue de Paris*, mais aussi homme politique, député d'Argenteuil, maire d'Arcachon, elle est devenue par ce prestigieux mariage la belle-sœur d'Edmée, duchesse de La Rochefoucauld (née Fels). Rien en elle d'étriqué ou de mesquin : la belle Marthe de Fels respire la liberté, l'audace et le talent. Car elle rédige non seulement son journal, mais des essais qu'elle s'apprête à publier. Cette « petite sœur des riches », ainsi que l'appelle méchamment Paul Morand, a un tempérament d'artiste – elle aime sincèrement, passionnément la Littérature.

On ne sait pas quand ni où André Maurois a fait sa connaissance, mais elle assiste, rue Borghèse, aux conférences de Charles Du Bos. Sans doute a-t-elle été amenée par l'un des nombreux écrivains qu'elle fréquente. Elle reçoit Maurois chez elle, à des thés mondains, en fin d'après-midi, ou à des « petits dîners », dans son hôtel du 37, avenue Charles-Floquet – elle n'habite pas encore 31, rue Octave-Feuillet, où elle saura dans quelques années, réunir dans son salon, tous les mardis de cinq heures à sept heures, le gratin de la politique, de la diplomatie et de la littérature : « un peu de thé, un peu de conversation » – tel est le programme gravé sur ses cartons.

Maurois, séduit, va devenir un visiteur assidu du salon, et très vite un ami. Marthe de Fels le recevra dans l'intimité de son boudoir, étendue sur une fourrure blanche, ainsi qu'elle était accoutumée d'accueillir ses invités. « Belle Marthe », dit ou écrit Maurois. « Cher André », répond-elle dans les lettres qu'ils échangent. Marthe écrira pour lui ces mots, auxquels il n'aura pas pu rester insensible, car il partage le même sentiment : à la question « Qu'est-ce que c'est que l'amitié ? », elle répond :

« Yesterday
« To-Day
« To-Morrow »

Et signe : « Yours Marthe » – elle aussi aime parler anglais.

André Maurois lui dédiera, en 1928, son *Voyage au pays des Articoles* [1] et la conseillera lorsqu'elle-même écrira, l'année suivante, une *Vie de Claude Monet* [2].

Voici ce que dira d'elle la seconde épouse de Maurois : « La comtesse André de Fels fut, aux yeux de mon mari, la seconde incarnation de la Sylphide. C'est une triomphatrice, un être fort et beau. Étrangement pareille à l'Autre sur certains points (ce charme ensorcelant, cette soif de conquêtes), elle est beaucoup plus ambitieuse... Maîtresse d'une fortune Lebaudy, elle exerce une réelle influence politique. Son salon littéraire est égal aux plus grands [3]... » Elle l'incriminera d'avoir eu une « liaison » avec son mari, « liaison » qui aurait débuté avant la mort de Janine et ne se serait interrompue qu'en 1928, un an après le retour de Saint-John

1. Grasset. « A madame la comtesse André de Fels ».
2. Gallimard.
3. Lettre de Simone Maurois à Emile Deléage, 18 mars 1935.

Perse à Paris. Le poète devait prendre une place capitale dans le cœur de Marthe de Fels.

Dans *Climats*, Marthe de Fels prêtera sa personnalité flamboyante à Solange Villier, qui essaie d'arracher Philippe Marcenat (Emile Herzog) à Odile (Janine). Comme dans la vie, les dames de cœur du roman, Solange et Misa, menacent l'épouse adorée, mais restent des amours lointaines.

De Pontigny, l'été 1923, qui sera leur dernier été, « Minou » écrit à « Ginou », avec une tendresse égale, une lettre qui se termine sur ces mots : « Tu me manques. Tu es tellement plus vivante que tout ça. » « Ça », dans le contexte, c'est la gendelettre...

À cause de Janine, et s'il n'avait la littérature, il sombrerait dans le désespoir. Après les révélations de Loulou, il s'est laissé aller à un accès de colère. Il est sorti de ses gonds, il a exigé des « explications ». Elle n'a rien avoué et rien nié. Semblable à elle-même, mystérieuse, approximative, elle n'a voulu céder aucune information. Alors, il l'a menacée. Sur un ton impérieux qui lui est peu habituel, il lui aurait – selon Simone André-Maurois – simplement dit : « Deux... peut-être. Mais trois, jamais ! » Et ne serait jamais revenu sur le sujet. Janine était avertie : il ne tolérerait pas de donner son nom à un troisième fils.

L'été 1923, à son retour de Deauville et avant qu'il ne parte pour Pontigny, elle brûle devant lui tout un trésor de lettres, dans la grande cheminée du manoir Saint-Nicolas. Elle a voulu qu'il soit le témoin de ce geste dramatique, mais a refusé d'expliquer l'autodafé.

Ce même été, elle voit beaucoup un jeune prêtre, qui a la charge de la paroisse, et prie plus que de coutume devant ses icônes russes.

Elle semble nerveuse et tourmentée. Plus triste aussi : Maurois ne parvient pas à lui rendre le sourire. Il est vrai qu'il n'est pas lui-même au meilleur de sa forme et que, dans le face-à-face conjugal, veillent des fantômes plutôt malveillants. Comment le couple vivrait-il sereinement sa mutuelle déchirure ?

Elle loue pour la fin de l'année la villa de Winifred Mac Kenzie, à La Napoule et convainc « Emile » de l'accompagner. Ils doivent y passer Noël avec les enfants. Il fait froid ; la maison, délicieuse à la mi-saison, mais mal chauffée, manque d'un « calorifère moderne » et paraît glaciale à ces deux grands frileux. La nurse qui, seule, apprécie la température, rechigne sur l'organisation et trouve les enfants insupportables ; comme il se met à pleuvoir, on ne peut plus sortir Topi ni Little Man ni la pauvre Poucette, qui se déchaînent dans le salon. Janine ne quitte plus son lit. Elle a l'air malade, elle est tellement blanche, tellement épuisée, qu'Emile s'inquiète. Il a peur qu'elle n'ait une nouvelle crise, il revoit son visage blême du Cap-d'Ail, son regard sans regard... Un matin, il la découvre, prise d'un regain d'énergie, en train de faire ses bagages. Elle veut rentrer à Paris, avant la fin du bail, elle veut rentrer sans attendre... Maurois vit dans la hantise que le mal dont elle porte la lourde hérédité puisse à nouveau se déclarer. Mais il est, en même temps, rongé de jalousie et de rancune : les révélations de Loulou agissent comme un poison lent.

Pourtant le compte à rebours a déjà commencé. Pour Maurois qui n'y comprend rien, Janine est la proie d'une alarmante agitation. Elle va, elle vient, elle sort sous un nouveau chapeau en plumes bleues de martin-pêcheur. Elle apporte à Ernest Herzog, entré à la clinique Saint-Jean-de-Dieu où il doit subir une intervention chirurgicale, un énorme bouquet de fleurs blanches ; elle dîne un soir avec Alex et leur mère dans un restaurant des Champs-Elysées, la veille de leur départ pour Palerme – ils ont prévu des vacances en Sicile. Chacun s'accorde à la trouver plus belle, plus élégante que jamais. Un jour, pourtant, elle disparaît sans dire où elle va. Elle ne rentre que tard, refuse de dîner, s'enferme dans sa chambre capitonnée. Elle dit qu'elle ne se sent pas bien. Le lendemain, la fièvre se déclare... Janine souffre, elle se plaint. Elle appelle Emile, elle croit qu'elle va mourir... Il ne l'a jamais vue dans un pareil état. Sa crise du Cap-d'Ail paraît bénigne en comparaison. Affolé, il appelle son médecin, le professeur Lévy-Solal, mais il est trop tard. Lorsque Lévy-Solal, qui a accouché Janine de ses deux fils, arrive, il diagnostique une septicémie, dont l'issue n'est que trop certaine. Consécutive à un avortement, sans doute effectué dans les pires conditions sanitaires, elle ne peut plus être enrayée. Lui-même avait refusé, quelques semaines auparavant, de pratiquer une intervention que la Loi punit alors comme un crime. Janine était de surcroît enceinte de cinq mois.

Son agonie va durer un jour et une nuit. Elle rend le dernier soupir, le mardi 26 février, au soir.

Étendue sur son lit, entourée de lilas et de roses, Janine ressemble à un ange. Un ange un peu frivole, dans son déshabillé en lamé argent et plumes de marabout. Un ange luxueux, portant autour du cou, au bout d'une longue chaîne d'or, une croix d'améthyste, dans l'atmosphère parfumée d'*Heure bleue*. Mais un ange tout de même, par la délicatesse et la fragilité, et par son éternelle jeunesse. Créature ailée, éphémère, elle aura passé trente et une années sur la terre, avant de retrouver dans la mort la grâce enfantine et l'air de pureté qu'elle avait, jeune fille, lorsqu'elle se promenait au clair de lune, au bras d'Emile, sous les arbres du parc des Eaux-Vives.

D'une héroïne d'un roman futur [1], André Maurois écrira : « Ah ! Que cette morte était belle !... Je n'oublierai jamais ce corps d'une blancheur surnaturelle, sur lequel les pointes des seins mettaient deux taches roses et pâles. Les yeux étaient fermés. Un sourire triste et hautain modelait une bouche ravissante... Vous la reconnaissez, docteur ? dit Gregory... C'est la petite Russe. » Il ne pouvait pas ne pas penser, encore et toujours, à Janine.

Il l'a veillée ce soir-là et les deux jours suivants, seul, puis avec Charles Du Bos, accouru pour le soutenir. Charlie devait prononcer pour Janine cette oraison funèbre : « Elle était un être fatal authentique. »

Ni Alex ni Mme de Szymkiewicz ne la virent sur son lit de mort. Pas plus que les parents Herzog : Alice Herzog proposa de venir veiller près de son fils, mais il lui demanda de rester à Elbeuf, où son père, malade et qui devait s'éteindre quelques mois plus tard, requérait ses soins.

Mrs. Abbott-Smith, « Fanny », l'institutrice des enfants et, par intermittences, professeur d'anglais de Janine, se tient dans l'ombre, émue, silencieuse.

Une messe est célébrée le vendredi 29 février, en l'église Saint-Pierre de Neuilly. On y joue le *Requiem* de Fauré et le Largo de Haendel.

Maurois dira : « J'avais trouvé la reine dans le vaste monde : je l'avais choisie, conquise, perdue [2]. »

Quelques semaines plus tard, le caveau qu'il a voulu faire construire, pour elle, dans le petit cimetière de La Saussaye, est prêt à recevoir son corps. C'est, sous un saule pleureur, un monument de marbre blanc. Un banc, du même marbre, de forme circulaire, le complète, en vis-à-vis. Emile pourra venir s'y asseoir et y « palabrer » avec la morte, ainsi qu'ils aimaient le faire de leur vivant. La pierre tombale porte ce nom gravé en lettres d'or : « Madame

1. Hilda, dans *Le Peseur d'âmes*, 1931.
2. *Mémoires*, p. 160.

Emile Herzog, née Jeanne-Marie-Wanda de Szymkiewicz ».

Le reste est silence. Et brassées de fleurs blanches.

Janine restera seule, dans son caveau. Personne ne viendra l'y rejoindre, dans la place laissée vide, à côté d'elle.

LA PARISIENNE

L'INFIRMIÈRE DU CŒUR

Madame de...

Grande (1 m 72) et maigre (52 kilos), elle a la silhouette idéale des mannequins de Coco Chanel ou de Lucien Lelong. Son long corps, dépourvu de grâce et de chair, affiche une élégance émaciée qui, sans sa raideur, sa maladresse, lui permettraient de défiler pour eux. Des jambes fines, des bras graciles, un cou démesuré lui donnent une parenté amusante avec les girafes. Quand elle se déplace, traversant son salon à l'amble, on croit voir le grand mammifère. Malgré sa taille, ou à cause d'elle, elle manque d'aisance, de fluidité. Et cache sa timidité, son peu de confiance en soi, sous des airs sarcastiques.

Simone de Caillavet, lorsque Maurois fait sa connaissance cette année-là, n'est plus une jeune fille. Bien qu'elle porte encore le nom de son père, c'est une femme libre dont la réputation, à Paris, est même assez sulfureuse. Récemment divorcée (en novembre 1922) d'un diplomate roumain qui l'aurait ruinée si elle n'avait pris la poudre d'escampette et qui la malmenait, on lui a connu de nombreux flirts, non des plus discrets, avec le roi Ferdinand Ier de Roumanie, qu'elle appelle Nando, avec le prince Louis II de Monaco, qu'elle appelle Monseigneur, avec le Shah de Perse – Majesté !

Très liée à la suite de son mariage aux grandes Roumaines littéraires de Paris, la princesse Soutzo – future Mme Paul Morand –, la princesse Bibesco – romancière en herbe, futur auteur du *Perroquet vert*, 1924 – ou Hélène Vacaresco – poète du *Jardin passionné* et de *La Dormeuse éveillée* –, elle semble ne fréquenter que les célébrités. La rumeur lui prête, ces années-là, deux chevaliers servants : l'écrivain Gérard Bauër, qui signe au *Figaro* et à *L'Echo de Paris* des chroniques sous le nom de Guermantes, et l'architecte Pierre Sardou, fils du dramaturge Victorien Sardou – l'illustre auteur de *Madame Sans-Gêne* et de *La Tosca*, de *La Famille Benoîton*. Elle nourrit un béguin, non payé de retour, pour le journaliste Pierre Brisson... En bref, tout Paris prétend que Simone de Caillavet cherche un nouveau mari.

Son ex-époux, Georges Stoïcesco, a lui-même défrayé la chronique mondaine non seulement au volant des rutilantes voitures qu'elle lui offrait, mais en pillant les hôtels où il passait, à Rome ou à Venise, et en ramenant par la valise diplomatique des cendriers, de l'argenterie ou des peignoirs de bain en quantité suffisante pour monter un ménage. Une affaire de diadème impayé (celui de son ex-femme car Simone ne fut pas la première épouse en titre de Stoïcesco) lui a valu un procès et c'est finalement Simone qui est allée rendre le diadème au joaillier Boucheron, au risque de se faire battre comme plâtre à son retour boulevard Malesherbes – là même où elle habite, désormais célibataire, délivrée de celui qu'elle n'appelle plus que « cette canaille de Georges » ou « mon ignoble mari ».

Mère d'une fillette de quatre ans, Françoise-Georgina [1], dite Kiki, elle n'a pas beaucoup de temps à lui consacrer. Elle est sans cesse invitée. Elle court d'un déjeuner à un thé, puis d'un cocktail à un dîner. Elle est de toutes les fêtes : au théâtre, à l'Opéra, aux

1. Née le 22 novembre 1920.

grands bals comme aux grandes soirées, on est sûr de la trouver. La mondanité est son sport préféré. Elle y dépense une énergie considérable, que rien n'épuise. Elle danse à la perfection le tango, le fox-trot, le one-step qu'elle a appris avec un professeur, mais qu'elle interprète avec son incorrigible raideur. Elle ne fréquente que les « urfs » – le mot est à la mode : les gens qui ont un nom ou une fortune ou, mieux encore, ceux qui ont les deux. Aux yeux de cette snob, seul compte « le monde ». Il ne s'agit bien sûr pas de l'univers. Pour le différencier de celui-là, trop vaste et trop lointain, elle nomme le sien « le monde-monde ». Il compte doublement. Aussi lui accorde-t-elle une attention extrême. Elle connaît les Noailles et les Brantes, les Gramont, les La Rochefoucauld, les Rothschild – Nadine, fille de la baronne James, est sa meilleure amie –, les Vilmorin et les Koenigswarter, qui sont les uns et les autres ses cousins (les premiers par la famille de sa mère, les seconds par son père), en bref et pour résumer car la liste serait trop longue, des princes et des ducs, des marquis, des duchesses, des banquiers anoblis, des industriels prestigieux qui ont fait fortune dans le grain ou le sucre, des propriétaires d'écuries de courses et de châteaux de famille, dont les blasons figurent dans le Bottin mondain. Cela fait finalement beaucoup, beaucoup de monde. Son carnet d'adresses est impressionnant.

Elle noie en fait dans les mondanités un mal de vivre qui dure depuis l'enfance et n'a jamais cessé de la tourmenter. Simone de Caillavet prétend qu'elle a manqué d'amour. Sur ce point, ses lettres ne laissent aucun doute. Fille unique et quoique enfant gâtée, elle a souffert de la solitude. Une mère impériale, trop belle, trop blonde, qui ne lui trouvait que des défauts et le lui disait : « Que tu es laide, ma chérie, que tu es laide !... » ; des nurses anglaises, avares de compliments, qui l'ont pliée à une discipline de fer ; enfin, un père adoré, mais qui lui préférait le charme de sa mère ou la compagnie des actrices, blondes elles aussi de préférence, quand elle est tellement brune, « noire » dit sa mère... Personne ne l'a jamais rassurée sur elle-même. Elle porte, à trente ans révolus [1], les blessures d'anciennes carences affectives. Sa maigreur est un signe. Simone de Caillavet appartient au clan des anorexiques.

Elle venge sur son corps un malaise secret. C'est une insatisfaite. Pour la vie, qui se montre rarement à la hauteur de ses aspirations, elle éprouve attirance et répulsion ; elle meurt d'envie d'y mordre à belles dents, mais son propre appétit la dégoûte. Il lui paraît vulgaire, presque aussi obscène que le corps dodu, aux hanches rondes, aux seins abondants de sa mère. Elle s'affame pour ne pas lui ressembler et garder, face à cette image d'une rayonnante féminité, sa ligne de jeune fille éternelle. Tendue vers ce but – sa désincarnation –, elle maintient envers et contre tous les conseils une grève de la faim qui, avec quelques rémissions, ne prendra fin qu'à sa mort, après une longue lutte, harassante, contre l'excès de poids. Il y a en elle une tension vibrante, un refus obstiné du moindre laisser-aller. Simone est une irréductible, que la volonté domine. Elle donne l'impression d'habiter une armure.

Avec son teint « champagne » – c'est ainsi qu'elle se voit –, légèrement hépatique, avec ses grands yeux noirs [2], son nez busqué, ses lèvres minces, son élégance tape-à-l'œil, elle ne manque pas de caractère. Elle en a peut-être trop. A force d'avoir entendu sa mère lui répéter qu'elle était laide, qu'elle manquait de charme, elle s'en est persuadée. Mais elle n'a pas renoncé à plaire. Son anorexie la stimule : la maigreur, on le sait, donne la fièvre. Au nombre de ses multiples activités – les spécialistes de l'anorexie décrivent l'hyperactivité comme une des conséquences de la malnutrition volontaire –, il faut compter la marche et le

1. Simone de Caillavet est née le 8 février 1894.
2. Ce sont les yeux de son père ; sa mère a les siens « bleu faïence ».

tennis, le cheval, le shopping et les dîners, toutes les sorties au concert, au théâtre etc., mais aussi la correspondance (frénétique), la téléphonite (que les années vont aggraver), la course aux potins (inépuisable) et enfin, dans une existence où le mariage n'a été qu'une brève et décevante parenthèse, la chasse à l'homme. Simone de Caillavet cherche désespérément celui qui pourrait lui donner non seulement un nom ou-et une fortune, mais un statut social. Peut-être un sens à sa vie. Avant d'épouser Stoïcesco, elle avait coiffé Sainte-Catherine, elle n'a pas du tout l'intention de mourir en vieille fille, accablée par cette horrible réputation que lui valent dans le monde son divorce et son allure émancipée.

Pour conquérir les hommes, elle peut compter sur son intelligence. Elle a l'esprit vif et puis de l'ironie. Elle peut être très amusante. Quand elle n'est pas trop méchante, quand elle ne s'abandonne pas aux médisances et qu'elle bride un peu sa langue de vipère, elle est d'une drôlerie irrésistible. Ses lettres révèlent un esprit brillant, caustique. Beaucoup d'aisance dans la conversation, le goût des mots et des jolies formules, joints à son humour naturel, à sa spontanéité – sa mère la lui reproche : « Tu ne réfléchis pas, tu es intempestive ! » –, rendent sa compagnie agréable. Avec elle, on ne risque pas de s'ennuyer. Ses défauts, et elle n'en manque pas, peuvent contribuer à la distinguer : elle est violente, capricieuse, péremptoire, souvent cassante, mais en même temps vulnérable, inquiète, timide, torturée. Elle se consacre à ses relations, à ses amis. En revanche, elle ne s'occupe pas du tout de sa fille. Sa petite Françoise-Georgina lui est un fardeau depuis sa naissance. Elle l'a confiée à sa grand-mère, qui l'a élevée jusqu'ici à la campagne, ou à sa propre mère, à deux pas de chez elle, l'y oubliant pendant des semaines, oubliant peut-être qu'elle existe. Cette mère, qu'elle ne cesse pas de critiquer et à laquelle elle en veut tellement de ne pas l'avoir aimée assez, paraît maternelle en comparaison, plus tendre et plus attentionnée. Vis-à-vis de Françoise, Simone se montre indifférente et agacée. Avant qu'elle ne naisse, elle a voulu la supprimer ! Elle a tenté tous les moyens, sauf le radical – un avortement clandestin. N'y parvenant pas, elle a dû se résoudre à accoucher : c'est un de ses plus mauvais souvenirs. Est-ce parce que la pauvre enfant est la fille d'un homme qu'elle n'aime pas, parce que ses yeux bleus lui rappellent une triste et pitoyable aventure, ou parce que Stoïcesco ne règle pas sa pension alimentaire et qu'elle doit par conséquent assumer seule la responsabilité de cette petite vie, elle la tient à distance. Françoise est chétive, de santé fragile : elle ne lui donne que des soucis ! Pour s'occuper d'elle, Simone a engagé une nurse anglaise, miss Turner, qui est priée de la promener au parc Monceau tous les après-midi et, une fois rentrée, de la laisser jouer dans la lingerie – la pièce la plus éloignée de la chambre de Madame. Simone a horreur du bruit, en général, mais plus encore, horreur des cris et des jeux des enfants. La présence de Kiki la dérange. L'amour qu'elle n'a pas eu, elle croit qu'elle ne peut pas le donner.

Son cœur lui a déjà joué trop de mauvais tours. C'est une femme blessée que Maurois rencontre ce jour-là, sous ses airs de jeune fille, une femme insatisfaite, que la vie aurait pu rendre amère mais qui n'a pas renoncé à l'espoir d'être heureuse et qui désire, de toutes ses forces, un homme à aimer.

Pour le caractère, Simone de Caillavet a de qui tenir. Dans sa famille, toutes les femmes en ont. Sa mère, ses deux grands-mères, paternelle et maternelle, sont (ou furent) de fortes personnalités : des indomptables, à leur manière.

Marie Pouquet, la grand-mère maternelle, celle qui élève Kiki en Périgord, a su imposer à son mari,

Eugène, agent de change prospère, son goût du romanesque et des frivolités. Elle a d'abord obtenu de lui, entre autres faveurs, qu'elle puisse organiser dans leur riche appartement de la rue de Miromesnil ou dans leur propriété de Dordogne, des fêtes costumées, des soirées théâtrales, des raouts de jeunes gens en plein délire – tout ce qu'Eugène Pouquet a toujours détesté ; il n'aime que le calme, le travail et les gens sérieux. Puis, avec une ferme douceur, elle l'a conduit à accepter le mariage de leur fille unique, un mariage qu'elle a au moins autant désiré que la jeune fille, avec un garçon sans profession, à l'époque de la demande en mariage, et dont l'avenir n'était fait que de promesses légères : quelques écrits de théâtre amateur, des pièces on ne peut plus anodines, comme cette *Colombine* que Jeanne, sa chère et ravissante fille, avait interprétée un soir, les cheveux dénoués jusqu'à la taille, dans son propre salon. Marie Pouquet a longtemps mené, sous des airs résignés et bonasses, son petit monde à la baguette. Elle a élevé Simone avant d'élever Kiki. Sa propre fille, mère à dix-neuf ans, s'en était débarrassée pour vivre d'autres passions de son âge.

Car Jeanne, avec la même apparente douceur, la même féminine grâce qui n'est qu'un masque à son caractère de fer, conduit sa propre existence en toute indépendance, sans en référer à la souveraine, ou réputée souveraine, autorité masculine. Elle n'a pas été longtemps heureuse avec son mari, Gaston de Caillavet. Tout de suite après la naissance de Simone, qui fut pour elle un calvaire égal à celui que sa fille connaîtrait plus tard et dont elle garde le même souvenir d'un cauchemar, elle a fermé sa chambre à son mari. On le sait par les innombrables lettres qu'elle a adressées à sa mère : à dix-neuf ans, elle a mis fin de son propre chef au devoir conjugal. Gaston ne semble pas avoir protesté ni tenté de forcer la porte. Jeanne pensait qu'il était malade, atteint de syphilis, et que le sacrifice qu'elle lui imposait valait bien qu'il se distraie avec les jolies actrices du Boulevard, moins prudentes ou moins dégoûtées. Elle a tenté pour sa part de distraire sa mélancolie d'épouse délaissée en jouant des rôles dans de petites comédies de salon qu'il écrivait pour elle – au théâtre, son apparition était inconcevable, elle y aurait perdu sa réputation. Puis, elle est tombée amoureuse, follement amoureuse, d'un jeune cousin, de dix ans son cadet, Maurice Pouquet. Une sorte de géant, musclé, large d'épaules, et muni d'un cerveau d'enfant. Ingénieur de formation, il n'a pas de situation. Simone le déteste. Rival de son père, tout-puissant sur Jeanne qui rend les armes devant lui seul, elle craint qu'il ne lui capte son héritage.

Gaston de Caillavet est mort, en 1915. Jeanne n'a pas attendu longtemps pour légaliser une liaison ancienne et qui allait durer plus de trente années [1]. Elle a épousé Maurice Pouquet en 1919 et vit avec lui la plus heureuse des existences entre l'avenue Hoche (ancien hôtel des parents de Gaston) et la propriété des Pouquet dans le Midi. Un esprit coquin l'a surnommée Jeanne-Repouquet. Soumise et humble devant Maurice, elle n'en reste pas moins, pour sa fille, un tyran domestique. Elle la fascine mais Simone dit l'exécrer. Sa future belle-fille sera témoin, dès son plus jeune âge, de déclarations effrayantes : « Je hais ma mère ; je l'ai toujours haïe. Le jour de sa mort sera le plus beau jour de ma vie [2]. » Déclarations « intempestives », aurait dit Jeanne. Sa beauté, sensuelle et blonde, qui dans sa jeunesse avait fait perdre la tête à Marcel Proust – il avait voulu l'épouser ! –, est sans aucun doute ce qui irrite le plus Simone de Caillavet.

Quant à Léontine Arman (ou Arman-Caillavet), la grand-mère paternelle, que l'histoire pare d'une véritable légende parce qu'elle a été, pendant plus de vingt

1. Jusqu'à la mort de Maurice Pouquet, en 1956. Jeanne ne mourra qu'en 1961.

2. Cité par Michelle Maurois, dans *Les Cendres brûlantes*, Flammarion, 1986, p. 175.

ans (de 1888 à 1910), la maîtresse d'Anatole France et sa principale égérie, l'inspiratrice du *Lys rouge* (1894), Simone l'admire éperdument. Elle voudrait avoir son éclat, son audace, son esprit indépendant et fier. Et puis aussi son art de conquérir les hommes et d'exercer sur eux un irrésistible ascendant. Elle rêve de devenir comme elle une héroïne de roman, de s'incarner dans un personnage qui reprendrait des traits auxquels elle tient : sa fièvre, ses angoisses et ses facultés de décision.

Epouse d'Albert Arman (ou Arman-Caillavet), le père de Gaston, Léontine a assumé, sa vie durant, au sus et au vu du Tout-Paris, un adultère qu'elle seule avait pu rendre honorable et qui était devenu une espèce d'institution. Elle avait organisé autour de son amant, avec le consentement tacite qu'elle avait su inspirer à son mari, le cercle de leurs amis. Au 12 de l'avenue Hoche, où Simone et ses parents ont vécu après sa mort, où sa mère habite maintenant avec son jeune mari, les réceptions de cette aïeule ont rassemblé tous les dimanches de cinq à sept et à dîner les mercredis, les grands noms mêlés de la littérature et de la politique : Marcel Prévost et Jean Jaurès, Henri de Régnier et Aristide Briand, Pierre Loti, Raymond Poincaré, Clemenceau, Léon Blum, ou Marcel Proust. C'était un honneur d'être convié dans ce salon, et un plus grand encore de compter au nombre de ses fidèles. Dans l'atmosphère qu'enfumaient les nombreux cigares des invités et le reflux des feux de cheminée – Léontine n'avait aucun goût pour le confort moderne et n'avait pas installé de chauffage central –, Anatole France trônait. Il palabrait sous les lustres à bougies – il n'y avait pas non plus d'électricité – devant des interlocuteurs qui l'écoutaient en silence avant d'oser lui donner la réplique et lancer un débat. Tandis que la conversation allait bon train, Albert Arman surveillait en cuisine la préparation des plats – il était fin gastronome. Son accent bordelais, ses manières joviales, ses interventions terre à terre – il ne s'intéressait qu'au sport et à la cuisine – surprenaient. Arman et France s'entendaient pourtant à merveille. Leur cohabitation se déroula sans heurts, sous le regard qui les encourageait et sembla toute sa vie chercher entre eux une subtile harmonie.

France n'écrivait que sous la houlette de Léontine. Sévère comme une maîtresse d'école, elle l'enfermait dans son bureau, s'asseyait près de lui, et comptait les pages... Il aurait sans doute préféré, car son tempérament l'incitait à la paresse, une douce sieste câline. La légende veut qu'elle ne la lui accorda qu'au bout d'un certain nombre de lignes, ou à la fin d'un chapitre particulièrement réussi. Quant à M. Arman, il rédigea tout seul, pendant vingt ans (sous le pseudonyme de Jim Topsail), la rubrique du yachting pour *Le Figaro* : la mer était une autre de ses passions. Léontine, peut-être en compensation de ses amours avec France, lui offrait des yachts. Il en eut quatre, choisis par elle et baptisés par France : le *Cymbeline*, le *Zuleïka*, le *Mélusine* et le *Nausicaa* – ce dernier, un brick-goélette, mesurait cinquante-cinq mètres et requérait à son bord seize hommes d'équipage. Léontine était généreuse; c'est elle qui dans le ménage signa toujours les chèques. Elle en signait pour Arman, elle en signait pour France et, l'été, ils partaient tous les trois à bord de la goélette, visiter l'Italie, la Grèce ou l'Egypte. Gaston les accompagnait, qui adorait aussi sa mère. Léontine, imperturbable, dont l'embonpoint croissait d'année en année, régnait en monarque absolu sur ses trois hommes : par ordre décroissant d'affection, son amant, son fils et son mari. Elle est morte de chagrin, en 1910, quand France, lassé de la voir vieillir et grossir, l'a trahie avec une jeune comédienne – Jeanne Brindeau –, rencontrée lors d'une tournée de conférences de l'écrivain en Amérique du Sud. Léontine disait : « au pays des singes et des perroquets ».

On l'aura compris. Dans la famille de Simone de Caillavet, les femmes ont toujours eu plus de caractère que les hommes. Ils paraissent faibles malgré leur talent, falots malgré leur courage, à côté de leurs flamboyantes mères, filles ou compagnes.

Ces trois femmes, dans des styles différents – plus fourneau pour la première, plus théâtre pour la deuxième, plus alcôve pour la dernière –, sont ou ont été d'éblouissantes épistolières. Simone possède leur aisance et leur goût d'écrire. Elle noircit chaque jour, ou plutôt elle bleuit, des feuilles et des feuilles d'une écriture aux savants caractères qui, par sa rigueur, sa perfection, son mystérieux équilibre, évoque une calligraphie secrète. Marcel Proust, qui a bien connu Simone adolescente et qui a échangé avec elle une correspondance qu'elle conserve avec le plus grand soin, comparait son écriture à « de petits bâtons chinois » : « Il semble que vous arrangiez une sorte de peinture étrange, au lieu de lettres. C'est ravissant, c'est encore plus aquarellé que peint. »

Elle bombarde ses amis, ses proches, ses parents, ses plus lointaines relations, du récit spirituel, alerte, de ses aventures ou de ses états d'âme. Sa mère la surnomme « Mademoiselle de Sévigné ». Au plus noir de la déprime, amaigrie à faire peur, elle garde un style au vitriol et une ironie qui décape. Elle ne sait pas être ennuyeuse. « Je t'aime mieux écrite que parlée », dit sa mère.

De Marie Pouquet, qui est encore bien vivante (Eugène Pouquet est mort en 1919, de même qu'Albert Arman), Simone a hérité le goût des potins et de la médisance, ainsi que la manie de commenter inlassablement les unions et les désunions qu'elle observe parmi les couples autour d'elle. De Jeanne, elle ne possède ni la beauté, ni le tempérament voluptueux, ni l'art de la comédie, ni celui de s'endormir comblée dans les bras d'un homme aimé. Mais elle a ce qu'on pourrait appeler son intensité : une certaine manière de toiser le monde, de demander beaucoup à la vie. Elle est comme elle exigeante et difficile à satisfaire – hélas, elle n'a pas encore rencontré son Maurice Pouquet. Jeanne le regrette car elle souhaite voir sa fille heureuse. Elle sait qu'elle ne l'est pas. La mère et la fille ne cessent et ne cesseront jamais, jusqu'à la mort de Jeanne (en 1961), de se disputer. Quand elles s'écrivent, elles sont au diapason. Elles partagent les mêmes opinions ; elles ont les mêmes idées en même temps ; leurs lettres prouvent une profonde complicité, surtout dans l'ironie. Elles s'accordent dans le regard lucide, parfois cruel, qu'elles posent sur les gens.

Mais c'est à sa grand-mère Arman-Caillavet, que Simone tient à ressembler. Elle admire comme un modèle cette aïeule qui sut aimer avec flamme et constance un homme digne de sa confiance et de son dévouement. Elle rêve de suivre son exemple et de connaître comme elle un destin romanesque. Léontine Arman-Caillavet s'est peu occupée de sa petite-fille. Simone se souvient pourtant de ses conseils. Elle lui répétait de se tenir droite, de bomber le torse et la poitrine, de regarder toujours droit devant soi. Ce message de conquérante et d'optimiste lui est resté. De sa grand-mère préférée, Simone a hérité les bijoux. Elle les a aussitôt revendus, car elle est dépensière. Mais elle garde dans son cœur le feu de cette grande amoureuse. Il y a en elle un immense désir de s'enflammer, malgré sa crainte et ses mauvaises expériences.

Son propre nom l'incite à l'imiter.

Autrefois, dans la famille paternelle de Simone, on s'appelait Arman ou Caillavet. Albert et Léontine avaient réuni les deux branches de leur patronyme d'un trait d'union et Léontine signait ses chèques « Léontine Arman-Caillavet », ses mots doux à France de ses initiales « L.A.C. ». Pourtant, la particule était déjà entrée dans l'usage et, pour le Tout-Paris des Lettres et de la politique, le Salon où l'on rencontrait France était celui de Mme Arman *de* Caillavet. Albert lui-même, aussi friand de généalogie imaginaire que d'ortolans farcis, y tenait beaucoup. C'est cependant son fils qui devait rendre légale et officielle la particule aristocratique du nom, au début de sa carrière. Gaston Arman *dit* de Caillavet, pour l'état civil, obtint par décret d'effacer Arman d'un patronyme, qu'il a voulu définitivement anoblir. Le public ne connaît plus que le Gaston *de* Caillavet, qui triomphe au théâtre, et Simone peut arborer fièrement sa jeune noblesse dans le monde-monde. Ce nom qui tout à la fois la surclasse et l'amuse, c'est de la poudre qu'elle jette aux yeux des « urfs ».

Il est, en effet, célèbre. Il brille, depuis le début du siècle, sur toutes les affiches des pièces à succès. Il a résisté à la guerre. Il est toujours aussi éclatant. Gaston de Caillavet fut un roi à sa manière, il l'est resté après sa mort – le roi du Vaudeville. Ses pièces, sans cesse reprises, continuent de remplir les salles et, abondamment, les caisses des Variétés, de l'Opéra-Comique, ou du Gymnase, avant les tournées en province. *Primerose*, *Le Bois sacré*, *Miquette et sa mère*, *L'Eventail*, *Le Roi*, *L'amour veille*, qui a ouvert à son théâtre les portes de la Comédie-Française, en 1907, et jusqu'à *L'Habit vert* (1912), ces satires de mœurs, légères et mordantes, qui cherchent à faire rire et se moquent même de la morale, applaudies à tout rompre à leur création, comptent encore parmi le répertoire gagnant du Boulevard. La mère de Simone vivra jusqu'à sa mort de cet étonnant héritage, fait d'entrées en scène fracassantes, de quiproquos, d'apartés, de répliques, de bons mots.

Simone, elle, n'a reçu que des rentes. Elle en est déçue autant que furieuse. Gaston de Caillavet lui a cependant légué autre chose : avant tout, son sens du comique. Elle trouve comme lui la vie, les gens et elle-même souvent ridicules. Il lui a aussi transmis son art de la répartie qui tue. Elle fait preuve dans ses lettres du même talent, scintillant et précis, que son père déployait magistralement, sur les scènes de tous les théâtres de France. Elle cultive son héritage, en s'appliquant à écrire chaque jour et en se donnant à elle-même la réplique, dans des situations dont on ne sait jamais si elle les a vécues comme elle les raconte, ou si elle les imagine en les mettant en scène à sa façon.

Gaston de Caillavet avait débuté au théâtre par la comédie de salon. Ces petits textes dont il était à la fois l'auteur et le metteur en scène, le principal interprète et le décorateur, le costumier, le souffleur et l'ouvreur, et qui donnaient toujours le plus beau rôle à Jeanne, prenaient vie dans des salons privés, d'où la maîtresse de maison avait sorti les meubles, les tapis, les pianos, pour laisser un espace libre aux comédiens d'un soir. Marcel Proust, qui était très lié à Gaston, participa quelquefois et fut un spectateur assidu de ces essais d'amateur. Les comédies étaient jouées chez les uns ou les autres mais les soirées les plus mémorables se tinrent chez les Koenigswarter, qui avaient fait construire dans leur hôtel, au 22 de la rue Galilée, un véritable théâtre, avec un rideau rouge. On y assistait dans des loges ou à l'orchestre, sur des rangs de fauteuils en velours. Eugène Pouquet avait tenté de mettre le holà à la carrière de son gendre, en lui proposant de travailler avec lui. Aussi Gaston de Caillavet fut-il un temps agent de change ! Mais le virus du théâtre était le plus fort. Encouragé par sa femme et par sa belle-mère, toutes deux éprises de son talent dramatique, il dut cependant à France son premier vrai succès.

Passant outre sa rancune vis-à-vis de l'amant de sa mère, Gaston de Caillavet adapta au théâtre *Le Lys rouge*, le roman le plus autobiographique de France, qui raconte la liaison de l'auteur avec la célèbre hôtesse du salon de l'avenue Hoche. Le grand écrivain n'épargna pas ses conseils au jeune homme, mais se montra ravi le jour de la première. Elle eut lieu au Vaudeville, en 1899, Gaston avait tout juste trente ans. Réjane jouait le rôle de Thérèse Martin-Bellême (Léontine) et Lucien Guitry celui de Jacques Dechartre (Anatole France). *Le Lys rouge* lança la carrière de Gaston. Il lui valut aussi un duel. Car au lendemain de la première représentation, un article du critique Pierre Veber comportant une allusion offensante aux relations adultères, trop réalistes sans doute, des personnages, Gaston provoqua Veber à l'épée et fut légèrement blessé à la main droite.

Par la suite, son propre talent se confond avec celui de son collaborateur et ami, son « plus que frère » ainsi qu'il l'appelle, son jumeau en littérature : Robert de Flers. Toutes les pièces précédemment citées, sauf *Le Lys* et *Colombine*, sont signées de leur double sceau – Flers et Caillavet. Ils sont indissociables dans l'écriture comme dans le succès. Ils ont travaillé ensemble, depuis 1901 jusqu'à la mort de Gaston, dans une extraordinaire fusion de leurs talents réciproques. Ils écrivaient épaule contre épaule, en fumant des cigares, et toutes les dix pages le manuscrit changeait de main. Mais chaque tirade, chaque répartie, chaque soupir ou murmure de leur théâtre reste le secret de leurs propres coulisses : nul ne peut dire qui eut cette idée, ce mot, qui du début ni qui de la fin. Ils ont fait ensemble, pour ainsi dire à quatre mains, une œuvre dont l'auteur unique est en somme bicéphale, et qui pourrait s'écrire avec le trait d'union cher à la famille Arman : Flers-et-Caillavet. Ils partagent aussi les recettes.

Robert, qui a débuté en littérature avec un roman, *La Courtisane Taia et son singe vert* (1896), est, lui, un authentique aristocrate. Né Robert Pellevé de La Motte-Ango, le futur marquis de Flers – ces années-là sa mère est encore vivante – descend de Saint Louis et n'a pas eu besoin d'inventer sa particule. De la même génération que Gaston (il a trois ans de moins), aussi gentil et joyeux que lui, noctambule, amateur de jolies femmes, comme cet ami qu'il pleure avec tendresse, il a épousé la fille de Victorien Sardou – Geneviève de Flers est la sœur de ce Pierre Sardou, avec lequel la famille reproche à Simone de s'afficher. Robert, depuis 1902, est l'un des directeurs du *Figaro*, où Gaston et lui-même ont donné de nombreuses chroniques et où il continue d'écrire en solo. C'est un personnage important du Tout-Paris comme de la République des Lettres. Décoré de la Légion d'honneur, héros de la Grande Guerre, il vient d'entrer (en 1920) à l'Académie française, où Anatole France siège depuis 1896. Il y a deux « Habits verts » dans la famille.

La mort de Gaston, prématurément décédé à l'âge de quarante-cinq ans, des suites d'une maladie des reins, conséquence probable d'une syphilis, a mis un frein à sa carrière. Mais il n'a pas déserté longtemps le Boulevard. Il collabore désormais avec Francis de Croisset, talentueux auteur du *Bonheur, Mesdames* et du *Feu du voisin*. Né Wiener, Croisset, qui s'inscrit dans la tradition de Gaston, a lui aussi inventé son aristocratie. Sans connaître la même fusion ni le même bonheur, Flers a retrouvé avec ce nouvel associé le chemin du succès. Au théâtre, Robert est un chanceux. Flers et Croisset (sans trait d'union) viennent de signer *Les Vignes du Seigneur* (1923) et aussi *Ciboulette* – une opérette, dont Reynaldo Hahn a composé la musique et que chante Edmée Favart.

Tuteur de Simone à la mort de Gaston, son témoin à son mariage malheureux – un mariage qu'il lui avait vivement déconseillé –, Robert de Flers joue auprès de la jeune femme le rôle du père manquant. Il est son protecteur, son conseiller (jamais écouté), son consolateur (car elle pleure beaucoup), son guide – pour elle, « un pion et une nourrice ». Elle lui adresse des lettres enthousiastes ou désespérées, toujours exagérées, auxquelles il répond avec patience. Comme si elle était elle-même la star et lui une vague éminence grise, un homme de l'ombre ou des coulisses. Il la surnomme avec humour « Notice », parce qu'elle a une mémoire phénoménale, ne jette aucun papier et prend des notes à tout propos.

Elle l'appelle Robert, et, dans ses lettres, souvent « Robert chéri », ou « Mon vieux chéri ».

Il lui a ouvert une rubrique au *Figaro* : elle collabore, de manière anonyme, aux « Mondanités ». Il est de la vieille école – il trouve du plus mauvais goût qu'une femme écrive autre chose que sa correspondance privée.

Son père l'avait guidée sur la voie du journalisme lorsque, déjà malade, rongé de douleurs, il lui demandait d'écrire à sa place quelques-unes de ses chroniques pour *Le Rire* et pour *Fantasio*. Tout ce qui, dans la presse légère, a paru sous le nom de Gaston, de 1913 à 1915, peut porter la trace de sa main. Elle a rêvé d'une carrière de journaliste, sous le pseudonyme de Sybil Croizant qu'elle s'est inventé. Elle n'a signé qu'un article réellement original, celui-là porte en toutes lettres la marque « Simone de Caillavet » : dans *Le Gaulois*, à la date du 25 mai 1917 – elle avait vingt-deux ans –, elle a descendu en flammes *Parade*, le spectacle des Ballets russes, dont Picasso a dessiné le décor, Satie écrit la musique et Cocteau le livret ! « M. Pablo Picasso est un éminent cubiste. C'est vous dire que ses dessins sont impénétrables. (...) il m'est permis de ne pas partager entièrement les vues insolites de M. Picasso quant à la Vraie Beauté. (...) Si *Parade* est une parodie, une farce de rapins spirituels, tout va bien. Mais les manifestes de ces messieurs me font craindre qu'ils n'aient voulu atteindre au sublime et que leur ballet réaliste ne soit la manifestation d'avant-garde d'une esthétique inouïe [1]. » Si

1. Cité par Michelle Maurois dans *Déchirez cette lettre*, Flammarion, 1990, p. 72.

son goût reste classique, elle a su pourtant déceler « le manifeste », elle a du jugement : *Parade*, à des années-lumière du théâtre de Flers et de Caillavet, ouvre une ère artistique. Quoi qu'il en soit, une plume à la main, Simone ne manque jamais d'aplomb.

Elle garde dans ses tiroirs toutes sortes de textes impubliés, vers, articles, récits, bouts de romans qui, emmêlés à ses lettres et à ses brouillons de lettres, constitue son terreau, sa mine d'or.

Elle dîne souvent chez les Flers, au 4 avenue Hoche – où habite également, dans l'autre aile, sa grand-mère Pouquet, lorsqu'elle vient à Paris. Elle aime retrouver chez les Flers l'atmosphère d'une famille de théâtre. Robert invite des auteurs dramatiques, tels Henry Bernstein – comme jadis le vieux Georges Feydeau, mais aussi des directeurs de salles, tel Fernand Samuel (les *Variétés*), des critiques, parmi lesquels Léon Blum, ou des comédiens et comédiennes de renom –, Max Dearly, Prince ou Eve Lavallière. Geneviève, pour Simone une seconde mère, essaie de la convaincre de se nourrir. Simone boit du champagne – son seul péché, avec les potins – mais laisse repartir son assiette sans toucher à aucun plat. Elle se nourrit de mots.

Elle est elle-même poète, auteur d'un recueil paru en 1917 chez Fayard : *Les Heures latines*. Ce fut son heure de gloire. Personne n'a jamais compris pourquoi elle avait choisi ce titre, sans rapport évident avec ses vers.

Quel rythme a dessiné son pas languide et lent ?
Est-elle sphinx ou fleur ? Pure ou prostituée ?
En silence elle glisse. Une ombre insexuée
S'allonge aux lourds carrés de marbre noir et blanc.

Est-elle « vierge ou folle », l'héroïne de ces *Heures latines*, qui ont fait « rougir de honte » sa gouvernante, miss Varley, mais qui comptent dans son prestige de jeune femme audacieuse.

Anatole France, qui lui a toujours gardé une affection sincère – il dit qu'il l'a vue « naître et grandir en beauté et en grâce » –, lui a offert une préface, cadeau inestimable en ces temps où l'écrivain, futur Prix Nobel (en 1921), régnait en maître sur la littérature. « L'enfant est prédestinée qu'un démon poétique inspire et dispute à ses poupées », a-t-il écrit dans son style solennel. « Obstinée, attirée par l'obstacle, elle est allée d'instinct à l'art difficile. Il lui plaît que la matière lui résiste... C'est, au sens noble du mot, une ouvrière. Qu'elle accepte fièrement ce nom. Minerve ouvrière, ainsi que les Athéniens appelaient leur déesse. »

De « Notice » à « Minerve », voilà Simone cernée par ses parrains en littérature. L'application, la volonté, la précision, poussées jusqu'au bout de ses propres limites : elle ne manque pas non plus de charisme.

Depuis son mariage, elle n'a plus rien publié. Ses essais littéraires resteront longtemps secrets. C'est qu'elle n'a pas une haute idée de sa personne. De même qu'elle se juge laide – « J'ai toujours été laide », écrira-t-elle à un correspondant [1] –, elle a la pudeur de ne pas se prendre pour un génie. Si elle a commis quelques vers, elle a vite compris qu'elle n'écrirait pas une Œuvre. Ce qui la préserve d'être un bas-bleu. Chez les Caillavet, on a trop d'humour pour se prendre au sérieux.

En revanche, elle lit beaucoup : les journaux, où tout l'intéresse, de la mode à la politique, en passant par les faits divers et le feuilleton, les romans, les recueils de

1. Emile Deléage, lettre du 11 mars 1935.

poésie, les livres d'histoire. Elle est papivore. Tout ce qui est écrit trouve en elle aussitôt un œil gourmand.

Elle enrichit chaque jour sa culture d'une masse d'informations, désordonnées sans doute, qui concernent en vrac des domaines divers, mais que sa mémoire stocke avec précision. La littérature est son domaine de prédilection. Elle lit énormément. Elle se tient au courant des nouveautés. Dès que le nom d'André Maurois a surgi dans les colonnes du *Figaro*, elle s'en est souvenue. Elle a lu *Bramble* et *Ariel*.

Sa passion littéraire, qui s'ajoute à ses gènes, à ceux qu'elle tient de Léontine Arman et de Gaston de Caillavet, la conduit à rechercher la fréquentation des hommes de lettres. Si Gérard Bauër, qui est malade et même un peu infirme (il souffre d'un goitre), est devenu l'un de ses chevaliers servants, peut-être son amant, c'est qu'elle s'enchante de le regarder écrire. Mais pour aimer, elle doit aussi admirer. Elle trouve Bauër « intelligent, spontané, artiste et sympathique aux siens », de plus « il pense comme (elle) sur beaucoup de questions », il aime Wagner, l'Italie et la lecture, comme elle, mais il est « autoritaire et dépensier », également « paresseux » [1] – il rédige d'innombrables chroniques mais ses livres (notamment une biographie de Byron) n'avancent pas... Lui avoue « se fatiguer » en sa présence. Il reproche à Simone d'être nerveuse et soupe au lait, et de l'encourager au mariage tout en fuyant ses avances. Comme lorsqu'elle est à table, devant un dîner qui promet, Simone prétend qu'elle est gourmande, qu'elle a un appétit d'ogre, mais au lieu de se nourrir, elle préfère mourir de faim. Elle a trop peur de grossir. Et le simple fait de passer à l'acte, que ce soit à table ou dans l'amour, la glace.

Elle admirait son père, pour ses facilités, son esprit d'invention, ses cocasseries à la scène et son courage dans la vie. Elle l'a trouvé génial au théâtre, sublime

1. Les adjectifs sont de Simone dans des lettres à sa mère, citées par Michelle Maurois dans *Déchirez cette lettre*, p. 410 et 418.

dans la maladie. Elle admire Flers, pour sa tendresse, sa finesse et son inventivité. Gérard Bauër, pas plus que Pierre Sardou, qui est pourtant un séducteur, dont les bonnes manières et les cadeaux (innombrables) la grisent, ne l'ont vraiment conquise. Elle ne peut aimer que l'homme qu'elle pourra juger supérieur. Elle ne l'a pas encore rencontré. Quoique très exigeante, peu portée aux louanges – son ironie n'est jamais en vacance –, elle est tout à fait capable de s'enthousiasmer au point de perdre alors le sens de la mesure. Elle se plaint de ne pas avoir de chance. Elle croit qu'en amour, elle ne saura pas trouver celui qu'elle cherche désespérément et dont la vie ne lui a envoyé jusque-là que de pâles copies. Elle rêve d'une passion qui la consumerait et lui prendrait, dans le feu, dans les flammes, le peu de kilos qui lui restent.

Gérard Bauër, qui ne peut vaincre sa résistance, la compare ironiquement à Elvire, « la maigre et chaste Elvire » du poème de Baudelaire, l'épouse humiliée de Don Juan, parce qu'elle est brune et émaciée comme elle, squelettique, et que l'amour physique lui fait peur. Sur ce point, il y a beaucoup à dire, et Maurois écrira un jour tout un livre [1]. Mais pour lors, c'est le 2 décembre 1924. Et Simone de Caillavet reçoit, chez elle, dix personnes à déjeuner.

1. *Terre Promise*, Flammarion, 1946.

Les vertiges du monde parisien

L'adresse est des plus chics : au 125 boulevard Malesherbes, à deux pas du parc Monceau, l'air qu'on respire mêle le parfum de la haute bourgeoisie à celui de l'aristocratie. Le quartier, très en vogue dans les années 1880, orné de magnifiques hôtels haussmanniens, a gardé son cachet et les nurses anglaises, les enfants au cerceau, en sont devenus les emblèmes, dans un périmètre enclos derrière les célèbres grilles d'or. La maîtresse de maison, parisienne jusqu'au bout des ongles, se sent chez elle dans le XVIIe arrondissement. Née au 40 boulevard de Courcelles, elle a fêté ses dix-huit ans au 12 avenue Hoche, avant de choisir cette adresse du boulevard Malesherbes, contre l'avis de son ex-mari qui trouvait les VIIe et XVIe arrondissements plus amusants et plus à la mode, plus « urfs ».

L'appartement est lugubre : décoré par Pierre Sardou, dans le goût des années folles, il ressemble à un caveau. Moquette noire, boiseries d'ébène ou de macassar, rideaux et canapés de velours de la même teinte funèbre, on entre dans une luxueuse « bonbonnière », dit Simone, où scintillent les pièces d'argenterie et les coussins en soie lamée. Elle se fiche du décor. Haut de plafond mais petit par la superficie, ce rez-de-chaussée que les sombres tentures ne contribuent pas à égayer, ouvre sur une avenue bruyante où roulent plusieurs lignes de tramways. Mais il a l'immense avantage de permettre à Simone de perpétuer la tradition familiale et de respirer l'air qu'ont respiré avant elle Gaston de Caillavet et la belle Mme Arman, sa grand-mère. Contre les conseils de Pierre Sardou, qui n'aime que les intérieurs dépouillés, elle a entassé dans son « caveau » des meubles trop encombrants, trop lourds, mais dont elle a hérité, des commodes Empire, des buffets Henri II, des sièges de théâtre. Elle tient à son passé.

André Maurois s'est longtemps fait prier, mais Bernard Grasset, son éditeur, a insisté : il veut arracher à son deuil, néfaste à sa production, un auteur dont il a défendu les premiers livres et dont il entend bien publier les suivants. Il est allé lui-même le chercher pour l'amener ici, déjeuner chez cette Madame de Caillavet, qui, dit-il, a lu ses livres, souhaite le connaître et veut lui faire rencontrer quelques-uns de ses amis. Ce sont tous, lui a-t-il promis, des gens intéressants. Il y aura même parmi eux le maréchal Pétain : le nom du vainqueur de Verdun, du sauveur de la France, a peut-être été l'argument décisif.

Après la mort de Janine, André s'est remis au travail. Il a écrit des *Dialogues sur le commandement*, qui viennent de paraître : un débat entre un lieutenant et un philosophe, autour des thèmes de la liberté et du pouvoir politique. Le livre l'a aidé à surmonter le désespoir. Bernard Grasset attend cependant que ce nouvel auteur, malmené par la vie, se mette enfin au roman auquel il songe. Ses responsabilités de chef d'entreprise le détournent de ce projet. Il peine à les assumer. On le voit de moins en moins à l'Usine. En Normandie, il passe son temps à La Saussaye, où il fait dire des messes tous les mardis, à la mémoire de Janine, et où il emmène ses trois enfants fleurir sa tombe. Il peut alors rester des heures entières sous le saule pleureur, à dialoguer avec elle – elle aurait dit « palabrer ». Il porte ostensiblement le deuil : cravate noire et brassard noir au bras gauche. La tristesse a blanchi ses cheveux et se lit dans ses yeux.

S'il a accepté l'invitation de Mme de Caillavet, c'est par politesse, autant pour ne pas blesser une femme que pour ne pas se montrer désagréable envers son éditeur. Mais il l'a acceptée aussi par curiosité, parce que la littérature est encore capable de le raccrocher à la vie. Anatole France vient de mourir, au mois d'octobre de cette même année. Des obsèques nationales, laïques, ont été célébrées en grande pompe, dans la cour de l'Institut. Maurois, qui n'est pas assez parisien pour se tenir au courant de la vie des salons et des antichambres, peut croire sa maîtresse toujours vivante et penser qu'il va rencontrer la légendaire inspiratrice du *Lys rouge*, l'égérie sensuelle du Prix Nobel – auteur illustrissime et vénéré, en ce début de siècle, des *Dieux ont soif* ou de la *Reine Pédauque*. Lorsqu'il pénètre dans le sombre appartement du boulevard Malesherbes, il croit qu'il va faire la connaissance d'une vieille dame. Une vieille et vénérable dame. Or, c'est une jeune femme, mince et élégante, ce jour-là décidée à se montrer charmeuse, qui l'accueille librement. Il est aussitôt sensible à son allure et se souviendra, quarante ans plus tard [1], de la robe qu'elle portait, « noire et blanche », dans laquelle elle ressemble à une gravure de mode.

Elle reçoit en famille. Il y a là Robert et Geneviève de Flers, mais aussi sa mère, Jeanne Pouquet, et l'une de ses cousines, Alice Halphen (née Koenigswarter). Elle a convié deux écrivains. L'un, plus âgé, est déjà une sommité, auteur de *La Jeune Parque* (1917), de *Charmes* (1922), d'*Eupalinos*, du premier tome de *Variété*. Sa réputation, son prestige ne cessent de croître, et il prépare son entrée à l'Académie française. C'est Paul Valéry [2]. L'autre, l'exact contemporain

1. *Mémoires*, p. 165.
2. Né en 1871, Paul Valéry entrera à l'Académie française en 1925, au fauteuil d'Anatole France.

d'André, est l'auteur des *Mains jointes* (poèmes, 1919), de *L'Enfant chargé de chaînes*, de *La Robe prétexte*, du *Baiser au lépreux*, de *Genitrix*, romans parus en 1913, 1914, 1922 et 1923. Bernard Grasset se félicite d'être l'éditeur de plusieurs de ses livres et il espère publier ceux qui vont suivre, car cet homme jeune lui paraît être un talent des plus prometteurs. C'est François Mauriac [1]. Il est accompagné de son épouse, Jeanne – les Mauriac ont déjà quatre enfants.

Avec Bernard Grasset et lui-même, ils sont dix ce jour-là autour de la table du déjeuner. L'histoire n'a retenu ni le menu – la gastronomie, qui plaisait tant à son grand-père, n'intéresse pas Simone –, ni la conversation. Il est cependant probable qu'elle aura ébloui Maurois. Mal dégrossi de la province, habitué au cercle un peu confiné de Pontigny et aux créatures charmantes, légères, qui depuis Janine peuplent son univers, il découvre chez Simone de Caillavet le grand style parisien : l'aisance, le brio, la liberté d'esprit. On est au cœur du monde-monde, au 125 boulevard Malesherbes.

La maîtresse de maison lui en impose, par sa distinction et par ses relations. Mais elle frappe son imagination lorsque, sans paraître en faire étalage, elle lui raconte qu'elle a très bien connu Proust (il est mort en 1922) et qu'elle a même inspiré un des personnages de son œuvre : Mlle de Saint-Loup !

Dans sa famille, on a toujours appelé Marcel « le proustaillon », quoiqu'on l'aimât beaucoup. Il dînait en bout de table chez les Caillavet. Vieil ami de Gaston (c'est ainsi qu'il lui a dédicacé *Un amour de Swann* : « A Gaston, son vieil ami, Marcel ») – il a beaucoup fréquenté le salon de Mme Arman-Caillavet –, il est tombé sous le charme de Jeanne, qu'il rencontrait au club de tennis du boulevard Bineau. Sur une photo devenue célèbre, il joue de la mandoline à ses pieds, en

1. Né en 1885, François Mauriac entrera à l'Académie française en 1933, au fauteuil de Barrès. Paul Valéry sera son « parrain ».

se servant de sa raquette. Il a adoré, au sens propre, ses magnifiques cheveux blonds qu'à l'époque, ravissante jeune fille en fleur, Jeanne coiffait en tresses. Il était tellement amoureux d'elle qu'il a désiré l'épouser et s'est un temps fâché avec Gaston, dont il considérait qu'il lui avait volé la jeune fille. Jeanne prétend, lettres à l'appui, qu'elle est la Gilberte Swann de *La Recherche du temps perdu*, que les spécialistes de l'œuvre confondent en général avec la seule Marie de Benardaky (la Marie Kossicheff de *Jean Santeuil*). Gilberte, dans la généalogie proustienne, est la fille d'Odette de Crécy et de Charles Swann.

Gaston de Caillavet, selon sa femme et sa fille, ne serait pas étranger non plus au personnage de Saint-Loup, tel qu'il apparaît, élégant amateur de jolies femmes et amant d'une comédienne, dans la première partie de l'œuvre – avant qu'il ne se convertisse aux mœurs de son oncle Charlus. Saint-Loup, soit dit en passant, porte cependant le prénom de Flers, ce même titre de marquis qui, lui, n'est pas d'emprunt (comme la particule de Gaston), et reçut lui aussi la croix de guerre. Quant à Simone, fille de cette union romanesque, voici ce qu'en dit Proust, dans *Le Temps retrouvé* : « Je la trouvai bien belle, pleine encore d'espérance. Riante, formée des années mêmes que j'avais perdues, elle ressemblait à ma jeunesse. » Apparition fugitive, elle peut être fière d'avoir nourri le rêve de Proust et prêté sa silhouette à cette figure de jeune fille qui, selon les commentateurs, les exégètes, se confond avec l'image du Temps – personnage central et invisible de *La Recherche*.

Simone de Caillavet garde dans sa chambre, aux lambris, aux rideaux de chintz, aux tapis bleus, les lettres que Proust lui a écrites lorsqu'elle avait seize ans. Les a-t-elle montrées dès ce jour à André Maurois ? C'est bien probable, car elle est maligne, elle sait ce qui peut faire rêver les romanciers et compte beaucoup pour le séduire sur sa propre légende. Proust l'appelait « Mademoiselle Simone ». Il admirait son écriture aux fantaisies chinoises. S'il lui a fait compliment de sa calligraphie, s'il a aimé sa tendre jeunesse, son sourire et son caractère insolent, c'est à Jeanne, dans une lettre d'amour déguisée où il joue des miroirs de mère à fille, qu'il a confié son admiration. Jeanne peut en témoigner. Elle garde aussi les lettres [1]. « Comme on peut aimer des types opposés ! Car me voici amoureux de votre fille, lui a-t-il écrit. Comme elle est méchante d'être aimable, car c'est son sourire qui m'a rendu amoureux et qui a donné sa signification à toute sa personne. Si elle avait été grinchue, comme je serais tranquille ! Je cherche à quelle espèce appartiennent les fleurs dont les pétales sont exactement comme ses joues quand elle sourit ? Je voudrais bien la revoir sourire [2]. » Il aura finalement trouvé le nom des fleurs : des pivoines.

C'est Proust qui, à la mort de Gaston, a envoyé à Jeanne la plus belle lettre de condoléances, sous la forme – encore – d'une lettre d'amour ! « J'adorais Gaston ; ma tendresse pour lui était infinie. J'ai le cœur déchiré par la souffrance, je ne peux pas cesser de pleurer. (...) Le seul nuage qu'il y ait jamais eu entre nous est venu de ce que nous étions, tous les deux, follement amoureux de vous. (...) Quelle absurdité que ce soit moi, le malade, l'inutile, le bon à rien, qui reste, et lui, rempli de forces et déjà célèbre, à la veille d'entrer à l'Académie (qui du reste est bien peu de chose en face de l'immensité de son œuvre), qui s'en aille ! Jamais je ne m'en consolerai... »

La famille Caillavet a peut-être inspiré d'autres personnages importants de *La Recherche*. Mme Arman a prêté de nombreux traits à Mme Verdurin et le modèle de son salon. Anatole France se retrouve en Bergotte.

---

1. Sauf celles qu'elle a brûlées, devant Gaston, à la suite de la scène de jalousie qu'avaient déclenchée les déclarations de Marcel Proust.

2. Lettre citée par Michelle Maurois dans *Les Cendres brûlantes*, *op. cit.*, p. 241.

Et Brichot, le philosophe, n'est pas sans rappeler Victor Brochard, auteur des *Sceptiques grecs*, qui fut l'amant de Mme Arman, avant France [1].

Ce jour-là, deux ans à peine après la mort de Marcel, alors que sa gloire est immense, l'intimité de la mère et de la fille avec le grand écrivain, leur jeu de réparties, les trésors de leurs lettres, n'ont pu que séduire André Maurois et le convaincre qu'il entrait de plain-pied dans la plus littéraire des familles. Une famille qui mêle Caillavet et Flers, deux auteurs de comédies mondaines, dramaturges à succès, princes du théâtre bourgeois, à Proust et à France – le premier dans le rôle du fiancé de neige, le second dans celui du vieil oncle, dont on est à la fois fier et un peu honteux. Deux académiciens et demi (le demi étant Gaston : il est mort « à la veille d'entrer... », disait Proust), un Prix Goncourt, un Prix Nobel, des Légions d'honneur (trois), et la célébrité pour tous : sans parler du talent, il y a du génie dans l'air. Il n'est pas jusqu'aux personnages secondaires qui ne partagent ces dons extraordinaires – le frère de Léontine Arman-Caillavet, Maurice Lippmann, grand-oncle de Simone, était divorcé de Colette Dumas, la fille d'Alexandre Dumas fils – l'auteur de *La Dame aux camélias*. Si on compte ce dernier dans la famille, cela fait d'ailleurs un académicien de plus...

Chez les Caillavet, la littérature est un élément naturel.

Il semble qu'il n'y ait pas chez eux de frontières entre la vie et le roman, ou le théâtre. La chevelure des femmes ou leur rire moqueur, les mondanités, les adultères d'une grand-mère, la beauté d'une mère, l'ombre d'un père trop tôt disparu, tout sert la Littérature. Aux

---

1. Sur la vie agitée de Mme Arman, le récit le plus complet et le plus étonnant est celui que lui a consacré Michelle Maurois, dans le premier volume de sa trilogie – *L'encre dans le sang*, Flammarion, 1982. Sur son salon, sa belle-fille, Jeanne Pouquet, a écrit le livre essentiel : *Le Salon de Madame Arman de Caillavet*, Hachette, 1926.

yeux d'André Maurois, qui a trouvé dans sa première épouse le sujet d'un roman russe, Simone de Caillavet est elle aussi un personnage. Elle mêle l'évanescence de Mlle de Saint-Loup, la frivole perversité des héroïnes de Flers et Caillavet, la noblesse de celles d'Anatole France. Dès leur première rencontre, Simone, qui a l'esprit vif, l'a deviné : sa propre généalogie entre pour beaucoup dans son charme aux yeux de cet auteur – romancier en herbe et biographe à succès – qui est surtout, ce jour-là, un veuf inconsolé.

André lui parle de Janine, de leurs trois enfants : il est aussi un père de famille. Comme François Mauriac, auquel va le lier une amitié qui durera toute leur longue vie, il peine à résoudre bien des contradictions. La province lui pèse, la province l'ennuie. Il rêve de s'affranchir de chaînes dont il ne peut cependant se délivrer : la tutelle familiale s'exerce encore sur lui, à presque quarante ans. Son père, gravement malade, vit sans doute ses derniers jours, dans l'espoir que son fils prendra la relève et conduira l'usine d'Elbeuf jusqu'à la génération suivante. Il a été élevé dans l'idée qu'on est un simple maillon et que seul compte au fond l'engrenage qui, de père en fils, conduit les hommes vers un destin tracé d'avance. Devoir et Sacrifice : la morale des Herzog est évidemment moins joyeuse, moins ludique, que celle des Caillavet. Elle s'apparente plutôt à celle des Mauriac : à Malagar, la liberté est elle aussi synonyme de faute ou de péché. On y est loin, très loin de *L'amour veille* ou de *L'Eventail*. Ni la frivolité, ni la fantaisie, ni les galipettes n'amusent. Est-ce cette même enfance subie, si lourde et contraire à leurs rêves, qui rapproche les deux hommes ? Ou leur mutuelle compassion à se reconnaître dans les difficultés d'une existence, où la paternité pèse au moins autant que le passé ? Où la littérature est une échappatoire, bien plus qu'une vocation ou une aventure, la conquête de leur seule liberté possible. Les deux hommes se découvrent une réelle fraternité, tandis que, sous l'œil de velours de Paul Valéry, s'éveille un autre amour.

A première vue si différente de Janine, si brune quand son épouse était blonde, si maigre quand elle était enrobée d'une chair adorable, intellectuelle quand Janine était gourmande et sensuelle, active quand Janine n'était que paresse et nonchalance, vive et organisée quand Janine, dévouée aux grasses matinées et aux longues siestes, ne faisait rien de la journée, était la grâce même, Simone a pourtant avec elle beaucoup de points communs.

D'abord le goût des jolies robes. Elle s'habille comme elle chez les grands couturiers. Sa mère, moins coquette et moins raffinée, a tenté de la persuader de porter des toilettes qu'une couturière de quartier copie sur les prestigieux modèles. Simone ne s'y résout que lorsque sa bourse est vide, et encore! Elle est prête à s'endetter pour paraître chic. Elle tient à son allure. Elle achète chez Chanel les chapeaux et les petites robes toutes simples, chez Lelong les manteaux pour le soir, chez Jenny (un cran au-dessous) les robes perlées et les tailleurs vieux rose. Elle pose, comme Janine, dans *Vogue* et dans *L'Art et la Mode*, sans réticence, parce que les couturiers pour lesquels elle joue les mannequins lui offrent la tenue dans laquelle elle a été photographiée, ou bien des réductions dans leurs boutiques. Il n'y a pas de petits profits. Elle aurait presque l'impression d'être économe, en servant de publicité vivante aux créateurs qu'elle préfère. De s'habiller chez Jenny (70 avenue des Champs-Elysées, dans des salons somptueusement aménagés par Mallet-Stevens) lui paraît un effort, elle préférerait de loin se vêtir de pied en cap chez Chanel, à laquelle elle voue un véritable culte.

Elle est, comme Janine, ultra-dépensière. Sa mère, très près de ses sous, lui reproche sans cesse et durement sa prodigalité. Elle voudrait s'amender. Mais elle n'y parvient pas. Elle a beau lutter, tenter de freiner ses désirs, elle ne résiste pas à une jolie robe. Ni d'ailleurs à un chapeau, à un sac à main, ou à une paire d'escarpins en satin, qu'elle fait teindre à la couleur de ses toilettes. Ses irrépressibles penchants à la dépense lui procurent des sentiments coupables. Janine jetait l'argent par les fenêtres en toute insouciance ; elle signe des factures à la pelle en se rongeant les sangs. Si rien ne peut jamais l'empêcher d'acheter ce dont elle a envie, sa mère seule peut s'en indigner. Elle lui répond qu'elle n'a pas de mari pour tenter de la ruiner ! Contrairement à Janine, qui n'avait qu'une vague notion de son budget, elle parle tout le temps d'argent. Pour se plaindre, bien sûr, de ne pas en avoir assez.

Georges Stoïcesco, son ex-mari, lui a laissé des dettes. Il a non seulement repris l'argenterie, les tapis, les meubles de valeur qui lui venaient de Roumanie, mais il oublie régulièrement de payer la pension alimentaire de leur fille. La fortune de Gaston de Caillavet, c'est sa mère qui en a hérité, pour la plus grande part, et sans intention de l'en faire profiter. Simone dit qu'elle préfère gâter son nouveau mari. Jeanne Pouquet débride rarement sa bourse : elle donne à Simone ses vieilles fourrures – ses skunks – en cadeaux de Noël et préfère de toute façon, par souci d'économie, la civette au vison ! Quant à l'héritage de sa grand-mère, qui consistait en bijoux et en meubles, il a servi à Simone pour décorer son appartement. A force d'entretenir ses hommes (France participait très peu aux frais du ménage et Albert étais un as des mauvaises affaires), Léontine Arman avait dû peu à peu se défaire de ses biens. Les croisières et les placements imprudents ont ruiné sa famille. Aussi Simone, riche rentière et qu'on peut croire heureuse héritière, se débat-elle avec les soucis d'argent.

Ce qui ne l'empêche pas de mener grand train. Sa mère, qui est bien plus riche qu'elle, dit : « C'est au-dessus de tes moyens. » Comme Simone est toute l'année en vacances, elle dépense pour se distraire. Quand elle veut déserter Paris, l'appartement dont elle est locataire, les théâtres, l'Opéra, les grands restaurants, les fêtes innombrables auxquelles elle assiste assidûment, elle ne va pas très loin mais choisit invariablement les endroits les plus chers : Deauville ou la Côte d'Azur la comptent, comme Janine, parmi leur clientèle fidèle. Elle essaie toujours de se faire inviter chez des amis, ce qui lui évite de payer sa pension à l'hôtel. Mais si, pour une raison ou une autre, ils ne peuvent la recevoir, elle n'hésite pas à descendre, elle aussi, à Deauville au Royal (plutôt qu'au Normandy), et à Cannes au Carlton. Cornuché, le maire de Deauville, lui procure des rabais importants sur le prix de sa chambre au Royal, pour s'assurer de sa présence. Dans le monde-monde, elle plaît.

Elle ne manque pas une Saison. Car, comme Janine, elle recherche les endroits à la mode et les gens qui l'amusent. Ce ne sont pas exactement les mêmes. Elle est plus snob et plus parisienne. Les « rastaquouères » l'agacent, comme les parvenus. Elle est aussi plus intellectuelle : dès qu'un écrivain se profile à l'horizon, elle se montre intéressée, curieuse. Janine aimait autant les marchands de voitures et les industriels. Mais elles auront toutes les deux hanté les mêmes paysages, avec le même enthousiasme, entre la Plage fleurie, la Croisette et Saint-Jean-Cap-Ferrat.

Autre point commun entre les deux femmes : l'anglomanie. Elles parlent toutes les deux anglais – Simone, couramment, au point de passer pour une Anglaise –, et émaillent leurs conversations comme leurs correspondances d'expressions ou de mots d'outre-Manche. Elles sont « happy », « exhausted » ou « fed up ». Elles croient que la terre entière les comprendra. Elles aiment toutes les deux les toasts, les muffins, le porridge, la marmelade et prennent l'une et l'autre le thé à cinq heures. Avant d'engager des nurses – leurs enfants sont élevés sur le même modèle –, et de partager leur existence quotidienne avec ces personnages d'un autre siècle, sans âge et sans originalité, qui se confondent les unes avec les autres et reproduisent invariablement un programme séculaire d'éducation, elles ont été elles-mêmes à bonne école. Janine au pensionnat, et Simone à la maison.

C'est une certaine miss Varley qui a éduqué Simone. Avant elle, des nurses s'étaient relayées, au nombre desquelles miss Burns qu'exécrait la grand-mère Pouquet. Entrée au service des Caillavet en 1907, miss Varley (Annie Lavinia Varley, pour l'état civil) a été l'institutrice de Simone de ses treize ans jusqu'à son mariage. Elle continue de tenir compagnie à Jeanne Pouquet, et veille en même temps sur l'existence, qu'elle juge dissipée, trop peu rangée, de son élève. Elle lui a tout appris : le code des convenances et de l'élégance, celui du bien-parler et du bien-penser, l'hygiène et la morale, le tout couronné bien sûr de l'acquis indispensable à toute créature civilisée : un impeccable accent anglais. Elle restera trente-trois ans dans la famille [1]. André Maurois peut apprécier en connaisseur l'éducation de Simone. Il peut goûter les fines sonorités de ses *th*, de ses *you*, de ses *h* aspirés. Elle est superbe quand elle s'exprime, sans une faute, dans la langue de Shelley. Il admire la discipline qu'on lui a sévèrement inculquée. Sa raideur, le fait qu'elle se tienne aussi droite, aussi raide qu'une canne, ne sont pas pour lui faire peur. Il y voit une volonté de combattre le laisser-aller, une pudeur aussi : une manière de cacher comme il se doit sa fragilité, ses émotions, tout ce qu'elle craint d'avouer. *Never explain, never complain*. Et en avant !

---

1. De 1907 à 1940.

Il y a cependant une influence qu'il ne mesure pas, dans les méthodes de miss Varley. C'est, dans le domaine de l'amour, celle de quelques paroles malheureuses, trop souvent répétées, trop souvent invoquées et qui ont fini par porter leurs fruits. Non seulement miss Varley, dont Simone dira qu'elle devait mourir vierge, n'a pas connu d'homme, mais elle voue à leur espèce, en général, une méfiance que double un profond dégoût. Sa phrase préférée, c'est : *men are disgusting* – « les hommes sont dégoûtants ». Elle pense que le mal vient d'eux. Lorsqu'une de ses amies s'est mariée, Simone qui n'était encore qu'une adolescente se réjouissait naïvement. Miss Varley l'avait effrayée en lui laissant entrevoir, sans lui donner toutefois de précisions cliniques, « l'épreuve » de la nuit de noces. *How disgusting ! How awful ! How cruel !* Elle n'avait pas eu assez de mots pour la peindre, tout en se refusant à aborder avec réalisme le pourquoi, le comment de l'horreur. Simone avait dû aller se renseigner auprès d'amies de son âge. Le malaise n'est pas encore dissipé.

Elle est elle-même mal remise de sa nuit de noces, qui ne fut pas du tout le supplice qu'elle avait imaginé.

Georges Stoïcesco n'a pas honoré sa couche, comme l'a dit l'avocat de son divorce. Il a toujours tenu à faire chambre à part, quitte à dormir sur le canapé du salon (ce fut le cas dans leur premier appartement de l'avenue Henri-Martin, ancienne garçonnière de Georges, comme dans celui-ci) et, lorsqu'ils partaient en vacances, il réservait à l'hôtel deux chambres séparées, situées de préférence à plusieurs étages d'intervalle, pour être sûr qu'ils n'allaient pas se rejoindre ou se joindre. C'est un miracle que Simone ait pu concevoir Kiki – une espèce d'exception dans le désert de l'amour que fut sa vie conjugale. Elle a dû se sentir pendant toutes ces années aussi peu désirable que possible : « La certitude de n'avoir pas su plaire donne à une femme beaucoup d'amertume et lui inspire la méfiance d'elle-même. Elle prend une attitude de refus devant la vie, elle ne veut plus être dupe », écrira-t-elle à sa mère, bien des années plus tard [1]. Pour se consoler ou pour se rassurer, elle pense à la première épouse de Georges, à Anne-Marie de Sonis (dite Nina) – à celle qu'il a abandonnée avant de la connaître et qui lui a intenté un procès pour « non-consommation ». Un époux impuissant, peut-être « pédéraste » : c'est la thèse que Maître Henri-Robert – encore un académicien ! – a défendue pour qu'elle puisse obtenir la garde de leur enfant. « Tu as raté ton mariage, tâche au moins de réussir ton divorce », lui avait dit sa mère.

Dans le cas de Georges, elle a été une victime. Son mari n'a pas su l'initier à l'amour.

Mais elle a fui des bras plus experts. Elle a été fiancée plusieurs fois. D'abord avec un Périgourdin, envoyé sur le front en 1914, un héros de la Grande Guerre, Etienne Rey. Il a collaboré avec Flers et Caillavet pour *La Belle Aventure* et est devenu, depuis, le secrétaire de Flers. Elle lui a écrit des lettres brûlantes, où elle s'est inventé, avec la plus grande sincérité, une passion digne des héroïnes du théâtre paternel. Lui, ébloui par ses déclarations, brûlé par ses promesses, a fini par la demander en mariage. Tant qu'ils étaient loin l'un de l'autre, elle l'a passionnément aimé. Mais le premier jour où, accompagnée par sa mère qui n'a jamais cru à la force de ses sentiments, elle est allée rendre visite à son fiancé, il a voulu l'embrasser. Il avait chaud – c'était le mois de mai, à Epernay –, il transpirait. Il a voulu la prendre dans ses bras, il a froissé sa robe de mousseline [2]... Elle a pris peur, elle s'est enfuie. Il a eu un mot malheureux, pour s'excuser : « Vous êtes ma première jeune fille. » Elle a

1. Cité par Michelle Maurois dans *Les Cendres brûlantes*, annexe 75, p. 528.
2. Michelle Maurois, *Déchirez cette lettre*, p. 42.

rompu leurs fiançailles. Il n'était pas tel qu'elle le croyait. Trop humain, sans doute, trop homme. A l'époque, elle cherchait déjà un mari, mais c'était pour le statut social, peut-être aussi pour la fête ou pour la corbeille de noces – pas du tout pour se trouver bousculée, froissée, étreinte. Rey lui a adressé par la suite quelques lettres qui ont dû la blesser. Elle s'est entendu traiter de tous les noms, les plus désagréables, parmi lesquels l'adjectif « froid » et le mot « froideur » reviennent le plus souvent.

Commentaire de la nurse à Jeanne : « Poor innocent child ! Un misérable vient de l'assaillir [1] ! »

Simone est-elle froide ou brûle-t-elle d'une passion incomprise ? Ses autres flirts, ses pseudo-fiançailles avec le prince de Monaco notamment, sa « liaison » improbable ou mal acceptée avec Gérard Bauër, qui garde une autre maîtresse, ou bien avec Pierre Sardou, qui semble « fou » d'elle mais se déclare souvent « déçu » ou « mal récompensé », et qui est de toute façon marié, dont l'amour garde évidemment des limites, ne parlent pas en sa faveur. Elle n'a encore jamais partagé de passion. Elle rêve d'en vivre une, de tout son cœur. Mais son corps reste hésitant, comme si elle redoutait les conséquences d'un élan amoureux.

« Les hommes sont dégoûtants. »

Alors que sa propre mère s'abandonne, heureuse, dans les bras de Maurice Pouquet et connaît l'épanouissement dans une relation sexuelle, neuve et finalement tardive – ses lettres, ses confidences à sa fille, qu'elle choque souvent par son arrogante franchise, en témoignent –, Simone de Caillavet attend avec impatience et terreur son Prince Charmant. C'est son tempérament qui l'oppose surtout à Janine. Alors que Janine se montrait sans réticence et sans complexes dans l'amour, toute de spontanéité, de ferveur, alors qu'elle n'a certainement jamais eu peur des hommes et

1. Michelle Maurois, *Déchirez cette lettre*, p. 43.

a toujours aimé combler leurs désirs, Simone est restée frileuse, effrayée, pudibonde. On le verra, elle ne sera jamais une grande amoureuse.

Autre point, sur lequel les deux femmes s'opposent mais vont paradoxalement finir par se ressembler. Janine était catholique pratiquante. Simone, quoique baptisée, confirmée, communiée, est libre-penseuse. Comme son père et comme sa grand-mère Caillavet, elle affiche son indifférence religieuse et ne se montre à l'église que par convenances. Elle vit sans icônes et sans crucifix. Même si elle considère qu'on doit la voir, le dimanche, à la messe.

En elle, coule vingt-cinq pour cent de sang juif. Elle le rappelle volontiers. Léontine Arman-Caillavet était née Lippmann – son père, Auguste Lippmann, exerçait la profession de banquier – et, par sa mère, Koenigswarter. Convertie au catholicisme pour épouser Albert Arman, qui descend de Bordelais attachés à leurs traditions, elle a élevé son fils selon des principes laïques. Gaston de Caillavet a dû se faire baptiser pour épouser Jeanne – les Pouquet n'auraient pas toléré un mariage civil ou une simple bénédiction nuptiale. Comme les Szymkiewicz, ils se sont montrés soucieux que leur fille épouse un catholique, que leurs petits-enfants puissent grandir dans la foi qui est la leur. Simone, bien qu'élevée longtemps par sa grand-mère Pouquet, tient des propos assez libres sur la religion. Aussi loin du blasphème que de la piété, elle est toujours aux frontières de la dérision. En revanche, elle ne cache pas du tout ses ascendances juives. Elle n'est pas peu fière de son grand-père Lippmann.

Au moment de l'Affaire Dreyfus, elle était enfant. Mais sa famille, comme toutes les familles françaises, porte encore les blessures du drame : les Pouquet ont été antidreyfusards. Les Caillavet, avec France, des dreyfusards de la première heure – même Albert Arman. Jeanne pensait comme les Pouquet, Gaston comme sa mère... Le salon de Mme Arman-Caillavet fut un des quartiers généraux du dreyfusisme. Anatole France, auprès duquel Marcel Proust avait été envoyé pour le convaincre, se rallia aussitôt et se fit un point d'honneur de défendre le capitaine Dreyfus. Il fut un défenseur ardent, actif jusqu'à son dénouement, présent aux côtés de Mme Dreyfus, dans la cour de l'Ecole militaire, lorsque son mari, de retour du bagne, fut décoré de la Légion d'honneur, en 1906, et c'est lui qui prononça l'éloge funèbre d'Emile Zola, lorsque l'auteur courageux et conspué du *J'accuse* fut enterré au cimetière Montmartre, en septembre 1902.

Le dreyfusisme comme l'antidreyfusisme se partagent les gènes de Simone de Caillavet.

Elle se montre tantôt d'un bord et tantôt de l'autre. Si elle aime rappeler fièrement à ses amis la lignée des Lippmann, c'est par admiration pour le banquier, fondateur de la fortune familiale, mais surtout par attachement à la figure de sa grand-mère Caillavet. Son snobisme lui donne d'autres raisons de s'enorgueillir de la lignée paternelle et, notamment, de ses cousins Koenigswarter : « Mon arrière-grand-mère était fille du baron de Koenigswarter. Tout ce côté de ma famille aime à rappeler que les Koenigswarter sont, avec les Rothschild, les seuls Juifs qui aient été faits barons du Saint Empire par la monarchie des Habsbourg [1]. » Les Caillavet ni les Arman, sans parler des Pouquet, n'atteignent à ce degré de noblesse ou de notoriété.

Simone a beaucoup d'amis juifs, parmi lesquels, surtout, plusieurs Rothschild. Elle garde le meilleur souvenir des moments passés, jeune fille, au château des Fontaines, à Chantilly, chez le baron James de Rothschild, et à la villa des Eluas, à Compiègne, où les

1. Lettre à Emile Deléage du 22 février 1935.

Henri de Rothschild ont habité porte à porte avec la maison qu'occupait le maréchal Pétain. Elle est de toutes leurs fêtes, dans leur magnifique hôtel du 33, faubourg Saint-Honoré [1]. Henri de Rothschild, médecin et auteur dramatique (sous le pseudonyme d'André Pascal), est lié aux Flers, aux Caillavet, au monde du théâtre. Sa fille, Nadine, est la meilleure amie de Simone. Elle vient d'épouser le très catholique Adrien Thierry, le fils de Joseph Thierry (député des Bouches-du-Rhône), et est maintenant catholique. Simone s'en félicite ! Mathilde de Rothschild, la mère de Nadine, a toujours traité Simone comme sa propre fille ; elle la couvre de cadeaux à son anniversaire. C'est elle qui lui a donné, la première, l'exemple du dévouement pendant la guerre. Elle soignait les grands brûlés, dans l'hôpital qu'elle finançait et où elle avait organisé, efficacement, autour des médecins et des chirurgiens, un service de bénévoles. Simone a essayé de l'imiter – elle a porté l'uniforme de la Croix-Rouge et a servi comme infirmière, dans un hôpital temporaire, proche de Périgueux.

Simone est aussi très amie avec Mathilde Kohn, dite Tilily, la fille de Georges et de Marie Kohn [2], qu'elle voyait beaucoup à Monaco, dans l'entourage du prince. Tilily s'est elle aussi mariée – « un bon mariage ! » persifle Jeanne Pouquet qui trouve que Simone conduit très mal sa barque – avec Charles Blumenthal, un jeune homme « très fortuné » (selon Jeanne, admirative).

Parmi les « amis » de Simone, et celui-ci plaît à sa mère, Maurice de Rothschild occupe une tendre place. Dans la famille, on l'a surnommé « Crésus » [3]. Ces amitiés, ces affections, et le fait qu'elle descend elle-même d'une famille Lippmann-Koenigswarter, n'empêchent pas Simone de tenir des propos anti-

1. Aujourd'hui, le Cercle Interallié.
2. Marie Kohn est la sœur de la baronne Henri de Rothschild.
3. Michelle Maurois, *Déchirez cette lettre*, p. 103 s.

sémites – dans la tradition de ses ancêtres Pouquet. Elle se met alors à ressembler étrangement à Janine : grandie dans la haine atavique de la « race juive », celle-ci n'était pas plus féroce ou plus ironique. Simone, dès qu'elle s'emporte, devient méchante, tandis que Janine reste douce, jusque dans le mépris. C'est dans les lettres à sa mère que Simone exprime son antisémitisme – elle appelle alors « Youpins » ou « Youpines » ses amis les plus chers. Elle sait qu'elle va trouver en Jeanne une oreille attentive et qu'elle va même l'amuser. Jeanne Re-pouquet a le pire esprit revanchard. Elle encouragerait sa fille dans cette voie, depuis que Gaston n'est plus là pour calmer ses violences et rappeler à Simone d'où elle vient, si cette dernière n'était elle-même aussi fine. Elle ne clame en fait son antisémitisme que pour plaire à sa mère, ou pour trouver un terrain d'entente – le plus bourbeux, il est vrai, le plus ignoble –, quand elles n'ont que peu d'occasions de se rapprocher. Tout ce qu'elle écrit à sa mère reste heureusement secret, mais filtre de loin en loin dans sa personnalité ambiguë, tendue et paradoxale.

André Maurois, ce jour-là, a devant lui une jeune femme, très élégante, dont l'allure parisienne et la famille, par ses rameaux littéraires, l'ont aussitôt séduit. Il n'entre pas encore dans les subtils labyrinthes de son histoire. Il ne peut pas soupçonner tout ce qui la blesse et dont il fera, plus tard, une matière romanesque. Avec François Mauriac, que fascinent les nœuds de vipère et les drames familiaux, il aura pu évoquer leurs responsabilités dans une tribu nombreuse, la difficulté d'écrire et d'assurer aux leurs une vie matérielle confortable. Et parler de la province. D'Elbeuf, de Malagar, mais aussi d'Essendiéras...

Car cette Parisienne, très parisienne, qui les reçoit boulevard Malesherbes, a des racines en Périgord.

Essendiéras est le nom de la propriété où elle a passé son enfance, où sa fille est élevée. Elle appartient à sa grand-mère, Marie Pouquet, elle appartiendra un jour à sa mère. Mais c'est sa maison, elle s'y sent chez elle. Elle sait qu'elle l'attend, au milieu des champs et des vignes, et qu'il y fait bon vivre, panser les plaies du présent avec les souvenirs heureux d'un proche et tendre passé.

Elle a peu fréquenté Capian, le domaine des Caillavet en Gironde, où Anatole France a écrit une grande partie de son œuvre sous le regard à la fois sévère et sensuel de Léontine A.C. Son père, Gaston de Caillavet, qui fuyait France autant qu'il le pouvait, préférait venir écrire à Essendiéras, chez les parents de sa femme, en compagnie de Flers. Robert et lui s'enfermaient des nuits entières dans la salle de billard, où sont nées les répliques les plus célèbres de leur théâtre, comme « Je vous pardonnerais de faire une bêtise avec moi mais je ne me pardonnerais pas d'en faire une avec vous... » (*Chonchette*), ou « Les sentiers de la vertu, on n'a pas idée où ça peut mener une femme... »(*Les Sentiers de la vertu*). L'après-midi, ils s'installaient sous les platanes taillés en parasol, où on leur servait un goûter, et Simone les écoutait se lancer des phrases.

Lorsqu'elle était enfant, elle jouait comme dans Shakespeare « à la forêt qui marche », en traînant une branche de chêne dans les allées du parc. Elle n'adore pas la campagne et prétend qu'elle s'y engourdit. Mais elle connaît par cœur une région à laquelle elle est sincèrement très attachée. Ce sentiment a dû émouvoir Maurois, comme l'aveu qu'elle lui fait d'avoir des rendez-vous d'amour dans le cimetière de Saint-Médard d'Excideuil – le village proche d'Essendiéras. Gaston de Caillavet y est en effet enterré, « tout seul avec de vieux Pouquet qu'il n'a jamais connus », dit-elle. Elle ne perd pas une occasion d'aller se recueillir sur sa tombe et pense qu'elle l'y rejoindra un jour.

Simone et le fantôme

Elle est aussitôt amoureuse : séduite dès leur première rencontre. Pour Simone de Caillavet, son destin vient de se fixer, elle n'hésite pas. Elle l'avouera plus tard, elle a su tout de suite qu'André Maurois serait l'homme de sa vie. « Dès l'instant où je vous ai vu, lui dira-t-elle, j'ai été attirée vers vous par une sympathie impulsive [1]. »

Il est plus circonspect. Charmé sans aucun doute, sensible à son élégance et à ses bonnes manières, amusé par l'histoire de sa famille, étonné qu'elle s'intéresse autant à ses livres et ses projets, confus de trouver avec elle tant d'intérêts en commun (la lecture, l'écriture, la famille, et même les maisons de famille), distrait pour la première fois d'un deuil qui semble promis à durer éternellement, il lui fait une cour prudente. Comme s'il attendait de mieux y voir dans son cœur. Mais enfin, il lui fait la cour. Et elle l'y encourage. Elle accepte aussitôt, « avec le plus grand plaisir », une invitation à se revoir, chez lui cette fois, qu'elle fera suivre d'une invitation à dîner, le 8 janvier, chez elle à nouveau : un dîner fait pour l'éblouir, car tous les convives, sauf lui, sont académiciens ! Robert

1. Lettre à André Maurois, 18 juillet 1925.

de Flers, Henri de Régnier, Maître Henri-Robert (son avocat) et Henry Bordeaux – il n'y a à table que des habits verts. Simone de Caillavet a-telle compris, en femme avisée, l'attrait que peut exercer leur auguste présence sur un jeune romancier ambitieux ? Ou bien ces « Habits verts » qui font partie de l'univers de sa famille sont-ils des convives banals, habituels, qu'on sert sans y attacher plus d'importance ?

Une semaine après le déjeuner du 2 décembre, la voici donc rue Borghèse. C'est un vendredi après-midi. Maurois a proposé à Simone de lui amener la petite Françoise Stoïcesco à goûter avec ses trois enfants. Il a trouvé ce prétexte pour la revoir en toute décence. Si elle est divorcée, s'il est veuf, ils n'en sont pas pour autant libérés de leurs passés respectifs. Les usages et, de son côté, le poids de son veuvage, les contraignent à ne pas trop se montrer en ville. On jaserait... La nurse, miss Turner, a accompagné Kiki à Neuilly, à quatre heures et quart, précisément. Simone, retenue par une conférence de Louis Barthou sur Anatole France, se présente à cinq heures et quart, montre en main, au rendez-vous fixé – son agenda est minuté, précis, ainsi que le sera sa vie.

A peine la bonne lui a-t-elle ouvert la porte qu'elle est saisie par le parfum des fleurs. Un parfum violent, d'autant plus entêtant que – comme Marcel Proust – elle déteste les parfums, en général. Ils lui donnent la migraine et, bien qu'ils fassent partie de la panoplie des grandes coquettes, elle ne se parfume jamais. Elle déteste également les fleurs, quelles que soient leurs couleurs, surtout quand elles embaument. Lorsqu'elle en reçoit, elle les donne à sa concierge ou à sa femme de chambre... Elle suffoque dans le mélange raffiné et voluptueux d'*Heure bleue*, de lilas ou de roses, qu'aimait Janine et dont André perpétue la mémoire. D'innombrables bouquets – tous blancs, elle vient de le découvrir – ornent l'appartement. Simone n'en a jamais vu autant, réunis dans un salon. Il y en a un à côté de chaque photo de la maîtresse de maison défunte et ces photos sont plus nombreuses que les bibelots. Les couleurs joyeuses, bleu et jaune, des tentures et des canapés, les gazouillis des enfants, les restes du goûter ne changent rien à l'atmosphère de recueillement, funèbre et compassée, dont elle s'étonne. Elle a l'impression de pénétrer dans un cénotaphe. Comme si on célébrait ici avec beaucoup de soins, sous l'illusion de la vie, le culte d'un souvenir.

Janine est partout. Dans les photos encadrées d'argent, où on peut la voir, de face ou de profil, debout ou assise, avec ou sans chapeau, en robe de jardin, de visite ou du soir, déshabillée ou enveloppée de fourrures, dans toutes les positions, sous toutes les coutures, toujours sublime et rayonnante, malgré son absence de sourire, son regard voilé et son pesant mystère. Mais aussi dans les fleurs, parce qu'elle les aimait blanches et qu'elles le sont toujours. Dans le décor qui n'a pas varié d'un pouce. Dans la méridienne, qui attend sans fin son long corps paresseux, et sur laquelle plus personne n'ose s'asseoir. Dans la lampe qui veille près de cette absence, comme un cierge d'église, et souligne plus encore la tragédie de son départ. Non, rien n'a changé depuis sa mort. Son parfum marque le territoire qui fut et reste à l'évidence le sien.

Simone, le cœur serré, découvre que sa rivale est un fantôme : un ravissant fantôme blanc. Il ne peut y avoir aucun doute, André vit sous son emprise et dans sa dévotion.

Ce pourrait être le sujet d'une pièce de Flers et Caillavet. A moins que ce ne soit celui d'un mélodrame de Bernstein : comment combattre un fantôme ? Comment obliger une morte à garder son vrai rôle et à dormir dans son caveau ? Le combat s'annonce inégal. D'abord parce que la morte est d'une beauté stupéfiante. Il suffit de jeter un coup d'œil, même discret, à ses portraits pour s'en convaincre. Puis, parce qu'elle rayonne d'une lumière étrange, presque surnaturelle. On peut sentir sa présence, comme on respire son parfum. Elle est en fait terriblement vivante.

Simone souffre, elle, de plusieurs handicaps. Non seulement elle n'est pas belle, mais elle manque de confiance en elle – à force d'échecs sentimentaux, elle a fini par se convaincre qu'elle ne savait pas plaire. Ayant toujours peur qu'on ne l'aime pas, elle part vaincue d'avance, résignée à perdre ses batailles. Cette fois, elle joue le tout pour le tout.

La beauté de la morte domine le combat à venir, mais Simone est fine mouche.

Elle comprend immédiatement qu'il lui faudra se contenter d'une seconde place et n'espérer en aucun cas faire oublier celle qui règne encore sur le cœur d'André, autant sinon plus que de son vivant. Elle devra ruser pour gagner et accepter de n'être, ainsi qu'elle le reconnaît volontiers, qu'une remplaçante ou, au mieux, une pâle copie. « Celle dont je ne serai jamais, à vos yeux, qu'un reflet [1]... » Elle s'avance, sur la pointe des pieds, dans l'ombre d'une autre femme. Dans un premier temps, elle va communier dans le culte du souvenir et joindre ses louanges et ses lamentations aux hommages rendus chaque jour à la Reine défunte. « Je vous plains profondément d'avoir perdu la mère adorable de ces trois petits enfants », écrit-elle dans sa première lettre [2]. Elle se présentera comme une servante d'Isis dans le temple, les bras chargés de ces fleurs qu'elle déteste, la bouche débitant ce que le Grand Prêtre veut entendre, la main écrivant ce qu'il veut lire à Son propos. Elle va se prosterner, s'agenouiller devant Janine, lui rendre grâces. A seule fin de se faire aimer à son tour, elle sera humble et dévote, elle respectera comme un devoir sacré le rite qui consiste à adorer une idole. La

1. Lettre à André Maurois, 26 juillet 1925.
2. Lettre à André Maurois, 16 décembre 1924.

tâche est ingrate, elle demande infiniment d'abnégation et d'effacement. Ou de feinte abnégation, de feint effacement, afin de ne pas heurter la sensibilité à vif de l'homme qui pleure son épouse et demeure persuadé qu'elle est à jamais irremplaçable. Simone plaide pour ainsi dire coupable – elle reste en bas du piédestal où trône Janine. Lorsqu'elle se compare à elle, c'est pour reconnaître son propre désavantage. On ne la surprendra pas à manquer de modestie (ou de feinte modestie; elle sait qu'elle blesserait André, dans son attachement passionné à la défunte, si elle se laissait aller à dévoiler son jeu et voir en flagrant délit de rivaliser).

« Vous ne pouvez pas m'aimer d'amour parce que vous appartenez à une ombre, lui écrira-t-elle [1]. Elle a partagé votre existence; elle a mis au monde vos trois enfants; elle est morte sur votre épaule... Ce sont là choses inoubliables. Ai-je le droit de traverser maintenant votre vie ? »

Habile à entrer en scène, sans fracas, son apparition ne manque pas d'allure : « Si je ne puis être votre amour, je serai votre illusion. »

La lettre du 18 juillet 1925, qui contient ces déclarations, restera comme un de ses chefs-d'œuvre. En voici la suite : « Donnez-moi tout de même, André, une petite part de votre cœur. Aimez-moi comme vous voudrez, comme vous le pourrez – dans la mesure où cela ne sera pas la profanation d'une tombe et une mauvaise action envers moi. »

Elle implore en fait un amour, qui ne va pas de soi : « André, je vous demande deux sous de tendresse, comme un pauvre. Aimez-moi bien. Aimez-moi [2]... »

1. Lettre à André Maurois, 18 juillet 1925.
2. Lettre à André Maurois, 1er août 1925.

Elle écrit à l'encre bleue, sur du papier bleu.

Sa première lettre date du 16 décembre 1924. C'est celle où Simone accepte l'invitation à goûter, quelques jours plus tard, à Neuilly. Elle est poliment adressée, « en toute sympathie » à un « Cher Monsieur » qui ne fera pas long feu et deviendra, dès les premiers jours de janvier 1925, un « Mon cher nouvel ami » (14 janvier). La sympathie est déjà « cordiale et fraternelle », mais elle continue de signer de son nom entier, avec un joli paraphe.

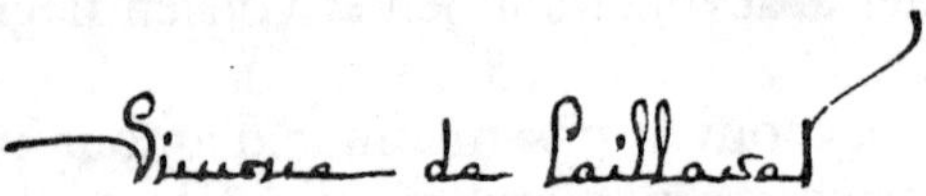

Hélas, les lettres manquent, de la mi-janvier à la mi-juillet, seul le silence nous est resté. On retrouve André, le 18 juillet, dans une lettre de Simone, adressée cette fois à « Mon ami bien-aimé ». Le ton a bien changé. Désormais, « André mon chéri » ou « André chéri » alternent avec les « cher André » auxquels elle sera toute sa vie fidèle. Il lui arrive de l'appeler aussi, dans sa langue préférée, « Dearest » ou « Darling » – et même une fois, par redondance, « Darling chéri ». La sympathie n'est plus de mise. « Au revoir, ma tendresse, dit-elle en conclusion d'une lettre de l'été. J'embrasse votre cher visage[1]. »

Pour Simone, André ne sera jamais « Minou ». Rarement « Mon amour ». Les lettres les plus tendres restent mesurées.

En six mois, d'une invitation à dîner à une sortie au théâtre ou au concert, à une conférence, leur intimité s'est accrue. Ils ont pris l'habitude et le goût d'être ensemble. Ils se sont fait beaucoup de confidences. Ils ont flirté. Mais ils ne s'embrassent, pour la première

1. Lettre à André Maurois, 18 juillet 1925.

fois, que le 15 juillet, dans la forêt de Fontainebleau. Simone en donne le détail et la date, dans une lettre, écrite trois jours après. C'était un vrai baiser sur la bouche, dira-t-elle, et, à force de jouer le jeu de l'amitié, elle en est restée perplexe : « Des amis fraternels ne se seraient pas embrassés sur les lèvres... » Elle en gardera un souvenir brûlant.

« Lorsque vous m'avez prise dans vos bras, mes lèvres ont aimé vos lèvres. »

Elle signe « Simone » ou « Votre Simone », enfin, quoique plus rarement, « Simonetta ».

Son papier à lettres est monogrammé,

Il est gravé à en-tête de son adresse et, curieusement (pour une femme c'est une faute contre les usages), de son numéro de téléphone – Wagram 85-14. C'est une indication bien pratique quand on espère que la personne à laquelle on écrit va bientôt vous rappeler.

Elle fera graver son papier à chacune de ses adresses successives. Elle en a un, à en-tête de sa maison de campagne. Quand elle voyage, elle utilise le papier à lettres de l'hôtel. On sait toujours où elle se trouve.

Elle colle parfois, à la place de sa signature, une photographie qui la représente en buste et de profil. Elle l'a découpée en forme de médaillon et y appose son paraphe, comme si c'était un tampon. Elle y est très jolie.

C'est Simonetta qui, la première, place leur correspondance sous le signe de la confidence. Dès le 16 décembre 1924, alors qu'elle vient à peine de le rencontrer, dans la lettre adressée au « Cher Monsieur », elle tient à tout lui dire, qui a trait à sa vie privée. Elle lui dévoile les secrets qu'on ne livre en général qu'à sa mère ou à sa meilleure amie.

Le trouvant bien à plaindre, à cause de son deuil, elle se juge audacieusement plus pitoyable encore. « Votre isolement, votre deuil, me semblent presque enviables : vous pleurez sur un être bien-aimé... Il vous reste un beau souvenir... La Mort a seule dévasté votre foyer... Tandis que ma propre solitude ne garde pas cette ultime douceur d'un tendre désespoir ! » Elle lui confesse « le désastre » de sa vie, elle lui offre sa propre tristesse en compensation de la sienne. « Je viens de passer des années à défaire ma vie. Et je ne rapporte de ma jeunesse qu'une amertume entachée de médiocrité. La pire pauvreté qui soit est celle d'une âme dénuée même de regrets. » Elle lui livre sans pudeur, comme pour s'en vanter, sa « secrète détresse ». Pour elle, l'amitié, les relations mondaines, sont un moyen de combler le vide désespérant où elle se trouve. Qu'il lui pardonne donc de chercher à l'attirer dans son réseau d'amis : seule la fréquentation de gens « intelligents et agréables » lui permet d'« orner une existence – irréparablement abîmée et meurtrie par le désastre de mon mariage ».

Elle compte beaucoup sur ses relations pour les rapprocher. André Maurois est encore très provincial et très esseulé. Hors le minuscule cénacle de Pontigny, il connaît bien peu de monde, parmi les intellectuels. Lorsque Simone de Caillavet l'invite à déjeuner ou à dîner, elle lui ouvre les portes d'un cercle prestigieux. Elle ne manque jamais de lui faire miroiter l'éclat de ses connaissances. Le Tout-Paris mondain – elle le devine aussitôt – intéresse moins André que le Tout-Paris littéraire. Elle a vu tout de suite que les académiciens lui en imposaient. Or, on le sait, elle en connaît beaucoup. France est mort (son ami Paul Valéry ne va pas tarder à le remplacer), mais Flers est très influent : beaucoup d'écrivains voient Simone dans le secret espoir de rencontrer la voix de « Robert chéri ». Elle compte parmi ses familiers, ou parmi ceux de sa mère, Henry Bordeaux et Henri de Régnier mais aussi Gabriel Hanotaux, le maréchal Pétain ou Raymond Poincaré – l'ancien président de la République et président du Conseil est lui aussi un « Habit vert ».

Dès sa deuxième lettre (14 janvier 1925), elle lui accorde une faveur très convoitée : une place sous la Coupole pour assister, parmi des spectateurs triés sur le volet, à la réception d'un nouveau membre. « Voici la carte jaune qui vous assurera demain un siège sous la Coupole... en attendant un fauteuil ! » Elle ne se prive pas du charme que ses relations peuvent lui donner, aux yeux d'André. Directeur de *La Revue des Deux mondes*, secrétaire perpétuel de l'Académie depuis 1923, et aussi beau-frère d'Henri de Régnier (il a épousé Hélène de Heredia, sœur aînée de Marie de Régnier), René Doumic, vient quelquefois honorer ses dîners.

La littérature va souder leur complicité. Elle restera un ciment de leur histoire.

Contrairement à Janine de Szymkiewicz, Simone de Caillavet a le goût des livres. Rien ne lui plaît comme de plonger dans un roman, d'en examiner l'écriture, d'en décortiquer les phrases, d'en apprendre par cœur des passages. Dès leur première rencontre, elle exprime son admiration à Maurois. Elle lui fait dédicacer les ouvrages en sa possession, elle lui demande un exemplaire d'*Ariel* en Cahier Vert : « S'il vous en reste un et que vous puissiez en disposer en ma faveur, cela me fera *très* plaisir. »(C'est elle qui souligne.) Elle porte une attention extrême à son œuvre, dont elle sera toute sa vie une admiratrice inconditionnelle. Cette attention, jointe à une naturelle ferveur littéraire, touche Maurois qui apprécie les conseils de ses lecteurs et surtout de ses lectrices.

La littérature aura une place de choix dans leurs conversations, dans leurs lettres. Il serait fastidieux d'énumérer les livres cités dans leur correspondance, leurs commentaires, leurs analyses, et les innombrables parallèles qu'ils cherchent à établir entre l'un ou l'autre auteur. Ces commentaires, ces analyses sont la trame d'un dialogue incessant, qui se place dès les premiers jours à un haut niveau de culture. Dans sa première lettre, Simone cite Sainte-Beuve (« La jeunesse a le don par excellence de peupler la solitude »), dans la deuxième elle compare Bernard Shaw à Schiller : elle sera toujours gourmande de citations et de références.

André Maurois la subjugue lorsque, au lendemain de leur première rencontre, au lieu de lui envoyer des fleurs – il ignore pourtant qu'elle ne les aime pas –, il lui fait porter des livres : *Le Vase étrusque* de Mérimée et l'*Intermezzo* de Heine... Une autre femme aurait pu en être effrayée. Mais pas Simone : elle ne tient pas seulement à sa réputation d'intellectuelle, elle aime sincèrement les livres et leurs auteurs.

De janvier à juillet, Maurois a beaucoup voyagé : Londres, Venise, Rome, le Maroc. Chaque fois qu'il revenait à Paris, c'était pour téléphoner à Simone et la revoir. Elle assiste, le 26 février, à la messe commémorative du premier anniversaire de la mort de Janine, en l'église Saint-Pierre de Neuilly, pendant laquelle retentissent les mêmes hymnes funèbres de Fauré, de Haendel.

Elle lui écrit un mot très affectueux, lorsque son père meurt, le 30 mai, des suites d'une intervention chirurgicale, à quelques semaines de ce requiem. « J'ai trop souffert il y a dix ans, quand j'ai perdu mon père, pour ne pas savoir à quel point vous devez être malheureux aujourd'hui. Je pense sans cesse à vous et à votre douleur. J'ai mal à votre chagrin. » Maurois porte désormais un double deuil. Ses responsabilités familiales s'en trouvent alourdies. Fils aîné, devenu chef de famille, il doit faire face aux multiples difficultés qui lui viennent d'un foyer où ses enfants grandissent sans leur mère, mais aussi d'Elbeuf où sa propre mère a besoin qu'on la soutienne.

De moins en moins disposé à se laisser accaparer par l'Usine, il délègue ses pouvoirs à ses jeunes cousins. Il essaie de consacrer une grande partie de son temps à la Littérature. Il travaille conjointement à deux livres : à un roman dont le titre est encore *La Hausse et la Baisse* [1] – l'histoire d'un homme pris au piège de ses propres contradictions, qui hésite entre son devoir et son amour, une Usine et une Femme. Et à une biographie, qui sera l'un des fleurons de son œuvre : une *Vie de Disraeli* [2] – le premier ministre anglais, chef du parti tory, qui fit proclamer Victoria impératrice des Indes, était aussi romancier, talent supplémentaire, apte à séduire l'auteur.

Malgré ses charges et ses occupations, malgré ses voyages, malgré aussi son libertinage – il fréquente, de son propre aveu (*Mémoires*, p. 158), beaucoup de jolies femmes –, il revient sans cesse à Simone de Caillavet, il ne s'éloigne jamais d'elle longtemps. Elle est devenue en quelques mois son flirt le plus fidèle.

1. Ce sera *Bernard Quesnay*, Grasset, nouvelle édition, 1928.
2. Grasset, 1929.

Des baisers furtifs, des caresses légères (c'est elle qui en fait part) : ils ont envie d'être seul à seule, ce que rendent impossible, lorsqu'ils sont chez eux, la présence des enfants et des nurses, celle des domestiques ; les théâtres, restaurants ou salles de concert ne sont pas plus intimes, et ils ne veulent pas provoquer les commérages. Ils décident donc de cacher leur secret dans des endroits où ils risqueront moins de croiser parents ou relations. Les voilà partis ensemble, dans la voiture d'André, vers Fontainebleau. Le chauffeur (Georges) conduit-il ou Simone a-t-elle pris le volant ? On ne sait pas. Arrivés à hauteur de la forêt royale, ils tombent en panne. C'est, à la mi-journée, dans l'ombre déjà estivale. André et Simone, main dans la main, s'égarent sur les sentiers. Ils s'embrassent dans une clairière et se couchent sur l'herbe tendre – la description de Simone, dans une lettre, sera retranscrite, au détail près, dans un roman futur [1].

On ne sait rien sur le séjour à Lyon, dont ses lettres font état, vers la mi-juillet. Précède-t-il les vacances à Essendiéras, premières vacances passées ensemble, dans ce qui deviendra « leur » maison ? Ou fut-il une escapade, comme le sera, plus tard, Bordeaux ? « Nous sommes les amants du Paris-Lyon-Bordeaux – on dirait l'itinéraire d'un Tour de France cycliste », écrira Simone [2].

Début juillet, malgré une santé précaire – elle a des calculs aux reins et des bronchites à répétition –, Simone débarque en Périgord. Elle n'y reste jamais longtemps – « J'ai horreur de la compagne » – mais cette fois, André se trouvant à Handaye en vacances avec ses enfants, elle espère profiter de la proximité de leurs suds respectifs pour le retrouver. Il passera toute une longue semaine avec elle, dans la maison où se trouvent aussi sa mère, sa grand-mère et miss Varley – trois chaperons pour une jeune femme divorcée.

1. *Climats*, *op. cit.*
2. Lettre du 2 septembre 1925.

Maurois va tout de suite aimer Essendiéras. La maison n'est pas belle et la famille y a entassé un tas de vieilleries, d'assez mauvais goût [1]. Mais la vue, sur la vallée de l'Isle, est admirable, et les deux longues allées convergentes, l'une bordée de châtaigniers, l'autre de chênes, qui conduisent aux portes du domaine sont d'agréables chemins pour une promenade. Une rivière, la Loue (ou Louve), coule au pied des collines. Tout autour, Simone qui aime jouer les propriétaires, lui fait découvrir les métairies – Brouillac, La Guichardie, La Cerise. Ensemble, ils visitent Jumilhac et Montal, Brantôme et Fénelon puis Montignac. Simone connaît par cœur l'histoire de chaque village et de chaque château. Elle amène André à Hautefort, lui fait découvrir le gouffre de Padirac, en bref ne lui épargne aucun site ni aucun point de vue. Il la suit, étonné de ses connaissances et de plus en plus charmé. A Paris, Simone de Caillavet lui avait plu. Ici, dans son fief périgourdin, elle l'émeut. Il aime l'associer à ce paysage ancestral.

Le soir, quand les mères et la nurse sont montées se coucher, ils parlent de livres mais aussi de musique – elle voue un véritable culte à Wagner et voudrait l'y convertir, tandis qu'il se défend pour rester beethovénien.

Lorsqu'il repart pour Hendaye, après le 15 juillet, elle est désespérée. Elle ne pense plus qu'à le revoir.

Elle a, dit-elle, « des principes fondamentaux ». Si elle se sent « irrésistiblement attirée » vers André Maurois, si elle parle de « l'élan qui nous a jetés l'un vers l'autre », elle ne veut pas pécher. L'époque est lourde en interdits et une femme, même divorcée, doit inspirer le respect : Simone en est persuadée. Lettre du 22 juillet : « Vous avez raison. Il y a une certaine hypocrisie

1. *Mémoires*, p. 179.

de ma part à parler vertu et rectitude alors qu'il y a déjà eu entre nous, chéri, la tendre complicité des corps. » Elle se sent « au bord de la faute » et se reproche « tout ce que nous avons déjà osé ».

Elle s'interroge : « Où finit la tendresse ? Où commence l'impureté ? »

Janine n'avait pas de ces états d'âme. Une culpabilité ancienne, ancrée dans ses premiers échecs amoureux, ronge Simone. Dans l'amour, elle est inquiète et méfiante. « Que tu es compliquée, ma pauvre fille », dit sa mère, qui doute de ses aptitudes au bonheur.

Elle se surveille, s'examine, s'observe. C'est une raisonneuse qui apparaît toujours hérissée de défenses. « J'ai rapporté d'une adolescence scrupuleuse l'effroi de ce qui n'est après tout qu'un baiser plus profond de tout l'être... »

Elle est tentée de s'abandonner mais, est-ce l'influence néfaste, traumatisante, de l'éducation de miss Varley ou son propre tempérament qui la raidissent, elle reste tendue à l'extrême. « J'ai peur du désir. » Maladroite, effrayée, elle est à la fois tentée et dégoûtée par ce qui l'attend : un jeu trop physique, où les corps tiennent à son goût un trop grand rôle.

« J'ai l'impression bien nette que je n'échapperai pas à ma destinée : je vous aime [1]. »

« Cher chéri, je sais que je vous aime [2]. »

Ce qu'elle exprime alors avec pudeur, c'est son incapacité à affronter un véritable cas de conscience. Comment se faire aimer, sans céder physiquement à l'homme qu'elle aime de toute son âme ? Elle n'arrive pas à concilier son « élan irrésistible » avec le don de sa personne. « Faire l'amour » : elle n'emploie pas cette expression. L'acte amoureux qui est lié pour elle à la peur, l'est aussi à la honte.

1. Lettre du 13 août 1925.
2. Lettre du 22 juillet 1925.

« Pourrez-vous continuer à m'aimer sans m'avilir [1] ? »

L'été 1925 est marqué par la première grave maladie de Françoise. La fillette, âgée de cinq ans, victime d'un accès de fièvre typhoïde, aura failli mourir. Elle en gardera des séquelles. Sa grand-mère, Jeanne Pouquet, la conduit en convalescence à La Bourboule, dans le Puy-de-Dôme, où Simone les rejoint. « Terrassée d'angoisse », elle a eu peur de perdre sa petite Kiki mais elle supporte difficilement de passer près de deux mois (août et presque tout septembre), loin d'André. Elle lui demande de brûler les lettres qu'elle lui envoie pour éviter à ses enfants le risque de contagion : elle croit que le microbe pourrait se transmettre par le courrier. Mais il les a gardées.

« André, quelle épreuve ! Je suis anéantie. »

« Dans l'état d'abattement, d'inquiétude et de fatigue où je suis, je suis parfaitement incapable de vous adresser de jolies lettres d'amour [2]. »

Elle relit les siennes, elle les dévore, pour se donner du courage et se consoler. 13 août : « André, vous m'écrivez les plus jolies lettres qui soient. Les lire, les rouvrir, y penser, les reprendre, vous admirer, vous aimer, voilà mes bonheurs. »

11 septembre : « Chéri, j'adore vos lettres, toutes vos lettres. Celles auxquelles vous avez pensé avant de me les écrire et qui sont merveilleusement nuancées, où chaque phrase ciselée reflète un aspect de votre admirable intelligence... Celles aussi, écrites en hâte, où vous n'avez voulu que venir bavarder un moment avec moi et où passent des éclairs de gaîté, des bouffées de tendresse... »

1. Lettre du 13 août 1925.
2. Lettre du 8 août 1925.

Elle revient sans cesse au principal de ses soucis qui est, après la santé de sa fille, ce qu'elle-même deviendra : comment se poursuivront ses amours avec André ? Quelle en sera la prochaine étape ?

« Les caresses que vous m'avez données, ces joies sans remords suffiront-elles à votre emportement ? André, j'ai un peu peur de vous et de l'avenir... Nous jouons un jeu dangereux. Je ne veux pas me perdre. »

Elle appelle le désir « notre ennemi, notre insidieux ennemi ». Elle tient des raisonnements, dignes du théâtre de son père, dans le rôle de ses héroïnes timides, effarouchées : « Je n'ai que mon honnêteté ; si je vous la sacrifie, vous n'aurez plus d'estime pour moi, et j'aurai moins d'amitié pour vous. Mais je vous aime. Je suis à vous si vous le voulez... C'est pour cela qu'il ne faut pas le vouloir [1] ! »

Malgré ses scrupules, elle finit par se donner. On le sait par ses lettres, ils se rejoignent à Lyon, où ils passent ensemble les nuits des 24, 25 et 26 août, au Palace Hôtel. Simone dira : « C'est là que nous sommes devenus amant et maîtresse. » Le 27, André s'en va pour Pontigny, Simone retourne à La Bourboule.

Ils se retrouvent en septembre. Elle dira qu'elle est prête, cette fois, à lui « appartenir tout à fait »... D'Essendiéras, où elle a installé Kiki, à peu près guérie, elle s'occupe de réserver, à Bordeaux, deux chambres (avec bain) au Grand Hôtel Montré, rue Montesquieu – « Tout le confort moderne avec deux ascenseurs électriques ». André est à Hendaye, avec les enfants et la nurse. « Puisque les formalités hôtelières vous ennuient et vous font perdre du temps, je m'en charge bien volontiers. Et tout est pour le mieux : je vous

1. Lettre du 13 août 1925.

avoue qu'il ne me déplaît pas du tout d'assumer les organisations matérielles ! Cela flatte mes tendances méticuleuses, mon caractère méthodique. Combiner un voyage m'enchante ; préparer les étapes me divertit ; régler l'ordonnance d'un grand dîner, faire choix des mets et des convives, m'amuse infiniment. Il y a en moi un côté vieille-fille-maniaque. J'aurais peut-être fait une excellente " house-keeper " dans un manoir anglais ? Donc vous n'avez rien à faire vis-à-vis de l'hôtel Montré... » (10 septembre.)

Elle a retenu les chambres à son nom : « Je n'ai pas prononcé le vôtre » (lettre du 13 septembre). La direction de l'Hôtel Montré doit ignorer qu'ils ne sont pas un couple légitime.

Le 19 – un samedi –, Simone arrive la première au volant de sa voiture. Elle veut avoir le temps de se reposer après les cent soixante kilomètres parcourus sur les routes poussiéreuses de l'été, de prendre un bain, de se coiffer, avant de le retrouver. Il arrive le lendemain, à 14 h 41, par le Sud-Express de 11 h 09. Elle l'attend à la gare, en tailleur de reps gris et chapeau à plume assortie. Elle a beaucoup hésité pour sa tenue : il est difficile avec les robes, il critique sévèrement ses choix. Bien qu'elle fasse des efforts pour porter des toilettes qui lui plaisent, elle n'y parvient que rarement. Cette fois, il lui fait des compliments et rien ne vient assombrir sa tendresse. Du 20 au 23 septembre, pas un nuage ne passe sur le ciel de Bordeaux. « Je suis à vous », écrit Simone.

Chambre 164, Simone de Caillavet et André Maurois ne se sont pas seulement aimés. Ils ont aussi beaucoup travaillé. Car elle a emporté sa « petite Remington portative avec un ruban neuf et beaucoup de papier » (lettre du 13 septembre) pour qu'il puisse lui dicter les premiers chapitres de *Bernard Quesnay*. On les imagine, après le petit déjeuner (il lui a fait supprimer son café au lait matinal – il ne supporte pas le lait), dans la chambre aux draps défaits, aux coussins de plume ébouriffés, elle assise toute droite à son clavier, passant et repassant le chariot encreur, et lui debout, arpentant la pièce, dictant à haute voix ! C'est elle qui a souhaité participer à son travail et lui apporter son concours, dans ce rôle subalterne de dactylographe. Elle a l'impression de communier avec lui, en tapant le manuscrit, et de lui être utile, peut-être nécessaire. Elle lui sera un jour, dans ce rôle, indispensable. Irremplaçable, dira-t-il.

« Simone, dactylo bénévole » : c'est ainsi qu'elle se voit. « Au fait, pourquoi n'y en aurait-il pas, comme il y a eu, pendant la guerre, des infirmières bénévoles ? Je suis une engagée volontaire qui, en fait de volontariat, se destine au secrétariat, par amour [1]. »

Le travail sera, dès le début, indissociable de leur histoire d'amour. Simone ne reprochera jamais à André, comme Janine, d'accorder plus de temps à ses livres qu'à elle. C'est même tout le contraire. Elle vient de se découvrir, enfin !, utile à quelqu'un.

15 septembre 1925 : « Pour moi, je crois que la définition du Bonheur, c'est : Se sentir nécessaire à quelqu'un.

« Je n'avais jamais éprouvé jusqu'ici l'impression que mon existence fût indispensable, ni même utile à qui que ce soit. Mes rapports de famille sont empreints de tiédeur. Mon mari ne m'aimait pas. Françoise n'a pas pour moi un culte éperdu. J'ai senti, pour la première fois de ma vie, une immense allégresse lorsque j'ai compris que (dans une certaine mesure) je pouvais adoucir votre inguérissable affliction. Si mon affection vous est nécessaire, chéri, ce n'est pas en vain que je serai venue au monde. »

Elle s'efforcera toujours de faire le bonheur de celui dont dépend également sa survie. Elle essaiera – bien que ce soit une tâche surhumaine – de remplacer Janine, d'apporter à Maurois toute l'affection dont elle

---

1. Lettre du 24 septembre 1925, en post-scriptum. C'est une lettre de six pages.

est capable et elle s'occupera de son œuvre avec un soin jaloux. Elle sera son amie, sa servante !

Simone passera encore une nuit, après le départ d'André, dans cette chambre 164 de l'Hôtel Montré, « où nous nous sommes aimés, où je vous ai appartenu pour la première fois » [1]. Elle lui écrira, à la lumière de la lampe, le 24 au soir : « J'ai tout aimé de ce voyage : le travail en commun ; les bains de lac au crépuscule ; les moments gais ; le vertige des nuits amoureuses et les résurrections du matin. J'ai aimé votre voix, quand vous dictiez votre œuvre, votre regard fixé sur moi ; l'éclair de triomphe que la volupté fait passer sur votre visage ; votre force et ta douceur. »

C'est la première fois qu'elle le tutoie. Elle continuera à le vouvoyer, gardant pour les moments de passion un « tu » trop familier, presque indécent, qui trahirait leur secret si elle l'employait dans le monde.

« Il ne faut pas user le charme subtil et précieux du tutoiement. Mais il donne à certains aveux une mystérieuse profondeur. »

« Je t'aime, André, et je t'embrasse doucement, avec une infinie tendresse. »

1. A Lyon (voir p. 256), où ils sont « devenus amant et maîtresse », Simone n'a pas dû éprouver ce sentiment de lui « appartenir » tout à fait.

« Ce qu'il aime en elle et ce qu'il n'aime pas »

« Ce que j'aime en vous :

« Vos yeux noirs, vos longs cils, la ligne du cou et des épaules, votre corps.

« Ce que je n'aime pas en vous :

« La raideur un peu maladroite de vos gestes. Votre air de petite fille prise en défaut.

« Ce que j'aime en vous :

« Surtout un mélange de courage et de faiblesse, de pudeur et d'ardeur. Il y a en vous quelque chose d'héroïque; c'est très bien caché sous un manque de volonté dans les petites choses, mais c'est là.

« Ce que je n'aime pas en vous :

« Surtout un refus de voir et d'accepter la vie telle qu'elle est; un idéalisme de magazine anglo-saxon; une sentimentalité agaçante... Votre sévérité pour les faiblesses des autres.

« Ce que j'aime en vous :

« Votre côté jeune fille.

« Vos robes de sport.

« Ce que je n'aime pas en vous :

« Votre côté vieille dame.

« Votre robe à tunique jaune ; les ornements sur vos chapeaux (une plume bleue) ; votre robe de dentelle ocre ; tout ce qui est chargé, tout ce qui altère la ligne.

« Ce que j'aime en vous :

« Votre petite âme consciencieuse, votre simplicité, votre ordre. Vos livres et vos carnets bien tenus.

« Votre sagesse.

« Votre modestie.

« Ce que je n'aime pas en vous :

« Votre économie ; votre prudence ménagère et sentimentale.

« Votre manque de folie.

« Votre manque d'orgueil.

« Je pourrais continuer longtemps dans la colonne de gauche (Ce que j'aime en vous). Tout ce que je mets dans la colonne de droite (Ce que je n'aime pas en vous) est inexact. Du moins il faudrait ajouter :

« Ce que j'aime en vous :

« Ce que je n'aime pas en vous. »

Cette page célèbre de *Climats*, roman qui ne paraîtra qu'en 1928 et dont il n'a pas encore ébauché le projet, André Maurois l'a écrite à Simone, presque mot pour mot, le 26 juillet 1925, en réponse à l'une de ses lettres (du 22 juillet) où, pour dissiper entre eux quelques malentendus, quelques nuages, elle lui demandait de lui dire franchement ce qu'il pensait d'elle, en bien *et* en mal. « Vous allez m'écrire, n'est-ce pas, pour me dire ce qui vous plaît en moi et aussi ce qui vous agace ? Vous me l'avez promis. »

La liste tient en deux colonnes. Elle a été rédigée sur son papier à lettres usuel : un papier de deuil, ourlé d'un large ruban d'encre noire, à la fois funèbre et solennel.

Toutes ses lettres d'amour à Simone de Caillavet portent ainsi le deuil d'un autre amour... « Je suis gênée de te voir m'écrire des lettres d'amour sur du papier ourlé de noir, où le deuil de ta femme s'inscrit, mêlé à celui de ton père. » (9 octobre 1925.)

La liste, à la fois indulgente et sévère, montre que Maurois n'est pas totalement subjugué par la personnalité de sa future compagne. De nombreux traits de son caractère l'indisposent. Quant à sa dernière phrase (« Ce qui me plaît en vous : Ce qui ne me plaît pas en vous »), elle est de l'ordre de la galanterie, destinée à adoucir les critiques qu'il lui a crûment adressées. Maurois ne veut pas blesser Simone. Il aime trop les êtres pour ce qu'ils sont. Simone l'intéresse, l'amuse ou l'émeut, même s'il reconnaît volontiers qu'elle l'irrite aussi quelquefois.

Le défaut qu'il combat, c'est son esprit cancanier. Il a horreur des médisances, dont elle abuse. Mais celui qui l'exaspère, au quotidien, c'est son absence de goût – il trouve qu'elle s'habille mal. Il lui reproche de ne pas savoir choisir ses robes, d'avoir un penchant pour les tons peu flatteurs et de ne pas être impeccable, coquette, en toutes circonstances. Le sous-entendu est clair : comme l'était Janine... C'est parce qu'il lui a fait part de sa déception, que Simone est arrivée à Bordeaux avec un jour d'avance. Elle s'est précipitée chez le coiffeur pour éviter qu'il ne la trouve « livide et ravagée, bref affreuse [1] » et s'est excusée par avance de lui apparaître « dans des vieilleries de l'été précédent [2] » – elle n'a pas eu le temps d'acheter de nouvelles robes et sait qu'il va le lui faire remarquer. Elle a laissé à Essendiéras la tunique jaune qu'il déteste particulièrement. Voir surgir devant lui Simone, vêtue de jaune (une couleur qu'elle affectionne), le cheveu

1. Lettre de Simone, 10 septembre 1925.
2. Idem.

terne, ou coiffée d'un de ces horribles chapeaux dont elle a la spécialité, le met en rogne. A chacun ses faiblesses.

Elle souffre de la comparaison implicite qu'elle peut lire dans les yeux d'André. Quand il la regarde, elle a la cruelle impression, parfois, qu'il regarde quelqu'un d'autre. Il lui arrive de souhaiter ressembler à Janine, qui était si belle et séduisante ; elle sent bien qu'André l'aime toujours. Elle s'évertue à copier l'élégance de la morte et son extrême féminité. Elle essaie de se glisser dans son personnage. Elle porte maintenant des robes blanches, ou garnit ses chapeaux de plumes blanches. Elle cultive tout ce qui lui permet de se rapprocher d'elle, ou tout ce qui peut en créer l'illusion. Elle raconte par exemple à André cette anecdote : elle devait avoir treize ou quatorze ans, l'âge de la confirmation (cérémonie pendant laquelle le jeune croyant réitère ses vœux de baptême). Selon le rite, elle devait se présenter devant l'autel sous le nom de sa marraine. Bien que sa marraine de confirmation fût sa propre mère, Jeanne Pouquet, elle n'avait pas voulu, ce jour-là, s'appeler Jeanne et s'était présentée à l'évêque de Périgueux sous le nom de « Jeannine », parce qu'elle le trouvait « plus joli, plus doux ». « J'ai l'impression d'avoir obéi, ce jour-là, à un pressentiment inexplicable [1]. » Mais comme elle écrit ce nom pour la première fois, elle se trompe dans l'orthographe et écrit Jeannine ou lieu de Janine. Ce qu'elle va vite apprendre à corriger.

Jusqu'après son mariage, elle dira à André qu'elle rêve de sa première épouse et que son visage lui apparaît parfois la nuit, en songe. A l'église, alors qu'elle se laisse distraire pendant la messe, par les initiales gravées au-dessus de l'autel – JHS (Jésus – Homme – Sauveur) –, victime de son obsession, elle croira lire : Janine Herzog de Szymkiewicz [2] ! Elle peut avoir

1. Lettre de Simone, 26 juillet 1925.
2. Lettre de Simone, 19 octobre 1926.

des hallucinations. Elle souffre, vis-à-vis de l'Epouse défunte, d'un profond complexe d'infériorité.

Elle la désigne, dans ses lettres, par une majuscule : Elle... Le 22 février 1926, Simone est au Cap-Martin près de Françoise, à nouveau malade, mais elle envoie à André, par le train du soir, un panier de fleurs fraîches : « Elles ne sont pas pour vous, elles sont pour Elle... Je veux que vous puissiez les emporter à La Saussaye, lorsque vous vous y rendrez pour le triste anniversaire du 26 février. Mettez-les sur Sa tombe. Vous voulez bien ? Laissez-moi m'associer de loin à l'hommage que votre douleur va Lui rendre [1]... » Quelques jours plus tard, soucieuse de s'unir à lui en ce jour funèbre : « J'ai pensé constamment à Elle, à votre inguérissable affliction... » (19 février 1926.)

En comparaison avec Janine, qu'André continue d'adorer et qui incarne, avec des majuscules, la Beauté et la Perfection, elle se décrit humblement, telle qu'elle se voit, ou plutôt telle qu'elle croit qu'il la voit : « une pauvre petite bonne femme de rien du tout [2] ! »

Elle aura à se défendre, à plusieurs reprises, contre un homme amer, inquiet, qui la fait souffrir comme il a lui-même trop souffert.

Il se veut rassurant et tendre. Mais ses lettres, quoique très belles, manquent de ferveur. Le ruban noir qui, jusqu'à leur mariage, borde ses mots d'amour est évidemment pour beaucoup dans le sentiment humiliant qu'elle éprouve : il ne l'aime pas encore assez.

On devine qu'il s'habitue à sa présence, qu'il est plutôt charmé. Mais contrairement à l'amour de Simone qui s'est aussitôt enflammé, le sien ne se développe que

1. Lettre de Simone, 16 février 1926.
2. Lettre de Simone, 19 février 1926.

peu à peu. Elle a dû trouver très lente, ou très excitante, cette progression.

30 mai 1925 : « Je n'ai envie de voir personne et j'ai envie de vous voir. »

6 juin : « Venez, mettez votre robe couleur de violette, je ne l'ai pas assez vue. »

6 juillet : « Je me réjouis de vous voir longuement, de me promener avec vous. »

19 juillet (après Fontainebleau) : « Si j'étais près de vous, je prendrais votre main, nous dirions mille choses graves et douces et les heures passeraient... Ma chérie, j'ai envie de vos lèvres et de votre nuque où mes doigts caressent la petite brosse dure de vos cheveux rasés. »

30 juillet : « Que vous m'êtes devenue indispensable, darling ! »

Et le 3 août, enfin : « Je vous aime, je vous aime, je vous aime. »

C'est au retour de leur rendez-vous à Lyon – Palace Hôtel –, qu'il lui écrit, d'Hendaye, le 1er septembre, sa plus jolie lettre : « Je vis en ce moment sur l'admirable richesse d'images que j'ai rapportées de nos deux jours. Celle que je préfère, c'est toi, assise sur le lit à côté de moi, me regardant d'un air pensif, interrogateur, à la fois heureux et mélancolique, tes cheveux embrouillés tombant sur tes grands yeux et la ligne ravissante de tes épaules nues se perdant dans la chemise à demi tombée. »

Elle aurait pu se sentir rassurée. Elle reste terriblement anxieuse : une élève peu douée, mais appliquée, qui essaie de progresser.

« Je voudrais tant vous récompenser en devenant meilleure ! Je ne pense qu'à cela. (...) Je concentre mes efforts sur les détails que vous m'avez signalés... » (16 février 1926.)

« Je vous promets de travailler sans cesse à mon perfectionnement moral. (...). J'essaierai avec ténacité d'améliorer l'être imparfait et insignifiant que je suis. » (15 février 1926.)

« Mon chéri, je vous promets de faire des efforts pour arracher en moi les mauvaises herbes, pour me rendre pareille à ce que vous souhaitez. Rien n'a d'importance excepté les sentiments profonds... et nous nous aimons, n'est-ce pas ? Ou du moins, je vous aime ! S'il faut vous reconquérir chaque jour, je m'y efforcerai avec patience, avec humilité. Je n'ai pas d'autre ambition au monde que de mériter votre affection. » (18 février 1926.)

« Croyez-vous qu'il me soit impossible de détruire en moi, à force d'application, les vilains travers qui vous irritent, qui vous détachent de moi ? (...). J'ai le désir de bien faire. Je suis prête à lutter contre mon caractère. » (19 février 1926.)

Elle en appelle à son indulgence, à son grand cœur. Elle lui répète sans cesse qu'elle a confiance en lui mais qu'elle a peur de lui déplaire. Il est tellement sévère à son égard ! Elle craint de ne pas pouvoir se hisser à sa hauteur. Mieux vaudrait sans doute qu'il accepte qu'elle ne soit qu'« une pauvre petite bonne femme de rien du tout... »

« Mon chéri, ne soyez pas cruel, soyez indulgent, miséricordieux. Ayez pitié de ma détresse... » (18 février 1926.)

Elle pleure quand elle pense qu'elle lui a déplu et qu'il va s'éloigner d'elle : « Je suis bien malheureuse. Je sens que je vous ai déplu. Je devine que vous vous détachez de moi et cela par ma faute. C'est très très douloureux. J'ai tout le temps envie de pleurer depuis hier. Il me semble que notre amour est condamné. J'ai l'impression d'assister à son agonie... » (18 février 1926.) Car elle sait, elle aussi user et abuser des larmes. Quand elle n'a plus d'arguments, quand elle sent qu'elle perd la bataille, elle se met à pleurer et lui envoie des lettres pour l'apitoyer. C'est son tour de lui dire qu'elle est bien à plaindre, par sa faute : « pauvre petite Simone ! » écrit-elle alors – comme Janine écrivait, prise en faute, « pauvre petite Janine ! ».

Tous les reproches d'André n'y feront rien : Simone ne reniera pas pour autant sa personnalité.

Elle gardera son style : dans des robes très chères, mais affreuses, à la coupe trop compliquée, aux couleurs bizarres, elle sera toujours mal habillée.

Elle restera prudente et sentimentale, raide et maladroite, et « sévère pour les faiblesses des autres », jusqu'à son dernier souffle. Elle continuera à cancaner et ne pourra jamais se passer du monde-monde.

Maigre à faire peur, elle sera toujours ordonnée, organisée et stricte.

Non seulement, malgré ses efforts, elle ne changera pas. Mais ses défauts ne feront que s'aggraver. Son caractère, avec l'âge, au lieu de s'arrondir et de se nuancer, va s'aiguiser comme une lame, en acier trempé.

Il faut mettre au crédit de sa personnalité indomptable sa volonté d'être elle-même, sans fards, telle que la nature l'a faite. Elle va s'opposer fermement à une lubie de Maurois – lubie qui reviendra à plusieurs reprises exaspérer leur dialogue : il voudrait qu'elle change la couleur de ses cheveux ! Il voudrait qu'elle soit blonde !

Il en est question, dès l'été 1925 : « Je sais que vous détestez la couleur de mes cheveux et pourtant j'hésite à la modifier : je n'ai pas un teint de blonde. Une erreur de nuance, dans la décoloration de la chevelure, peut fausser l'expression du visage transformé. Mme Citroën, qui fut une brune charmante, est hideuse sous ses courts cheveux de cuivre roussâtre. » (22 juillet.)

Elle connaît ses limites. Elle veut bien essayer d'être aimable et jolie, faire preuve de coquetterie (bien que son goût soit toujours pris en faute), de patience (bien qu'elle n'en ait jamais eu), d'endurance ou de ténacité (ce sont ses points forts, elle a de la volonté à en revendre). Mais se teindre en blonde, ça jamais. Sa mère est blonde. Les maîtresses de son père l'étaient. Et, bien sûr, Janine Herzog de Szymkiewicz. Simone de Caillavet restera brune : elle n'ira pas rejoindre dans la glace, au point de se confondre avec elle, le joli fantôme aux mèches de platine.

La valse-hésitation du mariage

André Maurois n'a pas l'intention, au départ, de transformer une confortable liaison officieuse en d'officielles fiançailles. Il se montre réticent à s'engager et essaie de maintenir entre Simone et lui quelque distance. Le ton des lettres est tendre, parfois sensuel, mais toujours mesuré, dénué de passion. La principale raison en est sans doute la fidélité de Maurois au souvenir de Janine. Il n'imagine pas qu'une autre femme puisse porter son nom, ni prendre sa place. Il a bien sûr d'autres amies – Simone apprendra à s'en méfier –, comme Anne Heurgon ou Marthe de Fels, qui adoucissent sa rude vie de célibataire. Il aime les séduire et flirter avec elles, sans leur sacrifier sa liberté, ou son veuvage. Simone, elle, demande qu'il s'engage et le lui a écrit : elle ne supportera pas longtemps le rôle de maîtresse, qu'il s'obstine à lui laisser jouer.

Maurois croit que ses trois enfants supporteraient mal de voir apparaître une autre femme, dans un foyer que réchauffe encore la lumineuse présence de leur mère. Tous les trois sont dans un âge tendre – Michelle a onze ans, Gérald cinq et Olivier quatre –, il doit les protéger. Comment leur imposer une belle-mère – une bru, une marâtre : le rôle est ingrat. Il craindrait de ternir à leurs yeux, à cause de l'intruse, de la remplaçante, de l'épouse bis ou numéro deux, l'image merveilleuse que leur mère leur a laissée et qu'il tient pour sacrée.

Depuis la mort de Janine, des liens nouveaux se sont créés entre les enfants et lui. Ils se sont rapprochés, resserrés à l'intérieur du cercle. Lorsque Janine était là, les trois petits semblaient ne connaître que leur mère. C'est désormais lui qui distribue récompenses et caresses, gronde et console ou, parfois, leur raconte des histoires. Les deux garçons forment un groupe à part : inséparables, malgré leurs grandes différences physiques – l'un est brun, l'autre blond, l'un grassouillet, l'autre fluet –, ils ne savent pas se dissocier et parlent d'eux comme s'ils étaient une seule et même personne : « Nous, nous aimons le chocolat... » « Nous, nous voulons aller jouer... » Maurois observe avec tendresse et indulgence leur disparité. Il note leurs bons mots, leurs bêtises. Les reproches ne sont pas son fort. Il montre rarement de l'impatience à ses garçons – il dit « mes garçons » plutôt que « mes fils ». Olivier, surtout, ressemble à Janine, à cause de son air lunaire, qui parfois éclate en caprices ou en crises de fureur.

Michelle, elle, ressemble davantage à son père. Elle a ses yeux gris-vert, ses grandes mains, son front. Mais aussi – et bien qu'elle soit bavarde – son talent pour le rêve et la méditation. Elle réfléchit beaucoup. Le soir, depuis la mort de Janine, elle a pris l'habitude de retrouver Maurois après dîner dans son bureau. Elle s'assied en face de lui, sur une chaise, et lui tient compagnie. Il aime son petit visage sérieux, son air appliqué de grande personne et puis ce regard franc, qui le fixe droit dans les yeux.

Il la fait parler, il l'écoute. Elle lui raconte alors Meïpe... C'est un pays imaginaire : elle s'y réfugie quand elle a du chagrin ou qu'on la réprimande, quand Nurse se montre trop sévère, alors que Janine ne peut plus la défendre. Il fait bon vivre à Meïpe, sans contraintes.

Tout y est permis, tout y est possible, car personne ne commande à personne. Chacun peut faire absolument ce qu'il veut. Meïpe deviendra un des mots clefs de la tribu. « Je suis à Meïpe », dira Maurois quand il souhaite avoir la paix. « Nous sommes à Meïpe », diront les garçons pour ne pas répondre à une sommation de Nanny. Michelle en a fait le suprême refuge, un espace de liberté et de délices, où loge la silhouette légère et parfumée, qui lui manque chaque jour davantage.

Comment initier Simone de Caillavet à ce pays imaginaire ? Comment la faire entrer à Meïpe sans briser un tabou ?

Sa seule présence remet en question une intimité naissante, une harmonie familiale qui, depuis la mort de Janine, vient tout juste de se trouver.

Maurois publie, en février 1926, un recueil de nouvelles, dédié à Janine (« In memoriam J.A.M. ») mais dont le titre, *Meïpe ou la Délivrance* [1], est tout entier redevable à l'imagination de Michelle. Il s'en explique dans la préface. Pourtant, au lieu de désigner Michelle, il a cru bon de remplacer son nom par celui de Françoise... Pour le lecteur, c'est une Françoise qui aurait inventé Meïpe. Pourquoi Françoise ? Est-ce par pudeur ? Sûrement pas – Maurois n'hésitera pas à utiliser les prénoms de ses enfants dans un livre, on le verra. Ne serait-ce pas plutôt parce que c'est le prénom de la fille de Simone et que Kiki – Françoise Stoïcesco – va à son tour entrer dans la famille ?

Meïpe, Michelle l'a inventé pour elle-même et peint aux couleurs de sa fantaisie. Mais elle l'a offert à son père. Ce père, si souvent soucieux ou triste. Meïpe... Le mot, d'une puissance magique, signifie l'évasion, l'enchantement, et sert de prétexte à de tendres conversations, en tête à tête.

Simone, qui se sentira exclue de cette relation, si naturelle, de père à fille, sera jalouse de cet amour. La

1. Grasset, 1926. Une édition augmentée paraîtra dans *Les Mondes imaginaires* en 1929.

capacité de Michelle, comme celle de Maurois, de pouvoir fuir le monde dans les pays imaginaires la laissera toujours impuissante et désarmée, comme une petite fille qu'on aurait oubliée en chemin. Elle, si raisonneuse, ne comprend rien à Meïpe...

En 1925, ayant vu tout de suite en André Maurois le mari idéal, elle est impatiente de se marier. C'est par pudeur hypocrite qu'elle feint de redouter le mariage, ou de n'y pas penser. Elle ne pense en fait qu'à ça. Toutes les lettres en témoignent. Trop conventionnelle pour rester célibataire, elle ne voit à cet état, pour sa part, que des inconvénients. Contrairement à Janine qui préférait l'homme d'affaires à l'homme de lettres, elle rêve depuis toujours d'épouser un écrivain. Elle n'a pas l'intention de laisser André Maurois disparaître à l'horizon, si chargé de famille soit-il, avec ce blond fantôme qui pèse à son bras. Elle va entreprendre, aussi discrètement qu'elle en est capable (c'est-à-dire de la manière la moins discrète qui soit) une campagne de persuasion, pour tenter de le convaincre qu'elle est pour lui la femme idéale – la seule qui saura remplacer Janine, en toute humilité, et se dévouer à lui, en toute abnégation.

D'abord, il se méfie. Elle a dû se montrer trop pressante et laisser voir trop clairement son jeu. Il lui fait la leçon. Il lui écrit une lettre si sèche, qu'elle doit protester de son honnêteté : « Me faire épouser ! André, je n'ai cherché qu'à me faire aimer... Je n'ai jamais eu la moindre arrière-pensée. Il ne faut pas qu'il subsiste dans votre esprit l'ombre d'un doute à cet égard. Qu'aucun malentendu n'altère la limpidité de notre affection... » (22 juillet.)

Lorsqu'il aura baissé la garde, elle va revenir à la charge, inlassablement et lui présenter un à un les arguments qui jouent en faveur du mariage. De juillet

1925 à juillet 1926 – c'est-à-dire jusqu'aux fiançailles officielles –, ses lettres s'allongent et se ramifient ; elles contiennent un véritable plaidoyer et développent, sous des prétextes divers, sous une apparente légèreté, une argumentation de fer. Simone aura mené pendant douze mois, en habile stratège, une véritable guerre d'usure.

Premier argument – il pèse lourd : une liaison trop affichée entacherait non seulement sa propre réputation mais celle d'André – un statut de célibataire, lui explique-t-elle, ne vaut rien quand on brigue l'Académie ! Il faut se présenter l'anneau au doigt devant la Vénérable Dame, composée de vénérables messieurs, de Maréchaux de France et que préside un Secrétaire perpétuel des plus traditionalistes, des moins aptes à goûter les libertés de mœurs – René Doumic. Le directeur de *La Revue des Deux Mondes*, bien que son mariage l'ait fait entrer dans la sulfureuse famille Heredia, ne tolère que les couples légitimes. Ses deux belles-sœurs et en particulier Marie, l'épouse d'Henri de Régnier, se chargent chaque jour, par leurs frasques extraconjugales, de lui faire dresser les cheveux sur la tête ! Mais il tient bon : il se venge sur les futurs académiciens, auxquels il fait passer un examen de bonne conformité.

Suivent deux arguments imparables, qu'elle va ressasser :

1. André a besoin d'une mère pour ses enfants.

La nurse est débordée. Et, de toute façon, elle ne peut pas donner aux trois petits l'amour d'une vraie Maman. Simone sait ce dont elle parle, elle qui a tellement manqué d'amour.

Michelle a besoin d'une éducatrice, qui puisse exercer sur elle une attention de tous les moments, non seulement la conduire au Cours Dieterlen ou à la Comédie-Française, plus tard aux concerts, aux différents musées, mais la faire travailler, corriger son orthographe, guider ses lectures... Lui-même est trop occupé pour suivre ses progrès au jour le jour ; quant à Nanny, elle n'a que de vagues notions de la langue française !

Simone croit qu'elle pourra se faire aimer de Michelle. Elle essaiera de ne pas blesser le souvenir qu'elle garde de Janine. Mais elle se sent plus d'affinités avec les deux garçons. Le petit dernier l'émeut, en particulier : elle saura combler pour eux le vide cruel laissé par leur mère. D'ailleurs, ils sont trop jeunes tous les deux pour avoir gardé la mémoire de son visage. Simone prétend qu'ils sont moins attachés que Michelle au souvenir de leur mère...

2. André a besoin d'une secrétaire pour ses livres.

Or, elle est une des rares personnes – sinon la seule – à savoir décrypter son écriture indéchiffrable ou à en avoir la patience ; elle sait taper à la machine ; elle apprendra la sténographie (un mois plus tard, c'est chose faite : elle est devenue une excellente sténo).

Elle le lui dit, le lui redit, le lui promet : elle sera pour lui l'une et l'autre – la meilleure des secrétaires particulières et une mère pour ses enfants.

Elle saura tenir sa maison, elle saura recevoir. Elle s'occupera de tout ce qui l'ennuie : les corvées du courrier, de la domesticité, des courses et des menus, des voyages à organiser, des vacances en famille, des achats de livres ou de papier ! Il sera, grâce à elle, déchargé des tâches matérielles, qui alourdissent l'existence et empêchent souvent un romancier de créer.

André Maurois lui apparaît accablé de travail, de soucis, et déchiré entre ses diverses responsabilités. Il s'efforce de répartir son temps entre ses enfants, qu'il devine fragiles et esseulés, l'Usine, qui l'accapare, et la Littérature, à laquelle il regrette de ne pouvoir se consacrer totalement. Sans doute l'aide inespérée que Simone lui fait valoir comptera-t-elle pour beaucoup dans sa victoire finale. Mais il se défend encore, il résiste à ses assauts – à la mitraille de ses raisonnements.

Elle a essayé tout ce qui est en son pouvoir, y compris la volupté. Peut-être dans ce domaine force-t-elle un peu son talent. On la sent moins inspirée, sensuelle, que raisonneuse. Mais elle se donne. « Je suis passionnément amoureuse de vous. Le soir, en m'endormant, je pense à votre corps, à nos baisers... Je rêve de nouer mes bras nus autour de toi. Je te désire, mon amant... J'ai envie de t'appartenir longtemps. Un trouble sensuel m'envahit mystérieusement. L'abandon heureux... Le plaisir tendre... L'entente physique des êtres qu'unit leur volupté réciproque... Cela aussi c'est important. » Elle reste très littéraire. Un peu ampoulée, dans ses déclarations d'amour. Un peu lourde, ou bien un peu gênée, enfin pas très à l'aise, dans ses « Je vous désire toutes les nuits » ou ses « Je pense aux délicieuses caresses », ou ses « J'ai envie de vos lèvres ».

Janine était moins loquace et moins explicite, moins concrète peut-être – mais tellement plus câline, plus chatte et plus gourmande.

Il faut toujours que Simone en rajoute, jusque dans les détails de ses nuits d'amour : « J'ai la nostalgie de cet instant voluptueux qui nous rendra l'un à l'autre. Je pense à ton corps nu dans la robe de chambre de soie à ramages qui s'entrouvre quand tu me serres dans tes bras... » (19 octobre.)

Cette robe de chambre à ramages et en soie semble l'avoir fascinée car elle l'évoque à plusieurs reprises, avec émotion.

« Je sens monter en moi des bouffées de désir. »

Elle cherche à lui plaire par tous les moyens et elle sait que la volupté, « pour un homme, c'est très important »... Mais elle est plus à l'aise et plus naturelle, plus élégante aussi, dans le registre de la tendresse. « Je t'aime infiniment » reste ce qu'elle écrit de mieux – et de plus touchant.

A moins qu'on ne préfère ce qu'elle écrit en anglais : « Sweetheart, I love you » ou « You are charming, my sweetheart »...

André n'étant toujours pas convaincu de la nécessité de se remarier, Simone va risquer son va-tout.

Le 30 septembre 1925, à peine rentrée de Bordeaux (chambre 164), elle lui annonce qu'elle craint d'être enceinte. « André chéri, rassurez-moi. Dites-moi que je me trompe... que ce n'est pas possible ? J'attends en vain depuis cinq jours le symptôme rassurant qui dissiperait mes craintes. Je voudrais ne pas y penser et j'en suis obsédée... Plaignez-moi, André ! Plains-moi mon amour... C'est terrible... Que faire ? Que me conseillez-vous ? Que ferons-nous si *cela est* ? » (c'est elle qui souligne). Elle signe « Ta pauvre Simone ».

Elle ne sait pas « comment cela a pu arriver ». « Car enfin, trois fois sur quatre, nous avons *l'un et l'autre* (elle souligne deux fois) pris des mesures de sécurité... ces furtives précautions destinées à enrayer l'œuvre mystérieuse de la nature... J'ai bien fait tout ce qui était nécessaire, *tout*, je vous le jure, malgré la panne d'électricité, l'éclairage insuffisant de la bougie, le froid nocturne. Je n'ai rien à me reprocher. Je ne comprends pas ce qui a pu se passer. Je suis bien malheureuse [1] ! »

Cette dernière phrase, elle va la rabâcher, car elle est réellement contrite de ce qui lui arrive, à la fois « confuse » et « désespérée ». Elle voudrait bien le convaincre qu'elle n'y est pour rien ou que, si elle est coupable de quelque chose, c'est de s'être laissé « trop – ou trop complètement – aimer ». Il est au moins aussi responsable qu'elle : « Puis-je t'en vouloir de m'avoir aimée avec emportement ? Peux-tu regretter que je me sois donnée à toi ? Chéri, nous avons eu des heures inoubliables. Tant pis pour moi si nous nous sommes trop – ou trop complètement – aimés. » (8 octobre.)

1. Lettre du 1er octobre 1925.

Elle lui écrit tous les jours, parfois deux fois par jour, des lettres désolées, tantôt pour le plaindre et tantôt pour se plaindre. Les excuses et les explications, les pleurs, les gémissements, les promesses de s'aimer toujours, les désirs éperdus de bonheur accompagnent le cœur battant des lettres : les projets d'avenir. De l'avortement à l'accouchement clandestin, en passant par l'adoption sous un faux nom et le cauchemar de se présenter devant le monde-monde en fille-mère : Simone envisage une à une et parfois en vrac toutes les hypothèses.

1er octobre : « Ne croyez pas que je n'ai pas fait tout ce qui était en mon pouvoir, ces jours-ci, pour provoquer le malaise nécessaire ! J'ai pris des doses massives d'apiol et d'armoise, macéré dans des bains brûlants et fait hier 14 kilomètres à pied... Jusqu'ici cela n'a servi à rien. André, que je suis malheureuse ! »

Ce n'est pas la première fois qu'elle tente de se débarrasser, comme elle dit, d'un embryon de vie. Elle avait déjà tout essayé, il y a dix ans, pour ne pas garder la petite Françoise. Elle se lamente que son corps, une nouvelle fois, ne lui obéisse pas. Ce corps, qui lui est rebelle, la dégoûte dans son travail obscur et viscéral. Elle le dit à André : elle se fait horreur. Elle n'ose pas penser à ce qu'elle sera dans quelques mois, « difforme », « hideuse »... Elle a déjà une mine à faire peur. Sa mère, toujours aimable, s'en est inquiétée : « Tu fais trop d'automobile, ma fille, tu enlaidis... » Quant à penser à l'accouchement, elle en est malade par avance. Elle a eu si mal la première fois ; elle croit qu'elle pourra en mourir.

« André, je suis si malheureuse ! »

D'un côté, elle est navrée de lui causer un souci aussi grave – « Voici que je vous apporte les affres de l'incertitude et que je vous mets involontairement en face d'un cas de conscience déchirant... Pardon mon amour » (5 octobre) –, de l'autre elle le rappelle à ses responsabilités sinon à ses devoirs : « La faute, André, nous l'avons commise ensemble, mais j'en porte tout de même la part la plus lourde. Toute la honte est pour moi... et toute la douleur ! C'est ma vie que je risque. Et ma dignité ? Et ma réputation ? Je suis un petit peu plus à plaindre que toi. » (6 octobre.)

Quand elle en a fini de se lamenter auprès d'André – elle sera déshonorée, salie, elle va souffrir, enlaidir et peut-être mourir... –, elle cherche à l'attendrir. Elle essaie de lui faire imaginer l'enfant qui va naître. Elle en parle au masculin, comme si elle était sûre de donner un fils – pour lui, ce troisième fils serait un quatrième enfant. « L'enfant, André, ce petit enfant, le nôtre... »(4 octobre.) Dans la même lettre, un peu plus loin, elle reprend : « Le nôtre... Il est à la fois le frère de Michelle et le frère de Françoise. » Elle joue déjà au jeu des ressemblances et s'attache à ce petit être, qui « a jailli comme une étincelle du choc de nos deux vies ». « Il s'agit de *notre* enfant (elle souligne deux fois), de celui qui nous est commun. Pauvre petit être ! Il aura peut-être votre génie et ma douceur, vos admirables yeux gris et la ligne de mes épaules, que vous trouvez jolie... Il n'y a aucune raison pour qu'il ne soit pas lui aussi, un charmant petit enfant. André, il ne faut pas qu'il soit malheureux ! »

Plus les jours passent, plus les risques de grossesse se confirment et plus le plaidoyer pour garder l'enfant prend le dessus sur le total des risques, sur la honte et la peur. « Le petit enfant qui me vient de toi... André, je crois que déjà je l'aime ! » Elle parle de « notre enfant » comme elle parle de « notre amour ». A force de l'aimer, elle en devient injuste envers les autres petits et en particulier envers Françoise, pour laquelle elle n'a jamais éprouvé ce sentiment, qu'elle ressent pour la première fois devant « notre enfant, André, le tien, le mien ». Voici ce qu'elle est capable d'écrire : « Je t'ai dit que je te préférais à Françoise : c'est vrai. Je te préfère aussi à l'être embryonnaire dont le sort me cause de si vifs tourments – quoique celui-là puisse m'être et doive me devenir infiniment plus cher que sa sœur aînée, puisqu'il est *ton* enfant en même temps que le mien. Mais je t'aime, André : toi d'abord, lui ensuite. Il ne faut pas que tu te sacrifies pour faire de lui un enfant légitime et de moi une femme respectée. » Cette démonstration, extraite d'une lettre du 8 octobre, c'est Simone tout entière, splendeur et misère, avec sa violence et son fanatisme, sa franchise brutale, son conformisme social. Un curieux mélange qui la rend à la fois odieuse et pitoyable. Elle pourra un jour devenir monstrueuse.

Elle a un vrai talent de plume mais n'en use pas toujours à bon escient. Chez elle, les finesses de l'expression accompagnent souvent des sentiments complexes, des perfidies ou de mauvaises intentions.

Est-elle véritablement enceinte ou a-t-elle inventé sa grossesse pour émouvoir André ?

L'enfant est le prétexte d'un psychodrame, que Simone a mis en scène avec un goût morbide et théâtral. En voici la trame, telle qu'elle l'a elle-même résumée : Janine est morte enceinte de cinq mois. Sa mort a donc privé André d'un enfant « qui n'a pas existé et dont pourtant le souvenir reste lié au souvenir de Celle qui est morte de sa mort ». Pour Simone, « une implacable fatalité » replace André Maurois aujourd'hui dans des circonstances analogues à celles où il se trouvait il y a deux ans. A un nouvel amour, un nouvel enfant, mais aussi un nouveau risque ; à une promesse de vie, une menace de mort. Simone brode talentueusement, dans sa lettre du 5 octobre, sur les liens mystérieux qui la lient à celle qu'elle appelle l'Absente (avec la majuscule, bien sûr). Elle s'accorde à trouver sa situation pareillement tragique – comme un reflet de ce qui fut ! C'est avec des trémolos dans la voix (on imagine la scène sur un théâtre) qu'elle lui déclare, telle une Iphigénie, une Phèdre, une Andromaque du Boulevard : « Vous deviez avoir un quatrième enfant et je ne suis là, moi, que pour le mettre au monde puisqu'Elle n'a pas pu vous le donner. »

Le ton est tragique et solennel pour conclure avec grandiloquence : « Si les choses tournent mal pour moi, vous fleurirez deux tombes au lieu d'une. Et je vous tiens quitte des remords que vous pourriez avoir à mon sujet. »

Comment Maurois aurait-il résisté à un pareil chantage ? D'autant qu'après des arguments assenés sans aucune pitié, Simone sait retrouver douceur, bonté, feinte patience et humilité. 6 octobre 1925 : « Je ne sais pas si tu resteras mon amant ou si tu deviendras mon mari. Mais je sais que tu es mon amour... »

Ou encore, le 10 octobre : « Je n'accepterai d'être votre femme que si vous me le demandez sans regrets. Je veux être certaine que vous ne serez pas malheureux. »

L'enfant ne verra jamais le jour.

En novembre, il disparaît des lettres.

Y eut-il avortement ? Fausse couche ? Ou ne fut-il qu'un rêve ? Un vain désir ? Une invention ?

On ignore s'il ne fut qu'une manœuvre destinée à convaincre Maurois de se remarier.

On peut lire, dans une lettre ultérieure de Simone, du 19 février 1926, cette simple indication, noyée parmi des plaintes consécutives à une brouille passagère : « Je suis plus malheureuse aujourd'hui qu'à l'époque où je me croyais enceinte. » Elle se croyait enceinte ? Elle ne l'était donc pas. On n'en saura pas davantage.

Mais avant que l'année 1925 s'achève, Maurois lui aura – enfin ! – demandé sa main.

Simone de Caillavet déclare accepter André Maurois tel qu'il est, tel qu'elle le voit : « l'homme d'un seul amour ».

Elle sait qu'elle ne sera jamais aimée autant que Janine.

Mais elle peut lui offrir un amour bien plus grand. Elle sera entièrement à lui, sans réserve.

« Je n'existe pas en dehors de vous. Je suis une chose qui vous appartient. » (28 juillet 1926.)

Elle sait qu'il ne l'aime pas telle qu'elle est, qu'il voudrait la changer. Non seulement la changer en blonde mais, plus profondément, en quelqu'un qui n'est pas elle, en quelqu'un qui posséderait des traits qu'il adorait chez Janine et dont elle manque cruellement – le charme, la légèreté, la grâce.

« Je ne peux ni me rendre blonde, ni devenir tout à coup très jeune et très jolie, lui écrit-elle (10 juin 1926). Mais je peux devenir meilleure. »

Elle veut vivre « pour le servir ». Contre le mirage morbide qu'exerce sur lui l'Absente, elle propose un rêve bien vivant. Elle lui fait miroiter un avenir familial et conjugal radieux. Elle lui promet la douceur d'un foyer où, grâce à sa vigilance, à son dévouement, il pourra travailler en paix. Dès le 15 février 1926, dans une lettre de quatre pages qui restera dans sa correspondance comme « la lettre des promesses » – de toutes les promesses –, elle s'engage à le rendre heureux. Voici quelques extraits de ce qui ressemble fort à un contrat qu'il suffira ensuite, pour l'autre partie, de contresigner :

« Je respecterai votre indépendance. Vous ne me rendrez compte ni de vos pensées, ni de vos actes ou du moins vous ne m'en ferez part que dans la mesure où cela vous sera agréable. Je ne vous poserai pas de questions indiscrètes. Je ne chercherai jamais à vous imposer ma présence. Je ne serai pas jalouse des autres femmes. Je vous reconnais le droit à l'amitié de toutes celles qui vous intéresseront.

« Je vous promets de ne jamais me plaindre, même si vous me faites du chagrin. Je me dirai : “ Je l'ai voulu ”.

« Je vous apporte un immense dévouement : je ne souhaite pas autre chose que de vous aider, de vous assister, chaque fois que cela me sera possible. Je me mettrai au service de votre œuvre avec une véritable dévotion.

« Chaque fois que vous aurez besoin de moi, je serai là. Je m'en irai quand vous voudrez vous recueillir, rêver en silence.

« Je considérerai vos enfants comme les miens. J'ai déjà pour eux une grande tendresse.

« J'aurai toute la souplesse nécessaire dans mes rapports avec Nanny. Je tâcherai de me concilier la bienveillance de votre belle-mère, à force de déférence. Je serai polie et douce envers vos serviteurs.

« Au point de vue relations mondaines, déplacements, etc..., je ferai exactement ce qu'il vous plaira.

« Je vous promets de travailler sans cesse à mon perfectionnement moral. Je tâcherai d'être plus humble, moins vaine.

« Je combattrai en moi l'égoïsme, cette lèpre du cœur. Et peut-être qu'à la faveur du grand amour (qui pourtant fut d'abord un amour coupable) je deviendrai meilleure ? Je veux absolument me rendre moins indigne de retenir l'attention d'un homme tel que vous. »

Elle lui jure obéissance et fidélité. Dans une lettre du 28 juillet 1926, écrite en écho à la précédente, comme si elle était déjà devant l'autel, elle lui déclare : « Je vous serai soumise dans mes actes et jusque dans mes pensées. » En demandait-il autant ? Elle a décidé de rendre les armes, toutes les armes, pour servir son amour. Voici le manifeste de Simone – sans doute un contre-exemple aux yeux des féministes : « Aimer un homme, ce n'est pas seulement faire avec lui les gestes qui provoquent la volupté (cela, c'est un plaisir parfait, mais ce n'est pas *tout* l'amour...). Aimer un homme, c'est le seconder, le servir, lui être dévouée comme un bon chien fidèle, simplifier sa vie. Mon chéri, il faut que mon caractère soit désormais aussi docile que mon corps sait l'être dans vos bras. »

Son désir le plus vif, c'est d'être « Madame Toi [1] ».

Avec un pareil programme, elle s'est tout de suite fait une alliée de sa (future) belle-mère. Mme Herzog a, depuis le début, soutenu Simone et encouragé son fils à l'épouser. Elle lui vouera une affection fidèle et maternelle, durant toute sa vie. Simone se montrera pour sa part très douce, inhabituellement généreuse à son égard. « La bonté de votre mère me touche infiniment. Elle m'a accueillie comme si j'étais l'une de ses filles [2]. »

En juin, à Neuilly, invitée pour le thé, elle fait la connaissance de Mme de Szymkiewicz et d'Alex. La présentation se passe bien, de part et d'autre du lit de Michelle, qui souffre de la grippe. Il n'y aura pas de heurts. Elle invite les Szymkiewicz à déjeuner chez elle, quelques jours plus tard. La famille, recomposée autour des enfants, commence à se souder.

En juillet, Simone se rend pour la première fois à La Saussaye. Elle y passe douze jours, qui furent selon elle enchanteurs. « Vivre auprès de l'homme que j'aime, au milieu d'une famille unie, c'est le plus grand bonheur que je puisse imaginer [3]. »

Fiancés, André et Simone ne veulent ni choquer les enfants ni brusquer l'ordre des choses. Ils continuent donc de mener jusqu'à leur mariage des vies séparées. Ils se cachent même pour s'embrasser. Ils tiennent secrets les voyages (comme celui de Londres) qu'ils font ensemble. Ils ont peur que la nurse ou le chauffeur les dénoncent auprès de Michelle ou des petits – Fran-

1. Lettre du 5 janvier 1926.
2. Lettre du 10 juillet 1926.
3. Idem.

çoise, à nouveau malade et très affaiblie, passe plusieurs mois séparée de sa mère, au Cap-Martin. Simone l'y rejoint quand elle peut, quand André lui en laisse le temps.

Elle aurait aimé s'installer avenue Hoche, après son mariage, dans l'hôtel de sa grand-mère Caillavet. Elle a pensé qu'elle réaménagerait le dernier étage et vivrait au-dessus de chez sa mère, ce qui aurait été « très pratique » selon elle et « peu coûteux ». André n'a pas voulu. Il n'envisage pas de déménager. Il veut continuer d'habiter rue Borghèse. Elle n'a pas pu, malgré ses efforts, le faire changer d'avis. Tout ce qu'elle a obtenu, c'est qu'il entreprenne quelques travaux. Car elle refuse de s'installer chez Janine (au rez-de-chaussée), dans l'appartement en l'état, de dormir dans sa chambre, comme de s'approprier la méridienne – objet sacré ! André a, sur son idée, accepté d'installer leur future vie au premier étage. Elle y aura sa chambre (bleue), contiguë à celle d'André, qui communiquera avec la sienne par une porte dérobée.

A Essendiéras, les peintres et les maçons, les menuisiers sont là aussi sur la brèche. Jeanne Pouquet fait réaménager une partie de l'étage à l'intention du futur ménage.

Simone est désolée de quitter le boulevard Malesherbes, où va lui succéder le jeune couple Flers (François, le fils de Robert, vient de se marier). Elle laisse à regret, derrière elle, ce XVIIe arrondissement, où s'est déroulé son passé. Et elle tremble d'arriver à Neuilly, à la lisière du Bois, dans cet appartement funèbre où André a tenu à rester, parce que sa femme y est morte et que ses fils y sont nés.

Le 6 septembre 1926, à la petite mairie de Saint-Médard-d'Excideuil, Simone de Caillavet épouse Emile Herzog, dit André Maurois.

Le maire est l'oncle de Simone, le frère de sa mère, Pierre Pouquet.

Les deux témoins sont, pour elle, Robert de Flers, pour lui, Guillaume Hanotaux. Deux Habits verts, en tenue d'apparat.

Mme veuve Pouquet, la grand-mère, Jeanne et Maurice Pouquet assistent à la bénédiction nuptiale que l'abbé Mugnier donne aux jeunes époux, à la sacristie de l'église voisine. Il a déjà marié Jeanne, il mariera un jour Michelle Maurois. Il est lié à la famille sur trois générations.

Les enfants d'André sont restés à Hendaye, avec Nanny. Mme Herzog est également absente : souffrante, elle n'a pas pu quitter Elbeuf.

Robert de Flers prononce un discours très émouvant. Guillaume Hanotaux, qui est un joyeux personnage, se charge d'animer le déjeuner, copieux comme il se doit en Périgord et où l'omelette aux truffes, le confit d'oie, le clafoutis aux fruits font partie des traditions. Simone, bien sûr, n'y goûte que du bout des lèvres. Elle est rayonnante, dans sa robe de mousseline ornée de roses; un long collier de perles s'enroule autour de son cou.

Vers la fin de l'après-midi, on se dirige vers le cimetière. C'est là, devant la tombe de Gaston, que seront prises les photographies. Simone et Robert versent des larmes amères.

La jeune femme est pourtant heureuse. Mariée à l'homme qu'elle aime et qu'elle a beaucoup désiré, qu'elle a peiné à conquérir, elle l'écrira le soir même à Alice Herzog : « Ma Très chère mère..., C'est le plus beau jour de ma vie. »

Tu, vous et nous...

Les débuts seront pourtant difficiles. Simone se voit d'abord refuser le voyage de noces : le couple passe une nuit à Bayonne, avant de rejoindre les trois enfants d'André à Hendaye. Une deuxième déception l'y attend : son mari ne souhaite pas que ses enfants appellent sa seconde épouse « Maman ». Le mot appartient à Janine jusqu'à la fin des temps... Ils l'appelleront « Simone » et les deux garçons, du moins au début, « Tante Simone » ! Le nom de « Mère », souvent adopté pour les belles-mères, lui est refusé. Elle les tutoie, les nomme « chéri », ou « mon chéri » – « ma chérie » : ainsi débutent ses cartes postales à Michelle –, tandis qu'ils la vouvoient. De même que Maurois.

S'il tutoyait Janine, il tient à vouvoyer Simone. Il n'accepte de la tutoyer que dans l'intimité de la chambre à coucher. En public comme devant les enfants, devant leur propre famille, ils se disent « vous » à sa demande. Il a fermement insisté. Elle, de son côté, aurait aimé lui dire « tu » à tous les moments de la vie. Elle a fini par prendre goût à ce jeu subtil qui consiste à se tutoyer dans le domaine exclusif de l'amour. Dans ses lettres, respectueusement adressées à un « vous » qui garde les distances, elle passe au « tu » avec naturel, dès qu'il s'agit de tendresse. Elle prie André et parfois le supplie d'en user et abuser. Le « tu » l'émeut, le « tu » l'inspire. Il est entre eux signe de sensualité et de bonne entente, il porte à lui seul le message d'amour ou de réconciliation. C'est du moins ce qu'elle lui explique. En 1927, alors qu'il s'apprête à partir pour l'Amérique : « André, il faudra m'écrire *tu* pendant ce voyage. Je vous jure de ne jamais vous tutoyer en public, vous avez horreur de ça, je sais. Mais notre tutoiement furtif et doux des moments secrets, pourquoi ne pas me le donner dans vos lettres ? Ça me ferait plaisir. A une telle distance de moi, de mon corps, c'est la *seule* caresse que tu puisses me donner... »

S'étant un jour disputés, elle lui demande de lui écrire une lettre tout entière au « vous », s'il est toujours fâché, au « tu » s'ils sont réconciliés : le « vous » du monde-monde et de la dignité est donc aussi le pronom des brouilles, des dissensions, des désaccords, tandis que le « tu » évoque invariablement l'union, la communion. « La chambre..., écrit Simone. La chambre où, la veille, vous étiez avec moi, André chéri... Nous nous sommes bien aimés hier soir... Nous étions tristes, émus, fatigués, mais nous étions tout de même des amants heureux... Vous vous êtes uni à moi si tendrement... Vous disiez : Je t'aime... Je n'aime que toi... Tu es faite pour moi... » Pour Maurois, nul ne doit être témoin d'un pareil accord. Il s'interdit de dire « tu » à Simone comme si leur intimité était coupable ou scandaleuse.

Elle a un faible pour le « tu » et aime encore plus employer le « nous » : elle rêve qu'il va remplacer définitivement le « toi et moi », lorsqu'ils auront fusionné. Le « nous » c'est le sceau du couple, la promesse d'un avenir commun, indissocié.

Le retour de la tribu Maurois – l'expression est de Simone – rue Borghèse, début octobre, glace le cœur. Avec ses fleurs blanches et ses photographies immuables comme des ex-voto, l'appartement appartient d'évidence à une autre et Simone s'y sent une intruse. Elle viole un territoire. On trouve sous sa plume les mots de « sacrilège » et de « profanation ». Elle ne peut ni déplacer un objet ni changer l'eau d'un vase sans craindre les foudres de la femme qui l'observe sans doute depuis l'au-delà, ou bien la colère d'André, que son récent mariage n'a rendu que plus sensible à la torture des souvenirs. Etrangère dans le décor, mal à l'aise dans les meubles et les couleurs qui ne sont pas les siens, elle vit sous le regard insistant, obsédant, de Janine, qui la suit d'une pièce à l'autre, du salon à la bibliothèque et, en passant par les trois chambres d'enfants, jusqu'à celle d'André, sans répit.

L'installation au premier étage, dans une chambre toute neuve, lui apparaît comme une maigre victoire... Simone peine à apprivoiser la maisonnée. Les deux petits, qu'elle appelle Maurois I et Maurois II, sont indisciplinés et capricieux mais avides de caresses – Simone peut espérer remplacer auprès d'eux la mère qu'ils ont trop peu connue. Michelle se montre plus rétive à ses tentatives de rapprochement, à son autorité comme à sa tendresse. Elle se réfugie dans ses rêves, ou auprès de la photo de Janine qui ne quitte pas son chevet. Peut-être est-elle jalouse de cette femme qui lui vole un père, devenu depuis la mort de sa mère plus proche et plus tendre, et dont elle peut croire que son second mariage va l'éloigner à nouveau... Maladroite dans l'affection dont elle veut faire preuve, Simone ne parvient pas à conquérir le cœur de Michelle. La petite fille s'arc-boute sur le souvenir d'une mère, qu'elle veut défendre contre l'oubli, contre l'injustice même de la vie. Cela la rend souvent très sombre.

La nurse ni les domestiques ne vont faciliter la tâche de Simone. Ils lui rappellent sans cesse « ce que Madame disait », « ce que Madame faisait »... Ils la renvoient impitoyablement au modèle de cette maîtresse de maison à laquelle ils peuvent faire dire tout ce qu'ils veulent – elle n'est plus là pour protester. Simone ne peut ni commander ni espérer influencer personne. Dans la maison, elle subit au contraire les goûts ou les opinions des uns et des autres, tous ligués contre elle dans le souvenir de Janine. Son mari, les enfants, la nurse (la fidèle Nanny Crocker), le chauffeur (Georges) et la cuisinière (Emilie, que les enfants appellent Mammy Georges, parce qu'elle est la femme du chauffeur) : ils regrettent le temps de Janine, ce temps où tout était parfait...

Simone se voit triplement frustrée du rôle de maîtresse de maison, du rôle de mère, et même de celui d'épouse puisqu'elle ne sera jamais qu'« un pâle reflet » de ces trois conditions d'une même femme idéalisée. André l'en avait avertie, à l'époque de leurs fiançailles : « La vérité c'est qu'un homme, sous des apparences diverses, aime toujours la même femme. Les autres, qui ne voient que les faits, peuvent le juger infidèle à un souvenir. Il sait bien, lui, que c'est pour préserver le meilleur de lui-même, sa capacité de dévouement et de tendresse, qu'il cherche sous une forme nouvelle ce qu'il a tant aimé sous une autre. » (12 août 1925.)

Elle a beau lui être devenue indispensable – « J'ai de vous un besoin bien étonnant. Quelquefois j'ai peur que cela se voie » (12 août 1925) –, il cherche à protéger la mémoire de Janine. C'est chez lui un souci constant. A-t-il seulement conscience de la dureté de ses paroles lorsqu'il écrit à Simone, à propos de sa précédente épouse, le 29 août 1925 : « Je suis certain que c'est servir sa mémoire que d'essayer de la reconstruire en vous. »

Il le reconnaîtra, à la fin de sa vie : il avait espéré que Simone ressemblerait à Janine et qu'à force de volonté de sa part comme de la sienne ils parviendraient ensemble à fixer le mirage d'un même être, dans son immortelle continuité. « J'avais formé l'étrange projet de faire glisser mon second mariage dans ma vie quotidienne sans rien changer à celle-ci [1]. » Simone devra accepter les habitudes, devenues lois sacrées, de la rue Borghèse, supporter le parfum des fleurs, les caprices des trois enfants, et, à table, les desserts au chocolat dont son régime la prive.

Il lui faudra des années pour imposer son style, ses menus, ses horaires. « J'ai horreur de tout ce qui pourrait ressembler à une profanation », écrit-elle à Maurois le 19 octobre 1926. Sans rien détruire de ce qui était Elle, du joli cadre que la première Madame Maurois avait composé, Simone va superposer un autre décor, qui se révélera « homely » comme elle dit, « cosy » c'est-à-dire confortable. Ce cocon à l'anglaise, agréable et pratique à vivre, elle le concevra surtout, pour plaire au maître de maison. Le confort d'André présidera à tous les changements.

« Je pense tout le temps à votre femme. Personne, si ce n'est vous, ne pense à elle autant que moi. » (19 octobre 1926.)

« Je suis une espèce de Mme de Maintenon, venant après la Reine. »

Malgré les réticences et les oppositions, Simone va imposer son règne morganatique. La photographie de Janine continuera de trôner sur le piano du salon mais, peu à peu, une autre histoire va se construire. Janine avait le génie de l'amour, Simone aura celui de la patience. Elle va tisser sa toile, pendant quatre ans, dans cet appartement de la rue Borghèse, habité de mauvaises ondes et qui porte malheur. Quatre ans marqués par beaucoup de souffrances amères.

On le voit d'après ses lettres, postées de Londres ou d'Italie, de Pontigny, du Midi, ou de Normandie, puis à nouveau d'Oxford ou de Cambridge et bientôt des

---

1. *Mémoires*, p. 185.

Etats-Unis où il va effectuer, à l'automne 1927, un périple de deux mois (le premier d'une suite ininterrompue de visites outre-Atlantique) : Maurois voyage beaucoup et, souvent, sans Simone. Il ne reste jamais longtemps « à la maison ». Il a contracté le virus des déplacements. A cette frénésie de voyages, il ne donne qu'une explication : son travail. Il voyage pour se documenter, pour trouver une inspiration ou pour donner une conférence – dès 1927-1928, il devient l'infatigable voyageur des lettres, le routard de son œuvre au long cours. La province et l'étranger – surtout les pays anglo-saxons – se disputent sa présence. Il est très demandé, déjà, très apprécié. Il le sera de plus en plus, les années passant.

Ses romans restent franco-français, ancrés dans les paysages qu'il connaît – la Normandie, le Midi et désormais le Périgord, qu'il va faire entrer dans l'œuvre avec *L'Instinct du bonheur* (1934). Ce sont ses biographies qui l'éloignent de son cercle familier et le conduisent vers des pays étrangers, aux sources mêmes de ses histoires. Après *Shelley*, après *Disraeli*, Maurois qui poursuit parallèlement à ses romans une œuvre d'historien, travaille à un *Byron*. Cette troisième biographie, sous le signe de l'Angleterre, l'amène à passer encore de longs séjours outre-Manche. Il est à Londres, à Oxford, à Newstead..., où a vécu son personnage, il remet ses pas dans les siens. Il ira aussi à Venise et en Grèce, mais c'est en Angleterre surtout qu'il va fouiller les bibliothèques, les archives privées, les fonds des vieux journaux. Alors, Simone l'accompagne et collabore à ses recherches. Pour Byron, il a eu accès à de nombreux documents inédits et notamment au Journal de lady Byron (née Anne-Isabelle Milbanke) que sa petite-fille par alliance, lady Lovelace, lui a permis de consulter. Ensemble, Simone et lui passeront des jours, des nuits, à déchiffrer des lettres, des billets, où tant de secrets sont consignés, tant de vérités enfouies – Maurois va notamment défendre la thèse des amours incestueuses du poète avec sa demi-sœur, Augusta Leigh.

Pour chacune de ses biographies, l'écrivain se veut en permanence sur la brèche. À la poursuite d'un coin de ciel, d'un point de vue, d'un éclairage, qu'il pourra ensuite décrire en quelques lignes, en quelques pages, ou d'un vieux papier témoin d'une vie écoulée, Maurois est nomade par nécessité. Mais il l'est aussi par goût, pour fuir les lourdeurs du quotidien et trouver loin de chez lui la paix nécessaire à son travail. De l'usine d'Elbeuf au foyer de la rue Borghèse, il doit gérer toutes sortes de cas particuliers, des conflits et des crises. Le textile, après-guerre, souffre d'une pénible reprise économique. Des mouvements sociaux, consécutifs aux drames de la guerre, à la difficulté pour tous de réintégrer les rigides structures d'une époque dépassée ou d'en créer de nouvelles, rendent plus ardu le métier de chef d'entreprise. Un métier que Maurois n'avait choisi que par sacrifice à l'esprit de famille – comme son personnage Antoine Quesnay.

Quant à la maison, elle implique elle aussi des charges et des devoirs. Pourvu d'une nombreuse famille, où les personnalités se heurtent, où des inimitiés, des jalousies, des rivalités créent chaque jour des menaces qu'il est seul à pouvoir régler, il doit faire face à toutes sortes de problèmes : non seulement l'éducation de trois enfants mais le souci que donne la quatrième (Françoise est de plus en plus malade : le foie, l'intestin, les poumons se détériorent de la manière la plus inquiétante) ; la nécessité de faire vivre une nombreuse maisonnée ; les demandes d'argent réitérées des Szymkiewicz, toujours aussi avides ; la fragilité de sa propre mère dont il suit les affaires depuis la mort de son père ; les querelles de famille qui l'opposent aux maris de ses sœurs et en particulier à Jean-Richard Bloch, avec lequel il ne s'entend pas du tout. Sans compter les turbulences de Simone avec le clan Pouquet...

Le climat est lourd rue Borghèse, peu propice en tout cas à l'écriture. Maurois y perd sa concentration, son énergie, et jusqu'à l'élan créateur. Les voyages, qui lui permettent d'échapper aux soucis domestiques et familiaux, ressemblent à des vacances. Même s'il travaille beaucoup, il ne se préoccupe plus alors que de ses livres. Lorsqu'il quitte Neuilly, il ne pense plus qu'au personnage qui sera le centre de sa biographie future ; il peut vivre débarrassé de lui-même, d'égal à égal avec Disraeli, avec Byron. C'est ce qu'il préfère au monde, cette communion avec un Grand Homme, de préférence un poète ou un homme d'Etat qui traite la politique en poète, un Homme qui vous tire très haut au-dessus des banalités et des conformités de la vie commune.

Dès les premières années de leur mariage, Simone s'emploie à devenir la secrétaire idéale dont il rêvait. Elle ne se contente pas de taper les manuscrits à la machine – tâche épuisante et monotone. Elle a un coup d'œil aigu et un jugement avisé. Il peut la consulter : ses avis sont souvent astucieux. Infatigable, passionnée par tous les sujets qu'il traite, elle partage les difficultés et les bonheurs du biographe comme du romancier. Témoin des fulgurances et des repentirs, elle voit l'œuvre s'élaborer au fil des jours, à travers brouillons, ébauches et corrections. Elle souffre avec Maurois sur les pages qui résistent, elle se réjouit avec lui quand la plume glisse avec aisance sur le papier. Il lui arrive de lui suggérer une correction, de lui indiquer timidement une piste, et même de lui trouver l'idée d'un nouveau chapitre. Elle l'a aidé à traduire de nombreux documents sur Byron, qui a marqué leur première collaboration en fusion. Entièrement concentrée sur l'Œuvre, qui est son permanent souci, elle ne s'éloigne à aucun moment du livre en cours. Elle a placé sa vie – toute sa vie – sous le signe du travail.

« Les heures de travail m'ont ravie, écrit-elle l'été 1926 (après le premier séjour en Normandie). Quand vous me dictez un chapitre, j'ai l'impression d'être au service de votre génie; il me semble que votre intelligence traverse mes mains; les phrases parfaites descendent de votre esprit sur le papier en passant à travers mes doigts. Cela me donne la sensation d'une union très profonde avec vous, André... »

Le 9 juin 1928, Simone accouche prématurément, d'un enfant mort-né : un fils. Il devait s'appeler Alain... « J'ai recommencé trois fois cet Alain, dira-t-elle [1], et toujours avec des résultats désastreux. »

Des grossesses difficiles. Des vomissements incoercibles. Des fausses couches. Du lendemain de son mariage jusqu'à sa dernière opération – elle aura failli mourir –, en 1930, elle vit dans l'obsession d'une maternité impossible. Donner un fils à Maurois : toutes ses tentatives vont échouer. Elle n'aura que des *dreamchildren* : c'est elle qui l'explique, en anglais – le petit Alain, cet enfant de ses rêves, habite « The land of those who might have been », Le pays de ceux qui auraient dû être et qui n'ont pas été.

Chaque grossesse la rend à son anorexie et l'aggrave de troubles nerveux. Ceux-ci se traduisent par d'inquiétantes poussées de fièvre, des vomissements répétés, chroniques, que les plus puissants antivomitifs ne parviennent pas à stopper, et par une impossibilité à se nourrir. Elle sera obligée de garder le lit, se verra interdire les déplacements, les voyages et ainsi du plus grand plaisir de la vie – pour elle, accompagner Maurois partout, ne pas le quitter une seule seconde. Le voir partir pour deux mois pour l'Amérique lui est une souffrance, mais elle est alors enceinte et, déjà, incroyablement fatiguée. Plusieurs fois hospitalisée, nourrie au sérum glucosé, elle est incapable de

1. Lettre à Emile Deléage, 26 mars 1935.

conduire à terme la vie de ce petit être qu'elle espère de tous ses vœux, mais que son corps rejette. Superstitieuse, elle aurait pu se croire ensorcelée. Elle n'enfante que des fœtus ou des bébés mort-nés.

Les plus grands médecins vont échouer devant son cas et soulèveront la probabilité d'une hérédo-syphilis. Mais l'attitude mentale de Simone et en particulier son anorexie – elle finira par en mourir – comptent pour beaucoup dans ces grossesses de cauchemar. Trois médecins se relaient près d'elle pendant quatre ans pour essayer de l'aider à conduire à terme ses tentatives de maternité. Ils se réunissent parfois à son chevet : elle leur offre sans doute de passionnantes réflexions sur leur art ! Mais ni son généraliste, le docteur Maurange, ni son gynécologue accoucheur, le docteur Chomé, ni le célèbre chirurgien, le docteur Martel – Thierry de Martel (fils de la romancière Gyp) est un des proches amis du couple –, ne trouveront de solution heureuse à son problème.

Pour fêter Noël, en 1929, la famille se réunit à Villard-de-Lans, une petite station des Alpes, à 1050 mètres d'altitude. Françoise y est soignée depuis un an, dans un centre de séjour « pour enfants délicats et convalescents, non contagieux », l'Etablissement de l'Adret. Simone n'a pas vu sa fille depuis l'été. Elle a délégué à sa mère, aux médecins et aux infirmières le soin de rendre la santé à une enfant particulièrement affaiblie. Françoise, qui adore ses frères, joue avec eux, les regarde courir dans la neige puis rentre les attendre avec impatience, près du sapin décoré de bougies, de guirlandes, dans le salon que réchauffe un feu de cheminée. Maurois, quand tombe le soir, vient leur raconter des histoires. Il aime cette petite fille, pensive, que la maladie a étrangement mûrie. Elle écrit à sa mère des lettres où il est question de Dieu, de justice, de malheur. Il sait qu'elle tient son journal. Quand la voix du conteur s'élève, les enfants se taisent pour l'écouter. Il évoque des personnages imaginaires, des très gros, des très maigres, et des drôles d'aventures, qui se terminent bien. Les enfants mettent leur grain de sel : il leur demande souvent d'intervenir, il les fait entrer dans son histoire merveilleuse, il leur en donne les clefs.

Elle paraîtra l'année suivante en librairie, illustrée par Jean Bruller (le romancier Vercors, futur auteur du *Silence de la mer*), sous le titre de *Patapoufs et Filifers* [1].

Deux garçonnets, copiés sur Gérald et Olivier, en sont les héros. Ils s'appellent Edmond et Thierry Double. Le premier a de grosses joues, des gros mollets, comme Gérald, et le second n'a jamais faim et ne veut jamais rester assis à table, tout comme Olivier. Ils s'entendent très bien, malgré leurs différences, surtout pour faire des bêtises. Un jour, dans la forêt de Fontainebleau, tandis que leur père – Monsieur Double – lit sous un arbre, ils tombent dans un trou, sous un rocher, et glissent jusqu'en bas de la terre, où ils vont découvrir les deux peuples ennemis des Patapoufs et des Filifers...

Ce petit livre, aux couleurs toniques, rebondit d'aventure en aventure, et comporte mille trouvailles, d'une irrésistible et tendre drôlerie. Ce n'est pas la première fois que Maurois raconte une histoire à des enfants. C'est même une de ses distractions préférées, quand il est avec eux. Deux ans avant *Patapoufs* a paru chez Hachette, illustré par Adrienne Ségur, *Le Pays des trente-six mille volontés* [2]. Dédié à Michelle, Maurois l'a écrit avec sa fille, sur une idée qu'elle lui a soufflée – tout comme son précédent *Meïpe* [3].

Nanny, un soir, avait dit à la fillette qui ne voulait pas aller au lit : « Les enfants ne font pas leurs trente-six mille volontés ! » Elle a donc imaginé ce féerique pays, où – comme à Meïpe encore – tout est permis.

---

1. Hartmann, 1930.
2. Hachette, 1928.
3. Voir la note p. 273.

C'est d'autant plus facile d'y faire ce qu'on veut, que les adultes en sont exclus – ainsi que les trop bons élèves, les premiers de la classe et les enfants modèles. On y accède avec des ailes et une baguette magique, après un examen d'entrée, où toutes les questions sont idiotes et les réponses truquées. Michelle s'est mise elle-même en scène, sous son vrai nom, avec ses meilleures amies du Cours Dieterlen, Odette et Eliane, et ses deux frères. Mais il y a d'autres personnages, amusants, exotiques, notamment M. Honteuzékonfu – « le Corbeau de service » –, qui fait passer l'examen et dit tout le temps *je croa*, *je croa*... M. Damourtendre – « le Pigeon de service » –, *Rrou*, *Rrou*..., qui enseigne l'art de voler et vous remet le plan du Clos. Mlle Céleste – l'habilleuse –, qui découpe les robes des futures fées dans des morceaux de ciel. Et, bien sûr, la Reine des Fées qui est une gentille folle, capricieuse, instable et qui, par plus d'un trait, ressemble à Janine...

A Villard-de-Lans, ce Noël-là, Simone peut croire le bonheur à portée de main. Enceinte pour la quatrième fois, elle espère agrandir et consolider cette famille qu'elle regarde s'épanouir autour d'André Maurois. Les journées, il les consacre au manuscrit de *Byron* [1], dont il relit la dernière version, tapée et mise au point par Simone, très fière d'avoir été sollicitée à toutes les étapes – de la documentation à la dactylographie, elle a été plus d'une fois consultée et même impliquée dans cet énorme travail. Entre les heures consacrées à l'étude et les douces soirées près du sapin de Noël, l'accord lui a semblé parfait. « Je reste émerveillée de ma délicieuse aventure, lui dira-t-elle. Ce qui domine en moi, c'est la gratitude, c'est la stupéfaction. Com-

1. Grasset (Cahiers Verts), 1930, en 2 volumes.

ment (étant donné l'homme-toi), comment est-ce que cela a pu m'arriver, à moi ? Tu es un grand génie, je suis laide et insignifiante. Et pourtant, cela est... je suis ta femme [1]. »

Lui se laisse émouvoir par d'étranges coïncidences, dont il n'ose parler à Simone. Le soir, lorsque Françoise, assise parmi ses enfants, le regarde et l'écoute, avec ses grands yeux étonnés et reconnaissants, il ne peut s'empêcher de la comparer à Allegra, la fille de Byron et de Claire Clairmont... Elle aussi malade, elle aussi abandonnée, elle a connu un sort tragique, qu'il a peiné à raconter et qui revient le hanter, dans ce décor à la fois grandiose et désolant de Villard-de-Lans. Un sombre pressentiment, qu'il veut attribuer à l'écriture de son livre, au nécessaire amalgame qu'un écrivain opère entre la vie et le roman, le tourmente lorsqu'il quitte la station, avec sa femme et ses enfants. Debout, sur le perron de son hôpital de luxe, la fillette, en larmes, agite désespérément vers eux sa petite main. Il a pensé à Allegra, à ses yeux bleus, à son teint de marbre – morte à cinq ans et demi de froid ou de tristesse.

Le retour à Paris va confirmer ses craintes. Simone cesse de s'alimenter : selon le scénario habituel, alors qu'elle est enceinte de trois mois, elle est prise de vomissements violents, qui durent du matin au soir. Elle ne peut absorber aucune nourriture, aucune boisson. En quelques semaines, elle se voit réduite à l'état de squelette. Comme les médicaments ne peuvent améliorer son état, le docteur Maurange la fait transporter à la clinique de la rue Piccini pour essayer un traitement héroïque : isolement absolu dans une chambre plongée dans l'obscurité, interdiction de toutes les visites (sauf celles du mari), et une nourriture au goutte-à-goutte. Le 29 janvier (un mercredi), les trois médecins réunis (Maurange-Chomé-Martel)

1. Ecrit par Simone en note d'une lettre d'André Maurois du 1er septembre 1925.

débattent autour du corps décharné de Simone, qui continue à vomir et à dépérir, puis ils décident d'intervenir. Sa vie est en danger. A onze heures du soir, Thierry de Martel opère un curetage, qui mettra fin à la quatrième et dernière grossesse de sa patiente. Quelques jours plus tard, il lui demande de ne pas renouveler ses malheureuses tentatives : « ces chocs répétés ne pouvaient m'être que nuisibles [1]... »

Elle est toujours alitée rue Piccini, lorsque, une semaine plus tard, le mercredi 5 février, un télégramme parvient à André Maurois, dans la soirée. Il apporte des nouvelles alarmantes de Villard-de-Lans : la petite fille a eu une sévère hémorragie, elle est entrée dans le coma. Le lendemain matin, à l'aube, un second télégramme explique que tout a été tenté, ballons d'oxygène et transfusion de sang, mais que la petite fille est décédée. Maurois va devoir aller annoncer sa mort à Simone.

Kiki est morte toute seule, loin des siens, comme Allegra, au couvent de Bagnacavallo, près de Ravenne... Byron l'y avait lui-même conduite puis abandonnée. Maurois croit revivre la scène horrible qu'il a décrite il y a quelques semaines... Avant d'entrer en agonie, Kiki avait demandé la photographie de ses frères, qu'elle adorait.

Peut-être une phrase revient-elle à la mémoire de Simone, dans ce moment de chagrin... A Villard-de-Lans, l'été précédent, lors de la première visite de « la tribu », Françoise s'était renfrognée. Elle avait dit – au grand étonnement de sa mère : « Moi, personne ne m'aime ! » Il avait fallu plusieurs jours pour l'apprivoiser. Simone, préoccupée de donner à Maurois tout le bonheur possible, n'a pas du tout compris le drame de sa fille. Pour preuve cette lettre, joyeuse et optimiste qu'elle a écrite à son mari, l'été 1929, et où se tient cette remarque : « Elle est étrange, Françoise ! Elle

1. Lettre à Emile Deléage, 26 mars 1935.

joue, elle rit, elle s'amuse avec vos fils. Puis, si l'on parle du départ, du voyage en Amérique, son visage s'assombrit, prend une expression dure, et elle s'écrie : " Moi, personne ne m'aime " [1] ! »

Simone ne pouvant quitter son lit d'opérée, c'est André Maurois qui se rend à Villard-de-Lans. Il organisera le transfert du corps jusqu'à Essendiéras, puis les obsèques. Il suivra le petit cercueil, seul, avec Jeanne et Maurice Pouquet. Aucun membre de la famille Stoïcesco n'assiste à l'enterrement. La petite fille reposera au cimetière de Saint-Médard-d'Excideuil, près de Gaston de Caillavet, dans une tombe sur laquelle Maurois a fait graver :

Françoise Maurois
1920-1930.

A-t-il voulu donner à Simone une preuve de son amour ? Ou à la petite fille une reconnaissance posthume, après son exil prolongé ? Le nom de Stoïcesco est effacé – Kiki est enterrée sous celui de son beau-père. « Mon mari fut admirable de dévouement », dira Simone. « Il aimait tendrement Françoise. Il la traitait comme les trois autres, c'est-à-dire comme son propre enfant [2]. » Cet hiver-là, le funeste hiver de 1930, Simone aura perdu deux enfants en même temps... La petite fille, qui n'avait pas dix ans, va rejoindre dans l'au-delà, « au pays de ceux qui auraient pu être et qui n'ont pas été », le premier Alain, mort-né, et les trois autres, ses « frères inachevés ». Elle formera avec eux la famille de l'autre monde, celle des rêves brisés ou avortés.

Pour Simone, qui restera discrète sur cette blessure, ce qui importe désormais c'est la famille vivante, celle qu'elle forme avec Maurois et avec « leurs » enfants. Elle tient à ce possessif commun. Après la mort de Françoise, après les échecs de ses quatre grossesses, elle

1. Lettre à André Maurois, 14 septembre 1929.
2. Lettre à Emile Deléage, 26 mars 1935.

adopte les enfants de son mari. Elle les adopte d'abord par l'esprit, par le cœur. Elle s'occupera plus tard des démarches officielles qui feront d'elle la mère légale des enfants d'André. La seule chose qui restera impossible, c'est le nom de « Maman ». Celui-là ne lui sera jamais donné.

« Le beau corps de Janine a été le moule dans lequel ont été coulés *mes* petits garçons » : voilà ce qu'elle écrit à Emile Deléage, le 26 mars 1935 – c'est elle qui souligne le *mes*. Elle n'ose pas encore parler de Michelle, qui a plus de mal à accepter de la reconnaître, elle, dans ce rôle de mère adoptive.

Elle dira aussi, dans la même lettre : « C'est quand j'ai recueilli les enfants de Janine que je suis devenue épouse et mère. Elle a payé mon dévouement au prix de sa vie. Nous sommes quittes. »

La famille est très importante à ses yeux. Elle est indissociable du couple qu'elle forme avec Maurois. Elle en est même un des fondements. « La théorie de la voix du sang n'est que verbiage et mélodrame », dira-t-elle. De même que Maurois considérait Françoise comme sa fille, elle veut aimer les fils et la fille de Maurois, avec la même tendresse, avec le même dévouement. Elle n'hésitera pas à tenir devant un étranger – elle connaît à peine Emile Deléage, le pharmacien de Lyon, qui souhaitait écrire une biographie de Maurois – des propos audacieux, qu'on peut juger pernicieux et scandaleux, ni à lui révéler les plus graves secrets de la famille : « En fondant une famille nombreuse, lui écrit-elle, nous avons créé un groupe humain homogène. Michelle (de beaucoup la plus remarquable des quatre) est une demi-Juive ; Françoise était sujette roumaine ; Gérald est un Anglo-Polonais ; dans les veines d'Olivier coule le sang royal des Bourbon d'Espagne... Et pourtant de ces origines contradictoires, nous avions réussi à faire, pendant quelques années (jusqu'à la mort de l'une d'entre eux), “ les quatre petits Maurois [1] ”. »

Elle ne sera jamais indulgente pour le passé amoureux de la femme qu'elle remplace désormais. Elle ne manquera pas une occasion de « dénoncer » Janine et de montrer du doigt, avec méchanceté, sa légèreté, ses trahisons, ses adultères. Elle ne le fera qu'en dehors de la présence de Maurois qui ne tolère pas les moindres atteintes à la mémoire de sa première femme et qui, de toute façon, déteste qu'on se montre trop bavard, injurieux ou cancanier – or, Simone est souvent tout cela à la fois. Devant lui, elle se surveille et contient son langage. A l'extérieur, elle se laisse malheureusement aller à des défauts qu'elle a hérités de sa mère – Jeanne Pouquet se complaît dans les pires ragots.

Selon Michelle, qui l'écrit en marge d'une lettre de sa belle-mère [2], Simone aurait, en cachette d'André Maurois, révélé aux deux fils de Janine leurs origines adultérines. Gérald et Olivier vont apprendre de sa bouche que Maurois n'est pas leur vrai père, quoiqu'ils portent son nom. Leur affection pour lui n'en sera en rien entamée. Jusqu'à la guerre, ils se nommeront fièrement Gérald Herzog et Olivier Herzog, et ce sont eux qui, par la suite, demanderont à se faire appeler Maurois. Ils ne porteront jamais le nom d'un autre homme, père réel ou supposé.

Quant à Simone, elle accordera sa préférence au plus jeune d'entre eux. Est-ce parce que « dans ses veines coule le sang royal des Bourbon d'Espagne » et qu'elle a toujours eu un faible pour les grands de ce monde ? Ou parce qu'il ressemble le plus à Janine, dont il a hérité la blondeur, le charme, mais aussi l'extrême fragilité ? Il sera comme elle malade, un jour, très malade, victime de ces crises maniaco-dépressives qui avaient conduit sa mère dans une clinique psychiatrique.

1. A Emile Deléage, 26 mars 1935.
2. Idem.

Michelle, qui fut témoin de la délation de Simone, se tiendra toute sa vie, autant qu'elle le pourra, à distance de cette Seconde épouse, au sombre regard.

A force d'application, Simone progresse dans le cœur d'André. En voici un témoignage, à la date du 12 mars 1927 – c'est la première vraie déclaration d'amour d'André à Simone. « Que vous me manquez, Simonetta, vous et les enfants et la maison... Mais que vous étiez gentille hier soir, chérie. Vous êtes vraiment quelqu'un de très bien. Cette confiance et cette intimité parfaites, si difficiles, elles sont possibles entre nous parce que vous m'aimez sans égoïsme. Et moi, de mon côté, chérie, je souhaite tant que vous soyez heureuse. Vous me demandez le bilan de ces six mois : il est simple; c'est que nous sommes passés de l'état d'amants fragiles, faciles à séparer, à celui de fragments d'un être unique que je ne conçois plus divisé.

« Simone chérie, c'est un succès. Les enfants sont heureux et je suis, moi, beaucoup plus heureux qu'il y a six mois. Et vous, vous voulez bien me dire que vous ne l'avez jamais été davantage. Tâchons que cela dure. Je vous aime et je vous embrasse, longuement. »

Ce succès conjugal ou familial, c'est l'œuvre de Simone : le résultat de sa patience, de son opiniâtreté et des attentions constantes qu'elle lui porte.

Il a cependant nécessité de sa part quelques intrigues, quelques manœuvres. Pour mieux occuper le terrain, elle se débarrasse, d'abord, des domestiques gênants. Elle renvoie Nanny Crocker, témoin non seulement de l'agonie de Janine mais de ses liaisons coupables, à laquelle elle reproche de compromettre l'honneur familial. Elle accuse la nurse de recevoir « des pourboires importants » de Gérard Wallis, auquel elle fixerait des rendez-vous, le dimanche après-midi, au bois de Boulogne, pour lui faire admirer les progrès de son « filleul »... « Dès que je fus informée de ces rencontres clandestines, que je considérai comme une faute grave contre mon mari, je déclarai à Nanny : " You are adding insult to injury ", je lui remis une indemnité de rupture et je la priai de quitter la maison [1]. »

Elle renvoie ensuite l'institutrice de Michelle (Fanny Abbott-Smith), qui était le professeur d'anglais de Janine, sous le prétexte que la petite fille la trouve trop sévère (Michelle démentira); et également l'ancien chauffeur de Janine (Georges est celui d'André). Elle écarte ainsi du cercle de famille les gens qui ont servi Janine, les plus dévoués à sa mémoire.

Le premier été passé à La Saussaye, en 1927, l'ayant convaincue de s'éloigner des lieux que la précédente épouse a habités et empreints de son style, elle encourage André à se détacher de la jolie propriété, de ses lilas et de ses roses. Sans son appui, il n'aurait pu prendre seul la décision de fermer la maison, d'en vendre ou déménager les meubles, puis de la louer. C'est chose faite, à un dénommé Pierre Lepicard, dès le printemps suivant : avril 1928. Les vacances, Simone et André les passeront désormais à Essendiéras, sur ses terres à elle, ou bien là où André voudra – en Bretagne, à Saint-Raphaël, ou en Angleterre, loin des souvenirs anciens.

Cette décision, Maurois ne s'y est résigné que parce qu'il souhaitait prendre ses distances avec Elbeuf, avec l'Usine. Le 1er janvier 1927, trois mois après son mariage, il démissionne des Etablissements Fraenckel-Herzog, laissant la gestion aux mains de ses cousins et « renonçant ainsi – dit Simone [2] – à des appointements fixes de 200 000 francs par an ». Il va se consacrer désormais à son métier d'écrivain. Quels qu'en soient les risques et même si la vie de la famille doit s'en ressentir sur le plan matériel – il a déjà fait l'expé-

1. Lettre à Emile Deléage, 26 mars 1935.
2. Lettre à Emile Deléage, 3 juillet 1935.

rience de livres mal vendus, qui coûtent plus qu'ils ne rapportent.

Dans cette aventure, l'appui de Simone compte beaucoup. Rien ne la séduit plus que de partager l'existence d'un écrivain. Elle voue à ce métier une admiration sans bornes ; elle en accepte les aléas. Elle est très heureuse que son mari se débarrasse de ses soucis de chef d'entreprise, quitte à en sacrifier les revenus. Elle ne lui reprochera jamais l'insuccès d'un livre : elle sait qu'une carrière d'écrivain peut être incertaine – même si son père lui a prouvé, par le montant de ses recettes, que la littérature pouvait être aussi une affaire lucrative. La location de La Saussaye, dont l'entretien était très onéreux, permettra à Maurois d'alléger un budget, sur lequel Simone veille avec la plus grande attention. « Au moment de mon second mariage, écrit-elle à Deléage, je fus abasourdie d'apprendre que cette minuscule propriété d'agrément constituait une charge fort lourde ! Impôts, assurances et budget de jardinage s'élevaient à environ 35 000 francs par an. Maurois fut d'accord avec moi pour arrêter les frais [1]. »

De son côté, elle affirme ne pas peser sur le budget du ménage. Elle s'en félicite : « Je mets un point d'honneur à ne pas être une femme entretenue [2] ». Financièrement autonome, elle a ses propres rentes, son propre compte en banque. Quant à Essendiéras, la propriété où ils passeront leurs vacances, elle est à l'entière charge de Jeanne Pouquet. Simone compte sur cet argument pour que Maurois se sente libre à son égard, déchargé d'une part de ses responsabilités.

En septembre 1930, la coupure avec les Etablissements Fraenckel-Herzog est définitive, lorsqu'il quitte le conseil d'administration. « Il rompt le dernier lien », dira sa mère [3].

1. Lettre à Emile Deléage, 25 août 1936.
2. Lettre à Emile Deléage, 15 janvier 1937.
3. Lettre à Emile Deléage, 3 juillet 1935.

Cinq ans plus tard, en 1935, La Saussaye – la maison de Janine –, où la famille n'est plus revenue depuis toutes ces années, sera vendue (à la famille Moussali). La roseraie disparaîtra, le petit bois retournera à l'état sauvage et le jardin, autrefois merveilleusement entretenu, ne sera plus qu'un terrain vague.

Entre-temps, les Maurois auront déménagé. Simone, qui a toujours détesté vivre rue Borghèse, obtient, non sans mal, que Maurois vende l'appartement et en achète un autre, sur l'avenue qui longe le Bois. A l'automne 1930, quelques mois après la mort de Françoise, le cercle de famille s'installe au 86, boulevard Maurice-Barrès (toujours à Neuilly) : un appartement au troisième étage, sans fantôme ni souvenirs.

Sa plus grande victoire, Simone l'obtient au cimetière de La Saussaye – et ce n'est pas étonnant, elle a toujours aimé les cimetières. Venu y déposer des fleurs – à une date-anniversaire de la mort de Janine (1931 ou 1932?) –, le couple Maurois se recueille devant la tombe de marbre blanc. Simone, tout à coup, dit :

« C'est affreux, cette inscription... " Madame Emile Herzog, née Jeanne-Wanda de Szymkiewicz "... Pourquoi avez-vous fait graver ce nom de Jeanne qu'elle n'aimait pas ? Et puis, pourquoi Madame Emile Herzog ? Pourquoi n'avez-vous pas fait inscrire : Madame André Maurois ? »

Il reste un moment silencieux. Puis :

« Madame Emile Herzog, c'est elle, dit-il.

« Madame André Maurois, c'est vous. »

Ce monstre aux yeux verts

En janvier 1929, Simone répond au jeu du questionnaire de Proust, auquel la soumet Michelle.

A trente-cinq ans, elle rêve de voyager, elle a peur de vieillir... Elle voudrait « être mineure », vivre toute l'année au soleil, en plein midi, pour un été perpétuel « à condition qu'il soit torride », et parcourir le monde, lancée à grande vitesse au volant de son auto – son animal préféré, c'est le cheval-vapeur. Pour musicien, elle choisit Wagner; pour dramaturge Shakespeare (à cause de *Hamlet*), pour poète Coventry Patmore et pour danseur Diaghilev. Mais elle n'a qu'un amour au monde : son mari. Dans le domaine conjugal, elle se montre passionnément exclusive.

« Personne préférée ? — Mon mari.

« (...)

« Votre auteur préféré ? — André Maurois.

« (...)

« Idéal masculin : — Voir plus haut à “ mon auteur préféré ”.

« (...)

« Qualités que vous demandez à votre futur mari : — Je ne compte plus me marier. Je m'en tiens à mon présent mari qui est parfait. »

Interrogée sur son « Livre préféré ? », elle a répondu, on s'en serait douté, bien sûr, *Climats* !

Ce roman, publié en 1928, lui est dédié. Sur la page de garde, un « A Simone », aussi simple que définitif, succède aux « A Janine », « A la mémoire de Janine » ou « In memoriam JHS » auxquels tous les livres de Maurois restaient jusqu'alors attachés. Le « A Simone » brillera à la devanture de tous les romans majeurs – *Le Cercle de famille* (1932), *L'Instinct du bonheur* (1934), *Terre promise* (1945)...

Mais *Climats* est le plus cher à son cœur. Non seulement parce qu'il sera le plus grand succès de son mari, vendu à des millions d'exemplaires à travers le monde, et qu'il deviendra un de ces Classiques dont la Littérature a parfois le secret, mais parce qu'il a été, selon sa propre expression, « taillé dans sa chair vive [1] ». Elle en a inspiré le personnage principal, Isabelle de Cheverny. C'est à Isabelle que le narrateur, Philippe Marcenat, raconte son histoire. Malheureux en amour, trahi et bafoué par la femme qu'il a aimée le plus au monde et qui est morte avant d'avoir pu vieillir (« Odile »), il trouve une consolation en épanchant son cœur auprès de cette seconde épouse (« Isabelle »), au nom aristocratique, aux racines paysannes. Mû par une logique inconsciente, néanmoins implacable, qu'il tente de s'expliquer à lui-même en écrivant à Isabelle, il la fait souffrir à son tour. Il la trompe, comme il a été trompé, il la torture comme il a été torturé. Il la livre aux démons de la jalousie, que Shelley appelait « ce monstre aux yeux verts ». Maurois a d'ailleurs été tenté de choisir ce titre-là.

Climats, c'est le roman de la jalousie. Construit en deux parties, qui portent chacune un nom de femme

1. Lettre à Emile Deléage, 18 mars 1935.

– « Première Partie : Odile » ; « Deuxième Partie : Isabelle » –, il peint d'abord la jalousie d'un homme qui se montre incapable d'affronter les mystères et les abîmes d'un cœur volage de femme (Odile), puis celle d'une femme (Isabelle), fidèle au contraire, solide comme un roc, et qui, animée par on ne sait quel bon sens, quelle extraordinaire sagesse, finit, elle, par vaincre le monstre aux yeux verts. Isabelle, quoique moins jolie, moins charmante ou charmeuse que la première et les pâles copies qui la suivront, aura raison de toutes ses rivales par sa patience, par son indulgence et son pardon. Elle saura ramener et ancrer au port l'homme infidèle, qui mourra bientôt, puni de ses frasques par la main toujours odieuse (ou juste ?) d'un destin vengeur.

Philippe Marcenat – le personnage a failli lui aussi donner son titre au livre – ressemble par plus d'un trait à André Maurois. Il possède sa douceur, son calme, cet aspect velours de sa personne. Comme lui, il a connu un premier amour malheureux, qui lui a laissé une inguérissable blessure. Il a fait un deuxième mariage qu'on pourrait appeler de raison, avec une jeune femme qui n'a pas su lui procurer les vertiges de la première. Si dangereuse et cernée d'ombres fût-elle, Odile-Janine (on la reconnaît dès les premiers traits de plume, avec sa légèreté, son irrésistible coquetterie, ses naïvetés, sa génétique inconstance), Odile-Janine donc ne peut être remplacée du jour au lendemain et Isabelle-Simone peut se poser la question : le sera-t-elle jamais ?

Le roman utilise la psychologie des deux modèles et met en scène deux styles de femmes, deux modes de vie. La première, incroyablement cruelle, sans le savoir, sans le vouloir, était pourtant la plus joueuse, la plus amusante à vivre. Sa folie, sa sensualité en faisaient une amante incomparable. Elle continue d'exercer sur Philippe, même morte, un charme diabolique. Près d'Isabelle, honnête, sérieuse et pleine de bonnes intentions, il semble que la vie soit fade par contraste. Les fièvres d'Odile interdisaient la routine, l'ennui des sentiments conjugaux. Sa présence érotisait les nuits, les jours. Fiévreux, ardent au départ, le roman refroidit puis se tempère, tandis qu'Isabelle remplace Odile. L'amour ne serait-il qu'une question de peaux ? De température ? De climats ?

Le livre joue avec la propre biographie de l'auteur. C'est à peine si Maurois a essayé de brouiller les pistes – Odile se remarie (avec François de Crozant) puis se suicide et Isabelle, après une grossesse pénible qui la force à rester alitée, finit par accoucher d'un fils, que le couple prénomme cependant, comme les Maurois auraient aimé le faire dans la réalité, « Alain ». Mais le scénario essentiel est décalqué de son expérience. « Mon mari est un grand blessé du cœur », dira Simone Maurois. Tout comme Philippe Marcenat, il ne s'est jamais remis du premier amour. La seconde épouse lui offre un équilibre – une sorte de terre tempérée et hospitalière, un refuge, après les tempêtes traversées.

Le 26 juin 1928, *Climats*, en manuscrit, s'appelle encore *Philippe Marcenat* et Simone – enceinte et malade, condamnée à vivre au lit, comme Isabelle Marcenat – écrit à André Maurois : « Je lis " Philippe ". Je le reprends tout le temps. Quel beau livre ! Il m'émeut terriblement. Je ne peux pas relire certains passages sans que cela fasse monter ma température. Ce n'est pas une blague, vous savez. Hier soir, après le suicide d'Odile, j'avais 38° 2 ; ce matin, après avoir relu tout Isabelle, 38° 9. L'infirmière était abasourdie. Elle ne comprend pas, cette pauvre femme. Elle ne peut pas savoir tout ce que contient ce dossier rouge qui ne me quitte pas. Le roman joue avec mes nerfs comme un archet fait vibrer les cordes d'un violon. »

Elle s'est évidemment reconnue. Elle a reconnu Janine et, malheureusement, aussi quelques silhouettes de femmes dont elle se serait bien passée, dont elle est fort jalouse. Pour elle, il n'y a aucun doute : *Climats*

« adhère au réel [1] ». Elle a assisté à sa gestation, puis à sa délivrance, car son mari la tient au courant du livre en continu, depuis le germe de l'idée initiale jusqu'au point final, en passant par tous les états intermédiaires, les étapes, les méandres, les moindres hésitations. Elle a eu à lui donner son avis, à plusieurs reprises, sur des détails qui vont du vêtement à la psychologie féminine, et il l'a même consultée avant d'écrire certains dialogues – notamment ceux entre Isabelle et « Tante Cora », personnage inspiré par Berthe Schwob d'Héricourt, ou Hélène de Thianges (qui n'est pas étrangère à la personne vraie d'Edmée de La Rochefoucauld). Elle n'ignore rien du douloureux et passionnant chemin de l'écriture qui mène un romancier d'une simple note, lancée en solo, presque au hasard, à une mélodie pleine ou à une symphonie. Pour Simone, *Climats* est une partition majeure.

L'aspect biographique du roman la heurte probablement moins que son entourage – la mère d'André Maurois, son beau-frère – Jean-Richard Bloch – , ses deux belles-mères – Mme de Szymkiewicz d'un côté, Mme Maurice Pouquet de l'autre – et nombre de leurs amis se déclareront « choqués » à la parution de *Climats*. « On nous a accusés d'exhibitionnisme [2] », dira Simone, fière d'ajouter : « Qu'importe si le livre est un chef-d'œuvre ? » Elle n'en souffre pas moins, dans son amour et dans son amour-propre, car sa lucidité ne lui permet pas de se nourrir d'illusions sur la place qu'elle occupe dans le cœur de Maurois. « La seconde Madame André Maurois... La seconde partie de *Climats*... Le second volume des *Mémoires*... Je n'étais pas de taille à jouer le rôle principal. N'est pas vedette qui veut. Une autre l'emporte sur moi, parce que Janine appartenait à l'espèce glorieuse des jeunes premières [3]. » A preuve encore, cette analyse qu'elle

1. Lettre à Emile Deléage, 18 mars 1935.
2. Idem.
3. Lettre à Jeanne Pouquet, de New York, 12 juillet 1942.

livrera de *Climats*, sous son aspect le plus intime, à Emile Deléage, le 18 mars 1935 : « André Maurois gardait de son premier amour l'habitude de la jalousie et un goût maladif de la douleur. Pour échapper à la platitude de la vie, il avait besoin des tourments voluptueux de l'inquiétude. Or, je suis une petite-bourgeoise concrète, économe, laborieuse ; en moi rien de morbide, rien de subtil. Cela me rend inapte à donner une certaine qualité d'incertitude. »

Le monstre aux yeux verts : Simone sait de quoi elle parle. Sauf que, dans son cas, le monstre qui la torture a les yeux marron... Après les premiers mois d'un bonheur conjugal qu'elle a cru atteindre en tenant à distance le blond fantôme de Janine, elle a eu à souffrir de la présence d'une autre rivale – non moins blonde et non moins redoutable. N'ayant pu s'affranchir de son passé, Maurois continue de chercher des muses qui ressemblent à sa première femme. La deuxième partie de *Climats* expose le calvaire que Simone endure depuis des mois, un calvaire qui vient à peine – du moins l'espère-t-elle – de s'achever. Était-ce un flirt, une amourette, ou bien davantage ? Elle privilégie pour sa part la solution du « ou bien davantage ». Elle se plaint dans plusieurs de ses lettres, à sa mère et à Emile Deléage, de la fascination qu'exerce sur son mari la ravissante et talentueuse Marthe de Fels. Elle parle d'une « aventure ». Elle emploie même le mot « liaison ». Imagine-t-elle, amplifie-t-elle ce qui n'est sans doute qu'une amitié amoureuse ou parle-t-elle en connaissance de cause ? Pour elle il n'y a pas de doute. Commencée quelques mois avant la mort de Janine et conduite jusqu'en 1928 – date de la parution de *Climats* et du retour en France d'un poète lointain, qui tiendra un grand rôle dans la vie de Marthe de Fels –, cette « aventure » met surtout en valeur un certain type de femme, romanesque, héroïque, très littéraire, auquel son mari sera toujours sensible et qu'elle nomme « sylphide », « amazone » ou « sirène ». Un type de femme, difficile à concurrencer, car ces créatures à la féminité envoûtante lui paraissent armées de pouvoirs inégalables, d'un savoir-faire et d'une imagination dont elle se sait dépourvue. Il lui semble que leur aisance à plaire nargue et pointe du doigt sa propre maladresse, et qu'André lui préférera toujours ces grandes séductrices, auxquelles elle chercherait en vain à pouvoir ressembler.

Au questionnaire de Proust, la même année, le même jour qu'elle, à la question que lui pose Michelle : « Personne préférée ? », il a répondu « Ma femme, mes enfants », et elle ne doute pas que cela fût vrai. Mais à « Actrice ? », il n'a cité qu'un nom, celui de Greta Garbo. La plus belle, la plus mystérieuse des femmes est bien digne de figurer parmi les sylphides de Maurois, au royaume des légendaires enchanteresses. N'est-ce-pas aussi une fatalité de voir d'après le même questionnaire qu'il aime le printemps, saison des amours, et « les parfums changeants », quand elle-même, fidèle, trop fidèle, ne sait pas tirer parti de la métamorphose et livre en permanence, en toute franchise, à son regard, le spectacle d'« une petite-bourgeoise sans subtilité ».

Il n'est pas étonnant que *Climats* « joue avec ses nerfs comme la corde d'un archet sur un violon » : la genèse du roman, elle en possède les clefs. A sa mère, pour la préparer à la sortie du livre, elle écrit, le 19 août 1928 : « Chaque personnage est un amalgame, une synthèse... Isabelle est faite un peu avec moi, un peu avec Antoinette Bernstein, un peu avec Jenny de Margerie... Solange est un composé de Marthe de Fels et de Minou Bonnardel. Hélène de Thianges c'est Edmée de la Rochefoucauld, mais (précisément pour que l'on n'identifie *pas* " Solange " avec Marthe de Fels), André a attribué à cette " Hélène de Thianges " des traits propres à Marthe : un mari député et le Samedi comme jour de réception. (...) " Tante Cora ", c'est Berthe Schwob d'Héricourt, mais la mort du mari de " Tante Cora " c'est celle du baron Gustave de Rothschild. Etc... Etc... » *Climats* est tout entier nourri de la vie de Maurois, les personnages masculins sont tirés de lui-même, les personnages féminins copiés presque trait pour trait, décalqués, sur les femmes qu'il a aimées, qu'il aime encore, et le récit inspiré par sa propre histoire, parfois amalgamée de celle de gens qui l'entourent, ses proches, ses amis. Tous les romans suivants, du *Cercle de famille* aux *Roses de septembre*, puiseront aux sources biographiques, seront tous eux aussi écrits à l'encre de sa vie. Son travail de romancier consiste moins à masquer les faits réels, les visages connus, aisément décryptables, jusqu'aux lieux où l'action se déroule, qu'à mettre en scène, avec limpidité, sans outrance, la vérité d'un drame humain. Il le dira lui-même : « Si le romancier a le courage de faire au public des confidences que l'ami n'ose faire à un ami, que le père n'ose faire à ses enfants, c'est parce que sa confidence demeure masquée... Cette mystérieuse chimie par laquelle la vie réelle devient la vie romanesque est une opération très secrète, et qui doit rester ignorée de l'écrivain lui-même... » S'adressant à ses lecteurs, le 4 décembre 1931 lors d'une conférence intitulée « Ce que j'ai essayé d'exprimer », il souhaite garder taboue cette alchimie : « Si je démonte le mécanisme devant vous, si je me l'explique à moi-même en vous l'expliquant, est-ce que je ne vais pas me rendre incapable de le faire fonctionner de nouveau ? »

Pour sa femme, le procédé n'en est pas moins clair. Simone peut l'exposer sans pudeur, sans aucun égard pour elle-même, dans la mesure où elle n'y paraît pas à son avantage... Regarder la vérité en face ne lui suffit pas, elle a besoin de témoins, d'une oreille attentive à laquelle faire partager ses observations et pour laquelle elle brise souvent cette loi du silence que son mari lui a expressément recommandée. Par respect pour les consignes que Maurois lui a données, elle se contente de mettre en garde ce témoin et de lui demander de taire ce qui doit rester un secret de famille ! C'est ainsi qu'après avoir révélé à sa mère, la personne la plus bavarde au monde et la plus cancanière, les clefs de *Climats*, elle lui enfreint l'ordre de ne pas les répandre dans le Tout-Paris ni le Tout-Périgord : « Quand, l'hiver prochain, on dira que *Climats* est autobiographique, démentez avec énergie. André ne *veut* pas qu'on croie que c'est son histoire. » Elle souligne d'un double trait, comme à son habitude, le mot important (et ainsi la consigne à laquelle elle vient justement de désobéir !). C'est plus fort qu'elle, ce désir d'expliquer son « cas », de raconter au-dehors ce qui la fait souffrir.

Jusqu'à *Climats*, et au-delà, elle est jalouse, excessivement jalouse, de Marthe de Fels : de sa beauté – elle qui se juge laide –, de son élégance – quand elle semble toujours empruntée et apprêtée –, de ses relations dans le milieu des lettres et des arts, malgré les siennes, de sa conversation, des plus brillantes, de son salon où le monde se mêle à la littérature et à la politique, mais plus que tout peut-être de son prestige de femme-auteur. Marthe de Fels publie en 1929 son premier livre, une *Vie de Claude Monet*, le peintre des Cathédrales et des Nymphéas. Maurois, qu'elle avait consulté, lui aurait conseillé de traiter plutôt de Mignard – car, selon lui, répété par Simone, l'existence ni la personnalité de Monet ne présentaient un caractère suffisamment romanesque. Dans ses lettres, Simone prétend que Marthe s'est fait aider pour écrire son livre, par Maurois d'abord mais aussi par Alexis Leger (Saint-John Perse) – le poète lointain – , et enfin par Léon-Paul Fargue. « La seule à ne pas avoir travaillé à Monet, c'est Marthe [1] ! » La jalousie la rend

1. Lettre à Jeanne Pouquet.

mesquine... Marthe de Fels continuera d'écrire des livres sur les sujets qui la passionnent (de Vauban à saint Vincent de Paul, en passant par Olivier de Serres) – elle est très éclectique.

Pour torturer Simone, après Janine, il n'était pas de pire concurrente qu'une femme douée du talent qu'elle admire plus que la beauté et plus que l'élégance et applique pour sa part dans sa correspondance privée : le talent d'écrire...

Elle en voudra toujours à Marthe de Fels d'avoir exercé sur son mari un charme incontestable. Elle lui gardera une rancune tenace, d'autant que Maurois refusera de se priver de son amitié et continuera, jusqu'à sa mort, à fréquenter l'auteur du *Monet*. Simone ira dîner chez les Fels, régulièrement, elle accompagnera son mari à leurs somptueuses réceptions au château de Voisins, dont les jardins ont été dessinés par Duchêne, et elle fera aimable figure, devant ce monde-monde dont le jugement lui importe tant. Marthe de Fels restera, pour Maurois, une de ces « amies incomparables », qui savent embellir l'existence, mais pour Simone, sans aucun doute, l'incarnation de ce monstre aux yeux verts, au génie protéiforme.

« La troisième incarnation de la Sylphide fut, en 1930, Mme Jean Bonnardel, née Madeleine de Montgomery : Minou [1] ! » C'est ainsi que Simone présente sa prochaine rivale, dans l'ordre des successions. Descendante des Custine, alliée aux d'Harcourt, Mme Jean Bonnardel était très blonde elle aussi, très riche, et possédait une propriété en Normandie, le château de Saint-Aubin. Elle y donnait des réceptions originales, en invitant séparément les ménages. Elle accueillait les

1. Lettre à Emile Deléage, 18 mars 1935.

maris sans leurs femmes, mais avec d'autres femmes dont les maris seraient invités la fois suivante. Maurois aimait beaucoup se rendre à Saint-Aubin. Ces « week-ends » – Simone dit ces « parties de campagne » – étaient toujours très amusants. Il s'y serait trouvé à plusieurs reprises, en même temps que Marthe de Fels, notamment ! Simone, indignée : « Minou m'a gravement offensée... Saint-Aubin est, à mes yeux, une maison de rendez-vous dont la châtelaine ne vaut pas cher... Ce qu'était jadis l'abbaye de Vaulx : un endroit commode [1]... » Elle nomme la belle propriété le Vénusberg !

Invitée à son tour (sans Maurois) : « Je ne veux pas aller à la Minouterie ! »

L'été de *Climats*, elle se plaint pour la première fois de n'être pas assez aimée et fait à sa mère ce terrible aveu : « André ne m'aime pas d'amour. S'il m'aimait, il n'irait pas avec Marthe à Saint-Aubin ; il n'accepterait pas que Minou l'invite sans moi et avec Marthe, ce qui est offensant pour moi ; il n'essaierait pas de me convaincre ensuite, comme il le fait en ce moment, que je devrais, moi, accepter d'aller pour quarante-huit heures chez la Bonnardel " parce que Minou tient beaucoup à ce que vous alliez chez elle, à ce qu'on vous y voie " (...) Je ne céderai pour rien au monde. (...) Je ne veux pas plier devant ces femmes que je méprise et qui me dégoûtent. Tout ça est excessivement triste. Je prends la chose assez bien, mais j'en souffre [2]. »

Elle finira par se rendre au « Vénusberg » et, bien malgré elle, cédera au charme de son hôtesse, avec laquelle elle se réconciliera. A sa mère, elle écrira qu'elle en « est revenue, la femme la plus heureuse du monde », ayant, croit-elle, récupéré son mari.

A-t-elle eu connaissance des lettres tendres que Maurois adresse à sa « chère Minou », à son adresse

1. Lettre à Jeanne Pouquet, 30 juin 1928.
2. Lettre à Jeanne Pouquet, 11 juillet 1928.

parisienne, 77 avenue Malakoff, ou bien à Saint-Aubin ou encore à La Lande – sa maison de Noirmoutier (il écrit invariablement Noirmoutiers) –, et que Minou, devenue une vieille dame, offrira un jour à Michelle ?

5 août 1924, de Ventnor, Royal Marine Hotel : « Chère Minou, je vous voudrais ici. » (Janine est morte en février ; il n'a pas encore rencontré Simone.)

26 décembre 1928. Marié depuis deux ans, il dit que Minou lui manque, regrette de ne pas être à ses côtés et signe : « Un ami tendre qui vous aime et qui vous admire. »

3 avril 1929 : « Il y a à Paris des femmes intelligentes, des femmes jolies, des femmes tendres, mais aucune tout à fait comme vous. »

5 octobre 1929 : « A bientôt, chère Minou. Soyez jolie. »

10 avril 1930, du Trianon Palace à Versailles : « Vous étiez bien jolie sous votre grand chapeau noir et jamais plus le clair de lune ne sera si beau, ni vous si jeune, ni moi si fou. »

Dans la même lettre, un peu plus loin : « Nous avons eu raison de renoncer à ce que, je crois, nous souhaitions l'un et l'autre. Mais peut-être, maintenant que j'ai été brave, m'est-il permis à moi aussi de dire que cela m'a beaucoup coûté. »

21 août 1933 : il est désolé de ne pouvoir la rejoindre à Noirmoutier(s), mais il ne peut pas « lâcher Simone » dans un endroit qu'elle déteste (le Périgord quand elle y est seule). « Ce serait déloyal. » Il évoque son épouse comme un fardeau.

Il a besoin de rêver, dans une lumière romantique, à une jeune et jolie femme, assez libre, assez amusante, et qui sait, elle, ne pas peser sur sa vie. « Je n'ai jamais eu un désir plus vif, plus chaud de vous voir. »

Dans l'histoire « Minou », Simone que son éducation anglaise a rendue très victorienne se montre vulnérable au qu'en-dira-t-on. Elle a horreur qu'on enfreigne le code des convenances. Elle craint surtout de voir étaler au grand jour des histoires qu'elle tolérait dans la mesure où elles lui semblaient faites pour inspirer un romancier, renouveler son stock de situations, ses réserves de psychologie, les désirs et les rêves où il doit puiser sans cesse, mais qui lui deviennent odieuses dès lors qu'elles nourrissent la chronique des mondanités. Si elle accepte un Maurois infidèle par nécessité – parce qu'il est romancier et se doit de renouveler ses sensations, ses vertiges... –, c'est pour elle un cauchemar d'imaginer qu'il la trompe parce qu'il ne l'aime pas assez, ou parce qu'elle ne comble pas son désir d'amour.

« Mon mari ne m'aime pas d'amour... » Elle mettra longtemps à apprivoiser cette peur.

Climats l'y aura beaucoup aidée. Emile Deléage, dans le rôle du psychanalyste : « Je suis convaincue qu'il (*Climats*) a sauvé notre ménage, un moment troublé... C'est le phénomène que mon mari nomme " la délivrance par l'œuvre d'art ". André a eu le courage de vider la plaie, de la cautériser [1]. » Le roman comme thérapie : on connaissait déjà cette thèse. Mais le roman comme thérapie conjugale : l'interprétation ouvre au couple de nouvelles perspectives. La réconciliation se fera grâce à la Littérature, sur le terrain de leurs propres existences mêlées, nourri de leur sang, de leurs larmes. Simone en retrouve l'espoir et une certaine grandeur : « Nous nous sommes hissés au-dessus de nous-mêmes, pour devenir des personnages de roman. »

Dans le genre grandiloquent, elle est incomparable !

1. Lettre du 11 mars 1935.

C'est à cause du roman qu'elle veut bien pardonner. Car pour permettre à son mari de devenir aux yeux de tous « le plus grand écrivain français » – ce qu'il est déjà pour elle –, elle se déclare prête à tous les sacrifices. Du coup, elle trouve d'elle-même une explication aux infidélités, véritables, supposées ou simplement rêvées, d'André. Durant les premières années de leur union, elle a voulu à tout prix donner un fils à Maurois. Sa faible constitution ne le lui a pas permis. Malgré sa volonté, son obstination, ses courageuses tentatives pour surmonter un insurmontable dégoût de la chair – de la chair en général, de la sienne en particulier –, il lui a fallu y renoncer. Mais elle a passé près de quatre années malade, à se sentir fatiguée, enlaidie, à garder trop souvent le lit, à se voir interdire les sorties, les voyages, tout ce qui égaie la vie. Il est probable que Maurois en a été désemparé : sa première épouse n'avait connu que des grossesses joyeuses, qui ne l'empêchaient ni de danser, ni d'aller à Deauville ou à Cannes, ni surtout d'être belle. « Si André, homme né pour la fidélité, a eu deux aventures au début de notre union, c'est peut-être parce que Janine lui avait donné le goût des créatrices d'inquiétude. Mais c'est aussi parce que, pendant ces quatre années où se jouait la partie de mon bonheur conjugal, j'étais trop souvent une femme enceinte, aux malaises rebutants. (...). Depuis que, sur le conseil du docteur de Martel, j'ai renoncé à faire mes enfants moi-même, André Maurois a été le plus fidèle des maris [1]. »

Dans tous ses romans, Maurois continuera à jouer des démons de sa vie. C'est sa manière de romancier. Il n'invente jamais. Il décrit des aventures qu'il a vécues, des gens qu'il a connus, des visages qu'il a aimés.

1. Lettre à Emile Deléage, 26 mars 1935.

Même les lieux sont vrais. « Pont-de-l'Eure », petite ville où, depuis *Bernard Quesnay*, s'ancrent nombre de ses histoires ou de ses personnages, tient à la fois d'Elbeuf et de Louviers. « Gandumas », en Limousin, qu'on découvre dans *Climats*, doit une grande part de son caractère à Essendiéras... Maurois transpose dans la fiction des éléments réels. Lorsqu'il raconte une histoire, il s'appuie sur son expérience la plus intime. *Le Cercle de famille* met en scène une femme adultère (Mme Herpain, portrait mêlé de Janine et de la mère d'une de ses amies), et s'ouvre sur une maison de vacances, au bord d'une plage normande, à Beuzeval, où ils avaient passé l'un de leurs premiers étés.

Mais Denise Holmann, qui succède à sa mère à la fois comme vedette du roman, dans la deuxième et la troisième partie, et dans l'adultère – elle reproduit malgré elle, bien qu'elle l'ait détesté, le modèle maternel –, est un amalgame, d'ailleurs réussi, entre la fille de l'auteur, Michelle, qui lui donne sa sincérité farouche, son regard au laser, sa tendresse blessée (dans la première partie), et le souvenir de Janine (dans la seconde) avec sa folie, ses nerfs, ou ses absurdités.

Autre exemple, *L'Instinct du bonheur*. Variation sur le thème de l'enfant adultérin, il montre les dangers d'un couple, en apparence harmonieux, uni, mais que menacent des secrets trop longtemps gardés. Avant de faire le bonheur de Gaston Romilly – un des visages de Maurois –, Valentine Gontran – un mélange de Janine, par la sensualité et le trouble passé, et de Simone, par le côté raisonnable et assagi – avait un amant, et elle a eu de lui une fille que Romilly croit être son enfant. Jusqu'au jour où une douairière du Périgord, où se situe le roman, Mme de La Guichardie, lui révèle qu'il a été dupe du bonheur, Gaston s'est cru heureux. Il devra choisir de l'être, en pardonnant à sa femme...

Maurois ne conçoit le roman que comme miroir d'une vérité vécue. Il tient aux accents sincères. Comme si d'imaginer de toutes pièces un monde pouvait porter atteinte à cette vérité, il préfère s'en tenir aux faits réels, aux sentiments qu'il a lui-même expérimentés, aux situations qui l'ont rendu heureux ou qui l'ont fait souffrir, et plus que tout, aux portraits des femmes véritables qui sont les héroïnes de ses livres. L'existence lui paraît dépasser largement la fiction, par la richesse infinie de ce qu'elle propose.

Il gardera pour les œuvres courtes, contes, nouvelles et autres récits fantastiques, les ressources de son imagination. Il faudra chercher dans *Le Peseur d'âmes*, dans *La Machine à lire les pensées*, dans *Les Mondes impossibles*, dans *Thanatos Palace Hôtel*, *Magie Brune*, *La Malédiction de l'or* et autres *Piano seul*, le Maurois inventif, fantaisiste, et même fantasmagorique, le Maurois « créateur de mondes [1] » : la part la moins connue, peut-être la moins aimée de l'œuvre. Ses romans revendiquent tous, au contraire, la lumière crue des témoignages : la vérité est là, offerte en eux comme une « Chose nue ». Sans fards.

Simone : « On ne saurait aller plus loin dans la sincérité héroïque [2]. »

Dans cette perspective de la vérité à tout prix, l'écriture d'un roman tourne à l'acte de sadisme. Lorsque Maurois interroge Simone : « Qu'avez-vous éprouvé exactement le jour où vous avez surpris ce coup de téléphone de Marthe ? » ou bien « Comment avez-vous supporté mes deux mois d'absence, en Amérique, pendant votre grossesse ? » [3], il force sa femme à revivre de très mauvais souvenirs et à creuser ses blessures pour mieux lui en rendre compte. Il observe sa souffrance lorsqu'elle est jalouse, sa colère qu'elle

1. La formule est du philosophe Alain, après lecture de *Climats* : « Et maintenant, vous devez enfanter un monde ! »
2. Lettre à Emile Deléage, 26 mars 1935.
3. Simone, dans une lettre à Deléage, 18 mars 1935.

essaie de contrôler ; tout ce qu'elle fait, tout ce qu'elle dit, peut entrer dans le roman. Elle n'est jamais tranquille ni jamais libérée – la torture peut à tout moment recommencer.

Simone se prête au jeu avec une bonne volonté qui, à l'extérieur, paraît déconcertante. Mais c'est sa manière de participer à l'œuvre. Fière de servir un grand écrivain, elle lui donne en somme ce qu'elle peut, son visage, son style, quelques phrases ici ou là, un dialogue vif, une réplique ironique. Il sait qu'il peut jouer d'elle, de sa personnalité un peu raide, un peu gauche, mais originale, sans limites. Devenir une héroïne l'exalte : Simone se dit qu'elle fera mieux que sa grand-mère ! Léontine de Caillavet avait inspiré *Le Lys rouge* à Anatole France ; sa petite-fille sera présente désormais dans tous les romans de son mari.

Il y a dans le couple Maurois, dès 1928, un parfum de perversité : si l'auteur trompe sa femme, c'est souvent, simplement, pour voir comment elle réagira... Alors Simone mérite bien qu'on lui dédie les livres auxquels elle aura collaboré, à sa façon, en ne refusant jamais d'être la matière vivante – la souris qu'on dissèque –, dans le laboratoire du romancier.

La littérature peut aussi apporter des récompenses inespérées. Devenue une vieille dame, en 1961, Simone pourra un jour contempler ses anciennes blessures sur grand écran. *Climats*, transposé au cinéma, n'est pas pour autant un bon film – André Maurois ne l'aimera pas du tout. La beauté slave de Marina Vlady (« Odile ») et le beau corps d'Alexandra Stewart (« Solange Villier »), qui interprètent ses rivales d'autrefois, éclipsent « Isabelle » : le cinéma est encore plus cruel que le roman ! Mais dans la salle de projection, plongée dans le noir, Simone pourra se reconnaître et, par le truchement de la caméra, dans le doux et modeste visage d'Emmanuelle Riva, qui tient son propre rôle, elle se croira devenue, comme par un juste retour des choses, une star.

La maîtresse de la maison des lettres

Il écrit : des livres, mais également des articles, des conférences, des discours, des cours. Sa production est aussi variée qu'abondante. En dix ans, de 1928 à 1938, il publie ainsi trois romans (*Climats*, *Le Cercle de famille* et *L'Instinct du bonheur*), trois biographies (*Byron*, *Lyautey* et *Chateaubriand*), un portrait biographique (*Edouard VII et son temps*), quatre essais littéraires (*Aspects de la biographie*, *Pastiche de Marcel Proust*, *Introduction à la méthode de Paul Valéry*, *Magiciens et Logiciens*), deux essais philosophiques (*Mes songes que voici* et *Sentiments et Coutumes*), trois recueils de nouvelles (*Les Mondes imaginaires*, *Le Peseur d'âmes*, *La Machine à lire les pensées*), une monumentale *Histoire de l'Angleterre*, deux livres sur les Etats-Unis (*L'Amérique inattendue* et *Chantiers américains*) et deux livres pour enfants (*Le Pays des trente-six mille volontés*, *Patapoufs et Filifers*). A ces vingt et un titres, il faut ajouter les articles innombrables qu'il donne à *La Revue des Deux Mondes* ou au *Figaro*, mais aussi à des revues d'étudiants, à des gazettes universitaires ; la série de cours qu'il prononce devant les étudiants des universités d'Oxford et de Princeton sur le roman français, « De la princesse de Clèves à Marcel Proust », et quelques autres sujets ; les conférences devant la Société internationale de Lausanne ou celle des Conférences de Paris (sur les grands écrivains anglais) ; enfin les deux préfaces, l'une et l'autre magistrales, qui présentent aux lecteurs français la première traduction de deux romans anglais contemporains : *Mrs. Dalloway* de Virginia Woolf et *Contrepoint* d'Aldous Huxley.

Pendant ce temps, elle tape... Elle prend en sténo tout ce qu'il lui dicte. Elle répond à son courrier – aux lettres des lecteurs, mais aussi aux demandes de signatures, de conférences, d'articles, de préfaces... Assise, le dos droit, au clavier de sa machine à écrire de marque américaine (sa Remington), qu'elle emporte en voyage, elle tape des dizaines de pages par jour, des centaines en un mois, des milliers en une seule année ! Personne ne doit user plus de rubans encreurs qu'elle. Elle en a des réserves d'avance, plein ses tiroirs. Son cauchemar serait d'en manquer. Anorexique à table, Simone est boulimique au bureau.

« Je suis une tapeuse [1] » : voilà comment elle se définit.

Les livres de Maurois, ses articles, ses conférences, ses cours et ses préfaces : tout ce qu'il écrit passe d'abord entre ses mains. Elle reçoit un manuscrit, qu'elle dactylographie à plusieurs exemplaires, grâce à du papier carbone. Maurois a l'habitude de retravailler la première version dactylographiée. Il corrige une phrase, un mot, un paragraphe. Il rature, encercle, souligne, indique des renvois, des suppressions ou au contraire (mais c'est plus rare) des rajouts. Elle doit retaper la version au propre, parfois trois ou quatre états successifs du manuscrit (c'est multiplier par deux, trois ou quatre le nombre de pages à taper ! ! !). Et il en va ainsi jusqu'à la meilleure version, qui contient, aux yeux de l'écrivain, la perfection de son style. Aucun texte n'est donné directement à l'éditeur, au directeur

1. Lettre à Emile Deléage, 15 janvier 1937.

de journal ou de cercle littéraire, au recteur d'une université. Il transite obligatoirement par le petit bureau de Simone. Mme Maurois est la préparatrice ou la maîtresse d'œuvre. Elle donne souvent son avis sur ce qu'elle lit. Si elle oubliait de le faire, Maurois le lui demanderait : il a une haute opinion de son sens critique.

En bref, elle est la secrétaire de son mari. La seule, l'unique – dans ce domaine, elle n'a pas de rivale. Bénévole mais indispensable, aussi dévouée qu'il est humainement possible, elle ne mesure ni son temps ni sa peine. Au nombre de ses qualités : son application, sa méticulosité, son sens de l'ordre et de la bonne présentation. Elle aime son travail, elle ne se plaint jamais d'en avoir trop. Elle en réclame au contraire, elle voudrait ne faire que ça ! C'est une secrétaire de rêve.

Les Maurois travaillent, comme ils dorment, dans des pièces séparées. Lui écrit dans le vaste bureau, qui communique avec le salon de réception, et dort dans une petite chambre sur cour. Elle tape dans sa chambre, dont les hautes fenêtres ouvrent sur le Bois. Le son métallique de la Remington résonne dans l'appartement. On sait jusque dans la cuisine le moment où elle change de ligne ! Comment Maurois fait-il pour écrire, imperturbable, de l'autre côté de la cloison ?

Chaque phrase de chacun de ses livres a été pensée, sentie, au son infernal de cette anti-mélodie !

Revenons au questionnaire de Proust, 1929. Il résume merveilleusement le couple. Aux trois questions successives : « Vocation ? », « Occupation préférée ? », « Plaisir et sport ? », il a donné la même réponse : « Écrire. »

« Vocation ? — Écrire.

« Occupation préférée ? — Écrire.

« Plaisir et sport ? — Écrire. »

Elle, à la question « Vocation ? », a répondu (ce qui ne doit pas être si fréquent) : « Sténodactylo » ! Elle exerce le métier de ses rêves.

Pour Maurois, la présence de sa femme, dans la chambre mitoyenne, c'est l'assurance d'être secondé, assisté, mais aussi débarrassé des corvées multiples (comme de recopier dix fois la même phrase, de rendre lisible son écriture qu'elle seule est capable de décrypter, ou de répondre à la totalité de son courrier). Il y a un revers à la médaille : le risque d'être surveillé, observé, suivi à la trace, de mot en mot.

Cela ne semble pas avoir trop gêné Maurois, qui a sans doute pesé les avantages et les inconvénients de sa vie de couple. Il le dit très joliment, à un journaliste qui mène une enquête sur « les conditions du bonheur conjugal » et lui demande de se poser à lui-même la question : « Pourquoi j'aime ma femme [1] ? »

« D'abord, je l'ai épousée parce que je l'aimais ; elle est devenue ma femme parce qu'elle me plaisait mieux qu'une autre. Ensuite, elle a les mêmes goûts que moi ; elle s'intéresse aux mêmes choses ; elle est un autre moi-même.

« Ma femme donne sa vie à mon travail ; elle est ma secrétaire, et la meilleure secrétaire du monde ; elle travaille dix heures par jour – et parfois la nuit – et toujours bien. Ma femme n'est pas une ménagère ; elle n'a pas le temps. Secrétaire ou ménagère, il faut choisir. Je choisis ma femme. »

Il est plutôt injuste en l'occurrence, car elle est aussi « une ménagère ». Pas au sens où on l'entend habituellement : elle ne fait pas le ménage. Trois domestiques à demeure sont là pour ça. Sans compter les nurses – dont miss Varley qui partage son temps entre

1. André Maurois, *Cours de bonheur conjugal*, Hachette, 1951 (réponses à un jeu radiophonique).

la maison de sa mère et la sienne, garde les enfants quand le couple voyage ou joue les gouvernantes quand Simone est débordée par son secrétariat. Mais enfin, elle dirige la maisonnée. Pour les menus, elle consulte Maurois, de même pour l'organisation des dîners officiels ou autres réceptions. Sa tâche principale consiste à contrôler le travail de chacun : de la femme de chambre, du chauffeur, de la cuisinière, de l'institutrice des enfants et des enfants eux-mêmes. Elle ne fait pas réciter les leçons – l'institutrice s'en charge – mais elle avertit Maurois quand les notes des petits sont mauvaises ou quand Michelle a rédigé un devoir particulièrement réussi.

« Tante Simone » sera « ma mère » pour Gérald et Olivier, mais restera « Simone » ou « ma belle-mère » pour Michelle qui, la plupart du temps, préfère ne pas la nommer. André, lui, est pour ses trois enfants : « Papa ».

Simone, qui voudrait être parfaite, met de l'application dans tout ce qu'elle entreprend. Mais autant son travail lui réussit et plaide pour son excellence, autant la vie de famille met l'accent sur ses faiblesses. Secrétaire idéale, épouse irréprochable, elle a le plus grand sens de l'organisation et règne avec maestria sur un emploi du temps familial, que complique beaucoup la vie d'un écrivain, souvent itinérant. Mais elle ne saura jamais, malgré ses efforts, être une Maman.

Les Maurois se lèvent ensemble, à sept heures. André prend une tasse de café noir, un demi-pamplemousse et un bol de porridge, puis se met au travail. Simone, qui boit du thé dans sa chambre, ne traîne pas au lit. Dès huit heures, elle s'assied à son bureau, en peignoir, et se met à taper... jusqu'à midi. Parfois, André l'interrompt. Il fait une incursion dans la chambre, lui donne quelques feuillets, lui demande ce qu'elle pense d'un passage. Vers le milieu de la matinée, il aura pris un second café noir, et enchaîné les pages.

Elle prend une heure pour sa toilette – c'est le luxe de sa journée. Baignée, coiffée, poudrée, elle se présente à midi et demi, *on time*, dans la salle à manger. Le déjeuner l'attend, préparé par la cuisinière selon les consignes données. Le plat préféré de Maurois : les filets de sole à la banane, une spécialité maison. L'après-midi, il sort. Son programme : visites d'expositions, thés chez des amies, promenades en agréable compagnie. Il se distrait, il se détend. De son côté, Simone, studieuse, s'occupe de son courrier personnel, des affaires familiales, mais dès qu'elle le peut, elle recommence à taper, taper, taper... Le coiffeur ni la couturière ne peuvent l'accaparer. Maurois le lui reproche : toujours impeccable, elle devient de moins en moins coquette. Vers l'âge de quarante ans, ses cheveux commencent à grisonner. Maurois en est désolé. Il l'avait rêvée blonde, et maintenant il la supplie de teindre au moins en brunes ces mèches grises, qui lui donnent des airs de vieille dame. Simone s'en fiche et refuse de passer « deux heures de plus par semaine chez le coiffeur ». A Deléage, qui devient son véritable confident : « Je préfère accepter courageusement mon âge [1]. »

Pour sa correspondance, elle utilise de plus en plus sa Remington. Son papier à lettres a changé. Il n'est plus bleu, mais crème. Cependant toujours très élégant, avec adresse et numéro de téléphone gravés. Le téléphone est important dans sa vie : elle n'imagine pas qu'on puisse se couper de ses amis ou de ses relations, même quand on travaille. Sa voix haut perchée prend alors le relais de la Remington pour résonner dans la maison.

Tous les soirs, le couple se consacre aux mondanités. S'il dîne à la maison, c'est qu'il y reçoit. Celles-ci, en contrepoint d'une vie de travail, rétablissent un

1. Lettre à Emile Deléage, 25 août 1936.

équilibre et permettent surtout à Maurois de puiser dans le vivier des apparences et des conversations. L'écrivain y fait provision de portraits, d'anecdotes, qui serviront dans des romans futurs. Il aime aussi être entouré de jolies femmes, respirer leur parfum, admirer leurs épaules, le reflet des bijoux sur les peaux satinées. C'est un de ses plaisirs dans la vie – il l'a confessé au fameux Questionnaire –, en dehors d'écrire, de voir des films avec Greta Garbo. A Paris, mais aussi dans le Périgord et partout en voyage, il recherche la compagnie légère et embaumante des créatures les plus séduisantes. Elles lui donnent le regret de la jeunesse.

Mot le plus doux ? — Bonjour.
Mot le plus triste ? — Au revoir.
(...)
Souhaits ? — Habitude, calme, lecture, voyages, chaleur,
affection.
Regrets ? — Jeunesse.

La vie mondaine apporte un peu de chatoyance dans leurs existences austères, sévèrement corsetées. Curieusement, c'est Maurois, le moins mondain des deux au départ, qui en tire le plus grand plaisir, parce qu'il y trouve comme un air d'aventure, des possibilités, des visages et des corps pour exciter ses rêves. Et Simone, la plus parisienne des deux au départ, qui y promène avec de faux airs dédaigneux sa maigreur d'anorexique et son style solennel. Elle donne tout son talent, quand, sous les lustres en cristal de Venise ou de Baccarat, elle interprète, avec une conviction fanatique, le rôle officiel (et un peu ennuyeux) de « la femme du grand écrivain ».

Elle pousse jusqu'au sacerdoce le sens du dévouement. A sa mère, le 20 août 1928 : « Je tiens mon mari pour un très grand écrivain. " L'œuvre avant tout " devient ma devise. »

Par son amour de la littérature qui se confond avec l'amour passionné d'un écrivain unique, elle ressemble à sa grand-mère, qui a toujours été le modèle de sa vie. Elle sert l'Œuvre, comme Mme Arman de Caillavet servait l'œuvre d'Anatole France, et la place aux sommets. « J'admire passionnément André. Je suis la servante de son génie. C'est la seule chose qui m'exalte [1]. » Elle n'est pas du genre à mesurer ses efforts – le fonds de sa nature, c'est l'excès.

« Je suis amoureuse, non seulement de l'homme, mais de son œuvre », écrit-elle à sa mère. Sa lucidité lui permet de se juger. Mais aussi d'assumer son rôle, avec le maximum d'efficacité.

Secrétaire de son mari : le mot est trop modeste. Simone est une collaboratrice, aussi précieuse qu'indispensable. Cette collaboration s'est faite naturellement, au fil du temps. Mme Maurois ne se contente pas de donner son avis sur tel ou tel mot ou tel ou tel chapitre. Elle participe à l'élaboration du texte – en proposant quelques changements, au fur et à mesure de la frappe, quand elle remarque dans le manuscrit des passages qu'elle aime moins, que Maurois a un peu bâclés, ou qui heurtent son sens logique. Il la consulte pour tout ce qui ressort de son domaine – particularités d'une vie de femme ou détails de la vie sociale. Il peut lui demander de ciseler avec lui un morceau délicat : dans ce cas, bien sûr, elle ne tient pas le stylo, mais elle souffle un mot, une expression, une attitude. C'est pour elle, comme pour Claire, l'héroïne future de *Terre promise*, amoureuse d'un écrivain, « une joie merveilleuse que de retrouver une minuscule pensée d'elle enchâssée dans le

1. Lettre à Jeanne Pouquet, 20 août 1928.

vaste édifice, comme un vitrail associe la donatrice aux cérémonies de l'Eglise [1]. » Simone suit les progrès du roman, jusqu'au point final. Elle en approuve ou discute les idées. Maurois lui fait partager les affres de la création. Au moment du *Cercle de Famille*, lors d'une promenade sous les arbres d'Essendiéras, un été, ils vont déplorer ensemble l'adultère de Denise Herpain et se demander s'il n'y avait pas un autre destin possible pour cette héroïne, que la double vie de sa mère avait profondément traumatisée dans son enfance. « J'ai fait ce que j'ai pu pour empêcher ça [2] », dira Maurois à Simone, navrée.

Presque autant que René Doumic, le sévère directeur de *La Revue des Deux Mondes*, qui refusera de publier *Le Cercle*, sous prétexte d'immoralité (l'héroïne n'a pas assez de remords !), elle déteste l'adultère.

Aussi ses préférences vont-elles à la biographie : au moins, l'adultère, quand il y en a, est historique. On ne le discute pas. Par goût de la vérité et de la connaissance, plus que du romanesque, Simone vénère l'Histoire. Là encore, son rôle n'est pas négligeable. Maurois lui confie des livres à résumer, des documents à décrypter et à recopier, des chronologies ou des bibliographies à établir. Elle participe à la recherche. Ce travail, que bien des gens trouveraient fastidieux ou harassant, la passionne. A sa mère, l'été 1928 (*Climats* est terminé, Maurois prépare sa vie de Byron) : « La biographie de Byron devient maintenant le centre de ma vie. C'est peut-être absurde, c'est peut-être excessif, mais c'est ainsi [3]. »

Par son travail, qui donne toute satisfaction à son mari – il apprécie sa rigueur, son esprit de précision et de perfection –, Simone a su se rendre indispensable. A deux, ils forment « une équipe ». « Nous avons passé de l'état d'amants fragiles, faciles à séparer, à celui de

1. *Terre promise*, *op. cit.*, p. 223.
2. *Mémoires*, p. 219.
3. Lettre à Jeanne Pouquet, 20 août 1928.

fragments d'un être unique que je ne conçois plus divisé », lui écrit son mari. Il ne pourra plus jamais se passer de cette collaboratrice fidèle et dévouée, irremplaçable. Dès les années trente, Simone adopte le nom d'écrivain de son mari, avec une fierté ostentatoire. Elle signe désormais Simone André-Maurois (avec le trait d'union).

Elle a tenu le pari d'égaler sa grand-mère. Dans le dévouement absolu à un Grand Écrivain, elle l'a même surpassée. Car Léontine Arman de Caillavet est toujours restée dans l'ombre d'Anatole France et son influence secrète, alors que sa petite-fille tient son rôle, au second plan mais sous les *sunlights*. Le sentiment de sa réussite ne la rassure pas pour autant. Simone André-Maurois reste une femme inquiète. Un peu de superstition se mêle aux vraies raisons qu'elle peut avoir de se sentir fragile, dans le domaine du cœur.

A force de vouloir copier le destin de sa grand-mère, dans ce qu'elle a de meilleur à ses yeux, c'est-à-dire à la fois son sacrifice à la Littérature et son amour exclusif, passionnément fidèle, du même homme, toute une vie, elle craint de déclencher les mêmes foudres du destin. Comme s'il y avait un revers négatif à toute opération couronnée de succès.

De l'histoire de son aïeule, Simone, qui croit à la fatalité des malheurs, a hérité une peur bleue des amours ancillaires. Les deux hommes de la vie de Léontine ont en effet fini la leur, après sa mort, chacun avec l'une de ses femmes de chambre. Albert Arman avec Eugénie Toupanse, sa première chambrière, et Anatole France avec Marie-Héloïse Laprévotte, dite Emma, qui lui avait succédé et que France devait épouser. Simone s'arrange pour que ses soubrettes ne soient pas trop jolies ! Ni Nanny ni Emilie, ni l'institutrice ne sont à craindre. Depuis qu'elle a appris, par une lettre de Mme Lasson, que l'ancien professeur de piano de Michelle et de Janine était tombé amoureux du maître de maison, elle se méfie, elle veille.

L'exemple de sa grand-mère a de quoi terrifier une épouse d'écrivain... Léontine Arman de Caillavet a été trahie, bien avant sa mort, par l'Auteur auquel elle avait voué sa vie. Elle s'est laissée mourir de chagrin quand elle a découvert la liaison de France avec Jeanne Brindeau, peu après son retour d'Amérique latine où il était allé prononcer une série de conférences... Les conférences... Chez les Caillavet, le mot, tel un oiseau de mauvais augure, signale aussitôt : Danger ! Or, les conférences, André Maurois leur consacre beaucoup de temps. Son métier l'exige et il en a le goût. Il aime rencontrer des lecteurs, hélas aussi des lectrices, des étudiants *et* des étudiantes, avec lesquels il s'entretient volontiers. Il ne se contente pas de leur donner des autographes mais les invite quelquefois à dîner, pour prolonger une conversation agréable, ou terminer un débat littéraire, que le temps trop court de la conférence a laissé inachevé... Maurois refuse rarement une proposition de parler devant un public, qu'il sait tenir sous le charme de sa voix de velours et qu'il traite un peu comme une femme amoureuse – il est toujours brillant, séduisant et convaincant, lorsqu'il prend la parole.

Pour Simone, les conférences lui procurent deux sentiments antinomiques, la fierté et la peur. Fierté, quand elle voit son mari applaudi comme une vedette de la chanson ou du cinéma – Maurois joue les Maurice Chevalier devant la Société des Annales ou à Oxford University. Peur, parce qu'elle craint que ne surgisse la Jeanne Brindeau qui, sous le masque policé d'une femme du monde ou avec le frais sourire d'une future licenciée ès lettres, *graduate* ou *undergraduate*, pourrait lui prendre son mari.

Elle a beau monter la garde, elle ne peut pas l'accompagner partout. Maurois est un véritable nomade, qui passe de nombreux jours de l'année en voyage, et c'est avec un serrement de cœur qu'elle assiste à chacun de ses départs. Un seul exemple : en un mois (janvier 1937), Maurois va se rendre à Paris, à Lyon et à Saint-Etienne, enfin en Belgique, à Liège, Verviers, Charleroi et Bruxelles, pour y prendre seize fois la parole (elle les a comptées)... Comment contrôler l'aura qu'il exerce invariablement sur ses auditoires ? D'une santé égale, d'un « dynamisme prodigieux [1] », il accomplit ses tournées avec enthousiasme. Excellents prétextes pour quitter la maison, échapper à la routine et à la surveillance conjugales, et apercevoir des visages nouveaux, ils lui apportent un parfum d'aventure.

Simone adore voyager – c'est même dans le questionnaire de Proust, le mot qu'elle préfère. Mais sa santé fragile et, aux débuts de son mariage, ses grossesses l'ont rendue souvent intransportable. Faire et défaire ses bagages, monter dans des trains et des bateaux, changer d'hôtels, courir d'une ville à l'autre, elle en a été longtemps incapable. Elle peine à suivre le rythme épuisant de Maurois, même au quotidien. Le travail qu'il lui demande et qui lui semble si naturel exige qu'elle se surpasse. « Maurois, homme très bien portant et d'une activité exceptionnelle, ne comprend pas qu'un être humain puisse être malade ou fatigué. Il croit que l'on peut répondre en une heure à un courrier de quarante lettres. Il s'étonne de ma lenteur, du temps que je passe à ma toilette et du fait que j'aie besoin de sept ou huit heures de sommeil... Ah ! que n'ai-je quinze ans de moins et une bonne santé [2] !... »

Sans doute ne se nourrit-elle pas assez. Elle vit et travaille sur les nerfs.

Lorsqu'elle aura renoncé à faire un enfant, elle retrouvera des forces et connaîtra un bref intermède de bien-être physique. Alors, Maurois l'emmène dans des

1. Lettre à Emile Deléage, 15 janvier 1937.
2. Idem.

pays étrangers. Elle le suit en Grèce et en Egypte. Mais son plus cher souvenir sera le séjour qu'ils feront ensemble à Princeton, en 1930. Ils y passent près de trois mois, en tête à tête, au milieu des professeurs et des étudiants. Partis à bord de *L'Ile-de-France*, laissant derrière eux parents, enfants, amis, mais aussi l'ombre douloureuse de la petite Françoise, ils s'installent à Broadmead, dans une jolie maison de bois, entourée d'érables et de sycomores. Des écureuils viennent jouer sous leurs fenêtres. Simone, qui découvre avec émerveillement l'Amérique, s'éprend d'elle pour toujours. « Je n'ai jamais été aussi heureuse », dira-t-elle.

Elle se vantera au retour d'être liée d'amitié avec les femmes de tous les professeurs et même avec les étudiantes, ce qui prouve qu'elle s'est sentie confiante et parfaitement à l'aise, en plein cœur des dangers. Mais Princeton 1930 – véritable lune de miel des Maurois – n'aura été qu'une enclave dans un parcours de combattante, semé de pièges.

Elle connaîtra d'autres bons moments bien sûr, des vacances exquises en famille, à Essendiéras mais aussi en Angleterre où les Maurois louent des maisons, non loin de Londres, à cause de la proximité des bibliothèques, notamment à Pembroke Lodge, où ils logeront l'été 1934, à la lisière de l'immense parc de Richmond. Dans la roseraie, face à laquelle Simone travaille au manuscrit de son mari, Henry VIII avait guetté le signal qui lui annonçait l'exécution d'Anne Boleyn... De manière générale, Simone se plaît dans les pays anglo-saxons. Elle en parle admirablement la langue, au point de passer pour une Anglaise, aux Etats-Unis. Maurois s'exprime avec une aisance et une subtilité qu'elle ne peut égaler (son vocabulaire est très riche, sa syntaxe digne des grands prosateurs anglais), mais, à l'oral, il ne peut pas cacher qu'il est français. Il avoue, en riant, jalouser l'accent de sa femme ; le sien est terriblement *french*. Elle est heureuse et épanouie, dès qu'elle parle anglais !

Pembroke Lodge et Princeton ne sont que des moments à savourer dans une existence plutôt difficile. Voilà Simone malade, à nouveau, et obligée de garder le lit. Elle a de graves hémorragies, chaque mois, qui l'épuisent. Les médecins, une fois de plus, se disputent à son chevet : faut-il ou non l'opérer ?

Furieuse contre elle-même, car elle se juge trop faible, et contre les médecins qui ne savent pas la soigner, elle dresse le bilan de sa vie. Comment pourrait-elle accepter cette vie de grabataire qu'on lui recommande, ces interdictions de voyager, de se déplacer, mais aussi de se lever, de s'agiter ? Ce qui lui paraît être le comble du sacrifice, c'est qu'on lui interdit aussi de rester assise, à sa table de travail. Quant à écrire au lit, la Remington sur les genoux, c'est une position trop douloureuse. Elle l'a expérimentée : « Je ne peux pas travailler au lit ! Le poids d'une machine à écrire, posée sur mes genoux, est intolérable. J'éprouve bientôt des douleurs dans les cuisses, le sentiment que la circulation ne se fait plus dans mes jambes et une violente envie d'écarter la Remington ! » Dans la rébellion, elle garde l'humour : « Je ne sais pas comment Marcel Proust a pu écrire toute *La Recherche du temps perdu* sans quitter son lit de malade [1] ! »

Elle insiste donc pour mettre fin à cette situation. Elle veut accompagner son mari lorsqu'il voyage, en femme active et efficace, et n'être plus un poids pour Maurois. Surtout, elle veut continuer à faire son secrétariat, à taper ses manuscrits et à suivre au jour le jour le chantier de l'œuvre. Pour ne pas y renoncer, elle décide alors, contre l'avis de son médecin de famille, de choisir la voie radicale. Le docteur Chomé a eu beau lui décrire les

1. Lettre à Emile Deléage, 15 janvier 1937.

risques mortels d'une laparatomie, elle préfère mourir plutôt que continuer à vivre comme une infirme.

« Je veux me faire enlever l'utérus [1] ! »

En mars 1937, elle est tellement maigre que le docteur de Martel, qui a accepté de l'opérer, lui impose un traitement préalable en clinique : perfusions contre l'anémie et cure de repos. On lui supprime le téléphone et on lui interdit le secrétariat. Simone se montre obéissante : elle veut tenter le tout pour le tout. « Mon état de santé précaire complique la vie d'André depuis un an et fait de moi un être absolument inutile. Je ne puis plus rendre aucun service à mon mari, en ce sens qu'il ne peut pas compter sur moi. Je suis trop fréquemment immobilisée par les hémorragies. Cet état de choses ne peut pas se prolonger indéfiniment. Mieux vaut prendre le risque et s'exposer à une embolie, que de végéter au ralenti [2]. »

On ne peut pas lui reprocher de manquer de cran.

Dans le monde, les Maurois passent pour un couple idéal. Solidarité, tendresse, complicité, ils sont liés l'un à l'autre et semblent regarder ensemble dans la même direction. Le chemin est peut-être long, escarpé, difficile, mais tout au bout de la route brille un astre à nul autre pareil, l'Œuvre – cette œuvre à laquelle ils travaillent épaule contre épaule et qui donne à Simone le courage de traverser les pires épreuves.

« Mon mari ne m'aime pas d'amour. »

Elle ne se cache pas la vérité de leur relation. Ainsi qu'elle l'explique à sa mère et à Emile Deléage, qui décidément n'ignorera rien des secrets de la famille, elle aime plus qu'il n'aime et doit chaque jour se battre pour se montrer digne d'être aimée. C'est là son raisonnement. Il variera peu avec les années. Simone reconnaît aimer par-dessus tout l'Écrivain. La vie quotidienne

1. Lettre à Emile Deléage, mars 1937.
2. Idem.

l'intéresse beaucoup moins que la création littéraire. Elle préfère le secrétariat à la maternité, et le suivi littéraire à toute autre occupation en ce monde ! Il y a en elle de l'écrivain frustré.

« Mon mari ne m'aime pas d'amour. »

La phrase revient sous sa plume à plusieurs reprises et laisse entrevoir, dans le couple, une faille. Mari et femme font chambre à part. Simone s'en explique à sa mère, scandalisée, parce qu'un été, s'apprêtant à séjourner à Essendiéras alors que des travaux sont en cours, elle devra partager la chambre de son mari. Elle insiste beaucoup sur la nécessité de deux lits *séparés*. Et elle souligne séparés. Elle veut bien d'une chambre, mais *pas* (encore souligné) d'un seul lit. Le couple n'est pas aussi soudé sexuellement que par la tendresse ou l'habitude.

Simone le sait : ses grossesses à problèmes puis ses « affaires » (c'est son expression) gynécologiques ont éloigné d'elle son mari.

La vie sociale et le secrétariat littéraire ne sont peut-être qu'une compensation. Ou comme dirait Freud, « une dérivation de l'instinct sexuel ». Il y a chez Simone une grande carence affective, dont elle a d'ailleurs parfaitement conscience. Complexée mais lucide, elle se soigne en tapant furieusement sur sa machine à écrire et en rêvant, la nuit, aux phrases que lui a dictées son mari. C'est elle-même qui cite à sa mère la théorie de Freud sur « la dérivation de l'instinct sexuel [1] ». C'est elle encore qui écrit : « Quand un écrivain dit à sa femme : “ Mes livres sont mes enfants ”, il met l'accent sur ce que leur mariage a de factice. Entre ces époux-là, tout est littérature. Ils n'ont jamais été deux dans une seule chair. Sur le plan conjugal, leurs liens sont anormaux, par déformation professionnelle. Éternellement enceinte des Œuvres complètes, une femme d'écrivain ne peut pas tabler sur l'accouchement libérateur. Il n'est, pour elle, nulle délivrance. »

1. Lettre à Jeanne Pouquet, 20 août 1928.

Alors, ses accents sont amers. Si elle a la certitude de savoir se rendre indispensable comme maîtresse de maison et comme collaboratrice-secrétaire, comme confidente et amie, comme guide et conseil, elle sait qu'elle n'est pas la femme selon son cœur. Dans le domaine amoureux, elle se sent terriblement inférieure à toutes les créatures qui l'attirent et qu'elle appelle « les Sirènes ».

Est-elle, comme Claire, l'héroïne de *Terre promise*, vouée aux compensations et autres dérivations d'un instinct sexuel qui ne sait pas ou ne veut pas s'exprimer ? Est-elle, comme elle, marquée par une éducation trop stricte, qui la guinde et la rend incapable de se débrider ? « Aucun homme n'a jamais pu lui faire éprouver d'émotions », écrit Maurois de son héroïne. Ni la conduire à sa « terre promise », le bonheur de l'amour sensuel. « Elle préfère l'amitié amoureuse, attentive mais respectueuse d'un homme » : le portrait de Claire semble inspiré, dans les détails les plus secrets, du tempérament et de la vie de l'épouse de l'auteur. Maurois décrit ses angoisses et ses répulsions, son horreur de toutes les choses physiques, sa minceur maladive et sa volonté acharnée à maîtriser ses impulsions. Incapable de s'abandonner, ni de trouver refuge dans les bras d'un homme, elle éprouve l'extase dans les livres – en particulier dans ceux que son mari, Christian Ménétrier, écrit à ses côtés. Aucune nuit d'amour ne lui aura donné plus de joie que l'Œuvre de son mari. Une œuvre à laquelle elle s'est consacrée et qui a fini, grâce à elle aussi, grâce à son entregent et à son dévouement exclusif, par rencontrer la gloire.

Il y a dans le roman des phrases que Simone a dû trouver cruelles, sur la frigidité, la sécheresse de cœur et le manque d'amour (et là il ne s'agit plus seulement de sexualité). Claire n'aime pas sa mère ; Claire n'aime pas son enfant ; Claire a eu horreur d'accoucher, parce qu'au fond elle n'aime pas la vie et qu'il y a en elle des instincts de mort ; Claire s'aime, tout en se détestant, ou comme le dit si bien un personnage : « elle fait partie de ces femmes qui sont braquées sur elles-mêmes [1] ». Mais il y a d'autres phrases qui visent son rôle sacré, son rôle de collaboratrice à ses côtés. « Claire acceptait non seulement avec patience, mais avec une joie évidente, de parler sans fin de la marche d'une scène, de l'effet d'une réplique, du choix d'un mot. Peut-être parce qu'elle portait dans son propre cœur un écrivain refoulé, elle savait être sur ces thèmes de métier, une interlocutrice incomparable... » Et puis, cette pique : « ... et c'était là sans doute la raison pour laquelle Christian supportait une tyrannie domestique assez pesante [2]. »

A la fin des années trente, le couple donne au monde une image exemplaire d'harmonie. Simone elle-même croit qu'elle a gagné ce qu'elle appelle « la bataille des Sirènes ». Maurois peut se consacrer à son travail, avec cette inséparable compagne qui suit dans l'ombre, penchée sur son épaule, le processus d'élaboration. Il est maintenant un écrivain célèbre, dont la renommée ne cesse de s'étendre. Sensible aux succès qu'il remporte, aux tirages pharaoniques de ses livres, Simone l'est plus encore aux honneurs qu'il reçoit. Ses plus beaux jours sont ceux qui consacrent son talent et fondent sa réputation : à Oxford, quand il devient *docteur honoris causa* (titre d'un énorme prestige) et à Princeton, pour la même cérémonie, dans sa version américaine, elle trône radieuse au premier rang. « Ce cérémonial rappelle le sacre d'un roi, ou l'intronisation d'un évêque, ou encore un bal chez Etienne de Beaumont », écrit Simone [3]. Un bel article, dans le *Washington Post*, célèbre la carrière de son mari mais

1. *Terre promise*, *op. cit.*, p. 223.
2. P. 268.
3. Carte postale à sa mère, 21 juin 1933.

montre aussi, très estivale dans sa robe à fleurs, sa propre photographie. Il lui semble que quelques paillettes de la gloire de son mari retombent sur elle. Comme l'écrit Maurois à propos de Claire : « L'avide appétit de gloire qu'elle avait éprouvé depuis l'enfance était enfin rassasié. »

Lorsque son « écrivain préféré », après une candidature malheureuse à l'Académie française, en 1936 (Joseph de Pesquidoux l'avait emporté), est enfin élu, deux ans plus tard, elle ne peut s'empêcher de « crier de bonheur », au moment où la nouvelle lui parvient, par téléphone. L'Académie aura seule été capable de provoquer chez elle une de ces trop rares manifestations de joie, une véritable explosion de bonheur.

Élu au XXVIe fauteuil, celui de René Doumic, au second tour de scrutin (par 19 voix contre 13 à Paul Hazard et 3 à René Pinon), il va devoir prononcer l'éloge de ce prédécesseur, qui lui a ouvert les pages de *La Revue des Deux Mondes*, mais s'est montré un professeur sévère. Sur son épée d'Immortel seront gravés les symboles de sa vie : les armes d'Elbeuf, la croix de Lorraine, la tête de Sphinx (insigne des interprètes de guerre), les balances du Peseur d'âmes, les deux plumes du Romancier et du Biographe, l'étoile de la Gloire..., mais aussi la châtaigne – ce fruit du Périgord évoque les promenades qui le conduisentt invariablement chaque été, le long des allées d'Essendiéras. A l'ombre des arbres centenaires, bénéfiques à ses rêves et à sa création, il a trouvé l'inspiration ainsi que le silence et la concentration nécessaires à sa vie studieuse. Sur l'épée, la châtaigne, sculptée dans l'ivoire, est un hommage à son épouse.

Il peut lui être reconnaissant de cette élection à l'Académie, où le talent ne suffit pas toujours. Depuis qu'ils se connaissent et dès avant d'être mariés, Simone n'a pas cessé de lui faire rencontrer des académiciens – sa famille pullule de relations parmi les « habits verts ». Beaucoup de ceux qui ont voté pour

Maurois sont des amis de Mlle de Caillavet ou de sa mère ou des deux réunies – Paul Valéry, Henry Bordeaux et combien d'autres, jusqu'au maréchal Pétain, qui a toujours été un des piliers du salon de l'avenue Hoche. Or, le soutien de Pétain a été décisif dans l'élection de Maurois. C'est lui qui a rendu la victoire possible. Car plusieurs membres, regroupés autour de Louis Bertrand, refusaient énergiquement « de voter pour un Juif ». « Nous ne votons pas pour un Juif, mais pour un grand écrivain français », dit alors le Maréchal. Son intervention rallia la majorité – Maurois, qui ne connaît pas l'ingratitude, s'en souviendra.

La réception d'André sous la Coupole est le plus beau jour de la vie de Simone, depuis son mariage. Il s'y mêle tout ce qu'elle aime : la littérature, la notoriété et la mondanité. Ses efforts lui semblent récompensés. Tandis qu'André Chevrillon trace l'éloge de son mari, elle peut se souvenir du chemin parcouru. Un chemin souvent ardu, semé d'obstacles, qu'elle a brillamment surmontés. Sa constance, son opiniâtreté, vertus d'ordinaire sans éclat, prennent ce jour-là leur revanche. Ces deux qualités, des moins recherchées, viennent de prouver leur efficacité... En somme, elle a eu raison de se battre et raison d'espérer. C'est le 22 juin 1939. Des nuages montent à l'horizon, de noirs et inquiétants nuages. Mais dans la vie personnelle de Simone, soudain tout s'éclaire. Le ciel est bleu. Maurois a cinquante-quatre ans. Elle en a quarante-cinq.

Elle est assise au premier rang, avec les enfants d'André, qui sont « ses » enfants. Mais sur les gradins, dans son dos, l'assistance est nombreuse. Il y a là, serrés comme sardines en boîte, tout ce que Paris compte de grands noms, le monde-monde de sa jeunesse, des amis écrivains et journalistes, des hommes politiques. Il y a aussi de beaux visages, qu'elle peut nommer – Marthe de Fels et Anne Heurgon (la fille de ses amis de Pontigny), ainsi que Minou Bonnardel, sont venues applaudir « André ». Il y a peut-être d'autres « amies incomparables », cachées parmi cet aréopage. Mais ce jour-là, Simone André-Maurois ne craint pas ses rivales. « Le plus dur est fait, dira-t-elle de son mari. Je l'ai reconquis sur toutes les Amazones. »

Elle a toujours vu la vie en termes de combat et toujours dû se battre, car rien n'a été facile pour elle. Ni l'amour ni le bonheur. Alors, l'Académie lui devait bien ça : ce répit dans la bataille, cette rémission dans l'héroïsme. « Un ménage heureux me fait toujours penser à une embarcation sauvée de la tempête. Lorsque, d'éclaircie en éclaircie, la nef du mariage entrera au port de la vieillesse, j'aurai gagné la bataille des Sirènes [1]. »

Le soir même de ce mémorable 22 juin 1939, elle rédige un poème impromptu, dont voici le début :

Midsummer Night, la nuit si brève
Rompt quelque songe inachevé.
Mais le réel passe le rêve :
Le jour de gloire est arrivé.

Sous la Coupole, elle a pu croire que son destin s'était amarré.

1. Lettre à Emile Deléage, 18 mars 1935.

LA PÉRUVIENNE

L'EMBRASEMENT DU CRÉPUSCULE

Lima, automne 1947

En Amérique du Sud, on aime les écrivains. On les célèbre dans des théâtres, dans des auditoriums, dans des salles de concert en plein air. Stefan Zweig avait inauguré, avant la guerre, ces rassemblements de foules venues entendre discourir, dans sa propre langue, un écrivain européen. Maurois a pris le relais. Invité pour deux mois à une tournée de conférences qui l'ont mené du Brésil en Argentine, puis au Chili, il a rencontré des présidents, des ministres, des ambassadeurs, des directeurs de la presse, des journalistes, les plus grands professeurs du pays, les chanceliers des plus prestigieuses académies et des confrères célèbres – parmi lesquels Jorge Luis Borges –, mais également des étudiants, des femmes du monde, tous ceux – et ils sont alors nombreux – qu'émeut ou intéresse la grande culture française. En route depuis un mois, Maurois a été accueilli partout avec enthousiasme. Il a été applaudi, congratulé, adulé. Chacune de ses conférences – on a envie d'écrire chacun de ses *one-man-shows* – a attiré un public de lettrés, de curieux, ou d'amateurs d'événements, que sa voix de velours et la clarté de son discours en français n'ont eu aucune peine à séduire. Requis par un imprésario des plus folkloriques, moitié hispanique moitié russe, Alexandre

Rognedov, qui l'appelle « Maestro » et le salue matin et soir par une série de courbettes dignes du théâtre de boulevard, mais qui se montre d'une redoutable efficacité et lui fait prononcer au minimum une conférence par jour – ce qui lui laisse très peu de temps pour se reposer ou pour flâner –, il se sent porté par la ferveur du public, tout en se reprochant de devenir une mécanique trop bien huilée : une machine à rabâcher la même conférence, rodée, vérifiée, parfaite, avec les quelques variantes que lui inspirent le lieu, l'heure ou l'atmosphère.

Il est en fait très fatigué. La chaleur, un emploi du temps surchargé, un excès de mondanités et puis ces voyages en avion, qui durent des heures, dans des appareils non pressurisés, et sont parfois périlleux comme celui où il a traversé entre deux parois de glace la cordillère des Andes, sont ligués pour lui faire sentir son âge : soixante-deux ans, et une longue vie derrière lui. Il se languit en fait de la France, qu'il a quittée le 7 août, de la table où il écrit avec une régularité de métronome, de sa femme qui a organisé pour lui une existence propice à sa sérénité. Dans sa chambre d'hôtel, la nuit tombée, lorsque Alexandre Rognedov le laisse enfin tranquille, il ferme les yeux, il rêve... Il rêve d'Essendiéras, et des heures d'été si douces, si calmes, qu'il passe à écrire devant le merveilleux paysage, les vertes métairies, l'horizon vallonné du Périgord. Le voyage sud-américain commence à lui peser. C'est l'automne, il a déjà essayé de négocier un retour anticipé, mais Rognedov s'est montré inflexible. La tournée a été programmée d'une main de fer. Surtout, Maurois est un homme de parole : il a promis, il va rester. C'est là d'ailleurs tout son drame. Il le dit lui-même : « Dans la vie, je n'ai jamais su dire Non. »

A Lima, où il atterrit le 9 septembre, la chaleur est écrasante. Mais la ville, fondée par Pizzare en 1535, a beaucoup de charme. De vieilles maisons coloniales, à la façade blanche, aux balcons en arabesques, et de nombreux jardins, que rafraîchissent des bassins et qu'embaument des fleurs tropicales, vont adoucir le premier contact, et préparer la douceur suprême. A peine a-t-il mis le pied sur le sol péruvien que Maurois cède à l'enchantement. Comme jadis à Genève, en 1909, il y a presque quarante ans, il va succomber à un coup de foudre. Aussi fatal qu'inattendu.

Maurois ne parle pas espagnol. Aussi Rognedov a-t-il tenu à lui trouver, dans chaque pays, un interprète qui puisse à la fois traduire ses conférences et l'escorter pour faciliter ses contacts, dans les déjeuners, les cocktails, les dîners innombrables qui se répètent inlassablement depuis son départ, en son honneur. Au Brésil, il a eu pour guide un poète, Federico Schmidt, et en Argentine l'ambassadeur en personne, Wladimir d'Ormesson. Cette fois, son guide est « une » interprète. Une très belle interprète. Rognedov, qui commence à bien connaître Maurois, la lui a présentée avec un sourire en coin, mi-attendri, mi-complice, le sourire d'une mère maquerelle. Il sait qu'il a fait le bon choix. La traductrice est tout à fait le genre de femme qui plaît à Maurois.

Elle est jeune – très jeune –, née en 1914, elle a l'âge de sa propre fille, l'âge qu'avait Janine dans sa splendeur.

Elle est blonde ; or, depuis Janine, Maurois n'a jamais aimé que les femmes blondes – même si la blondeur cuivrée, ambrée, presque rousse, de celle-ci n'est peut-être pas sa couleur naturelle.

Elle est enfin très belle. Grande (1 m 70), svelte, avec de longues jambes, elle a des attaches fines qu'il remarque aussitôt, des chevilles et des poignets gracieux, mais aussi des rondeurs où il faut – des rondeurs que Simone de Caillavet lui aurait presque fait oublier. Son tailleur strict ne met que mieux en valeur des formes callipyges, des hanches superbes, des seins conquérants. Signe distinctif : une taille de guêpe. Il pense qu'il pourrait en faire le tour avec ses deux mains.

Maria de las Dolores García s'est elle-même proposée pour servir d'interprète bénévole au Grand Écrivain. Née à Santiago du Chili, elle parle couramment français, grâce aux religieuses (françaises) du pensionnat où elle a été élevée. Elle s'exprime avec aisance et fluidité, et même une certaine intrépidité. Maurois remarque qu'elle répond souvent par des phrases plus nombreuses et plus longues que les réponses qu'elle est censée traduire, aux questions des journalistes réunis pour sa première conférence de presse. Elle « arrange » en fait son discours. Elle lui avoue très vite, car elle se veut sincère, qu'elle le met au goût du pays : un peu plus fleuri, un peu plus orné, un peu plus bavard que le goût classique français. En somme, elle improvise sur son discours un autre discours. Maurois, qui s'ennuyait ferme dans la routine de ses conférences, est tout prêt à s'en amuser. Il trouve un charme fou à l'accent sud-américain, si chantant et caressant, de Maria de las Dolores García. D'autant que sa voix de gorge, rauque, cassée, voix de fumeuse sous les souples inflexions rythmées, lui évoque une autre voix, qui mêlait elle aussi, avec une incomparable séduction, douceur et caractère – il l'a prodigieusement aimée. C'est la voix de Janine qui, soudain, montée de la nuit, lui revient au moment où parle Maria. Il le dira : « la voix même de l'amour ».

Comédienne dans l'âme, Maria parle, bouge, chante, avec une séduction innée, sachant donner à son visage, à son corps, mille expressions différentes. Elle aime attirer l'attention sur elle et conquérir un public, qu'il soit nombreux (de préférence) ou réduit au spectateur unique. Déjà, petite fille, à Santiago du Chili, elle envoûtait ses neuf frères et sœurs avec des histoires, avec des danses ou avec des chansons. Maurois ne va pas tarder à découvrir ses dons. Elle va lui réciter des poèmes de Lorca – son poète préféré (elle l'appelle « Federico ») – et danser pour lui seul des pas de flamenco. Le style tragique espagnol l'habille à merveille : dans une robe rouge sang, qui moule son corps comme un gant, elle va dans quelques jours lui interpréter des *cante jondo*, voix et jambes mêlées pour l'ensorceler. Il ne pourra pas résister.

Sa beauté n'est pas celle des Latines. Par sa blondeur, la finesse de ses traits, la largeur de ses pommettes et il ne sait quoi de vague ou de lunaire dans le regard, elle doit tenir d'ancêtres slaves ou germaniques un charme qu'aurait pu capter la photographe allemande, Leni Riefenstahl.

Maria a vocation d'étoile. Elle joue dans une troupe de théâtre amateur, l'« A.A.A. » – Asociacion de Artistas Aficionados –, fondée à Lima par Alejandro Miro Quesada et Corina Garland. Mais elle a de plus vastes ambitions. Elle rêve d'égaler Margerita Xirgu, la grande tragédienne espagnole, depuis qu'elle l'a entendue déclamer, ici même, dans la cité de Pizzare, des vers sacrés de « Federico ». Au cœur de l'A.A.A., elle n'a pas de rivale. On la tient pour la vedette de la troupe. Elle a interprété toutes sortes de rôles féminins, parmi lesquels Angélique, dans *Le Malade imaginaire* (Molière) ; Estelle, dans *Huis Clos* (Sartre) ; Romée Cremers dans *Le temps est un songe* de Lenormand, pièce créée en 1919 à Paris, par la compagnie Pitoëff ; Lavinia dans *Mourning becomes Electra* (Le deuil sied à Electre) d'Eugène O'Neill (pièce de 1931). Elle a été sainte Rose, dans un drame mystique d'Agustin Moreto, dramaturge péruvien, et Cécile, dans une comédie d'Eduardo Sola Franco (autre auteur dramatique péruvien), écrite exprès pour elle : *Las Bodas que preparo el diablo* – Les noces que prépare le diable. Son répertoire est vaste, avec une prédilection pour les rôles d'amoureuse, exaltées, abandonnées, ou sacrifiées.

Elle a joué Isabel, l'héroïne de *La Lunareja* [1], film qui a connu un grand succès en Amérique du Sud, et espère poursuivre sa carrière au cinéma. Lorsque Maurois fait sa connaissance, elle vient de remporter un triomphe dans un « autos sacramentales » de Lope de Vega, autant dire un drame sacré, un Mystère : *El Viaje del alma* (Le Voyage de l'âme). Les artistes *aficionados* l'ont représenté devant une foule de badauds, comme au Moyen Age, sur le parvis de l'église San Francisco. C'était pendant la Féria de Lima, quand la ville fête le Christ des Miracles. Dans cette pièce religieuse et mystique, destinée à illustrer le cheminement et l'extase christiques, Maria a interprété avec succès le personnage clef de la séductrice-tentatrice, celle par qui le péché vient au monde : « la Sensualidad ». Un rôle taillé sur mesure et qui se passe pour une fois de traduction.

Cette jeune femme incarne ce que Maurois aime : sa beauté, sa nature à la fois poétique et sensuelle, son sourire lumineux, sa grâce lascive, jusqu'à l'art de danser ou à celui de réciter des vers, lui plaisent aussitôt. Elle lui paraît infiniment séduisante. Il peut aussi la croire libre, disponible pour une aventure. Elle rit, chante, s'amuse d'un rien et semble goûter chaque instant comme s'il était le dernier, avec une volupté mélancolique. Maurois sera de plus en plus captif, au fur et à mesure qu'il la regardera vivre, qu'il l'entendra rire ou soupirer – ses Ah !, ses *Ay !*, par lesquels elle manifeste sa joie ou ses émotions lui feront perdre la tête. Les bons vins, les alcools puissants, le tabac blond accompagnent des nuits sans sommeil. Car Maria de

1. Film de Bernardo Rocca Rey.

las Dolores, comme jadis Ginou, dort peu, dit-elle, dort mal et préfère les nuits aux jours. Maurois, homme raisonnable et sérieux, esprit cartésien, est irrésistiblement attiré, comme malgré lui, par les créatures les moins disciplinées et les plus fantaisistes, qui s'opposent à son tempérament. Au Pérou, pour la seconde fois en quarante ans, il reconnaît un parfum qu'il respirait autrefois, un parfum de femme à la fois gourmand et léger, très entêtant, qui communiquait à sa vie une espèce d'ivresse.

Avant de trouver sa voie au théâtre, Maria de las Dolores García a voulu être journaliste. Elle continue de donner par intermittences, dans des revues chiliennes ou péruviennes, des articles sur des livres ou des pièces et elle promet à Maurois de rédiger un compte-rendu de son passage à Lima. Tout ce qui s'écrit trouve en elle une admiratrice spontanée et fervente. Elle aime avec passion les mots, leur pouvoir, leur magie. Rencontrer un écrivain la grise – surtout un Grand Écrivain français dont la légende dépasse largement la réputation des écrivains de ce pays-ci qui n'est encore, en comparaison de la vénérable et institutionnelle culture européenne, qu'une province d'Amérique. Si elle préfère, on l'a dit, les poètes, qui lui donnent les frissons et les transes, ou les dramaturges, qui peuvent composer des rôles à sa mesure, si « Federico » reste son idole indétrônable, un romancier l'intéresse. Il joue lui aussi à faire sonner les phrases ; il pourra créer des scènes, inventer des histoires d'amour et rédiger, en prose, pour elle, des textes sensuels ou « sacramentels » – un mot auquel elle tient. Surtout, il saura, autant qu'un poète ou qu'un dramaturge, donner à la vie cette dimension qui lui manque et qu'elle recherche, la part indispensable de l'imaginaire. Pour Maria, un écrivain est « un mago y una artista » (un magicien et un artiste) : quand elle prononce *mago* et *artista*, ses yeux pétillent.

Ses yeux sont ce qu'elle a de plus beau. Verts, avec des reflets jaunes – Maurois dira « des reflets d'or » –, ils lui donnent un regard hypnotique.

Le Pérou est la patrie d'adoption de Maria. Elle y habite depuis son mariage avec Manuel Checa, un propriétaire de chevaux et d'une écurie de course. L'homme s'est effacé de sa vie, lui laissant une fillette de sept ans, Maria-Luisa, ainsi que son nom. Pour l'état-civil espagnol, qui mêle les patronymes paternel et maternel à celui de l'époux, Maria de las Dolores se nomme la Señora Checa García y Rivera.

Señora Checa ; Maria de las Dolores García ; Maria Rivera ; Dolores García ; elle est toutes ces identités à la fois. Mais dans la petite société de Lima, parmi les cercles culturels, à l'ambassade et à l'Alliance françaises, où tout le monde la connaît, chacun l'appelle « Marita ».

Au Chili, elle n'est pas revenue depuis 1941. Elle semble avoir rompu les amarres avec le passé. Dès le premier jour, Marita a dit à Maurois qu'elle était péruvienne. Et juré de lui faire visiter et aimer son pays.

Expansive, chaleureuse, Marita a vite fait d'ensorceler le visiteur, qui de la date fatidique du 9 septembre 1947 où il débarque à Lima, à la minute même où Rognedov lui présente cette jolie jeune femme, découvre qu'il ne peut plus se passer de sa compagnie. Si elle n'est pas au premier rang à sa conférence, si elle manque un déjeuner ou un dîner officiels, si un autre guide, fût-il le meilleur historien péruvien, propose ses services pour aller voir un musée ou une église, il est déçu, attristé, morose. Ses conférences s'en ressentent : il n'est brillant orateur que si elle y assiste. Sa seule présence opère sur lui un de ces miracles dont le Pérou a le secret légendaire, un miracle digne de sainte Rose, la première sainte d'Amérique et la patronne de tout le pays, qui en son honneur regorge de mille espèces de ces fleurs. Lorsque Marita se promène ou déjeune à ses côtés, lorsqu'elle prend la même voiture ou assiste en traductrice à ses entretiens avec un journaliste, il rajeunit de vingt ans. Elle lui rend sa jeunesse perdue et, avec elle, un peu de ce bonheur de vivre qu'il a laissé s'évaporer, par lassitude, et dont les quelques résidus qu'il protège encore se condensent dans les pages des romans ou des biographies qu'il écrit.

Elle sait le faire rire et réveille aussi sa sensualité. Comme Maurois ne peut pas rêver sans penser à des exemples littéraires, à des situations qu'il a découvertes ou analysées au cours de ses innombrables lectures, il trouve immédiatement la comparaison qui s'impose et c'est l'Ancien Testament qui remonte à sa mémoire. En la regardant, ébloui, il pense à Abigaïl, la Vierge de Sunnam, qui réchauffa les vieux jours du roi David. Marita sera-t-elle son Abigaïl ?, tout le porte à le croire. A-t-il songé aussi à la liaison de Drieu avec Victoria Ocampo qui, avant-guerre, a défrayé la chronique ?

En attendant, Marita ne le quitte plus. Invitée partout, comme son interprète et accompagnatrice, sa personnalité chatoyante donne du charme aux réceptions les plus compassées. Mais elle aime prendre des initiatives : contrariant ou débordant les projets de Rognedov ou ceux de l'attaché d'ambassade, elle entraîne Maurois dans une série d'excursions, en tête à tête, désorganisant ainsi l'emploi du temps et jetant un délicieux désordre dans le programme sévèrement minuté par l'imprésario. Ce dernier ne décolère pas. Il est impuissant à canaliser l'énergie décuplée de son protégé, qui échappe à sa tutelle, s'éclipse avant l'heure convenable ou s'évanouit dans la nature au moment où on a besoin de lui. Il lui arrive même un jour d'arriver en retard à sa propre conférence ! Car Marita lui fait perdre à la fois le sens du temps et des responsabilités. Il a envie de prendre des vacances, envie de fuir toutes les corvées, qu'il supportait hier avec courage et qui soudain, à cause d'une jolie silhouette, d'un parfum et d'un rire de gorge, lui sont devenues odieuses.

Maurois n'est pas peu fier de jouir de la compagnie de Marita. C'est « Miss Pacifique », après tout, qui se promène à son bras : Rognedov, qui doit bien le regretter maintenant, la lui a ainsi présentée le premier jour, à l'aéroport. A dix-huit ans en effet, en 1932, elle a été élue reine du concours de beauté de la côte ouest-américaine.

A l'ambassade de France, on est désolé de ne pas profiter davantage du prestigieux visiteur, venu apporter avec lui un peu d'air du pays. L'attaché culturel, Jean Supervielle, est le fils du poète. Il voit avec regret lui échapper Maurois, qui refuse ses invitations, avec autant de courtoisie que de fermeté, pour s'éclipser avec Marita. Dès le second jour, on commence à jaser. Maurois, si sensible au qu'en-dira-t-on, se moque soudain de sa réputation. Marita l'a complètement subjugué. Passant outre les susceptibilités locales et le respect des convenances, il ne pense plus qu'à se retrouver seul à seule avec elle et il faut reconnaître qu'elle lui en offre cent fois l'occasion. Fertile en improvisations, maligne comme tout son sexe (la phrase est de Rognedov), elle l'entraîne d'abord dans des musées – notamment à celui de la Magdalena, réputé pour ses trésors d'art inca –, puis au hasard dans les rues de Lima, où elle lui fait découvrir des patios, des places ombragées de palmiers, ou de vieilles maisons délabrées, couvertes d'étonnantes toisons de bougainvillées violettes. Ils dînent plusieurs fois dans une auberge qu'elle connaît bien et qui, à l'écart des circuits touristiques, a le mérite de préserver leur anonymat.

Une discrétion fortement entamée. A Lima, la rumeur se répand que le Grand Écrivain Maurois sort avec la Sensualidad. L'Amérique du Sud n'étant encore vaste qu'en kilomètres carrés, cette rumeur a vite fait de franchir les frontières des Andes et de se diffuser du nord au sud, de l'est à l'ouest. Maurois ne se rend compte de rien ou bien affecte l'ignorance. Pour la première fois de sa vie, il commet imprudences sur imprudences et se compromet sans y prendre garde, avec la jeune femme au nom prédestiné. Il aurait dû se méfier. Ce n'est pas la Vierge de Sunnam qui se promène à ses côtés mais une créature merveilleuse, frappée, comme Janine, du sceau du malheur. A sa naissance, comme si elle devinait le sort douloureux qui l'attendait, sa mère lui a donné pour marraine celle dont elle fut baptisée : Maria de las Dolores, la Vierge des Douleurs.

Le scandale éclate lorsque Rognedov ayant publiquement annoncé à Maurois, lors d'un dîner à l'ambassade, qu'il a avancé de deux jours son départ pour Bogotá – ultime étape du voyage –, Maria s'écrie qu'elle aussi a rendez-vous, justement à la même date, dans cette autre capitale sud-américaine : un agent lui a proposé un rôle au théâtre, pour la saison prochaine. Elle doit le rencontrer de toute urgence. Il se trouve que, par le plus grand des hasards, elle voyagera dans le même avion qui part le surlendemain, 20 septembre, à l'aube. Maurois ne cache pas son plaisir et se réjouit par avance que Maria ait trouvé un prétexte pour l'accompagner en Colombie. Elle a été plus vive que lui : il se demandait justement comment retarder l'intolérable déchirure de leur séparation.

Voici le couple dans l'avion, installé côte à côte, presque main dans la main, devant un Rognedov furieux et un couple d'aristocrates péruviens, croisé à plusieurs reprises dans les dîners officiels, qui murmure évidemment dans leur dos.

Dix heures de voyage, incluant les escales à Quito et à Cali, séparent alors Lima de Bogotá. Marita et Maurois n'ont jamais été si longtemps aussi proches et l'on imagine tout ce qu'ils ont pu se confier, dans l'intimité de cette carlingue, malgré le bruit obsédant des moteurs. Leurs épaules se touchent, leurs mains se croisent et bientôt, si l'on en croit Maurois, Marita s'endort, tout abandonnée contre lui. A l'arrivée, malgré les tentatives de Rognedov pour envoyer la jeune femme à une autre adresse, ils vont descendre au même palace – l'Hôtel Granada – et c'est là, dans la nuit du 20 au 21 septembre, qu'ils seront amants, pour la première fois. Marita rejoint Maurois dans sa chambre puis regagne à l'aube la sienne, et tandis qu'il accomplit laborieusement ses tâches d'écrivain-conférencier, ambassadeur de la culture française, elle dort jusqu'au déjeuner, parfois jusqu'à l'heure de la sieste.

Ils se retrouvent l'après-midi, Maurois s'étant une fois de plus dispensé de paraître dans plusieurs des manifestations prévues de longue date par son imprésario et que celui-ci se voit dans l'obligation d'annuler sous des prétextes fallacieux. Obsédé par Marita, il ne pense qu'à la rejoindre. Il est amoureux.

Toujours lucide, il constate que le temps n'a passé que pour lui rendre aussi pures, aussi fortes, des sensations qu'il croyait avoir enterrées avec Janine et que l'âge aurait dû émousser. C'est une aventure romanesque qui se déroule à Bogotá, mais aussi le chapitre inattendu d'une liaison sensuelle. Sous le signe d'une jeunesse retrouvée, l'écrivain est emporté par la passion physique. Il lui reste à peine assez de clairvoyance pour noter au passage les ravages que ne vont pas manquer de provoquer, dans sa vie, des étreintes aussi voluptueuses et aussi violentes – telles qu'il n'en a peut-être jamais connu. Le sexe est le maître mot de cette histoire. La soixantaine franchie, Maurois entend ne pas se priver de cet épisode imprévu, qui apporte à son existence devenue trop fade et trop tempérée, où il sentait les prémices de sa mort prochaine, le parfum poivré, brûlant, du piment tropical. Au contact de la peau épicée de Marita, il le dira lui-même, Maurois ressuscite.

La grande révélation de Bogotá, pour Maurois, ce n'est ni son ciel pur, à 2 640 mètres d'altitude, ni le Monserrate – la montagne aux arêtes lumineuses qui la domine –, ni le blanc profil de ses églises, ni l'Université – moins vieille que celle de Lima, néanmoins prestigieuse –, ni les chutes du Tequendama, avec ses fusées liquides et le contraste étonnant de ses eaux jaunes avec les vapeurs bleu lilas qui remontent du gouffre, ni même le *Museo del Oro*, avec ses sept mille bijoux précolombiens, c'est le corps de Marita. Un corps qu'il va célébrer dans des poèmes, dans un roman, et qu'il n'oubliera jamais.

De son apparition en naïade au bord de la piscine, dans un maillot de bain qui souligne audacieusement ses formes et lui vaut les regards admiratifs de tous les clients de l'hôtel, jusqu'à ses tenues de cavalière – jodhpurs et hautes bottes de cuir – qui ne la rendent pas moins désirable, en passant par la nudité totale, cette nudité dans laquelle elle se donne, quand elle vient le rejoindre dans sa chambre de l'Hôtel Granada : la beauté de Maria irradie naturellement. C'est une beauté lascive et chaude, qui incite immédiatement à l'amour et puise dans une science exquise des gestes et des caresses. Tout est beau chez Marita, s'il faut en croire les poèmes, le roman de Maurois : les longues cuisses et les seins en poire, la croupe rebondie, le ventre plat. Même la toison noire – détail imprévisible et pour lui émouvant.

Il aime sa manière de se déshabiller – il ne se lasse pas de lui voir rouler ses bas le long de la jambe. Il attend le moment sublime – c'est lui qui parle – où elle va enlever, avec une grâce qui l'enchante, sa culotte de dentelle blanche. Elle sait se donner, suggère-t-il, et aussi renouveler des sensations, provoquer des étonnements, sans pour autant paraître jamais technique ou trop experte. Innocente dans les baisers, légère dans les caresses, hardie sans impudeur, c'est la maîtresse idéale, dont le corps se prête ingénument aux jeux les plus interdits.

Des images se gravent, indélébiles. Une soirée au cinéma, pour y voir *Tessa*, un film d'amour bien sûr, tiré du roman de Margaret Kennedy, *The Constant Nymph* (La Nymphe fidèle). Un déjeuner à la campagne, chez une amie colombienne de Maria, Gloria : ils s'y rendent en couple, sans dissimuler leur liaison. Une course de taureaux, dans les arènes de Bogotá, où Marita, en *aficionada*, lui explique les rites, les passes et s'exalte à chaque triomphe du torero. Maurois, qui ne goûte pas le cérémonial sanglant de la corrida, est surtout soulagé qu'il manque les picadors à cette « boucherie », tandis que Marita lui parle de Manolete, la voix et les yeux chavirés. Manolete est son autre idole, après Lorca. Il vient de mourir dans l'arène, il y a quelques jours, d'un coup de corne de son dernier taureau – Islero –, juste après l'estocade.

Maurois découvre que sa *compañera* est une vraie gitane. Elle aime la couleur rouge, l'or, le sang, la comédie, lorsqu'elle se mêle à la poésie de la mort, Lorca et Manolete, la guitare, le flamenco, tout ce qui est éclatant, puissant, ou tragique. Elle aime le vin rouge, chilien ou français, et plus encore les liqueurs qu'elle réclame à la fin de chaque dîner, pour accompagner les innombrables cigarettes qu'elle allume l'une après l'autre, aspirant, buvant avec délices la fumée. Elle prise comme une drogue le *pizco*, qu'on boit à Lima, glacé, mélangé à du sucre de canne et à un jus de citron vert : un alcool explosif. L'ivresse des sens l'attire. Marita vit dangereusement. Comme si cette blonde créature, aux chevilles et aux poignets délicats, portait en elle des penchants à l'excès, ou quelques mystérieux instincts d'autodestruction.

Fragile, malgré ses désirs de débordement, elle l'a terrifié un jour, en s'évanouissant au beau milieu du hall de l'Hôtel Granada. Il avait dû la ramener d'urgence, après la course de taureaux, quand soudain pâle et le visage tiré, elle lui avait avoué qu'elle se sentait mal, qu'elle étouffait. Était-ce la surexcitation due à la corrida, trop d'émotions, la chaleur excessive de Bogotá ou le vin de la veille, trop capiteux, trop lourd ? Il a fallu appeler un médecin, la ranimer. Elle ressemblait à une morte. Revenue à elle, elle lui a révélé qu'elle était sujette, de manière chronique, à des crises d'asthme, mais que l'altitude trop élevée de Bogotá expliquait la sévérité de celle-ci. La respiration est le seul point faible de Marita.

Le vingtième jour après leur rencontre, Maurois, sous la houlette de Rognedov, reprend l'avion pour poursuivre son programme de conférences. Destination New York, où l'attend son fils Gérald. Au bord des larmes, il s'abandonne en plein ciel à une crise de *saudade*, comme il en a rarement connu, même à vingt ans. Un désespoir amer se mêle à des souvenirs brûlants, tandis qu'une indéfinissable angoisse lui serre le cœur. Il n'a jamais été autant envahi de regrets, aussi mal. Il l'écrira...

« 1er octobre : petit jour triste. Brume sur Bogotá et dans mon cœur. Tous mes amis sont là. (...) Rarement éprouvé mélancolie aussi douloureuse. Adieux. Promesses de retour. Elles sont sincères [1]. »

Un mois plus tard, le 23 octobre 1947, à bord d'un avion qui le ramène vers la France après trois mois d'absence, il prendra la mesure de son rêve. Il aura alors l'impression de quitter « l'Ile enchantée ». Il va retrouver la réalité, à Paris. Il sait ce qui l'attend : le cadre familial et confortable du boulevard Maurice-Barrès, son bureau, ses livres, mais aussi, dès son arrivée à Orly, où elle sera venue le chercher, le visage tendu et sombre de la femme qu'il a oubliée.

1. *Journal d'un tour en Amérique latine*, Editions du Bateau Ivre, 1948, p. 195.

Retour sur la guerre

Le couple Maurois, comme après une longue maladie, est entré en convalescence. Simone et André ont affronté les six ans de guerre et d'exil en faisant front commun dans l'épreuve, même si, au nombre des obstacles à surmonter, les occasions de discorde n'ont pas manqué. S'ils n'ont pas souffert dans leur chair, de 1939 à 1945, ils ont dû supporter des moments cruels – si cruels que l'écrivain aura plus d'une fois songé au suicide [1].

Commencée sans la fleur au fusil, la Deuxième Guerre le trouve fidèle au poste, bien qu'il ait largement dépassé l'âge de se battre. Officier de réserve, le voici dès l'été 39 en uniforme de lieutenant, envoyé au Commissariat général à l'information, sous les ordres de Jean Giraudoux, réduit à jouer les Grand Cyrus et à chercher désespérément un rôle où se rendre utile. Il est aux premières loges pour constater le manque de préparation et d'organisation de l'armée. Affecté à l'état-major du corps expéditionnaire anglais, il rejoint à Arras les forces britanniques pour y servir d'agent de liaison. Projeté vingt ans en arrière, au service d'un second colonel Bramble (lord Gort), il se voit confier

1. *Mémoires*, p. 259.

la rédaction d'une brochure destinée aux soldats anglais. On lui a demandé non seulement d'essayer de faire comprendre les us et coutumes de son pays aux soldats d'outre-Manche, mais de plaider pour l'amitié franco-anglaise – un état d'esprit qui n'allait pas de soi, dans le contexte de l'époque, peu propice aux ralliements, aux tolérances, aux harmonies. « Nos deux pays n'ont pas seulement pour tâche de gagner la guerre, mais de gagner ensuite la paix, a écrit Maurois en septembre 1939. Ils ne le pourront que s'ils restent unis. »

Quelques discours devant des officiers britanniques, des missions d'observation de la moins évidente nécessité ne remplissent pas l'objectif qu'il s'est fixé : accomplir son devoir de Français. « Témoin oculaire officiel, tel était mon titre, que je n'aimais guère. (...) Témoin de quoi ? Il ne se passait rien [1]. » Au même poste qu'en 1914, avec cette différence que les soldats ne se battent plus, il assiste avec les Anglais, impuissants, au bombardement de Bruxelles et à l'invasion de la Belgique, puis au déferlement des troupes allemandes. L'Alsace à nouveau sous la botte, il pense avec horreur à l'exode de sa famille en 1871, aux sacrifices consentis de tous ces Alsaciens, confiants dans le choix qu'ils avaient fait de rester français. Ses galons de capitaine nouvellement acquis au milieu de la débâcle, il éprouve un sentiment de honte à porter un uniforme que la défaite, trop rapide, trop totale, lui semble avoir sali. Il va devoir se répéter souvent ce mot anglais – « For better for worse, my country » – Mon pays, pour le meilleur et pour le pire. Après Dunkerque et le départ des Anglais, dans le désordre inouï des troupes et du commandement français, il regagne Paris, persuade Simone de rejoindre sa mère à Essendiéras et, chargé d'une mission émanant du Quartier Général, il s'embarque quelques jours plus tard – le 10 juin 1940 –, à bord d'un Flamingo, pour Londres.

1. *Mémoires*, p. 266.

Dans une série d'articles publiés dans *Le Figaro*, Maurois a combattu avec virulence, dès les premiers jours du régime, la politique nazie. La presse, mais aussi ses conférences les plus récentes et son dernier livre, *Les Origines de la guerre de 1939* [1], illustrent des convictions politiques, fondées sur des valeurs humanistes et un idéal républicain. Ses déclarations et ses écrits placent Maurois dans la ligne de mire du nouvel occupant, parmi les intellectuels à combattre. Sa qualité de juif le met de surcroît en danger, les lois raciales n'allant pas tarder à être appliquées. Mais lorsqu'il quitte la France, de l'aéroport de Buc, il ne sait pas qu'il n'y reviendra pas avant six longues années.

A Londres, l'écrivain s'apprête à faire face à ses nouvelles responsabilités : il devra parler à la radio et, à toutes les occasions qui lui seront données, tâcher encore, dans la tradition de son personnage Aurelle – l'interprète du colonel Bramble, pendant la Première Guerre –, de plaider près des Anglais la cause de la France. Une cause bien entamée et difficile à défendre.

Le 11 juin 1940, à l'aube, Simone, au volant de sa Juvaquatre blanche, roule vers le Périgord, qu'elle mettra deux jours à atteindre, dans l'encombrement des routes, sous les bombardements allemands. Gérald qui, à dix-neuf ans, s'était engagé dans l'aviation, a été démobilisé et l'accompagne. La voiture est pleine à craquer de valises et de cartons ; elle a laissé à Neuilly sa garde-robe (que Janine aurait sûrement emportée parmi ses priorités) et la plupart des objets. Elle a pris quelques tableaux – son portrait par Domergue, un Boudin –, mais dans la précipitation, a oublié sur les murs du boulevard Maurice-Barrès un magnifique

1. Gallimard, 1939.

Marquet. Les valises, les cartons contiennent surtout des manuscrits, des archives, des notes de Maurois pour des livres futurs ou en cours. Sa devise a guidé Simone dans cet ultime choix de ses plus chers trésors : l'Œuvre avant tout ! Elle a privilégié les outils de travail et, bien sûr, embarqué sa Remington.

Son esprit pratique, sa force de caractère, son intrépidité qui trouvent, dès les premiers jours de la guerre, un terrain pour s'éprouver, ne vont pas se démentir. Sa mère, une fois de plus, ne pourra que lui reprocher d'être trop impulsive – « tu ne réfléchis pas, tu n'en fais qu'à ta tête, ma fille » –, elle ne reste que cinq jours en Périgord, le temps d'entreposer son précieux chargement. Puis elle quitte Essendiéras, où Jeanne et Maurice Pouquet hébergent déjà une centaine de réfugiés (pour la plupart alsaciens et lorrains) et où Gérald, mal remis d'une récente opération d'appendicite aiguë, va pouvoir se rétablir. Elle a décidé de partir à la rencontre d'André.

Le 13 juin au soir, elle a pu entendre à la radio le discours de la reine d'Angleterre, adressé en français « Aux Femmes de France ». Elisabeth a tenu à leur dire sa commisération et son entier soutien. Simone ne sait pas que c'est Maurois qui a rédigé ce discours, à la demande de la reine, ni qu'il a eu l'honneur de le lui faire répéter à haute voix, à Buckingham Palace, avant qu'elle ne le prononce sur les ondes.

Le 14 juin, au lendemain de l'entrée des Allemands dans Paris, elle apprend que leur ami, le chirurgien Thierry de Martel, s'est donné la mort ; il lui avait annoncé au téléphone, la veille du départ d'André pour Londres, sa volonté de ne pas survivre à un pareil moment.

Le 15 juin à Bordeaux, le 17 à Hendaye, Simone qui ne veut pas rester en France dès lors que son mari a quitté le territoire national, réussit à passer au Portugal. Elle agit dans la peur que le piège ne se referme sur elle, si l'avance allemande se poursuivait. Elle ne pense qu'à rejoindre Maurois, où qu'il se trouve. Grâce à

Mme Cotnareanu – ex-épouse du parfumeur Coty, devenue après son divorce propriétaire du *Figaro* –, qui est amie de longue date de sa famille et fuit elle aussi les lois raciales [1], elle a pu se procurer une place à bord du *Yankee Clipper*, un paquebot qui part de Lisbonne le 25 juin, à destination de l'Amérique. Début juillet, elle débarque à New York, sûre que son mari viendra l'y rejoindre ou s'y trouve déjà. N'ayant pu à aucun moment correspondre avec lui, dans la tornade de l'invasion, ni depuis l'armistice, elle mise sur leur sens commun de l'organisation : comme elle tient méticuleusement à jour l'agenda, elle sait que Maurois s'est engagé à donner des conférences à l'automne, au prestigieux Lowell Institute de Boston. Or, il s'est toujours montré jusqu'ici, quelles que soient les circonstances, fidèle à ses engagements.

Son intuition est juste. Parti le 4 juillet de Glasgow, à bord du *Monarch of Bermuda*, un paquebot canadien qui transporte une cargaison d'enfants anglais et quelques personnalités internationales – parmi lesquelles le poète Saint-John Perse –, il parvient, le 12, au port d'Halifax et prend aussitôt un train pour Montréal. Simone, prévenue par une dépêche, est venue attendre son mari sur le quai de la gare, Windsor Station, où ils se retrouvent enfin, le 13 juillet, à six heures du matin. « Peindre notre joie est impossible, dira Maurois. Nous avions tant craint de ne jamais nous revoir [2]. »

Le 16 juillet, ils regagnent ensemble New York, qui sera leur port d'ancrage durant toutes les années de guerre. Une providentielle patrie d'adoption, pour les émigrés que le nazisme a chassés d'Europe.

L'exil, les Maurois l'ont choisi d'un commun accord, sans même se consulter, comme si, à distance,

---

1. Léon Cotnareanu devait donner à Maurice Pouquet, beau-père de Simone Maurois, ses pleins pouvoirs pour administrer la fortune de sa femme, notamment *Le Figaro*, pendant l'Occupation.
2. *Mémoires*, p. 319.

leurs cerveaux continuaient de communiquer et restaient en symbiose.

A Londres, André Maurois a refusé la proposition que le général de Gaulle lui a faite, le 21 juin, d'entrer dans son gouvernement et de devenir le porte-parole de la France Libre.

Les deux hommes se connaissaient déjà et s'estimaient. Ils ont déjeuné ensemble, naguère, à l'initiative de l'écrivain Daniel-Rops, qui dirigeait chez Plon la collection où a paru *La France et son armée*. Maurois a été un des premiers écrivains à signaler, dans *Un art de vivre*, en 1939, « la fermeté de pensée » du colonel de Gaulle. Il l'« admirait », dit-il, depuis longtemps – « admirer » est le verbe qu'il emploie dans ses *Mémoires* [1]. L'idéal que de Gaulle défend ce jour-là, devant lui, dans un tête-à-tête sans lendemain, n'aura pu le laisser indifférent : l'image d'une France, qui veut retrouver son honneur, et s'allie à l'Angleterre pour reconquérir sa liberté, aurait dû s'imposer à lui. Cet idéal, c'est le sien, c'était celui de son père et de ses oncles, celui des Fraenckel, des Herzog.

Deux arguments l'ont poussé à refuser, après une nuit de dilemme. Le premier est d'ordre familial : sa mère, très vieille et impotente, est restée à Neuilly. De même que sa fille Michelle, avec son mari, Serge de Kap-Herr (le mariage a été célébré en 1938, l'année de son élection à l'Académie). Il peut craindre des représailles sur sa famille. D'autant que la zone dite libre, où se trouvent ses deux fils et son épouse – du moins les croit-il tous encore en Périgord –, semble également fragile et menacée.

Le second est ce qu'il appelle « un sentiment de reconnaissance personnelle [2] » : le maréchal Pétain,

1. P. 306.
2. *Mémoires*, p. 309.

dont il ne peut oublier qu'il fut l'artisan de la victoire de 14-18, a « fait » son élection à l'Académie française. Il lui semblerait déloyal d'attaquer un homme auquel il doit un tel honneur, condition inévitable s'il accepte de devenir le porte-parole du général de Gaulle sur les ondes de la BBC. Prendre publiquement parti pour la dissidence, fût-elle la plus noble des causes, ou rester fidèle au maréchal Pétain : il préfère ne pas choisir. L'exil sera sa réponse.

Une décision lourde de conséquences, qui lui vaudra la haine des gaullistes et ce mot de Churchill : « Nous croyions avoir un ami, il n'était qu'un client. »

Le séjour américain ne sera pas une sinécure. Les autorités, qui craignent l'organisation d'un réseau d'espionnage sur leur sol, se montrent particulièrement méfiantes à l'égard des ressortissants français – Maurois n'échappe pas à la suspicion générale. Mais il a des amis sur place, à de hauts postes, en particulier autour de l'ambassade de France, qui vont lui faciliter les premières démarches. La plupart des Américains redoutent alors l'entrée en guerre de leur pays, aux côtés des Anglais : s'ils hébergent avec beaucoup de générosité les exilés politiques, ils n'en sont pas moins farouchement isolationnistes. Pendant des semaines, pendant des mois, Maurois qui entend plaider pour l'entrée en guerre des Etats-Unis, va employer sa plume d'écrivain à cette tâche missionnaire.

« En dépit du sort affreux qui est aujourd'hui le sien, nous croyons avec une fidélité désespérée à l'avenir de notre pays », dira-t-il à des journalistes new-yorkais, quelques jours après son arrivée.

En juillet 1940, les Maurois s'installent dans un trois-pièces au dix-septième étage de la Ritz Tower, à l'angle de la 57e Rue et de Park Avenue : une adresse des plus prestigieuses pour un émigrant qui n'a pas un dollar en poche ! Le directeur du Ritz décide d'héberger à crédit ce client français, qu'il connaît bien, à charge pour lui de régler la note après la guerre. Matériellement, les Maurois se trouvent en effet sans ressources. En France, leurs biens ont été mis sous séquestre ; ils n'ont plus accès à leurs comptes et aucun revenu ne peut leur parvenir. C'est grâce à son travail d'écrivain, aux contrats qu'il va signer avec divers éditeurs américains – le plus important étant la maison Harper –, que Maurois va pouvoir subsister, avec Simone.

Familialement, ils ont tous deux plus d'une raison d'être inquiets. Avec les lois raciales édictées par l'occupant nazi, la mère d'André Maurois que son état de santé rend intransportable court les plus grands dangers. Mais Michelle n'est pas davantage à l'abri d'une dénonciation ou d'un chantage ; bien que catholique, mariée à un catholique – le baron Serge de Kap-Herr est d'origine balte –, elle n'en est pas moins fille d'un père juif, connu pour ses convictions anti-hitlériennes. Maurois croit qu'on peut, par elle, chercher à l'atteindre, lui. Quant à Gérald et à Olivier, s'ils lui semblent encore à l'abri, au sud de la Loire, il peut craindre leur légèreté, leur faiblesse – c'est la première fois qu'il abandonne à eux-mêmes ses fils adolescents. Or, au mois d'août 1940, Olivier a été victime d'une grave crise délirante et a dû être interné. Il va passer ensuite de longs mois à la clinique de Champvert, dans la région lyonnaise – établissement spécialisé dans le traitement des maladies mentales. Maurois a suivi les conseils du professeur Lépine – son confrère à l'Institut –, qui a décidé cette hospitalisation ; il lui fait entièrement confiance. Il a, d'autre part, donné son pouvoir à Maurice Pouquet pour signer à sa place les documents nécessaires et servir à ses enfants de tuteur en son absence.

Furieux qu'on passe par-dessus son autorité, en l'absence du chef de famille, Gérald, qui juge qu'on a enfermé son frère « arbitrairement », réclame la tutelle d'Olivier. Il envoie à André des messages pathétiques, pour l'attendrir, et à Simone des lettres très dures, où il l'accuse de peser sur les décisions de son père et de le détourner de ses fils. Maurois doit écrire à son aîné pour lui expliquer l'étrange maladie du cadet – une maladie qu'il connaît bien pour l'avoir déjà vue sous ses yeux affecter son épouse, jusqu'à la rendre méconnaissable. Faite de périodes de crises, où le patient frôle en effet la démence, puis de périodes d'accalmie où le sujet, devenu presque atone, s'étonne de subir des traitements qu'il croit inappropriés, elle exige un suivi régulier et sévère, allant jusqu'à cette odieuse, néanmoins nécessaire réclusion. Bouleversé de savoir Olivier dans cet état, il songe à se rendre à son chevet. On peut imaginer la souffrance qu'il dut éprouver d'avoir à régler, par lettres, un pareil cas de conscience. Le spectre de la Malmaison vient ainsi s'ajouter aux soucis quotidiens, aux angoisses politiques, aux déchirements inévitables de toute séparation pour faire de l'exil, pour les Maurois, une terrible épreuve morale.

Simone : « Deux êtres perdus dans la tempête... Je n'ai que Lui au monde comme il n'a que moi [1]. »

« Vous n'êtes pas faite pour l'émigration, rentrez tout de suite », lui a dit leur ami Robert Lacour-Gayet. Il a vu juste : l'exil coûte à Simone, qui n'y a consenti que par sens du devoir conjugal – « J'étais paralysée de scrupules envers cet homme si bon, à cause des lois raciales [2] », écrira-t-elle à sa mère pour justifier son départ. Elle veut continuer à soutenir Maurois dans les circonstances pénibles qu'ils traversent, et se montrer fidèle au contrat qui les lie. Elle ne démissionnera pas

1. Lettre à Gérald, 6 mai 1941.
2. Lettre à Jeanne Pouquet, 12 juillet 1942.

et continuera donc à l'assister quotidiennement dans son secrétariat et l'organisation matérielle de la vie. Mais son programme lui paraît cette fois très lourd à porter. Peut-être est-il même au-dessus de ses forces. D'autant que, privée d'aides ménagères, elle doit assurer les courses, la cuisine et le repassage – corvées qui, jusqu'ici, lui ont toujours été épargnées. Le fer à repasser, dit-elle, est devenu le grand rival de sa Remington !

A New York, pour tenir bon, Simone s'accroche à ses habitudes. Dès le premier jour, avant de se soucier du ravitaillement, elle installe sa machine à écrire sur une table de bridge dans un coin de leur chambre et, sans perdre un instant, se met au travail. Maurois lui donne l'exemple. A peine arrivé, il inaugure un emploi du temps qui ne désemplira plus. Il écrit des articles, des discours, des conférences, dont il lui remet les textes manuscrits – à charge pour elle de les taper. En apparence du moins, rien n'a changé. Il est toujours « une machine à écrire » et elle « une machine à taper ce qu'il écrit ». Elle ne va jouir à New York d'aucun loisir : jamais les articles, les conférences ou les cours de Maurois ne seront si nombreux que de 1940 à 1942. Pendant ces deux années, Simone n'aura pas d'autre horizon : les papiers à taper s'amoncellent sur son bureau, et il lui arrivera de passer des nuits blanches pour venir à bout, en temps et heure, des feuillets que Maurois lui a confiés. Elle ne ménagera pas sa peine pour l'assister dans ce qui sera sa guerre à lui. Une guerre avec les mots, pour persuader, pour convaincre, et lutter contre les réticences ou les désinformations.

Mais Lacour-Gayet avait raison, Simone est la personne la moins faite pour l'émigration. Ultra-française et ultra-parisienne, même si elle parle couramment l'anglais, elle a toujours vécu dans un milieu étroit et protégé. L'Amérique est trop vaste et trop diverse, à ses yeux, elle s'y sent perdue. La coupure avec ses racines, avec son entourage familier ; l'éloignement radical de son univers feutré perturbent ses repères.

Sans son travail de secrétaire, sans le rôle que son mari lui donne à ses côtés, il est probable qu'elle n'aurait pas tenu. Elle n'en sera pas moins, aux Etats-Unis, « terriblement malheureuse [1] ». Cette Parisienne, à laquelle les mondanités servaient de respiration, va devoir s'adapter à un autre décor, à d'autres mœurs et à ce qui est pour elle le pire des maux – la solitude. Car Maurois, qui voyage énormément, la laisse seule quinze ou vingt jours par mois, dans cet appartement perché au sommet d'une tour. La radio, qu'elle tient branchée en permanence, diffuse des concerts de musique classique et lui apporte des nouvelles d'Europe, de plus en plus déprimantes. Sinon c'est le silence – les vertiges, les gouffres du silence. Le téléphone ne sonne plus comme à Paris, pour la distraire, avec les potins et les invitations du jour. Les voix familières se sont tues et Simone, le cœur lourd, en est réduite à la seule compagnie de sa Remington – une Américaine –, dont le crépitement infernal rythme et meuble l'affreux, le désespérant mutisme extérieur. De la solitude où elle est soudain plongée, Simone dira, non sans élégance, qu'elle est « l'ultime douceur permise à ceux qui ont perdu jusqu'à l'espérance, et le seul bien qui leur reste [2]. » Mais elle peine à l'apprivoiser.

En 1941, par sa faute, André a été victime d'une campagne de diffamation qui l'a conduit « au bord du suicide » et a failli les mener ensemble à la rupture. A la suite d'un article de Maurois sur la France publié dans *Life*, le 21 janvier 1941, le dramaturge Henry Bernstein – que Simone appelle ironiquement « Honry » –, un ami du couple depuis vingt-cinq ans, lui aussi en exil à New York, lui a adressé une lettre

1. Lettre à Jeanne Pouquet, 12 juillet 1942.
2. Idem.

pour lui exprimer, en termes injurieux, son profond désaccord : « Si j'avais eu le malheur de l'écrire (cet article), je l'aurais regretté toute ma vie... » Il ne veut plus avoir à lui serrer la main.

Cette lettre, datée du 22 janvier, Maurois, qui voyage, ne l'a pas lue aussitôt. Simone l'a décachetée, lue et relue, puis en a tapé une copie qu'elle a envoyée, non à son destinataire, mais à sa propre mère ! Jeanne Pouquet, indignée, a cru bien faire en l'expédiant à tous ses amis, aux quatre coins de la France, et en colportant ainsi la version toute personnelle de Bernstein, d'une violence inouïe – sans que Maurois, d'abord, en sache rien. Les « amis » réagiront différemment mais, ainsi que Gide le lui écrira depuis le Midi où il est réfugié avec Gérald, malgré « l'approbation et la sympathie de tous » à son égard, et « le sentiment de bassesse » qu'inspire en général Bernstein, « cet intrigant », la rumeur ira son chemin. Beaucoup de gens se persuaderont que « Maurois a fui », qu'il manque gravement à son pays, et accréditeront la thèse de Bernstein selon laquelle l'auteur de *Tragédie en France*, publié en 1940, défendrait les points de vue pétainistes.

Rien, dans l'article de *Life*, ne justifiait pareil déchaînement de haines. Maurois y exposait clairement, simplement, ce qui demeurera sa conviction profonde : son attachement à une France unie, indivisible. Le grave désaccord politique, que Bernstein entendait souligner, ne prit tant d'ampleur que par l'arbitraire indiscrétion de Simone et la légèreté de Jeanne – telle mère, telle fille –, que sa nature portait aux médisances. La lettre de « Honry », sans elles deux, n'aurait pu entraîner tant de rumeurs hostiles. Furieux contre Simone, mais également contre Jeanne Pouquet, Maurois ne peut déclarer la guerre à la famille de sa femme : il a malencontreusement donné à Maurice Pouquet, avant son départ, la procuration sur ses biens, « sur tous ses biens terrestres » confirme Simone. Une décision qui, en l'occurrence, le rend otage des Pouquet.

Seul un retour en France aurait probablement mis fin à l'injuste campagne dont il fut victime et Maurois, au printemps 1941, fut tenté de rentrer. D'autant que le sort d'Olivier ne cesse de le préoccuper. Gérald, contre tous les avis, s'obstine à vouloir faire sortir son frère de la clinique de Champvert. Olivier a besoin d'un traitement suivi et d'une longue cure médicale. Maurois a toujours éprouvé pour son plus jeune fils une affection douloureuse : il le sait fragile et retrouve en lui bien des traits de Janine. De le savoir enfermé dans un hôpital psychiatrique, sans pouvoir lui apporter son assistance immédiate, lui est une souffrance plus intolérable que les accusations haineuses de Bernstein.

Simone est évidemment aussitôt d'accord pour rentrer en France. Cette idée l'a même, pendant plusieurs semaines, aidée à supporter la détresse où l'avait plongée la rancune de Maurois. Elle a pu craindre une brouille définitive, qui les aurait amenés à divorcer. Partagée entre sa fidélité filiale – elle est très attachée à sa mère, quoiqu'elle s'en défende parfois, et donc par là au couple que celle-ci forme avec Maurice Pouquet –, et son amour pour son mari, elle se trouve au cœur d'une querelle familiale qu'elle a largement contribué à ourdir. Le fils aîné de Maurois, qui s'est engagé dans la Résistance, ne veut plus avoir affaire aux Pouquet, qui demeurent et demeureront maréchalistes. Gérald est persuadé – car il a eu vent, lui aussi, de la lettre de Bernstein – que Simone partage leurs vues et essaie d'y concilier Maurois. A ses yeux, sa belle-mère est coupable de tenter une scission familiale et, en particulier, d'éloigner ce père aimant de ses deux fils. Il la soupçonne de vouloir garder Maurois pour elle seule, par égoïsme ou par méchanceté, et le lui écrit, dans des lettres au ton vengeur ou exaspéré, qui la plongent dans l'angoisse. Elle s'en plaint à sa mère – faute de trop pouvoir s'en plaindre à Maurois, suffisamment agacé de ses interventions malheureuses et du rôle néfaste des Pouquet dans leur vie.

A la suite des conseils d'amis sûrs, restés en France, tels le professeur Lépine ou Louis Gillet (gendre de René Doumic), Maurois décide de demeurer aux Etats-Unis, malgré tout. En France, privé de parole, privé de publication – ses livres sont interdits, retirés des librairies et des bibliothèques, depuis un décret nominatif d'octobre 1941 –, il est devenu, un intellectuel « inutile ». Ici, il peut rendre service à son pays, en plaidant inlassablement sa cause. Et, par là, se montrer digne de sa mission d'écrire.

« Heureux ceux qui savent, à un moment crucial de leur vie, ne relever que de leur conscience », dira-t-il [1]. A Simone, il laisse le choix : elle peut, elle, rentrer en France, si elle le souhaite.

Pour Simone dès lors, l'exil cesse d'apparaître comme une transition ou une hypothèse, c'est le tissu amer dont seront faits ses jours. Elle restera, bien sûr. Elle restera parce qu'elle aime son mari et ne conçoit pas de vivre sans lui. Parce qu'elle est la gardienne de la Maison Maurois et que cette maison s'étant soudain déplacée, il va de soi qu'elle déménage avec elle. Avec une détermination farouche, elle va montrer à tous, et d'abord à son mari, qu'elle a craint de décevoir son courage, son esprit de dévouement. En femme de caractère, elle s'assied à sa machine à écrire et n'en décollera plus. Que d'efforts pourtant pour dominer sa détresse ! « Savoir se suffire à soi-même (comme vous disiez jadis), écrit-elle à sa mère, c'est au fond ne plus éprouver le besoin d'une présence humaine. C'est vider l'existence de toutes les illusions, s'affranchir brusquement des conventions sociales, limiter l'horizon aux quatre murs d'une petite chambre. C'est l'acceptation de l'échec. C'est le deuil suprême des amitiés. C'est le renoncement définitif [2]. »

1. *Mémoires*, p. 259.
2. Lettre à Jeanne Pouquet, 12 juillet 1942.

Elle a accroché au mur de sa chambre une reproduction de l'*Ange au sourire* de Reims, qui veille sur son travail et lui donne peut-être un peu d'espérance.

Seule à New York, elle compte les heures, les jours, les semaines comme elle compte les lignes, les pages, les chapitres : le temps, les mots défilent sous ses yeux fatigués, rougis par l'épreuve.

Maurois est devenu un écrivain ambulant. Véritable pèlerin des Lettres, il voyage de ville en ville et d'un État à l'autre, pour haranguer des cercles divers et défendre les couleurs de son pays. Il parle à New York bien sûr, mais aussi à Houston et à Dallas, à Atlanta et à La Nouvelle-Orléans, à San Francisco, Denver, Cincinnati, Pittsburgh, Chicago, Philadelphie, Washington, Baltimore, Buffalo, Austin et Omaha..., à Boston enfin et jusqu'à Toronto. Voyageant en avion, souvent pendant la nuit afin d'être à pied d'œuvre le jour même de sa conférence et de repartir le lendemain, à la conquête d'autres auditoires, il emporte dans ses bagages des poèmes de Péguy et de Valéry, des livres de Montaigne et de Chateaubriand, mais aussi une ou deux pièces de Shakespeare, qui l'accompagnent où qu'il aille. Ayant toujours eu l'âme d'un professeur, il trouve pour ce public nord-américain ses accents les plus fougueux d'orateur. Il vient enseigner l'amour de la France à des Yankees et à des Sudistes, à des Californiens et à des Texans, à des gens du Middle West et à des Canadiens, qui voient alors surtout son beau message humaniste bafoué. Il plaide avec la même flamme pour l'Angleterre, l'amie qu'il a perdue, mais dont il sait qu'il retrouvera la complicité et l'affection, quand le monde sera à nouveau en paix.

Sans jamais aborder de front la question politique, il décrit aux Américains les paysages de la douce France, ses cathédrales et ses châteaux de la Loire, les merveilles du Louvre ou de Versailles, puis les épisodes glorieux de son histoire, Fleurus et Valmy, Verdun ou la bataille de la Marne ; il cite Voltaire et Péguy, Pascal et Racine, ou Paul Valéry pour évoquer « les vertus durables de la France plutôt que ses erreurs passagères [1] ». Lorsque les Etats-Unis vont entrer en guerre, après Pearl Harbor, il poursuivra son plaidoyer, l'orientant alors vers une perspective à plus long terme. Il défendra sans relâche, jusqu'à la fin du conflit mondial, l'idée d'une réconciliation nationale et ne cessera jamais de répéter que « la fidélité est la lumière de l'esprit ».

La réconciliation est un des mots clefs de la personnalité comme de l'œuvre de Maurois. Il fera lui-même remarquer, dans l'épilogue de ses *Mémoires*, que tout livre de lui est une variation sur ce thème. Simone l'a parfaitement compris. « Le rôle du Croque-mitaine lui fait horreur », dira-t-elle avec drôlerie. Que ce soit en politique ou en famille, dans ses rapports avec ses fils ou avec les femmes de sa vie, il n'a jamais cherché autre chose que la paix et l'harmonie – quitte à fermer les yeux sur ce qui le dérange. Ainsi définit-elle, par contraste avec sa propre personnalité, abrupte et anguleuse, l'état d'esprit de son mari, d'où découlent à la fois son art de vivre et sa philosophie : « C'est un être sentimental, fait pour la tendresse et le pardon. » Elle ajoute : « Moi, je suis telle que je suis, avec ma dureté clairvoyante et mon réalisme sans illusions. (...) A ses côtés, j'ai le pénible devoir de nous défendre l'un et l'autre, c'est-à-dire de lui ouvrir les yeux... jusqu'à ce qu'il les referme [2]. »

La réconciliation à tout prix : durant la guerre, Maurois n'aura pas d'autre idéal. Son patriotisme exclut toute idée de punition ou de vengeance. La France est pour lui une et indivisible.

---

1. *Mémoires*, p. 339.
2. Lettre à Jeanne Pouquet, 19 février 1946.

Au tout début de l'année 1942, le *New York Times* publie, en pleine page, un article intitulé « The Spirit of France », qui rend compte, sans aucune ambiguïté, de sa position vis-à-vis de la politique d'Occupation : « La France, dans le martyre qu'elle subit, n'implore pas la pitié des nations plus heureuses ; elle demande leur respect et elle mérite leur admiration (...) L'esprit de la France n'a pas changé. Le conquérant ne peut le mater. (...) Les Français forment une nation et resteront une nation. (...) Vous nous aiderez, lorsque le temps viendra, à panser les blessures de notre pays. Vous le pouvez de mille manières. Vous le pouvez (...) en encourageant, parmi nous, non les querelles, les soupçons, les rancunes, mais la mutuelle confiance, le travail en commun, et l'amour. »

Le 14 juillet 1942, dans le *San Francisco Chronicle*, il déclare encore son « espoir d'un futur 14 Juillet dans une France libérée » : « C'est un jour où tous les Français qui n'ont d'autre désir que de voir la France libre et les Allemands vaincus doivent s'unir. C'est un jour d'espérance. » Il continue de croire en l'unité nationale.

Simone tape inlassablement à la machine les brouillons, les diverses versions corrigées, remaniées, puis définitives, des innombrables articles de son mari. Parallèlement à son œuvre « politique », œuvre de combat, Maurois travaille à une *Histoire des Etats-Unis*, somme de documentation en deux tomes, monument d'analyse et de réflexion, qui paraîtra aux États-Unis, édité par Harper, à New York, en 1943 et 1944, et formera un pendant à l'*Histoire d'Angleterre*, parue en France en 1938 (avant qu'une *Histoire de France* vienne un jour parachever la trilogie). A cette *Histoire des Etats-Unis*, Simone aura largement participé, au moins pour la documentation, puisque c'est elle que

Maurois, occupé par ses cours et ses conférences, délègue à la Public Library pour lui en rapporter, les comptes-rendus mis en fiches, des ouvrages qu'il juge indispensables à sa recherche. Aux neuf heures de dactylographie qu'elle accomplit en moyenne chaque jour, il faut ajouter ces heures passées dans le silence de la grande bibliothèque de New York, à résumer des ouvrages d'érudition.

Il n'est donc pas étonnant qu'elle soit épuisée. Elle souffre de problèmes de vue – elle croit qu'elle devient aveugle ! Et de maux de dents effroyables : deux dents mortes, neuf dents gâtées, qu'il va falloir soigner ou remplacer, la mâchoire décalcifiée, l'os même est rongé. Elle va devoir subir une série d'interventions aussi douloureuses que coûteuses – elle s'en plaint à sa mère, expliquant qu'il lui a fallu retarder les soins nécessaires pour stopper l'inflammation. Elle aura vécu plusieurs semaines, dit-elle, sous calmants, la bouche pleine d'abcès, parce qu'elle ne pouvait pas verser six cents dollars aux onéreux praticiens américains (les docteurs Carlisle Bastian et J.B. Miller).

En vérité, elle se traîne, elle est malade de nostalgie, d'angoisse, elle a le mal du pays.

La correspondance qu'elle échange quasi quotidiennement avec sa mère est son seul défouloir. Simone s'épanche auprès de Jeanne Pouquet ; elle lui confie ses soucis, ses chagrins, ses déceptions et les secrets les plus intimes de sa vie de famille. Elle numérote ses lettres (une centaine), qu'elle tape bien sûr à la machine, et sa mère le fait aussi, de son côté, de sorte qu'elles savent toujours, malgré les irrégularités du courrier, où elles en sont de leur incessant dialogue. De la formule d'envoi – « Ma chère maman... » –, jusqu'à la conclusion, toujours la même, – « Je t'embrasse affectueusement, Simone » –, une suite inépuisable de confidences s'égrène sur tous les tons, allant de la complainte au désespoir, des regrets aux rancœurs et de la volonté de résignation ou de sagesse à l'explosion de colère ou d'aigreur.

Simone ne cache rien à sa mère : ni ses maladies, vraies ou imaginaires; ni ses problèmes de couple (« Une mystérieuse déficience de la nature m'a rendue insensible à l'amour physique, donc étrangère à ce que tant de poètes nomment : Désir. Extase. Ardeur. Ivresse. Volupté. Luxure. Œuvre de chair. Fugitive unité [1] »). Elle ne lui dissimule pas davantage ses sentiments à l'égard des deux fils de Maurois qu'elle appelle « des dénaturés [2] », parce qu'ils l'accusent de se comporter en marâtre, trop sévère et trop pudibonde, et va jusqu'à lui communiquer les lettres (pas toujours agréables, il est vrai) de Gérald. Le « Furioso », comme elle l'appelle, a mille reproches à lui faire. Ces lettres vont attiser le drame familial. Jeanne Pouquet voudrait que Simone « déshérite » les garçons et rompe tous liens avec eux. Simone répond qu'elle ne le souhaite pas, malgré leur « méchanceté » et leur « ingratitude ». Les enfants de son mari, déclare-t-elle, sont les siens aussi. De New York à Essendiéras circulent les pires accusations, les insultes pleuvent sur la tête des deux fils Maurois. De mère à fille, la correspondance a des effets pervers : elle intensifie les sentiments, souligne de rouge les moindres rancœurs. Simone a toujours eu tendance à dramatiser – Maurois l'en a souvent blâmée. « Comme vous êtes pessimiste! » lui dit-il à plusieurs reprises. Mais elle cède aussi à son goût pour la littérature : elle fait un drame du moindre événement. En écrivant à sa mère, elle exagère ou complique à loisir les situations. Quant à Jeanne Pouquet, on sait qu'elle a toujours aimé les ragots, fussent-ils puisés au sein de sa propre famille. Elle accueille volontiers les confidences et n'est pas née « conciliatrice ». Elle aurait plutôt tendance, par nature, à jeter de l'huile sur le feu, du sel sur les blessures.

1. Lettre à Jeanne Pouquet, 31 mars 1942.
2. Lettre à Jeanne Pouquet, 19 février 1946.

Non contente d'exposer ses malheurs personnels, afin de pouvoir les partager, Simone se met à brosser des portraits de la microsociété franco-américaine qui, à New York, est devenue la sienne. Des portraits pas toujours amènes : elle critique beaucoup son entourage, elle l'a toujours fait. Les Cotnareanu, « Bob » Lacour-Gayet, et d'autres... Elle ne se prive pas de commenter leurs propos ou leurs vies, pour s'en moquer. Peu de gens trouvent grâce à ses yeux. Comme elle souffre d'un grand isolement, elle s'intéresse à son petit monde de l'exil. Mais ce petit monde ne leur est pas favorable. Autour de Maurois circulent des persiflages. Simone, indignée qu'on puisse accuser son mari de « lâcheté » et lui intenter procès d'un « délit de fuite », consacre de longues lettres de cinq, sept ou dix pages aux convictions de Maurois, vis-à-vis de De Gaulle ou du Maréchal, de l'Angleterre et de l'Amérique. Simone y explique à sa mère leur départ puis leur mise au ban, s'en prend à Bernstein, à Eve Curie qui partage la vie de « Honry », à quelques autres...

A Essendiéras, Jeanne Pouquet découpe les lettres de sa fille aux ciseaux. Elle en extrait des passages, qui lui paraissent importants, pour défendre son gendre aux yeux du Tout-Paris de la collaboration. Maréchaliste convaincue, elle va diffuser en France l'image d'un Maurois pétainiste que ses origines juives ont pu seules persuader de « fuir ». Elle sera, au moins autant que Henry Bernstein, mais pour d'autres raisons, un des artisans de cette légende, aussi tenace que mensongère, d'un Maurois acquis à une politique, qu'il désapprouve pourtant. Il ne pourra jamais être du camp de ceux qui collaborent avec les nazis, pas plus que du camp de ceux qui divisent, séparent ou désunissent les Français.

Lorsque Maurois découvre que Simone trahit des secrets de famille, en faisant passer à Jeanne Pouquet des lettres de Gérald qui lui sont personnellement adressées, il lui fait une scène violente – une des rares, sinon la seule de leur histoire – et cette découverte va lourdement entamer sa confiance. « André ne fera plus jamais l'éloge de ma fermeté d'âme, écrit Simone à Jeanne. Il me tient pour une bavarde incorrigible, toujours prête à trahir la confiance de ses fils, par goût du mélodrame épistolaire [1]. » Simone sera punie par là de ses indiscrétions, d'autant que, dans la querelle qui l'oppose à ses deux fils, Maurois refuse de prendre parti pour elle. S'il accepte toutes les injustices le concernant, il ne peut tolérer qu'on ferme la porte aux enfants, qu'on les condamne au nom de la Morale ou de la Raison – ces deux idoles de Simone. Il ne veut tenir à Gérald et à Olivier que le langage de l'amour. « Le désir de voler au secours du plus faible est, chez André, un réflexe instinctif, irrésistible », dira Simone [2]. A elle donc de se hisser à cette hauteur de vues que son mari exige ; à elle, de faire preuve de mansuétude et... d'amour. Dans cette même lettre, cette fois teintée d'ironie : « André pratique la charité chrétienne et le pardon des offenses au point de ne jamais dévier de cette voie... »

Quant au second sujet – la diatribe politique –, Maurois a décidé d'y répondre par le mépris. Le journal gaulliste de New York, *Pour la victoire*, accueille volontiers ses articles – il y a tribune ouverte – et refusera plusieurs fois, à en croire son directeur, des papiers diffamatoires à son égard. C'est dans *Le Jour*, un journal gaulliste canadien, que Maurois a été publiquement et le plus gravement mis en cause. Au point de l'obliger à rédiger, pour se défendre, un de ces plaidoyers pro domo qu'il déteste. Sa réponse, en huit points, sera nette et définitive. Il ne reviendra plus sur le sujet.

« 1) Je veux avant tout la libération totale de la France ; 2) cette libération n'est possible que par la vic-

1. Lettre à Jeanne Pouquet, 22 septembre 1942.
2. Lettre à Jeanne Pouquet, 27 septembre 1945.

toire de l'Angleterre et de l'Amérique; 3) je désire ardemment cette victoire; 4) j'ai admiré le courage et la ténacité des Anglais; 5) j'en ai fait l'éloge publiquement en tous lieux; 6) j'admire la volonté de résistance des Français; 7) je n'admets pas la collaboration politique et militaire avec l'envahisseur; 8) la France de demain devra être un pays libre gouverné par la volonté du peuple français.

« Est-ce clair ? Et combien de fois faudra-t-il répéter ces choses pour décourager ceux qui, comme votre collaborateur, me prêtent, pour m'en blâmer, des idées que je n'ai jamais eues. »

Il notera, en 1941, dans l'un de ses carnets de cuir rouge qu'il appelle ses « Viviers », où il inscrit en vrac des idées, des projets, et quelques observations ou règles de vie : « L'honnête homme se résout difficilement à répondre aux calomnies. Il les sait si fausses qu'il a peine à croire qu'elles puissent être crues par d'autres [1]. » Il refusera de s'enfermer dans une autodéfense et, quoiqu'il ait beaucoup souffert en Amérique, « au point de songer au suicide » avouera-t-il, il concentrera son énergie et son intelligence sur le vaste effort de la réconciliation. Son plaidoyer sera, envers et contre tous, celui d'une France humaniste, éternelle patrie des Lumières.

Au dix-septième étage de la Ritz Tower, la Remington crépite, de nuit comme de jour. Voici *Terre promise*, sous son titre américain *A Woman without Love*, dans une traduction de Joan Charles (qualifiée, sans aménité, par Simone, de « jeune beauté neurasthénique, toute occupée de psychanalyse freudienne [2] »). Voici des chapitres de l'*Histoire des Etats-Unis* et, sur sa table, dans des dossiers de cou-

1. *Vivier*, 1941.
2. Lettre à Jeanne Pouquet, 22 septembre 1942.

leurs différentes, d'autres ouvrages, dans leur version achevée ou intermédiaire, écrits à New York entre deux voyages américains et marqués du double sceau de l'exil et du malheur : *Tragédie en France*, *Espoirs et Souvenirs*, ou *Cinq visages de l'amour*, qui deviendra deux ans plus tard *Sept visages de l'amour*. Voici des cours, pour Mills ou Knox College, pour Harvard ou Columbia University, des conférences à prononcer devant le Town Hall, un club de *barristers*, un cercle de grands professeurs, voici des articles, des projets de livres à l'infini. Voici enfin les deux premières parties des *Mémoires* : *Les Années d'apprentissage* et *Les Années de travail*. *Les Années de malheur*, Maurois ne les racontera qu'après son retour en France. Simone aura participé à tout – à la genèse et à la réalisation de cette partie de l'œuvre, comme aux souffrances quotidiennes et aux efforts, souvent surhumains, de conciliation. « De tout ce qui fut mon brillant mariage, il ne me reste plus qu'un rôle de secrétaire, à jouer correctement jusqu'au bout [1]. » Le couple, qui traverse une tempête personnelle au milieu de la tempête mondiale, aura failli se perdre, dans la tourmente des années quarante et un, quarante-deux – date à laquelle Simone aura pu écrire sur le ton mélodramatique qu'elle affectionne : « La dispersion dans l'espace et la ruine par la haine de ce qui fut ma famille, ne sont que catastrophes épisodiques dans l'universel effondrement [2]. »

Mais entre Simone et André, les choses finissent toujours par s'arranger. Simone devra s'excuser, renoncer à poursuivre les deux fils Maurois de sa rancune et s'abstenir désormais, à la demande expresse de son mari, de répandre des ragots qui le concernent, lui, personnellement. Elle promettra même à son mari de brûler les lettres de Jeanne Pouquet... ce dont elle s'abstiendra, bien sûr, trop éprise de cette correspon-

1. Lettre à Jeanne Pouquet, 22 septembre 1942.
2. Idem.

dance (comme de toute pièce d'archives) pour la détruire. « Je continue à voir un grand inconvénient à cet autodafé. Si ma grand-mère Caillavet avait, comme cela, incinéré les nombreuses correspondances qu'elle entretint sa vie durant et qui furent classées par vous après sa mort, vous n'eussiez jamais pu écrire *Le Salon de Mme de Caillavet*, ni publier ce charmant livre [1] ! » Pour une fois, elle va désobéir à son mari : elle ne détruira que quelques lettres, susceptibles d'encourir les foudres d'André, et continuera de toute façon à confier à sa mère ses états d'âme comme les soubresauts familiaux ou conjugaux.

De la froideur va cependant empreindre les relations du couple, pendant ces années d'exil, de l'amertume entamer leur histoire d'amour. Mais Simone, qui ne peut supporter le désamour de Maurois, est décidée à le reconquérir, et lui ne souhaite au fond que la paix.

Elle le dira à Jeanne Pouquet : lorsqu'un problème, une querelle, un souci grave surgissent dans sa vie, Maurois préfère le silence à des disputes, à des débats. Cette « machine à prononcer des discours » sait admirablement se taire. Il sait opposer à ce qui l'agace ou le tourmente un visage impassible et muet. Le silence, c'est sa tactique et sa sagesse. C'est aussi ce qu'il a trouvé de mieux pour protéger sa réflexion et poursuivre une œuvre, à l'élaboration de laquelle le calme est nécessaire. « Nous vivions dans un état constant d'angoisse et d'attente. Le présent nous semblait irréel et vide [2] », écrira-t-il de son exil. Seuls les livres et les articles l'aidaient à trouver un sens à une vie qui n'en avait plus.

Leur réconciliation se fera, depuis la Californie où Maurois est parti, seul, enseigner la Littérature française à de jeunes et fraîches étudiantes américaines. A Simone, demeurée à New York, il adresse cette lettre, datée du 22 juillet 1942, à quelques jours de son anni-

1. Lettre à Jeanne Pouquet, 22 septembre 1942.
2. *Mémoires*, p. 352.

versaire : « Cinquante-sept ans, ma chère... C'est un grand âge pour un page, ou pour un étudiant. Et je me sens encore, hélas, incroyablement adolescent. Adolescent par l'inquiétude, par la recherche, par le manque de stabilité. Adolescent, parce que la vie ne m'a pas installé en une de ces positions solidement fortifiées. (...) Adolescent enfin parce que je vous aime, non comme un vieil homme aime son épouse, mais comme un homme de vingt ans aime sa fiancée. Il me semble que notre mariage, loin de s'endormir en plate quiétude, ne fait que commencer. Est-ce que je me trompe ? »

La séparation de deux mois qu'ils se sont imposée aura sans doute apaisé sa rancune et sa mauvaise humeur.

Les nouvelles venues de France sont accablantes. Dans « l'universel effondrement », les Maurois ne manquent pas de soucis personnels. D'abord leur appartement du boulevard Maurice-Barrès, mis sous séquestre, est maintenant occupé par Goering. Ils apprennent ensuite que les usines d'Elbeuf ont été confisquées à leur famille. Les Fraenckel, les Herzog sont dépossédés. Mais c'est le sort des leurs qui leur apporte les plus grands tourments : au printemps, sur dénonciation, Mme Ernest Herzog, que l'âge et l'infirmité avaient contrainte de rester dans son appartement de Neuilly, est arrêtée. Transférée à l'hôpital Rothschild, elle y est emprisonnée avec un grand nombre d'autres détenus juifs. Les Maurois, qui ne reçoivent plus aucun courrier de France, l'apprendront avec quelque retard par les journaux américains, où la nouvelle de cette arrestation a été publiée [1]. Le sort de Michelle n'est guère plus rassurant. Dénoncée elle

1. *Mémoires*, p. 368.

aussi, Poucette – quoique baronne de Kap-Herr –, qui sera restée à Paris d'août 1940 jusqu'à la fin de la guerre, doit fournir aux autorités allemandes les papiers nécessaires pour l'obtention d'un « certificat de non-appartenance à la race juive ». Il lui faudra joindre à son propre certificat de baptême ceux de sa mère et de ses grands-parents ainsi que ceux de son mari, parents et grands-parents – sur huit grands-parents, seuls deux juifs étaient tolérés ; au-delà, le certificat de non-appartenance ne pouvait être délivré.

Quant à leurs fils, les Maurois n'ont pas plus de nouvelles. Gérald, entré dans la clandestinité, se trouve en France, en un lieu qu'ils ignorent. Olivier, à peine sorti de clinique et après avoir séjourné quelques semaines en montagne avec Gérald et une amie infirmière, fin 1942, a voulu tenter de passer en Espagne. Il a été pris à la frontière, conduit au fort du Hâ, près de Bordeaux, et interné. Il racontera qu'il y subit de nombreux sévices. Il s'en évadera, gagnera Madrid, puis Alger – en août 1943.

Dans la nuit de l'exil, les Maurois ont heureusement quelques lumières. D'abord des amitiés, qui viennent réchauffer et éclairer leurs deux vies solitaires. Ils fréquentent des journalistes, éditeurs ou professeurs d'université américains, mais aussi des émigrés, qui partagent leur pénible condition d'apatrides – Jules Romains, Maurice Maeterlinck ou Thomas Mann. Maurois se sent particulièrement proche de Saint-Exupéry, dont il partage la conviction de devoir prêcher l'union aux Français déchirés. Simone et André séjournent à Long Island, en octobre 1942, dans la maison que Saint-Ex et Consuelo ont louée. L'auteur de *Pilote de guerre* y écrit les premiers chapitres du *Petit Prince*.

Autre lumière : un séjour de deux mois à Mills College (Californie), en 1941, qui n'est pas sans rappeler au couple la douceur nostalgique de leur passage à Princeton avant-guerre. Maurois a été chargé d'y enseigner la littérature française à de jeunes Américaines. Sur le campus, planté d'eucalyptus géants, flotte un air de vacances – comme un parfum de Paradis Perdu. Il se fait photographier, assis en tailleur sur la pelouse, au milieu de ses étudiantes, déployées en bouquet autour de lui. Avec Darius Milhaud et Fernand Léger, venus enseigner l'un et l'autre la musique et la peinture, il forme un trio étonnant, qui rivalise de talent pour éblouir les jeunes filles. Un photographe les a immortalisés, riant et plaisantant, devant une fresque monumentale de Léger. Culture, jeunesse, amitié, rien n'aurait manqué, s'il n'y avait eu la guerre, pour faire de cette session universitaire une enclave de bonheur, ni même le charme féminin de l'auditoire, qu'enthousiasme le professeur de français ! Le 14 juillet 1941, Maurois lit à haute voix du Romain Rolland à ses étudiantes et il devra s'interrompre, ému à en pleurer.

En 1942, c'est sans Simone qu'il revient à Mills College, retrouve Milhaud, Léger, et la troupe légère des jeunes Américaines. Simone est restée à New York, officiellement à cause de ses problèmes de dents, mais plus vraisemblablement à cause des lettres de Jeanne Pouquet et de ses propres « indiscrétions ».

Pour Simone, l'un des pires moments de la guerre sera d'apprendre la nouvelle de l'entrée des Allemands en Périgord, fin 1942.

Le pire de tous viendra, l'hiver 1943, lorsque Maurois lui annoncera, peu après le débarquement des Américains en Afrique du Nord, son intention de rejoindre les Forces françaises en Algérie, et de rallier l'armée commandée par le général Giraud. Engagé volontaire à cinquante-huit ans, Maurois quitte New York début février, pour un camp de transit (le camp Patrick-Henry, en Virginie), d'où il adresse à sa femme, encore, une très belle lettre. Il l'a écrite en anglais à cause de la censure et traduite lui-même pour ses lecteurs, dans ses *Mémoires* : en quelques traits de plume, il efface les nuages qui s'étaient amoncelés entre eux, évoque la tendresse et la complicité, rappelle enfin l'amour qui fait d'eux un couple indissociable. « Jamais nous n'avons été plus unis ; jamais nous n'avons mieux travaillé ensemble. (...) Je ne vous ai jamais aimée davantage », a-t-il écrit.

Comment ne se serait-elle pas sentie confortée dans le sentiment d'être unique, indispensable, irremplaçable ?

De mars à décembre 1943, Simone va rester seule, à New York, pour la période la plus vide de sens de toute sa vie. Privée de sa raison de vivre – les articles, les livres qu'elle doit dactylographier –, elle tourne en rond dans l'appartement silencieux. N'ayant pour subsister qu'une partie de la solde de capitaine de son mari et quelques droits d'auteur, elle traduit pour les Éditions de la Maison Française – l'éditeur de Maurois dans l'exil pour les livres en français – un roman de Tom Kernan (ancien directeur des éditions Condé-Nast et délégué de la Croix-Rouge américaine), *Morning Star* (Etoile du matin). Mais le départ de Maurois la laisse désœuvrée, à lire les journaux, à attendre le courrier, et à écrire à sa mère des lettres désespérées.

Changée en Pénélope, le temps d'une longue traversée dont elle ne sait si son mari lui reviendra, elle en vient à se demander ce qu'il arriverait si Maurois ne rentrait pas, s'il était tué... Il lui faudrait refaire sa vie, pense-t-elle. Comment ? Avec qui ? Parmi les partis possibles, elle songe à un certain Philip C. – un Français, d'origine roumaine. Il a américanisé son nom... Le projet, s'il a existé, n'ira pas loin. D'autant que « Philip » est marié et père de famille...

Simone a le cœur en Algérie. Parmi les dangers que Maurois peut encourir, le plus redoutable n'est peut-être ni l'Ennemi, ni les batailles, ni les privations, ni la politique si compliquée alors, les querelles entre Français, partisans de Giraud, partisans de De Gaulle, mais... une femme. A Alger, Maurois a retrouvé Anne Heurgon-Desjardins. Son mari, professeur à l'université d'Alger, a été mobilisé. Elle habite un vaste appartement de fonction, avec ses trois enfants – Marc (quinze ans, le filleul de Simone), Catherine (onze ans) et Edith, le bébé (née fin 1942) –, et quelques invités, de vieux amis de sa famille, comme André Gide, qui y a provisoirement établi ses quartiers. Maurois retrouve ainsi, grâce à elle, un parfum de France d'avant la guerre et même un vague air de Pontigny ! Après un bref passage à l'Hôtel Aletti, où ils avaient séjourné avec Simone autrefois, il s'installe provisoirement chez Anne, au 220 rue Michelet – son adresse à Alger.

Anne Heurgon sera précieuse, lorsque Olivier Maurois, à partir d'août 1943, acceptera à son tour son hospitalité. Elle prendra soin de lui, comme s'il était son propre fils, dans l'intention louable de relayer Simone, restée à New York et de toute façon brouillée pour lors avec les enfants de son mari. Anne appelle Olivier et Gérald, « mes » fils ou « nos » fils, au détriment de l'affection de Marc (dit Simone), et pour se faire valoir aux yeux de Maurois, toujours sensible à la féminité et qui compte l'instinct maternel au nombre de ses vertus. La version de Simone, se plaignant à sa mère des tentatives d'Anne Heurgon pour s'immiscer dans sa vie familiale, c'est que « cette amie tenace », ainsi qu'elle la nomme [1], n'a jamais cessé d'aimer André Maurois et rêve de le reconquérir. Elle s'est sentie « évincée » lorsque son mari l'a épousée et, depuis, ne songe qu'à le lui enlever. « Il s'en est fallu de peu qu'Anne ne devienne la seconde Madame André Maurois. André avoue qu'il l'eût certainement épousée, s'il n'avait fait ma connaissance. (...) Elle croyait bien avoir droit de priorité [2]. »

1. Lettre à Jeanne Pouquet, 4 octobre 1942.
2. Lettre à Jeanne Pouquet, 19 mai 1942.

Amère, Simone en vient à négliger le contexte historique et politique et n'accorde pas assez d'attention au profond malaise où est plongé Maurois. Un malaise qui n'a rien à voir avec cette querelle de femmes.

Maurois souffre, moralement, en Algérie. Le seul ami qui partage ses affres, c'est Saint-Exupéry, lui-même accablé par l'atmosphère d'Alger, qu'il juge « irrespirable », ses intrigues et ses marécages. « Je suis très malheureux, et vous le serez [1] », lui a-t-il prédit, au moment de l'accueillir à l'aéroport de Maison-Blanche.

Ses entretiens avec Giraud ou avec Joxe, secrétaire général du gouvernement; avec le général Devinck, chef d'état-major; avec Henri Bonnet; avec le général Mast, résident général en Tunisie; ou avec le général Catroux, nourrissent ses réflexions mais ne le rendent guère optimiste. Tandis que la France se déchire, en proie à une guerre civile, il écrit des articles pour le *T.A.M.* (Tunisie, Algérie, Maroc), met à jour les archives des opérations de Tunisie, donne des conférences à la demande des Anglais et des Américains, et assure les inévitables missions de liaison qui lui ont toujours été dévolues, depuis qu'il est soldat. « Il est notre meilleur historien », écrira Anne Heurgon à Simone, en novembre 1943 (car les deux femmes s'écrivent de loin en loin). Dans Alger, « la ville-fournaise, où toutes les rues montent à pic [2] », Maurois s'efforce de croire à l'importance de la tâche qu'on lui a confiée – rendre compte de l'état des armées et de leurs manœuvres – et rêve d'accompagner un jour la victoire des Alliés contre l'Axe : « L'armée française en sera et vous l'accompagnerez, lui a promis Devinck, vous serez notre historiographe. »

1. *Mémoires*, p. 365.
2. Lettre à Simone, 22 juillet 1943.

Il en sera en effet. Adjoint comme officier de liaison au général Henry Martin, il embarque avec lui sur le *Ville d'Ajaccio* et va participer à la campagne de Corse. D'Ajaccio à Saint-Florent, au pied du col du Téghime, il verra les goums marocains enlever le défilé et prendre Bastia, après plusieurs semaines de combats acharnés.

8 octobre 1943 : « Quelque part en France... » « Ma chérie, (...) Le succès a été rapide. Je pense que le général Béthouart t'aura communiqué les récits que j'en ai faits. J'ai tout vu, de près, fort bien, et partout. Nous avions un chef excellent (...) Si tu étais ici, j'y pourrais vivre. C'est une île rustique, montagnarde, d'une incroyable beauté. Je n'ai pas encore découvert un coin qui fût laid. Tantôt le paysage rappelle l'Ecosse et les " moors " de bruyères, tantôt l'Italie de Florence à Sienne, tantôt les torrents des Alpes, tantôt les golfes de la Provence. (...) Pour moi, ma chérie, je n'ai qu'un rêve : reprendre près de toi notre vie studieuse, ne voir que de rares et fidèles amis, vivre très loin de toute vie publique. La foule est folle, inconstante, facile à prendre, facile à perdre. Il n'y a de ce côté-là ni sécurité, ni honneur vrai. (...) Ici j'ai été hors du monde. »

Envoyé en Italie, fin novembre, il rencontre le général Clark, commandant en chef interallié, visite les lignes américaines avec le général Gunther, puis retrouve les divisions françaises que commande le général Juin. Les Allemands retranchés dans les montagnes, l'objectif est de reprendre le Monte Cassino. A Naples, où il s'apprête à prendre son poste d'officier de liaison auprès des Anglais, Maurois tombe malade. Fièvre, douleurs dorsales, dysenterie. Son état est jugé si grave qu'il doit être hospitalisé, puis évacué de toute urgence, par air, sur l'Algérie. Il sera finalement renvoyé aux Etats-Unis, avec un ordre de mission signé du général Devinck, en décembre 1943. (Cet ordre de mission donnera une nouvelle fois lieu à d'injustes diatribes – quelques Français, toujours les mêmes, ayant jugé que Maurois était rentré aux Etats-Unis de son propre fait, sans attendre sa démobilisation. Ce que démentent les papiers officiels, de même que les nombreux témoignages, de Bonnet au général Juin [1].)

Simone qui, à New York, n'a pas été prévenue du retour de son mari, le voit brusquement ouvrir la porte de leur appartement, le 31 décembre. Il lui apparaît terriblement amaigri, si changé physiquement qu'elle le reconnaît à peine.

Août 1944 : Libération de Paris.

Les Maurois, quelques jours plus tard, apprennent la mort de Mme Herzog : ramenée chez elle, rue Charles-Laffitte, elle s'est éteinte d'épuisement, veillée par Emilie et par Gaston Wolff – la femme de chambre et le chauffeur de Maurois –, sans avoir revu son fils.

Mai 1945 : capitulation allemande. Simone, qui a pu obtenir son visa, grâce au consul général de France, quitte New York en septembre, à bord du *Vulcania* – un transporteur italien capturé par les Américains –, et débarque au Havre où l'attendent Maurice Pouquet, Emilie et Gaston.

L'appartement du boulevard Maurice-Barrès a été saccagé, les livres et la plupart des meubles et des tableaux ont été emportés. Après un court voyage à Essendiéras pour y retrouver sa mère, elle va se consacrer au réaménagement de l'appartement – et à une seconde tâche, non moins capitale : la préparation du retour de son mari.

Elle va retrouver leurs amis et plaider sa cause auprès de ceux que leur départ a déconcertés, ou blessés parfois : François Mauriac ou Pierre Brisson. C'est son tour de parler, son tour d'essayer de convaincre.

1. Mais ceci est une autre histoire... Voir *Mémoires*, p. 379-385.

Elle s'applique à défendre son mari, avec des accents dignes des ténors du barreau.

Pendant ce temps, Maurois, seul à New York où son fils Gérald le rejoint en janvier 1946, enseigne et écrit. Il donne ses derniers cours à l'université de Kansas City. Il a choisi ce jeune collège, quand d'autres établissements prestigieux l'invitaient, par amitié pour son recteur (Dean Decker) et par esprit de jeunesse, pour encourager les débuts d'un programme d'éducation dont l'ouverture d'esprit l'a convaincu. Il enseigne Proust et Balzac, Tolstoï et Edgar Poe. C'est sur Balzac qu'il achève sa mission américaine en proposant à ses jeunes étudiants du Middle West de prendre la relève de grand romancier français et d'écrire un jour – qui sait ? le Balzac américain sera peut-être l'un d'eux – la Comédie américaine. De ses soixante-douze leçons, la dernière est le feu d'artifice.

Mais ses amis et Simone l'appellent : « Rentrez. Tout le monde vous attend », lui écrit Emile Henriot.

La tempête politique de l'après-guerre prend fin. Les punitions, les vengeances, les épurations ont cessé. Les hommes qui pouvaient lui en vouloir ne sont plus au gouvernement. De Gaulle a quitté le pouvoir. En juin, Simone revient à New York pour le déménagement. L'exil va s'achever. Non pas l'amitié de Maurois, qui restera éternellement reconnaissant envers l'Amérique et les Américains.

Le 19 juillet 1946, les Maurois quittent New York, à bord d'un Skymaster et, après toutes sortes d'escales, atterrissent à Orly. « De très loin, je vois ma fille Michelle, dont les cheveux blonds brillent au soleil et, à partir de ce moment, je ne vois plus qu'elle [1]... »

Les retrouvailles du père et de la fille ont été un des grands bonheurs du retour. Maurois a perdu des êtres chers – sa mère, son cousin germain, Robert Fraenckel, et Paul Valéry, son parrain à l'Académie. Les Alle-

1. *Mémoires*, p. 405.

mands lui ont pris ses livres et les manuscrits qu'il avait laissés derrière lui – une part de son travail est à recommencer. Mais sur sa table, Simone a préparé les rames de papier et quelques amis lui ont envoyé des volumes qui, il le sait, rempliront bientôt les étagères vides de sa bibliothèque. Après un bref séjour en Normandie, pour y transporter la dépouille de sa mère et se recueillir sur la tombe de Janine, il est allé retrouver en Périgord le paysage familier. « Ah ! Essendiéras ! Essendiéras !... » Malgré le désaccord survenu pendant la guerre avec les Pouquet, il n'a jamais perdu de vue la campagne autour du vieux château, avec ses allées de chênes et de tilleuls, où il est si bon de se promener, entre deux pages d'un roman.

La vie a pu reprendre comme avant, peut-être même mieux qu'avant. Pour Simone qui l'a écrit à sa mère, en 1942, « le malheur est un ciment ».

Comme Léontine Arman de Caillavet, sa grand-mère, elle est fière d'un amour qu'elle croit avoir « cimenté », fière de retenir à ses côtés, par un entrelacs d'habitudes ou de rites confortables qui ont spontanément repris leur cours familier, un homme à l'esprit romanesque, au tempérament sensuel, artiste épris de silhouettes littéraires. De sa grand-mère, elle a hérité la volonté et la constance, la puissance de décision et de travail, de même que le culte acharné du Grand Homme. Mais il lui manque des qualités secrètes que possédait Léontine, ces qualités d'amante par lesquelles Anatole France a immortalisé l'héroïne du *Lys rouge*. *Terre promise*, le roman que son mari lui a consacré, célèbre une femme sérieuse et consciencieuse, et même sentimentale – c'est tout elle –, mais dénuée de sensualité, froide et réfrigérante, incapable de combler un homme, qu'elle condamne à vivre en éternel insatisfait... Simone Maurois, qui est si lucide d'ordinaire, se montre, dans le domaine des sens, d'une totale ingénuité. Naïve, elle croit avoir largement mérité, par l'étendue du sacrifice consenti, sa prédominance sur toutes les séductrices qui rôdent, comme par fatalité, autour d'André. Elle compte sur son dévouement acharné pour demeurer l'Epouse irremplaçable.

Dans l'euphorie du retour, un an à peine après avoir retrouvé son pays, sa famille, sa maison, tous leurs amis, elle n'a plus aucune envie de voyager. Elle a vécu trop longtemps à l'étranger. Elle ne désire plus que le cocon français. Alors, lorsque Maurois qui a pris l'habitude des conférences, a accepté à la demande d'Alexandre Rognedov de faire une tournée en Amérique du Sud, à l'automne 1947, elle a décidé qu'elle pouvait se passer de l'accompagner. Il est parti sans elle, à rebours vers l'ouest, à rebours vers la jeunesse, jusqu'à la côte du Pacifique. Tandis qu'elle est restée à Paris. L'exil n'avait que trop duré, elle voulait désormais « cultiver son jardin ». Elle ne se méfiait plus assez...

Si attachée qu'elle fût à l'histoire de sa famille, on peut s'étonner qu'elle ait négligé un détail biographique – « détail » qui provoqua la mort de sa grand-mère ! C'est au cours d'un voyage en Amérique du Sud, où il était parti, seul, donner une série de conférences, qu'Anatole France avait trahi Léontine Arman de Caillavet avec une jeune et jolie comédienne. Simone aurait dû se rappeler, quand il en était encore temps, qu'« au pays des singes et des perroquets », comme disait sa grand-mère, les tentatrices des climats chauds sont les plus redoutables.

Lui à Elle

Mon corps est loin de toi ; mon esprit te caresse ;
Je suis privé de toi, mais ma pensée te presse
Et, tout absent parmi les Seigneurs de ce monde,
Je crois à mon côté voir votre tête blonde.

On possède toutes les lettres manuscrites d'André Maurois à celle qu'il nomme en secret la Péruvienne. Il y en a cinquante-quatre, invariablement signées A. La première, c'est ce poème, daté de septembre 1947 et rédigé sur le papier à lettres de l'Hôtel Granada de Bogotá. Il l'a probablement écrit, après lui avoir dit adieu, la veille de son départ pour New York, et dans la chambre même où ils se sont aimés, car – il le racontera – c'est elle qui venait le rejoindre. La dernière, datée du 6 août 1948, soit près d'un an plus tard, sur papier à en-tête d'Essendiéras, contient le véritable adieu et scelle en dix lignes, encore émues et caressantes, ce qui fut une histoire d'amour, passionnée et brûlante. « Tout cela fut-il vrai ? Il y a des moments, dans cette calme campagne, où j'en doute. Puis les souvenirs remontent des profondeurs, si beaux que je ne regrette rien. »

Maurois n'a jamais été si sensuel, dans tout ce qu'il a écrit, livres ou correspondance, que dans ces lettres, entremêlées de poèmes, adressées à « Marita, Marita... », « Mariquita », « Mariquita linda », sa « mieux aimée », son « Tesoro », sa « querida », ou, plus souvent encore, « mon amour » – une expression qu'il n'a jamais galvaudée.

« Je t'aime. »

« J'ai rêvé de toi toute la nuit. »

« Je ne m'habitue pas à me passer de toi. »

Ou, « J'embrasse le bijou rose et noir ! », que chacun interprétera à sa manière.

Ces cinquante-quatre lettres révèlent un Maurois caché, insoupçonnable. Un Maurois, arraché à lui-même, à ses grands principes de raison, de sagesse, à sa morale pétrie de tempérance et de sang-froid, à ses habituels garde-fous, qui sont le contrôle de soi, la réflexion et la mesure. « Tu seras un homme, mon fils... » Seul le grand amour final a été capable de le délivrer de cette crainte qui l'habite en permanence et domine sa vie, au point qu'il en a fait une règle : ne pas perdre son temps en futilités, travailler, travailler, travailler..., et se montrer digne de la tâche entreprise. Il aura fallu la force inattendue d'un envoûtement, une puissance magique, quelle qu'elle soit, pour lui faire oublier ses priorités et l'égarer sur un chemin de traverse. Depuis tant d'années, toutes ses amours étaient restées secondaires, à l'arrière-plan d'une existence vouée à sa carrière d'écrivain, où chaque événement, chaque rencontre, chaque récréation même devait servir l'Œuvre – but suprême d'un destin volontaire et appliqué.

Mais Marita apparaît et l'armure se brise. Sous le carcan de fer, renaît une âme romantique, sous l'homme attelé à son harnais, le jeune homme fougueux, sensible. C'est Maurois adolescent qui écrit ces lettres, un Maurois de vingt ans; mais en lequel s'entend encore, à chaque phrase, le regret de ne plus l'être, la conscience de ne plus les avoir – l'immense nostalgie d'une jeunesse, dont il sait bien au fond qu'elle n'est qu'un mirage, une éclipse et va bientôt disparaître à jamais.

Amants le temps d'un bref voyage de vingt jours, puis dans le lyrisme d'une correspondance suivie, qui va durer dix mois : l'aventure aura eu la fulgurance d'un orage d'été et Maurois ne reverra pas Marita – de loin et tout désenvoûté – avant l'hiver 1949. Mais elle aura failli l'emporter et les séquelles en seront profondes. De cette passion secrète, il reste ces lettres, si chaudes, si belles, et puis un roman : *Les Roses de septembre*, qui paraîtra en 1956, aux éditions Flammarion. Marita y est rebaptisée Lolita, et lui-même Guillaume (Guillaume Fontane), mais rien d'autre n'est camouflage, tout sert au contraire la vérité violente de leur histoire. On y retrouvera, transcrits mot pour mot, des pans entiers de leur correspondance et quelques poèmes de Maurois, copiés à la virgule près sur ceux qu'il écrivit pour de bon, pendant leur éphémère et torride liaison.

New York, 2 octobre 1947 : « Mariquita linda, j'écris en hâte, après un voyage épuisant, mais je veux te dire tout de suite le souvenir que j'emporte de ces vingt jours de bonheur. Tu as été tout ce que je rêvais, tout ce que je n'osais plus espérer : la poésie faite femme, la beauté unie à l'esprit, la tendresse, la grâce, la gaieté, la mélancolie. J'aimais ton rire et j'aimais tes larmes ; j'aimais tes transports et j'aimais tes repos ; j'aimais tes folies et j'aimais ta sagesse. Je pouvais, pendant des heures, regarder ton visage toujours recommencé. J'avais avec toi du plaisir à me taire et du plaisir à parler. Marcher à tes côtés dans une rue banale, entrer avec toi dans une librairie ou dans une pharmacie, déjeuner près de toi dans une auberge indienne, tout était un enchantement, tout me paraissait parfait, parce que je te trouvais parfaite. Je t'ai dit vingt fois : “ Voilà les jours les plus heureux de ma vie. ” C'est que je ne pouvais m'empêcher de le dire.

(...) Muchas gracias, Tesoro. »

Les lettres sont toutes à l'imparfait. Pour Maurois, le bonheur se conjugue au passé, ainsi que les sensations ou les émotions qui l'accompagnent : le désir, la volupté, la joie, et le sentiment de la jeunesse retrouvée.

Au présent, temps du travail et de l'application, il ne connaît plus que regret et nostalgie. Le jour, malheureux, accablé de fatigue et d'ennui, il trouve refuge dans les lettres qu'il écrit mais, pour la première fois de sa vie, éprouve le poids accablant du devoir qu'il doit accomplir, ce devoir de l'écrivain, auquel il a arrimé sa vie. La nuit, état de grâce, il peut rêver de Marita. Ses rêves le conduisent comme par enchantement auprès de ce corps trop peu enlacé, mais qui a su le combler, au point de lui donner l'illusion parfaite et satinée de sa présence.

Quant au futur, il appartient au rêve lui aussi et n'apparaît que pour ébaucher de lointains projets, qui n'auront pas de suite. C'est le présent qui demeure le tabernacle de l'amour, au présent éternel que se conjugue le verbe aimer. « Maintenant il ne faut pas être triste. Il faut que ces souvenirs merveilleux nous aident à vivre. Il faut espérer et j'espère. Non pas *adios*, Mariquita, mais *au revoir*. Je t'... Como se dice ? »

Maurois tutoie Marita.

Il aime aussi s'adresser à elle en espagnol et, quoiqu'il n'ait jamais appris cette langue, parsème ses lettres de termes familiers, courants, dont elle lui a enseigné le sens. Il aime entendre alors l'écho de ce qui fut pour lui la musique même de l'amour.

« Te quiero. »

« Te quiero mucho. »

L'espagnol apporte sa caresse aux plus belles déclarations et Maurois note au passage que, dans la langue de Cervantes, *je t'aime* se confond avec *je te veux*. « Te quiero muchissimo. » « Je te désire à la folie. »

New York, 10 octobre 1947. « Tu me manques douloureusement. Mon cœur et mon corps te cherchent. Je rêve de toi; je revois mille beautés qui me troublent et me réveillent. Puis je me retrouve seul... »

Le lendemain : « Ah! Quelle bouffée de désir monte en moi à la seule vue de ton écriture! Je revois ton corps, ta taille étroite, cette danse merveilleuse qu'est ton rhabillage... Et je m'embarque sur un rêve que je crois de cinq minutes et qui dure des heures. »

Il se souvient de son bain dans la piscine de Bogotá, où son corps dévêtu, avant qu'il ne le tienne dans ses bras, lui est apparu pour la première fois :

A Bogotá, par un beau soir,
La Señora se fit statue
Si parfaite, hélas, qu'à la voir
Toute ma sagesse s'est tue.

Ah! que j'aimai cette piscine
Où soudain, par un jeu nouveau,
La sirène se fit ondine
Et le corps entrevu plus beau.

Sortant des eaux, cheveux épars,
L'ondine est devenue Méduse
(...)
Quel spectacle, Marita! Ay!
Ma voix en demeure étouffée...

D'autres visions encore : course de taureaux, sang dans les arènes; dîners à la bougie, dans des auberges, liqueurs ambrées, puissantes ; promenades main dans la main, épaule contre épaule, contact d'une peau de satin, cheveux qui brillent au soleil, parfum épicé et entêtant.

L'extase aujourd'hui fait place au tourment.
Qu'est-ce, Marita, qui si fort me manque ?
Est-ce le Chili ? Est-ce le Pérou ?
Un air de Grenade ou de Salamanque ?
Un beau sein trop blanc ? Des cheveux blonds-roux ?
Un nez que l'amour lui-même a froncé ?
Non point, Marita, ce dont je déplore
L'absence, c'est toi, et c'est plus encore...
Como se dice [1] ?

Pour elle, il accomplit des prodiges, actes insensés auxquels jamais il ne s'est encore livré. D'abord, il se rend lui-même à la poste pour expédier ses lettres, ne les remettant que rarement à des tiers, pour qu'elles parviennent plus vite à leur destinataire. Il veut éviter des témoins gênants, d'autant qu'il écrit presque chaque jour, du moins au début de leur séparation. Lui qui a si peur de perdre du temps, passe ainsi des heures à attendre son tour, à la poste... Si Simone le savait... Il se donne aussi la peine de chercher des cadeaux qui puissent plaire à Marita : de New York, il lui envoie un porte-cigarettes en or, de chez Cartier. Et aussi un joli tissu imprimé de fleurs, pour qu'elle ait une robe digne d'elle (il n'apprécie pas toujours son goût et le lui dit à plusieurs reprises : « je voudrais choisir toutes tes robes avec toi... »). De Paris, il lui enverra un foulard de soie de la maison Hermès, « pour nouer autour de ton cou ou de tes cheveux », et un nécessaire de sac en cuir vert contenant une boîte à cigarettes, un briquet, un poudrier et un peigne (« J'espère qu'un jour, tu oublieras ce peigne dans ma chambre... »). Il écrit

1. Samedi 11 octobre 1947.

qu'il cherche pour elle un bijou – on ne sait pas s'il le lui expédia. Il avait acheté, chez un bijoutier de Lima, la croix d'or qu'elle portait depuis « jour et nuit ». Rien n'est trop beau pour celle qui a su le rendre fou d'amour, « Ay ! Marita !, toi, qui m'as donné mes plus beaux jours de bonheur. »

New York, 19 octobre 1947, « par un dimanche de solitude, de rêverie passionnée, de souvenirs et de mélancolie », Maurois écrit pour Maria de las Dolores « Indian Summer » (L'été indien). C'est la saison où, en Amérique, l'été renaît au cœur de l'hiver.

Vous avez fait pour moi, chérie,
Un été de la Saint-Martin
Si pur, que le soir de ma vie
En est devenu le matin.

Moi qui n'avais plus l'espérance
D'aimer comme on aime à vingt ans,
J'ai compris en votre présence
Qu'un grand amour se rit du temps.

O merveille d'un noble automne !
O douceur des derniers beaux jours !
Les sursis que le ciel nous donne
Font les plus belles des amours.

Hélas ! Les roses de septembre
Aux premiers froids vont défleurir
Marita, j'ai peur de Décembre
Et je voudrais ne plus vieillir.

Obsession de la jeunesse, regret de l'insouciance et de la fièvre que lui a données ce bel amour, pour Maurois « le bonheur était simple : c'était de te regarder, Marita, de te désirer, d'écouter ton rire, d'attendre ton cri, de jouir de tes joies. Le bonheur, c'était toi [1]. »

A New York, il peut encore se sentir proche, au moins physiquement, de sa maîtresse et il lui est facile de revivre des sensations, encore fraîches et embaumant. Il pratique chaque matin ce qu'il appelle « la méditation Marita », un quart d'heure ou plus à elle seule consacré, avant d'entamer sa journée. « C'est une sorte d'oraison. Fais la même chose. » Comme si Marita lui avait insufflé un peu de son mysticisme naïf et fervent, il communie en rêve avec l'Absente, tandis que son corps ressuscite vivant à sa mémoire. Pour entretenir le culte de son idole, il en appelle non seulement aux pouvoirs de l'imagination mais à toutes sortes de techniques mentales – il décide d'apprendre l'espagnol, de lire les auteurs espagnols, en particulier Lorca, l'auteur fétiche de Marita, enfin de s'intéresser au ballet, au théâtre et au cinéma, qui sont ses arts préférés ; elle les place très au-dessus de la littérature... Il lui promet même d'écrire une pièce pour elle, à seule fin qu'elle puisse la jouer et qu'il puisse diriger son interprétation. En somme, il est plein de projets et, à soixante-deux ans passés, ressent un nouvel élan créatif. L'amour lui donne des ailes. Peut-être Maurois a-t-il éprouvé alors des sensations inédites et, pour la première fois, l'ampleur d'une passion physique ?

Il en vient à mesurer ses capacités de séduction auprès des jeunes et jolies femmes qu'il croise à New York – telle cette Mrs. Leo Stanfield : Gisèle (« J'ai retrouvé ici une jolie femme que j'avais connue à Buffalo, en 1944 ; je l'ai trouvée fade ; elle n'avait pas ton naturel...), à laquelle il doit expliquer que son cœur est pris. Aucune ne résiste à la comparaison avec sa Péruvienne, surtout pas celles qu'il nomme les « girls » de son fils, de très jeunes Américaines du Nord, filles

1. 21 octobre 1947.

faciles et peu vertueuses, mais dont la froideur exaspère Gérald (« Je lui ai conseillé d'aller en Amérique du Sud... ! »). Jusqu'à son retour à Paris, Maurois vit dans le vertige de sa passion toute neuve, une passion qui lui communique une insolite ivresse et lui rend l'audace de ses vertes années. Il ne songe pas plus à Simone Maurois que si elle avait disparu corps et âme de son univers.

Cette douce image
Où mon cœur se plaît
Fût-elle un mirage ?
Fût-elle un reflet ?
(...)
Au long d'un chemin de très pur délice
Je tenais la main
De mon Eurydice.

Il a désormais deux vies, mais est-ce là un fait vraiment nouveau et n'a-t-il pas deux vies aussi, lorsqu'il écrit ? La première est d'apparence : vie sociale, ou de travail, au but efficace et productif, mais non dénuée d'émotions (« J'écris mon *Proust* avec amour », confie-t-il à Marita). La seconde, secrète, est celle du rêve et de la passion, stérile au premier regard mais qui porte ses fruits et ses délices. L'une et l'autre se disputent son âme, son temps, son énergie, mais se complètent aussi et même se conditionnent. Nulle ne saurait exister sans l'autre et Maurois, écrivain, a autant besoin de la première que de la seconde, comme s'il puisait son inspiration, sa force, dans le balancement de ces deux appels.

L'équilibre est parfois difficile à trouver et, entre le rêve et la réalité, des conflits, des tensions se chargent de mettre la balance en état de rupture. Neuilly, novembre 1947, un samedi : « Pour moi, j'essaie de travailler, mais mon esprit, à chaque minute, s'envole vers toi. On me dit : " Qu'avez-vous ? Quand on vous parle, soudain vos yeux sont ailleurs... Vous n'écoutez plus. " C'est vrai ; mes yeux sont ailleurs. Ils guettent une porte de Lima, une porte ancienne, et une jeune femme qui vient là (anxieusement, je l'espère ; amoureusement, je l'espère) chercher mes lettres. A-t-elle au cou ma croix d'or blanc dont le poids, entre ses seins, doit être lourd comme celui d'un amour exigeant et passionné ? Ne cesse-t-elle jamais de penser à moi ? (...) Voilà ce que je me demande, tandis que mes confrères illustres discutent de graves questions. »

Mi-novembre, encore un samedi : « En ce moment, ma pensée est dans une chambre d'hôtel, à Bogotá, où une jeune danseuse nue fait les plus gracieux pas du monde, pour retrouver ses bas et sa petite culotte de soie blanche. C'est une vision ravissante, mais qui me rend le travail difficile. »

Alors que Maurois prépare son *Marcel Proust* [1] – un des livres majeurs sur l'œuvre du romancier –, il est hanté par son fantôme de « danseuse nue », de Chilienne à la robe rouge, de *compañera* au sang chaud et à la voix rauque, dont il déplore l'absence et ne cesse de revoir en songe les ébats et les débats. Évoquant sans répit leurs nuits d'amour, leurs jours de liesse, et les cris qu'elle poussait de contentement – il voue une véritable adoration à ses « Ay, Ay... », à ses « Ah ! Ah !... » et les entend encore, dans le silence de ses nuits solitaires, comme s'il était à Bogotá, comme s'il la tenait dans ses bras...

Je voudrais chevaucher une forme nacrée
Et voir, sous moi, des yeux ouverts sur le plaisir ;
Je voudrais une nuit à l'amour consacrée,
Toute pleine de joies, de chants et de soupirs.

1. *A la recherche de Marcel Proust*, Hachette 1949.

Les lettres sont nécessaires pour alimenter ces rêveries, et permettre aux visions, auditives, visuelles, olfactives ou tactiles, de durer. Quand elles manquent et cela, hélas, ne va pas tarder, Maurois est triste et angoissé. Il croit que Marita ne l'aime plus. Il le lui écrit : 4 novembre 1947, « Voilà quinze jours que je suis rentré et je n'ai pas reçu un mot de toi ! Je suis mortellement inquiet. Qu'est-il arrivé ? (...) Je ne puis plus ni penser ni travailler, et comme il faut que je continue de vivre, de parler, de sourire, tu imagines mon supplice. (...) Ay ! Marita ! Je suis bien malheureux. »

Elle le laissera tout un long mois sans nouvelles. Il a pensé en mourir... « Toujours pas de lettres. J'en pleurerais [1]. » La trente-troisième lettre qu'il lui envoie est un poème : « Complainte de celui qui ne reçoit plus de lettres ».

Quand finira notre misère ?
Pas de bien longtemps, j'en ai peur !
En vain je guette le facteur.
Quand finira notre misère ?

Quand finira notre folie ?
Les temps sont durs ; le ciel est noir.
Si jamais Marita m'oublie
Je perdrai mon dernier espoir.
Quand finira notre folie ?

Quand finira ce long silence ?
Un mot, et je serai guéri,
Mais rien n'interrompt plus l'absence.
Une ombre a passé sur Paris.
Quand finira ce long silence ?

Lorsque leur correspondance reprend – Marita a été malade –, il est fou de bonheur, reconnaissant. Il pro-

1. 8 décembre 1947.

pose d'aller la rejoindre, l'été suivant, lorsqu'il aura fini son *Marcel Proust* : pourquoi n'écrirait-il pas une Histoire du Pérou, ou de l'Amérique du Sud (il préférerait la seconde hypothèse), à seule fin de trouver le prétexte de la retrouver. Elle pourrait devenir sa secrétaire particulière et le suivre partout où le conduiraient les exigences de la documentation. En somme, elle remplacerait Simone (mais cela il ne le dit pas), le temps d'un livre volé au couple et à sa sédimentation. On peut aussi se demander si ce poste de secrétaire qu'il offre à Marita, comme un *regalito* [1], était destiné à plaire à une jeune femme, plutôt frivole, éprise de son image et ambitieuse, ne rêvant qu'à son propre avenir de star ?

S'il n'allait pas au Pérou, Marita pourrait venir en Europe : Maurois lui propose Madrid ou Lisbonne. Ces deux capitales l'attendent pour des conférences, qui lui procureraient (sans alerter sa femme...) l'argent nécessaire à leurs petites vacances. Il lui promet de couvrir tous ses frais et se réjouit par avance de leurs retrouvailles. Il a besoin de faire des projets avec elle et de se bâtir en rêve un avenir amoureux. On remarque qu'il ne lui propose pas de venir à Paris – dans une lettre, il spécifie qu'ils y seraient mal à l'aise – lui, trop requis par les mondanités et le travail, et elle, absorbée par des gens de théâtre, dont il serait forcément jaloux. En bref, il élude le problème et préfère revoir Marita en terre étrangère, sous le soleil qui va si bien à son teint de Latine. Il a envie de siestes et de nuits tropicales.

Physiquement, Marita lui manque. Son absence le torture et il réclame son corps, de lettre en lettre. « Marita, la vie sans toi me paraît maintenant si fade, si terne et si vaine, que si je n'avais cette certitude de te retrouver, je ne sais si je pourrais continuer de vivre. Mais je te sens forte, ardente, et j'ai confiance. »

1. Un petit cadeau.

« J'ai envie de toi, Marita ; c'est douloureux et c'est délicieux. Ay ! Marita ! »

Leur séparation lui est si pénible qu'il finit par consentir à la revoir, où elle voudra. « J'abandonnerai tout pour passer un mois avec toi, n'importe où. Le bonheur n'est pas lié pour moi à tel ou tel paysage, mais à tes yeux, à ta présence, à tes caresses de chatte tendre et timide. »

21 décembre 1947 : « O ma très chérie, que la vie est mal faite ! Nous pourrions être si heureux ensemble ! »

En décembre, tout au bonheur de ses souvenirs, Maurois écrit pour *Le Figaro littéraire* une série d'articles sur son séjour en Amérique du Sud, qui étonnera ses lecteurs par leur ton particulièrement fiévreux et enthousiaste. Pour le Pérou, c'est un véritable panégyrique, qui lui vaudra les remerciements de l'ambassadeur en personne et les remarques étonnées de nombre de ses amis, qui croyaient Maurois plus porté à aimer les territoires anglo-saxons, l'Angleterre ou l'Amérique du Nord. Ces articles paraîtront l'année suivante en volume, aux éditions du Bateau Ivre, sous un titre de guide touristique (*Journal d'un tour en Amérique latine*), qui fera oublier leur lien avec le lyrisme d'une correspondance aussi secrète qu'influente sur l'œuvre de l'auteur. « Marita, écrit Maurois, tu savais bien que toutes ces phrases étaient à double sens et n'étaient qu'une longue lettre pour toi ? No ? » La Señora Dolores García les a tant admirées qu'elle a décidé de les traduire. Elle s'est débrouillée pour que sa traduction paraisse, avec sa signature sous celle de Maurois, dans un grand quotidien de sa ville d'adoption, *Comercio*. Le chapitre sur Lima, en traduction littérale, s'intitule : « Lima, Ciudad de secretas y ardientes passiones » (Lima, ville de secrètes et ardentes passions) !

Maurois, le 21 décembre 1947 : « Être traduit par toi me fait plaisir. C'est comme une communion d'esprit, une manière de faire l'amour avec l'intelligence. »

En post-scriptum : « Yo no he olvidado nada. Y tú [1] ? »

Puis, passe Noël. Passe le Jour de l'An. Les cadeaux que Maurois envoie au Pérou se perdent au cours du transport. Mais le sonnet qu'il a écrit a survécu au naufrage :

Pourquoi je t'aime enfant ? Parce que tu me plais ;
(...)
Parce que je te dois une autre adolescence.

Parce que tu ne dis ni penses rien de laid ;
(...)
Parce que tu es toi, parce que tu voulais

Me suivre en Amérique et jusqu'au bout du monde ;
Parce que tout te sied ; parce que tu es blonde ;
Parce que dans les rues ton pas devient mon pas ;

Parce que dans l'amour notre rythme est le même ;
Parce que c'est ainsi... Chérie, pourquoi je t'aime ?
Mais si je le savais, je ne t'aimerais pas.

Pendant ce temps, Marita semble voyager beaucoup. Elle rencontre des journalistes ou des directeurs de théâtre, chiliens, colombiens ou péruviens, dont elle espère qu'ils lui apporteront des rôles intéressants, au théâtre ou au cinéma. Il semble aussi qu'elle bâtisse des châteaux en Espagne, où elle se voit régner sur un

1. « Moi, je n'ai rien oublié. Et toi ? » – qu'il écrit malencontreusement, ne sachant pas l'espagnol : « He no olvidado nada. »

public éperdu d'amour. Maurois, dépité, vexé, jaloux, la supplie de lui rester fidèle : il ne peut supporter le supplice de l'imaginer dans d'autres bras que les siens. La distance exaspère ce sentiment d'impuissance, quand il est alors si épris d'elle qu'il ne rêve que de lui faire l'amour. « J'ai souffert en pensant qu'il (un imprésario de théâtre) était avec toi, dans cet hôtel où je voudrais être, et aussi que d'autres regardaient nager mon ondine et admiraient ses belles courbes, dont je suis privé [1]. »

« Ay ! Marita ! Je voudrais être seul avec toi dans une maison au bord de la mer. Tu te baignerais ; moi pas, mais je te regarderais. Ensuite on déjeunerait de soupe au poisson. Tu prendrais trois bouchées et tu boirais trois verres d'un vin merveilleux. Et, comme il ferait très chaud, nous ferions ensemble une sieste, nus sur un lit, dans une chambre aux volets fermés, avec au-dehors le murmure de la mer [2]. »

Dès lors, sent-il que Marita lui sera infidèle, ou l'est peut-être déjà, il se protège. Il reprend son travail avec plus d'ardeur – on le voit bien dans les lettres, l'écrivain est en passe d'étouffer l'amoureux. L'écriture est l'armure d'André Maurois ; elle l'a toujours sauvé dans les épreuves. Trop malheureux avec Janine pour jamais consentir à renouveler l'expérience du bonheur bafoué, il se tourne vers les puissants modèles, qui, depuis qu'il écrit, et depuis qu'une femme l'a fait immensément souffrir, lui ont toujours apporté leur indéfectible soutien. Marcel Proust sera celui qui l'empêchera de sombrer quand il aura renoncé à Marita, pour de bon.

Le 10 janvier 1948, Maurois publie dans la revue *La Bataille* un article sur l'asthme, qui doit évidemment beaucoup à ses recherches sur l'aventure proustienne. Proust, on le sait bien, était sujet à l'asthme et devait en mourir. Mais il doit tout autant à Marita, victime

1. 16 décembre 1947.
2. 18 janvier 1948.

de ces mêmes crises soudaines, d'une violence qui la terrassait. « Ce que j'ai dit de l'asthme de Proust fut beaucoup écrit en pensant à toi. Certainement, il y a dans cette curieuse maladie un élément de tendresse refoulée. Que je voudrais pouvoir te la donner, cette tendresse, comme au retour de la Plaza de toros, à Bogotá [1] ! »

Cet hiver-là, des tempêtes sur l'Atlantique empêchent les avions de colporter le courrier d'un continent à l'autre. Les amants sont isolés. Leurs messages d'amour ne leur parviennent que décalés, comme celui-ci, du 6 janvier 1948, « Je te veux très fort, Marita, de tout cœur et de tout corps. »

Des conférences, d'ambitieux projets de livres, qui ne sont plus l'Histoire du Pérou, des voyages en France (en février), en Italie (en mars) et au Portugal (en avril), puis aux Etats-Unis (au prochain automne), vont requérir bientôt l'attention de Maurois. « Mes conférences sont une grande joie », écrit-il le 18 janvier. S'il reste amoureux et très nostalgique, de loin en loin, on le voit bien, la vie de travail a repris son cours et emporte l'auteur dans son tourbillon. Elle l'éloigne encore davantage de sa Péruvienne, le requiert, l'accapare, et lui procure des sensations successives d'excitation et de plénitude, comparables à celles de l'amour. « L'enthousiasme (du public) a été merveilleux. Je vais continuer pendant cinq semaines. Quel dommage que tu ne sois pas là. »

Il est l'homme le plus capable de compenser dans les rêves les absences les plus cruelles. Peut-être même préfère-t-il rêver ses amours plutôt que de les vivre... A sa « querida », 7 mars 1948 : « Ah ! Que j'aimais nos interminables conversations, quand tu venais dans

1. 21 mars 1948.

mon salon du Granada et que tu te blottissais comme une enfant dans mes bras ! En ce temps-là nous avions oublié le monde, les hommes, et nous étions heureux comme sur une Ile enchantée. Le monde, hélas, ne se laisse pas oublier longtemps. Mais il reste des îles enchantées et il faudrait y atterrir, seuls, ne fût-ce que pour l'espace d'un rêve. »

Elle à Lui

Elle signe « Maria », invariablement, toutes ses lettres, mais comme ses *e* et ses *a* se confondent, on a l'impression qu'elle signe « Marie ». Son écriture, allongée, étirée, rythmée, ressemble à des vagues. Elle ondule et frémit, par ondes irrégulières. On peine à la déchiffrer. Au bout de quelques lignes, le malaise s'installe, on a le mal de mer. Avec ces gros et souples caractères, la page est vite pleine ; il faut tourner plusieurs feuillets, à peine et très mal ponctués, pour trouver le nom de la sirène, avec son M aux belles jambes.

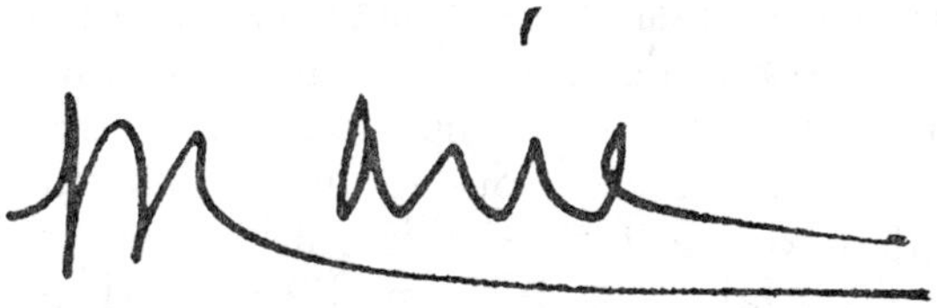

A côté du lieu d'où elle écrit (tantôt Bogotá, tantôt Lima et tantôt Cuzco ou Arequipa), Maria mentionne le jour et l'heure, par exemple « Lima, vendredi cinq heures », plus souvent que la date exacte : octobre ? novembre ? Et le 12 ou le 15 ? Elle aime que Maurois sache quand elle écrit. Sans doute pour qu'il l'imagine, à la lumière qui l'inspire, seule alors avec lui, dans ce tête-à-tête épistolaire, aussi intime, aussi troublant qu'un rêve. C'est le soir ou la nuit, ou bien l'aube – « al almanecer », à la pointe du jour – : il est souvent cinq heures du matin, quand Maria a envie de « palabrer » avec son amant français. Curieusement, le mot « palabres » qu'aimait Janine (« J'aimerais bien avoir un petit palabre avec toi », lui écrivait-elle pendant la Première Guerre), ce mot qui, en espagnol, signifie « mot », ou « parole », revient sans cesse sous la plume de Maria. Elle lui dit qu'elle adore ses « palabres » et que ces « palabres » qu'il lui envoie sont des « tesoros mas preciosos ».

Ses lettres commencent à brûle-pourpoint, sans en-tête, comme une page de cahier. Le nom d'André n'apparaît qu'à l'intérieur du texte, surgi alors tel un appel au milieu de l'océan des mots. Jamais « cher », ni « mon cher », ni « chéri », ni « mon chéri », ni « mon amour », mais simplement « André » – ou « Andrès » –, il est l'une de ses rares sobriétés. Car le style de Maria est fleuri et abondant, bavard et recherché. Les formules amoureuses se nichent au sein des longues phrases, comme un aveu soudain qu'elle aurait différé, ou retardé, ou tenté d'esquiver, et s'épanouissent au final, en feux d'artifice. Tout le reste est description de ses états d'âme – peinture de son âme ravagée par la passion. Les images viennent par vagues multiples essayer de rendre la couleur de son cœur : il est gris et sombre, « comme un ciel de pluie », « des nuages au ciel », « un oiseau qui ne chante plus », « une fleur qui se fane ». Elle cultive les expressions poétiques. Mais c'est le nom d'André, si simple, si souvent répété, que l'on retient : un refrain, une prière.

« Como te quiero, Andrès ! » – Comme je t'aime !

La plupart des lettres (une cinquantaine) ont voyagé de Lima ou de Cuzco à New York, jusqu'au 20 octobre, puis à Neuilly, dans des enveloppes affranchies au *Correo aéreo*, avec des timbres à l'effigie des Incas ou du *primer gran mariscal*[1] *del Perú*, Toribio de Luzuriaga. Maurois a gardé ces enveloppes exotiques, où l'écriture de Maria, rédigeant l'adresse, dessine des arabesques qui font aussitôt battre son cœur. A la seule vue de ces enveloppes – il l'a dit –, il redevenait un jeune homme amoureux.

Trois premières lettres de la belle Péruvienne, rédigées en français, pendant le bref séjour de Maurois en Colombie, portent la trace d'un vouvoiement éphémère. Elles ont circulé d'une chambre à l'autre de l'Hôtel Granada, juste avant et juste après la première nuit d'amour. Maria y remercie André pour les « minutes d'ivresse » qu'il lui a données, pour les « élans insoupçonnés » qu'il a su « allumer » en elle, pour « le baiser suprême », qui l'a comblée. Elle aurait voulu renoncer à cet amour interdit, coupable, elle aurait voulu résister. Mais cette résistance lui coûte trop. Maurois lui a fait éprouver « le sentiment le plus profond, l'unique de ma vie... » Elle a « capitulé » ou, selon son expression, elle a « baissé les yeux devant les siens ».

« Téléphonez-moi, faites de moi ce que vous voudrez. Je suis à vous beaucoup plus qu'à moi-même. »

Les quarante-cinq autres lettres, postérieures à leur séparation, sont au *tu* ou au *te* (en espagnol), qui est la marque de leur correspondance : le *tu* ou le *te* des amants, qui vivent dans le souvenir des nuits de Lima et de Bogotá et dans l'espoir de se retrouver un jour. Ici ou ailleurs, ou comme dit Maria, « dans n'importe quel endroit du monde ».

Certaines n'ont ni début ni fin : Maurois a-t-il perdu des feuilles, ou bien a-t-il préféré les brûler, les déchirer ? On ne sait pas.

---

1. Maréchal.

Six d'entre elles et quelques bribes, postées à destination de New York, sont entièrement en français, même s'il s'y glisse quelques mots espagnols. Un français impeccable, littéraire et même assez alambiqué, qui compte peu de fautes d'orthographe ou de grammaire et prouve une bonne connaissance de notre langue. On sent que Maria prend autant de plaisir à écrire en français, qu'à parler de l'amour. Ce sont ses plus belles lettres : les plus chaudes, les plus douces. Sans doute parce que les souvenirs « brûlants », « délicieux », « précieux » – ce sont ses adjectifs –, sont encore récents. Mais aussi parce que Maurois, tant qu'il demeure à New York, lui laisse toute liberté d'exprimer son amour en français – il le lui interdira dès son retour en France.

« Hôtel Granada, Bogotá.

« Je vous regardais partir, les yeux voilés d'amertume, quand, tout d'un coup, l'avion vous manque. C'était fini... Adieu ton beau regard, adieu tes belles paroles ! J'étais suspendue dans l'espace comme un nuage de pluie tout imprégné de tristesse et de noire mélancolie. J'ai mordu mes lèvres très fort (...). Et maintenant me voici seule dans ma chambre avec cette mortelle sensation d'angoisse qui ne veut pas m'abandonner. Le ciel est caché sous un épais rideau gris, sombre et triste, comme l'image de mon cœur et de ma peine. (...) Ton bras allongé, ta main sur mon épaule et ce dernier regard chargé d'amour... Que Dieu vous bénisse pour tout ce que tu m'as donné, pour tout ce que tu me donnes. »

Elle maîtrise si bien le français qu'elle peut tirer les meilleurs effets d'un passage, plutôt flatteur et amusant, du *vous* au *tu*, et du *tu* au *vous*. « Tout ce que tu m'as donné, tout ce que tu me donnes... » Elle est, dans ses lettres, moins sensuelle que lui. Pour une voluptueuse, elle demeure incroyablement pudique. « Je regarde mon corps embelli par ce miracle d'amour et je caresse mon visage parce qu'il t'appartient. »

C'est la phrase que Maurois relira sans trêve. Car, par écrit, Marita évoque plus souvent son âme que son corps et ne se risque jamais à lui dire ce que, à l'en croire, elle lui aurait murmuré sans honte, autrefois, dans ses bras. Les mots d'amour restent convenables, sans les Ah!, sans les Ay!, qu'il aimait tant et qu'il entend encore, entre les lignes de ses déclarations « enamoradas y tiernas » – amoureuses et tendres –, mais sans l'abandon.

« Pense à moi comme je pense à toi, c'est tout ce que je demande. »

Cette femme est étonnante. Maîtresse ardente et voluptueuse, dans la vision qu'en a gardée Maurois, elle paraît fragile et vulnérable, plus portée à la tristesse, au blues, qu'à la joie. Désespérée depuis son départ – *desesperada*, *destruida*, *agotada* –, elle est, en français, « morne », « triste », « mélancolique », « désabusée », « farouche », « en deuil »; elle « pleure », elle « verse des larmes noires », elle se sent « abandonnée », « solitaire » – *sola*, *solitaria*; elle souffre « terriblement ».

Lima, 14 octobre : « L'atmosphère de ma chambre, isolée et tiède, est ma prison magique. Il est dix heures du soir d'un dimanche chargé de tristesse, comme hier, comme demain, comme tous les jours qui m'éloignent de toi. »

Elle lui écrit qu'elle voudrait qu'il soit là pour la prendre contre lui, qu'il lui fasse du bien, qu'il la rassure. Car elle a peur. Elle a toujours peur, depuis qu'il est parti. De sombres pressentiments l'habitent. Elle a des insomnies. « Il est trois heures du matin. Je me suis réveillée avec une terrible oppression d'angoisse. Je rêvais de toi et c'était un mauvais rêve... Calme-moi... »

Celle que Maurois décrit comme une créature joyeuse, légère, émoustillante, montre dans sa correspondance un visage sombre et torturé. Celle qui chantait, dansait pour lui, n'est plus qu'effroi et gémissements. Les lettres ne sont jamais allègres. Elles expriment une longue plainte amoureuse, d'où se détachent des vœux et des serments.

« Je garde ton image pour rêver avec elle. » (Lima, 10 octobre.)

« La seule vérité de ma vie est enfermée dans les vingt jours que je t'ai donnés. » (14 octobre.)

« Te revoir un jour, dans n'importe quel endroit du monde... » (Le 10.)

Ou encore : « Je voudrais te manquer toujours comme tu me manques. » (Le 14.)

Parfois le ton change, renoue avec le dynamisme perdu. Maria raconte ses journées, qui sont dans l'ensemble plutôt bien remplies. Elle voit des gens, a des projets artistiques, sort, et même voyage : pour « se changer les idées » – selon ses propres termes –, elle va visiter les sites incas, Cuzco, Arequipa, et escalader le Machu Picchu (ce qui n'a pas dû arranger son asthme). Des architectes en congrès l'accompagnent. Au passage, elle raconte à Maurois que son charme agit toujours, que les hommes la regardent avec admiration, la convoitent avec gourmandise. Elle ne manque pas de lui rapporter les compliments qu'ils lui font... Elle aime le rendre jaloux. Il est vrai que de son côté, il se vante de fréquenter les jolies femmes et de retrouver ici ou là, au hasard de ses tournées ou de ses sorties dans le monde, des beautés qui l'avaient séduit, avant elle, autrefois. C'est alors Maria qui se montre jalouse. Elle « déteste » toutes les femmes, elle les voue « al diablo » – *au démon.*

Mais ces brèves colères, ces éclairs de vie éclairent un texte sombre, et comme dédié à la nuit. Maurois a aimé une femme flamboyante – de feu et de lumière –, une gitane en robe rouge. Or, c'est le noir qui domine la correspondance. Un noir, qui va jusqu'au bout de la nuit, en passant par toutes les nuances de la perte des couleurs, du « gris » au « pâle » et à l'« obscurci » : un univers entre chien et loup, presque sans lumière, sans éclat, retient Maria prisonnière. Sans défense, elle attend qu'on vienne la chercher, qu'on la délivre, qu'on la protège en somme contre elle-même, et qu'on la tire de ce marasme où elle paraît sombrer.

« Je t'aime trop pour déguiser mes sentiments... »

Qui est-elle vraiment ? La gitane, aux charmes audacieux ? Ou cette égérie plaintive, désemparée ? Par moments, elle se montre concrète, efficace : pour son travail, elle a beaucoup d'ambition. Elle voudrait jouer sur la scène des grands théâtres européens, se tient au courant des modes artistiques, des pièces qui ont du succès. Elle monte un ballet, propose ses compétences aux uns et aux autres, et voudrait bien que l'amour de Maurois la conduise jusqu'à Paris. Elle n'est pas désintéressée. La rencontre du grand écrivain français servira-t-elle ses plans ? Lui permettra-t-elle d'atteindre ce rêve de devenir une étoile, dont elle a fait le but suprême de sa vie ? Plus que l'amour, la gloire, ou au moins le succès, l'attire sensuellement. Sa plume vibre à l'évocation des rôles qu'elle pourrait tenir à l'occasion des futures tournées de sa troupe en Europe. Mais aucune décision ni aucun contrat ne semblent devoir rapprocher les amants, contraints de demeurer chacun, éloignés et mélancoliques, dans leurs domaines et leurs rêves respectifs. Il y a chez Maria une très grande aspiration à devenir célèbre. Et, pour y parvenir, on voit bien qu'elle souhaite unir son sort à celui d'un homme important.

D'autres noms que celui d'André s'immiscent dans la correspondance. Celui de Rognedov, d'abord : l'imprésario de Maurois est aussi celui de Maria, et peut-être ont-ils eu une liaison après son départ (Rognedov passe son temps à tenter de « consoler » Maria, qui s'avoue « touchée » par son extrême dévouement, par sa tendresse – « *su cariño* »). Puis, celui de Bernardo Rocca Rey (l'auteur du film *La Lunareja* reste son « très cher ami » et, éblouie par son talent, elle suit avec beaucoup d'intérêt sa carrière).

Comment Maurois n'aurait-il pas été jaloux ? Ou même un peu blessé : elle a des poussées subites et violentes d'admiration pour d'autres personnalités que la sienne, et ces personnalités sont toutes, évidemment, du sexe masculin.

Capable de fougue et de spontanéité, mais facilement déprimée, pessimiste, Maria vit dans l'excès. Elle exagère ses sentiments et ses états d'âme. Elle ressent les émotions à l'extrême. Est-elle tout à fait sincère dans la description de son cœur ? A-t-elle vraiment éprouvé cette neurasthénie, ces crises d'angoisse et cette misère morale ? Ou bien joue-t-elle la comédie du malheur ? Ses phrases ont une allure tragique, ou mélodramatique, digne des tirades les plus lyriques du théâtre français. Si les lettres de Maurois sont faites de mots simples et purs, celles de Marita paraissent plus mystérieuses et chaotiques, plus artificielles. Dans les vagues que roule sa plume, plusieurs reflets se superposent, au point parfois de brouiller son image.

Comédienne ? Tragédienne ? Ou femme désemparée ? Provinciale dépourvue de talent majeur et qui se rêve une destinée ? Le mot revient souvent, en français, dans ses lettres, dans une orthographe erronée (l'une de ses rares fautes) : elle écrit toujours « ma destin*n*ée ».

La littérature trouve en elle une disciple fervente. Maria connaît la force incantatoire des mots et sait jouer de leurs rythmes, de leurs sonorités. Les phrases de Maurois la charment; elle va bientôt réciter par cœur les poèmes qu'il compose pour elle.

Lima, 14 octobre : « André, je suis malgré mes efforts, dans un état de tristesse indescriptible. (...) Ecris-moi le plus souvent possible, n'oublie pas que je me nourris de tes lettres et que j'attache à chaque mot une valeur inestimable. »

Lima, 16 octobre : « Ecris-moi une lettre : “ enamorada y tierna ”. Merci pour le bonheur sans limites de ta présence spirituelle, cadeau précieux qui cache la distance. »

Si elle goûte les belles envolées, si elle encourage les élans poétiques de son amant, c'est qu'elle trouve à sa correspondance amoureuse, tellement nouvelle, inattendue, la valeur d'un miracle (un *milagro*) : chaque lettre crée l'illusion d'une présence, donne à voir, à sentir près de soi l'être aimé, et adoucit le supplice de la séparation. Bogotá, cinq heures : « Souviens-toi qu'ici, dans cette ville étrange et mystérieuse, il y a une femme dont le miracle de l'amour a transformé la vie. »

Les six lettres en français livrent un message d'espoir. « Depuis ton départ, je m'étais abandonnée à la tristesse sans limites de ton absence, et voici que ta lettre, avec ce pouvoir mystérieux de l'amour, a comblé mon esprit de douceur et d'espérance. Ça te plaît d'avoir fait ce miracle ? No ? » Les lettres de Maurois lui rendent, « par un coup magique », « la réalité profonde et vibrante » de leurs jours de bonheur.

« J'attends et j'aime » : ainsi termine-t-elle sa deuxième lettre. Maria vit dans l'impatience d'un retour de Maurois en Amérique, ou d'un prochain appel à venir le rejoindre là-bas, dans la ville qui est pour elle la plus belle et la plus attrayante du monde : Paris...

« J'attends l'avenir avec la certitude que ce qui s'acquiert ne se perd jamais [1]. »

De retour à Paris, vers le 20 octobre, Maurois insiste pour que Maria s'adresse à lui en espagnol : personne, lui dit-il, ne pourra lire ses lettres, si une autre main que la sienne venait à les ouvrir, ni comprendre ce qu'elle lui écrit. C'est pour lui une précaution utile, qui lui paraît aller de soi. Mais cette initiative déçoit

1. Lettre du mardi 7 octobre, 5 heures.

Maria. Il lui semble qu'André, en qui elle avait toute confiance et auquel elle avait confié sa « destinnée », la renvoie à ses origines. En la contraignant à renoncer au français, il brise le premier de leurs liens, peut-être le plus solide. Surtout il lui fait sentir que leur amour doit rester clandestin. En demandant à sa maîtresse de veiller à leur discrétion, il protège sa femme et ne s'en cache pas. Comment Marita n'aurait-elle pas été blessée par la démarche ? Et, de surcroît, étonnée : car Maurois, elle le sait, ne parle pas un mot d'espagnol... Préfère-t-il ne rien comprendre à ses lettres plutôt que de prendre le risque qu'on découvre leur liaison, passionnée et foudroyante ? Elle a dû, forcément, se poser la question.

« Tu me dis : “ à Paris, il faut écrire en espagnol ”. Je ferais tout ce que tu voudras, même écrire en chinois [1]... »

Maurois n'a même pas le niveau d'un débutant. Comme un collégien en vacances, il sait dire *te quiero* et c'est à peu près tout. A peine rentré à Paris, il a engagé un professeur d'espagnol, une certaine Mme Nagi. Et comme il met en tout une extrême application, Marita est en droit de croire qu'il va faire des progrès rapides. Mais de là à lire couramment ses lettres, à entrer dans les charmes d'une conversation... Peut-être compte-t-il sur Mme Nagi pour lui traduire chaque mot, chaque phrase, mais dans ce cas une tierce personne va entrer dans leur intimité, et ses mots à elle passeront par l'intermédiaire d'une autre voix. La seconde solution n'est pas plus encourageante que la première... A moins que Maurois n'ait songé à une troisième, qui serait de loin la plus discrète et la plus perverse... Et s'il voulait seulement parcourir ses lettres des yeux ? S'il se contentait de leur parfum, de leur écriture ? Dans ce cas, ses lettres resteraient pour lui

1. Lima, vendredi 10 octobre à 8 heures.

avec leur entier mystère et leur code secret, comme de sensuels hiéroglyphes.

A la seule vue des enveloppes, Maurois l'avoue : son cœur bat plus vite. Il en a des étourdissements. Pour éviter qu'on ne lise son émotion à visage découvert, lorsque, dans la pile de son courrier matinal, il reconnaît une lettre de Maria, et pour que la régularité de leur correspondance n'éveille pas les soupçons de la maisonnée (il craint autant la surveillance de sa femme que celle des domestiques), il lui demande non seulement d'écrire en espagnol mais d'envoyer ses lettres par l'entremise d'une de ses amies, « une chère et vieille amie » : chez Alice Turpin, 5 rue Antoine-Chantin, qui transmettra. L'amie en question, traductrice et admiratrice fidèle, n'est d'ailleurs pas si vieille que ça... Maurois l'appelle Dick et Simone la range parmi le clan dangereux des « Sirènes »...

« Je ferai toujours tout ce que tu désires, même si c'est pénible, no [1] ? »

Pour Marita, qui voit s'immiscer dans sa correspondance, deux interlocutrices inconnues, mystérieuses et dont elle se méfie – le professeur d'un côté et, de l'autre, la dépositaire du courrier –, c'est une seconde preuve que Maurois entretient son secret et qu'il protège sa vie privée. Elle essaiera de passer outre. Mais elle se sent frustrée, lésée, contrainte. L'interdiction d'écrire en français lui fait ressentir son propre éloignement. Pour Maurois, l'espagnol est la langue étrangère, celle d'une vie où il n'entre pas. Même s'il tente de l'apprendre, même s'il souhaite mieux connaître les pays qui le parlent et s'apprête à prouver à Marita, par une série d'articles qu'il veut consacrer au continent sud-américain, la force de sa passion nouvelle, il ne parviendra pas à maintenir ce pont fragile entre leurs deux univers. Le sien est franco-anglo-américain du Nord : rationnel et sensible, avec des racines profondes

1. Lima, mardi 14 octobre.

dans le vieux monde, ses traditions, ses usages, et des vérités que colore un scepticisme vaguement désabusé. Son monde à elle bouillonne et s'agite, dans un palpitant désordre. Lascif et mélancolique, baroque, orgueilleux, il attend son dû. Un dû que le vieil Européen tarde à lui reconnaître et que sa prudence, son goût pour la modération vont décevoir.

« Dios mio, que falta me haces ! Quisiera ser un papelito para llegar a tus manos » (Mon Dieu, que tu me manques ! Je voudrais être un petit papier pour être prise par tes mains...).

André ne pourra plus jamais saisir de pareils messages. La voix de Maria va se perdre sur l'océan, ou ne lui parvenir que dans des traductions, des approximations, qui sait ? peut-être des mensonges ?

Marita sera la première à utiliser, en français, le mot d'amertume, pour qualifier leur séparation. « L'amertume de ton absence... » Lima, vendredi à cinq heures : « J'attends avec horrible impatience l'enveloppe du bonheur ; c'est mon seul désir, car si ta présence n'est plus, ton amour demeure, stimulé par l'amertume de l'absence et le souvenir de cette symphonie parfaite de notre amour. »

Elle a tout à craindre du retour de Maurois à Paris : l'emprise de son épouse, le confort de sa situation, le rôle que jouent dans sa vie le travail et les petites amies risquent de l'arracher à sa passion, d'éteindre peu à peu le feu qu'elle a su allumer. Seule la correspondance pourrait entretenir cette flamme, mais si elle devient illisible ou incompréhensible, s'il ne peut en saisir que quelques mots au hasard, comment rester vivante ? Ce même vendredi, cinq heures : « J'ai une nature ardente, tu le sais, et une vitalité prodigieuse ; hier j'étais découragée, sombre, figée. J'avais l'impression de jouer un personnage amer et souffrant (...), isolé du monde par son profond chagrin. »

Condamnée à la plus radicale séparation, depuis que le lien du français a été rompu, elle n'a plus dès lors qu'un recours, mais il lui est familier : la magie. Gitane et sorcière, Maria a bu aux philtres de Lorca ; elle croit aux sorts, aux enchantements, aux envoûtements. Elle va prier, avoir recours à la Vierge et à sainte Rose de Lima, et continuer de porter au cou la croix d'André, cette croix « silencieuse et dure comme la force de ma pensée ». Aux prières catholiques, elle associe d'autres pratiques, païennes et un peu inquiétantes, dont elle attend les meilleurs résultats : « Recuerda te de la malediction gitana (Souviens-toi de la malédiction gitane) y no te dejes apartar de mi (et ne te laisse pas séparer de moi [1]). » C'est Carmen, Carmen et don José... « Prends garde à toi... »

On espère que le professeur d'espagnol lui aura traduit aussi la lettre du lundi 3 novembre : « Pienso que te has marchado lejos al otro extremo del mundo (Je pense que tu es parti loin, à l'autre bout du monde), ajustado en el engranaje de una vida que no conozco (pris dans l'engrenage d'une vie que je ne connais pas), entre personas y cosas que te separan de mi (parmi des gens et des choses qui te séparent de moi). Pero no debo quejarme (Mais je ne dois pas me plaindre), porque tengo tus cartas (parce que j'ai tes cartes), siempre tan llenas de ternura (toujours si pleines de tendresse), que poseen el don maravilloso de hacerme olvidar la distancia (qui possèdent le don merveilleux de me faire oublier la distance). »

Elle devait avoir l'impression de parler dans le vide. Et lui, celle de se trouver devant un mur de vagues, où le sens des mots s'engloutit.

On imagine Maurois, à l'heure où sonne le facteur, cherchant parmi son abondant courrier, la lettre cachée, secrète, glissée dans l'enveloppe de Mme (ou Mlle ?) Turpin, et dont l'écriture chaloupée lui fait

1. Lima, mardi 14 octobre.

chavirer le cœur. Il ouvre l'enveloppe, déplie les deux ou trois ou quatre feuilles de papier dont la couleur maïs et les vagues vestiges d'un parfum des tropiques le transportent à des kilomètres de chez lui, dans le monde si chaud et pour lui si poétique de Marita. Il s'évade du boulevard Maurice-Barrès, d'un appartement solennel et triste, où ne cesse de le poursuivre le crépitement monotone et obsédant de la machine à écrire de Simone, dans la pièce voisine. Il est à Lima, ses yeux revoient Maria, sa main effleure son corps ; il peut encore, le temps d'un *milagro*, croire au bonheur.

On espère sincèrement, avec un peu de tristesse, qu'il a pu entendre ce qu'elle lui dit.

« Te siento a mi lado » (22 octobre) – Je te sens à mon côté.

« Solo cuenta nuestro carino » (26 octobre) – Seule compte notre tendresse. Ou, dans la même lettre : « ? No te parece hermoso que te quiera con tanta anxiedad ? » – Cela ne te paraît-il pas merveilleux que je te désire (ou que je t'aime) avec tant d'anxiété ?

« Quando tardan tus cartas, siento la muerte en pedacitos ! » (22 octobre) – Quand tes cartes tardent à me parvenir, je sens mille morts (littéralement, je sens la mort en petits morceaux...).

En décembre 1947 et en janvier 1948, de part et d'autre des fêtes de Noël et du Nouvel An, marquées chacune de ces rares déclarations toutes simples, dont elle n'abuse pas – « Te quiero » ; Je t'aime –, Maria adresse à André dix lettres d'amour. Cinq par mois. Une par semaine, plus une... Mais dès le mois de février, le rythme ralentit ou s'effondre : deux seulement en « Febrero » (les 25 et 27), aucune en mars, une seule en avril (le 18 « de Abril »). Qu'est-il donc arrivé ? Maurois, inquiet, la supplie de donner de ses nouvelles, l'interroge et prend peur qu'elle ne l'aime plus. Il écrit lettre sur lettre, dans l'espoir que le courrier va enfin lui rendre sa part de bonheur quotidien. Un bonheur fragile, qui, lorsqu'il s'envole, le laisse en manque, désemparé.

Pour justifier son silence et les lettres laissées sans réponses, Maria invoquera le fait qu'elle a été malade. Son asthme s'étant aggravé, elle a dû passer une quinzaine de jours en clinique ; puis, le médecin lui ayant demandé de changer d'air, elle a séjourné une dizaine de jours au Chili, dont les vertus climatiques ne lui ont pas été aussi favorables que le médecin l'espérait. Elle a beaucoup maigri – de 54 kilos, quand Maurois l'a connue, elle est descendue à 48 kilos. Son énergie l'a abandonnée : elle est littéralement « épuisée » – canzada, agotada –, tant sont violentes les crises qui la terrassent.

« Estoy enferma, André, muy enferma [1] » (Je suis malade, André, très malade).

Fin février 1948, elle ne pèse plus que 47 kilos ; en avril, 45 kilos ; en mai, 44 ! Elle se plaint de ne dormir que deux ou trois heures par nuit et souffre de ses nerfs à vif – « Mi naturaleza esta dominada por un estado nervioso permanente que nada ni nada puede calmar [2]. » Rien ne peut la soulager.

Phénomène psychosomatique, ainsi que Maurois en est persuadé, l'asthme de Maria est-il lié à un mal de vivre ou d'aimer, et aggravé par la déception de ne pouvoir envisager l'avenir avec un homme dont elle dit qu'elle s'est éprise avec une rare intensité ? Elle a elle-même conscience de dépérir, dans un climat de tristesse et d'amertume. Mais c'est chez elle une maladie ancienne, qui a des racines profondes dans son passé, dans son histoire – et son passé, son histoire nous restent – tout comme à Maurois – infiniment obscurs. Brouillée avec sa famille, elle a pris ses distances avec son mari et ne semble pas avoir d'autres attaches que sa fille unique et adorée, la petite Maria-Luisa.

1. Le 15 mai 1948.
2. Idem.

Pour cette femme aux vastes ambitions, aux désirs brûlants, la vie est devenue pénible et lourde, avec le handicap de la maladie. Elle se débat contre un état d'extrême lassitude physique, qui entrave sa liberté d'action et l'empêche d'être telle qu'elle se voudrait. Elle doit lutter contre son corps, contre des forces hostiles, et s'avoue « victime » de malchance ou de malédiction – persécutée par un sort injuste et méchant. Pourtant, les crises d'asthme sont peut-être des symptômes plus réels que psychosomatiques et il semble que Maurois en ait sous-estimé l'importance, puisque Maria va bientôt (peu après leur rupture) ressentir les atteintes du cancer qui finira par l'emporter. Cancer du sang ou des poumons, le diagnostic n'est pas sûr.

Elle à elle

Simone a su tout de suite, dès le retour d'André à Neuilly, que quelque chose s'était passé... A ses airs dans la lune, à ses sourires que déclenchent à tout propos des rêves secrets, à son impatience à guetter le courrier – lui que la profusion des lettres auxquelles il doit répondre agace d'ordinaire –, enfin à son enthousiasme à évoquer devant leurs amis et même devant elle, les paysages ou les mœurs d'Amérique du Sud, elle a décelé les indices d'un changement. André lui est revenu transformé. A l'aéroport, où elle est arrivée au volant de sa dix chevaux Citroën, flambant neuve, elle croyait l'étonner, l'éblouir. Il n'a même pas remarqué la voiture ! En voyant son mari s'avancer vers elle, aux lèvres ce sourire qui ne cesse depuis de l'étonner, elle a été frappée par son allure : il ressemblait à un jeune homme. Comme si ce voyage avait opéré sur lui une cure de jouvence, elle lui a trouvé le pas plus vif, les traits détendus, et elle ne sait quoi dans le regard qui lui a rappelé des souvenirs, la figure oubliée du séducteur qu'elle a connu autrefois. Il ne lui a même pas paru fatigué par le long trajet en avion.

Lorsqu'il a voulu apprendre l'espagnol, elle a été stupéfaite : n'est-ce pas d'un parfait décalage de vouloir essayer de parler une langue étrangère, au retour d'un pays où l'on n'ira plus ? Et s'il revenait d'une tournée de conférences en Suède, voudrait-il aussi apprendre le suédois ? Ou de retour de Chine, le chinois ? La dénommée Mme Nagi vient deux fois par semaine lui enseigner les subtilités castillanes et l'accent de Cervantes. Il arrive à Simone d'y assister, bien qu'André lui ait exprimé le désir de s'entraîner seul...

Autre bizarrerie : il a aussitôt contacté *Le Figaro* pour proposer une série d'articles sur l'Amérique du Sud, dont il a dit au cours d'un dîner qu'il en était « tombé amoureux » ! Il n'a jamais parlé ainsi de Rome, de Florence, de Palerme ni de Tolède... Simone vient justement de taper les premiers feuillets de sa toute récente pérégrination et le récit qu'en fait André a quelque chose d'excessif qui la met mal à son aise. Elle lui trouve un ton emphatique, très inhabituel chez lui, et même une certaine impudeur, dans ce qui n'est après tout qu'un simple compte-rendu de voyage. C'est bien la première fois qu'il « tombe amoureux » d'un univers !

Lui dont le calme et la mesure sont des actes de foi et des principes de fer, lui que ses devoirs d'écriture requièrent tout entier, le voici excité, fébrile, ou carrément distrait, occupé à apprendre une langue dont Simone ne voit pas à quoi elle pourra lui servir, et tellement fasciné par tout ce qu'il a vu ou contemplé dans ces contrées exotiques qu'il en vient à s'adresser à elle, ou même à des amis, en des termes qu'elle peine à apprivoiser :

« Je suis d'accord avec vous, Simone. “ Me gusto ” ce paragraphe. Il est “ muy bien pensado ”. »

Ou, « Je vous l'avais bien dit. “ Como no ” ? »

Alertée par ces changements, par ces extravagances, Simone décide de se renseigner. Que s'est-il passé là-bas ? Et n'a-t-elle pas eu tort de laisser André partir seul ? Est-ce en Argentine, au Brésil, au Pérou ou en Colombie, dans lequel de ces pays « à singes et à perroquets » qu'il a contracté cet étrange virus qui lui donne une fougue, un entrain inhabituels ? En étudiant le courrier, elle ne tarde pas à remarquer des enveloppes en provenance du Pérou, dont l'écriture ronde et chaloupée la met sur la piste d'un fantôme féminin. Mais c'est par l'une de ses amies, bien sûr, amie bien intentionnée et qui se fait un plaisir de lui apprendre ce qui va la faire souffrir, qu'elle sera bientôt informée des ragots qui circulent sur son compte et sur celui d'André. L'amie en question est l'épouse d'un chargé d'affaires au Quai d'Orsay... Comment ? Simone ne savait pas ? Mais toute l'Amérique du Sud est au courant, de la Terre de Feu jusqu'aux chutes d'Iguazú, de Manaus à Bogotá, on ne parle plus que de ça... Ça, c'est-à-dire la liaison de son mari, avec une jeune actrice du théâtre amateur de Lima, une dénommée Maria... André se serait imprudemment affiché avec elle. On prétend, dans le milieu des ambassades, que la fille – très jeune, très belle – serait sa maîtresse.

Blessée, Simone conserve d'abord son sang-froid. Raidie, assombrie, mais encore digne, elle veut obtenir d'André des aveux complets : entendre de sa bouche ce que les ragots colportent jusque dans son monde à elle, ce monde-monde, au jugement duquel elle tient et devant lequel elle sait qu'elle va devoir jouer le pire des rôles, celui de l'épouse trahie et bafouée. Un rôle que son père a mis tant de fois sur scène qu'elle en vient à se demander s'il ne lui était pas fatalement destiné, inscrit dans son karma ?

Calmant ses nerfs, tâchant de ne pas céder à la vague de colère et de rancune qui l'assaille, au cauchemar de visions insoutenables, érotiques ou obscènes, qui chaque nuit l'empêche de dormir, la ravage au point qu'elle « en mord l'oreiller », elle parvient à une étonnante maîtrise et réussit à créer le climat nécessaire à un épanchement. Elle est, en cela, magistralement diabolique. Maurois a une faiblesse : il aime confier à sa femme les cas psychologiques qui nourrissent sa littérature, débattre avec elle des amours de Byron ou du duc de Nemours, mais aussi de celles d'Odile ou d'Isabelle, de Marcenat ou de Romilly, les personnages de ses romans. Réelles ou imaginaires, toutes les amours le passionnent et il a toujours jusque-là trouvé en Simone une auditrice dont la finesse et l'intelligence ont peu de chances de trouver de rivales. Ce n'est pas la première fois qu'il affronte avec elle ce genre de situation : elle a eu, à plusieurs reprises, à faire face à des Sirènes, dont les charmes ont pu l'inquiéter, mais qui n'ont encore jamais réussi à la déstabiliser. A lui faire perdre ce *self-control* dont elle est si fière et qui lui sert d'armure. Depuis qu'elle est enfant, élevée par des Nannies sévères, elle sait qu'on peut tout résoudre par le langage de la raison, en sachant garder la tête froide. André lui-même s'en remet à son talent pour arranger toutes les situations.

C'est la seule fois de sa vie où les préceptes de son éducation anglaise vont lui faire défaut... Le 23 novembre de cette année 1947, au cours d'une promenade au Jardin d'Acclimatation, en fin de matinée, Simone, qui croit pouvoir gérer la crise, interroge habilement son mari. Elle lui dit qu'elle est au courant, mais souhaite entendre sa vérité à lui. Cela seul lui importe, le point de vue, la version des faits, par l'homme qu'elle aime depuis toujours. Elle dit qu'elle peut comprendre... Mis en confiance, Maurois va alors passer aux aveux. Librement et savoureusement, car il souffrait sans doute de ne pouvoir partager son secret. Il éprouve du soulagement et un plaisir mêlé de perversité, ou bien est-ce pure sensation de vanité virile, à faire entrer dans la confidence celle qui demeure la plus attentive de ses admiratrices, sa fidèle compagne, sa meilleure amie. Oui, concède-t-il à Simone, il l'a trahie. Oui, il est amoureux...

Aussitôt la compagne douce et patiente, qu'il avait à son bras, se métamorphose. Elle explose, au milieu du Jardin d'Acclimatation, devant les ours, les phoques ou est-ce sur les bords de la Rivière enchantée ? Elle crie, pleure, enrage. Une vraie furie ! Maurois ne peut l'apaiser. Elle a perdu tout contrôle de ses fameux nerfs, disciplinés par des nurses frigides ; dans une minute, il croit qu'elle va se rouler par terre ou lui arracher les yeux.

De retour dans leur appartement, c'est le début de l'enfer. Simone ne va plus laisser à Maurois aucun répit. Elle va le harceler sans trêve. Pourquoi ? Comment ? Où ? Combien de fois ?... Les questions vont pleuvoir. Il ne pourra plus se défendre, chacune de ses réponses entraînant une question plus avide et plus sauvage que la précédente. Jusqu'où va-t-elle savoir l'entraîner, jusqu'à quels aveux ?

Simone reconstitue minutieusement le scénario de cette liaison de vingt jours, en vient à apprendre le nom des gens qui ont escorté les amants à Lima, à Bogotá, celui des restaurants et des hôtels, des musées, des rues, des places, tous lieux où ils sont passés, main dans la main et les yeux dans les yeux. Elle veut savoir ce qu'ils se sont dit, comment Maria s'habillait (puis se déshabillait), et puis au théâtre les rôles qu'elle jouait. Maurois hésite, cherche, et ne retrouve pas toujours dans sa mémoire les détails saugrenus que traque obsessionnellement Simone. Mais, dans l'ensemble, il lui livre les informations qu'elle attend et dont elle nourrit, la nuit, ses insomnies. De sorte qu'il lui semble qu'elle a fait elle aussi ce voyage et a assisté à chaque minute de chaque jour et de chaque nuit, à chacun des gestes de ceux qu'elle n'appelle plus, dans son cauchemar, que « les amants de Bogotá ». Saisie d'une véritable manie de la précision, elle ne peut penser à rien d'autre ni se distraire en aucune façon : qu'elle soit seule ou au milieu d'un cercle d'amis, à un concert, à une représentation dramatique, ou en train d'essayer un chapeau, elle imagine les corps nus et enlacés de Maria et d'André. De cette vision qui la transperce, elle ne peut plus se détacher.

Pénétrant dans le bureau de Maurois aux heures sacrées où il écrit et qu'elle avait jusqu'alors toujours respectées, le suppliant à table, le poursuivant dans l'intimité de sa chambre, au milieu de la nuit, elle soumet son mari à une Inquisition, dont elle est le bourreau mais aussi la victime. Chaque renseignement obtenu creuse sa propre blessure, la raffine et l'approfondit. Lorsque Maurois, à bout de patience et d'endurance, lui livre tel ou tel détail qu'elle exige inlassablement, il alimente son malheur. Pendant des semaines, pendant des mois, elle va rabâcher sa mauvaise fortune et rassembler les morceaux épars du puzzle dont la reconstitution minutieuse et maniaque lui déchire le cœur. Simone ne s'épargnera rien. Elle exige des photos de Maria. Elle veut savoir combien de fois Maurois lui a fait l'amour et, s'il aimait son corps, comment il l'aimait ? De cette trahison, elle veut tout savoir, jusqu'à la technique et à la qualité des caresses. Elle n'a plus sa raison, et plus de pudeur. Plus de limites. Dans la souffrance, elle ira jusqu'au bout.

Sa pire torture lui vient de découvrir un homme qu'elle croyait connaître et qu'elle ne reconnaît pas, dans cet amant que brûle une passion encore chaude et palpitante. Et de comprendre qu'elle a toujours été exclue de l'univers des passions physiques, pour lequel il exprime une si vive attirance.

Pour soulager sa peine et ne pas devenir folle, elle trouve un exutoire : elle écrit des poèmes. Comme au temps de son adolescence, période difficile où elle avoue avoir manqué d'affection, elle se délivre de son chagrin en donnant une forme poétique à sa rage et à son impuissance, à son affreux et vain désir d'être aimée. Les mots ont toujours été ses meilleurs amis. Dans les drames qu'elle a traversés, ils ne lui ont jamais fait défaut. Une fois encore, ils vont venir à son secours, l'aider à surmonter son calvaire. Ce seront quarante poèmes, pour la plupart des sonnets, d'une facture classique, fidèle à sa personnalité à la fois élégante et revêche. La fièvre qu'elle a pu éprouver, au lieu de s'épancher en délire, passée au tamis du vers français, devient complainte ou élégie, et s'exprime en rimes savantes. Simone a-t-elle, en écrivant ces vers, que lui dicte un profond chagrin, senti sur son épaule, comme autrefois, lorsqu'elle avait dix-sept ans, le regard sévère du professeur France ? Elle surveille son style, qui hésite entre spontanéité et préciosité, et trouve ses accents bien plus du côté d'Anatole France, en effet, que de Charles Baudelaire. La complainte est chez elle solennelle, parfois majestueuse.

Ces poèmes, elle les écrit d'abord pour elle seule. Pour dire tout haut sa jalousie, son humiliation et sa souffrance. Dès le premier sonnet, elle compare l'amour qu'André éprouve pour Maria à celui qui le rendit autrefois fou de Janine. Simone a conscience de n'avoir été, entre ces deux « Sylphides » qu'un intermède fade – une compagne dévouée, mais sacrifiée sur « l'autel du désir ». De Janine à Marita, un même attrait sensuel a agi, une même fascination de la chair (c'est elle qui parle).

Dans l'hostile univers où ma douleur s'obstine
A chercher des liens de cause à résultat
Est-ce l'invisible Janine
Qui ressuscite en Marita ?

Elle comparera longuement « l'étoile éteinte de Janine » à « l'astre levant de Maria ». Mais, très vite, entraînée par sa folie, elle en vient à écrire pour sa rivale : elle s'adresse à elle, en l'apostrophant, la prenant à témoin de son malheur, lui montrant l'étendue et la gravité de sa faute.

Et maintenant, les nerfs à vif, jour après jour,
Je compose pour vous, objet de son amour,
Les sonnets clandestins d'un livre impubliable.

Il y a chez Simone un goût incorrigible de la mise en scène, un penchant inné à théâtraliser jusqu'aux souffrances les plus intolérables. Les poèmes, rarement datés et restés en désordre chronologique dans le dossier où elle les a classés, ne sont pas simplement jetés sur le papier, mais travaillés, corrigés avec application, composés, raturés, puis recopiés, selon plusieurs versions, jusqu'à la définitive, de sorte qu'on peut se demander si Simone n'avait pas envisagé une publication, ou rêvé de les soumettre aux protagonistes de son humiliation. Comme elle n'est pas mécontente de son travail – travail qui évoque celui d'un chirurgien, le bistouri, le scalpel et la chair à vif –, elle va montrer ses premiers poèmes à André. Il en sera horrifié ! Et lui conseillera d'y renoncer.

André Maurois réprouve totalement l'exercice de « sordide délectation » (ce sont ses propres termes) auquel Simone a pris goût, cette espèce d'autopersécution, de ressassement infini des images et des mots qui font mal. Il voudrait la détourner de cette mécanique de la souffrance qu'il a certes déclenchée mais qu'elle contribue à entretenir par une attitude morbide. Simone a mis en vers ses conseils :

(...) Méditer sur soi-même est un vice. »
lui aurait-il dit.
« L'analyse du cœur, Simone, vous fait voir
La vie humaine, et ma vie amoureuse, en noir.
Ce goût du pathétique est un besoin factice.
(...)

Persuadée qu'il ne comprend pas son besoin de se délivrer par l'écriture, elle se souvient qu'il lui avait autrefois, à l'occasion d'une précédente liaison, interdit de tenir son journal. Elle s'en plaint amèrement, toujours en vers :

Quand M.F. l'arrachait au foyer conjugal,
Don Juan m'a défendu de tenir un Journal.
Temps perdu, disait-il. Masochisme coupable.

L'avis de Maurois ne la convainc pas de renoncer à l'encre dans laquelle elle puise pour soigner ses maux, mais qui contient aussi un sel, dangereux pour ses blessures. Elle passe ses nuits à revivre « le drame » ou bien à le transposer en des vers où des érudits trouveraient des influences de Racine, de Baudelaire, d'Anatole France, mais peut-être aussi sa patte personnelle – un mélange de grandeur, de vraie dignité, avec des faiblesses : des poses sans grâce et, souvent, des rimes de mirliton.

Quand la jalousie étreint Simone et lui fait perdre le sens du ridicule, voici le résultat :

(...) Marita court chez l'homme, où le sexe l'emporte
Et glisse, du salon, dans la chambre à coucher.

Sur elle, point de linge ; à peine un soutien-gorge.
Elle est blonde, mais c'est de poils bruns que regorge
Le slip en fin Nylon, qu'elle aime à détacher.

(Sur ce dernier verbe, elle a hésité avec « s'arracher »...)

C'est qu'elle a obtenu de Maurois des détails intimes, comme la couleur de cette toison pubienne, ou le dessin de l'anatomie de la rivale :

L'homme... la décrit :
Seins dressés, ventre plat, longues cuisses
De danseuse, telle est, me dit-il, Marita.

Pour Simone, qui cherche un public à sa douleur confuse, cette sublime créature devient la partenaire du dialogue idéal. On imagine au théâtre ce face-à-face infernal, thème de tragédie ou de farce : les deux femmes, l'épouse et la maîtresse, qui aiment le même homme, obligées de se parler, de confronter leurs gloires ou leurs misères... Simone est encore seule en scène, mais avant de sonner, l'heure du vrai dialogue s'amorce dans ces poèmes, où l'épouse bafouée s'adresse directement à Maria. Elle lui parle sans intermédiaire. Lui envoie directement à la tête sa rancœur, sa fureur, puis, soulagée d'avoir déversé sa bile et sa colère, cherche à lui faire comprendre et partager son chagrin. De fil en aiguille, elle finit par lui parler gentiment, par aborder son propre point de vue et tenter enfin un rapprochement... Une amitié s'esquisse.

Le dialogue sera une affaire de femmes. « Don Juan », ainsi que Simone appelle désormais son mari, sera tenu à l'écart de leur correspondance : non seulement il la condamnerait mais n'y comprendrait rien. Ce qui donne, en vers, cette « Lettre à la Sylphide 1947 », dont voici le premier quatrain :

J'ai cinquante sonnets pour vous dans un tiroir.
Soyez-en la première et l'unique lectrice.
Don Juan n'approuve pas le stérile exercice
De cet art poétique et secret. Plus d'espoir.

Maria sera, d'abord sans le savoir, la récipiendaire de ces poèmes que Simone écrit inlassable, sous l'aiguillon de la jalousie et dans la fièvre du chagrin, avec un curieux mélange – qui lui est familier – de terreur et de lucidité. Folle à lier – car elle ne rêve plus que de ces deux corps enlacés –, elle reconnaît qu'elle l'est et a fermement décidé d'explorer les méandres les plus noirs de son cœur.

Nous habitons, Madame, aux deux bouts de la terre
Mais ce monde est sonore : on m'y parle de vous !

Quand vous avez su plaire à mon illustre époux
J'ai subi le récit des vingt jours sans mystère...

Vous me faites un mal, peut-être involontaire,
Qui ravage mon cœur inquiet et jaloux.
Le hasard a voulu qu'il y eût entre nous
Ce drame et son héros : Don Juan sexagénaire.

Impatient, nomade, il exècre l'ennui.
Quand il est amoureux, je le sais avant lui.
Sa maigre et chaste Elvire agit, bien informée.

Un séducteur séduit tombe en votre pouvoir
Ses plaisirs et vos jeux livrent au désespoir
Celle des Mille et trois qui fut la moins aimée.

Ce dernier tercet lui a donné beaucoup de mal. Elle a retravaillé le second vers dont plusieurs versions se suivent, après « Un séducteur séduit tombe en votre pouvoir » :

Savez-vous qu'un tel jeu condamne au désespoir
Celle des Mille et Trois...

ou

Allez-vous condamner, Madame, au désespoir
Celle des Mille et Trois...

Elle revient à plusieurs reprises, obsessionnellement, sur l'argument de Don Juan. Si André est « Don Juan », si elle est elle-même « la chaste et maigre Elvire », si les passions passées et éphémères forment le troupeau des *Mil e tre*, femmes séduites puis abandonnées par « le Séducteur », « l'Infidèle », « le Sensuel », ou « l'Homme » – synonymes par lesquels Simone, dans sa poésie, désigne André Maurois –, avec ses attributs, qui sont « le pouvoir », « le désir »,

« l'ardeur », « la luxure » et, bien évidemment, « le sexe », Marita est elle aussi baptisée de petits noms, plus ou moins charmants.

Elle sera Luz (Lumière). Maria de la Luz.

Mais aussi Maria de la Nuit.

Ondine (car Maurois a raconté à Simone l'épisode du bain de Maria, dans la piscine de l'Hôtel Granada).

Et enfin Méduse : la plus belle des trois Gorgones, celle dont Athéna avait changé (par jalousie) la splendide chevelure en rivière de serpents, et dont le regard magnifique muait en pierre tous ses amants.

Les poèmes de Simone ne sont pas d'égale facture. Il en est de plats, de mièvres, pastichés sur les grands auteurs, mais il en est aussi de très beaux, empreints de cette amère tristesse dont Simone sait enrober son chant. Trompée, délaissée, pour cette créature qu'André, là-bas, lui a préférée, elle ne se contente pas d'une réaction brutale, égoïste ou mesquine, et se montre capable de s'élever quelquefois à des hauteurs poétiques, aussi inspirées que passionnément sincères. Il faut lui reconnaître du talent. Comme dans ce sonnet, dédié à Méduse :

La crypte sous-marine où Méduse descend,
Tous serpents déployés, dans sa robe sans manches
Que décore une souple arabesque de branches,
Est un souterrain glauque, opalin, saisissant.

Il pèse sur la grotte et l'être éblouissant
Un invisible poids de vagues, d'avalanches.
La lampe de Psyché brille entre deux mains blanches ;
Sa lueur enveloppe un visage angoissant.

Les chemins du futur ne sont pas ce qu'enflamme
La Gorgone, impuissante à survoler son drame ;
Elle est toujours en fuite et s'en revient toujours.

Traînant la certitude implacable, suprême,
De ne pouvoir jamais éclairer qu'elle-même
Au sépulcre englouti de ses mortes amours.

Parmi les quarante sonnets, deux figurent à part. Sous la double reproduction en carte postale de la *Maja vestida* et de la *Maja desnuda* de Goya, où elle les a collés, ils inventent à l'inconnue latine, beauté lascive et nonchalante, un corps et aussi un visage. A défaut d'une photographie, la lointaine égérie s'habille et se déshabille, aux yeux de Simone, avec la surprenante insolence de la Maja de Goya, cette Espagnole du musée du Prado sans culpabilité, sans masque. Simone n'éprouva sans doute jamais ce plaisir d'exposer son corps en pleine lumière, aux yeux d'un homme ébloui. Le peintre, qu'on ne voit pas mais qu'on imagine devant la Maja, c'est l'écrivain devant Marita..., ou Maurois, tel qu'elle ne le connaît pas.

Sous la reproduction de la *Maja vestida*, le sonnet s'intitule « Chagrin dure toute la vie » :

Je l'ai connu trop tard... Dans la force de l'âge
Une morte, Janine, était son beau tourment.
Il souffrait d'un cœur veuf, inaccessible amant
Qui, sur le monde autour, posait un seul visage.

Parce qu'une absente a son funèbre avantage,
Parce que j'étais neuve et chaste, infiniment,
Et qu'aux êtres d'audace il succombe aisément,
D'autres femmes ont eu mon bonheur en partage.

Elles m'ont arraché ce bonheur par lambeaux,
Sur la terre ou sur mer, au gré des soirs trop beaux,
— Un désir les frappait, comme au jeu de Massacre.

Parce qu'à Bogotá vous l'osâtes charmer
Une nuit, Luz... Mais j'ai passé le temps d'aimer
Quand pour moi sonne l'heure exquise du sacre.

C'est une de ses *masterpieces*, aurait-elle dit, presque un chef-d'œuvre... A moins qu'on ne lui préfère le second sonnet, « Plaisirs d'amour ne durent qu'un moment », rédigé sous la figure de la belle *Maja* dévêtue et nue :

Vos éclairs de bonheur ont écorché la nue !
Si brève qu'ait été l'illumination,
Qu'importe ? Un désir flambe après extinction
Du désir. Tout ce qui n'est pas mort continue.

Maria de la Luz, cœur triste, âme inconnue.
Votre corps a saisi la consolation...
Ajoutez-y ma dure humiliation,
Maria de la Nuit, là-bas offerte, nue.

Un grand homme enlevé... Sa conquête facile...
Mes offres de quitter nom, lit, foyer et ville,
Sont joyaux de Noël à vos pieds étalés.

Aux enfers de l'amour où je suis descendue,
Je regrette mon Dieu, ma jeunesse perdue
Et ces tendres plaisirs qu'Ondine m'a volés.

Le talent qu'Anatole France avait reconnu à Simone, jeune fille, s'est épanoui à la faveur du chagrin et de l'expérience, comme s'il fallait vieillir et souffrir pour mériter un jour sa récompense. La poésie, que Simone a toujours aimée, met un baume sur sa blessure à vif et l'empêchera de mourir de tristesse. Car la tentation de mourir est forte, devant le néant qui s'offre à elle : comment survivrait-elle au désamour de Maurois ? Quand Simone se dit « aux portes du tombeau », et déjà à l'état de cadavre, « livide et sans couleur », ce ne sont pas des images, mais c'est la vérité : elle dépérit en effet et se laisse mourir. Amaigrie, terriblement émaciée, elle ne se nourrit plus, ne dort plus que quelques heures au petit matin. On l'a privée de sa raison de vivre, qui était l'amour de son mari.

Je ne m'en prends qu'à moi si mon culte éperdu
N'a pas su retenir un homme qu'on assiège.
Mon courage à présent cède et se désagrège.
Vous n'avez rien volé que je n'eusse perdu.

A la souffrance d'avoir perdu cet amour s'ajoute un sentiment coupable, d'y être pour quelque chose dans cette « décristallisation ». Simone se reproche, sans doute à juste titre, de n'avoir pas su retenir près d'elle, par des caresses ou des fêtes charnelles, un homme « avide de chair fraîche », ainsi qu'elle décrit Maurois – un « Sensuel ». Un homme qui aime l'amour.

L'instinct de vie sera le plus fort. Peu avant Noël, soit un peu moins d'un mois après les aveux de Maurois et la première cure de poèmes, Simone décide d'entrer en correspondance réelle avec Marita et de franchir, comme elle dit, « la barrière océane » – barrière qui marquait la frontière non seulement entre les deux femmes, mais entre leurs deux vies, vie conjugale et vie amoureuse, vie d'André sans elle mais avec Marita, vie que Simone a pu reconstruire d'après les récits de son mari ou ses propres délires, et celle, la véritable peut-être, qui existe de l'autre côté de l'eau.

Elle ne va plus seulement écrire pour elle-même, mais envoyer cette fois à Marita quelques-uns de ces poèmes, qu'elle a composés à son intention et qui lui ont toujours été, spontanément, destinés. Elle va, de plus, lui adresser de longues lettres en prose, sur tous les tons. Menaces et insultes, appels à la pitié et pardon des offenses, presque aussitôt suivis de nouvelles imprécations ou de messages comminatoires, puis de compliments, de gâteries : toute la gamme des sentiments y passe, tandis que Simone défoule son cœur. Elle signe « Elvire », du nom de l'épouse bafouée de Don Juan, en laquelle elle croit s'être réincarnée, cette correspondance à la fois brutale et éplorée, sophistiquée, étrange, écrite sous le sceau noir du malheur. Elle en a gardé des doubles, tapés à la machine, suivant en cela sa manie du répertoire et du classement soigneux.

Comme c'est Noël, elle envoie aussi des cadeaux : une ceinture de cuir, d'abord, sur l'envers de laquelle elle a fait graver une phrase qu'elle aime, de Maurois bien sûr, dans *Climats* (c'est la dernière phrase du roman) : « Nos destinées et nos volontés jouent presque toujours à contretemps. » Michelle et elle ont exactement la même !

Elle enverra par la suite un foulard de Lanvin, un chapeau, puis des livres à Marita.

Maurois en est atterré ou y trouve peut-être une intention perverse, mais n'intervient pas : il sait que Simone n'en fera de toute façon qu'à sa tête et, surtout, qu'il y a dans ces suppliques désespérées, du moins il l'espère, le moyen et la promesse d'une guérison. Il préfère la laisser soigner à sa façon le mal douloureux, peut-être incurable, dont elle est atteinte : ce mal d'aimer et de ne plus l'être assez. Il se contentera d'avertir Marita et de la rassurer, pour qu'elle ne s'effarouche pas de trouver un beau matin dans son courrier au lieu d'une lettre de lui, dans l'enveloppe Air Mail, postée de Paris, la signature d'une certaine Mme André Maurois. Il ne lira pas ce que Simone écrit et refusera d'être tenu au courant du processus étrange et vicieux, par lequel elle a entrepris d'apprivoiser Méduse. Il s'en tiendra pour lui-même au schéma somme toute assez classique de l'homme, pris en flagrant délit d'adultère et coincé par sa propre faute – pour ne s'être pas assez méfié – entre deux feux ennemis. Ou entre deux folles, capables de s'allier malgré lui et, dans son dos, de devenir des amies.

Elles et lui

« Esclaves-sultanes d'un même harem », selon le mot de Simone qui reste fidèle à son théâtre, les deux femmes sont également malheureuses et maigrissent de concert. Marita, par la faute de cette maladie où Maurois voit les indices d'un traumatisme ancien, et Simone à cause de son habituelle anorexie, dont la moindre contrariété relance les crises et provoque chez elle d'inquiétantes et dangereuses pertes de poids. Heureuse, elle pèse au mieux 54 kilos, pour 1 m 72, mais l'hiver 1948, elle avoue être tombée à 44 kilos. Les dix kilos perdus sont le prix de sa souffrance. Or, 44 kilos, c'est exactement le poids qu'atteint Marita, après son séjour en clinique et ses graves crises d'étouffement. « Je ne suis plus que le spectre décharné, émacié de moi-même [1] », dira Simone, en s'apitoyant sur son sort. Mais, de l'autre côté de la « barrière océane », Marita n'est pas en meilleure santé. La jeune femme se plaint à Maurois d'avoir perdu ces formes qu'il aimait et qui le font rêver.

Pour sa femme, Maurois a pris l'habitude de la voir à l'état de squelette, osseuse et les joues creuses. La maigreur fait partie, pour lui, de sa personnalité. Elle a

1. Lettre de Simone à Marita, 3 avril 1948.

toujours été maigre, même dans le bonheur, comme si vivre n'était qu'un pénible combat contre l'excès de poids, contre la chair. En revanche, il se montre tout à fait désolé de savoir Marita malade et amaigrie. Il aime sa poitrine et ses belles hanches, son corps savoureux et plein. Aussi la supplie-t-il de ne pas se laisser dépérir : « Veille sur ta beauté, " querida ", et refais-toi un " potito " bien rembourré [1]. » L'attache à elle un attrait physique indéniable et le souvenir de caresses où la chair, n'en déplaise à Simone, ne pouvait lui être indifférente. « J'ai aimé une ondine surhumaine de jeunesse et de force; c'est elle que je veux retrouver. Et c'est elle que je retrouverai parce que je suis certain que, près de moi, tu iras mieux. Le vrai remède à l'asthme, c'est la tendresse [2]. »

Pour Simone, la tendresse de son mari ne lui fait pas défaut : il est là, près d'elle, chaque jour, patient, gentil, et infiniment confus de l'avoir blessée. Lié à elle par un contrat, par des habitudes auxquelles il semble tenir et par les rites profondément enracinés d'une vie commune de vingt-trois années, il lui a dit et répété qu'elle comptait beaucoup pour lui, qu'il n'envisageait pas de construire ailleurs une autre vie. Il lui a juré, pour la rassurer, qu'il ne partirait pas pour un nouveau voyage au Pérou, du moins pas dans l'immédiat et qu'il ne divorcerait pas. Que son mari tienne à elle et le lui dise, le lui rabâche, ne lui suffit pas. Simone se mine de savoir que Maurois pense sans cesse à Marita, qu'il rêve encore de son corps, qu'il regrette les fièvres qu'elle lui procurait... Ce qui la consume et la tue à petit feu, c'est d'avoir perdu confiance en lui, de soupçonner, de déceler en chacun de ses mots, de ses regards, la nostalgie d'une autre femme, ou le regret de ce qu'aurait pu être, pour lui, une autre vie, plus sensuelle, plus tropicale. Elle ne peut pas regarder André, le sentir, l'entendre, sans songer à sa trahison et au corps ravis-

1. Lettre de Maurois à Marita, 25 avril 1948.
2. Lettre de Maurois à Marita, 21 mars 1948.

sant, délicieux – il le lui a avoué – qu'il a serré dans ses bras. C'est pourquoi elle maigrit et veut mourir : « Depuis que certains ressorts de confiance en celui que j'aime ont été détruits (par votre grande victoire à Bogotá), écrit-elle à Marita, je suis un instrument faussé. J'ai perdu le courage de vivre [1]. » Elle voudrait s'accrocher au passé, mais là encore trop de souvenirs la font souffrir. A Marita :

J'ai tant souffert déjà, grâce à d'autres Sylphides,
Que, pour moi, la douleur est un état constant.
(Pour « constant », elle a hésité avec « latent »...)

André à Marita, dans une lettre de mars 1948 : « Je ne veux pas être un gras sultan entre deux femmes émaciées ! »

La situation qu'il a créée le dépasse. Le rapprochement insolite des deux femmes l'inquiète autant que de les savoir, par sa faute, malheureuses l'une et l'autre et obligées de se consoler mutuellement. A Neuilly, il fournit des efforts démesurés pour calmer Simone et la rendre à son sang-froid. Mais les nerfs à vif, le cœur ravagé, elle lui apporte chaque matin, au petit déjeuner, de semaine en semaine, le spectacle de ses cernes, de ses rides, de sa mine à faire peur. Aucune diversion ne paraît possible : elle revient cent fois, mille fois sur la même antienne. Pourquoi ? Comment ? Combien de fois ?... Il n'en peut plus d'entendre ses jérémiades ni le questionnement inlassable par lequel elle le torture. Forcé de cohabiter avec la figure même du reproche, il peine à se concentrer sur les livres en chantier et ne trouve plus la douceur nécessaire à son travail. Surtout, il se sent coupable, vis-à-vis de Simone. Il ne pensait certainement pas qu'une histoire certes torride,

1. Lettre de Simone à Marita, 20 septembre 1948.

mais brève et légère – ivresse des sens, délices de vingt jours d'amour –, aurait de si graves conséquences. Il se reproche son imprudence et de n'avoir pas su cacher à Simone une aventure dont elle s'obstine à faire un roman noir, ou pire, avec son acharnement à vouloir reconstituer les moindres épisodes de ce brûlant et voluptueux séjour, un drame shakespearien. Ne le ferait-elle pas exprès ? Cette enquête à laquelle se mêlent tant de sentiments obscurs, amers, pervers, finit par gâcher le plaisir de Maurois et brouille rétrospectivement, de fiel et de remords, les émotions exquises qu'il avait rapportées des Andes.

À Marita, il confie son désarroi et, sans chercher à lui mentir, l'impasse où il se trouve pris au piège.

26 février 1948 : « Je souffre... Je ne pourrais supporter l'idée de ne plus jamais avoir avec toi de ces jours de parfait bonheur où des riens devenaient un enchantement, où ton rire réveillait en moi la jeunesse, où ton beau corps éveillait le désir, où je te disais des choses très simples, mais si sincères qu'elles t'arrachaient un Ah ! de contentement... Et puis je pense à celle qui, du matin au soir, travaille pour moi, durement, intelligemment, qui était devenue un autre moi-même... ; et alors je me sens envahi de tendresse pour elle et je souhaite la protéger. »

Comment ménager Simone sans renoncer à Marita ? Comment maintenir cet impossible équilibre entre une épouse qui est « un autre moi-même » et une maîtresse, qui lui rend ses vingt ans ? « Choix impossible, écrira-t-il dans cette même lettre. Je suis malade et fatigué... » Il ressent lui aussi les troubles de cet amour malheureux qui altèrent leur santé à tous trois. Mais il est vraiment seul, entre ces deux passionnées – il les nomme « mes deux Castillanes » – qui se le disputent, l'une par la caresse, la *sensualidad*, et l'autre en tissant une savante toile d'araignée où il se laisse prendre et qui va, lentement mais sûrement, d'une main de maître, finir par l'étouffer. Le scénario dont il avait rêvé un moment – une double vie, entre une femme à demeure et une maîtresse qu'on rejoint de loin en loin pour de tendres séjours – ne sera pas possible. Les deux femmes se refuseront au partage et, en entretenant un dialogue entre elles, malgré la difficulté de correspondre par Air Mail, elles lui feront perdre jusqu'au goût de sa passion.

26 février 1948, à Marita : « J'ai l'espoir (encore très vague, à cause de l'extrême difficulté de parler de tout cela avec elle), j'ai l'espoir que nous pourrons nous revoir, elle le sachant, l'admettant et dominant la jalousie vulgaire. En ce cas elle me laisserait aller à Lisbonne ou à Madrid pour t'y voir, sans m'en empêcher par des larmes ou par des reproches. Je la crois capable d'arriver à cette sérénité... Mais toi ?... Accepteras-tu ce partage ? »

Pour retrouver Marita, sans faire trop de mal à Simone, il propose à la jeune actrice d'accompagner une tournée de sa troupe en Europe, en évitant Paris... Ils se reverraient ainsi, facilement, sans risquer d'encourir les inévitables ragots. « Huit jours avec toi seule, huit jours de délectation et de délire, huit jours parfaits, ce serait pour moi le Paradis. Les aurons-nous ? »

Maurois l'a toujours dit, à toutes les femmes de sa vie. Il a horreur du mensonge. A Simone, il ne ment pas en lui promettant de rester à vie, son époux pour le meilleur et pour le pire. A condition qu'on lui laisse un peu de liberté, la permission de se régaler de chair fraîche (l'expression est de Simone, bien sûr) et de trouver dans des bras plus doués, plus tendres que les siens ces voluptés qu'elle lui refuse ou ne sait pas lui donner.

A Marita, il n'a jamais rien promis d'autre qu'un bonheur éphémère et sans lendemain, ou une place merveilleuse dans le livre qu'un jour il écrira pour elle. « L'art n'est jamais que de l'amour sublimé », dit-il [1].

1. Lettre de Maurois à Marita, 19 février 1948.

Ne sachant comment faire pour lui montrer qu'il l'aime, Maurois offre à sa maîtresse ses droits d'auteur au Chili. On possède la lettre à en-tête de la Empresa Ercilla (Calle Agustinas, 1639 à Santiago), dans laquelle le directeur, Maurice Fabry, lui confirme qu'il a bien remis, à sa demande, à la sœur de Maria Rivera (Loretta Rivera de Varas), les 20 000 piastres chiliennes « que notre maison vous doit pour droits d'auteur ». Ce cadeau s'ajoute à celui des droits de traduction de ses articles sur l'Amérique du Sud, parus dans *Comercio*, ainsi qu'aux droits futurs sur les œuvres que la jeune actrice pourrait vouloir traduire – elle songe à adapter *Climats* au théâtre.

Il lui donne ainsi des gages de son amour. Mais il vit un drame impossible à résoudre. D'un côté, il voudrait épargner sa femme, et n'envisage pas plus de la quitter que de refaire sa vie ailleurs : c'est Maurois raisonnable, adulte, l'homme de devoir et de fidélité. De l'autre, il tient à Marita, aux sensations, aux émotions qu'elle a fait naître : c'est Maurois romantique et sensuel, attaché à ses rêves d'adolescent. Également sincère dans les deux cas, il se montre déchiré, incapable de renoncer à l'une ou à l'autre.

Au mois de mars, Simone lui a offert de divorcer, afin qu'il puisse « refaire sa vie » avec Maria, mais il a catégoriquement refusé. Quelle idée saugrenue ! Il n'y a, dit-il, jamais pensé... Pour gagner du temps et apaiser Simone, il tente un compromis, dont on trouve l'écho dans cette lettre à Marita du 21 mars 1948 : « Ta lettre à ma femme a fait merveille. Elle a été très bien accueillie, louée pour son style. D'où la décision de t'envoyer d'autres présents. Un curieux effet est qu'elle se porte mieux, reprend de la gaieté et du poids. » Il la félicite de ses efforts pour répondre à son épouse et du choix des objets qu'à son tour elle envoie non seulement à Simone, mais aussi à ses enfants (bijou d'argent pour Michelle, presse-livres en cristal de roche pour ses fils). Il essaie d'éviter drames et catastrophes... Mais il est prisonnier : d'un côté, Simone qui dit ne plus l'aimer depuis qu'il a trahi sa confiance et lui rend odieuse la vie au quotidien, nourrit ses remords. De l'autre, Maria dont l'éloignement le désespère, alimente ses regrets. Entre remords et regrets... Pour Maurois, la fraîcheur et l'inattendu de sa passion pour la belle Péruvienne commencent à se perdre dans trop de complications. Il en est navré.

Je voudrais te voir,
Je ne sais que dire.
Tout me semble noir,
Je ne sais que dire.
Je garde un espoir,
Je souffre et désire.
Je voudrais te voir,
Je ne sais que dire.

Marita doit maintenant écrire aux deux époux Maurois. Car Simone ne se contente pas d'envoyer des lettres ; elle espère en recevoir.

Si les lettres d'André procurent à la jeune femme une grande joie, flattent son ego et lui rappellent de chers souvenirs – « Escribeme, escribeme aún... » (Ecris-moi, écris-moi encore...) –, celles de Simone l'inquiètent plutôt. Elle s'avoue gênée d'être impliquée, malgré elle, dans un dialogue avec l'Epouse – personnage officiel, redoutable, et dont elle reconnaît qu'elle est en droit d'exiger quelques explications. Très sensible au chagrin de celle qu'elle a « conduite au désespoir » (expression de Simone), Maria, qui est catholique et pratiquante, l'est également aux remords. Car l'interprétation psychologique de Simone est brutale : « le péché est arrivé » par la faute de Marita, parce qu'elle a « ensorcelé » son mari – son « inconstant mari », il est vrai –, et, par toutes sortes de charmes, est parvenue à le faire succomber à la tentation. « Hélas ! Vous m'avez, à la lettre, réduite au désespoir. Je ne pense qu'à cette aventure ; je ne m'intéresse plus qu'à vous ; et je ne puis m'endormir sans rêver que mon Bien-Aimé tombe à vos pieds, que vous en faites votre jouet et qu'il finit, après mille caresses, par s'étendre sur vous pour l'union des sexes. Tels sont mes songes, telle est ma honteuse folie et voilà, Madame, votre ouvrage [1]. » Marita s'indigne de cette accusation : elle n'a pas du tout ensorcelé Maurois. L'homme, qu'elle a aussitôt, dès leur première rencontre à l'aéroport de Lima, trouvé « charmant », « différent », « intéressant » (mots de Marita), lui a plu en effet, mais c'est elle qui a succombé à son charme, c'est elle qui est tombée amoureuse. « Love at first sight », dira-t-elle, coup de foudre : elle a été « flechada » (mot à mot : transpercée par la flèche).

Elle trouverait injuste d'être considérée comme seule coupable de cette liaison de vingt jours qui la laisse insatisfaite, frustrée, et, à en croire ses lettres, toujours éprise du fugitif écrivain français, au regard si doux – que tenia una mirada tan suave. Dans une lettre du 28 mai 1948, elle se plaint qu'on sous-estime son amour et sa sincérité envers « Andrès » : « Tengo tan pocos agrados (j'ai si peu de plaisirs) y vivo en un clima tan pobre en ternura y belleza (et je vis dans un climat si pauvre en tendresse et en beauté) que sus cartas han llegado a constituir un don precioso que necesito como el aire que respiro (que ses lettres me sont un don précieux, dont j'ai besoin comme de l'air que je respire). »

Marita n'a vraiment pas de chance... Car Simone, après Maurois, l'a convaincue de lui écrire à elle aussi

1. Lettre du 2 février 1948.

en espagnol ! Tout comme son mari, elle est demeurée une élève consciencieuse qui aime, par-dessus tout, apprendre. Profitant de cette occasion inattendue, elle veut devenir aussi bonne hispaniste qu'angliciste. Surtout, elle tient à connaître jusqu'aux sortilèges linguistiques, par lesquels Marita a envoûté André ! Bien plus douée que Maurois pour les langues étrangères, elle progresse d'ailleurs à grands pas... Dans quelques mois, elle sera capable de traduire les articles que Maria lui enverra à sa demande sur la troupe de l'A.A.A. ou sur elle-même, et elle se montrera ravie de suivre par le menu la carrière artistique de la maîtresse de son mari.

André à Marita, 8 mai 1948 : « Je ne sais ce que ma femme t'écrit. Elle ne me montre pas ses lettres. Pardonne-lui si ce qu'elle te dit te blesse ou t'étonne. Notre aventure l'a fait souffrir et l'a aussi étrangement exaltée. Il faut tenir compte de tout cela et ne pas juger. La vie est si difficile ! »

« Chère miss Pacifique »... : chez Simone, l'acrimonie garde un ton littéraire ! Elle s'adresse à sa rivale en des termes poétiques, non dénués d'humour. « Beauté, ô mon désespoir » ou « Belle impudente », ainsi commencent ses lettres, après quelques mois de correspondance. Elle appelle Marita « Ma Belle Dame Sans Merci », « Dame Luxure » ou encore « Dame Voluptuosidad ».

Mais elle accuse Maria d'être responsable de son désespoir et voudrait qu'elle lui confesse sa faute : n'est-elle pas une bonne catholique ? Ne tient-elle pas l'adultère pour un péché capital ? A cause d'elle, qui a trop bien joué de sa séduction de femme, un ménage (c'est son mot) a été brisé. Telle est son interprétation. Simone tient à ce qu'on la plaigne : sa vie est irrémédiablement gâchée, salie. Ayant renoncé à la tentation de mettre fin à ses jours, elle entreprend de dissuader Maria de s'accrocher à son amour et adopte pour ce faire une stratégie perfide, mélange de persuasion et de persiflage. D'abord, rappeler à Maria, sans ménagement, que sa liaison est un péché que Dieu ne tolère pas ; puis, lui exposer un à un, jusqu'au ressassement, les liens qui soudent son couple et le rendent indestructible, en dépit des apparences. Enfin, la convaincre qu'elle est de trop, dans la vie de Maurois... Elle occupe le terrain et se veut maîtresse de son domaine. Car Maurois – que Marita ne l'oublie pas ! – a besoin d'elle, autant que des créatures sensuelles qui ont, depuis toujours, traversé le paysage et finissent par se retrouver dans ses romans. Toutes les femmes – elle, y compris – ne seraient pour lui que des inspiratrices de personnages.

« Le souci de son œuvre, écrit Simone, domine chez lui tout autre sentiment[1]. » Elle définit son mari comme « une machine à livres » – expression que Maurois reprendra dans *Les Roses de septembre* (p. 67, « Cet homme qu'elle avait jadis aimé furieusement mais que, depuis longtemps, elle tenait plus pour un associé et une machine à livres que pour un amant »). Tout ce que son mari a vécu, vit ou vivra ne sert qu'à nourrir sa production. Ses amours multiples (elle ne se prive pas de rappeler en passant les précédentes aventures de « l'Infidèle ») n'ont pas d'autre finalité que d'apporter leur chair fraîche à l'œuvre romanesque. Elle-même, héroïne nourricière, dont Maurois a fait sa pâture dans la seconde partie de *Climats* et dans *Terre promise*, sait de quoi elle parle. Un écrivain est à sa manière un monstre sans cœur. Ce qui l'intéresse dans ses amours, c'est qu'elles stimulent l'imaginaire et lui permettront d'écrire une belle scène ou un beau chapitre – sinon, à tous les coups, un livre entier.

1. Lettre de Simone à Maria, 3 avril 1948.

Simone à Marita, 3 avril 1948 : « Savez-vous que moi, sa secrétaire, j'ai tapé cinq versions successives de *Climats* et cinq fois recopié l'énorme masse de l'*Histoire de la France* ? J'ai fini par m'intégrer dans ces méthodes et disciplines au point de n'être plus qu'un humble rouage de la machine à livres et, comme jadis madame Victor Hugo, le témoin de sa vie. Oui, à Sainte-Beuve près, je joue le rôle d'Adèle Hugo. Attentive et lucide, effacée mais présente, je travaille à l'ombre de mon époux, qui veut bien me confier des tâches d'importance grandissante. » Comment Marita n'aurait-elle pas envié une telle complicité et redouté de ne pas savoir remplir cet humble rôle, elle qui ne rêve que des feux de la rampe et des diamants de la gloire ?

Simone : « Je n'existe qu'en fonction de lui. Je n'ai pas d'enfants, pas de carrière personnelle. Mais je trouve un surprenant bonheur à regarder vivre André Maurois. »

La volupté, la sensualité, c'est très bien et elle regrette pour sa part de n'avoir pas connu « l'Amour-joie », l'amour physique – pour lequel Maurois l'a trompée et menace de la tromper encore. « J'emporterai dans ma tombe le regret de l'Amour-joie que je n'ai pas connu [1]... » Pourtant, elle demeure persuadée que l'autre amour, fait de fidélité, de patience, de dévouement, peut retenir un homme, surtout lorsque celui-ci est un écrivain. Soumis à des tentations innombrables, il sait que son œuvre ne peut se poursuivre que dans le confort d'une paisible retraite, et que le plus sûr bonheur s'attache pour lui à une table à écrire, à un certain papier d'écolier (qu'elle commande exprès pour lui) et à l'attentive présence d'une épouse qui préfère aux distractions, aux frivolités du monde, l'ennuyeuse et monumentale besogne de taper elle-même tous ses manuscrits !

1. Lettre de Simone à Maria, 8 juin 1948.

La passion d'André pour vous est manifeste.
Sa confiance en moi, c'est tout ce qui me reste.
Partagez son amour. Laissez-moi l'amitié.

Oui, Simone sait pardonner.

Et il n'est rien (sur ce point n'ayez aucun doute)
Lorsqu'il s'agit d'André, qui m'arrête ou me coûte,
Et rien que je ne sois prête à faire pour lui.

Elle pardonnera, parce qu'elle l'aime toujours – « Il me faut beaucoup l'aimer pour que je vous pardonne... » –, mais espère que Maria appréciera à sa juste valeur le cadeau qu'elle lui fait : « J'ai pris coutume de m'imposer des exercices d'abnégation, comme d'autres font de la culture physique [1]. » Au nombre de ces exercices, le pardon ne lui suffit pas ; pour prouver sa magnanimité, il lui faut encore se montrer généreuse et venir en aide à sa rivale. Les desseins que Simone se fixe prennent toujours de la hauteur !

Oui, elle le lui promet : elle va organiser son futur séjour à Paris, afin qu'elles puissent se rencontrer et mieux se connaître... Elle sera la bonne fée de Maria de las Dolores.

André Maurois à Marita, le 23 juin 1948 : « Te voilà devenue l'amie de ma femme. Vous échangez constamment des lettres mystérieuses. Tout cela crée entre nous une atmosphère étrange et un peu trouble. J'accepte le destin, non sans regrets. »

Pour échapper aux scènes de Simone et au climat devenu irrespirable de son foyer, il fuit Paris, sous prétexte de conférences qu'on lui demande, et, de février à juin, tandis qu'il promène son nostalgique amour

1. Lettre de Simone à Maria, 24 mai 1948.

d'abord en France, de Lyon à Pau, puis en Italie, en Espagne et au Portugal, il réussit à ne passer par chez lui, boulevard Maurice-Barrès qu'en transit. « Encore parler ! Encore voyager ! Encore des comités et des réceptions !... Que je me sens loin de toi, querida [1] ! » Marita n'a répondu à aucune de ses prières de venir le rejoindre à Madrid ou à Lisbonne. Est-ce parce que sa maladie la laisse sans forces et, ainsi qu'elle le lui répète, parce qu'elle ne peut pas, physiquement, à cause de ses bronches, assumer un long voyage en avion jusqu'en Europe ? « Yo tengo muchos problemas, André, que me acosan día a día, sin tregua [2] » (J'ai beaucoup de soucis, André, qui me tourmentent jour après jour, sans répit). Elle insiste sur ses crises d'asthme, tant auprès de lui qu'auprès de Simone, qui semble lui reprocher d'essayer de se montrer plus faible qu'elle ne l'est réellement, plus faible qu'elle en tout cas – Simone, par son anorexie, croit avoir le monopole de l'amaigrissement et de la souffrance et se montre particulièrement agacée, quand André se désole de la mauvaise santé de Marita, au lieu de s'apitoyer sur la sienne.

A André, 28 mai 1948 : « Hace dos días, recibí una larga carta de tu mujer reprochando mi silencio contigo (Il y a deux jours, j'ai reçu une longue lettre de ta femme qui me reproche mon silence à ton égard). No recibió ella un cable en que le decía que había estado una semana en la clínica ? (N'a-t-elle pas reçu un câble dans lequel je lui disais que j'ai passé une semaine en clinique ?) Tengo la impresión de que me juzga equivocadamente (J'ai l'impression qu'elle me juge mal) y eso me duele (et cela me blesse). »

Entrée en correspondance avec Simone, Marita va passer de l'étonnement, voire de la stupéfaction, et de la gêne à devoir s'entretenir avec l'épouse de l'homme qu'elle aime, à un tout autre état d'esprit.

1. Lettre de Maurois à Maria, 6 juin 1948.
2. Lettre de Maria à Maurois, 28 mai 1948.

« Madame », disent ses premières lettres (une dizaine au total). Puis « Chère Madame »... Señora, Cara Señora... Mais, au mois de mai, elle s'adresse à « Simone », « Chère Simone... » Le ton a changé. Marita, qui a par son métier l'art de se glisser dans la peau des personnages, s'est mise à comprendre son interlocutrice et à partager ses démons. Les déchirantes déclarations de l'épouse trahie l'ont émue – elle se dit maintenant désolée d'avoir provoqué son chagrin, même si elle défend, pour elle-même, la pureté, le désintéressement de ses sentiments.

Devant Simone, elle plaide l'innocence. Oui, elle aime Maurois. Oui, elle a été sincère... Et si en ce printemps 1948, l'asthme la fait tant souffrir, si elle endure crises sur crises, ce n'est peut-être que maladie d'amour. Les lettres de Maurois sont, avec sa fille, « tout ce qu'elle a de plus précieux au monde » (traduction). « Un don ». « La seule dose de pureté et de beauté de sa pauvre vie ». Elles lui sont indispensables « comme l'air qu'elle respire » et tendent ses nerfs à l'extrême « comme les cordes d'un violon ». Sans elles, son existence serait « vide », « triste », « solitaire ». Elle lui tient le même discours qu'à Maurois, auquel elle écrit, dans la belle lettre du 28 mai : « Si pudieras medir (Si tu pouvais mesurer) la anxiedad en que espero tus mensajes (l'angoisse avec laquelle j'attends tes messages), André, sabes como los quiero (tu sais comme je les aime). »

Pendant que Maurois voyage ou se réfugie, lors de ses passages à Neuilly, dans l'univers de Proust qui, plus que tout autre subterfuge, a le pouvoir de le délivrer du poids quotidien de son spleen, de ses regrets, Marita et Simone finissent par s'attacher l'une à l'autre et se lient d'une amitié, où chacune trouve son compte – Simone, la reprise en main d'une situation périlleuse, où elle avait risqué de se perdre, et Marita, l'espoir d'une autre vie... De retour du Chili où elle a passé une brève convalescence, elle écrit à Simone qu'elle ne rêve plus que de Paris – moins pour y rencontrer Maurois, semble-t-il, que pour y monter sur les planches. En français, dans sa lettre : « Le théâtre, Madame, c'est ma folie. »

Simone lui a promis de l'aider à se faire connaître et de lui ouvrir les portes du milieu artistique et théâtral, microcosme dont elle connaît quelques grands noms (notamment Louis Jouvet), mais qui, du Pérou – autant dire du bout du monde –, pouvait paraître un univers inaccessible. A Lima, le nom de Jouvet est illustre : Maria tient pour une véritable idole cet acteur éblouissant, ce metteur en scène novateur, qui a su interpréter génialement les pièces de Jules Romains et de Jean Giraudoux, et donner aux caractères de Molière un souffle contemporain. En juin 1948, Simone propose à la revue *Opéra*, à laquelle collabore épisodiquement son mari, sa traduction d'un article d'Eduardo Sola Franco sur le théâtre amateur de Lima, que Marita lui a envoyé. Elle a joint à son travail une photo de Maria Rivera, cheveux épars (la photo préférée de Maurois), pour illustrer le texte. Mais elle en écrira elle-même deux autres, qui seront publiés un an plus tard [1] sous sa signature (Simone André-Maurois), l'un pour la revue *Europe-Amérique latine*, l'autre pour *Les Nouvelles littéraires*. Elle y louera le talent des Amateurs de Lima et en particulier, celui de « la reine » de la troupe, pour laquelle ses mots peuvent s'enflammer jusqu'au dithyrambe. « Je suis capable, dit-elle, de rendre le bien pour le mal [2]. »

A trop s'écrire, à trop parler de projets qui leur tiennent à cœur et de mondanités, les deux femmes en viennent à négliger André, qui, désolé de ne plus recevoir de lettres de Marita (« Plus de lettres de toi, j'en

1. En février 1949.
2. Lettre de Simone à Maria, 2 février 1949.

pleurerais »), s'en plaint un jour à son épouse. Il en tombe malade à son tour, et en perd pour quelques semaines le goût d'écrire. Même Proust dont il rédige la biographie « avec amour [1] », n'a plus le pouvoir de le consoler. Sans lettres de Marita, sans la promesse ou au moins l'espérance de la revoir, il n'est plus que l'ombre de lui-même.

Les temps sont durs ; le ciel est noir.
Si jamais Marita m'oublie
Je perdrai le dernier espoir.

On assiste, à travers les lettres, à un pathétique dialogue, qui ne peut mener nulle part.

Marita supplie André de continuer à lui écrire, tout en promettant à Simone de ne pas chercher à lui « voler » son mari. André, toujours amoureux de la belle jeune femme, ne cesse de rêver d'elle, bien qu'il ait promis à Simone de ne jamais l'abandonner ; il ne peut pas plus renoncer à Marita qu'à l'épouse fidèle et dévouée, qui forme avec lui « une équipe » (le mot s'est imposé au couple). La dissolution de cette « équipe » serait une catastrophe dans le système de vie d'André Maurois, dans la structure même de sa carrière d'écrivain. Quant à Simone, elle joue un jeu pervers, et cherche à redéfinir sa place entre l'époux volage, qu'elle continue de soutenir, et la dangereuse maîtresse dont elle prétend être devenue « l'amie ». Elle va finir par déstabiliser l'un et l'autre et, à force d'application et d'entêtement, à force de se mêler de leurs histoires, par rompre le charme qui les liait. Elle va réussir cet exploit de les désenvoûter.

En apparence, Simone ne professe que de bonnes intentions. Elle distribue les conseils « utiles », et s'entremet volontiers pour « arranger » les affaires des autres. Son ami Pierre Brisson, pour ne donner que cet

1. Lettre de Maurois à Maria, 6 juin 1948 : « J'espère que mon livre sera bien. En tout cas, je l'écris avec amour. »

exemple, fera d'elle un portrait accablant, dans *Les Lunettes vertes* [1], roman plutôt laborieux, inspiré de sa propre vie, où il montre la duplicité et la noirceur d'âme d'une femme, exactement copiée sur Simone Maurois. L'héroïne, rebaptisée Brigitte, persécute un couple, trop simplement, trop naturellement heureux, qu'elle va conduire à un irréparable gâchis. Dans l'exemplaire dédié à André Maurois qu'elle a fait relier, en cuir noir à incrustations de nacre, Simone a souligné les passages (souvent abominables) qui la concernent. On peut encore une fois s'interroger sur le curieux caractère de Simone : pourquoi cette dilection pour tout ce qui peut faire d'elle un personnage littéraire... même méchant, même exécrable ? Pour Pierre Brisson, qui fait allusion à son rôle néfaste vis-à-vis d'une de ses maîtresses, elle serait une perverse, qui trouverait une compensation au bonheur qu'elle n'a pas dans la destruction de l'amour des autres. Page 23 : « Elle est méchante... C'est sa fonction... elle se donne même un mal inouï... elle astique ses perfidies comme une batterie de cuisine... elle est méticuleuse... elle a toujours été comme ça, je l'ai connue petite fille... » D'autant que Pierre Brisson ajoute : « Qu'est-ce que vous avez donc à la place du cœur ?... ce n'est même pas de la glace... un morceau de glace, ça existe... ça se touche... ça fond. Vous : rien... vraiment rien... un trou [2]. »

Son sang-froid, son machiavélisme sont fascinants, il est vrai. Mais peut-on aller jusqu'à dire avec Pierre Brisson qu'elle porte en elle la haine du bonheur ?

Ses plans de stratège finiront par aboutir : grâce à ses artifices, les lettres de Maurois et de Marita vont s'espacer, puis s'absenter, et le silence bientôt s'installer entre eux.

La dernière lettre connue de Maurois date du 6 août 1948, d'Essendiéras. Adressée à sa « Nymphe », elle

1. Gallimard, 1953.
2. P. 112.

est simple et douce, sans amertume, comme tout ce qu'il écrit :

« ... Moi non plus je n'oublierai pas les jours d'enchantement. Voilà bientôt un an. Retourne, le jour venu, dans la petite église de la Magdalena. On ne donne pas sa vie à un éternel absent, on peut lui donner une heure.

« Tout cela fut-il vrai? Il y a des moments, dans cette calme campagne, où j'en doute. Et puis les souvenirs remontent des profondeurs, si beaux que je ne regrette rien... »

Il a glissé dans son portefeuille « la petite photo de toi en costume de bain que j'adore ». Combien de temps l'a-t-il gardée ? « C'est toi, telle que tu es, avec ta couleur de cheveux roux doré, ton sourire, tes belles épaules, et, à ton cou, cette croix que j'y ai accrochée avec amour » (28 juin).

Tandis que Simone s'ingénie à troubler cet amour, il veut le garder pur et le protège à sa manière. Ses rêves demeureront toujours hors de portée des griffes de son épouse. Marita, plus vulnérable, et que tente le projet de venir placer sa « destinnée » sous la tutelle de son aînée, de son expérience et de ses relations, n'en est pas moins affectée par ces adieux, par ce renoncement. L'amour de Maurois a beaucoup compté dans sa vie – beaucoup plus que Simone ne veut le reconnaître. On le verra, au dénouement de cette histoire : privée de « son air nécessaire » (el aire que necesito), cet air que lui procuraient les mots d'amour de son amant et écrivain français, elle en mourra... Si Simone est machiavélique, préoccupée de rétablir sa propre hégémonie dans la vie de son époux, Marita demeure sincère et fragile, et sa tristesse, au moment de renoncer, annonce la nuit où elle va disparaître – la nuit ténébreuse et glacée, dont elle a toujours eu si peur, et dont Maurois savait la protéger. Sa dernière lettre connue, envoyée de Lima, comme toutes les précédentes, date du 12 août 1948 : « Recibir tu pensamiento escrito es como el rayo de sol que desgarra las tinieblas » (Recevoir une lettre de toi – mot à mot : ta pensée écrite – c'est comme le rayon du soleil qui chasse les ténèbres). Mais elle n'est pas amère. Ce qui domine en elle, comme d'ailleurs en lui, c'est un sentiment de gratitude envers la vie, capable de donner parfois des moments de bonheur parfait. « Así de bello, así de grande », écrit Marita (C'est beau ainsi, c'est grand ainsi).

Ce sont les derniers mots qui nous sont parvenus, d'elle à lui : « Así de bello, así de grande ».

Paris, printemps 1949

Les deux femmes, après avoir beaucoup comploté entre elles, ont fini par organiser ce coup de théâtre : la venue de Maria à Paris. Maurois, qui s'était employé à détourner sa maîtresse de ce projet, où il voyait plus de pièges et de soucis que de promesses de plaisirs, s'est retrouvé en position de faiblesse devant le duo, soudain et étrangement uni dans l'audace, peut-être dans le sadisme. Ne pouvant empêcher l'inéluctable, il a annoncé à sa femme qu'il fuirait Paris, aux dates où Maria serait son invitée. Car Simone, loin de se contenter d'échanger avec sa rivale lettres et poèmes, est devenue son imprésario : elle vient d'arranger une rencontre entre Miro Quesada, le directeur des Artistas Aficionados, et Roger Eudes, celui du prestigieux théâtre des Champs-Elysées, auquel elle a vanté les vertus de la troupe péruvienne et notamment de sa principale vedette, Maria Dolores García y Rivera. Comme elle est elle-même une étonnante comédienne, prête à tout, même aux pires mensonges, quand il s'agit d'obtenir ce qu'elle veut, elle a convaincu Eudes que les ballets feraient salle comble et que Maria (qu'elle n'a pourtant jamais vue sur les planches) vaut les danseuses les plus douées de tango, de flamenco ou autres danses passionnées et lascives – la célèbre

Argentina ou Carmen Amaya, l'Espagnole qui, en mai 1948, vient de mettre le feu au théâtre des Champs-Elysées et de conquérir Paris.

Simone s'implique tellement dans le projet, qu'elle propose à Maria de la loger chez elle, de manière à éviter les frais trop élevés de l'hôtel – l'A.A.A. (Asociación de Artistas Aficionados) n'est qu'une troupe d'amateurs et les comédiens eux-mêmes, tout bénévoles qu'ils soient, doivent participer aux frais. « Je suis prête à vous offrir l'hospitalité chez moi. Une journée d'hôtel au Ritz vous coûterait 2 500 francs par jour. Or, je puis mettre à votre disposition, dans notre appartement de Neuilly, une chambre et une salle de bains. » (Septembre 1948.)

Elle commence par résumer en français le programme, pour que Roger Eudes puisse le divulguer et établit une liste des journaux à contacter. Ainsi qu'elle l'écrit à Maria, « je fais de mon mieux pour vous rendre service, dans la mesure où cela dépend de moi [1] ».

Pourquoi se dévoue-t-elle ainsi à sa rivale ? Dans quel but, inavoué ou inavouable ? Est-ce par curiosité qu'elle veut la faire venir en France ? Pour la voir, la regarder, l'observer ? Est-ce par masochisme ? Pour souffrir devant sa beauté, qui ne manquera pas de lui évoquer des scènes d'amour insoutenables ? Ou par esprit de défi, pour négocier avec elle ? Elle veut sans doute mieux la convaincre, face à face, de sa propre importance, de son hégémonie ? Elle sera sur son propre terrain, tandis que Maria entrera en terre ennemie... A moins qu'elle ne veuille organiser une compétition de front ? On ne finit pas de s'interroger sur les obscures raisons qui l'amènent à désirer cette rencontre.

Maurois en est très agacé : il voit les désagréments du rôle que son épouse et sa maîtresse s'apprêtent à lui faire jouer sur le devant de la scène parisienne – celui de

1. Lettre de Simone à Maria, septembre 1948 (sans indication précise du jour).

sa double vie ou de son double amour. Qu'on puisse jaser sur lui, sur elles deux, lui déplaît et il reproche à son épouse de manquer de discrétion. Il n'est pas loin de la trouver impudente ou grossière ! Mais il sait que Simone, tant qu'elle ne sera pas allée jusqu'au bout de sa logique, dans le ressassement et la volonté de se faire du mal, se montrera incurable. Autant la laisser vivre son enfer, mais seule. Il refuse d'entrer dans son jeu. Simone à Marita : « André se tiendra en dehors de nos pourparlers de femme [1]. » Ne pouvant ni dissuader Maria d'accourir, ni empêcher Simone de la recevoir, il n'a pas d'autre solution que de tenter d'échapper aux deux muses et d'aller promener ailleurs sa gêne ou ses contradictions. Il obtiendra seulement de son épouse qu'elle renonce à accueillir Maria boulevard Maurice-Barrès, autrement dit « chez eux » – il réglera la facture d'hôtel... Conseillée par Simone, Maria logera donc au Ritz : les reines de l'amour ne descendent pas dans les hôtels à quatre sous.

Simone à Marita : « Aussi étrange que cela puisse vous paraître, mon mari a horreur du scandale. C'est un grand bourgeois français, un académicien respecté de ses pairs, qui fait des conférences édifiantes sur le Mariage, sur le Bonheur, et un éloge constant des vertus familiales. Jamais il n'a affiché *ici*, en France, une concubine [2]... » (Elle a souligné *ici*.)

En novembre 1948, Maria, qui a voyagé à bord de *La Reina del Pacifico*, steamship espagnol, débarque à Santander avec sa troupe, pour une longue tournée à travers l'Espagne. Les Artistas Aficionados vont jouer Lope de Vega ou Calderón, sans remporter le succès escompté. Madrid, snob comme toutes les capitales, boude ces comédiens d'Amérique du Sud, jugés « provinciaux » ou « folkloriques », dont l'accent latin, doux et chantant, cet accent qu'aime tant Maurois, heurte en Castille. Le sens de la perfection et le goût du

1. Lettre de Simone à Maria, 23 mars 1949.
2. Idem.

génie, très prisés en Espagne, placent l'idéal artistique à des sommets, bien difficiles à atteindre, quand on a peu de moyens, qu'on joue en amateurs et que l'on vient de surcroît d'une antique et lointaine province du grand Empire de Charles Quint... Ce qui soutient Maria, tout au long du voyage, c'est son rêve de découvrir Paris et qui sait ? de le conquérir, sous la houlette d'une Parisienne qui en connaît les arcanes.

En septembre, Simone a pris ses renseignements. Elle a écrit (en anglais) à Eduardo Sola Franco, l'ami équatorien de Maria, pour lui demander d'éclairer à son intention la personnalité de « Méduse », faisant référence au tableau dans lequel l'artiste, également dramaturge, l'a représentée. « If she is, as you say, a very mediocre actress, I am afraid it would be a courting disaster [1] » (si elle est, ainsi que vous le prétendez, une actrice médiocre, ce serait un véritable désastre.) Sola Franco l'a nettement prévenue : non seulement Maria serait une mauvaise comédienne, mais de plus une femme à histoires (*a mischief-maker*), et une personne très dangereuse (*a very dangerous person*), intrigante, intéressée et même corrompue (*a most corrupt woman*). Ce portrait peu nuancé aurait dû la décourager. Vengeance de soupirant éconduit ou jugement mérité ? Simone, à peine *puzzled* (troublée), décide de passer outre et, en connaissance de cause, de prendre les risques qu'implique la visite de Maria à Paris. Ainsi cette femme, qu'elle ne connaît encore que par ouï-dire, posséderait dans son pays (selon Sola Franco) une réputation sulfureuse de croqueuse d'hommes (voire de femmes !) et de diamants... Sola Franco a-t-il voulu nuire à Maria ? Sa lettre perfide obtient cependant le résultat opposé à ce qu'il escomptait. Il n'a réussi qu'à aiguiser l'appétit de Simone. Elle va pouvoir y puiser les poisons qui manquent à sa vie trop rangée et en nourrir ses fantasmes... Quoi qu'il en soit, elle juge préférable

1. Lettre de Simone à Eduardo Sola Franco, 17 septembre 1948. En sont extraites toutes les citations suivantes, en anglais.

– ce sera sa seule prudence – de loger Maria hors de chez elle, dans le décor somptueux, néanmoins anonyme, du Ritz.

Le jeudi 3 février paraît dans *Les Nouvelles littéraires*, sur deux colonnes, en dernière page, un article qu'elle a signé Simone André-Maurois et intitulé « Renaissance théâtrale au Pérou ». Elle y fait l'éloge de l'A.A.A. et y rappelle que « la constante réussite de leurs spectacles est due à l'étoile de la troupe, Maria Rivera ». Une courte biographie de la jeune comédienne précède ce jugement téméraire : « Physiquement frêle, malade de l'asthme, ravagée de passions insatisfaites, elle met au service de l'art une indomptable énergie et une puissance de travail que ses camarades mieux portants lui envient. (...) Le récent festival (en Espagne) a mis en lumière le double aspect de sa nature, sensuelle et freudienne. »

Avril 1949 : précédée de cette étonnante publicité, Maria arrive enfin à Paris avec ses amis comédiens. Maurois ne s'est pas enfui. Mais c'est Simone qui, sans attendre, accourt au Ritz. Elle va pendant tout son séjour servir de guide à Maria, lui faire visiter le Louvre et les Tuileries, l'île Saint-Louis, Notre-Dame – où Marita se jettera à genoux devant l'autel et brûlera des cierges –, le jardin du Luxembourg. Elle la conduira à Versailles, où le conservateur leur ouvrira les appartements récemment restaurés de la Du Barry. Commentaire de Simone : « Il y a surtout un boudoir jonquille et lilas qui, pour des ébats lascifs, devait être un cadre plus avenant que la chambre de l'hôtel Granada [1]. »

Un après-midi, elle emmène Maria chez Lanvin, son couturier de prédilection depuis la guerre, et obtient

1. Lettre de Simone à Maria, 2 février 1949.

pour elle les vingt pour cent de rabais que la maison lui consent habituellement comme bonne cliente. Elle s'excuse toutefois de ne pas avoir ses entrées chez Christian Dior ! Après Lanvin, Jenny... où les prix sont plus raisonnables. Les achats de vêtements vont occuper une grande partie de leur temps, car Simone tient à offrir à Maria des robes superbes pour éblouir Paris. Il semble qu'elle ait elle-même réglé la plupart des factures.

Les deux femmes iront voir ensemble au Petit Palais les chefs-d'œuvre de la Pinacothèque de Munich, « miraculeusement sauvés du bombardement qui a anéanti le musée », puis, à l'Orangerie, une exposition Jongkind.

Le soir, Simone emmène Maria à la Comédie-Française ou à Mogador.

C'est un dimanche à midi précis, qu'elle lui envoie son chauffeur, Gaston, pour l'emmener déjeuner boulevard Maurice-Barrès. On n'a pas la liste de tous les convives, mais on sait qu'ils furent au moins dix autour de la table, incluant le jeune Maurice Dumoncel, journaliste et futur éditeur, et Roger Eudes, directeur du théâtre des Champs-Elysées. D'après Simone, qui le raconte dans une de ses lettres, Maria aurait « ébloui » la compagnie ! Maurois, qui aime pourtant beaucoup le rituel des déjeuners du dimanche – quand il est à Paris, c'est pour lui une occasion agréable de pratiquer l'art de la conversation (un art auquel il a consacré un ouvrage [1]), sans perdre trop de temps –, Maurois donc s'est abstenu de paraître. Il a trouvé un prétexte pour déjeuner dehors.

N'a-t-il vraiment jamais revu Marita ? Ne lui a-t-il rendu aucune visite au Ritz ? Ne lui a-t-il plus adressé

1. *La Conversation, notes et maximes*, Hachette, 1964.

la parole, ne l'a-t-il plus jamais reprise dans ses bras ? C'est ce que Simone croit, ou veut faire croire. Et peut-être est-ce vrai, après tout.

Il aurait, selon elle, été lassé d'aimer une Etrangère... Il aurait eu peur de ne plus retrouver dans cette figure exotique et déplacée, qu'est Maria à Paris, la femme qui l'avait fasciné en Amérique, le temps d'un séjour trop bref. En somme, il aurait préféré protéger ses beaux souvenirs. Mais il aurait aussi – c'est toujours Simone qui le pense – répugné à faire souffrir davantage une épouse, à laquelle il est toujours tendrement lié : « il m'a dit que je lui faisais pitié, que mon incurable tristesse, l'état de mon corps amaigri, et ses propres remords, rendus chaque jour plus cuisants par la vue de mes larmes, avaient été les seuls mobiles de sa rupture. Mais sait-on quand les hommes mentent ? L'amour-confiance, une fois dupé, n'est plus un sentiment viable, ni même concevable [1]... » Elle se méfie toujours.

Sa mainmise sur l'emploi du temps de Maria était le plus sûr moyen d'empêcher les amants de se revoir. Mais elle connaît assez son mari pour déceler chez lui un autre mobile, fondamental dans sa volonté de se tenir prudemment à l'écart : « Dans ma totale humilité, je crois qu'un élément étranger à ma chétive personne a joué le rôle de facteur dominant dans la décision prise par André. S'il vous a écartée de sa vie, c'est parce que la publicité mondiale donnée à cette aventure andine lui en avait fait perdre le goût [2] ! »

Au fond, si Maurois s'est réellement dérobé, s'il n'a, comme Simone le prétend, jamais revu Marita, c'est autant pour se protéger lui-même – son confort et sa réputation, son bonheur conjugal – que pour sauvegarder les souvenirs de son dernier bel amour. Ainsi qu'il l'écrira, « mieux vaut chercher la douceur du romanesque dans l'approfondissement d'un amour

1. Lettre de Simone à Maria, 23 mars 1949.
2. Idem.

plutôt qu'en des passades éphémères [1]. » Il semble n'avoir pas eu envie de se compliquer la vie.

Dans l'absence de lettres (mais André et Marita ne se sont-ils vraiment plus jamais écrit ?..., ou bien leurs lettres seront-elles cette fois restées secrètes ?), le roman seul témoignera un jour des pensées de Maurois, au cours de ce printemps parisien. Dans *Les Roses de septembre*, l'écrivain notera à propos de Fontane, cet autre lui-même : « Il ressemblait à un dormeur qui vient de s'éveiller, voit clairement les objets réels qui l'entourent, mais s'étonne des lambeaux de rêve qui flottent encore dans sa pensée et se dissipent lentement, comme des brumes matinales [2]. »

Les 1er, 2 et 3 avril 1949, en soirée, ainsi que le dimanche 3, en matinée, le théâtre des Champs-Elysées propose les *Ballets péruviens*. L'affiche n'indique ni le nom de la troupe et de son directeur, ni celui des acteurs ou actrices, danseurs ou danseuses. Aucune vedette ne se détache du corps de ballet. « Ballets péruviens » : le spectacle ne donne lieu qu'à cinq représentations. Mais, dans le hall du théâtre, de 11 heures à 18 heures, pendant une semaine, le public est invité à venir admirer l'exposition d'objets d'art, que les artistes ont rapportés de leur pays.

Les Maurois assistent à la dernière. Le 3 avril, à 21 heures, ils s'assoient côte à côte dans une des loges en corbeille, qu'ils partagent avec l'ambassadeur du Pérou, Arturo García Salazar, et sa femme. Simone est en robe du soir noire et ocre de Lanvin. Lui s'est laissé convaincre ou n'a pas pu se désister. A moins que la tentation n'ait été trop forte de revoir Maria une dernière fois... La salle n'est pas pleine et, Maurois le constatera de lui-même, les comédiens péruviens sont

1. *Les Roses de septembre*, p. 223.
2. Idem.

loin d'avoir conquis Paris. Leur répertoire – *Le Contrebandier*, *La Révolte des tapadas* et *Pavane pour une infante défunte* –, en mêlant œuvres traditionnelles et contemporaines, et le folklore péruvien à Maurice Ravel, a sans doute décontenancé. Les flûtes indiennes, qui jetteront dans des transes une jeunesse alors encore au berceau, engourdissent le maigre public, qui n'est pas habitué à ces mélodies. Mais c'est la troupe elle-même, s'il faut en croire Maurois, qui ne s'est pas montrée à la hauteur de ses ambitions. Frappé par le jeu insipide des comédiens, sans aucune exception, et leur cherchant des excuses, il écrira dans *Les Roses de septembre* qu'« une nourriture insolite (les) alourdissait [1] » ! Le souvenir n'aura pas effacé sa déception.

Sur scène, toutes les danseuses se ressemblent : maquillées, coiffées de perruques brunes et de hauts chapeaux à rubans, habillées de costumes multicolores qui dissimulent les formes de leurs corps, elles sont aussi peu vivantes que des poupées de collection. Au milieu d'elles, qui exécutent des pas mécaniques, tirés d'un folklore désuet, ses yeux cherchent Marita et s'efforcent en vain de retrouver dans l'une d'elles le charme qui naguère opéra sur lui. Le mouvement d'un bras, la ligne pure d'une jambe, la courbe d'une hanche ou d'un sein, la finesse d'une cheville... Rien, absolument rien ne lui rappelle le corps qui l'enchantait. Au milieu de la troupe, Maurois ne reconnaît pas Marita.

C'est du moins ce qu'il confiera à Simone à la sortie du théâtre.

« Il fallut supprimer les dernières représentations pour ne pas jouer devant une salle vide... Dolores García en éprouva la plus douloureuse déception. Elle était

1. *Les Roses de septembre*, p. 247.

venue à Paris comme un Musulman à La Mecque; Paris la méconnaissait. Quelle amère surprise [1] ! »

Le surlendemain à l'aube, sans prévenir personne, la jeune femme quitte l'hôtel et s'enfuit. Simone, qui lui téléphone, s'étonne de ne trouver aucun message pour elle. « Madame Rivera est partie », lui dit-on, à la réception. Bouleversée, déçue, Marita n'a pas eu le courage d'annoncer son départ ni celui de faire ses adieux. L'échec des *Ballets*, que double un échec personnel – elle ne reviendra pas à Paris –, s'aggrave encore de cette « rupture » qu'il lui faut bien désormais admettre : l'écrivain français qu'elle a aimé, en qui elle avait cru trouver un chevalier servant, un protecteur, un guide, ne l'a en aucune manière soutenue, si ce n'est en la logeant somptueusement au Ritz. Et en laissant à sa femme le soin de la distraire...

Elle va passer quelque temps en Espagne, auprès de l'écrivain catalan Eugenio d'Ors, qui semble s'être épris d'elle, lors de son précédent passage à Madrid. (Né en 1882, il est plus « âgé » que Maurois.) Ce n'est qu'en retraversant l'Océan, fin mai, pour rentrer au Pérou, que Maria songera à remercier Simone Maurois et reprendra sa correspondance avec elle.

De Lima (en français) : « Le jour de mon départ de Paris, j'avais un si grand chagrin que je n'ai pas eu le courage de vous téléphoner pour vous dire au revoir. J'ai tant de choses à vous remercier, chère Simone. Pendant cette semaine en bateau, mes sentiments bouleversés de souvenirs et d'émotions cherchent son équilibre, malgré la mélancolie profonde du départ [2]. »

Simone, le 8 juin 1949 : « Depuis que je vous connais, je mesure l'immensité du sacrifice qu'André me fit en se privant d'une maîtresse, à ce point déli-

1. *Les Roses de septembre*, p. 248.
2. Lettre de Maria à Simone, non datée.

cieuse. Car vous êtes (...), en un mot, exceptionnelle. Mon mari a réellement fait preuve d'un courage héroïque en mettant fin à cette aventure enivrante. Et peut-être cette aventure était-elle nécessaire pour qu'un nouveau chef-d'œuvre fût écrit ? »

Du retour de Maria au Pérou date le grand changement survenu dans la vie du couple : André et Simone Maurois cessent de se vouvoyer et adoptent le tutoiement, si longtemps refusé par André et que Simone réclamait. « Ayant pris là-bas avec vous l'habitude du tutoiement et l'ayant ensuite conservée par correspondance, il m'a accordé cette faveur tant souhaitée pendant vingt-trois années : le droit de le tutoyer à mon tour, le bonheur d'être tutoyée par lui. Caresse verbale du langage... Enchantement quotidien... C'est à vous que je dois cette merveille, parce que vous lui avez appris le langage de la tendresse. Merci, Marita [1]. »

Autre changement remarquable : Simone se teint enfin en blonde, accédant ainsi au désir de Maurois, qui lui a toujours reproché d'être brune.

Maria n'est pas étrangère à cette décision, ayant un jour dit à Simone que ses cheveux grisonnants – devenus, de fait, plus gris que bruns – la vieillissaient prématurément.

L'aventure n'est cependant pas terminée. En échange des services qu'elle lui a rendus en lui facilitant son séjour à Paris, Simone veut obtenir de Maria une ultime faveur, qui sera sa récompense, après tant d'humiliations et de malheurs ! Elle lui demande de lui faire cadeau des lettres que son mari lui a adressées.

Ces lettres, elle tient à les avoir. Non pour les détruire, les brûler ou les déchirer, comme d'autres femmes jalouses en auraient sans doute eu l'idée, mais

1. Lettre de Simone à Maria, 8 juin 1949.

pour s'assurer de leur conservation et les classer soigneusement parmi les manuscrits de Maurois, encore inédits. Elle croit en effet en leur sort posthume : « Ces autographes ont une importance " capitalissime ", égale à celle des lettres que Chateaubriand écrivit à l'Occitanienne [1] » – la Sylphide rencontrée sur les bords d'un gave pyrénéen, avec laquelle cet auteur de référence (auquel Maurois consacra une biographie en 1938) échangea une tendre correspondance.

Simone admire l'œuvre de son mari et entend veiller à sa sauvegarde. Gardienne vigilante et sourcilleuse, elle classe, organise, balise, protège, depuis des années, ce bel édifice. Maurois peut être sûr qu'avec elle aucun papier ne risque de se perdre. Elle ramasse tout ce qu'il écrit, même ses brouillons. C'est dans un esprit de conservateur en chef, qu'elle veut récupérer les textes originaux et les répertorier. Qu'adviendrait-il de ces lettres, si elles restaient au Pérou ? Simone en a des cauchemars la nuit, en les imaginant mangées aux mites ou aux rats, dans le grenier d'une estancia...

La correspondance amoureuse de son mari a pour elle une valeur littéraire et dépasse largement les frontières de son cœur. Elle l'intègre dans une œuvre, qu'elle respecte et ne se mêle pas d'élaguer ou de corriger. Sa seule mission étant la sauvegarde d'un patrimoine, de même qu'elle préserve, dans des dossiers à part, les proses inachevées, les bouts d'essai, les bribes et les brouillons de textes qu'écrit Maurois, elle a la ferme intention de conserver telle quelle cette correspondance. Elle ne censurera pas.

« J'attache une importance capitale à ces poèmes et ne veux pas qu'ils soient perdus. Ce sont les seuls vers d'amour qu'André Maurois ait composés depuis la mort de Janine [2]. » Elle a la plus haute conscience de leur valeur : « Je crois que les vers de Maurois sur l'Ondine méritent de survivre. Ils couvriront de gloire

1. Lettre de Simone à Maria, 8 juin 1949.
2. Idem.

celle qui les inspira. » Comparée à cette hauteur, à cette générosité de vues, son humilité confond : « André Maurois ne m'aimait pas du tout quand il m'a épousée, de sorte que, dans ma jeunesse je n'en ai point reçu de lui (elle parle des poèmes d'amour). C'est un écrivain admirable. Donnez-moi ses poèmes, je vous en prie. Mon admiration pour le poète l'emporte sur mes ressentiments. (...) Mes douleurs d'épouse, en raison même de leur violence, m'inspirent aujourd'hui le courage surhumain de sauver, de perpétuer ces vers, pour les transmettre, intacts, à la postérité [1]. »

Elle est prête à les payer, et même à les payer très cher. « Vos conditions seront les miennes. »

Comme Maria s'inquiète de la souffrance qu'ils ne manqueront pas de réveiller, elle proteste qu'ils lui rendront au contraire la paix de l'âme et promet de les apprendre par cœur, avant de les classer ! « En toute jalousie, il entre une part de curiosité intellectuelle aiguë. Cette curiosité une fois satisfaite, les passions s'apaiseront [2]. »

Lorsqu'elle écrit ces mots, les lettres sont déjà en route, depuis le 25 mai. Maria les a postées, non sans regrets, en recommandé. Ce sont cinquante-quatre lettres d'amour et onze poèmes, adressés à celle qui en est « l'inspiratrice » (le mot est d'elle). Par courrier séparé, daté du même jour, elle ajoute à l'intention de Simone ce commentaire : « Ces lettres étaient mon seul, mon unique trésor ; le sacrifice que je vous fais en vous les rendant est la plus profonde démonstration d'amitié loyale que je pourrai jamais vous offrire. » (La faute d'orthographe sur « offrir » n'enlève rien à la beauté triste du geste.)

1. Idem.
2. Idem.

Maria est désespérée. Elle a tout perdu, à Paris : l'espoir de consolider et d'épanouir sa carrière de comédienne – Jouvet lui-même, que Simone lui a fait rencontrer, lui a déconseillé d'espérer jouer un jour sur un théâtre français –, mais aussi l'amour de Maurois – cette tendresse qui était pour elle une force – et même ses lettres d'amour... Elle n'a plus rien.

« Les sentiments n'ont pas de prix, pour une femme comme moi, Simone. » Ces cinquante-quatre lettres, ces onze poèmes, elle les lui donne, en échange de son amitié – le seul recours qu'on lui a laissé. « Je vous ai fait du mal sans vous connaître ; aujourd'hui j'ai gagné votre amitié et je ferais n'importe quel sacrifice pour la conserver. »

Elle la prie seulement de lui renvoyer, en échange, ses propres lettres qui sont maintenant, elle le sait, entre les mains de Simone. Elle voudrait garder au moins une trace de son histoire éphémère avec André Maurois. Et qu'importe si cette trace n'est que l'écho de sa propre voix. « Je sais bien que mes lettres n'ont point une valeur intellectuelle, mais j'aimerais qu'elles me soient renvoyées. J'espère les recevoir bientôt. J'ai confiance en vous. »

Simone n'en fait rien. Elle gardera la double correspondance, dont elle restera la seule dépositaire. Si elle trahit la confiance de Marita, c'est dans un but qui les dépasse toutes deux : pour assurer sa transmission posthume et par là faciliter le travail de ceux qu'elle appelle « les biographes de l'avenir ». Elle les imagine déjà, dans la fièvre de leur découverte, plongés dans le travail du décryptage des écritures. « J'aspire à me hisser au rang de gardienne responsable d'une œuvre littéraire, écrit-elle à l'Inspiratrice. Votre devoir est de m'y aider [1]. »

1. Lettre de Simone à Maria, 8 juin 1949.

Les lettres de Marita resteront dans un des placards du vaste appartement du boulevard Maurice-Barrès. Classées bien sûr, mais sans ordre, parfois au mépris des dates, en leur état brut. Simone n'a effectué sur elles aucun travail d'archiviste.

En revanche, elle a impeccablement rangé celles de son mari. Elle a même pris soin de les dactylographier. On ne sait pas à quelle date, si c'est au moment où Maurois songe à écrire *Les Roses de septembre*, pendant l'écriture du livre ou après, quoi qu'il en soit elle rouvre le dossier. Peut-être ne l'a-t-elle jamais fermé. La voilà une fois de plus à sa fidèle Remington. Elle se met à taper à la machine, à taper, rien ne l'arrête plus... Ce qu'elle copie, elle le connaît par cœur et pourrait se réciter à voix haute ces belles déclarations d'amour, ces quelques vers. Elle va pourtant procéder à un bizarre travail qui consiste, dans la dactylographie, à remplacer les noms réels par ceux des héros des *Roses de septembre*. C'est ainsi qu'André Maurois devient Guillaume Fontane, que Marita devient Lolita (ou Dolores García) et qu'elle se retrouve sous le nom de Pauline (Fontane). Les personnages secondaires eux-mêmes sont rebaptisés, comme dans la « fiction » – Jean Supervielle, l'attaché d'ambassade, devient par exemple le jeune Saint-Astier –, et lorsque Maurois-Fontane évoque son appartement de Neuilly, il garde le même téléphone (Sablons 10-66) mais habite au 36, rue de la Ferme (une petite rue voisine). Ce qui ne brouille les pistes, si telle était l'intention de Simone, que très superficiellement – exactement comme dans le roman.

Simone, qui a numéroté les lettres, ajoute même, en bas de chacune d'elles, des notes explicatives, comme le ferait un éditeur. Les destine-t-elle au lecteur néophyte, encore non initié aux secrets de sa famille, qui découvrirait cette correspondance inédite ? Par exemple, lorsque Maurois rencontre à New York, « une vieille amie », elle apporte un complément d'information : « pas si vieille que ça », l'amie en question est Mme Une telle, voici son vrai nom (non camouflé cette fois), sa généalogie, l'adresse de sa maison de campagne où Maurois se rendait seul. Elle résume en quelques phrases l'histoire que son mari a eue avec la Sirène.

Ou bien lorsque l'Association des artistes péruviens apparaît sous la plume de Maurois, elle indique son origine et son mode de fonctionnement, ou la variété de son répertoire. Lorsque Maurois lui semble par trop vague, du point de vue des dates notamment, elle apporte au récit la précision qui lui manque. Il lui arrive de corriger un renseignement erroné : par exemple, « il se trompe ; il s'agit en fait du 27 novembre 1947 » – Maurois venait de révéler à Maria que Simone l'avait obligé à de complets aveux, en janvier 1948... Ou bien « c'est en réalité pendant l'hiver 1941-1942 qu'eut lieu cette rencontre » (avec une Sirène en exil)...

Il lui arrive de livrer au lecteur de véritables explications de texte, telle influence de Paul Valéry sur un vers de Maurois à Maria, ou de Proust, dont elle se voit obligée de faire remarquer qu'il est mort un 18 novembre et non un 15 novembre : « notre épistolier fait erreur », écrit-elle, non sans un certain plaisir, ni une certaine cuistrerie.

Par sa rigueur, son esprit de précision, Simone se conduit en historienne. Elle ne laisse que rarement entrevoir, dans ce travail ingrat d'annotation, ses rancœurs personnelles. « Il y a de l'entremetteuse en toute femme, celle-là faisait son métier d'entremetteuse » (à propos d'Alice Turpin, qui réceptionnait les lettres de Marita à Paris).

A-t-elle voulu écrire un livre sur André et Maria ? Simone a donné un titre universitaire à son ouvrage :

« Cinquante-quatre lettres inédites de Guillaume Fontane à Dolores García. Choix, préface et notes par Isabelle Schmitt ». Espérait-elle une publication ? Car Isabelle Schmitt, c'est elle, bien sûr (sous le nom de l'épouse de l'écrivain Bertrand Schmitt, dans *Terre promise*), et ce « tapuscrit », à peine remanié du document original, c'est sa propre version des *Roses de septembre* – une version brutale et franche, en contrepoint d'un roman qu'elle a toujours jugé, pour sa part, en deçà de la vérité.

Pour quelles raisons, encore une fois obscures, a-t-elle entrepris ce travail compliqué, où se mêlent son intention de conserver, la correspondance originale proprement dactylographiée, et sa volonté de brouiller les données réelles ?

Serait-ce pour lancer la postérité sur une fausse piste et tenter de faire croire que cette aventure n'était qu'une fiction ? L'hypothèse semble peu probable dans la mesure où Simone tient à fournir aux « biographes de l'avenir », avec une méticuleuse précision, les renseignements nécessaires à la connaissance de la vie et de l'œuvre de son mari, jusque dans les détails qui la desservent. Ne serait-ce pas plutôt la dernière étape de sa fièvre masochiste et de son démon qui consiste à entremêler toujours réalité et littérature ?

Parmi les archives, glissée au milieu des lettres, une enveloppe de couleur crème.

De l'écriture de Simone, à l'encre bleue : *Lettres d'amour d'André Maurois (« Guillaume Fontane ») à Maria Rivera, Señora Manuel de Checa (« Dolores García », « Lolita »). Cédées le 26 avril 1949 par « Marita » Rivera de Checa à Simone André-Maurois.*

Et, dans le coin, en bas à gauche, au crayon : *80 000 F.*

(L'équivalent, pour l'époque, de trente-deux nuits au Ritz !)

L'enveloppe est vide.

Simone a-t-elle donné à Maria, en échange des lettres d'amour de Maurois, cette somme importante ? En chèque ? En espèces ?

Ou bien est-ce le montant des dépenses qu'elle a engagées pour recevoir dignement Marita à Paris : le Ritz, les théâtres et Lanvin ?

La dernière lettre de Maria à Simone, celle du 25 mai 1949, qui accompagne l'envoi des lettres et poèmes de Maurois, contient un appel au secours (en français) : « Ma vie à Lima est triste comme toujours. Sauf ma fille, tout est vide, dépourvu de rêves. J'y tiens absolument à rentrer en France en octobre. J'ai besoin de vous, Simone, je compte sur vous. »

Cet appel restera sans réponse. Ni André ni Simone n'ont désormais besoin de Marita. Elle n'inspire plus l'écrivain ; elle a rendu ses lettres à son avide commentatrice. Elle n'est plus rien, à leurs yeux : ni objet sensuel, ni muse, ni amie, ni témoin. Le couple reformé l'abandonne à son sort.

André Maurois l'écrira, pour solde de tout compte et comme pour servir d'épitaphe à cette histoire : « J'ai péché plusieurs fois et mes romans sont nés de mes faiblesses. »

Et après...

André Maurois meurt à l'Hôpital américain de Neuilly, le 9 octobre 1967, des suites d'une opération chirurgicale, à l'âge de quatre-vingt-deux ans – quelques jours après avoir mis le point final à des Mémoires, qui seront publiés à titre posthume. Parmi les quelque quatre-vingt-cinq livres dont il est l'auteur, à côté de *Lélia ou la Vie de George Sand*, d'*Olympio ou la Vie de Victor Hugo*, de *Prométhée ou la Vie de Balzac*, de l'*Histoire parallèle des Etats-Unis et de l'URSS*, en collaboration avec Louis Aragon, figure un petit recueil qui, écrit en 1951, dans les circonstances que l'on sait, prête à sourire : un *Cours de bonheur conjugal*. C'est à la fin de ce livre qu'il a noté ce conseil, à l'usage des jeunes hommes et des jeunes femmes de l'avenir : « Le bonheur est un décret. »

Inspiré par son aventure sud-américaine et par le fantôme de Marita, qui n'aura jamais cessé de le hanter, *Les Roses de septembre* ont été, en 1956, son dernier roman. Il l'a dédié encore une fois à sa femme, sortie triomphante de sa plus grande rivale amoureuse. Sur l'exemplaire n° 1 de l'édition originale, imprimée sur papier chiffon des papeteries d'Arches, il a écrit : « à Simone qui est la personne n° 1 et la rose de tous les mois. »

De son propre aveu dans les *Mémoires*, les regrets ont mis longtemps à s'effacer et n'ont même jamais tout à fait disparu. Maurois a inséré dans son roman des extraits de sa propre correspondance avec Marita, et la plupart des poèmes qu'il lui a envoyés en 1947, en 1948. Il y manque celui-ci, qu'il a gardé secret :

Marcel Proust dit que la mémoire
Nous donne ses seuls vrais plaisirs ;
Je fais de mon mieux pour le croire
Mais je regrette mes désirs.
Où est celle qui fut ma reine ?
Et les lieux que mon cœur aima,
Où sont-ils, vierge souveraine ?
Mais où sont les nuits de Lima ?

Les Roses de septembre s'achève sur la description du climat d'une sérénité retrouvée. Que fut la vie de Maurois, après la rupture avec Marita (dont la mort suivra de quelques années à peine la fin de cette fulgurante liaison) ? Une vie d'écrivain, de travail et de solitude. Les mondanités, littéraires ou artistiques, qui le conduiront jusqu'à présider plusieurs années de suite le Festival de Cannes, et la Grand-Croix de la Légion d'Honneur en 1965 paillettent à peine un emploi du temps rigoureux et austère, centré sur l'élaboration d'une œuvre. Quelques silhouettes féminines passent encore, et des regards, des bras, des voix de femmes, plus ou moins secrètes ou discrètes, continuent d'apporter leurs tendresses à l'écrivain. Mais aucune n'aura de réelle importance. Elles resteront légères, sans lendemain. Seules les amitiés amoureuses dureront : Anne, Marthe, Minou..., jusqu'au dernier souffle du dernier vivant.

« Un beau visage m'a toujours paru le plus beau de tous les spectacles. Cela reste vrai à quatre-vingts ans [1]. »

1. *Mémoires*, p. 494.

Simone meurt à Neuilly, un an après son mari, le 26 décembre 1968, âgée de soixante-quatorze ans. Son gendre et sa belle-fille, alertés par les domestiques, qui n'auront pas osé entrer sans en être priés, retrouveront son corps inanimé, échoué contre le radiateur de sa chambre. L'anorexie, dont elle a souffert toute sa vie, de manière plus ou moins chronique, avec des crises et des rémissions, aura eu raison de ses dernières forces. La vente du domaine d'Essendiéras, devenu une trop lourde charge, et quoique consentie en viager, en 1966, aura largement contribué à sa dépression. Elle se sentira déracinée autant qu'appauvrie, atteinte dans son identité. A Essendiéras, l'avait peut-être effleurée une idée vague du bonheur.

A la mort de Maurois, elle se laissera doucement, âprement, mourir de faim, réduite « à l'état de squelette », flottant dans ses robes de deuil. Le chagrin a exacerbé son acrimonie naturelle et la dureté dont elle fit preuve en de si nombreuses circonstances. Sa belle-fille, Michelle Maurois, consignera scrupuleusement ses derniers mots : « Je hais les gens heureux [1]... »

Elle repose, aux côtés de son époux, au cimetière de Neuilly.

En 1953, Simone a publié une *Correspondance inédite de George Sand et de Marie Dorval* [2], avec une préface d'André Maurois. Le hasard de ses recherches de bibliophile passionnée lui avait permis d'acquérir de nombreuses lettres de ces deux femmes, l'écrivain et

1. Michelle Maurois, dans un texte inédit de 1968, intitulé *La Décrépitude*.
2. Gallimard.

la comédienne. C'est la seconde fois qu'elle se ruinait pour acheter des lettres...

De 1956 date l'ouvrage dont elle est le plus fière : une biographie de miss Howard [1], la maîtresse de Napoléon III – *La Femme qui fit un empereur*. Sans doute Simone s'est-elle plus d'une fois confondue avec ce personnage d'éminence grise, peu flatteur et peu flatté, mais dont le rôle fut capital : elle aussi œuvra toute sa vie dans l'ombre, pour diriger, conseiller et soutenir un homme.

Éperdue d'admiration pour l'écrivain que fut son époux, et pour l'homme solide, patient, mais également vulnérable et rêveur, autour duquel elle avait construit sa toile, Simone a signé ces deux livres – ses œuvres à elle –, non pas de son nom de jeune fille, dont elle eut toujours un immense orgueil, mais de celui que lui a donné son grand homme, pour le meilleur et pour le pire. Simone André-Maurois : toute son existence, aimante et volontaire, aboutit à ce trait d'union.

1. Idem.

Je n'ai rien inventé

Tous les personnages de ce livre ont existé et figurent sous leurs vrais noms.

Les lieux sont réels ; ils peuvent être vérifiés sur des plans, sur des cartes. Les dialogues, les descriptions, les portraits, les péripéties, les anecdotes, ainsi que la chronologie : tout est rigoureusement exact.

Dans ce récit, je n'ai rien inventé.

J'ai travaillé sur les archives privées d'une famille : des centaines de lettres, des journaux intimes, des photographies, que l'on m'a confiés. J'ai tenu à garder leur authenticité.

Conservés depuis près d'un siècle, dans des classeurs, dans des dossiers et même dans des boîtes à chaussures, soigneusement triés, classés, répertoriés, étiquetés, tenus au propre et au sec, ces documents inédits constituent une bibliothèque d'une incroyable diversité, d'une captivante richesse. Vie intellectuelle ou littéraire, vie mondaine, mais aussi vie intime et amoureuse : toute l'histoire d'une famille est contenue dans ces pages, aux papiers jaunis, aux encres bleue, violette ou noire.

Sur l'une de ces boîtes, une main avait écrit : « Ladies »...

REMERCIEMENTS

Je remercie le docteur Robert Naquet, qui m'a permis de consulter tous documents en sa possession : lettres inédites et photographies, journaux intimes et carnets, cahiers de notes ou manuscrits inachevés. Les lettres que je cite, les photographies et les textes dont j'ai nourri mon histoire, il m'y a donné libre accès.

Je remercie particulièrement : la comtesse de La Baume, Maurice Druon et Maurice Dumoncel, qui m'ont aidée de leurs conseils.

Je voudrais rendre hommage aux livres de Michelle Maurois. J'y ai puisé des renseignements précieux et admiré un savoir-faire incomparable : *Le Carillon de Fénelon* (Flammarion, 1972), qu'elle a consacré à son enfance, et les trois volumes qui constituent l'histoire des Caillavet (*L'Encre dans le sang*, *Les Cendres brûlantes* et *Déchirez cette lettre*; Flammarion, 1982, 1986 et 1990). *Xénia*, roman inédit et inachevé, que lui a inspiré, à la fin de sa vie, le destin de sa mère, figure aussi au nombre de mes sources. Il se fonde sur les confidences qu'elle avait pu recueillir, dans les années soixante-dix, auprès de son oncle, Alex de Szymkiewicz.

TABLE

LA POLONAISE

LES AILES BLANCHES DE LA FOLIE

LA PARISIENNE

L'INFIRMIÈRE DU CŒUR

LA PÉRUVIENNE

L'EMBRASEMENT DU CRÉPUSCULE

Cet ouvrage a été composé et imprimé par

FIRMIN DIDOT

GROUPE CPI

Mesnil-sur-l'Estrée

pour le compte des Éditions Grasset
en février 2003

Imprimé en France
Dépôt légal : février 2003
N° d'édition : 12719 – N° d'impression : 62204
ISBN : 2-246-63361-3